KB018369

역사를 살았던 **쿠바**

이 저서는 2008년도 정부(교육부)의 재원으로 한국연구재단의 지원을 받아 수행된 연구임 (NRF-2008-362-B00015).

지구적 세계문학 총서 5

역사를
살았던
쿠바

Cuba, who lived the history

우리 아메리카, 아프로쿠바, (네오)바로크, 증언 서사

우석균·조혜진·호르헤 포르넷 엮음

글누림

에스파냐의 유력 일간지 ≪엘 파이스≫(El País) 사이트 국제면 라틴아
메리카 섹션 맨 위에는 얼마 전까지 무려 1년 반 동안 검은색 배경에 한
인물의 사진이 걸려 있었다. 피델 카스트로였다. 그가 죽은 직후부터 계
속되던 광경이었다. 물론 피델 카스트로는 그런 대접을 받을 자격이 있
는 희대의 풍운아였다. 이러니저러니 해도 쿠바혁명은 20세기 라틴아메
리카 역사에서 가장 중요한 사건이었기 때문이다. 쿠바, 나아가 라틴아
메리카의 불평등한 사회 구조를 뿌리째 뒤흔듦으로써 사람들에게 변화
에 대한 희망과 미래에 대한 꿈을 심어주었으니 말이다.

하지만 언젠가부터 쿠바를 찾는 이들은 시간의 흐름이 멈추어 버린
듯한 경관과 마주칠 뿐이다. 쿠바혁명의 역동적인 에너지는 이미 온데
간데없이 사라져, 이제는 외부 세계의 변화에 철저히 둔감한 경관과 말
이다. 1995년 음반, 1999년 영화 제작으로 이어진 '부에나 비스타 소셜
클럽' 프로젝트의 세계적 열풍은 시간이 멈춰버린 듯한 쿠바 경관을 극
적으로 부각시킨 사례이다. 아바나 구도심(특히 제때 보수되지 않아 허물어져
가는 건물들), 미국인 관광객들을 위한 클럽과 음악, 노인 음악인, 미국산
낡은 자동차 등이 혁명 이전의 1950년대에 대한 향수를 강렬하게 자극
했기 때문이다.

쿠바가 섬나라이고, 아직도 사회주의 체제를 유지하고, 해외여행의 자
유마저 제한적인 나라라는 사실이 이러한 경관에 더해지면, '폐쇄적인

쿠바'라는 이미지가 자동적으로 완성된다. 그러나 이런 이미지에 사로잡혀 있으면 진정한 쿠바를 발견할 수 없다. 쿠바 문학과 문화를 접하면 이 나라만큼 개방적인 나라가 또 있을까 싶기 때문이다. 부에나 비스타 소셜 클럽의 음악만 해도 단순히 1940, 50년대의 쿠바 음악이 아니라 아프리카 기원의 손(son)이라는 장르와 긴밀한 관계가 있다. 더구나 손은 1920년대에 미국의 할렘 르네상스 및 카리브의 네그리튀드 운동과 대화하면서 문학에도 영향을 끼쳐 아프로쿠바 문학의 대부 니콜라스 기옌이라는 걸출한 시인을 탄생시킨 이력도 지니고 있다. 알레호 카르펜티에르, 호세 레사마 리마, 세베로 사르두이 등은 또 어떤가. 카르펜티에르는 에스파냐 황금세기의 바로크와 프랑스의 전위주의와 카리브의 경이로운 현실을 문학으로 승화시켰다. 레사마 리마는 쿠바 섬 특유의 문학적 정서의 존재를 주장하면서도 아르헨티나의 세계적인 대문호 보르헤스만큼이나 서구 문학 전통을 꿰뚫어 보고 있었다. 또 프랑스에서 활동한 사르두이는 텔켈 그룹의 탈구조주의 이론과 쿠바와 아시아를 연결시키는 대담한 상상력을 발휘했다.

이러한 개방성은 1959년 출현한 쿠바혁명 체제가 지지하는 흐름이기도 했다. 이 책의 편자 중 한 사람인 호르헤 포르넷이 밝히고 있듯이, 혁명정신 고취를 목적으로 정부 산하에 설립된 〈아메리카의 집〉의 지속적인 관심사 중 하나가 국제 교류였다. 또 혁명의 상징 체 게바라 역시 라틴아메리카, 아프리카, 아시아 세 대륙의 국제 연대를 위한 삼대륙 회의(Conferencia Tricontinental)에 각별한 관심을 기울여, 1966년 제1회 대회가 아바나에서 개최되었을 때 축하 메시지를 보내기도 했다.

물론 이러한 행보에는 국제 여론을 호의적으로 만들어 미국의 압력과 봉쇄를 극복하고자 하는 정치적인 의도가 담겨 있었다. 그러나 이는 단순한 전략적 선택이 아니라 쿠바의 역사적, 문화적 흐름 속에서 나온 선택이었다. 가령 사상과 문학에서 라틴아메리카 역사의 한 장을 장식한 호세 마르티는 한편으로는 '우리 아메리카'를 부르짖음으로써 아메리카에서 북미를 제외하는 '폐쇄성'을 보이는 듯했지만, 라틴아메리카 국가들의 협력을 통한 반제국주의 국제 연대를 꿈꾸었다. 비슷한 시기, 필리핀의 국부 호세 리살 역시 전 지구적인 반제국주의 움직임에 촉각을 곤두세우고 있었다. 비록 마르티와 리살이 라틴아메리카와 아시아 간의 국제 연대로 이어지지는 못했지만, 1960년대의 제3세계 의식이나 오늘날의 전 지구적 남(Global South) 의식의 기원이었다. 페르난도 오르티스의 문화횡단 개념 역시 유사한 맥락에서 이해할 수 있다. 대서양을 횡단한 유럽 문화와 아프리카 문화가 뒤섞여 쿠바 문화로 승화되었다는 오르티스의 주장은 기옌의 아프로쿠바주의에 대한 이론적 승인이었는데, 이는 백인계와 흑인계의 갈등을 넘어 국민통합을 이루고자 하는 민족주의적 상상력이었다. 그러나 나아가 쿠바 속의 아프리카를 공식적으로 인정하는 것이기도 했다. 백인인 카스트로가 흑백차별 철폐를 주장하면서 한때나마 미국 흑인들 사이에서 넬슨 만델라만큼이나 인기를 끌고, 흑인 노예의 파란만장한 일생을 기록한 미겔 바르넷의 『어느 도망친 노예의 일생』(1966)이 '증언'이라는 장르를 활성화시킬 만큼 크게 주목을 받게 된 일도 아프리카적 요소에 대한 쿠바의 승인이 없었다면 불가능했을 것이다. 쿠바의 역사와 문화가 곧 라틴아메리카, 아프리카, 아시아의 삼대륙 회의라는 원대한 구상의 밑거름이었던 셈이다.

오늘날의 쿠바 현실, 특히 물질적 조건은 녹록치 않다. 또 에베르토 파디야, 기예르모 카브레라 인판테, 세베로 사르두이가 겪은 고초에서 잘 알 수 있듯이, 쿠바 체제는 혁명 주체들의 주장대로 항상 인간의 얼굴을 한 사회주의 낙원이었던 것은 아니다. 그런데 쿠바 체제는 여전히 유지되고 있고, 생활고로 쿠바를 떠난 이들이라고 해서 곧 모두들 체제 붕괴를 원하는 것은 아니다.

그래서 독자들에게 권하고 싶다. 쿠바 체제가 붕괴될지 말지 촉각을 곤두세우기보다 쿠바의 진정한 발견자가 되라고! 쿠바를 처음 발견한 사람은 콜럼버스요, 두 번째 발견한 사람은 훔볼트요, 세 번째 발견한 사람은 오르티스라는 말이 있다. 첫 번째는 지리적 발견이고, 두 번째는 쿠바가 설탕과 노예의 섬이라는 사실에 대한 발견이고, 세 번째는 아프로쿠바의 발견이었다(조지프 L. 스카파시·아르만도 H. 포르텔라 2017, 17). 그런데 이 발견자 명단에 추가해야 할 인물들이 있다. 호세 마르티, 피델 카스트로, 체 게바라 등이다. 콜럼버스는 정복의 길을 열었고, 훔볼트와 오르티스는 정의롭지 못한 현실을 직시하는 것으로 그친 반면, 피델 카스트로와 체 게바라는 혁명을 통해서 바꾸어야 할 만큼 불평등이 만연한 쿠바를 발견했기 때문이다. 1950년대의 쿠바는 마이애미로 쇼핑을 갈 수 있었던 사람들과 아사 직전의 빈민들로 분열된 나라였으니 말이다(아바바 촘스키 2014, 58-59). 그리고 쿠바혁명의 "지적 창안자"인 마르티야말로 이들보다 앞서 발견자 명단에 이름을 올릴 자격이 있다. 소설가 레오나르도 파두라는 21세기 쿠바를 살아가는 젊은이들은 매일매일 역사를 살고 있는 존재들이라고 말한 바 있다(김기현 2014, 152). 경제적 결핍으로 쿠바의 일상생활이 녹록지 않은 현실을 에둘러 표현한 것이다. 그러나 쿠바는 마르티 시절부터 역사를 살아야 했다. 그리고 이 고난의 역사가 많은 오류의 근원이기도 하지만, 제3세계와 전 지구적 남이라는 풍요로운 국제 연대의 상상력을 제공했다. 전 지구화 시대 우리가 쿠바 문학과 문화를 통해 발견해야 할 것은 바로 이러한 상상력이다.

이 책을 출간하면서 너무 많은 분에게 신세를 졌다는 생각이 든다. 우선 글누림 최종숙 대표에게 심심한 사의를 표하는 바이다. 이 책의 상당수 글들은 글누림에서 간행되는 ≪지구적 세계문학≫을 통해 처음 소개되었다. 또 편집위원장으로 넉넉한 지면을 할애해 준 원광대 김재용 교수님에게도 크게 빚을 졌다. 공동 편자로 이 책을 더 알차게 기획할 수 있게 해준 고려대 조혜진 박사와 〈아메리카의 집〉 호르헤 포르넷에게도 감사하는 바이다. 뒤늦게 참여를 부탁했는데도 기꺼이 원고를 주신 이브라임 이달고, 서성철, 김은중, 박병규, 신정환, 송상기, 박수경 교수님들은 물론, 기타 국내외 필진과 역자들에게도 사의를 표한다. 마지막으로, 빡빡한 일정인데도 여러 모로 신경을 써주신 글누림 이태곤 편집이사님에게도 감사드린다.

책을 마치고 보니 쿠바혁명 후 문학과 문화를 둘러싼 논쟁, 디아스포라, 최근의 흐름 등에서 아쉬움이 남는 작업이 되었다. 그래서 언젠가 수정증보판을 낼 기회가 있으면 좋겠다. 쿠바에 대해서는 이 대표 편자의 역량이 모자라다는 것도 실감한 터라, 부족한 점들을 보완해 줄 새로운 연구자들이 많이 생기면 더 반가울 것 같다. 쿠바에 관심을 둔 국내 연구자들이 여러 분 계셨기에 그나마 이 정도 되는 책이라도 낼 수 있었다는 사실을 실감했기 때문이다.

그래서 책 발간 직전에 날아든 비보에 마음이 저민다. 필자 중 한 분이신 서성철 교수님이 갑자기 돌아가셨다는 비보였다. 삼가 고인의 명복을 빌고, 라틴아메리카를 사랑하시던 그 마음을 오래 기억하련다.

우석균

목차

3부 바로크와 네오바로크

4부 혁명과 문학

5부 쿠바 작품선

1부

우리 아메리카

Cuba, who lived the history

우리 아메리카

호세 마르티

허영에 찬 시골 사람은 자기 마을이 온 세상이려니 한다. 자기가 읍장 노릇을 할 수 있고, 자기 애인을 빼앗아간 연적을 손볼 수 있고, 돈 궤짝에 돈이 늘어나기만 하면 세계 질서가 잘 돌아가는 셈 쳐버린다. 길이가 사십 킬로미터나 되는 장화를 신은 거인들에게 짓밟힐 수도 있다는 사실도 모르고, 고요한 대기를 가르며 세상을 집어삼키고 있는 혜성들이 하늘에서 벌이는 전투에 대해서도 모른 채 말이다. 아메리카는 시골티를 벗어야 한다. 현 시대는 머리에 수건을 덮고 자는 대신 후안 데 카스테야노스의[1] 장부들처럼 이성의 무기를 품고 잠자리에 들 때이다. 다른 모든 무기를 이겨내는 판단력이라는 무기를 말이다. 사상의 진지가 돌로 구축한 진지보다 더 가치가 있다.

사상의 구름을 가를 수 있는 뱃머리는 없는 법. 세상을 향해 때맞춰 불타오르는 열정적인 사상은 최후의 심판에 휘날리는 신비로운 깃발과도 같

---

1) 후안 데 카스테야노스(Juan de Castellanos, 1522~1607). 아메리카의 정복자, 신부, 시인. 정복과 식민화 과정을 노래한 『인디아스의 저명한 장부들의 비가』(Elegías de varones ilustres de Indias)라는 역사시를 지었다. '인디아스'는 콜럼버스를 비롯한 초기 정복자들이 아메리카를 인도라고 착각하면서 생긴 이름이다. -옮긴이

아서 기갑 대대라도 멈춰 세울 수 있으리니. 아직 서로 알지 못하는 민족들은 조속히 서로에 대해 알아야 할지어다. 힘을 합쳐 투쟁하고자 한다면. 질투심 많은 형제처럼 서로 땅을 차지하려고 주먹을 겨루고 있는 이들이든, 더 좋은 집에 사는 주인을 부러워하는 작은 집 주인이든 두 손을 꼭 맞잡고 하나가 되어야 한다. 범죄 전통의 비호를 받아 자신과 똑같은 피로 물든 칼을 손에 들고, 잘못한 것 이상의 벌을 받고 있는 패배한 형제의 땅을 잠식한 이들이여, 도적 민족이라 불리기 싫다면 형제에게 땅을 돌려주라. 명예를 아는 자 돈으로 명예의 빚을 받지 않는 법이거늘 뺨을 때리고 받아 내서야 되겠는가. 우리는 머리 위에 꽃을 잔뜩 이고, 빛의 변덕스런 애무 때문에 혹은 폭풍우가 찢어발기고 꺾어버리는 통에 사각거리고 윙윙거리는, 허공의 나뭇잎 같은 민족처럼 살아갈 수는 없다. 사십 킬로미터 장화를 신은 거인이 지나가지 못하도록 나무들은 대오를 정비해야 한다! 점호의 시간이요 일사불란한 행진의 시간이니, 안데스 지맥의 은처럼 견고한 방진(方陣) 대형으로 나아가야 한다.

칠삭둥이들은 단지 용기가 결여되어 있을 뿐이다. 자기의 땅에 믿음을 가지지 못하는 자들이 바로 칠삭둥이다. 용기가 없기 때문에 다른 이들을 부정한다. 병약한 팔, 손톱을 칠하고 팔찌를 찬 팔, 마드리드나 파리 사람의 팔로는 까다로운 나무에 닿을 리 없건만, 나무가 닿지 않는다 말한다. 자양분을 준 조국의 뼈를 갉아먹는 그 해충들을 배에 실어버려야 한다. 파리 사람이나 마드리드 사람이라면 얼음 음료가 있는 프랑스의 토르토니 카페나 가로등이 있는 에스파냐의 프라도 박물관으로 갈지어다. 아버지가 목수라고 부끄러워하는 목수의 아들들! 아메리카에 태어났으면서도, 원주민 앞치마를 두르고 있다는 이유로 키워준 어미를 부끄러워하고 아픈 어미를 부인하고 병상에 홀로 내버려 두는 못된 놈들! 대체 누가 진정한 남자인가? 병구완을 위해 어미 곁에 머무르는 이인가? 아니면 어미는 사람들 눈에 띄지 않는 곳에서 일하게 하고, 어미 덕분에 부패한 땅에서 식량을 취하고, 구더기를 넥타이인 양 매고, 자신을 품어준 가슴을 저주하고 배신자라는 표지를 연미복 등판에 붙이고 다니는 이인가? 원주민을 구원해줄 우리 아메리카, 발전의 길로 가고 있는 우리 아메리카에 아직도 존재하는 이런 한심한 아들들! 자국 인디언을 피 웅덩이에 빠뜨린 미국군에게 총을 요청하는 이 배신자들! 남아면서 남아답게 일하려 하지 않는 이 나약한 작자들! 미국 영토를 일구어낸 워싱턴 장군이 제 땅을 영국인들이 공격해올 때 어디 그들에게 빌붙어 살려고 떠나가던가? 프랑스혁명 때의 어처구니없는 이들처럼 덕지덕지 화장하고 춤추고 혀를 굴리면서 제 명예를 외국의 땅바닥에 굴리는 이 어처구니없는 작자들!

우리 아메리카의 고통스러워하는 공화국들에서보다 더 긍지를 느낄 수 있는 조국이 도대체 또 어디 있으랴? 침묵하는 원주민 대중 사이에서 세워진 공화국들이요, 책이 종교용 촛대와 소란스럽게 싸우는 와중에 사도 100인의 피투성이 팔뚝 위에 세워진 공화국들이다. 그토록 분열된 상황에서 그렇게 짧은 시간에 그렇게 선진적이고 탄탄한 나라가 세워진 적은 결코 없었다. 글재주 있고 언변이 화려한 시건방진 자는 이 땅이 자신을 위해 만들어진 연단이거니 한다. 그는 새로 생겨나는 밀림에 막혀 유명 토호의 땅을 페르시아 조랑말을 몰고 샴페인을 터뜨리면서 계속 여행할 수 없다는 이유를 들어 모국을 무능하고 구제불능이라고 비난한다. 자신에게 적합하고 극히 유용한 체제를 요구하는 신생국은 결코 무능한 것이 아니다. 미국에서 4세기 동안 자유로이 시행된 법이나 1,900년 동안 지속된 프랑스 군주제에서 물려받은 법으로 독특하고 거친 개성적인 국가들을 다스리고자 하는 이들이 오히려 무능한 것이다. 해밀턴의[2] 법령으로는 야네

로가3) 말에 채찍을 가하는 것을 멈추게 할 수 없다. 시에예스의4) 말 한마
디로 원주민의 굳어버린 피를 흐르게 할 수는 없다. 훌륭한 통치를 하려
면 자신이 다스리는 지역의 것에 주의를 기울여야 한다. 아메리카의 훌륭
한 통치자는 독일인이나 프랑스인을 어떻게 통치하는지 아는 이가 아니
다. 자기 나라가 어떤 요소들로 이루어져 있으며, 어떻게 이 요소들을 전
부 이끌고 가야 하는지를 아는 사람이다. 자기 나라에서 생겨난 방식과
제도를 통해 그런 바람직한 나라, 즉 각자가 자신을 알고 행하는 나라, 스
스로 일해 풍요롭게 나라를 일구고 목숨 바쳐 지키는 국민 모두를 위해
자연이 선사한 풍요로움을 모두가 누리는 나라로 이끌고 가는 방법을 아
는 사람이다. 통치는 자기 나라에서 생겨나야 한다. 통치 정신은 자기 나
라 것이어야 한다. 통치 형태는 자기 나라 헌법에 합치해야 한다. 통치란
자기 나라 자연 요소들의 균형일 뿐이다.

그래서 아메리카에서는 수입된 책이 자연인에게5) 패퇴하였다. 자연인
이 인위적인 식자층을 물리쳤다. 토착적 메스티소가 이국적인 크리오요를
물리쳤다.6) 문명과 야만 간의 싸움이 아니라 거짓된 학식과 자연 간의 싸
움이 존재할 뿐이다.7) 자연인은 선하고, 우월한 지성에 경의를 표하고 상

---

2) 알렉산더 해밀턴(Alexander Hamilton, 1755 혹은 1757~1804). 미국의 법률가이자 정
치가. 미국 건국의 아버지 중 한 사람으로 1787년 헌법 제정에 큰 영향을 미쳤다. -옮
긴이
3) 야네로(llanero). 베네수엘라의 대평원을 가리키는 야노(llano)의 카우보이. -옮긴이
4) 에마뉘엘 조제프 시에예스(Emmanuel-Joseph Sieyès, 1748~1836). 프랑스 혁명의 영
웅으로, 『제3신분이란 무엇인가?』(Qu'est-ce que le tiers état?, 1789)의 저자. 국민주권
개념을 발전시키고 대의민주주의 제도를 주장했다. 프랑스 헌법과 인권선언에는 그의
사상이 녹아있다. -옮긴이
5) '자연인'은 독자적 사고를 하는 아메리카인을 가리킨다. -옮긴이
6) 메스티소(mestizo)는 혼혈인, 크리오요(criollo)는 라틴아메리카에서 태어난 백인. -옮
긴이
7) 마르티는 아르헨티나의 문인이자 정치가인 도밍고 파우스티노 사르미엔토(Domingo

찬한다. 다만 자신의 순종을 이용해 해하려 들거나 무시하는 건 용납하지 않는다. 그렇게 행동하는 사람이 있다면 자연인은 힘으로라도 존중을 되찾을 준비가 되어 있다. 아메리카의 폭군들은 무시 받아온 이 자연적 요소들에 순응함으로써 권좌에 올랐고, 이를 배반한 순간 모두 몰락했다. 아메리카 국가들은 압제하에 있는 동안 능력 부족으로 신음했다. 새로운 민족에게 통치자는 창조주를 의미하는데, 진정한 국가 요소들을 알고 그로부터 통치 형태를 이끌어 낼 능력이 부족했던 것이다.

교양인과 비교양인으로 구성된 국가에서는 비교양인이 통치하게 된다. 힘으로 문제를 해결하려는 비교양인의 성향 때문이다. 그런 나라에서 교양인은 통치술을 배울 수 없다. 교양 없는 군중은 게으르고, 지적인 일에 겁을 내고, 자신들을 잘 통치해 주기만을 바란다. 그러나 정부가 자신들에게 해가 되면 정부를 뒤흔들고 스스로 통치한다. 통치술의 기초, 즉 아메리카 국가들의 고유한 특성에 대한 분석을 가르치는 대학이 아메리카에 없는 마당에 어떻게 대학에서 위정자가 배출될 수 있겠는가? 젊은이들은 양키나 프랑스인의 안경을 낀 채 주먹구구식으로 세상에 나서고, 제대로 파악하지도 못한 나라를 통치하겠다고 한다. 정치의 기본을 알지 못하는 이들의 정치 입문을 막아야 한다. 경연대회의 상은 최고의 송가보다는 자기 나라의 구성요소에 대한 최고의 연구가 차지해야 한다. 신문과 대학, 아카데미는 나라의 실제 구성요소 연구를 계속 진행해야 한다. 구성요소들을 있는 그대로 아는 것만으로도 충분하다. 의도적이건 망각이건 간에 진실의 일면을 외면하는 사람은 결국에는 그 부족한 진실로 인해 몰락할 것이다. 진실을 등한시하는 동안 진실이 커져 진실 없이 세워진 것을 허

Faustino Sarmiento, 1811~1888)가 도시와 시골, 유럽과 아메리카를 문명과 야만의 이분법으로 대비시켜 문명이 무지한 야만을 일깨워 자유와 발전을 향해 나아가도록 해야 한다고 주장했던 것에 대해 비판하고 있다. —옮긴이

물어뜨릴 것이기 때문이다. 구성요소들을 알고 문제를 풀면, 모르고 푸는 것보다 수월하다. 자연인은 분노하여 강대한 모습으로 나타나 책 속에만 쌓여있는 정의를 무너뜨릴 것이다. 그 정의가 국가의 명백한 필요에 따라 행해지지 않기 때문이다. 아는 것은 해결하는 것이다. 나라를 알고, 아는 바에 따라 통치하는 것은 국가를 폭압 정치에서 해방시키는 유일한 방법이다. 유럽의 대학은 아메리카의 대학에 자리를 내어주어야 한다. 그리스 집정관들의 역사에 대해서는 가르치지 않더라도 잉카시대로부터 지금까지 아메리카의 역사에 대해서는 정확히 가르쳐야 한다. 우리의 그리스가 우리 것이 아닌 그리스보다 낫다. 우리에게는 우리의 그리스가 더 필요하다. 민족적 정치가들이 사대주의적 정치인들을 대체해야 한다. 세계를 우리 아메리카의 나라들과 접목시켜라. 그러나 몸통은 우리 아메리카 각국의 몸통이어야 한다. 패배한 현학자들은 잠자코 있을지어다. 고통을 겪고 있는 우리 아메리카 각국에서보다 더 큰 긍지를 느낄 수 있는 조국은 없으리니.

우리는 발에 묵주를 차고,8) 원주민과 크리오요 피부색이 혼합된 몸으로 용감무쌍하게 아메리카 각국에 태어났다. 우리는 성모의 표장을 들고 자유를 정복하러 나섰다. 멕시코에서는 한 명의 사제, 몇 명의 중위, 한 명의 여성이 원주민들의 어깨 위에 공화국을 세웠다. 한 에스파냐 수도승은 망토로 변장하고 몇 명의 빼어난 학생들에게 프랑스의 자유를 가르치고, 이들은 에스파냐 장군을 중앙아메리카의 대 에스파냐전 수장으로 삼는다. 왕정 시절의 군복을 입고 태양 휘장을 가슴에 달고 북쪽에서는 베네수엘라인들이, 남쪽에서는 아르헨티나인들이 봉기했다. 두 명의 영웅이 갈등을 빚어 대륙이 벌벌 떨 뻔했을 때, 결코 덜 위대하지 않은 한쪽 영웅이

---

8) 가톨릭교도라는 뜻. -옮긴이

말머리를 돌렸다.9) 평화 시의 영웅적 행위는 전시보다 빛나지 않고, 따라서 전시만큼 흔하지 않다. 인간은 명예롭게 죽는 것이 논리정연하게 생각하는 것보다 더 쉬운 법이다. 일사불란한 감정, 고양된 감정을 통치하는 것이 전쟁이 끝나고 난 뒤 표출되는 각양각색의 거만하고 이국적이고 야심에 찬 생각들을 통솔하는 것보다 더 쉬운 법이다. 영웅적 투쟁으로 권력을 잡은 이들이 고양이과 동물의 교활함과 현실의 무게로, 이성과 자유의 지속적 실천에서 지배의 활력을 얻었던 국민의 깃발을 게양한 건물을 침식하고 있다. 우리 메스티소 아메리카의 투박하고 독특한 지역마다, 또 맨다리 위에 파리의 연미복을 걸친 마을마다 깃발을 날리던 건물들을. 식민지의 계급 구조는 공화국의 민주주의에 저항했다. 나비넥타이를 한 이들이 살고 있는 각국 수도는 말과 기마화가 필요한 벌판을 현관에 남겨둔 형국이다. 책에만 의존한 독립 영웅들은 이해하지 못한다. 구세주의 목소리에 깨어난 이 땅의 영혼 덕분에 독립 혁명이 성공했으니 이 땅의 영혼에 반(反)하거나 배제하는 법 없이 그에 따라 통치해야 된다는 사실을. 아메리카는 신음하기 시작했다. 전제적이고 사악한 식민통치자에게 물려받은 불화와 적대를 조정하느라 생긴 피로감에 계속 신음하고, 지역 현실과

---

9) 남미의 독립 운동을 이끈 인물로는 호세 데 산 마르틴(José de San Martín, 1778~1850)과 시몬 볼리바르(Simón Bolívar, 1783~1830)가 있고, 멕시코에서 독립 운동의 불길을 처음 일으킨 인물로는 미겔 이달고(Miguel Hidalgo, 1753~1811) 신부가 있다. 이 글의 "에스파냐 장군"은 아구스틴 데 이투르비데(Agustín de Iturbide, 1783~1824)를 가리킨다. 원래 독립 운동을 진압하는 에스파냐군을 지휘했으나, 나중에 변심하여 1821년 9월 멕시코를 독립시키고 이듬해 황제로 즉위했다. 산 마르틴은 칠레, 페루, 아르헨티나의 독립에 공을 세운 인물이고, 베네수엘라 출신인 볼리바르는 아메리카가 한 국가로 독립하는 것을 꿈꾸며 베네수엘라, 볼리비아, 페루, 콜롬비아, 에콰도르 등을 해방시켰다. "결코 덜 위대하지 않은 한쪽 영웅이 말머리를 돌렸다"라는 말은 에콰도르 과야킬(Guayaquil)에서 있었던 1822년 7월의 회동에서 시몬 볼리바르와 의견을 달리하게 되자 산 마르틴이 독립 운동의 지휘를 볼리바르에게 맡기고 돌아간 일을 가리킨다. ─옮긴이

무관하다보니 순리에 맞는 정부를 창출하지 못하는 수입된 사상과 통치 형태에 신음해 왔다. 이성이 거부된 3세기의 식민통치 동안 탈구되었던 대륙은, 훗날 자유를 얻게 해 준 '무지한' 이들의 목소리를 무시하고 외면했다. 그러나 마침내 이성을 기반으로 하는 정부, 즉 타자의 시골 이성 위에 군림하는 대학 이성이 아닌 모두의 관심사와 관련 있는, 모든 이의 이성을 기반으로 하는 정부를 출범시키게 되었다. 독립에서 중요한 것은 통치 형식의 변화가 아니라 정신의 변화인 것이다.

억압자들의 이해관계 및 통치 관습에 맞서는 체제를 확립하려면 피억압자들끼리 공동의 목표를 가져야 한다. 불을 뿜는 총에 놀라 달아난 호랑이가 한밤중에 먹잇감이 있는 장소로 되돌아온다. 호랑이는 벨벳 발걸음으로 다가와서 소리가 들리지 않는다. 먹잇감이 잠에서 깨어날 때 호랑이는 이미 몸 위에 올라타 있다. 식민주의는 공화국에 계속 살아있었다. 하지만 우리 아메리카는 거대한 과오들—각국 수도의 교만함, 경멸받던 농부들의 막연한 승리, 타인의 사상과 방식의 무분별한 수입, 원주민에 대한 부당하고 무례한 경멸—에서 벗어나고 있다. 식민주의에 대항해 싸우는 공화국의 우월한 미덕, 필연적으로 흘리게 된 피를 밑거름으로 하는 미덕 덕분이다. 호랑이는 나무 뒤마다 모퉁이마다 몸을 웅크리고 기다리고 있다. 호랑이는 분노의 눈으로 허공에 앞발을 뻗고 죽을 것이다.

그러나 아르헨티나인 리바다비아가[10] 선언했듯이 "이 나라들은 살아남을 것이다." (그는 거친 시절에 세련됨이라는 죄를 범했다. 낮에는 비단 칼집이 어울리지 않는다. 창으로 얻은 나라에서는 창을 내버릴 수 없다. 사람들이 분노하여 이투르비데의 의회 문 앞에 자리 잡고 "백인이 황제가

---

10) 베르나르디노 리바다비아(Bernardino Rivadavia, 1780~1845). 아르헨티나 초대 대통령으로, 강력한 중앙집권화를 꾀했으나 연방주의자들의 반발을 사 취임 이듬해 사임하였다. -옮긴이

되기를" 요구하기 때문이다). 자연의 평온한 조화 덕분에 빛의 대륙에 감돌게 된 중용의 미덕의 영향으로, 또 옛날에 만연되어 있던 억측과 집단주의적 독서 방식이 유럽에서 비판적 독서로 대체된 데 따른 영향으로 아메리카에서는 지금 진정한 인간이 태어나고 있기 때문이다.

우리는 운동선수의 가슴, 겉멋 든 이의 손, 아이의 이마를 가진 허깨비에 불과했다. 우리는 영국의 바지, 파리의 조끼, 미국의 외투, 에스파냐의 투우 모자를 걸친 가면이었다. 원주민은 아무 말 못하고 우리 주위만 맴돌다가 산으로, 산꼭대기로 가서 자식들에게 세례를 주었다. 감시받던 흑인은 한밤중에 홀로 파도와 맹수들 사이에서 가슴에 맺힌 노래를 불렀다. 창조자인 농부는 맹목적인 분노로 경멸스러운 도시와 도시민에 대해 들끓고 있었다. 조리를 끌고 머릿수건을 동여맨 채 이 세상에 출현한 아메리카의 각국에서 우리는 견장이고 예복이었다. 자애로움과 국가 건설자의 대담함으로 머릿수건과 예복을 짝짓고, 원주민에게 활력을 불어넣고, 능력 있는 흑인 편이 되고, 자유를 위해 봉기하여 승리한 이들의 몸을 자유롭게 해주는 것이 현명했을 것이다. 그러나 우리에게 남은 것은 판관, 장군, 식자, 성직자뿐이었다. 천사 같은 우리 젊은이들은 마치 문어 다리에서 풀려나려는 듯 하늘로 머리를 불쑥 쳐들었으나, 덧없이 구름 왕관만 쓴 채 고개를 떨궈야 했다. 승리에 굶주린 자연의 민족은 본능적으로 지배자의 황금 지팡이를 짓밟았다. 유럽의 책도 양키의 책도 에스파냐어권 아메리카의 수수께끼에 열쇠가 되지 못했다. 증오가 판을 치면서 각국은 해를 거듭할수록 쇠락했다. 책과 창의 갈등, 이성과 종교의식용 촛대의 갈등, 도시와 농촌의 갈등이라는 불필요한 증오에 지쳐서, 격해졌다 무기력해졌다 하는 자연적 국가를 다스릴 역량이 없는 분열된 도시민들에 염증이 나서, 우리는 자신도 모르게 사랑을 행하기 시작한다. 아메리카의 국민들은 떨쳐 일어나 서로 인사를 나눈다. "우리는 어떤 사람일까?"를 스스로 묻고 또 서로가 어떤 사람인지 얘기를 나눈다. 이제는 코히마르에[11] 문제가 생긴다고 단치히에서 해결책을 구하지는 않으리라. 여전히 프랑스제 프록코트를 입고 있지만 생각은 아메리카적이 되기 시작한다. 아메리카의 젊은이들은 소매를 걷어붙이고 반죽에[12] 손을 넣어 자신의 땀을 효모 삼아 솟아오르게 만든다. 그들은 아메리카가 모방을 너무 많이 하고 있다는 사실도, 진정한 구원은 창조에 있다는 사실도 알고 있다. 창조는 이 세대의 암호다. 바나나로 만든 포도주는 쓴맛이 나더라도 우리의 포도주인 것이다! 이 세대는 이해하고 있다. 한 나라의 통치 형태는 자연적 요소들과 어울려야 하고, 아주 훌륭한 사상이 형식적 오류로 무너지지 않으려면 상대성을 인정해야 하고, 자유는 진실하고 완전해야 존립할 수 있으며, 공화국이 모든 사람을 포용하여 함께 나아가지 않으면 멸망하리라는 것을. 내부의 호랑이도 외부의 호랑이도 균열된 틈으로 들어온다. 행군을 할 때, 장군은 기병을 통제하여 보병의 진군 속도에 맞춘다. 보병이 뒤처졌다 하여 내버려 두면 기병은 적에게 포위될 뿐이다. 전략은 정치다. 아메리카 국민들은 서로 비판하면서 살아야 하는 법이다. 비판이 건강하게 만들어 주기 때문이다. 그렇지만 단 하나의 심장과 단 하나의 정신만 가지자. 몸을 낮춰 불행한 이들을 두 팔로 안아 올리자! 피가 응고된 아메리카를 심장의 불로 녹이자! 혈관 속에서 끓어오르고 용솟음치는 조국의 자연적인 피를 뿜어내자! 아메리카의 새로운 인간들이 떨쳐 일어나 일하는 이들의

---

11) 코히마르(Cojimar). 쿠바의 수도 아바나에서 동쪽으로 10km 정도 거리에 있는 작은 어촌 마을로 17세기에 생겼다. 헤밍웨이의 소설 『노인과 바다』의 배경이 되기도 했다. -옮긴이

12) 에스파냐어로 'masa'는 영어의 'mass'처럼 반죽과 대중을 다 의미한다. 여기서 마르티는 이중의 의미로 이 단어를 사용하고 있다. -옮긴이

즐거운 눈으로 각국 국민이 서로 인사를 나눈다. 자연을 직접 연구한 자연의 정치가들이 나타난다. 책을 읽되 이제는 베끼려 하지 않고 적용시키려 한다. 경제학자들은 근원적 난제를 연구한다. 연설가들은 간결해지기 시작한다. 극작가들은 토착적 인물형들을 무대에 올린다. 아카데미는 실현 가능한 주제를 논한다. 시는 소리야[13] 식의 긴 머리를 자르고 영광의 나무에 붉은 조끼를 내건다. 잘 다듬어져 빛을 발하는 산문은 사상들을 담아낸다. 원주민 공화국의 통치자들은 원주민에 대해 배운다.

아메리카는 모든 위험에서 벗어나고 있다. 어떤 공화국들 위에는 아직도 문어가 잠을 자고 있지만, 어떤 공화국들은 균형의 법칙에 따라 잃어버린 몇 세기를 회복하고자 격렬한 걸음으로 숭고하게 바다로 발을 내디딘다. 또 어떤 공화국들은 후아레스가[14] 노새가 끄는 마차를 타고 다녔다는 사실을 망각한 채, 바람 같이 달리는 마차를 이용하고 비누 거품으로 마부의 때깔을 낸다. 자유의 적인 사치라는 독소가 경박한 이들을 타락시키고 나라 문을 외국에 열어 주고 있는 것이다. 반면 어떤 공화국들은 위협받고 있는 독립을 지키려는 영웅적 정신으로 강건한 기질을 단련한다. 또 어떤 공화국들은 이웃 국가와의 탐욕스러운 전쟁을 이용해 스스로를 집어삼켜 버릴 수도 있을 군대를 키우고 있다. 그러나 우리 아메리카는 외부에 또 다른 위험이 존재한다. 그 위험은 대륙의 두 구성원 간의 기원, 방법, 이해관계의 차이에서 비롯된 것이다. 우리 아메리카를 잘 모르고, 또 경멸하는 야심 찬 국민이 긴밀한 관계를 요구하며 접근해 올 시간이

---

13) 호세 소리야(José Zorrilla, 1817~1893). 에스파냐의 낭만주의 시인으로, 장식적인 문체를 지니고 있었다. ─옮긴이

14) 베니토 후아레스(Benito Juárez, 1806~1872). 멕시코 최초의 원주민 출신 대통령으로, 1858년부터 1872년까지 다섯 차례에 걸쳐 대통령직을 수행하면서 멕시코의 자유주의적 개혁과 근대화를 이뤄내어 국부로 숭상 받는다. ─옮긴이

머지않았다. 엽총과 법으로 일어선 강건한 나라들은 오직 강건한 나라들만을 사랑하는 법이다. 그러나 아무리 겁에 질린 이가 보아도 무법천지와 야욕의 시간은—가장 순수한 피가 득세하여 미국이 무법천지와 야욕에서 자유로워질 수도 있으리라. 하지만 미국의 보복적이고 천박한 대중, 정복 전통, 약삭빠른 토호의 이해관계가 미국을 그런 순간으로 진입시킬 수도 있다—아직 들이닥치지 않았다. 따라서 우리가 지속적이고 신중하게 그에 맞서거나 도도하게 회피해야 하는 시험에 들지는 않았다. 전 세계 민족이 주시하는 가운데 '공화국'이라는 수식어가 미국에 재갈을 물리고 있다. 따라서 우리 아메리카는 유치한 도발이나 지나친 오만 혹은 골육상쟁으로 그 재갈을 벗겨버리는 일을 하지 말아야 한다. 우리 아메리카의 시급한 의무는 자신을 있는 그대로 가르치는 것이다. 정신적으로도 육체적으로도 하나가 되어, 우리가 질식할 것 같던 과거를 신속하게 극복한 승리자라는 사실을. 폐허와 씨름하면서 양손에 흐른 값진 피, 우리의 옛 주인들이 숭숭 구멍을 내버린 혈관에서 쏟아진 피로 얼룩졌어도 우리는 승리자라는 사실을. 우리를 잘 모르는 무서운 이웃의 경멸은 우리 아메리카에게는 가장 큰 위험이다. 이웃이 방문할 날은 임박했다. 따라서 그 이웃이 어서 우리 아메리카를 알게 되어 경멸하지 못하게 만드는 것이 시급하다. 아마도 무지 때문에 우리를 탐하리라. 우리 아메리카를 알고 나면, 우리를 존중하여 손을 거두게 되리라. 인간의 선량함에는 믿음을 가지되, 인간의 사악함은 철저히 불신해야 한다. 선량함을 믿고, 선량함이 드러나 사악함을 누를 수 있도록 기회를 주어야 한다. 그렇지 않으면 사악함이 득세한다. 국가들은 무익한 증오를 부추기는 이들을 위한 효수대와 제때 진실을 말하지 않는 이들을 위한 효수대를 각각 하나씩 가지고 있어야 한다.

인종 간의 증오란 없다. 인종은 존재하지 않기 때문이다. 병약한 사상가들, 램프 아래서 책에만 몰두하는 사상가들이 책에서 존재하는 인종을 만들어내고 다시 달군다. 공정한 여행자와 진심 어린 관찰자가 자연의 이치에서 인종을 찾아보려고 하지만 허사일 뿐이다. 자연에서는 승리감에 도취된 사랑과 격한 욕구를 통해 인간의 보편적 특징이 부각된다. 영혼은 형체와 색깔이 다른 여러 육체에서 한결같이 발현된다. 인종 간 대립과 증오를 조장하고 퍼뜨리는 이는 인류 전체에 죄를 짓는 것이다. 그러나 여러 민족이 뒤범벅된 반죽 속에서, 그것도 다양한 민족이 가까이 한 채 살다 보면 사상과 관습, 팽창과 점유, 허영과 탐욕 등의 면에서 독특하고 적극적인 특징들이 응축된다. 이 특징들은 미국 국내 문제로 남아 있다가, 내부적으로 무질서한 시대 혹은 축적된 국가적 특징이 분출되는 시대가 되면 이웃 지역에 심각한 위협으로 화할 수 있다. 고립되어 있고 힘이 약한 지역이며, 망조가 든 열등한 지역이라고 강대국이 선언해 버린 지역에는 말이다. 생각에서 실천이 나온다. 지역감정 때문에 미국 백인이 선천적으로 악독하다고 가정해서는 안 된다. 우리와 다른 언어를 사용하고, 우리와 다른 방식으로 집을 바라보며, 우리와 다른 정치적 결함을 지녔다는 이유로. 우악한 성격에 구릿빛 얼굴의 우리 아메리카인과 공통점이 별로 없다는 이유로, 역사의 혜택을 덜 입고도 영웅적인 계단을 올라 공화국으로 가고 있는 우리 아메리카인을 아직은 불안정하지만 우월한 그들 위치에서 자비로운 눈으로 바라보지 않는다는 이유로. 장구한 평화를 위해서는 대륙의 정신에 관한 시의적절한 고찰과, 암묵적이고 시급한 단결로 해결할 수 있는 문제를 감추어서는 안 된다. 이미 한목소리로 부르는 찬가가 울려 퍼진다! 현 세대는 근면한 우리 아메리카를 짊어지고 숭고한 조상들이 닦아놓은 길을 가고 있다. 위대한 세미가[15] 콘도르의 등에 앉아,

---

15) 세미(Semí). 카리브 해 일대에 살던 타이노족(los taínos)이 숭배하던 신상으로 자연의

리오브라보 강에서16) 마젤란해협까지, 대륙의 낭만적인 나라들과 바다의
고통스러운 섬들에17) 새로운 아메리카의 씨앗을 퍼뜨렸다!18)

[박은영 옮김]

힘을 표상한다. —옮긴이

16) 리오브라보 강(Río Bravo). 미국과 멕시코 국경에 있는 강으로, 미국에서는 리오그란
데 강(Río Grande)으로 부른다. —옮긴이

17) '대륙'은 라틴아메리카 대륙을, '고통스러운 섬들'은 카리브 해의 섬들을 말한다. —옮긴
이

18) 이 글은 1891년 1월 10일 뉴욕의 ≪레비스타 일루스트라다≫(Revista Ilustrada)에 처
음 게재되었다. '우리 아메리카'(Nuestra América)라는 제목은 미국과의 차이를 선언
했다는 점에서 라틴아메리카 사상사에서 중요한 의미를 지닌다. —옮긴이

호세 마르티와 삼중의 혁명

우 석 균

호세 마르티는 쿠바의 독립 혁명을 주도한 인물이면서 모데르니스모 (modernismo) 세대의 대표적인 문인이자 라틴아메리카의 비판적 사유의 선구자이다. 모데르니스모가 라틴아메리카의 문학적 독립을 지향했다는 점, 미국에 대한 비판적 인식이 라틴아메리카 20세기 역사를 아로새기고 있다는 점을 생각하면 정치뿐만 아니라 문학과 사상의 영역에서도 혁명적인 행보를 걸은 셈이다. 이 글은 간단하게나마 마르티의 이러한 삼중의 혁명 행보를 살펴보고자 한다.

I. 독립 혁명을 위해 바친 삶

마르티에 대한 최초의 전기는 1933년 호르헤 마냐츠(Jorge Mañach)가 쓴 『사도 마르티』(Martí, el apóstol, 1933)였다. 예수의 12제자에게 붙이는 '사도'라는 단어를 사용한 것은 쿠바의 독립과 건국에 기여한 마르티에 대한 경의를 표하기 위해서이다. 마르티에게는 또한 사도 대신 '순교자'라는 표현도 흔히 따라붙는다. 이러한 호칭들이 전혀 무색하지 않을 만큼 마르티의 삶은 온전히 독립 혁명에 바쳐진 강렬한 것이었다.

1853년 1월 28일 아바나에서 태어난 마르티는 1869년 10월에 반식민주의 운동에 결부되어 투옥되었다. 스승이자 반식민주의자였던 라파엘 마리아 데 멘디베(Rafael María de Mendive)의 영향 때문이었다. 사실 마르티의 부모는 쿠바에 뿌리를 오래 내리고 산 크리오요들이 아니라 에스파냐 태생의 이민자였다. 양친 모두 자신들이 에스파냐 제국의 신민이라는 점을 별 저항감 없이 받아들였고, 심지어 부친은 에스파냐 군에 복무한 경력도 있다. 즉 가족사를 살펴보면 마르티가 그렇게 일찍부터 쿠바 독립 운동에 뛰어들어야 할 만한 필연적인 이유는 없었다. 그래서 처음 마르티가 학생 신분으로 독립 운동에 뛰어든 일은 민족주의보다 인류 보편적인 정의에 대한 확고한 신념에 더 크게 영향을 받은 것이 아닐까 싶다. 마치 그리스 독립 운동에 뛰어든 바이런의 경우처럼. 물론 평생을 독립 운동에 바치면서 점점 투철한 민족의식으로 무장하게 되었지만 말이다.

1869년의 사건으로 마르티는 이듬해 3월에 6년 노역형을 선고받고, 동년 10월 쿠바 섬 남서부에 위치한 피노스 섬이라는[1] 작은 섬으로 이송된다. 다행히 부모의 노력으로 두 달 후 에스파냐로 추방되어 마드리드와 사라고사에서 대학을 다녔다. 부모가 에스파냐인이었으니 아주 낯선 나라도 아니고 완전한 식민지인으로 차별받을 일도 없었다. 마음먹기 따라서는 안락한 삶을 살았을 수도 있었던 것이다. 하지만 쿠바 귀환이 허용되지 않았고, 따라서 가족과 떨어져 살 수밖에 없으면서 건강과 경제적 문제로 고초를 겪다 보니 그 삶은 영락없는 망명 생활이었고, 이에 따라 독

---

1) 피노스 섬(Isla de Pinos). '소나무 섬'이라는 뜻이다. 오늘날에는 '젊음의 섬'이라는 뜻의 '후벤투드 섬'(Isla de la Juventud)으로 불린다.

립에 대한 갈망이 더욱 커질 수밖에 없었다. 특히 1873년 제1공화국을 수립한 에스파냐 자유주의자들이 자유에 대한 쿠바인들의 동등한 권리 요구에 전혀 귀를 기울이지 않는 양면적인 모습을 보이자, 대화를 통한 독립은 불가능하다는 신념에 이르렀다.

에스파냐 생활은 1874년 끝이 났다. 1868년에서 1878년까지 계속된 쿠바의 1차 독립 전쟁으로 야기된 경제위기로 가족이 멕시코로 이주하면서, 마르티도 가족과 같이 하는 삶을 선택했다. 이후 결혼과 취직 등 일상 생활을 영위하면서 멕시코와 과테말라 등지에 거주하기도 했지만 쿠바 독립에 대한 꿈을 접은 적은 없었다. 그래서 1877년에는 훌리안 페레스라는 이름의 여권으로[2) 쿠바에 입국하여 한 해를 보내기도 했다. 그리고 이듬해 1차 독립 전쟁이 끝나 사면령이 떨어지자 다시 9월에 쿠바에 입국하여 정착한다. 그러나 불과 1년 후 마르티는 폭동선동죄로 다시금 에스파냐로 추방된다. 이 무렵 가족에 더 신경을 써주기를 바라는 부인과의 결혼 생활에 이미 금이 가서 부인은 어린 아들과 함께 쿠바에 남는 결정을 내린다.

마르티는 이내 에스파냐를 떠나 파리를 거쳐 1880년 뉴욕에 도착한다. 이듬해 반년 정도 베네수엘라에 머물기도 했지만, 7월부터는 뉴욕에 정착하여 독립 운동을 계속한다. 쿠바와 미국은 지리적으로도 가깝지만, 19세기 후반부터 설탕과 담배 산업 등의 분야에서 미국의 경제적 침투로 양국은 상당히 긴밀한 관계가 되어 있었다. 뉴욕과 마이애미 주의 탬파 등에는 쿠바인 공동체도 뿌리를 내리기 시작하던 터여서 독립 운동의 근거지가 될 만했다.

독립을 위한 마르티의 행보는 가시밭길이었다. 무엇보다도 1868년부터

---

2) 호세 마르티의 전체 이름이 호세 훌리안 마르티 페레스(José Julián Martí Pérez)이다.

10년이나 지속된 1차 독립 전쟁의 피로감 때문에 마르티의 무장투쟁론이 호소력을 발휘하기 쉽지 않았다. 마르티의 젊은 나이나 경력도 문제였다. 1차 독립 전쟁 과정에서 막시모 고메스(Máximo Gómez)와 안토니오 마세오(Antonio Maceo) 등이 영웅으로 떠오른 터였다. 반면 마르티는 무장투쟁 이력이 없었다. 게다가 '시인'이라는 타이틀이 걸림돌이었다. 1차 독립 전쟁에 참여한 역전의 용사들이 볼 때 시인 마르티는 그저 백면서생이었다.

그래도 마르티의 열정적인 연설, 촌철살인의 글, 조직 능력 등이 차츰 빛을 발했고, 결국 그는 쿠바 독립 운동의 중심에 서게 된다. 1892년 1월 마르티가 초안을 쓴 쿠바혁명당(Partido Revolucionario Cubano) 강령이 채택되고, 4월에는 창당 작업을 마친다. 이후 3년 동안 마르티는 무장 독립 운동을 위한 조직을 다지는 데 전념했다. 재미 쿠바인은 물론 푸에르토리코인들을 하나로 묶고, 나아가 고메스와 마세오 등을 위시한 1차 독립 전쟁의 주역들의 참여도 약속받았다.

1895년 1월 마침내 무장봉기를 결정한 지 두 달 후, 마르티는 도미니카 공화국 몬테크리스티에서 고메스와 만나 3월 25일 독립 운동의 강령이 담긴 〈몬테크리스티 성명〉(Manifiesto de Montecristi)을 발표한다. 그리고 고메스와 함께 4월 11일 쿠바에 상륙한다. 사실 마르티의 직접 참전에 대해서는 말리는 사람이 많았다. 탁월한 언변과 조직 능력을 가진 그가 후방인 미국에 남아 독립 전쟁을 총지휘하는 관제탑 역할을 하는 것이 낫다고 생각했기 때문이다. 그러나 마르티로서는 평생 갈구하던 독립의 날이 얼마 남지 않았는데 후방에 머물러 있을 수는 없는 노릇이었다. 그러나 그 결정은 돌이킬 수 없는 악수가 되어버렸다. 마르티는 독립 전쟁이 본격적으로 시작된 지 불과 한 달 남짓 만에, 그것도 사실상 첫 전투에서 전사하고 말았다. 다행히 마르티의 삶은 아주 헛된 것은 아니었다. 쿠바는 3년 뒤 불완전하게나마 독립을 쟁취했고, 세월이 흐르면서 마르티는 쿠바 독립 혁명의 대의명분을 널리 전파한 사도로, 또 독립 전쟁에서 산화한 순교자로 깊이 각인되었다.[3]

II. 시의 혁명

마르티는 시, 소설, 산문 등 여러 분야에 걸쳐 글을 썼다. 하지만 소설가로서는 의미 있는 작품을 남기지 못했고, 시인으로서도 생전에는 『어린 이스마엘』(Ismaelillo, 1882), 『자유시』(Versos libres, 1882), 『소박한 시』(Versos sencillos, 1891) 등 달랑 시집 세 권만을 남겼을 뿐이다. 그나마 『소박한 시』 외에는 마르티 시의 정수가 제대로 구현되었다고 보기도 힘들다. 우선 『어린 이스마엘』은 동시(童詩)로 분류할 정도는 아니지만, 같이 살지 못하게 된 아들을 위해 쓴 시집일 뿐이다. 또 그의 문학적 유언장으로 불리는 편지를 보면,[4] 『자유시』에 대해서도 그다지 만족하지 못했다는 사실을 알 수 있다. 자신의 시를 한 권으로 묶어내었으면 하는 바람을 피력하면서도, 이 경우 『자유시』에서는 극히 완성도 높은 일부 시만 선정해야 할 것이라고 말하고 있다(Martí 1982, 312). 반면 산문가로서의 마르티는 크게 돋보인다. 우선 양적으로 많은 글을 남겼다. 생계를 위해서, 또한 독립 운동의

---

3) 독립 세력 내에서의 마르티의 입지 변화, 마르티의 사후 평가의 추이 등에 대해서는 Martí(1998, 317-338)를 주로 참조하였다.
4) 1895년 4월 1일 곤살로 데 케사다(Gonzalo de Quesada, 1868~1915)에게 보낸 편지이다. 그 역시 재미 독립 운동가였다. 마르티를 멘토로 받들었으며, 쿠바 독립 후에 제헌헌법 기초에도 참여하고 주미 대사도 역임하였다. 여기저기 흩어져 있던 마르티의 글은 곤살로 데 케사다의 노력에 힘입어 1900년부터 1919년까지 15권의 책으로 간행되었다.

대의를 확산시키고자 베네수엘라, 멕시코, 과테말라, 아르헨티나 등의 신문에 꾸준히 글을 썼기 때문이다. 성찰의 깊이, 논리, 설득력 등에서도 사상가로서의 자질을 유감없이 보여주고 있고, 문체 면에서도 세기말 프랑스 문인들 못지않을 정도의 미학적 수준에 이르렀다. 그래서 시인으로서의 재주가 충분히 발휘되지 못한 것을 아쉬워하는 이들이 있고, 시인보다는 산문가로서의 마르티의 재능을 더 높이 평가하는 시각도 있으며, 약간 시각을 달리해서 마르티는 산문만으로도 그 어느 문인 못지않은 충분한 문학적 기여를 했다고 평가하기도 한다.5)

그럼에도 불구하고 시인으로서의 마르티도 라틴아메리카 문학사에 깊은 족적을 남겼다. 모데르니스모 문학을 논할 때 니카라과의 시인 루벤 다리오(Rubén Darío, 1867~1916)와 더불어 가장 중요한 작가로 꼽히는 인물이 마르티이다. 모데르니스모는 19세기 말에서 20세기 초까지 전성기를 누리며 라틴아메리카의 문학적 독립을 달성하였다. 모데르니스모와 함께 비로소 라틴아메리카 문학다운 문학이 등장한 것이다. 라틴아메리카 대부분의 국가가 19세기 초에 독립했다는 점을 감안하면 상당히 늦은 일이다. 이처럼 문학적 독립이 반세기 훨씬 넘게 지연된 이유는 독립이 기본적으로 식민지 백인이 본토 백인을 상대로 한 권력 투쟁이었을 뿐 정신적 독립의 필요성에 대한 인식은 절실하지 않았기 때문이다.

모데르니스모 문학은 시에 국한된 것이 아니라 소설과 에세이 등 여러 장르에서 동시에 분출되었다. 다만 모데르니스모를 대표하는 뛰어난 소설가를 꼽는 것은 쉽지 않다. 시와 에세이에서는 뛰어난 작가와 작품을 배출했지만, 소설에서는 미진한 점이 아직 많았기 때문이다. 모데르니스모 문학이 무엇인지 정의하기는 쉽지 않다. 문학적 선언문이 존재하는 것도

5) 이런 논란에 대해서는 Fernández Retamar(1987, 565-566)를 참조하라.

아니고, 동질적 성격을 지닌 문학 운동이나 경향도 아니었기 때문이다. 그것은 당대의 시대정신이라고 보아야 할 것이다.

지면 관계상 모데르니스모 전반에 대한 논의는 불가능하지만, 마르티 사례를 통해 어느 정도 짐작을 할 수 있다. 먼저 모데르니스모가 동질적인 문학 경향이 아니라 이질적인 문학 경향들이 수렴되어 있다는 점은 마르티의 산문에 뚜렷이 드러난다. 그의 산문을 거칠게 규정하자면 내용은 낭만주의적이고 형식은 유미주의나 상징주의적이다. 정의에 대한 절절한 심경을 강렬한 상징이 깃든, 나아가 자연과의 조응 시도가 엿보이는 대단히 화려한 문체로 토해내고 있다는 점에서 그렇다. 이러한 경향은 마르티의 시에서도 엿보인다. 가령 『자유시』의 「시학」(Poética)은 유미주의와 낭만주의가 혼재되어 있다.

> 진실은 홑(笏)을 원한다.
> 나의 시는 온갖 향기와 찬란한 빛을 발하는
> 화려한 방들을 상냥한 시동(侍童)처럼 다닐 수 있다.
> 시중드는 고명한 공주에게 사랑에 빠져 몸을 떨면서,
> 귀부인들에게 상큼한 샤베트를 나누어주면서.
> 내 시는 예장용 칼, 보라색 조끼,
> 황금빛 베일, 줄무늬 바지에 대해서 알고 있다.
> 따끈한 포도주에 대해서도, 사랑에 대해서도
> 내 투박한 시는 알고 있다.
> 그러나 내 시는 선호한다.
> 진실한 사랑의 침묵을, 생명력 넘치는 밀림의 울창함을.
> 카나리아를 좋아하듯이! 독수리를 좋아하듯이!

공주와 귀부인, 화려한 방과 의복 등을 언급하는 점에서 다분히 유미주의적이고, 마지막 세 구절에서 시적 진실과 자연을 조응시키려는 태도에서는 상징주의적이다. 반면 사랑이나 진실을 추구하는 이상주의적 태도는 낭만주의를 연상시킨다. 문화/자연 혹은 문명/자연의 이분법 속에서 자연 그대로의 투박한 시를 선택하는 점 역시 낭만주의적이다. 더구나 서두의 진실과 마지막 부분의 자연에 대한 예찬은 마르티가 낭만주의로 기울고 있다는 것을 분명히 보여주고 있다. 그래서 혹자는 마르티를 '낭만적 이상주의자'로 정의하기도 한다.

그렇다면 낭만적 이상주의자 마르티에게 유미주의나 상징주의 형식이 필요했던 이유는 무엇일까? '모데르니스모'라는 단어를 보면 그 이유를 짐작할 수 있다. 에스파냐어의 '모데르니스모'는 영어의 '모더니즘'에 해당하는 단어이다. 다만 다리오와 마르티가 추구한 문학이 영미권 모더니즘 문학과 많이 다르기 때문에 에스파냐어권 연구자들은 보통 모더니즘과의 차별화를 위해 모데르니스모 문학이라고 지칭한다. 어쨌든 모데르니스모는 근대 정신이 담긴 문학을 가리키는 말이다. 그리고 근대 정신의 핵심 중 하나는 시대적으로 뒤처지는 것을 용납 못하는 동시대성의 추구이다. 적어도 마르티에게는 서구에서 이미 철 지난 낭만주의보다는 동시대적인 유미주의나 상징주의가 참고해야 할 형식적 모델이 될 수밖에 없었던 것이다.

그렇다면 또다시 묻지 않을 수 없다. 마르티가 동시대성을 추구하면서 철 지난 낭만주의적 태도를 고수하는 것은 무엇 때문일까? 이에 대해서는 1990년 노벨 문학상 수상자인 멕시코 시인이자 시 이론가인 옥타비오 파스(1914~1998)의 견해를 참고할 필요가 있다. 그는 "모데르니스모는 우리의 진정한 낭만주의였다"라고 말한다(Paz 1985, 78). 서구에서 낭만주의가 한 역할을 라틴아메리카에서 모데르니스모가 담당했다고 단언한 것이다.

이는 모데르니스모가 라틴아메리카에서 자본주의화가 시작된 시절의 산물이었기 때문이다. 낭만주의자들이 산업화, 도시화, 세속화, 부르주아화된 사회에서 느낀 문제의식을 모데르니스모 문인들이 똑같이 지니고 있었기에 마르티처럼 낭만주의적 태도를 포기하지 못하는 문인이 존재하게 된 것이다. 특히 미국에서의 망명 생활로 근대의 제 문제에 대한 날카로운 문제의식을 지니고 있었던 마르티로서는 더욱 그럴 수밖에 없었을 것이다.

그렇지만 모데르니스모에 내포된 시대정신을 서구식 낭만주의를 답습한 근대 정신으로 단순하게 이해하는 것은 곤란하다. 『소박한 시』의 권두시로, 〈관타나메라〉라는[6] 노래의 가사로 일부 차용된 것으로 유명한 다음 시는 마르티의 차별화된 근대 정신을 엿볼 수 있게 해준다.

> 나는 진실한 사람,
> 야자나무 자라는 땅에서 온.
> 죽기 전에 내 영혼의 시를
> 토해내고 싶네.
>
> [...]
>
> 내 용감한 가슴에
> 나를 들쑤시는 고통을 감추고 있다네,
> 노예민족의 아들은 민족을 위해
> 살고, 침묵하고, 죽는다는.

첫 번째 연은 「시학」의 연장선상에서 이해할 수 있다. 마르티는 변함없

---

6) 관타나메라(Guantanamera). '관타나모(Guantánamo)의 여인'이라는 뜻.

이 진정성이 담긴 시, 영혼이 담긴 시를 추구하는 모습을 보인다. 의미심
장한 것은 그다음 연의 마지막 두 줄이다. "노예민족의 아들"이라는 자신
의 존재론적 조건에 대해서, 또 "민족을 위해" 살고 죽어야 한다는 윤리적
의무에 대해서 명확히 인식하고 있고, 또 그 실천을 주장하고 있다. 이로
써 20세기 중반에 비서구 문학의 화두가 된 탈식민주의적 문학을 이미 19
세기 말에 선취하였다. 마르티에게 시는 단순히 숭고하고 아름다운 것이
아니라 식민적 현실의 질곡을 타파할 혁명적 도구였던 것이다. 즉 낭만주
의 시처럼 근대의 내부적 모순에 대한 비판 혹은 회피의 몸짓이 아니라,
서구 근대가 비서구에 강요한 식민적 조건에 대항하는 수단이었다.

　모데르니스모의 시대정신도 이런 맥락에서 이해해야 한다. 물론 모데르
니스모는 종종 현실과 유리된 상아탑에 비유되었다. 특히 모데르니스모의
대표 주자 다리오의 시 세계가 현실도피 혹은 문학적 유희의 특징이 농후
하다. 하지만 그런 그마저 1898년 「칼리반의 승리」(El triunfo de Calibán)라
는 에세이에서 미국의 제국주의적 팽창 의도에 맹공을 가했다(루벤 다리오
2013, 404-412). 칼리반은 원래 셰익스피어의 『폭풍우』의 등장인물이다. 셰
익스피어의 극에서 교양과 관용을 갖춘 이상적인 통치자로 그려지는 프로
스페로가 거느린 야만인 하인이 바로 칼리반이다. 그런데 다리오는 「칼리
반의 승리」에서 천박한 물질주의에 물든 미국을 칼리반으로 규정하고 있
다. 2년 후 모데르니스모의 또 다른 주요 인물인 호세 엔리케 로도(José
Enrique Rodó, 1871~1917)도 수필집 『아리엘』(Ariel, 1900)에서 같은 주장을
펼친다. 프로스페로라는 노학자가 젊은 학생들을 계도하는 내용의 이 책
에서 미국은 물질적 가치만 좇는 야만인 칼리반으로, 라틴아메리카 청년
들이 좇아야 할 전통적 정신적 가치는 아리엘(『폭풍우』에서 프로스페로를 돕
는 정령)로 규정된다. 두 텍스트 모두 쿠바 독립 전쟁이 미국과 에스파냐

전쟁으로 비화하고, 그 결과 에스파냐 제국주의 시대는 끝났지만 카리브해에 미국 패권 시대가 열린 것에 대한 분노의 산물이었다. 제국주의에 대한 이러한 강력한 비판들은 모데르니스모의 시대정신이 상아탑, 현실도피, 문학적 유희 등으로 단순하게 설명될 수 있는 것이 아니라는 점을 엿보게 해준다. 미학적인 차원에서 서구와 동시대에 살고 있다는 것을 입증하려는 모데르니스모 작가들의 노력이 문학에 과잉 함몰되어 있다는 비판을 낳을 만도 했지만, 그 배후의 시대정신은 문학 숭배가 아니라 문학적 탈식민화였던 것이다. 탈식민화라는 시대정신을 공유하고 있었기 때문에 미국 제국주의에 대한 모데르니스모 문인들의 즉각적이고도 일사불란한 비판이 가능했다.

III. 인식의 혁명

어떤 측면에서 볼 때 마르티는 행운아이다. 오늘날 쿠바인 모두의 국부로 추앙받고 있기 때문이다. 그러나 쿠바 독립 직후만 해도 그의 위상은 그저 독립 유공자 중 한 사람이었을 뿐이다. 마르티가 주로 미국에서 활동했고, 에스파냐 식민당국의 검열로 그의 활동과 글이 쿠바 내에 잘 알려지지 않았고, 일찍 전사하는 바람에 1차 독립 전쟁과 2차 독립 전쟁에서 두루 활약하면서 이름을 떨친 독립의 영웅들과 같은 가시적인 공을 세울 수 없었고, 곤살로 데 케사다 등의 작품 발간 노력은 예외적이었을 뿐만 아니라 독자층이 제대로 형성되어 있지 않았던 독립 직후의 쿠바에 영향력을 발휘하기도 힘들었기 때문이다. 또한 1920, 30년대까지만 해도 마르티에게 의혹의 시선을 보내는 집단들이 존재했다. 가령 가톨릭적 가치

를 고수하던 보수주의자들에게 마르티는 프리메이슨으로 보였고, 1920년
대에 출현한 좌파에게는 계급보다 민족을 우선시한 그의 행보가 떨떠름할
수밖에 없었다. 하지만 독립 후 정치적, 경제적 난맥상이 계속되자 거의
모든 사회 세력이 마르티를 본보기로 삼고자 했다. 1925년부터 8년간 지
속된 헤라르도 마차도(Gerardo Machado) 독재 정권마저 마르티를 국가 통합
의 상징으로 이용하고자 했을 정도였다. 쿠바혁명 후 마이애미로 망명한
기득권층이 마르티를 자유민주주의자로 규정하고 반(反)카스트로의 상징
으로 삼은 것도 이와 유사한 맥락에서이다. 그러나 마르티의 재평가는 아
무래도 민족주의 정서의 산물이다. 사실상 미국의 속국이 된 쿠바 현실에
울분을 토하던 이들에게 마르티는 반제국주의 투사였다. 그래서 카스트로
가 그를 쿠바혁명에 영감을 준 가장 중요한 인물로 꼽았고, 1959년 들어
선 쿠바 혁명체제의 상징인 혁명광장에도 기념비를 세웠다.

그러나 마르티의 재평가는 독립 혁명에 바친 그의 생애나 투철한 민족
주의자이기 때문만은 아니었다. 1920, 30년대부터 마르티의 위상이 점점
높아지게 된 가장 중요한 요인은 필자가 보기에는 마르티가 혁명적 인식
전환을 주창했기 때문이다. 가령 대표적인 시론(時論) 「우리 아메리카」에서
마르티는 이렇게 주장한다.

아메리카의 훌륭한 통치자는 독일인이나 프랑스인을 어떻게 통치하
는지 아는 이가 아니다. 자기 나라가 어떤 요소들로 이루어져 있으며,
어떻게 이 요소들을 전부 이끌고 가야 하는지를 아는 사람이다. 자기
나라에서 생겨난 방식과 제도를 통해 그런 바람직한 나라, 즉 각자가
자신을 알고 행하는 나라, 스스로 일해 풍요롭게 나라를 일구고 목숨
바쳐 지키는 국민 모두를 위해 자연이 선사한 풍요로움을 모두가 누
리는 나라로 이끌고 가는 방법을 아는 사람이다. 통치는 자기 나라에

서 생겨나야 한다. 통치 정신은 자기 나라 것이어야 한다. 통치 형태는 자기 나라 헌법에 합치해야 한다. 통치란 자기 나라 자연 요소들의 균형일 뿐이다.

　그래서 마르티는 19세기 라틴아메리카의 또 다른 주요 사상가인 도밍고 F. 사르미엔토를 신랄하게 비판한다. 아르헨티나의 문인이자 대통령까지 역임한 정치인인 사르미엔토는 『파쿤도: 문명과 야만』(Civilización y Barbarie. Vida de Juan Facundo Quiroga, 1845)이라는 책에서 서구를 문명, 아메리카를 야만에 비유한 바 있다. 그러나 마르티에게 '우리 아메리카'에서 벌어지고 있는 일은 "문명과 야만 간의 싸움이 아니라 거짓된 학식과 자연 간의 싸움"이었다. 즉 '우리 아메리카' 현실에 맞지 않는 수입된 지식이 '우리 아메리카'에서 자연스럽게 태동되고 얻어진 참지식을 압도하고 있는 것이 문제라는 것이다. 이런 인식하에서 마르티는 암울한 국제정세 극복을 위해 "이성의 무기" 혹은 "판단력" 획득이 선행되어야 한다고 주장한다. "사상의 진지가 돌로 구축한 진지보다 더 가치가 있다"는 것이 그의 생각이었다.

　오늘날의 입장에서 볼 때 마르티의 주장은 너무도 당연한 소리로 들릴지도 모른다. 그러나 당시에는 라틴아메리카인 대부분이 자긍심이 부족했기 때문에 사르미엔토처럼 서구 문명을 이식하고 배우자는 주장이 대세였다. 그래서 사르미엔토 부류의 주장이 지식의 식민성을 공고히 하는 부작용을 낳으리라는 인식이 부족했다. 이와 관련해서는 쿠바의 문학 비평가 로베르토 페르난데스 레타마르의 칼리반론을 염두에 둘 필요가 있다. 그는 1971년 「칼리반」(Calibán)이라는 글에서 프로스페로를 서구, 아리엘을 비서구의 식민체제 조력자, 칼리반을 라틴아메리카인이라고 규정했다(로베르토 페르난데스 레타마르 2017, 37-44). 다리오나 로도가 미국을 칼리반, 즉 야만인으로 규정하고, 로도가 아리엘을 라틴아메리카인의 모델로 삼은 것을 감안하면 전복적인 인식이다. 페르난데스 레타마르에게 아리엘은 사르미엔토 같은 이이고, 마르티는 칼리반의 전형이다. 물론 마르티가 야만인이라는 뜻이 아니다. 서구 혹은 사르미엔토 같은 지식인이 서구 지식을 수입하여 라틴아메리카인을 야만인으로 규정하는 것에 대해 주눅 들 필요가 없다는 주장이고, 야만인이라 비하되는 라틴아메리카인의 정신적 독립을 역설한 것이다. 페르난데스 레타마르에게 마르티는 이러한 자긍심의 출발점이었다(44-53).

마르티가 '우리 아메리카'에 자긍심을 부여한 일보다 더 중요한 점은 그가 관계적 인식 패러다임을 제시했다는 점이다. 언뜻 보면 마르티가 우리 아메리카와 서구(혹은 미국)의 관계를 민족주의와 제국주의의 경직된 이분법적 대립으로 인식하는 것처럼 보일 수 있다. 그러나 서구 지식과 라틴아메리카의 비판적 지식을 비교해 보면 마르티가 서구와는 다른 인식 패러다임을 제시했다는 점을 알 수 있다. 가령 2차 세계 대전 후의 지배적 경제이론이었던 발전주의는 서구 모델을 충실히 적용한 발전 전략이 제3세계 국가들의 성공적인 근대화를 이끌어 내리라고 장담하였다. 사르미엔토의 논리와 다를 바 없이 서구가 가치척도의 유일한 중심인 선적(線的) 인식 패러다임이다. 그러나 종속이론가 안드레 군더 프랑크 같은 이는 라틴아메리카를 저발전의 발전 상태로 진단했다. 라틴아메리카가 발전하지 못한 것이 아니라 서구의 발전을 위한 저발전 상태를 강요받았다는 것이다. 발전과 저발전은 동전의 양면이라는 종속이론의 유명한 테제야말로 관계적 인식 패러다임의 전형이다. 1980, 90년대의 근대성 논쟁의 경우도 유사한 인식적 대립을 야기했다. 하버마스 같은 서구 지식인에게 근대성은 미완의 기획이다. 즉 앞으로의 노력 여하에 따라 누구든 달성할 수 있을 목표이다. 그러나 라틴아메리카의 관점에서 탈식민주의를 표방한 근대성/식민성 그룹에게 근대성과 식민성은 동전의 양면이다(월터 D. 미뇰로 2010, 43). 특정 지역의 근대성 성숙이 타 지역의 식민성 심화로 귀결되기 때문에 식민성 극복 없이는 근대성 성숙도 없다는 것이 이 그룹의 주장이다. 그런데 마르티야말로 라틴아메리카의 이러한 비판적 지식 계보의 선구자로 평가된다. 가령 마르티가 수많은 연설과 편지 등에서 되풀이 말하듯이 그에게 쿠바 독립은 단순히 민족적 문제가 아니었다. 쿠바가 독립 국가로 주체적 행보에 나설 수 있을 때, 이미 카리브를 자신들의 호수로 여기기 시작한 미국의 제국주의적 야욕을 견제할 수 있으리라는 것이 그의 생각이었다. 실제로 그의 쿠바혁명당 강령은 쿠바의 완전한 독립을 달성하고, 나아가 푸에르토리코 독립을 촉진, 지원하는 것을 목적으로 했다. 쿠바 독립의 당위성을 설파한 가장 유명한 시론(時論)이 '쿠바'라는 단어 대신 '우리 아메리카'라는 표현을 제목으로 달고 있는 것도 그 때문이다. 서구라는 하나의 중심으로 모든 것을 인식하려는 서구적 인식과 결별하고 주체와 타자의 관계망 속에서 세계를 이해하는 인식 패러다임을 제시했다는 점에서 마르티가 인식의 차원에서도 혁명적이었다는 평가를 내릴 수 있는 것이다.

마르티의 관계적 인식 패러다임은 심지어 미국학에도 영향을 끼쳤다. 미국의 역사학자 프레드릭 잭슨 터너(Frederick Jackson Turner)는 마르티의 시대인 1893년 「미국 역사에서 프런티어의 의미」(The Significance of the Frontier in American History)를 썼다. 이후 오랫동안 미국인들의 금과옥조가 된 소위 프런티어 사관의 시작이었다. 터너에게 프런티어는 경계는 경계이되 넘어서야 할 경계였다. 경계 너머의 타자를 별다른 의미 없는 존재,

거의 무존재로 인식하고 있었다는 반증이다. 그렇지 않으면 마음껏 경계를 넘으라고 권할 수 있겠는가? 따라서 프런티어 사관은 미국의 영토적 팽창을 합리화하고 정당화하는 사관이었다. 그리고 나아가 미국에 편입된 소수민족을 타자화시키고 배제하는 역할도 했다. 하지만 적어도 1970, 80년대에 이르면 상당수 미국학 연구자들이 미국 중심적인 이 사관을 수정할 것을 요구하기 시작했고, 그 과정에서 마르티가 미국학에서도 주목을 받게 되었다. 이는 마르티가 미국 망명 생활 중 아일랜드인이나 중국인 같은 미국 내의 타자들에 대한 많은 글을 남긴 덕분이기도 하지만, 「우리 아메리카」처럼 앵글로아메리카와 라틴아메리카라는 두 아메리카의 관계망 속에서 미주 문제를 보아야 한다는 인식 패러다임, 즉 미국 이외의 타자를 배제한 프런티어 사관과는 다른 패러다임을 제시했기 때문이기도 하다.7)

---

7) 잭슨 터너와 마르티의 비교는 Thomas(1998, 275-292)를 참조하라.

마르티와 리살의 시대

우 석 균

Ⅰ. 두 죽음

1895년 5월 18일 호세 마르티는 전선에서 마누엘 메르카도(Manuel Mercado)라는 친구에게 편지를 쓰고 있었다. "나는 나라를 위해, 그리고 내 의무를 위해 목숨을 바칠지도 모를 위험에 이미 매일 처해 있다"라는(Martí 1982, 361) 서두의 한 구절에서 엿볼 수 있듯이 비장한 어조의 편지였다. 왜 아니 그러겠는가! 각고의 노력 끝에 독립군을 조직하여 쿠바에 상륙한 지 얼마 안 된 때였고, 후방 지원 역할을 해달라는 주변의 권유도 일언지하에 거절하고 참전한 터였기 때문이다. 편지를 쓰는 그 순간 아마 지난 세월이 주마등처럼 스쳐 지나갔으리라. 그야말로 파란만장한 삶을 살았기 때문이다. 불과 17세의 나이에 수용소에서 쇠사슬에 묶여 강제노역을 했고, 국외로 추방된 18세 때부터 이 나라 저 나라를 떠돌아야 했고, 가족과는 생이별하다시피 했다. 북받쳐 오르는 감정을 주체할 수 없었을까, 아니면 쓰고 싶은 말이 너무도 많았음일까? 마르티는 편지를 끝맺지 못하고 다음 날로 미뤘다. 그러나 그 편지는 영원히 끝을 맺지 못했다. 불굴의 투쟁을 맹세하던 편지의 잉크가 채 마르기도 전인 그다음 날 적군의 기습을 받고 전사했기 때문이다.

1896년 12월 30일 마닐라에서도 한 맺힌 죽음이 있었다. 주인공은 호세 리살(José Rizal, 1861~1896)이었다. 무장독립투쟁을 배후 조종했다는 혐의로 체포되어 전날 사형선고를 받은 리살은 독방에 수감되어, 채 24시간도 남지 않은 자신의 삶을 정리해야 했다. 가족과 친구들에게 편지를 쓰고, 모친과 누이들을 최후로 면회하고, 죽음의 종교의식에 임했다. 그리고 사랑하는 여인 조세핀과 가슴 절절한 옥중 결혼식도 올렸다. 리살 역시 틀림없이 지난날을 떠올렸을 것이다. 에스파냐에서 뜻을 같이 하는 이들과 ≪연대≫(Solidaridad)라는 신문을 간행하여 필리핀인의 권익 신장을 요구하는 비폭력 평화운동을 시작한 일, 1892년 귀국을 감행하여 필리핀연맹(La Liga Filipina)을 창립하고는 필리핀인의 단결을 호소하는 활동을 벌인 일, 이내 요주의 인물로 분류되어 민다나오 섬의 다피탄에서 보낸 4년 간의 유배생활 등을. 리살은 마지막 순간까지 의연했다고 한다. 사형선고를 받고 죽기 전날 썼다는 일종의 절명시(絶命詩) 「마지막 인사」에서[1] 심경을 밝힌 것처럼, 조국을 위해 기꺼이 목숨을 바치겠다는 각오가 있었기에 그럴 수 있었으리라.

---

1) 「마지막 인사」(Mi último adiós). 이 시를 과연 하루 만에 쓸 수 있었을까 하는 회의적인 시각도 존재한다. 긴 시이고 완성도도 높은데, 그럴 만한 물리적 시간이 부족해 보이기 때문이다. 본문에서 언급한 대로 리살의 마지막 날은 차분히 시를 쓸 만한 겨를이 별로 없었다. 또한 독방에 있었다고는 하지만 대단히 감시가 삼엄했다고 한다. 리살 처형이 대중봉기를 야기할까 봐 걱정하던 식민당국이었으니 애국심을 고무시키는 시를 쓰게 내버려 두었을까도 싶다. 아무튼 리살은 지인들에게 하직을 고하는 다른 편지들과는 달리 이 시는 몰래 누이동생에게 건네주었다고 한다(Guerrero 2012, 21장).

날이 밝으면 최후를 맞이할 텐데,

어두운 두건 뒤에서 마침내 새날을 알리네.

조국이여, 그 여명을 붉게 물들이고 싶다면

기꺼이 내 피를 뿌리려.

아침 햇살에 내 피도 황금빛으로 물들게.(Rizal 2011)

　그랬다. 19세기 말의 '조국'은 식민지배를 받는 이들에게는 목숨과 바꿀
수 있는 것이었다. 그렇기에 쿠바에서도 필리핀에서도 마르티와 리살이라
는 순교자가 동시에 나타날 수 있었다.

II. 전 지구적 저항

　1903년 미 대통령 시어도어 루스벨트는 지구를 한 바퀴 도는 전보를
자신에게 보냈다. 이에 걸린 시간은 겨우 9분이었다. 베네딕트 앤더슨은
『세 깃발 아래에서: 아나키즘과 반식민주의적 상상력』에서 이 일화를 소
개하면서, 이미 19세기의 마지막 20년 동안 전 세계가 "이른 세계화"(early
globalization) 단계에 접어든 증거로 삼았다. 전 지구화가 20세기 말의 현상
이 아니라 만국우편연합이 출범하고 증기선과 철도의 확산이 어느 정도
이루어진 19세기 말의 현상이라는 것이다. 앤더슨은 "이른 세계화"를 가능
하게 한 물질적 조건이 반식민주의자들끼리 국제적으로 연대를 모색한
"지구를 가로지르는 공동행동"(transglobal coordination) 또한 역사상 처음으로
가능하게 했다고 주장한다. 그래서 "신세계의 마지막 민족주의 항쟁(1895
년 쿠바)과 아시아의 첫 번째 민족주의 항쟁(1896년 필리핀)"이 동시에 일어

난 것이 결코 우연이 아니라고 본다(베네딕트 앤더슨 2009, 30-31).

앤더슨이 쿠바와 필리핀을 특별히 언급한 것은 마르티와 리살의 공통점에 주목했기 때문이다. 반식민주의 투쟁 이력과 이에 따른 죽음, 에스파냐 유학 경험, 언론과 문학 작품을 통한 민족주의 고취, 건국의 아버지로 각각 쿠바와 필리핀에서 추앙받는다는 점 등은 물론 앤더슨이 아니더라도 쉽게 발견할 수 있는 공통점이다.2) 하지만 19세기 말의 상황을 전 지구화라는 현재의 맥락에 비추어 재해석하려는 시도가 가미되면서 앤더슨의 책은 참신하다는 인상을 주기에 충분했다. 하지만 아나키즘이 전 지구적인 반식민주의 연대의 원천이었다는 이 책의 주요 논지에는 동의할 수 없다. 서구의 영향이 없었다면 국제적인 반식민주의 연대가 불가능했으리라는 지극히 서구 중심적 가정이 깔려 있기 때문이다. 그럼에도 불구하고 식민지인들이 민족주의의 틀에만 갇혀 있지 않고 충분히 국제적인 행보를 걸었다는 점을 앤더슨이 부각시킨 일은 새로운 성찰의 기회 혹은 망각된 역사적 진실을 제공하고 있다.

마르티와 리살의 비교연구로 박사학위를 취득한 재미 일본인 고이치 하지모토의 연구(Hagimoto 2013) 역시 필자의 인식과 유사한 점을 보여주고 있다. 앤더슨의 서구 중심적 시각을 비판하면서도 그의 "이른 세계화"나

---

2) 차이점이 있다면 리살은 독립보다는 자치, 무장투쟁보다는 평화적인 권익 신장에 더 많은 관심을 두었다는 점이다. 그러나 이 차이가 마르티와 리살의 결정적인 차이라고 단정 짓기는 좀 그렇다. 점점 더 높은 수준의 자치를 요구한 리살의 행보를 보면, 만일 좀 더 오래 살았다면 결국에는 독립만이 유일한 해결책이라는 결론에 이르렀을 가능성을 배제하지 못할 것 같다. 가령 리살의 요구 중 하나는 에스파냐 의회에 필리핀을 대표하는 사람이 있어야 한다는 것이었는데, 쿠바에는 이 권리가 허용되었는데도 불구하고 결국은 마르티와 같은 독립론자들이 힘을 얻게 되었다. 라틴아메리카 대부분의 국가가 19세기 초에 독립한 후, 에스파냐의 해외 식민지 정책은 마지막 남은 몇 안 되는 식민지를 어떻게든 지켜내겠다는 강경 기조가 대세였다. 그래서 식민지의 자율권 확대는 기대하기 힘든 것이었다. 리살이 결국에는 완전한 독립의 요구에 이르렀으리라는 가정이 충분히 가능한 시대 분위기였다.

반식민주의에 기초한 "지구를 가로지르는 공동행동"이라는 논지에는 호감을 표시하고 있다는 점에서 그렇다. 하지모토는 필리핀과 쿠바가 에스파냐의 식민지라는 공통분모를 가지고 있다는 사실을 대단히 중요하게 여긴다. 필리핀과 쿠바는 물론 19세기 말까지 에스파냐 식민지였던 푸에르토리코의 지식인들까지 마드리드, 바르셀로나, 파리 등을 무대로 반식민주의 연대에 나선 것이 그다지 이상한 일이 아니라는 것이다. 다시 말해, 아나키즘 없이도 충분히 연대가 이루어지던 상황이었다는 시각을 내비친 것이다. 비록 마르티와 리살은 서로 만난 적도 없고, 각자가 남긴 수많은 글에서 상대방 이름이라도 언급한 적이 없지만, 1896년에서 1897년까지 파리에서 출간된 신문 《쿠바공화국》(La República Cubana)과 1889년에서 1895년 사이에 바르셀로나에서 필리핀인들이 간행한 《연대》에는 상대방 국가의 독립 움직임에 대한 지식과 지지 의사 심지어 연대 움직임까지도 쉽게 포착할 수 있으며, 마르티와 리살의 행보가 이런 분위기 조성에 간접적이지만 상당히 중요한 영향을 끼쳤다는 것이 하지모토의 연구 결과 중 하나이다. 그래서 하지모토에게 마르티와 리살이 조성한 연대 분위기는 1950년대 중반의 제3세계에 대한 의식, 세계체제의 패권을 장악한 북(北)에 대항하는 '전 지구적 남'(Global South)이라는 의식, 1990년대에 신자유주의적 세계에 대항한 전 지구적 저항의 출현보다 앞서서 탈식민화 역사의 서두를 장식한 역사적인 사건이다.

III. 운명공동체로서의 쿠바와 필리핀

19세기 말 필리핀과 쿠바의 국제적 연대는 국내에서는 대단히 생소한 일일 것이다. 그래서 간략하게나마 두 나라의 식민사를 살펴보는 것이 필요할 것 같다. 쿠바는 16세기 초 멕시코 정복의 교두보였다는 점에서 전지구적 역사(global history)에서 처음으로 중요한 위치를 점했다. 또한, 식민지시대 내내 본국과 아메리카를 잇는 교역로로 나름대로 의미 있는 위상을 지니고 있었다. 에스파냐가 구축한 식민체제에서 쉽게 벗어나기 힘든 조건이었다. 그렇지만 다른 라틴아메리카 국가들이 19세기 초에 대거 독립했음에도 불구하고 여전히 식민지에 머물러 있게 된 것은 18세기 이래 쿠바의 특수한 상황에 크게 영향을 받은 탓으로 보아야 한다. 두 가지 점이 독립의 걸림돌이었다. 하나는 쿠바 경제가 라틴아메리카 다른 지역에 비해 건실해서 상대적으로 식민지인들의 불만이 적었다는 점이다. 19세기 초부터 커피, 궐련, 설탕이 차례로 경기 호황을 이끌었다. 특히 설탕은 18세기부터 성장세가 두드러져 1860년에는 세계 공급의 3분의 1을 차지하기에 이르렀다.[3] 두 번째 요인은 1804년 아이티 독립이었다. 이미 1791년부터 일어난 독립 운동 과정에서 아이티 백인 지주들이 다수 피살되면서 쿠바는 물론, 흑인 노예를 기반으로 하는 소위 플랜테이션 사회구조를 지닌 국가들은 체제 변화를 꺼리게 되었다.

　필리핀은 1519년 마젤란의 태평양 횡단 때 처음으로 유럽에 알려졌다. 그리고 1564년 에스파냐인 안드레스 데 우르다네타(Andrés de Urdaneta)가 필리핀에서 아메리카 대륙으로 귀환하는 항로를 개척한 뒤 이듬해부터 1815년까지 마닐라 갤리언 혹은 중국선으로 불리는 배들에 의한 해상 무역이 이루어졌다. 마닐라는 1571년부터 주요 교역항 역할을 했고, 아메리카 대륙에서는 누에바에스파냐(멕시코시를 중심으로 한 에스파냐의 부왕령)의

---

3) 이 시기의 쿠바 경제에 대해서는 토머스 E. 스키드모어 · 피터 H. 스미스 · 제임스 N. 그린(2014, 219-220)을 참조하라.

아카풀코 항이 그 역할을 담당했다. 이 교역에서는 중국의 도자기와 비단, 그리고 아메리카의 은이 가장 중요한 상품이었다(서성철 2013, 141-144). 다시 말해 필리핀은 에스파냐의 식민지이면서도 본국보다는 중국 및 멕시코와의 교역이 더 중요했다는 특징을 지니고 있었고, 에스파냐 제국 내에서 이 삼각무역의 주도권을 쥔 이들도 본국 상인이 아니라 멕시코 상인들이었다. 즉 필리핀은 본국과 이해관계가 적은 약한 고리에 해당했다. 필리핀이 다른 식민지에 비해 에스파냐화의 정도가 낮았던 것도 본국의 무관심과 무관하지 않다. 라틴아메리카에서는 베네수엘라와 아르헨티나 등 본국과 식민지 관계에서 약한 고리에 해당하는 나라에 자유무역주의 바람이 불었을 때 독립 운동이 선도적으로 일어났다. 하지만 필리핀은 이와는 다른 상황이었다. 라틴아메리카 독립 운동의 정치적 파급력이 지리적 거리 때문에 그다지 크지 않았고, 자유무역주의가 마닐라–아카풀코 무역 종식에 영향을 끼쳤지만 그렇다고 필리핀에 대단히 큰 변화의 바람을 불러일으키지도 못했으며, 무엇보다도 독립의 주체가 될 식민지 엘리트층이 19세기 후반에 와서야 형성되었다.

쿠바와 필리핀의 지식인들이 19세기 말이라는 이른 시기에 전 지구적 저항의 싹을 틔울 수 있었던 것은 이러한 식민사가 작용했다. 15~16세기부터 에스파냐의 식민지였고, 19세기 초에 라틴아메리카 대부분의 지역이 독립한 뒤에도 여전히 식민지로 남았다는 점에서 양 지역은 이미 오랜 운명공동체였다. 그리고 독립 운동의 열기가 상대적으로 미약한 지역들이었다는 공통점 때문에 독립 운동가들이 외부와의 연대를 통해서라도 역량을 키울 것을 모색하면서 그 과정에서 전 지구적 저항이라는 현상이 벌어지게 되었다. 더구나 19세기 말은 제국주의 쟁탈전이 최고조로 치닫던 시기, 즉 제국주의가 전 지구화되던 시기였으니 전 지구적 저항이 아닌 국지적 저항만으로는 뜻을 이루기 힘들다고 판단했을 것이다.

IV. 미국의 전 지구적 패권 전략

그러나 당시의 국제정세는 전 지구적 저항이 결실을 맺기에는 녹록지 않았다. 주지하다시피 19세기 말의 제국주의 쟁탈전에서 가장 주목할 만한 변화는 에스파냐 제국의 퇴장과 미국 제국의 등장이었다. 그리고 쿠바와 필리핀은 실질적인 미국의 식민지로 다시 전락했다. 피터 H. 스미스는 미국이 독립 직후인 1780년대 말부터 제국으로 팽창하리라는 야망을 보였다고 말한다. 미국은 아메리카에서 유럽의 영향력 축소를 위해 단기적으로는 에스파냐의 아메리카 식민지 보유를 지지했다. 허약한 제국 에스파냐는 미국에 별로 위협이 되지 않았으니, 에스파냐가 영국과 프랑스의 아메리카 개입을 막는 완충 역할을 해주기를 기대한 것이었다. 19세기 초 에스파냐어권 아메리카에서 독립 운동이 일어나자 미국은 곤혹스러운 입장이 되었다. 구대륙의 억압의 사슬을 끊어낸 역사를 자랑스럽게 내세운 미국으로서는 라틴아메리카의 독립 운동을 반대할 명분이 없었는데, 신생국들이 과연 미국처럼 유럽의 아메리카 개입을 반대하는 노선을 걸을지 낙관하기 힘들었기 때문이다. 미국은 결국에는 독립 운동을 지지하게 되었다. 대신 미국의 이해관계가 곧 신생국들의 이해관계와 일치한다는 담론을 정립하기 시작했다. 1823년의 먼로 독트린이 대표적인 결과물이다. 미국과 에스파냐어권 아메리카를 포괄하는 '서반구'라는 지정학적 개념이 바로 이때 정립되었다(피터 H. 스미스 2010, 33-35). 독립 직후 에스파냐의 아메리카 식민지 보유를 인정하는 방어적 정책에서 에스파냐 식민지들을 미국의 이해관계에 복무시키려는 공세적인 정책으로의 전환 시도가 먼로 독트린의 핵심인 것이다. 다시 말해 사실상 제국주의 정책으로의 전환이었고, 이 전환은 이내 영토적 야욕으로 표출되었다. 존 L. 오설리번이 1845년 「합병」(Annexation)이라는 기사에서 처음 사용한 '명백한 운명'(manifest destiny)이라는 표현에서 이 야욕이 구체화, 일반화되고 있다. 미국이 북미 대륙을 장악하는 것이 섭리라는 내용을 담고 있는데, 이는 당시 미국이 지리적으로는 북미에 속하는 멕시코의 텍사스 합병을 정당화하는 논거로 사용되었다(O'Sullivan 1845). 그리고 바로 그해에 진행된 텍사스 합병 작업은 이듬해 초에 마무리되었고, 이어 멕시코와 전쟁 끝에 1848년 과달루페이달고조약을 통해 지금의 캘리포니아, 네바다, 유타, 애리조나가 고스란히, 그리고 뉴멕시코, 콜로라도, 와이오밍 일부가 또다시 미국에 편입되었다.

스미스는 마르티와 리살의 시대인 19세기 말에 미국의 라틴아메리카 정책이 수정되어 영토 획득보다는 상업 제국의 건설에 치중하게 되었다고 말한다. 직접 식민지를 소유하지 않으면서 자국의 이해를 관철하는 신식민주의 정책이 가동되기 시작했다는 뜻이다.

19세기 말에 이르자 미국의 대(對) 라틴아메리카 전략이 바뀌었다. 열렬한 부흥운동과 팽창의 원칙과 방법을 둘러싼 논쟁을 거친 뒤, 워싱턴은 영토 획득을 주로 추진하는 데서 벗어나서 이해권을 만들어 미국의 헤게모니를 비공식적인 경제적, 정치적 관계의 망으로 확산시키기로 했다. 이런 변화에는 몇 가지 이유가 있었다. 첫째, 인구학적 현실이다. 새로 획득할 지역은 유럽 이민을 끌어들이기에 적합하지 않았거나, 이미 원주민이나 아프리카인 또는 이베리아 반도 태생들이 살고 있는 곳이었다. 당대의 인종주의적 독트린에 따르면, 이런 현실로 인해서 앵글로색슨계가 지배적인 미국 사회에 이 지역들을 통합하기가 적절하지 않았다. 둘째, 지구적 차원의 제국적 경쟁을 재평가해보니, 영토적 접근보다 상업적 이득을 강조하게 되었다. 셋째, 유럽적 의미의 제국주의는 지불할 비용이 큰 프로젝트라는 인식이 있었다. 영국이 인도와 여타 지역에서 발견하게 되듯이, 상당한 규모의 군비와 행정력 비용이 요구되었다. 생각건대 그리고 운 좋게도 19세기 말이 되면서 모든 것이 명백해졌다. 비용을 모두 감수하지 않고도 제국주의의 이득을 얻을 수 있게 된 것이다.(피터 H. 스미스 2010, 46)

그런데 스미스의 견해와 달리 로버트 J. C. 영은 "1898년부터 제1차 세계 대전까지 일반적인 애국주의적 제국주의가 고조되었던 시기는, 미국이 군사적인 형태로 정착을 확대하면서 인접한 영토들을 획득하고 동화하던 정책에서 유럽의 모델을 따라 해외의 식민지들을 직접 획득하고 통제하는 정책으로 이동했던 그런 시기였다"라고 말한다(로버트 J. C. 영 2005, 87-88). 특히 맥킨리 대통령(1897~1901)과 루스벨트 대통령(1901~1909) 시기를 애국주의적 제국주의의 대표적인 시기로 꼽는다.

미국이 1897년 하와이를 합병하고, 1898년 에스파냐와의 전쟁 후에 에스파냐로부터 필리핀, 푸에르토리코, 괌 등을 접수한 것을 보면 영의 주장이 설득력 있다. 그러나 쿠바를 점령하지 않고 막후에서 미국의 정치적, 경제적 이해를 관철하는 데 주력한 것을 보면 스미스의 주장이 옳아 보인다. 이러한 상반된 시각이 존재할 수밖에 없는 이유를 짐작할 수 있는 일화가 있다. 1889년에서 1892년 사이 미국의 국무장관을 지낸 제임스 블레인(James Blaine)의 양면적 태도와 관련된 일화이다. 블레인은 범미주의를 미국의 대외정책으로 확립시킨 인물이다. 그의 주도로 1889년에서 이듬해에 걸쳐 워싱턴에서 열린 제1회 미주국제회의(Primera Conferencia Panamericana)에서 블레인은 미국과 라틴아메리카를 범미주의의 구호로 묶으려는 적극적인 노력을 했다. 이는 분명 먼로 독트린의 연장선상에 있는 일이었다. 그러나 블레인의 구상은 19세기 초의 먼로 독트린보다 훨씬 더 거센 비판에 직면했다. 호세 마르티의 「우리 아메리카」나 루벤 다리오의 「칼리반의 승리」가 바로 그 분위기를 짐작할 수 있는 글들이다. 마르티는 이 회의에 우루과이 영사 자격으로 참석할 수 있었다. 그리고 회의장에서도 미국의 야욕을 드러내는 데 열심이었고, 아르헨티나의 《나시온》(La Nación)을 비롯한 여러 라틴아메리카 신문 통신원으로서 이를 라틴아메리카에 알리는 데 힘썼다. 비록 1891년에야 발표했지만, 「우리 아메리카」가 바로 이 국제회의 기간 중에 쓴 글이다. 「칼리반의 승리」는 이 회의보다 한참 후인 1898년에 써진 글이지만, 미주국제회의에서 미국에 대한 성토가 얼마나 거센 것인지 다음과 같이 적나라하게 묘사하고 있다.

라 빅토리아 극장에서 있었던 강연에서 [아르헨티나 대표] 사엔스 페냐는 또 한 번 정중한 신사이자 정치가였다. 그는 평소에 누우이 말해왔던 바를 되풀이했다. 그는 텍사스를 집어삼킨 뒤에도 여전히 아가리를 벌리고 있는 보아 뱀의 위험성을 경고했고, 앵글로색슨족의 탐욕과 양키들이 보여준 엄청난 식욕, 미 정권의 정치적 오명에 대해, 그리고 독기 오른 보아 뱀의 다음 공격을 대비하는 것이 라틴아메리카 국민들에게 얼마나 유용하고 절실한지에 대해 역설했다.

단 한 사람만이 이 문제에 있어 사엔스 페냐만큼 끈질기고 선견지명이 있었다. 그 사람은 다름 아닌—기묘한 시간의 아이러니여!—자유 쿠바의 아버지 호세 마르티다. 마르티는 자기 혈통의 국민들에게 약탈자들을 경계하라고, 범미주의의 음모에 현혹되지 말고 양키 나라 장사꾼들의 속임수와 함정에서 눈을 떼지 말라고 끊임없이 설파했다. 오늘

날 곤경에 처한 진주를 돕는다는 구실을 내세워 괴물이 그곳의 진주
조개 따위를 닥치는 대로 집어삼키는 것을 본다면 마르티는 뭐라고
말할까?(루벤 다리오 2013, 407-408)

블레인은 이런 비판을 불식시키기 위해 회의 기간 중에 미국은 영토적
팽창 의도가 없고, 단지 교역 확대를 원한다고 강조했다. 하지만 1891년
에 당시 대통령 벤자민 해리슨에게 보낸 편지에 진정한 그의 속내가 담겨
있다. 블레인은 이 편지에서 푸에르토리코와 하와이는 물론 쿠바까지도
미국이 장악해야 한다고 역설하고 있는 것이다(Ward 2007, 104). 블레인의
이런 양면적 태도는 미국이 신식민주의 정책과 구 제국의 식민지배 방식
을 상황에 따라 교차 구사한 것이지 결코 어느 한쪽만을 택한 것이 아니
라는 사실을 보여준다. 그리고 미국의 대외전략에 나타난 이러한 양면성
은 모순이라기보다 전 지구적 패권 전략이라는 더 큰 설계가 배후에 도사
리고 있었기 때문이다. 해군 제독이자 해군사가였던 앨프리드 머핸(Alfred
Thayer Mahan)이 1890년에 쓴 『해상 권력사론(1660~1783년까지의 역사에 미
친 해군력의 영향)』에서 그 단초를 찾을 수 있다. 이 책에서 머핸은 "해군력
이 국제적 영향력을 확보하는 데에 핵심이며, 미국에는 두 대양을 커버하
는 해군이 요구된다"고 주장했다(재인용, 피터 H. 스미스 2010, 54-55). 이는 1
차적으로는 대서양과 태평양을 잇는 운하의 필요성을 뒷받침하는 논거로
작용했다. 하지만 미국이 대서양과 태평양을 아우르는 해상제국이 되어야
한다는 것은 곧 미국이 전 지구적 패권을 장악해야 한다는 주장이나 다름
없는 것이었다. 그리고 이러한 전략 속에서 필리핀은 절대로 놓칠 수 없
는 곳이었다. 태평양 패권을 위한 전진기지로서의 지정학적 위치를 지니
고 있기 때문이다. 그래서 구 제국들처럼 미국이 직접 점령을 택한 것이

다. 반면 쿠바는 신식민주의 정책을 적용하는 것이 낫다고 판단했다. 앞서 스미스가 지적한 당대의 인종주의(특히 백인과 흑인의 관계에서) 분위기에서 쿠바를 억지로 합병시킨다면 계륵 같은 존재가 될 가능성이 있다고 보았기 때문이다. 쿠바에 비해 상대적으로 인종 갈등이 적었던 푸에르토리코를 합병하는 것만으로 카리브 해, 즉 대서양 한쪽의 제해권을 확보할 수 있었으니 굳이 쿠바까지 합병할 필요를 느끼지 못했던 것이다.

미국은 2차 세계 대전의 승리로 세계질서의 확고한 한 축을 담당했고, 베를린장벽 붕괴 이후 한동안 유일한 세계 제국으로 군림했다. 하지만 그 시작은 바로 마르티와 리살의 시대였던 19세기 말이었던 것이다. 마르티와 리살은 에스파냐 제국의 퇴장을 목표로 싸웠고, 그들의 영향 속에서 쿠바와 필리핀의 지식인들이 전 지구적 저항 연대를 모색했다지만 이미 미국이라는 신흥제국의 전 지구적 패권 전략이 가동된 시점에서 두 사람의 죽음이 진정한 독립의 밀알이 되기는 어려웠다.

마르티와 리살의 유령들

고이치 하지모토

1898년의 소위 에스파냐미국 전쟁은[1] 전 지구적 역사에 중대한 변화를 초래했다. 구 제국이 새로운 세력에 의해 대체되는 순간이었기 때문이다. 유럽 중심적인 역사가 종말을 맞이하고 미국이 주도할 새로운 시대의 도래를 의미하기도 했다(Mignolo 2000, 263-264). 전쟁의 결과 쿠바와 필리핀은 거의 동시에 에스파냐에서 독립했지만, 곧바로 미국 팽창주의의 표적이 되었다. 쿠바와 필리핀은 두 제국 사이에서 진퇴양난의 상황에 빠졌고, 부당한 식민통치를 겪는 유사한 경험을 하게 된다.[2] '반식민주의적 저항'이라고 부를 만한, 초대양적(transoceanic) 이념이 쿠바와 필리핀을 묶고 있다는 점도 주목할 만한 일이다. 즉 카리브 지역과 동남아의 여러 작가와 정치적 행위자들이 각각 반식민주의 노선을 주창했고, 이것이 초태평

---

1) 영어로는 흔히 '에스파냐미국 전쟁'(Spanish-American War)으로 부르지만, 이 명칭에는 전쟁과 밀접한 관련이 있는 쿠바와 필리핀이 포함되지 않았다. 에스파냐어권 국가에서는 '쿠바전쟁', '독립 전쟁' 혹은 '98전쟁'이라고 부른다.

2) 사실 아바나와 마닐라는 쌍둥이 도시로 간주될 만큼 유사한 피식민지배의 역사를 공유한다. 두 도시는 에스파냐와 미국의 지배를 받았을 뿐 아니라, 18세기에는 잠시 영국에게 점령되기도 했다.

양적(trans-Pacific) 반(反)에스파냐, 반(反)미국 네트워크라는 한층 광범위한 문화정치를 형성했다.

필자의 책은 쿠바와 필리핀을 중심으로 세기말 문학과 반제국주의 역사를 비교 연구한다(Hagimoto 2013). 특히, 두 나라의 가장 대표적인 민족주의 작가인 호세 마르티와 호세 리살을 중심으로 분석하였다. 몇몇 학자가 마르티와 리살 사이의 명백한 연관성을 언급했지만, 두 작가의 반제국주의적 텍스트는 현재까지 체계적으로 비교되지 않았다(Lifshey 2012, 248).[3] 두 작가의 작품에는 수많은 공통점이 있다는 것을 쉽게 발견할 수 있다. 실패로 끝난 독립 운동의 역사를 분석했고, 또한 제국주의적 문화를 극복하여 민족해방 블록을 구축할 길을 모색했다. 이러한 역사적, 정치적 배경을 기반으로, 필자는 다음과 같은 질문들을 제시하고자 한다. "마르티와 리살의 글에 나타난 공통점과 차이점은 무엇인가?" "그들은 반제국주의와 민족주의 사상을 어떻게 화해 혹은 결합하고 있는가? 저항의 담론을 이끌어 내기 위해서 어떤 방식의 문학적, 정치적 글쓰기를 구사하고 있으며, 이러한 담론적 실천의 한계는 무엇인가?" "19세기 라틴아메리카라는 더 큰 역사적 틀 안에서 조망할 때, 그들의 공통된 이념이 함축하는 바는 무엇인가?" 마지막으로, "제국주의 지배에 대항하는 교차 문화적(cross-cultural)이고 초대양적인 연대를 위한 가능성의 토대를 어느 정도까지 창출했는가?"

기본적인 전기적 요소에 있어서도, 두 작가 간의 수많은 유사성을 지적할 수 있다. 멕시코 철학자이자 평론가인 레오폴도 세아는 리살과 마르티의 애국 사상을 비교했는데, 다소 과장이지만 두 사람을 "쌍둥이 형제"라

---

3) 마르티와 리살의 관련성에 대한 선행연구로는 Zea(1981), Anderson(1983, 2005), Blanco(2004), Kim(2004), Lifshey(2008, 2012)가 있다.

고 평했다(Zea 1981, 175). 사실, 두 작가는 인종적, 문화적 배경이 다르다. 마르티는 (아메리카에서 태어났지만 '순수' 에스파냐 혈통을 지닌) 크리오요이다. 반면 리살은 중국, 일본, 에스파냐 그리고 인디오 조상을 포함하는 혼혈 집안 출신이다.[4] 하지만 청년기에 그들은 에스파냐 수도에서 여러 해를 보냈고, 심지어 같은 대학에 유학했다.[5] 공통적으로 외국 모델 수입의 문제점을 지적하였고, 새로운 공화국의 설립을 위해 토착적 요소들의 의미를 강조했다. 또 다른 유사성은, 문학을 제국주의 권력에 맞설 통일된 민족 정체성을 구축하기 위한 매우 중요한 도구로 여겼다는 점이다.

그러나 독립에 대한 이들의 생각에는 뚜렷한 관점 차이가 드러난다. 마르티는 조국의 자유에 대한 대안으로 자치나 동화를 받아들이지 않겠다는 독립주의자 입장을 고수한다. 반면에, 리살은 에스파냐 제국으로부터의 즉각적 분리보다는 사회정치적 개혁에 좀 더 관심을 보인 개혁주의자였다.[6] 리살의 정치적 입장이 갖는 모호함은 적어도 두 가지 관점에서 이해

---

4) 필리핀에서 '인디오'라는 용어는 에스파냐 통치기에 라틴아메리카에서 사용되었던 것과는 사뭇 다른 개념이다. 가톨릭 복음화 "내부"(inside)에 속하고 피가 섞이지 않은 저지대 사람들을 인디오라고 불렀다(Kramer 2006, 39).

5) 마르티는 1871년과 1874년 사이에 마드리드와 사라고사에서 법학과 철학을 공부했고, 리살은 마드리드에서 1882년에서 1885년까지 의학과 철학을 공부했다. 두 작가는 모두 마드리드 중앙대학교(Universidad Central de Madrid)에서 수학했다.

6) 일반적으로 리살은 '개혁자'라고 알려져 있다. 그러나 몇몇 비평가에 의하면, 리살의 작품을 주의 깊게 살펴볼 때, 그가 개혁을 필연적인 단계로 생각했을 뿐, 궁극적인 목표는 독립이었다고 한다. 가령 슈마허는 "리살은 초기부터 분리주의자였지만, 동시에 에스파냐로부터의 독립이 진정한 자유와 정의가 되기 위한 전제 조건들을 대단히 명확하게 인식했던 사람"이라고 지적했다(Schumacher 1991, 99). 이와 관련하여, 암베스 R. 오캄포(Ambeth R. Ocampo)의 저서 『의미와 역사』(2001)에 수록된 소론 「기억과 기억 상실: 100주년 전야의 리살」(Memory and Amnesia: Rizal on the Eve of His Centenary)도 참고하라.

될 수 있다. 리살은 한편으로는 조국의 미래를 염려한 필리핀 지식인으로서 독립된 국가를 간절히 원했다. 그러나 다른 한편으로는 에스파냐와의 문화적 친연성으로 인해 동포들을 위한 최선의 방안은 일련의 개혁안이라는 결론에 이른다. 에스파냐 의회에 필리핀의 더 큰 정치적 참여, 의회에서 식민지배자의 공적인 권력 남용을 고발하기 위한 법적 대표권, 세속 기관의 설립 시 좀 더 많은 종교적 관여 등이 그것이다. 리살과 마르티 모두 자국에서 예언자 역할을 했다. 그러나 리살과 달리 마르티는 더 급진적인 사회 혁명가였다. 두 사람의 정치적 차이에도 불구하고, 이들은 불과 열아홉 달 간격으로 죽음을 맞이한다. 마르티는 전쟁터에서 전사했고, 리살은 자신과 무관한 반란을 선동했다는 혐의로 에스파냐 당국에 의해 처형되었다. 죽음 이후, 이들은 각자의 나라에서 민족주의와 반제국주의적 저항을 상징하는 인물이 되었다. 또한 오늘날에도 민족적 전기의 중심인물로 남아 있으며, 종종 사도, 영웅, 예언자, 구세주 혹은 성인으로 간주된다(심지어 필리핀에서는 리살의 신성을 믿는 종교적 제의가 행해지기도 한다).7)

존 블랑코는 이 두 사람 삶의 관련성을 "유령들의 유사성"이라고 부른다(Blanco 2004, 93). 세 가지 측면에서 그렇다.

첫째, 두 작가의 인생담이 서로 겹치는데, 필자가 아는 한, 그들이 실제로 만난 적은 없었다. 양자의 방대한 글에서조차 서로에 대해서는 믿기 어려울 정도로 침묵한다.

둘째, 두 인물을 '유령'으로 묘사할 수 있는 이유는, 19세기 말 때 이른 죽음 후에도 이들의 정치 사상이 20세기 쿠바와 필리핀의 정체성 형성에 매우 중요한 영향력을 행사했기 때문이다. 피델 카스트로는 마르티가

---

7) 마르티와 리살의 이미지는 자국 정치인들은 물론 미국 정부에 의해 빈번하게 이용되고, 심지어 조작되기도 했다는 점을 상기할 필요가 있다.

1953년 몬카다 병영 공격의 "지적 창안자"(autor intelectual)라는 유명한 말을 남겼고, 20세기 필리핀에서 리살의 유산은 1962년 클라로 렉토(Claro Recto)의 "진정한 필리핀 사람은 리살주의자이다"라는 연설에서 명백해졌다(재인용, Delmendo 1998, 35).

셋째, 오늘날까지도 두 인물은 마치 유령처럼 쿠바와 필리핀에 출몰하고 있다. 이들은 거리, 공원, 건물, 우표, 엽서, 화폐 등 자국의 곳곳에서 기념되고 있다. 마닐라의 공적 공간은 리살의 이미지로 도배되어 있다. 리살 공원이나 루네타 공원에 세워진 그의 동상은 마닐라를 찾는 모든 방문객의 시선을 끈다. 전국 각지와의 거리의 기준점이 되는 도로 원표(kilometer zero)가 그 앞에 있을 정도로, 리살 기념비는 필리핀의 지리적 중심이기도 하다. 리살은 때때로 필리핀 제도 전역에서, 특히 바나하우산(山)에 거주하는 반(半) 종교적인 집단 사이에서 '타갈로그인 그리스도'라고 불리며 경배의 대상이 되곤 한다. 그가 처형되었던 12월 30일은 '리살의 날'이라고 불리며 국가 공휴일로 지정되어 기념되고 있다. 그의 사후에도 필리핀 국명을 '리살 공화국'(The Rizaline Republic)으로 바꾸고, 시민을 '리살인'(Rizalinos)이라고 부르자는 논의가 있었을 정도였다(Ricarte 1963, 139). 오늘날 모든 교실에 리살의 사진이 걸려있으며, 필리핀 어린이들은 의무적으로 그의 생애와 작품을 다루는 수업을 이수해야 한다.

쿠바로 눈을 돌려보면, 호세 마르티 기념관 앞의 마르티 상이 아바나 시내 중심가 사람들의 삶을 조용히 지켜보고 있다. 그 동상은 카스트로가 수많은 연설을 한 혁명광장에 있다. 이처럼 리살과 마르티의 아이콘은 대리석과 청동을 통해 영속화되었고, 그들의 찬란한 정신은 오늘날까지 살아 숨 쉬고 있다. 마르티의 혁명적 사상은 수 세대 동안 자국 내에서는 물론, 마이애미의 망명 공동체 내에서도 강력한 이념적 무기가 되어주었다.[8) 게다가 그의 문학 작품, 특히 시는 국내외 쿠바 학생들의 교과 과정에서 여전히 기본적인 국민문학으로 자리 잡고 있다. 리살과 마르티의 혼이 살아 숨 쉬고, 이들이 각자 나라의 만신전에서 차지하고 있는 독보적인 위치를 보면, 두 영웅을 언급하지 않고서는 쿠바와 필리핀의 정치사회적 현실을 논할 수 없는 이유를 알게 된다. 이런 의미에서, 내 책의 목적 중 하나는 비판적 텍스트 분석을 통하여 마르티와 리살의 '유령'들과 직면하는 필연적인 과제를 수행하는 것이다.

내 연구 기획을 위해서는 가장 중요한 점인데, 마르티와 리살의 유사성들은 에스파냐와 미국에 대해 그들이 공유한 반제국주의 사상에 반영되어 있다. 두 사람은 상이한 문학적 형식들을 통해 에스파냐 식민 기획을 비판했을 뿐 아니라, 근대 미국 제국주의의 출현을 예견하고 있었다. 마르티는 이미 1873년에, "에스파냐는 쿠바를 대상으로 압제와 무자비한 착취 그리고 잔인한 핍박에 대한 권리를 지속적으로 행사했다"라고 구 식민제국에 대한 비판을 한다(Martí 2001, Vol. 1, 91). 또한, 리살은 필리핀에서 에스파냐 식민당국의 위선을 고발할 목적으로 첫 소설 『나를 만지지 마라』(Noli me tangere, 1887)를 집필했다. 이후, 두 작가는 새로운 미국 제국의 임박한 위험을 예측했다. 차이가 있다면 리살보다는 마르티가 좀 더 철저하게 이를 연구한 측면이 보인다. 1894년, 마르티는 라틴아메리카를 향해 경고하기를, "우리 아메리카는 미국의 진실을 알아야 한다"라고 지적했다(Vol. 20, 290). 그는 "미국이 그의 영향력을 앤틸리스 제도"뿐만 아니라 궁극적으로는 "우리 아메리카 전역"으로 확대하려는 상황을 막고자 했다

---

8) 알프레드 J. 로페스는 쿠바와 마이애미 거주자들을 대상으로 민족 정체성에 대한 다양한 관점을 검토했는데, 이들은 마르티에 대한 각자의 독자적인 해석을 통해 이를 확립하고자 한다. 로페스의 『호세 마르티와 쿠바 민족주의의 미래』(José Martí and the Future of Cuban Nationalism, 2006), 그중에서도 특히 1장과 2장을 참조하라.

(161). 마찬가지로, 1890년 리살은 미국 패권의 도래를 감지하며 다음과 같이 지적했다. "아프리카에는 약탈 지분이 없고 태평양에는 이해관계가 있는 저 거대한 미국이 언젠가 태평양 상의 해외 영토를 생각할지도 모른다"(Rizal 1967, Vol. 4, 48). 이런 통찰 끝에, 리살은 미국이 유럽 제국주의 시대가 끝나면 필리핀 지배를 모색하리라는 생각을 굳히게 된다(48). 이처럼 두 작가는 다양한 방식의 글쓰기를 통해 쿠바, 필리핀, 라틴아메리카의 미래에 대한 그들의 이념과 우려를 표명했다.

필자가 저서를 통해 보여주었듯이, 마르티와 리살의 작품을 다룬 비평 연구는 각각 쿠바-라틴아메리카 연구와 필리핀-아시아 연구에 많이 존재한다. 필자 역시 이러한 연구에 기반을 두고 있지만, 이들이 간과하는 요소와 한계점 역시 인지하고 있다. 마르티와 리살의 방대한 글은 대단히 풍요로워서, 한 권의 책으로는 다 포괄하지 못할 것이다. 그러나 필자의 연구가 두 작가 간의 관계, 나아가 쿠바와 필리핀 사이의 관계를 연구하고자 하는 미래의 학자들을 위한 발판이 되기를 바란다. 비록 마르티와 리살의 행보가 겹친 적은 없지만, 그들의 정치적 염원은 양자 간 가상 대화를 생각해 볼 수 있을 정도로 유사하다. 그래서 필자 연구의 목적 중 하나는 그들의 소설, 선언문, 신문 칼럼 등의 문학 작품들을 분석함으로써 이 가상 대화를 구축해보는 일이다.

특별히 필자가 주장하는 바는 마르티와 리살이 19세기 후반 에스파냐와 미국에 대항하여 필자가 '식민지들의 연대'(intercolonial alliance)라고 부르는 개념적 뼈대를 정립했다는 점이다. 두 제국의 틈새에서, 쿠바인들과 필리핀인들은 특수한 정치적 이념과 투쟁을 공유하고 있었다. 그리고 마르티와 리살은 각자의 나라에서 이러한 투쟁의 엔진 역할을 담당했다. 그러나 두 작가의 반식민주의 작품들의 비교 연구는 국가적인 틀을 넘어서게 해준다. 즉 제국주의 지배에 대한 초국가적(transnational)이고 교차 식민지적(cross-colonial)인 항쟁을 검토하도록 유도한다. '연대'라는 개념을 제시할 때, 필자는 쿠바 독립 혁명가들과 필리핀 민족주의자들 간의 실체적 연합이 존재했다는 것을 의미하지는 않는다(앞서 언급한 대로, 마르티와 리살은 서로에 대한 글조차 남기지 않았다). 카리브와 동남아시아의 식민지인들이 어깨를 나란히 할 집단적 저항 의식의 가능성을 부각하고자 '식민지들의 연대'라는 개념을 사용한 것이다. 마르티와 리살 간의 가상 대화 설정은 필자가 말하는 이러한 연대의 중요성을 효과적으로 보여줄 수 있을 것이다. 이 집단의식은 탈식민화 역사에서 적어도 두 가지 측면에서 부각된다. 첫째, 쿠바와 필리핀의 독립 운동은 본래 자유주의적 속성을 지닌 움직임이었지만, 자본주의에 입각한 근대 제국주의의 팽창을 견제하는 사회적 저항의 성격도 내포하고 있었다는 점이다. 둘째, 이러한 독립 운동들은, 1955년 비동맹 국가들 간의 반둥회의에서 정점에 이르는 반제국주의적 협력이라는 20세기 중반의 현대적 개념들을 선취한 것이다. 즉 '식민지들의 연대'라는 구상은 19세기에 이미 초국가적인 반제국주의 형태로 이미 존재했을 가능성이 있다. 오늘날 '전 지구적 남'(Global South)이라고 부르는 것과 관련 있는 '제3세계' 의식이 출현하기 거의 반세기 앞서서 말이다.

식민지들의 국제적 연대에 대한 필자의 생각은 베네딕트 앤더슨의 저서 『세 깃발 아래에서: 아나키즘과 반식민주의적 상상력』(2005)에 크게 빚지고 있다.[9] 이 책에서 앤더슨은 필리핀의 세기말 민족주의를 1870년대에 세계적으로 확산되었던 아나키즘 사상과 연관 지어 설명하고 있다. 앤더슨은 그가 정의하는 "이른 세계화"(Anderson 2005, 3)의 역사를 통해 19세기 쿠바와 필리핀 사이의 연관성을 시사한다. 저자는 "신대륙 최후의 민

9) 앤더슨의 논의에 대해서는 Sarkisyanz(1995)를 참조하라.

족주의적 봉기(1895년 쿠바)와 아시아 최초의 민족주의적 봉기(1896년 필리핀)의 실질적인 동시대성"은 결코 우연이 아니라고 말한다(2). 그는 다음과 같이 주장한다.

> 전설적인 에스파냐 세계제국의 마지막 주요 주민들, 즉 쿠바인과(푸에르토리코인과 도미니카공화국인도 포함하여) 필리핀인은 서로에 대한 정보를 접해본 적이 거의 없었다. 그러나 개인적으로는 중요한 접촉이 있었고, 어느 정도는 서로 행동을 조율했다. 세계 역사상 처음으로 이렇게 지구를 가로지르는 공동행동이 가능했던 것이다.(2)

그러나 쿠바와 필리핀 간 네트워크에 대한 언급에도 불구하고, 앤더슨의 이 생각은 충분히 개진되지 못했다. 그가 19세기 아나키즘이라는 더 광범위한 논의 속에서 이를 다루기 때문이다. 저자가 책 초반부에 제시한 '이른 세계화'에 대한 연구 역시 충분히 논의되거나 확장되지 않았다. 사실 이후에 앤더슨이 이 용어를 사용한 유일한 경우는 마지막 장이다(233). 유럽의 필리핀 망명자들이 쿠바 혁명가들에게 영향을 받았을 가능성을 제시한 것 이외에는, 에스파냐의 두 식민지 사이의 관련성에 관한 설득력 있는 논지는 제공하지 못한 셈이다. 수닐 앰리스가 지적하기를, "앤더슨은 그의 책 어디서도 필리핀인들이 쿠바에 끼친 영향을 보여주지 못한다. 즉 필리핀과 쿠바의 상호 영향관계에 대한 근거를 제시하지 못하는 것이다." 그러므로 "앤더슨이 말하는 전 지구적 사슬은 종종 그 연결고리가 풀리는 것 같다." 이어서 암리스는 결론 짓는다. "만일 국제 아나키즘 사상이 신문과 살롱들을 통해 '이른 세계화'라는 특별한 국면을 창출했을지라도, 사실 이는 비교적 주변적인 현상이었다. 그 시기에는 아마 더 중요했을 다른 종류의 세계화들이 진행 중이었을 것이다."(Amrith 2008, 230)

앤더슨의 '이른 세계화'라는 개념은 유럽 역사의 전개와 관련된 특정 시각에서 비롯된다. 앤더슨에게 지구를 가로지르는 공동행동을 시도한 쿠바와 필리핀의 행동가들은 19세기 유럽 아나키즘 운동의 중심부와 연관되어 있을 때만 중요한 의미를 갖는다. 앤더슨이 서론에서 제시하는 바와 같이, 그의 저서의 목적은 "지구 양쪽의 전투적 민족주의에 작용하는 아나키즘의 중력 지도를 그리는 것이다."(Anderson 2005, 2) 이러한 저자의 관점은, 유럽에 기원을 둔 "아나키즘의 중력"이라는 제한적 틀 안에서 쿠바와 필리핀의 연대의식을 이해하고 있다. 이런 설정의 문제점은 반식민지 운동의 주역들을 서구 사상의 힘에 종속된 주변적인 '타인'으로 제시하게 된다는 것이다. 이는 피식민지인의 자아를 폄하하는 것으로, 마치 이들의 완전한 주체성은 서구의 승인에 의해서만 가능하다고 암시한다. 앤더슨의 연구에서는 반식민주의 주체를 구축하고자 했던 두 식민지의 의도는 부차적이다. 대신 앤더슨은 다음과 같이 강조한다.

정도의 차이는 있지만, 공통적으로 필리핀인들과 쿠바인들은 가장 신뢰할 만한 협력자를 프랑스, 에스파냐, 이탈리아, 벨기에, 영국 아나키스트들 가운데에서 찾았다. 각 나라의 특수한 이유, 종종 비민족주의적 이유에 근거해서 말이다.(2)

앤더슨의 주요 관심사가 유럽 아나키즘의 영향이라면, 필자의 책은 카리브와 동남아시아를 기반으로 한 집단적 반식민주의 저항을 연구한다. 이 연대의 본질은 각 나라가 처한 정치적 의제를 근거로 분석해야 하며, 유럽이라는 렌즈를 통해 보는 시각을 경계해야 한다. 이러한 관점에서 볼 때, 식민지들의 연대에 대한 필자의 분석은, 19세기 대부분을 장악한 유럽중심주의에 대한 비판을 수반한다. 이와 함께, 식민지들 사이의 교차 식민지 관계(cross-colonial relationship)를 연구할 때에 중요한 점은, 쿠바와 필리핀을 잇는 연합의 역사가 태평양을 가로지르는 특수한 지형을 지향한다는 점이다. 다시 말해서, 필자의 연구는 라틴아메리카와 아시아를 포괄하는 초태평양 문화정치의 존재를 드러낸다. 이 두 지역 간의 문학적, 문화적 관계를 다루는 초태평양 연구(trans-Pacific studies) 분야는 최근에야 진지한 관심의 대상이 되기 시작했다. 라틴아메리카 정치 및 경제와 관련된 아시아 연구가 늘어나는 추세와 함께, 두 지역 간의 역사적, 문학적, 문화적 접속에 대한 관심도 증가하고 있다. 그러나 유럽과 라틴아메리카의 초대서양(trans-Atlantic) 관계가 오랫동안 학자들에 의해 심도 있게 진행되어 온 반면, 초태평양 관계 분석은 아직 비교적 새로운 연구 주제이다. 필자는 초대서양 연구와 초태평양 연구가 서로 보완적인 역할을 해서 포스트식민주의 연구를 위한 더욱 완벽한 뼈대를 제공할 것이라고 믿는다. 필자의 연구 목적은 라틴아메리카와 아시아 사이의 역동적이고 쌍방향적인 관계에 대한 이 작금의 논의들에 기여하는 것이다.10)

[정수현 옮김]

---

10) 출전: 고이치 하지모토(2015), 「호세 마르티와 호세 리살의 유령들」, ≪지구적 세계문학≫ 5호, 207-217. —옮긴이

호세 마르티와 쿠바혁명(1952~1959)

이브라임 이달고

우리는 보통 1953년을 더 주목한다. 호세 마르티 탄생 100주년이고, 쿠바 역사에서 중요한 사건들이 일어난 해이기 때문이다. 그래서 쿠바공화국 수립 반세기를 기념한 해인 1952년의 중요성을 축소하는 경향이 있다. 그 쿠바공화국을 어떤 수식어로 묘사하든 간에, 공화국이 탄생한 1902년은 쿠바의 절대다수 국민에게는 단절의 순간이었다. 그해 5월 20일, 사람들은 에스파냐 식민주의도 양키 점령군도 없는 새로운 시대의 도래를 경축했다. 미국과 쿠바의 과두지배층도 플랫 수정안 덕분에 미국에 대한 쿠바의 예속적 관계를 유지할 걱정을 잠시 잊어도 되었다.[1] 미국이 낳은 신식민주의적 기형아가 위협을 받는 징후가 있기만 하면 미국 정부가 개입하여 '질서'를 회복시킬 '권리'를 부여한 안이기 때문이다. 플랫 수정안에

---

1) 플랫 수정안(Enmienda Platt). 1898년 해방된 쿠바가 미 군정하에서 1901년 제헌헌법을 제정하자, 미국의 강요로 추가된 부대조항. 자국의 국익이 손상될 경우 쿠바에 개입할 미국의 권리와 쿠바 내 해군기지 차용권을 명시하였다. 미국의 상원의원 오빌 H. 플랫(Orville H. Platt, 1827~1905)을 위원장으로 하는 쿠바관계위원회(Committee on Cuban Relations)의 보고서로 제출되었기 때문에 이런 이름으로 불리게 되었다. 플랫 수정안은 1934년 폐기되었으나, 이에 입각해 1903년부터 미국이 사용하고 있는 관타나모 기지는 여전히 유지되고 있다. ─옮긴이

따른 미국의 개입은 실제로 1906년 일어났다. 미국의 두 번째 개입으로,[2] 경제적·정치적 지위가 공고해졌다고 판단한 1909년까지 이어졌다.[3]

반식민주의 투쟁에 목숨을 건 수천 명의 전사들을 비롯해 대부분의 쿠바인이 지녔던 염원이 농락당했다는 사실은 1898년 바로 그해부터 명백히 드러나기 시작했다. 외세의 획책과 지원으로 정치꾼들의 부패와 분할 통치가 승리하고, 회의주의가 애국적 이상들을 갉아먹었다. 그 좌절감 때문에 뜻있는 사람들이 쿠바 역사 속의 투쟁 전통과 호세 마르티의 혁명적 사상에 영감을 얻어 들고일어났다. 마르티의 혁명적 사상은 처음에는 비록 소수에게만 패러다임이요 안내자 역할을 했지만, 점점 더 많은 쿠바인이 자유와 정의의 적들에 대한 그의 논증의 깊이와 적확함을 높이 평가하게 되었다. 마르티의 분석과 의도가 본질적으로 계속 유효했기 때문이다. 동시대인들이 '사부'(maestro)라고 부른 마르티가 구상한 혁명은 미완의 과제로 남아 있었고, 마르티의 말이 후대의 법정에서 작열할 때부터 그를 추종한 이들 혹은 입소문이나 그의 글을 읽고 알게 된 이들은 마르티의 사상에서 인류가 염원했고 지금도 염원하고 있는 민주적이고 민중적인 공화국의 토대를 발견했고 아직도 발견하고 있다.

애국자들과 제국의 부역자들 간의 대결은 20세기 내내 여러 형태로 계속되었다. 마르티가 쓴 글의 상당 부분은 1920년대까지 알려지지 않고 있었다. 그럼에도 불구하고 미국 정부와 쿠바 내의 그 대리인들의 제국주의적 의도를 고발하고, 쿠바의 구원과 사회 정의 실현을 위해 모든 애국자에게 단결을 요구한 그의 교의를 추종하는 이들이 있었다.[4]

---

2) 첫 번째 개입은 쿠바 독립 전쟁 때인 1898년 에스파냐를 상대로 선전포고를 하고 쿠바를 점령한 사건이다. ─옮긴이
3) 이 시기를 비롯하여 1959년까지의 쿠바공화국에 대한 기본적인 두 연구로는 Le Riverend (1966)와 López Civeira(2005)가 있다.

1930년대에 정치적, 이념적 투쟁이 다시 격화되었다. 제국의 부역자들은 자신의 사상과 행동 덕분에 하나의 패러다임으로 인정받게 된 마르티를 탈취하고자 했다. 그리하여 사도 마르티를[5] 중심으로 묘한 대립이 전개되었다. 마르티의 탄탄한 윤리적 원칙에 입각한 정치 강령에 대한 태도가 조국을 사랑하는 이들과 조국의 적들 사이를 나누는 경계가 된 것이다.

마르티의 독립 사상의 본질은 '다양성 속의 응집력'이었다. 그는 분파적 일탈이나 무관용을 비판하면서도 사상의 통일은 "결코 특정 견해의 노예가 되는 것을 의미하지 않으며", 생각을 하나로 만드는 일은 "서로 다른 요소를 지닌 민족에게는 물론이고 인간의 본성 차원에서도" 불행한 일이라고 경계했다(Martí 1991, Vol. 1, 424).[6] 따라서 '민주공화국', '반제국주의', '도의적 정치'처럼 다양한 측면에서 서로 밀접한 관계를 지닌 본질적인 목표들에 대한 일치된 견해를 이끌어 내는 노력을 기울여야 한다. 수많은 논쟁을 통해 확산된 마르티의 식견과 그의 텍스트 간행을 통해서는 물론이고, 일선에서 외국 문화의 침투에 맞서 민족적이고 토착적인 진정한 쿠바 문화 수호라는 짐을 어깨에 짊어진 전국의 교사들의 인내심과 헌신 덕분에 대다수 쿠바 국민은 사도의 독립 사상을 점점 더 똑똑히 알게 되었다.

진보 세력은 대다수 국민을 결집시킬 방안을 모색했다. 적절한 지휘 체

---

4) 훌리오 세사르 간다리야(Julio César Gandarilla)가 그중 한 사람이었다. 그는 사부의 교의에 영감을 얻은 1913년 저서 『양키에 대항하여』(Contra el yanqui)에 마르티의 신문 기고문 여러 편을 실었다. 이 책은 쿠바혁명의 승리 이후인 1960년에야 재출간되었고, 1973년에 또다시 간행되었다. 이 시기에 대해서는 모랄레스의 저서(Morales 1984) 3장 「이념적 유산을 위한 투쟁」(La lucha por la herencia ideológica)을 보라.
5) '사도'라는 호칭에 대해서는 이 책의 「호세 마르티와 삼중의 혁명」, 29쪽을 참조하라.
   ―옮긴이
6) 1892년 4월 30일자 ≪조국≫(Patria)에 실린 「너그러운 소원」(Generoso deseo).

계를 통한 전면적인 국민 참여만이 좌절과 환멸이 야기한 원심력, 예전의
모든 시대에 열정을 마비시키고 적확하지 못한 행동을 야기하게 만든 요
인들의 제거를 보장할 수 있을 것이기 때문이다. 마르티는 "아메리카의 초
기 공화국들"은[7] "국민의 미참여와 민주주의 개념의 결핍" 때문에 갈등과
권위주의에 빠졌다고 경고한 바 있다(458).[8] 1902년부터 이어진 과두 정
부들에 맞서 "쇠사슬에서 풀려난 조국에서 민중 정치를 수호하고", "새로
운 방법으로 진정한 국민을 형성하여 누구의 권리도 위협하지 않고 모두
의 평화를 위한 해방된 삶"을 누려야 된다는 마르티의 촉구를 현실화시키
는 일이 필요했다(319).[9] 사도는 경제적 혜택의 공평한 분배에 입각한 체
제, 보편 교육과 문화를 지향하는 체제에서만 실현 가능한 진정한 법적
평등을 언급했다. 이는 쿠바인이 수립해야 할 공화국을 규정지은 "모두 함
께, 모두의 이익을 위해"라는(Vol. 4, 279)[10] 문장에 집약된 마르티의 정치
사회적 강령에 상응하는 것이었다.[11]

　1952년의 쿠바 현실은 마르티의 이런 원칙들과는 거리가 멀었다. 그러
나 헌법 원칙이 약간이나마 작동해서 제한된 범위 내에서의 정치적 투쟁
은 가능했다. 그리고 이것만으로도 국가에 도움이 될 변화 역량을 지닌
새로운 세력들이 부상했다. 그러나 공화국 수립 50주년 기념일 몇 달 전
부터 쿠데타가 준비되고 있었다. 6월 대통령 선거를 앞둔 상황에서였다.

---

7) 19세기 초 독립 후 생겨난 라틴아메리카 국가들을 가리킴. ―옮긴이
8) 뉴욕 킹스턴에 있는 호세 마리아 에레디아 클럽(Club José María Heredia) 회장에게
　보낸 1892년 5월 25일자 편지.
9) 1892년 3월 14일자 ≪조국≫에 실린 「우리의 사상들」(Nuestras ideas).
10) 1891년 11월 26일 마이애미 탬파에 있는 쿠바중등학교(Liceo Cubano)에서 행한 연
　설.
11) 이러한 마르티의 사상에 대해서는 비티에르의 「사회 독트린」(Doctrina social)을 참조
　하라(Vitier 1960, 416-427).

흔히 정통당(Partido Ortodoxo)이라고도 불리는 쿠바국민당(Partido del Pueblo Cubano)은 1951년 8월 가장 걸출하고 급진적인 지도자 에두아르도 치바스(Eduardo Chibás)의 자살에도 불구하고, 득표 전망에서 선두를 달렸다. 당시 상원의원이자 통합행동당(Partido Acción Unitaria) 대통령 후보였던 풀헨시오 바티스타(Fulgencio Batista) 장군은 열세가 뚜렷하자 무력으로 권력을 쟁취할 음모를 꾸몄다. 현역 및 퇴역 군인들이 그의 열망에 길을 내주었다. 3월 10일 새벽에 아무런 저항도 받지 않고 아바나의 컬럼비아 병영을 접수한 것이다.

카를로스 프리오 소카라스(Carlos Prío Socarrás) 정부도 저항하지 않았다. 사태 초기부터 대학생연맹(Federación Estudiantil Universitaria) 학생들이 정부를 지지하고 대통령궁으로 몰려갔지만, 단지 콜리나로[12] 무기를 보내겠다는 약속만 했을 뿐이고, 그마저도 이행하지 않았다. 대학생연맹은 헌정 질서 유린을 규탄하는 성명서를 냈는데, "학생은 자유의 보루이자 가장 굳건한 자유군(軍)이다"라는 사도 마르티의 말로 시작되었다. 성명서는 민주주의 체제 회복을 위한 투쟁 입장을 밝힌 뒤에, 마르티에게 영감을 얻어 "다시 명령은 '모이자'이다. 지금은 망설임의 시간도, 로비의 시간도, 타협의 시간도 아니다. 조국이 위기에 처했으니, 투쟁으로 조국의 영예를 드높여야 한다"라고 촉구하는 것으로 끝을 맺었다(Sección de Historia 1972, 72-73).[13]

3월 10일 당일 국가 유린 범죄가 알려졌을 때, 쿠바국민당 당 대표 후보인 젊은 변호사 피델 카스트로는 쿠데타를 일으킨 이들을 겨냥한 대단히 급진적인 성명에서 "혁명이 아니라 맹수의 발톱이다. 애국자들이 아니라 자유 살해자들이요 권력 찬탈자들이요 반동분자들이고, 황금과 권력에

---

12) 콜리나(La Colina). '언덕'이라는 뜻으로 아바나 대학을 가리킨다. 대학이 언덕배기에 위치해 있다 해서 붙여진 이름이다. ―옮긴이
13) 이 성명서는 1952년 3월 23일 ≪보헤미아≫(Bohemia)에 처음 실렸다.

목말라하는 모험주의자들이다"라고 썼다. 또 군부는 프리오 소카라스에게 반란을 일으킨 것이 아니라, 문명화된 방식으로 위정자를 선택할 권리가 있는 국민에게 반란을 일으킨 것이라고 적고 있다. 그리고 헌법을 갈기갈기 찢은 야만적 행위에 맞서 그 "희생과 투쟁의 시간"에 한데 뭉칠 것을 쿠바 국민에게 촉구했다.

마르티의 가르침대로, 폭력적 행동 이전에 먼저 모든 법적 시도를 하는 것이 필요했다. 그래서 피델 카스트로는 3월 24일 적법하게 구성된 정부를 폭력적으로 무너뜨린 자를 비상재판소에 정식 고소했다. 그 사건에 적용되어야 할 법규를 열거하고 주장한 뒤, 카스트로는 "풀헨시오 바티스타 씨는 징역 100년 이상이 선고되어야 할 죄를 저질렀다"고 결론지었다. 그리고 만일 재판부가 진짜로 존재한다면, 사회수호법을 어긴 죄인은 의당 단죄되어야 한다고 끝을 맺었다(116-118).

예측대로 법의 '수호자'들은 아무 일도 하지 않았다. 그러나 덕분에 잃어버린 권리를 회복하기 위해서는 혁명적 폭력에 의존하는 길뿐이라는 점이 입증되었다. 따라서 광범위한 대중을 설득하고, 그중에서 더 결연한 이들을 준비시키는 시대를 열어야 했다. 은밀한 투쟁 방식이 부활했다. 19세기부터 집단의식에 남아 있던 영구한 유산이며, 필연적이었던 독립 전쟁을 조직하는 과정에서 마르티가 완성한 투쟁 방식이었다. 그중 한 가지가 지하언론이었고, 1952년 8월 16일자 ≪고발자≫(El Acusador)에 알레한드로(피델 카스트로의 가명)가 「나는 고발한다」라는 글을 발표하면서 독재자를 "제국주의의 충직한 개"라고 규정했다(131).

국민을 계도하고 행동을 촉구하는 것이라면 어떠한 수단이라도 유효했다. 레스테르 로드리게스, 페드로 미렛, 알프레도 게바라, 라울 카스트로로 구성된 '1월10일위원회'(Comité 10 de Enero)는 대학 앞 광장에 훌리오 안토니오 메야의14) 흉상을 설치함으로써 대학의 자치 영역을 확대하고자 했다. 이내 부역자들이 흉상을 모독했다. 대학생연맹은 항의 시위를 주도 했다. 1953년 1월 15일 학생들은 콜리나로부터 행진을 개시했고, 경찰을 비롯한 진압대가 물을 뿌리고 사격을 가하며 젊은 학생들을 해산시켰다. 수많은 부상자가 발생했고, 루벤 바티스타라는 대학생이 중상을 입고 쓰 러졌다. 그리고 그가 2월 14일 사망하면서 새로운 혁명의 시대 최초의 순 교자가 되었다(Rojas 1986, 122).

1월 15일 사건에 대한 대응은 단호했다. 대학생연맹 지도부는 정통당과 진정당15) 인사, 사회주의자, 가톨릭 인사들과 회합을 가지고, 사도 마르티 의 탄생일을 격식을 갖춰 기념하기로 합의를 보았다. 이 기념식은 '횃불 행진'(Marcha de las Antorchas)이라고 명명되었다. 그 회합에 참석한 피델 카 스트로는 몇 달 전부터 봉기 목적으로 규합한 그룹들을 시험해 보기로 작 정했다. 그리하여 1월 27일 밤에 이들과 학생 군중 1,200명가량의 청년이 행진을 벌였다. 이들은 규율과 단결의 측면에서 돋보이는 모습을 보였고, 28일 이른 시각에 다른 시위 참여자들과 함께 프라구아 마르티아나 기념 관에16) 도달했다.

특별히 언급할 만한 사고는 발생하지 않았다. 그러나 바로 그날 중앙공 원에 있는 사도의 동상 앞에 또 다른 학생 군중이 운집했다. 이들은 아바 나 대학에서 출발했고, 1월 18일 쿠바 동부에 위치한 산티아고 데 쿠바

14) 훌리오 안토니오 메야(Julio Antonio Mella, 1903~1929). 신문기자이자 혁명가로 멕 시코시에서 암살당했다. —옮긴이
15) 진정당(Partido Auténtico)은 진정한쿠바혁명당(Partido Revolucionario Cubano Au-téntico)의 약칭으로 정통당과 더불어 쿠바혁명 이전 주요 정당이었다. 바티스타 쿠데 타로 실각한 프리오 소카라스가 진정당이 배출한 대통령이었다. —옮긴이
16) 프라구아 마르티아나(Fragua Martiana). 마르티를 기리는 박물관으로 1952년 1월 28 일, 즉 그의 탄생일에 개관하였다. —옮긴이

(Santiago de Cuba) 시에서 '꽃과 깃발의 행진'(Marcha de la Flor y la Bandera)을 주도한 이들도 국토를 횡단해 마르티 동상 앞에 도착했다. 그리고 모두 팔짱을 끼고 행진하면서 "혁명, 혁명!"하고 구호를 외쳤다. 경찰은 예의 폭력으로 대응했지만, 무장투쟁을 준비 중이던 전투적인 이들까지 포함된 시위대의 강력한 저항에 부딪혀서 이들을 겁주려던 목표를 달성하지 못했다(123, 126).

무장투쟁 준비는 철통 보안 속에서 계속되어, 1953년 7월 26일 바야모의 카를로스마누엘 데 세스페데스 병영과 산티아고 데 쿠바의 몬카다 병영을 공격하여 독재 정권을 놀라게 했다. 공격 목표는 달성하지 못했다. 그러나 형편없는 무장 수준에도 불구하고 결연히 억압에 저항한 전위대의 봉기를 겪으면서 군사독재 체제는 이들의 영향력을 미연에 차단코자 온갖 수단을 동원했다. 병영을 공격한 이들의 다수는 투옥된 후 살해당했다.

독재 정권은 기존 정당과 정치 집단들이 자금과 무기를 제공하고 훈련까지 시켜주었다고 옭아매려 했으나 여의치 않았다. 자신을 희생하며 소규모 전투 부대를 만들었던 청년들이 완강하게 버텼기 때문이다. 독재 체제의 하수인들은 "사도의 지고한 꿈"에서(Sección de Historia 1972, 225) 영감을 얻었다고 밝히고 있는 라울 고메스 가르시아의 「몬카다 성명」(Manifiesto del Moncada)을 도외시했다. 반란자들에 대한 1차 공판에서 청년 변호사이자 봉기를 주도한 피델 카스트로가 고메스 가르시아의 주장과 궤를 같이하며, 자신들의 혁명적 행동의 지적 창안자는 "호세 마르티, 우리 독립의 사도"라고 천명했다(재인용, Rojas 1973, 66; Fernández Retamar 1978).

이 짧은 말은 반(反)과두지배적이고 반(反)제국주의적인 성격의 심오한 국민적 함의가 담긴 정치 강령 선언문에 해당했다. 19세기 말부터 마르티의 사상이 쿠바의 많은 진보적 인사에게 영감을 주고 이들을 이끌었기 때문이다. 독재 체제가 취한 첫 박해는 훗날 혁명의 최고 지도자가 될 피델 카스트로의 감방에 자기변론에 사용될 법률 서적들과 "구치소 검열 당국이 지나치게 불온하다고 본"(Castro 1973, 13) 사부의 책 반입을 금한 것이었다.

미국 정부가 지원하는 폭군 체제에게 사부의 생각은 위험한 것이었으니 이러한 금지 조치는 이해할 만하다. 혁명가들의 당면 목표와 행동 지침들은 마르티의 유산에서 영감을 받은 것이고, 이는 피델 카스트로의 자기변론을 통해 알려졌다. 이는 「역사가 내게 무죄를 선고할 것이다」(La historia me absolverá)에 나와 있으며, 정권을 잡으면 행할 근본적인 입법과 조치들을 천명했다(Castro 1973, 39-41; Sánchez Otero 1973, 2; Aguirre, Monal y García 1980, 66-82).

때는 의의 규정의 시기였다. 조국을 압제자들로부터 해방시키기 위해, 대다수 쿠바 국민의 자유, 사회 정의, 복지, 행복을 위한 변혁을 위해 독재와 맞설 것을 촉구한 시기였기 때문이다. 변론에서 카스트로는 '국민'을 사치와 특권을 고수하기 위해 "억압 체제이든 독재이든 전제정치이든" 따지지 않고 지지하는 계층이 아닌 "아직 해방되지 못한 대다수 주민"이라고 규정했다. 또 자신이 이룬 것을 빼앗기는 노동자, 남의 땅을 부쳐 먹는 소농, 농촌과 도시의 실업자, 빚에 쪼들리는 소상인, 정규직이 아니거나 보수가 형편없어서 품위 있는 직업 생활이 봉쇄된 교사, 교수, 기타 전문직 종사자들을 열거한다.

정치꾼들이 수없이 그러듯 이들을 속이면 안 되고, 마치 선물을 안겨주듯 이들에게 완벽한 조치를 약속해서도 안 될 것이었다. 카스트로는 국민에게 "'우리가 당신들에게 줄 것이오'가 아니라 '여기 자유와 행복이 있소, 이들이 당신 것이 되도록 전력을 다해 투쟁하시오!'라고 말해야 한다"고 표명했다(재인용, Castro 1973, 38).

그 독재에서 해방되기 위한 유일한 길은 국민적 성격의 전쟁이었다. 19세기의 무장투쟁 전통을 되살려야 했다. 애국자들은 사실상 비무장 상태에서 물리력으로 우위에 있는 권력과 다시금 맞서야 했고, 그래서 이념적 준비는 엄청나게 소중했다. 마르티가 자신의 시대에 표명한 것처럼, "민족은 전쟁에 소환되기 전에 무엇을 추구하고, 어디로 가고, 무엇을 얻게 될지 알아야만 한다."(Martí 1991, Vol. 1, 186)[17] 마르티의 사상과 사례에 영감을 받은 카스트로는 이를 실천하여 학정에 항거할 모든 애국 세력에 호소했다. 모든 분야, 모든 사회계급이 1953~1956년 사이의 준비 시기에서 엄청난 위험을 감수했고, 여러 지도자들 중에서도 셀리아 산체스, 빌마 에스핀, 프랭크 파이스, 레네 라모스 라투르가 이들을 이끌며, 가장 피를 많이 흘린 시기였던 1957~1958년 사이에 투쟁을 계속했고, 투쟁 중에 죽기도 했다. 지하 투쟁가들의 지원을 등에 업고 게릴라는 반란군으로 변모했다. 또한 마르티여성시민전선, 대학생지도부, 노동자전선, 시민저항운동, 농민이 독재 체제 반대자들을 각각 규합했다. 농민들은 혁명전쟁의 와중에 제1회 농민회의를 개최하기도 했다.

단결은 억압 체제에 대한 승리를 가능하게 해주었다. 쿠바혁명의 적들은 학정 세력에 대한 이 지하투쟁과 직접 투쟁의 시절, 마르티의 군건한 사상에 입각한 애국적이고 반제국주의적 의식이 그 어느 때보다 확산된 이 시절을 은폐하려 했다. 미국 정부의 지원은 명백했고, 독재 체제는 모든 경로를 통해 이 사실을 과시했다.

1959년 1월의 승리는 국민적 혁명이 낳은 새로운 시대의 개막이었고, 마르티의 사상은 이념적 주춧돌이 되었다. 사도는 "또 다른 학정을 맛보고

---

17) J. A. 루세나(J. A. Lucena)에게 보낸 1885년 10월 9일자 편지.

자 우리가 학정에서 벗어나려 했던 것이 아니다"라고 경고한 바 있다. 또 필요하다면, "우리는 소수의 사람만 과도한 행복을 누리고, 다른 사람들은 불필요한 고통을 겪게 만드는 자유가 아니라 진정한 자유를 위해 죽을 것이다"라고 예견했다(2권 255).[18] 사부의 추종자들은 호세 마르티의 유산을 충실하게 따라, 그가 꿈꾼 민주적 사회를 쿠바에 구현하기 위한 급진적 변혁에 착수했다. 마르티의 꿈은 "혁명이란 정의, 공평, 인간 존중, 법 앞의 평등이다"라는 말에 집약되어 있다(3권 10).[19] 우리의 혁명은 이 원칙들에 입각한 것이다.

[우석균 옮김]

---

18) 1893년 3월 14일자 ≪조국≫에 게재된 「'너에게 조국을 주러 왔노라!' 푸에르토리코와 쿠바여」(¡Vengo a darte patria! Puerto Rico y Cuba).
19) 1891년 3월 31일자 ≪조국≫에 게재된 「자메이카의 쿠바인들과 아이티의 혁명가들」(Los cubanos de Jamaica y los revolucionarios de Haití).

2부

아프로쿠바

쿠바 그리고 아프로쿠바주의

서 성 철

    1492년 10월 13일, 콜럼버스가 과나하니(Guanahaní)라고 하는 안티야스 제도(앤틸리스 제도)의 한 섬에 발을 내디뎠을 때 그를 맞이한 것은 기대하던 중국인이나 인도 사람들이 아니라, 이 항해자가 훗날 표현한 바에 따르면 "태어난 그대로의", 즉 벌거벗은 몸으로 우르르 몰려온 생전 듣지도 보지도 못한 인간들이었다. 이 제노바 출신의 항해자는 그들에게 다가가 머리를 만지며 이 인간들이 도대체 어떤 종류의 인간들일까 살펴보고 있었는데 다른 무엇보다도 그를 놀라게 한 것은 피부색이었다. 그런데 놀란 사람들은 콜럼버스나 그의 선원들뿐만이 아니었다. 정작 더 놀란 사람들은 이 섬의 원주민들이었다. 그들 역시 콜럼버스 일행이 그랬던 것처럼 흰 피부에 수염이 더부룩하게 덮여 있는, 이 희한한 얼굴을 가진 사람들에게 조심스럽게 다가와서는 그들의 얼굴과 머리카락 그리고 수염을 신기한 표정으로 만지며 관찰하고 있었다. 콜럼버스에게 이 나체의 인간들이 기이했던 것처럼, 거꾸로 그들에게는 에스파냐 사람들의 복장이 괴상망측하기 그지없었다. 콜럼버스는 이 선량하기 그지없는 원주민들에게 허리춤에서 칼을 빼내 그들에게 보여주었는데, 그것이 무엇인지 알지 못했던 그들은 칼날 부분을 잡으려다 손을 베고 말았다(여기서 서구인의 칼날에 베인 원주민의 피는 훗날 에스파냐의 신대륙 정복이나 식민이 어떤 식으로 전개될지 예고하는 하나의 상징이다). 이런 해프닝 뒤에 콜럼버스는 미리 준비해 가지고 갔던 구슬들을 그들에게 선물했고, 그들은 답례로 파파가요 앵무새를 선물했다.

이 아름답지만 끔찍하기도 한 두 민족 간의 최초의 만남의 장면은 '문화'라는 현상을 설명하는 데 하나의 좋은 단초를 마련해 준다. 우리가 관심을 갖는 것은 콜럼버스가 이 환상의 섬에 도착한 것이 발견이냐 아니냐 하는 논란거리 많은 주제가 아니다. 보다 중요한 것은 이 발견이 뒷날 신대륙의 정복으로 이어지든 안 이어지든, 두 세계, 두 인종, 두 문화가 서로 만났고 또 서로를 발견하고자 했던 사실에 있다. 구세계와 신세계를 대변하는 이 두 인물들이 상대편의 존재를 확인하기 위해서 상대편을 만져보았다는 행위는 그 자체로서 문화의 만남과 접촉을 잘 표현해 주는 상징적 행위이다. 다시 말해서, 이것은 바로 타문화를 이해하는 데 가장 우선적으로 갖추어야 할 호기심에 다름 아니다.

그런데 콜럼버스의 신대륙 발견은 애당초 실수와 오류로 점철된 사건이었다. 콜럼버스가 인도양과 대서양 사이의 거리를 잘못 측정했다든가 하는 것은 측량법, 지도제작법 등 그 당시의 과학 수준을 고려해 볼 때 실수가 아닐지도 모른다. 콜럼버스의 위업은 지구는 둥글다는 가정을 몸으로 실제 증명한 데 있지만, 그가 저지른 위대한 실수는 우연히 서인도제도에 발을 디뎠고, 또 죽을 때까지 그곳이 인도라고 믿었다는 사실에 있다. 실상 그가 가고자 했던 곳은 지팡구(일본)와 카타이(중국)였다. 또 하나의 실수, 그것은 '아메리카' 대륙의 이름인데, 그 영예는 최초의 발견자인 콜럼버스가 아니라 같은 이탈리아인 아메리고 베스푸치에 돌아갔다. 만약 콜럼버스가 그가 발견한 섬, 대륙이 인도가 아니라는 것을 뒤늦게나마 깨달았다면 지금 우리가 호칭하는 아메리카 대륙은 '아메리카'라는 이름 대신에 '콜럼버스'라고 불렸을지도 모른다.

콜럼버스는 1차 항해에서 지금 우리가 쿠바라고 부르는 섬에 도착(그는 이곳을 그에게 재정적인 지원을 해준 에스파냐의 가톨릭 두 국왕의 외동딸 이름을 따 '후아나'[Juana]로 명명하였다), 한 원주민 추장에게 "황금이 자라는 땅"이 어디 있느냐고 물었는데 말을 알아듣지 못했던 이 추장은 손짓을 섞어가며 그들 종족의 말인 타이노 말로 '쿠바나칸'(cubanacán)이라고 대답하였다. 이때 콜럼버스는 이 말을 '쿠바 나 칸'(Cuba na Khan), 즉 마르코 폴로가 머물렀던 원나라 제국의 황제들, 마치 칭기즈칸, 또는 쿠빌라이칸 등이 머무는 "위대한 칸의 왕국"을 말하는 것으로 받아들였다. 실상 이 '쿠바나칸'이라는 말은 원주민 말로 '쿠바의 중심' 또는 '쿠바의 한가운데'를 의미했다. 이런 식의 실수, 엉터리는 여기에만 그치는 것이 아니라 수많은 지명, 농작물이나 동물의 이름, 엘도라도 신화, 파타고니아 신화 등으로 이어졌다. 이런 새로운 사실들 앞에서 느꼈을 혼란스런 상태는 그들이 발견하고 정복했던 땅들을 뭉뚱그려, 딱 한마디로 '다른 세계'(otro mundo)로 명명한 것에서 잘 드러난다.

앞에 언급한 것처럼, 콜럼버스의 '신대륙 발견'과 관련해 우리는 세 가지 사실을 배우게 된다. 첫째는 문화 간 접촉이라는 것은 늘 호기심을 수반하고, 둘째로 모르는 실체에 대한 접근은 실수를 동반한다는 사실, 그리고 마지막으로 그런 세계로 발을 내딛는 것은 내가 속하지 않은 '다른 세계'로의 입문 과정이며 그 속에는 늘 혼란과 혼돈이 있다는 점이다.

이 세 가지 사실은 쿠바에 대해서 부득불 언급해야만 하는 필자에게도 똑같이 해당되는 사항들이다. 왜냐하면 사실 필자는 쿠바에 대해서 잘 모르기 때문이다. 더구나 쿠바라는 실체, 그리고 그곳에서 축적된 문화나 문학을 짧은 글에서 정리하려고 하니 더욱 그렇다. 쿠바 속담에 "아바나를 모르면 아바나를 사랑할 수 없다"라는 말이 있는데, 필자는 이는 "쿠바를 모르면 쿠바에 대해 말하지 말라"는 뜻으로 받아들인다. 그러나 역사는 때때로 콜럼버스의 발견처럼 실수와 우연을 통해서도 이루어지는 것이므로 필자는 누군가가 말한 "혼란과 혼돈은 걸작을 만든다"는 말에 용기를 갖고, 쿠바 문학 자체보다는 쿠바 문학을 쿠바 문학답게 하는 그 배경, 토양을 찾아보고자 한다. 문화라고 하는 것이 자기 것과 외래적인 것의 끝없는 충돌, 싸움, 반응, 조화의 정착 그리고 또 전 과정의 반복이라는 역동성을 가지고 있다면, 남의 모습을 통해 내 모습을 발견하는 것도 의의가 있으리라 생각한다.

쿠바라는 나라를 지리부도 펼쳐보듯이 간단히 훑어보면 몇몇 통계적인 숫자가 지나간다. 쿠바는 안티야스 제도에 위치한 기다란 섬으로 제도 중에서 가장 크고, 미국의 플로리다 반도에서 남쪽으로 145킬로미터, 멕시코의 유카탄 반도에서는 210킬로미터 떨어져 있으며, 섬의 동과 서의 총 길이는 1,255킬로미터, 면적은 남한보다 큰 11만 922제곱킬로미터이다. 오른쪽에 아이티와 도미니카공화국이 위치한 섬이 있고, 사계절 열대(tropical) 기후이며, 수도는 아바나이고, 설탕 산업이 국가 경제의 대부분을 차지하고, 위대한 독립 운동가로 호세 마르티가 있고, 얼마 전 타계한 피델 카스트로와 유명한 혁명가 체 게바라가 있으며… 등등. 그 외에 우리가 가지고 있는 단편적이고 흐트러진 정보나 지식들은 오래 전부터 품어 왔던 의문, 왜 이 조그만 나라에는 세계적으로 잘 알려진 훌륭한 예술가가 많이 있으며, 그 문화적 힘은 어떠한지에 대해서는 조금도 도움이 되지 않는다. 또한 쿠바가 가지고 있는 몇몇 매력적인 면, 일례로 헤밍웨이는 어떻게 22년이라는 세월을 쿠바에서 살았으며, 어떤 분위기 속에서 그의 노벨 문학상 수상작인 『노인과 바다』를 쓸 수 있었는지에 대해서도. 그런데 이런 의문은 지도를 잘 살펴보면 의외로 쉽게 풀린다. 쿠바의 지리적 위치가 바로 그것이다. 쿠바는 바로 구대륙과 신대륙을 연결해주던 문화의 중개지였다. 역사적으로 쿠바는 마치 이글거리는 용광로처럼 자기를 거쳐 가는 모든 문화(유럽, 아프리카, 미국)를 받아들이고, 또 그것을 새롭게 제련된 것으로 뱉어내는 과정을 오랜 기간에 걸쳐 반복했다. 여기에 쿠바 문화의 특성이 있다.

쿠바 문화가 다양성과 복잡성, 개방성을 가지고 있다는 말은 그리 새삼스러운 말이 아니다. 왜냐하면 이런 문화의 복합성은 쿠바에만 국한하는 것이 아니라 우리가 라틴아메리카라고 부르는 전 대륙에 나타나는 보편적인 현상이기 때문이다. 이것을 우리들은 에스파냐어로 '라티니다드'(latinidad), 즉 '라틴성'이라고 부른다. 라틴아메리카 대륙을 하나로 묶을 수 있는 동질적인 요소들은 여러 가지가 있다. 우선 언어(에스파냐어), 종교(가톨릭), 도시 건축물, 의상, 음식 등을 들 수 있다. 또한 미국처럼 다문화주의, 즉 다양성과 단일성(unity)이 분리된 모습으로 나타나는 문화와는 달리 라틴아메리카에서는 다양성 자체가 바로 단일성, 동질성으로 곧바로 연결된다. 인종 간의 혼혈, 거기에 따른 문화의 복합성이 좋은 예이다.

그렇다면 쿠바의 문화가 다른 라틴아메리카 국가들의 문화와 비교해서 구별되는 점은 무엇일까? 무엇이 쿠바를 쿠바답게 하는가? 필자는 이것을 한마디로 아프리카 흑인 문화의 유입이라고 생각한다. 인류학자인 페르난도 오르티스(Fernando Ortiz, 1881~1969)는 이 두 문화의 융합을 아프리카의 '아프로'와 '쿠바'를 합성해 '아프로쿠바노'(afrocubano)라는 용어로서 쿠바의 문화를 새롭게 정의했다. 이런 아프로쿠바주의(afrocubanismo)를 이해하기 위해서는 물라토(백인과 흑인 사이에서 태어난 혼혈인) 시인인 니콜라스 기옌이1) 쓴 「두 할아버지의 발라드」(Balada de los dos abuelos)를 읽는 것으로 족하다.

> 오로지 나만 볼 수 있는 두 그림자,
> 두 할아버지가 나를 호위한다.
>
> 페데리코 할아버지가 네게 소리칠 때
> 파쿤도 할아버지는 침묵한다.
> 밤이면 두 분은 꿈을 꾸고
> 걷고, 또 걷는다.
> 나는 두 분의 합이다.
>
> - 페데리코!
> 파쿤도! 두 분은 얼싸안고
> 탄식한다. 두 분은
> 고개를 똑바로 쳐든다.
> 풍채가 똑같은 두 분이
> 별빛 아래서
> 풍채가 똑같은 두 분이
> 검은 열망과 하얀 열망
> 풍채가 똑같은 두 분이

---

1) 니콜라스 기옌(Nicolás Guillén, 1902~1989). 쿠바의 시인. 에스파냐인과 아프리카인의 혼혈(물라토)로 한평생 민중의 고통과 고난, 꿈과 희망을 노래했다. 기옌은 에스파냐계 문화를 명시적으로 부정하지는 않지만 쿠바의 아프리카계 문화를 복원하고자 노력하였다. 이런 연유로 그의 시에서 아프리카계 의성어, 종교, 리듬이 주 모티브로 등장한다. 시집으로는 『손 모티브』(Motivos de son, 1930), 『서인도제도 유한회사』(West Indies, Ltd., 1934), 『비상하는 민중의 비둘기』(La paloma de vuelo popular, 1958), 『체에게 바치는 노래 4편』(Cuatro canciones para el Che, 1969) 등이 있다.

소리치고, 꿈꾸고, 울고, 노래한다.
꿈꾸고, 울고, 노래한다.
울고, 노래한다.
노래한다!

기옌이 노래하는 이 두 노인은 물어볼 것도 없이 하나는 에스파냐계 백인 노인일 것이고, 또 하나는 아프리카 출신의 흑인 노인일 것이다. 이 안에 물라토인 '나'라는 화자가 놓여 있다. 이 두 노인이 길 건너에서 따로따로 오고 있다. 화자인 내가 그들을 불러 모은다. 예전에 친구였을 두 노인이 감격해 얼싸안는다. 처음엔 느닷없이 만났으니 서로 놀라 소리쳤을 것이다. 그 다음에 그들 둘은 어딘가의 이상을 향해 함께 갔을 것이다. 그런 다음에는 고통이 뒤따르고 서로 울면서 걸었을 것이고, 최후에는 화해의 기쁨일까 서로의 존재 인식에 대한 환희일까, 어깨동무를 하며 정다운 옛 친구로 다시 돌아가 걸어갔을 것이다. 여기서 두 노인의 만남은 유럽 백인 문화와 아프리카 흑인 문화의 조우를 의미하며, 두 노인은 이 두 문화가 만난 400년이라는 시간의 성상을 나타내 준다.

기옌은 칠레의 파블로 네루다와 함께 여러 번 노벨 문학상 후보에 올랐으며, 호세 레사마 리마(José Lezama Lima, 1910~1976)와 함께 쿠바 현대시를 대변하는 가장 대표적인 시인이다. 그는 흑인 문학 운동의 일환으로서 소위 '니그로 시'(poesía negra)라는 것을 썼는데, 기옌이 쿠바 문학에 기여한 것은 잊혀져 가던 아프리카의 신화, 음악 등을 자신의 시에 수용함으로써 아프리카 문화의 중요성을 환기시킨 데 있다. 그에게 있어 백인 문화(에스파냐 문화)와 흑인 문화(아프리카 문화)는 조화나 화해의 대상이지 배척의 대상이 아니다. 즉 쿠바의 흑인을 아프리카인으로 생각하는 것이 아니라 라틴아메리카인, 쿠바인으로 간주하며, 이런 인식하에서 그는 자신의 시가 차라리 니그로 시 또는 아프로쿠바 시보다는 쿠바 시로 불리기를 원한다. 필자는 이런 기옌의 입장이 문화의 보편성과 독자성을 고려해 볼 때 정당하고 현명하다고 본다.

이런 아프로쿠바노 정신과 관련, 세계적으로 잘 알려진 화가가 있는데, 그는 다름 아닌 위프레도 람(Wifredo Lam, 1902~1982)이다. 람은 중국인 아버지와 쿠바인 물라토 어머니 사이에서 태어났는데, 그의 출신 자체가 아프로쿠바노 정신을 잘 대변해 준다. 그는 네그리튀드 운동과 초현실주의가 한창이던 때에 유럽에 체류하며 피카소를 알게 되었다. 그때 피카소는 람에게 당시 전위주의 운동을 한창 펼치고 있던 유럽 친구들을 소개시켜 주었고, 또 흑인 예술(art négre)을 알게 해주었다. 당시 아프리카적 요소들을 가지고 이미 미술 활동을 펼쳤던 다른 라틴아메리카 작가들과는 달리 람은 유럽 대륙에서 거꾸로 아프리카 예술을 접하게 되었고, 이를 통해 그 자신의 진정한 정체성을 발견하였다. 에스파냐와 프랑스에 오래 체류한 뒤 쿠바로 다시 돌아온 그는 예술적 영감과 비전을 심화시키기 위해 이웃나라인 아이티와 마르티니크를 방문, 안티야스 제도의 현실에 대한 성찰과 아울러 아프리카에 대한 향수, 민중의 전통, 상징, 토속적인 의식, 물라토들의 원초적이고 생명력 있는 모습들 이 모든 것을 종합하면서 자신만의 독특한 회화 기법을 창안해 냈다. 1943년에 그린 〈정글〉(La jungla)은 람의 대표적인 작품으로서 카리브 세계, 원시 신화의 세계, 아프리카 자연의 색, 동물과 식물들의 세계가 경계 없이 한데 잘 어우러진 아프로쿠바노 정신, 즉 역동성과 다양성이 잘 드러난 작품이다.

람의 삶과 예술을 생각하면서 필자는 또 하나의 인물을 떠올린다. 바로 리디아 카브레라(Lydia Cabrera, 1899~1991)이다. 인류학자로서 그녀는 쿠바에 아프로쿠바주의, 아프로아메리카주의(afroamericanismo)라는 용어를 유행시킨 오르티스의 처제로 쿠바의 아프리카 민속, 전통, 문화, 문학을 세계에 소개하고 알린 여성이다. 그녀 역시 젊은 시절 응용미술을 공부하러 파리에 갔고, 거기서 흑인 예술 운동을 알게 되었다. 이후 전공을 바꿔 쿠바의 아프리카 예술과 미학에 흠뻑 빠졌다. 1936년 카브레라는 프랑스어로 『쿠바의 흑인 이야기들』(Contes negres de Cuba)을 발간하는데, 이 책은 쿠바에서 센세이션을 일으켰다. 카브레라가 아바나에 돌아와서 최초로 한 일은 자신의 늙은 유모로부터 쿠바에 사는 아프리카 흑인들에 관한 것을 노트에 받아 적는 일이었다. 이런 식으로 쌓인 자료를 가지고 카브레라는 가톨릭과 아프리카 반투(bantú) 및 요루바(yoruba) 신앙에 관한 수많은 인류학 책을 출판하였다.

쿠바에서는 매년 6월 24일이 되면 흑인들 사이에서 기독교의 성 요한을 기리는 축제가 시작된다. 이 축제는 북(tambor)을 동반한 떠들썩한 축제로서 흑인들의 눈으로 보자면 이질적일 수밖에 없는 성 요한 수호신이 여기서는 마치 그들 아프리카의 신이라도 되는 양 받들어진다. 그들에 의하면 성 요한은 크리스마스 때 흑인들과 어울려 독한 소주를 들이켰으며, 그들과 함께 축제를 벌였다는 것이다. 아프리카의 동짓날 제의의 흔적이 기억 속에 남아 있는 흑인들에게 이 기독교 성인은 뒤에 신으로 변해 그들을 축복했으며, 또 노예들이 산으로 도망칠 수 있도록 힘을 주었다고 한다. 이 축제 기간 동안 사람들은 악마를 대변하는 종이 가면과 형형색색의 줄이 늘어진 가면을 뒤집어쓴다. 그 다음에 성 요한의 이름을 불러 댄다. 그렇지만 그들이 실제로 불러댔던 것은 요루바족의 전쟁의 신 오군(Oggun)이었다. 흑인들이 전하는 바에 의하면, 성 요한 축일 밤이 되면 마녀들이 머리를 빗으러 밖에 나와서는 인간들을 찾아 나섰다고 한다. 그리고는 어부들을 잡아서는 바다 밑으로 데려가 일정기간 잡아두었다가 다시 육지로 되돌려 보냈다고 한다. 그리스 신화의 마녀 사이렌을 연상케 하는 이 이야기 속에서 우리들은 기독교와 아프리카 토속 신앙의 융합을 곧바로 알아차릴 수 있다. 이런 식으로 이들 흑인 후예들은 그들의 아프리카 옛 전통들을 기독교라는 가면에 교묘히 위장, 숨긴 다음 그것을 보존했던 것이다.

여기 또 하나 흥미로운 두 종교의 결합 사례가 있다. 아프리카의 창고(Changó)는 남성신으로, 가톨릭의 성녀인 산타 바르바라와 묘하게 결합한다. 이 둘의 공통점은 허리에 칼을 차고 있다는 사실이다. 산타 바르바라가 모든 폭발적인 힘의 근원이며 원천이라면 창고는 전쟁의 신이며, 또 산타 바르바라가 천둥의 신이라면 창고는 번개를 소유한 자이다. 그래서 천둥이 칠 때 창고는 그의 동반자인 산타 바르바라를 찾는다. 이런 이질적인 종교의 절묘한 결합은 그 자체로서 문학적이다. 창고는 그리스의 영웅 아킬레스처럼 그의 적들을 조롱하기 위해서 여자의 모습, 즉 산타 바르바라로 변장한다. 그런데 아킬레스처럼 이 창고 신도 허리에 찬 칼(물론 여기서는 남성의 성기를 상징한다) 때문에 변장한 게 들통이 난다. 이렇게 해서 아이티의 부두(Voodoo) 신앙, 브라질의 캉동블레(Candomblé) 신앙처럼, 쿠바에서도 강렬한 혼합 신앙인 산테리아(Santería)가 탄생하였다. 이 산테리아 의식, 신앙은 쿠바뿐만 아니라 카리브 전역에 퍼지게 된다. 또 미국 플로리다 반도, 뉴욕 맨해튼, 마이애미 등 흑인 거주 지역에 많은 영향을 미쳤다.

카브레라의 노력으로 아프리카 민족이나 문화는 많은 재앙이나 박해에도 불구하고 아프리카 본토보다도 더 강렬하게 쿠바에서 소생했다. 방금 보았지만 카브레라가 우리에게 전해주는 이야기는 딱딱한 인류학적 지식들이 아니라 차라리 아름답고 감동적인 시편들이라고 부를 만하다. 『트레스 트리스테스 티그레스』(Tres tristes tigres)』의 작가로 유명한 기예르모 카브레라 인판테(Guillermo Cabrera Infante)는 그녀가 쓴 책들을 통틀어 "인류학적 시편들"(antropoesía)이라고 명명했는데, 그 말은 전적으로 타당하다. 카브레라의 공헌은 노예로 온 아프리카 출신 쿠바인들의 전설이나 민담을 생생하게 복원시킨 데 있지만, 보다 더 중요한 것은 이런 작업들을 통해서 아프리카 문화가 소외되고 감추어진 주변부 문화가 아니라, 역으로 쿠바인들의 가슴을 지배하는 가장 중심적인 문화라는 사실을 쿠바인들에게 일깨워준 점이다.

쿠바 문화의 개방성, 즉흥성, 대중성은 특히 음악에서 한껏 발휘되는데, 쿠바인의 탁월함은 유럽, 기타 라틴아메리카 국가, 아프리카의 멜로디 리듬을 받아들여 즉각 쿠바화, 즉 자기 것으로 만든 데 있다. 일례로 영국에서 탄생한 컨트리댄스는 18세기 프랑스의 식민지인 아이티를 거쳐 쿠바에 들어왔는데, 남의 것을 자기 것으로 만드는 데 대단히 소질이 있는 쿠바인들은 이 컨트리댄스 음악에서 크리오야(criolla), 과히라(guajira), 단사 아바네라(danza habanera), 단손(danzón), 칸시온(canción)이라는 댄스 음악(또는 댄스)을 창조해냈다. 이 중에서 단손은 특히 전 세계 사람들이 즐겨 추는 춤이다.

대중음악으로 눈을 돌려보면, 쿠바에는 세계적으로 널리 알려진 대중음악가 그룹이 있다. 파블로 밀라네스, 실비오 로드리게스, 아마우리 페레스, 노엘 니콜라 등이 바로 선후배 간격으로 이 그룹에 속한다. 특히 밀라네스나 로드리게스는 단순한 가수라기보다는 작곡, 작사에 만능인 재주꾼들로서 그들의 노래 멜로디에는 당연히 아프리카의 리듬이 깔려 있다. 특히 로드리게스는 자기의 밴드 그룹에 '아프로쿠바나'(Afrocubana)라는 이름을

붙였다. 그들의 노래 가사는 하나하나가 시라고 하는 편이 더 적합할 것
이다. 그들이 때때로 쿠바혁명, 라틴아메리카에서 자행되는 불의와 폭력
사태를 규탄하는 노래를 한다 해도 일반적인 혁명가에서 느껴지는, 사람
을 죽일 것만 같은 선동이나 타도 같은 살벌함은 전혀 없다. 그들의 노래
는 대단히 감미롭고, 서정적이고, 로맨틱하며, 시적이다. 그래서 어떤 때
는 이들이 혁명을 노래하고 있는지 러브 송을 부르고 있는지 구분이 안
갈 때가 많다. 여성적인 것의 강함이라고나 할까. 그들 노래의 진정한 힘
은 바로 이런 데서 나오는 것이 아닐까 생각한다. 필자는 멕시코 유학 시
절에 이들의 콘서트를 여러 번 보았는데 그때 청중의 열광적인 소리를 들
으며 이런 생각을 했던 적이 있다. 아마 이들이 자본주의 체제의 국가에
서 태어났다면 상업적으로 꽤나 성공을 했으리라. 그런데 또 한편으로는
만약 그들이 거기서 태어났다면 그들의 유니크한 음악이 나올 수 있었을
까 하는 의구심도 들었다. 단적으로 말하면, 그들의 음악은 카리브 해의
포근함, 열대의 정열, 라틴아메리카와 아프리카와 유럽의 전통을 하나로
가지고 있는 데서 나오는 필연적인 결과라고 할 수 있다. 이 두 전통이 주
축이 되어 시작한 새로운 노래운동 '누에바 트로바'는2) 니콜라스 기옌의
시에서 보이는 아프로쿠바주의, 한편으로는 쿠바 현대 음악의 개척자로서
아프리카 리듬과 유럽의 전위주의 음악을 교묘히 결합하고, 또 그 대중적
인 뿌리를 결코 잊어버리지 않으면서 쿠바 민족 음악의 새 장을 연 아마
데오 롤단(1900~1939), 쿠바 민속음악과 클래식을 결합한 알레한드로 가
르시아 카투를라(1906~1940), 그리고 '쿠바음악 개혁그룹'(Grupo de Renovación
Musical, 1943~1948)의 창시자인 호세 아르데볼(1911~1981)까지 면면이 이어
져온 선배들의 모든 업적을 계승해 '쿠바다움'(cubanía)을 그들의 대중음악

---

2) 누에바 트로바(Nueva Trova). '새로운 음유시'라는 뜻을 지닌 노래운동.

을 통해 발전시켰다.

이제까지 우리는 쿠바 문화의 다양성과 개성적인 면, 그리고 그 고유성을 1930년대 무렵 갑자기 폭발적으로 일어난 쿠바 문화의 르네상스, 즉 아프로쿠바주의와 관련시켜 살펴보았다. 그런데 이런 쿠바 문화의 매력적인 면이 혁명 후의 사회주의 쿠바에서는 어떻게 유지되었는지 궁금한 일이 아닐 수 없다. 혁명과 호모섹슈얼리티, 얼핏 조화되지 않는 이 두 주제가 필자에게는 쿠바 문화의 다양성을 설명하는 좋은 예가 될 것 같다.

현대 쿠바 문화의 내로라하는 작가들을(망명 작가들을 포함해서) 살펴보면 왜 그리 동성연애자가 많은지 놀라게 된다. 그 이름들을 다 열거하자면 아마도 긴 목록이 될 것이다. 기옌의 동료였던 레사마 리마의 걸작인 『파라다이스』(Paradiso, 1966)만 해도 동성애적 요소가 아주 많이 드러난다. 시인 및 단편 작가로 시작해 극작가로 이름을 떨친 비르힐리오 피녜라는 그 자신이 유명한 동성연애자였을 뿐만 아니라 많은 젊은 동성애 작가를 거느리고 있었다. 그중에는 캘버트 케이시, 안톤 아루파트, 시인 파블로 아르만도 페레스, 소설가 레이날도 아레나스가 있었다.3) 아루파트가 혁명 정부의 화를 자초한 것은 그가 미국의 앨런 긴즈버그를 쿠바에 초청한 것이 계기가 되었다. 비트 제너레이션(Beat Generation)의 기수였던 이 멋모르

---

3) 레사마 리마의 『파라다이스』는 고백과 회상 투로 진행되는 시적인 소설, 또는 소설적인 시이다. 비르힐리오 피녜라(Virgilio Piñera, 1912~1979)는 이오네스코의 「대머리 여가수」, 베케트의 「고도를 기다리며」보다 한참 전에 부조리극을 쓴 인물이다. 캘버트 케이시(Calvert Casey, 1924~1969)는 양친이 미국인이었지만 백퍼센트 쿠바인이었다. 쿠바혁명 정부의 문학지 ≪아메리카의 집≫(Casa de las Américas)에서 일을 하다 동성애가 문제되어 쿠바에서 쫓겨났다. 후에 로마에서 자살했다. 안톤 아루파트(Antón Arrufat, 1935~)는 스승 피녜라처럼 단편 작가로 문필 활동을 하다가 극작가로 전환하였다. 레이날도 아레나스(Reinaldo Arenas, 1943~1990)는 쿠바의 현대 바로크 문학의 대표적 소설가로 동성애 문제로 고초를 겪다가 1980년 미국으로 탈출했다. 1987년 에이즈 진단을 받았고, 1990년 자살했다.

는 미국 히피 시인은 쿠바에 도착하자마자 쿠바 대중 앞에서 외설적이고 음란한 말들을 자랑스러운 듯이 공개적으로 지껄였다. 심지어 카스트로도 분명 어린 시절에는 동성애적 경험을 가졌으며, 또 체 게바라에 대해서도 묘한 사랑을 느낀다고 말하기도 했다. 긴즈버그가 언급한 체에 대한 사랑은 혁명가로서의 그에 대한 존경이나 애정의 표시가 아니라, 완전히 외설이며 농담이었다. 체 게바라와 침대에 같이 들고 싶다고 노골적으로 심중을 털어놓기도 했다. 그리고는 플래카드를 들고 대통령궁 앞에 모인 모든 동성애자들을 향해 "쿠바의 모든 마리콘(maricón, 남색가, 호모를 뜻하는 은어)이여! 단결하라! 당신들의 수치심을 떨쳐버려라"라고 선동했으니 그가 그날로 쿠바에서 쫓겨난 것은 당연한 일이었다. 물론 그를 초청한 아루파트도 이 사건이 계기가 되어 직장을 잃고 쿠바에서 쫓겨났다. 카스트로는 작가동맹 회의에서 호모 작가들에게 이렇게 언명했다. "당신들을 살려는 준다. 그러나 또다시 문란한 행위를 자초해서는 안 된다." 한편 체 게바라는 동성연애자는 병든 인간으로서 그들은 정치적으로 건전한 '새로운 인간'(hombre nuevo)을 위해 자리를 비워주어야 한다고 말했다. 많은 작가가 강요에 의해서건 자의에 의해서건 쿠바를 떠났다(쿠바 정부는 이를 쓰레기 치우는 것으로 간주했다). 세베로 사르두이, 기예르모 카브레라 인판테, 에베르토 파디야 등등. 레이날도 아레나스는 뉴욕에서 가난과 에이즈로 자살로 생을 마감하였다. 카브레라 인판테의 비난처럼 이런 모든 책임의 맨 꼭대기에는 쿠바 정부가 있다. 1959년 쿠바혁명 후 동성애는 '금기'나 다름없었고, 동성애자들은 혁명의 적으로 낙인 찍혀 핍박을 받았다. 그러나 카스트로 등과 동지적 관계를 갖고 쿠바의 바티스타 정권을 무너뜨리는 데 기여했던 토마스 구티에레스 감독은[4] 만년에 〈딸기와 초콜릿〉(Fresa y cho-

---

4) 토마스 구티에레스 알레아(Tomás Gutiérrez Alea, 1928~1996). 쿠바혁명의 과정 속에

colate)이라는 영화를 만들었는데, 이 영화는 바로 동성애자를 다룬 영화였다. 쿠바를 비판하는 사람들은 이 영화가 카스트로 정부가 서구 관광객을 끌어들이고 쿠바가 자유롭고 발랄한 나라라는 이미지를 주기 위한, 다시 말해서 대서방 유화 제스처(실제로 쿠바 정부는 동성애자에 대한 몇몇 차별적 대우를 폐기하였다)에서 나온 결과로 폄하하지만 반드시 그런 것만은 아니다.

그런데 필자한테 하나 선뜻 이해되지 않는 것은 어떻게 긴즈버그 사건이 일어날 수 있고, 한 국가의 수반이 어떻게 공식석상에서 호모섹슈얼리티에 대해 이야기할 수 있는가이다. 그러니까 카스트로의 사회주의 체제도 좀 신기한 생각이 드는 것이다. 나름대로 생각해보는데 쿠바의 사회주의가 구소련이나 동구의 그것과 비교해 어느 정도 탄력적이고 여유가 있었던 것도 결국은 쿠바 문화가 역사적으로 축적해 온 다양성, 개방성에서 오는 것이 아닐까 한다. 정치적 호불호를 떠나 아레나스를 만든 것도 쿠바고, 카스트로를 만든 것도 쿠바다.

우리들은 사회주의 리얼리즘 하면 예술은 혁명에 봉사해야 한다는 경직된 예술관을 가지고 있는데, 쿠바에는 이런 사회주의 리얼리즘에 입각한 예술은 존재하지 않는다. 아니 아예 쿠바 혁명정부는 사회주의 리얼리즘을 공식적으로 배척한다. 카스트로는 언젠가 군중 연설에서 예술에 있어서 쿠바의 적은 추상예술이 아니라고 분명히 못 박았다. 쿠바에서 사회주의 리얼리즘은 좋은 말이 아니다. 그것은 완전히 가치를 잃은 말이다. 혁명 초기에 스탈린을 추종하는 공산주의자들이 이 예술관을 쿠바에 이식하려고 했지만 그것은 혁명평의회에서 압도적으로 거부당했으며, 그 이후 쿠바에서 이 말은 사라졌다. 체 게바라는 사회주의 리얼리즘은 19세기 리

서 한 지식인의 변화 과정을 담은 〈저개발의 기억〉(Memorias del subdesarrollo, 1968)의 감독이다.

얼리즘으로 복고하려는 것이기 때문에 그것을 보수반동이라고 규정지었다. 즉 쿠바가 가장 가까운 관계를 맺었던 구소련과 비교해 쿠바의 예술정책은 모든 민중이 다 이해할 수 있는 예술 작품을 창조하는 것이 아니라 예술이 어떤 것이라는 것을 대중들이 이해할 수 있게끔 민중들을 교육시키는 데에 있다. 이것이 바로 쿠바 혁명정부의 공식적인 예술 정책의 바탕이 되었다. 거기다가 카스트로는 한술 더 떠 쿠바 예술이 하나의 사조나 경향에 빠지고 또 독점되는 것을 반대한다고 명백히 밝혔다. 그에 의하면 음악과 회화, 시, 드라마, 춤 그 모든 장르에서 모든 종류의 실험이 행해지는 것에 전적으로 찬성한다는 것이다. 이 말은 예술가나 지성인, 작가나 문화 사업에 종사하는 사람들을 구슬리거나 자기편으로 끌어들이기 위한 수사적 표현이 아니다. 카스트로의 말대로 쿠바에는 미국의 팝아트, 옵아트, 추상예술, 추상적 초현실주의, 표현주의 등 현대 전위주의의 온갖 예술 경향, 사조, 실험들이 맘껏 행해진다. 이 말이 믿기 어렵다면 쿠바에서 발행되는 아무 예술 잡지라도 그냥 펼쳐보기만 하면 된다. 1995년 광주 비엔날레에서 쿠바의 젊은 작가가 대상을 수상한 것도 이런 문화전통의 축적에서 나온 것으로 보면 된다.

이제까지 우리는 우리에게서 지리적, 심정적으로 먼 쿠바의 문화를 아프로쿠바주의를 통해 살펴보았다. 거기서 우리가 발견한 것은 쿠바 문화의 특성은 언제나 복합성, 혼합성을 띠면서 또 개방성, 보편성으로 나아간다는 사실이었다. 쿠바 문화가 우리에게 시사하는 것은 결국 다양성 안에서 단일성을 추구하는 문제가 한국처럼 동질성 안에서 다양성을 추구하는 문화에 어떠한 문제의식을 던져줄 수 있는가 하는 점이다.[5]

---

5) 이 글은 필자가 《외국문학》 46호에 쓴 「쿠바, 두 세계의 만남」(1996, 6-17)을 수정한 것이다.

쿠바에서 '문화횡단'이라는
사회적 현상과 그 중요성에 대해서

페르난도 오르티스

우리는 이 용어가 신조어라는 것을 알고 있다. 하지만 독자의 허락, 특히 그 독자가 사회학 연구에 전념하고 있다면 더더욱 허락을 구하며, '문화횡단'(transculturación)이라는 용어를 감히 처음으로 사용하고자 한다. 그리고 우리는 사회학 전문용어에서 현재 널리 사용 중인 '문화접변'(aculturación)이라는 용어를 최소한 상당 부분이라도 대체하고자 과감하게 문화횡단이라는 용어를 제안한다.

'문화접변'은 한 문화에서 다른 문화로의 전이 과정과, 그 전이 과정이 불러일으키는 모든 종류의 사회적 영향을 의미한다. 그러나 '문화횡단'이 더욱 적절한 용어다.

쿠바에서 확인되는 여러 문화가 복합적으로 변형되며 벌어지는 변화무쌍한 현상들을 표현하고자 우리는 '문화횡단'이라는 용어를 선택해 왔다. 여러 문화의 복합적 변환을 제대로 알지 못하면 쿠바 민중의 경제적, 제도적, 사법적, 윤리적, 종교적, 예술적, 언어적, 심리적, 성적 변천뿐만 아니라 생활의 다른 면에서 일어나는 변천도 이해할 수 없기 때문이다.

쿠바의 진정한 역사는 복잡하게 얼키설키 뒤얽힌 문화횡단의 역사다. 우선 구석기 시대 원주민에서부터 신석기 원주민으로의 문화횡단, 그리고 카스티야로부터 전파된[1] 새로운 문화의 영향에 적응하지 못해 멸망한 신석기 원주민.

그 다음에는 백인 이주민들의 끊임없는 이동에 의한 문화횡단. 각기 상이한 문화 출신이어서 당시 그들 스스로 말한 것처럼 이미 '발기발기' 찢어진 에스파냐 사람들, 이베리아 반도에서 신세계로 이주한 에스파냐 사람들. 그들에게는 신세계의 자연과 사람들이 모두 새로웠고, 여러 문화가 혼합된 새로운 제설혼합주의(sincretismo)에 나름의 방식대로 재통합되어야 했다. 동시에, 대서양에 면한 세네갈에서부터 기니, 콩고, 앙골라를 거쳐 아프리카 대륙의 동쪽 해안에 있는 모잠비크에 이르기까지 아프리카의 모든 해안지역 출신의 다양한 민족과 문화로 구성된 아프리카 흑인들이 물밀 듯 끊임없이 밀려드는 문화횡단. 근원사회의 중심으로부터 뿌리 뽑힌 채, 이곳에 군림하는 지배문화의 영향하에 제 문화는 억압당하고 산산조각 난 그 모든 사람들. 그들의 문화는 사탕수수처럼 압착기 덩어리 사이에서 짓이겨진다. 그리고 산발적인 큰 파도처럼, 혹은 끊임없이 흐르는 샘처럼 밀려오는 훨씬 더 많은 이민문화. 대륙의 원주민, 유대인, 포르투갈인, 영국인, 프랑스인, 미국인, 심지어 마카오, 광둥, 과거에 청나라 제국이었던 다른 지역들 출신의 몽골계 황인종 등 항상 흘러 다니고 영향을 미치는, 더욱 다양한 기원의 이주문화들. 이탈과 재통합이라는 이중의 위기, '탈문화화'(desculturación) 혹은 '문화결핍'(exculturación)과 '문화접변' 혹은

---

1) 카스티야(Castilla). 에스파냐의 중부 지방. 수도 마드리드가 있는 지방이기도 하다. -옮긴이

'문화수용'(inculturación)이라는 이중의 위기를 겪으며 마침내 '문화횡단'이라는 종합에 이르는, 출생지로부터 뿌리 뽑힌 이민자 한 명 한 명.

　모든 민중에게 역사적 발전이란 항상 문화들의 생생한 이동이 대체로 차분한 속도로, 혹은 빠른 속도로 행하여지는 것을 의미한다. 그러나 쿠바에는 쿠바 민중의 형성에 줄곧 영향을 미쳐온 문화가 너무나 많고 그 문화들이 장소와 구조적 범주에서 너무 다양하기 때문에, 인종과 문화의 무한한 혼혈이 여타 모든 역사적 현상보다 압도적이다. 경제 현상들 자체, 사회생활의 가장 기본적인 현상들이 쿠바에서는 거의 항상 다양한 문화적 표현들과 뒤섞인다. 쿠바에서는 시보니(Ciboney)족, 타이노족, 에스파냐인, 유대인, 영국인, 프랑스인, 영미인, 흑인, 유카탄인, 중국인, 크리오요를 거론한다고 해서 그것이, 다양한 민족들의 성(姓)으로 표현되는 쿠바라는 국가를 형성하는 여러 요소들만을 가리키는 것은 아니다. 이런 요소 하나하나는 쿠바에서 때로 아주 엄청난 영향을 불러일으키면서 지금까지 잇따라 나타난 여러 경제 체제와 문화 중 결국 하나의 경제 체제와 하나의 문화에 대한 종합적이고 역사적인 이름이 되기에 이른다. 바르톨로메 데 라스 카사스가 신대륙의 사정을 알리고자 간략하게 쓴 『인디아스 파괴에 대한 간략한 보고서』(1552)가 불러일으킨 반향을 떠올리자.2)

　유럽이 4천 년이 넘는 기간 동안 겪은 모든 문화적 단계가 쿠바에서는 불과 400년도 안 되는 기간 동안 일어났다. 유럽에서는 경사로와 계단으로 올라갔던 것이 이곳 쿠바에서는 깡충깡충 뛰면서 갑작스럽게 진행되어

---

2) 바르톨로메 데 라스 카사스(Bartolomé de las Casas, 1484~1566). 에스파냐 세비야 출신의 사제. 처음에는 쿠바의 한 농장을 소유한 노예 소유주였으나, 1515년 자기 소유의 노예를 모두 해방시킨 후 라틴아메리카 원주민에게 자행되는 에스파냐 정복자들의 폭력과 잔인함을 고발하며 원주민의 인권보호를 위해 평생 헌신했다. 『인디아스 파괴에 대한 간략한 보고서』(Brevísima relación de la destrucción de las Indias)도 그러한 라스 카사스의 노력 중 하나이다. ─옮긴이

왔다. 우선 구석기시대 문화인 시보니족의 문화와 과나하비베족의 문화가 있었다. 우리의 석기시대. 돌과 막대기를 사용하고, 다듬지 않은 돌과 거친 나무를 사용하고, 조개껍데기와 물고기 뼈를 돌과 바늘처럼 사용하던 우리의 가장 좋았던 시대.

그 후에는 신석기인인 타이노 원주민의 문화. 연마한 돌과, 무언가를 새긴 목재의 시대. 타이노족과 더불어 농업, 정착, 풍족함, 족장과 제사장이 도래한다. 그들은 정복하러 온 것이고, '문화횡단'을 강요한다. 시보니족은 농노와 본토박이 하인(naboría)으로 전락하거나 산악지대와 밀림, 암석지(cibao)와 카오나오 강 지역(caonao)으로 도망친다. 그 다음은 문화의 허리케인, 즉 유럽이다. 철, 화약, 말, 소, 바퀴, 범선, 나침반, 화폐, 임금, 문자, 인쇄술, 책, 신, 왕, 교회, 은행가 등이 함께 우르르 몰려왔다… 그리고 일대 변혁을 일으킬 아찔함이 쿠바 원주민을 뒤흔들었다. 쿠바 원주민의 제도를 뿌리째 뽑아내고 그들의 삶을 산산조각 내면서. 잠에 취해 꾸벅꾸벅 졸던 석기시대에서 순식간에 잠에서 깬 르네상스시대로 건너뛰었다. 쿠바에서는 하루 만에 여러 시대가, 수천의 "세월과 문화들(años-culturas)"이 끝났다. 유럽인에게 아메리카라는 이 인디아스가 신세계(Nuevo Mundo: 미지의 세계였으나 새롭게 알게 된 세계)였다면 아메리카 원주민에게 유럽은 완전히 새로운 세계(Mundo Novísimo)였다. 그 두 세계는 상호 간에 발견하고 충돌한 것이었다. 그러나 그 두 문화가 접촉한 결과는 끔찍했다. 두 문화 중 하나는 마치 급사(急死)한 것처럼 거의 완전히 사라지고 말았다. 토착민에게는 실패한 문화횡단이었고, 외지인에게는 과격하고 잔혹한 문화횡단이었다. 원주민과 이들이 축적해 놓은 것은 쿠바에서 멸절되었고, 전원 새로운 인구를 이주시켜야 했다. 그렇게 새로운 부류의 지배자와 피지배자가 생겼다. 쿠바의 이 특이한 사회 현상. 침략자와 마찬가지로 폭력을 동원해서 또는 강제로 16세기부터 줄곧 존재한 현상. 쿠바의 모든 사람과 모든 문화가 외부 원인에 의한 것이고, 온통 발기발기 찢긴 문화. 본래의 것이 뿌리 뽑히는 데 대한 트라우마와 난폭한 이식에 대한 트라우마, 창조 중인 새로운 문화에 대한 트라우마를 안고 있는 문화들.

백인과 더불어 카스티야 문화가 도래했고, 카스티야 문화에 휩싸여 안달루시아인, 포르투갈인, 갈리시아인, 바스크인, 카탈루냐인도 왔다. 이베리아 반도의 문화, 피레네 산맥 이남의 백인 문화가 재현된 것이라고 말할 수 있을 것이다. 그리고 이주의 첫 파도 이후 제노바인, 피렌체인, 유대인, 레판테인, 베르베르인, 즉 금발의 노르망디인부터 사하라 사막 이남의 아프리카 흑인까지 무수한 민족과 색소가 혼합된 지중해 문화가 도착했다. 정복자로서 약탈을 찾아, 그리고 자기들이 지배하고 세금을 받아낼 사람들을 찾아 봉건 경제를 가져온 백인들도 있다. 상업자본주의 경제, 심지어 이미 싹트기 시작한 산업자본주의 경제에 의해 움직이는 백인들도 왔다. 도래한 여러 경제 체제끼리 서로 용해되기도 하고 변하기도 하면서, 역시 가지각색이며 여러 가지가 혼합된 다른 경제 체제, 그러나 원시적이고도 중세 말기 백인들이 적응하기는 불가능한 경제 체제를 압도했다. 단순히 바다를 건넌 것만으로 백인들의 정신은 벌써 바뀌었다. 그들은 몹시 지치고 절망한 채 떠나왔지만 도착해서는 영주가 되었다. 제 땅에서는 지배당하던 사람이었으나 남의 땅에서는 지배하는 사람으로 변했다. 그리고 그 사람들 모두, 즉 전사(戰士), 수도사, 상인, 평민들은 옛 사회로부터 나뭇가지가 꺾인 채 모험의 시기에 와 기후, 사람, 음식, 풍습이 새롭고, 가지각색의 다양한 돌발 사건이 있는 다른 사회에 다시 접목되었다. 그들 모두 부, 권력, 기운이 쇠하면 바다 건너 저쪽으로 귀국하리라는, 긴장감 넘치고 불안에 사로잡힌 야망을 갖고 있었다. 다시 말해, 그들은 인디아스의 이 나라에서 일신(一身)을 건사하며 견디겠다는, 충동적이고 일시적인 대담한 기획하에 낯선 땅에서 처음과 끝이 있는 포물선을 그리며 지냈다.

끊임없이 행해지고, 쿠바의 근간을 이루며, 대조적인 지리적, 경제적, 사회적 이주보다 쿠바성을 더욱 탁월하게 보여주는 인적 요인들은 없었다. 그리고 쿠바성을 논할 시 여러 목적이 지속적으로 과도적 상태에 있는 것, 거주하는 땅에서 항상 뿌리 뽑힌 채 사는 삶, 뒷받침이 되어 주는 사회와 항상 불균형을 이루며 사는 삶보다 더 나은 인적 요인들은 없었다. 사람, 경제 체제, 문화, 열망들 모두 여기에서는 스스로를 타지(他地) 출신이라고, 일시적이고 변하기 쉬운 것으로 느꼈다. 자신이 쿠바라는 나라 위를, 해안가를, 쿠바와 방향을 거슬러서, 마지못해 날아가는 '철새'라고 느꼈다.

백인과 함께 흑인이 도래했다. 처음에는 당시 기니와 콩고 출신 노예들이 널리 퍼져있던 에스파냐에서, 그 후에는 수단 전역에서 곧장 왔다. 그들은 각자 다양한 문화를 가지고 왔다. 시보니족 문화 같은 밀림 문화, 타이노족의 문화처럼 진보된 야만 문화, 만딩가족(Mandingas), 옐로페족(Yelofes), 하우사족(Hausas), 다호메이족(Dahomeyans), 요루바족의 문화처럼 이미 농업, 노예, 화폐, 시장, 외지인들과의 무역, 쿠바만큼 영토가 크고 인구가 많은 곳에 대해 효과적이고도 중앙집권화된 정부를 갖춘, 경제적·사회적으로 더욱 복잡한 문화들. 타이노 문화와 아스테카 문화 사이의 중간적 문화들. 벌써 금속은 있지만 아직 글자는 없는 문화들.

흑인은 제 몸과 함께 정신을 가지고 왔지만 자기네 제도도, 기구도 가지고 오지 못했다. 출신, 인종, 언어, 문화, 계급, 성별, 연령이 다양한 흑인이 노예선과 가건물에서 뒤섞이고, 노예제라는 제도 안에서 사회적으로 동등해진 채. 그들은 사탕수수 농장의 사탕수수처럼 뿌리째 뽑히고 상처 입고 갈가리 찢긴 채 도착했고, 노동이라는 즙을 뽑아내기 위해 사탕수수처럼 빻이고 쥐어 짜였다. 환경, 문화, 계급, 의식을 횡단하는 보다 심오하고 끊임없는 이주에 여타 인간적인 요소는 없었다. 그것들도 원주민과 마찬가지로 한 문화에서 더욱 강대한 다른 문화로 횡단하였다. 그러나 원주민은 죽으면 쿠바 지역 중 눈에 안 보이는 곳으로 이동하는 것이라고 믿으면서 자기가 태어난 땅에서 고통 받았다. 그렇지만 흑인의 운명은 더욱 가혹해서 숨이 끊어질 듯한 고통을 느끼며 바다를 건넜고, 잃어버린 부모와 저 멀리 아프리카에서 다시 태어나려면 죽은 후에 바다를 다시 건너야 한다고 믿었다. 흑인도 백인처럼 다른 대륙 출신의 뿌리 뽑힌 사람들이다. 그러나 흑인은 아무 의욕도 야망도 없이 끌려와 부족의 예전 풍습을 버리도록 강요당한 채 이곳 쿠바에서 노예 생활을 하며 절망했다. 반면 백인은 제 땅으로부터 절망한 채 떠나왔지만, 희망으로 극도의 흥분을 느끼며 인디아스에 도착했고, 이후에는 명령하는 주인으로 완전히 변했다. 원주민과 카스티야인은 번뇌할 때 제 가족, 제 이웃, 제 고장 수령, 제 사원의 비호와 위안을 받았지만 흑인에게는 아무것도 없었다. 가장 발기발기 찢긴 사람들이 우리 안에 네발짐승처럼 차츰 쌓여 갔다. 늘 무기력한 분노를 느끼며. 항상 도망, 해방, 이주를 갈망하며. 언제나 억제, 감정 감추기, 새로운 세계로의 문화접변으로써 스스로를 방어하며. 그렇게 갈가리 찢기고 사회적으로 절단된 상태에서 해가 지나고 세기가 지나도 수천수만의 사람이 대양 건너 대륙들로부터 쿠바로 끌려왔다. 쿠바에서는 흑인도 백인도 많건 적건 정도의 차이는 있지만, 분열을 겪었다. 위든 아래든 모든 사람이 공포와 폭력 분위기에서 함께 살아갔다. 억압받는 사람은 처벌에 대한 공포, 억압하는 사람은 보복에 대한 공포. 모두들 정의의 바깥에, 타협의 바깥에, 제정신의 바깥에 있었다. 그리고 모두 문화횡단으로부터 새로운 문화 환경으로의 고통스러운 고비에 있었다.

흑인 이후에는 점차 유대인, 프랑스인, 앵글로색슨인, 중국인, 그리고 모든 방향으로부터 사람들이 도래했다. 모든 사람이 하나의 '신세계'(nuevo mundo)로 향하며, 모든 이가 다소 혹독한 이주 및 개혁의 과정으로 이동하는 단계다.

우리는 '문화횡단'이라는 용어가 한 문화에서 다른 문화로 이동하는 과정의 다양한 국면을 가장 잘 표현한다고 생각한다. 왜냐하면 문화횡단은, 영미권 단어 '문화접변'이 엄정하게 가리키는 대로 비단 다른 문화를 습득하는 것으로 이루어지는 것이 아니라, 부분적인 '탈문화화'라고 할 수 있을, 이전 문화의 상실이나 뿌리 뽑힘의 과정을 필연적으로 포함하고, 나아가 '신문화화'라고 명명할 수 있을 새로운 문화 현상의 필연적 창출을 의미한다. 결국 브로니슬라브 말리노프스키[3] 학파가 주장하듯이, 문화를 받아들일 때에는 개체들이 유전적으로 결합할 때 벌어지는 것과 같은 일이 발생한다. 즉, 갓난아이는 늘 양친에게 무언가를 물려받지만 또한 항상 각 부모와는 다르다. 전체적으로 그 과정이 '문화횡단'이고, 이 어휘는 포물선의 모든 국면을 포함한다.

이런 사회학적 전문용어의 문제는 사회 현상들을 잘 이해하기 위해 중요하며, 쿠바처럼 변화일로에 있는 다양한 인간군상의 '문화횡단'이 매우 복잡하고 지속적으로 이루어지는 역사를 지닌 나라에서는 더더욱 그렇다. '문화횡단'은 쿠바역사를 이해하는 데 매우 중요한 개념이고 반드시 필요한 개념이다. 그리고 유사한 이유로 아메리카 전체의 역사를 전반적으로

---

3) 브로니슬라브 말리노프스키(Bronislaw Malinowski, 1884~1942). 폴란드 출신 인류학자. 사회인류학의 창시자로 여겨지고, 20세기 가장 중요한 인류학자 중 한 명으로 꼽힌다. 문화접변 이론을 발전시키고 개념화했다. ─옮긴이

이해하기 위해서도 필수적인 개념이다. 그러나 이번에 그 주제로까지 확장하기에는 적절치 않다.

제시된 신조어 '문화횡단'은, 민족지학과 사회학 분야에서 우리 시대의 대가인 말리노프스키의 거부 불가능한 권위에 따르면 즉시 승인될 만하다. 그토록 걸출한 대부와 함께 우리는 이 신조어를 주저 없이 사용하기 시작하겠다.4)

[조혜진 옮김]

---

4) 이 글은 페르난도 오르티스의 대표적 저서인 『쿠바: 담배와 설탕의 대위법』(Contrapunteo cubano del tabaco y el azúcar, 1940)의 2부 II장을 번역한 것이다. ―옮긴이

페르난도 오르티스와 문화횡단

우 석 균

I. 오르티스의 삶과 지적 궤적

페르난도 오르티스는 아바나에서 태어났지만 두 살 때부터 에스파냐 메노르카에서 자랐다. 그러다가 쿠바 독립 전쟁이 시작된 1895년에 아바나 대학에 입학하여 전쟁이 끝나던 해인 1898년까지 법학을 공부하였다. 이후 다시 에스파냐로 건너가 바르셀로나와 마드리드에서 각각 법학 석사 학위와 박사학위를 취득한 뒤 1902년 귀국한다. 얼마 후 오르티스는 외교부에 들어가 잠시 에스파냐에서 일하다가 이내 제노바 영사로 발령받아 이탈리아에 부임한다. 그리고 그곳에서 그에게 심대한 학문적 영향을 끼친 체사레 롬브로소와 엔리코 페라리를 만나게 된다. 이들은 형법 박사학위를 받은 오르티스가 학문적 지평을 범죄학과 실증주의로 넓히는 데 결정적인 역할을 하였다. 오르티스가 쿠바에 귀국한 뒤 집필한 일종의 범죄인류학 저서인 『흑인 주술사』(Los negros brujos, 1906)에 그 흔적이 역력하다 (Bueno 1979, 121; Coronil 1993, 66). 심지어 롬브로소는 이 책의 서문을 써주기도 했다. 오르티스는 이 책으로 인해 처음으로 학문적 업적을 인정받았다. 그러나 유감스럽게도 『흑인 주술사』는 실증주의의 부정적 영향도 스며들어 있다. 흑인 주술사들의 주술 행위가 범죄의 온상이고 쿠바의 후진성을 낳았다는 이 책의 주장은 실증주의가 종종 빠지곤 하던 인종적 편견에서 비롯된 것이다.

그러나 오르티스는 곧 열렬한 민족주의자로 변신한다. 신생 독립국인 쿠바의 당면 과제였던 식민유산 극복을 진지하게 고민하면서였다. 1915년에 자유당에 입당하여 학문 외에도 정치 활동을 병행할 정도로 조국을 위해 무엇인가를 해야 한다는 투철한 사명감을 지니고 있었다. 그러나 오르티스는 당 내에서 점점 비주류가 되었다. 그는 갈수록 민족주의와 진보주의적 소신이 확고해졌지만, 당은 미국의 주권 침해, 에스파냐 식민유산, 헤라르도 마차도 독재(1925~1933) 등등 당시 쿠바의 핵심 문제들에 대한 선명한 비판을 이어가지 못했고, 심지어 마차도 지지 성향까지 보이기 시작했기 때문이다. 결국 1931년 오르티스는 탈당했고, 그 직후 망명하여 1933년까지 워싱턴에 체류했다.

소수파 그룹(Grupo Minorista)의 주요 구성원이었다는 점에서 알 수 있듯이, 오르티스는 지식과 문화의 영역에서도 비주류였다.[1] 이 그룹은 일단의 지식인, 예술가, 문인을 주축으로 1923년부터 1928년까지 활동하였다. 다만 1927년 공동 성명서를 발표한 것 외에는, 그룹의 이름을 내걸고 대외 활동을 활발하게 하지는 않았다. 그럼에도 불구하고 소수파 그룹은 커다란 족적을 남겼다. 쿠바의 과제가 식민유산 극복과 자주적인 국민국가 건설이라는 점을 강력히 천명했고, 이를 뒷받침할 민족문화 정립을 고민했다는 점에서 그렇다. 에스파냐가 남긴 식민문화 유산 극복을 위해 프랑

---

1) 알레호 카르펜티에르(Alejo Carpentier), 호르헤 마냐츠, 후안 마리네요(Juan Marinello), 에밀리오 로이그 데 로이히젠링(Emilio Roig de Leuchsenring) 등도 이 그룹의 일원이었다.

스 전위주의를 기웃거렸고, 이념적으로는 마르티의 민족주의와 맑스 이론을 지지하는 경향을 보였고, 문화적으로는 아프리카 문화를 쿠바 민족문화의 한 축으로 인정해야 한다는 입장을 견지했다. 훗날 쿠바 혁명정부는 이 그룹의 철학을 대폭 반영하는 노선을 채택했다. 1920년대에는 비주류였던 소수파 그룹이 오히려 쿠바의 미래에 대한 통찰력을 지니고 있었던 셈이다.

소수파 그룹에서 오르티스의 위상은 확고했다. 20세기 초에 흑인 연구를 수행했다는 것 자체가 드문 시도였다. 따라서 아프리카 문화의 인정을 주장한 그룹 구성원들에게 오르티스는 그 누구보다도 흑인 문화에 정통한 인물이자 강렬한 애정을 지닌 인물로 여겨졌다. 그리고 『쿠바: 담배와 설탕의 대위법』(1940)이야말로 이들의 기대에 부응한 오르티스의 대표적 저술이었다. 게다가 이 책은 단순히 아프리카계 쿠바인과 그들의 문화에 대한 지식과 애정의 산물만이 아니다. 1933년 마차도가 실각하고 아직 진보 성향을 띠고 있던 라몬 그라우 산 마르틴(Ramón Grau San Martín)이 과도정부 대통령이 되었을 때, 오르티스는 그에게 국가 통합 비전을 마련해 달라는 요청을 받았다. 즉 식민잔재, 외세, 인종 차별, 독재 등으로 점철된 쿠바가 나아갈 방향을 제시해 달라는 요청이었다. 이듬해 초 라몬 그라우 산 마르틴은 실각했지만, 민족문화에 대한 오르티스의 고민과 성찰은 계속되었다. 『쿠바: 담배와 설탕의 대위법』이 바로 그 결과물이었다.

오르티스의 핵심 주장은 간단하다. 서구 문화와 아프리카 문화가 쿠바에서 일련의 상호작용을 거쳐 새로운 문화를 탄생시켰으며, 이 문화야말로 대단히 자랑스러운 쿠바 민족문화라는 것이다(Ortiz 1983, 88-90). 그리고 이 주장을 뒷받침하고자 콜럼버스의 아메리카 '발견' 이래의 쿠바 역사, 정치, 경제, 사회, 문화를 치열하게 분석했고, 나아가 문화횡단이라는 문

화 이론을 만들어냈다.[2]

II. 담배와 설탕의 비교

『쿠바: 담배와 설탕의 대위법』은 크게 두 부분으로 이루어져 있다. 1부
는 전체의 약 5분의 1 정도의 분량을 차지하고 있다. 도입부에서 오르티
스는 "쿠바 역사에서 가장 중요한 인물들은 담배와 설탕이다"라고 말하면
서, 쿠바 역사를 "담배 씨와 설탕 부인의 싸움"(Pelea de don Tabaco y doña
Azúcar)이라고 정의한다(2). 이 비유는 중세 에스파냐 문인 후안 루이스의
『좋은 사랑의 이야기』(Libro de buen amor, 1330)에서 영감을 얻은 것이다.
가령 세속적 욕망의 화신인 카르날 씨와 종교적 금욕주의의 화신인 쿠아
레스마 부인의 대결 같은 부분이 영감을 주었을 것이다.[3]

담배와 설탕에 대해서 특별히 주목한 이유는 역사적 상징성 때문이다.
오르티스가 지적하듯이, 담배는 콜럼버스가 1492년 아메리카를 '발견'하
고 귀환할 때 가지고 간 작물이고, 설탕은 그가 두 번째 항해 때 사탕수수
를 가지고 오면서 향후 아메리카의 주 산품이 되었다. 즉 담배와 설탕은
소위 '콜럼버스의 교환'(Columbian Exchange), 즉 아메리카 '발견' 이후 전개
된 구대륙과 신대륙 문물의 상호 교환을 상징하는 것들이다. 더구나 쿠바
문화가 두 문화의 만남으로 탄생한 새로운 문화라고 주장하는 오르티스로
서는 담배와 설탕이 지닌 상징적 의미가 남달랐을 것이다.

---

2) 오르티스의 삶과 지적인 궤적, 그의 다방면에 걸친 연구 성과 등에 대해서는 Bueno
(1979), Díaz-Quiñones(1997, 70-71), Ortiz(1983, V-XXIX)를 참고하기 바란다.
3) '카르날'(Carnal)은 '육체의, 육욕의'라는 뜻으로 카니발과 관련이 있고, '쿠아레스마'
(Cuaresma)는 금욕 기간인 '사순절'이라는 뜻이다.

1부는 문학적 비유를 적절히 구사하는 등 에세이 같은 인상을 줄 때도 있지만, 그래도 실증적인 비교 분석이 가장 돋보인다. 제목에 어째서 '대위법'이라는 말이 들어갔는지 충분히 납득할 수 있을 정도로 철두철미한 이분법적 비교 작업을 수행하고 있다. 페르난도 코로닐이 정리한 바에 따르면 담배와 설탕은 다음과 같이 대비된다(Coronil 1993, 68-69).

담배	설탕
토착	외래
어두운 색	밝은 색
야생	문명
개성적	일반적
남성	여성
장인(匠人)	대량생산
계절적 시간	기계적 시간
개인적 생산관계	협동적 생산관계
자영농	독점
중산층 형성	계급갈등 유발
토착 자유주의	에스파냐 절대주의
독립	외세
세계 시장	미국 시장

이 비교에 근거한 오르티스의 논지를 간단하게나마 살펴보면 이렇다. 우선 설탕과 담배의 생산을 위해 투입되는 노동력의 인종 자체가 다르다.

설탕은 주로 흑인 노예들이, 담배는 주로 카나리아 제도에서 이주한 에스파냐인과 그 후손인 크리오요들이 생산했다. 설탕의 원료인 사탕수수는 수확기에 대규모 노동력과 강도 높은 노동이 필요한 반면, 담배는 재배에서 생산에 이르기까지의 모든 단계에서 극도의 숙련도와 세심함이 요구되기 때문에 주인이 직접 챙겨야 할 필요가 컸기 때문이다. 노예를 쓰고 안 쓰고의 차이로 인해 사탕수수 재배는 대농장(estancia) 단위로 이루어졌고, 담배 재배는 소농 내지 중농 단위로 이루어졌다. 따라서 대농장주와 소농장주들은 같은 에스파냐인 혹은 크리오요면서도 이해관계가 달랐고, 따라서 필연적으로 갈등이 생길 수밖에 없었다. 가령 '10년 전쟁'이라고 부르는 1차 독립 전쟁(1868~1878) 기간 중에 식민지시대의 기득권 계층인 대농장주들은 대체로 독립을 원하지 않는 반면, 그렇지 못한 소농이나 중농 중에서는 독립군 장군이 여럿 배출되었다.

대농장주와 소농장주의 갈등에는 지역 갈등도 작용했다. 사탕수수 재배는 서부에 위치한 수도 아바나와 그 인근 주에 집중되어 있었다. 아바나가 행정과 무역 그리고 식민모국과의 교통의 중심지라서 아무래도 대농장주들은 아바나를 중심으로 정착했기 때문이다. 반면 대농장주들에 비해 정치적, 경제적, 사회적 약자였던 담배 재배자들은 아바나에 뿌리를 내리지 못하고 멀리 떨어진 쿠바 동부의 오리엔테 지방에 주로 정착하게 되었다. 그리고 이런 지리적 분리가 고착화되면서 서부와 동부는 서로 다른 지역색을 띠게 되었다.

설탕과 담배는 각각 외세와 민족주의의 상징이기도 하다. 사탕수수 재배와 설탕 생산은 대토지, 대규모 노동력, 기계화된 제당공장, 철도 등등 대규모 자본을 요하였기 때문에 크리오요 대지주들로서도 외국 자본을 도입할 필요가 있었다. 또한 제당업이 막대한 이윤을 남기면서 외국 자본,

특히 미국 자본이 점점 제당업을 장악했다. 또 쿠바 설탕의 주 수입국이 미국이었기 때문에 미국이 사실상 설탕 가격을 좌지우지했다. 반면 담배는 설탕과는 달리 외세로부터 비교적 자유로울 수 있었다. 수출 시장이 다변화되어 있었을 뿐만 아니라 소농장과 가내 수공업 위주여서, 적어도 담배 산업이 본격적으로 성장하고 기계화되기 시작한 19세기 말 이전까지는 대규모 외국 자본이 필요 없었다. 이런 비교를 통해 오르티스는 "담배는 설탕보다 언제나 더 쿠바적이었다"라고 단언하기까지 한다(Ortiz 1983, 52). 그렇지만 1부를 마무리하면서는 "담배 씨와 설탕 부인의 싸움"이 쿠바 사회에서 근본적인 갈등을 일으키지는 않았다고 말한다(80). 국가 통합의 비전을 제시하는 것이 오르티스의 집필 목적이었다는 점이 재확인되는 대목이다.

오르티스의 또 하나의 명저인 『쿠바 민속에서 흑인들의 춤과 연극』(Los bailes y el teatro de los negros en el folklore de Cuba, 1951)은 아프리카 문화가 쿠바 문화에 끼친 영향을 논하고 있다. 그렇다고 해서 『쿠바: 담배와 설탕의 대위법』과 달리 아프리카 문화가 쿠바 민족문화 형성에 더 큰 기여를 했다고 주장하고자 함은 아니다. 독립 후 지배층이 된 크리오요 과두 지배층이 식민지시대와 마찬가지로 인종적, 계급적, 문화적 장벽을 고수하고 있는 현실을 극복하기 위해서는 아프리카계 문화의 인정과 복원이 선결 과제라고 생각했을 따름이다.

III. 문화횡단과 쿠바 문화

오르티스가 쿠바 통합을 위한 민족문화 정립을 고민할 때 도입한 개념이 바로 문화횡단이다. 오르티스는 『쿠바: 담배와 설탕의 대위법』 2부에서 처음으로 이 용어를 사용하고 정의하였다. 다만 2부는 거의 대부분의 지면을 담배와 설탕에 대한 역사적, 사회적, 문화적 고찰에 할애할 뿐, 문화횡단에 대한 이론 정립은 「쿠바에서 '문화횡단'이라는 사회적 현상과 그 중요성에 대해서」라는 제목의 2부 II장에 국한되어 있다. 2부 I장이 그저 차후 내용에 대한 간단한 언급과 소목차로 구성되어 있기 때문에, II장은 실질적으로 2부의 서론이다. 이 II장이 바로 앙헬 라마(Rama 1987)를 위시해서 훗날의 많은 문학, 문화 연구자가 주로 인용하고 차용하고 이론적 수정을 가한 장이다. 그러나 II장 역시 아주 짧은 분량에 불과하다. 그래서 『쿠바: 담배와 설탕의 대위법』은 아무래도 이론서라기보다는 문화횡단 현상에 대한 실증적인 연구서로 보아야 한다.

어쨌든 2부 II장에 나타난 문화횡단 개념의 골자를 보면 쿠바 문화는 이주자들이 자신의 뿌리가 되는 문화와 어느 정도 단절되는 경험을 하고, 이주지의 환경 속에서 새로운 문화를 형성하는 과정을 거친 뒤에 정립된 쿠바만의 독특한 문화이다(Ortiz 1983, 90). 오르티스는 각각의 단계를 탈문화화, 신문화화, 문화횡단이라고 지칭했다. 문화 간 혼합을 논한다는 점에서 언뜻 보면 1920, 30년대부터 멕시코와 페루를 중심으로 유행한 문화적 혼혈(mestizaje cultural) 이론과 다를 게 없어 보인다. 그러나 '~너머'라는 뜻을 지닌 '트랜스'(trans-)라는 접두어를 쓰고 있다는 점을 주목할 필요가 있다. 비록 오르티스가 에스파냐 정복 이전의 원주민 부족들 간의 문화횡단 과정에 대해서도 언급하고는 있지만, '트랜스'를 선택한 것은 정복 직후 토착 문화가 사라지고 바다를 건너온 백인과 흑인 두 이주민 집단이 정착해서 상호작용하며 새로운 문화를 탄생시킨 쿠바 현실을 다분히 염두에 둔 것이다.

오르티스가 문화횡단이라는 신조어를 굳이 만든 이유는, 1930년대 미국에서 유행한 인류학 학설의 하나인 문화접변 이론이 쿠바 문화의 특징을 충분히 설명하지 못한다고 보았기 때문이다. 이 이론은 기능주의 인류학의 대가인 브로니슬라브 말리노프스키가 정립한 것이다. 이질적인 두 집단이 접촉하면 상호영향 때문에 각 집단의 문화가 필연적으로 변화하는데, 그 결과 한 집단의 문화가 일방적으로 강제되기도 하고 혹은 두 집단의 갈등을 완화시키는 공통의 문화가 생겨나기도 한다는 것이다. 오르티스는 말리노프스키와 지적 교류도 있었지만 문화접변 이론에 대해서는 납득하지 못했다. 문화접변은 새로운 문화의 습득만을 의미하기 때문에 문화 간 혼합의 필연적인 단계인 부분적 탈문화화나 새로운 문화 현상이 창출되는 신문화화 단계는 포괄하지 못한다고 보았기 때문이다(90).[4]

오르티스는 문화횡단 사례를 무수히 드는데 그 중에서도 다이키리(daiquiri)라는 쿠바의 독특한 사탕수수 칵테일에 대한 분석이 흥미롭다.

> 쿠바에서는 예로부터 사탕수수 술로 만든 그 칵테일 음료가 대중적이었다. "반 컵 정도의 사탕수수 술, 설탕, 물 약간을 섞고 향긋한 풀과 레몬 한 조각을 곁들였다. 쿠바의 럼과 네덜란드의 진으로 대체될 무렵인 1800년대 초기까지 사람들은 드레이크를 마셨다." […] 레몬의 미덕을 이용한, 럼과 다이키리의 선조가 되는 그 음료는 쿠바 동부 해안을 약탈한 저 대담하기 이를 데 없는 영국인 뱃사람 때문에 드레이크

---

4) 문화접변 이론에 서구중심주의적 전제가 깔려 있다는 비판도 있다. 기능주의 인류학이 근대화에 따라 전통 문화가 현대 문화에 자리를 내어줄 수밖에 없다는 관점을 종종 고수하기 때문이다. 그래서 페루의 선주민주의 소설가이자 1세대 인류학자인 호세 마리아 아르게다스는 문화접변론 극복을 자신의 인류학 작업의 평생 과제 중 하나로 삼았고, 1968년 잉카 가르실라소 데 라 베가 상을 수상하면서 "나는 문화접변자가 아닙니다"(No soy un aculturado)라고 선언하기도 했다(Arguedas 1969).

라고 불렸다. 드레이크는 에스파냐 역사에서는 '해적 중의 해적'으로, 영국인들의 역사에서는 '위대한 제독'으로 통한다. [...] 이후 그 음료는 다이키리로 대체되었다. 이 역시 사탕수수 술에 럼, 레몬, 설탕을 가미한 것이었다. 이 칵테일 음료는 1898년 산티아고 데 쿠바 작전이 펼쳐지는 동안 미 해군과 군인들 눈에 띄었다. 그들은 다이키리라는 이름으로 그 음료를 널리 퍼뜨렸다. 바로 그들이 상륙해서 그 음료를 마신 항구의 이름이었다.(21)

오르티스는 이 설명을 통해 쿠바의 고유한 음료로 인식되고 있는 다이키리가 사실은 여러 나라의 재료가 뒤섞여 탄생한 음료라는 것을 보여준다. 즉 바다를 횡단한 여러 재료 덕분에 쿠바의 독특한 음료 문화가 발생할 수 있게 된 것이다. 다이키리에 네덜란드의 서인도제도 진출, 드레이크나 미군의 침입 등의 역사가 아로새겨져 있다는 설명도 의미심장하다. 쿠바 고유의 칵테일이 바다를 횡단한 그들 때문에 드레이크라고 불리기도 하고, 네덜란드인들 때문에 칵테일 재료가 바뀌기도 하고, 미군 때문에 다이키리로 불리게 되었다고 해서 다이키리를 쿠바 칵테일이 아니라고 말할 수는 없다는 주장을 담고 있기 때문이다.

다만 문화횡단이 민족과 외세의 경계를 뚜렷이 구분하기 위한 이분법적 개념은 아니라는 점을 다시 강조할 필요가 있을 것 같다. 가령 오르티스는 담배와 설탕의 비교를 부단히 수행하면서도 토착적 요소와 외래적 요소가 뒤섞여왔다는 점을 끊임없이 시사한다. 출발점에서는 담배와 설탕을 각각 민족과 외세의 상징으로 규정하면서도, 콜럼버스가 담배를 바다 건너 유럽에 가져가고 사탕수수를 바다 이편 쿠바로 가져왔다는 점을 이야기할 때의 오르티스는 민족과 외세의 영토적 경계가 이미 허물어졌다는 점을 암시하고 있다. 더욱이 영토적으로 뒤섞이는 이런 현상은 그에게는 쿠바 역사에서 계속 진행된 일이었다. 예를 들어 외국인들은 쿠바에서 담배 종자를 구해 갔으며, 쿠바인들은 품질 좋은 사탕수수 품종을 외국에서 수입해 왔으니 영토적으로 외세와 민족을 격리시키는 것은 불가능한 일이다(23). 또 쿠바에서 토착 작물인 담배를 백인이 재배하고 외래 작물인 사탕수수 재배에 대규모 흑인 노예가 투입되었다는 사실을 지적할 때, 오르티스는 토착적 요소와 외래적 요소의 인종적 경계도 허물어졌다는 것을 시사한다. 쿠바에서 영토와 인종의 경계가 허물어졌다는 주장은 곧 쿠바인은 하나의 민족이라는 뜻이고, 따라서 쿠바 문화는 쿠바인들의 민족문화라는 뜻이다.

쿠바와 쿠바 문화에 뿌리 깊게 자리한 아프리카성

난시 모레혼

나의 문장(紋章)을 보라: 바오밥나무 한 그루,
코뿔소 한 마리와 창(槍) 하나가 있다.
-니콜라스 기옌

할리팩스에서 개최된 쿠바학 워크숍에서 만난, 지리에 어두운 어떤 사람은 쿠바가 폴리네시아에 있는 섬이라고 알고 있었지만 그렇지 않다.[1] 쿠바는 섬 그 이상의 섬이고, '앤틸리스 제도의 진주' 그 이상의 섬이고, 대 앤틸리스 제도 중에서 가장 큰 섬 그 이상의 의미가 있는 섬이다. 쿠바의 폭포는 여전히 생태학적 신비를 간직하고 있으며, 또 쿠바는 현대 인류학자들이 연구를 계속해도 결코 싫증나지 않는 곳이다. 쿠바의 지리적 조건이 쿠바 문화의 본질을 결정하지는 않는다. 쿠바는 오래전부터 연대기 작가들의 기록, 특히 콜럼버스의 항해일지 같은 기록에서 지리적으로

---

1) 이 사람은 또한 쿠바를 마르티니크와도 혼동하고 있었다. 내게 마르티니크 작가인 에두아르 글리상이 쓴 『앤틸리스 담론』(Glissant 1981)을 트리니다드와 자메이카 국적의 교수 겸 비평가인 마이클 대쉬(Michael Dash)가 영어로 솜씨 좋게 옮긴 번역본(Glissant 1989)으로 읽었다고 말했는데, 이 글에서 글리상은 작은 나라들에 대한 온갖 지리적 혼동에 대해 많은 이야기를 했다.

아름다운 나라로 칭송되었고, 미술과 문학으로 세계 문화의 발전에 공헌했고, 특히 20세기 말에는 도덕적 저항으로, 또한 아메리카에서 생존에 성공함으로써 역사를 초월했다. 쿠바의 특징에 대한 하나의 뚜렷한 이미지가 전 세계로 퍼진 것이다. 하지만 최근에는 쿠바와 쿠바 문화를 말해주는 이미지들이 일종의 특정 대중매체용 교역 상품으로 변질되고 있다. 아름답기 그지없는 여성이 강한 햇빛이 내리쬐는 해변에서 육체가 줄 수 있는 최고의 매력을 한껏 발산하고 있는 모습, 야자나무로 둘러싸인 아득히 먼 곳으로의 상상적 도피를 불러일으키는 자연, 엄청나게 큰 시가에 불을 막 붙이기 전에 그 향을 즐기고 있는 구릿빛 피부의 남성들 따위의 이미지들이다. 이런 이미지들에는 에스파냐 정복자들이 기록에 남긴 첫 번째 쿠바의 풍광, 즉 폭력 없는 지극히 평화로운 환경, 여전히 자연이 조화롭게 존재하는 곳, 사람이 거의 살지 않는 곳, 혹 누군가가 산다면 (언젠가 페르낭 브로델이 길게 묘사한) 고대 이타카와 지중해의 섬들에 자주 출몰하던 사이렌들이 사는 곳 같은 풍광을 우리 눈 안에 영원히 간직하고픈 욕망이 투영되는 것 같다. 이런 이미지들은 쿠바를 카리브의 섬이라는 지리적 조건 덕분에 그저 자연환경이 수려한 나라 정도로 단순화시킬 뿐만 아니라, 다양성과 혼혈이 없는 평화로운 쿠바인이라는 인식을 갖게 만든다. 실제로는 시골이나 도시(예를 들어 아바나, 마탄사스, 시엔푸에고스, 산티아고 데 쿠바와 같은 도시) 어디를 가도 쿠바는 다양성과 혼혈(mestizaje)을 특징으로 하고 있는데도 말이다. 이처럼 쿠바는 영원한 이상향의 섬으로, 또한 이에 걸맞는 기후와 토양이 있고 너무나 친절한 사람들이 살고 있는 나라라는 이미지를 지니고 있다. 하지만 쿠바는 이와는 거의 정반대의 또 다른 이미지로 세상 사람들에게 알려져 있다. 아름다운 자연이 있는 낙원과 같은 나라지만 악마 같은 피델 카스트로의 구레나룻 뒤에 감금되어 고통

받고 있는 섬이라는 이미지가 바로 그것이다. 이러한 쿠바에서 우리는 발견한다. 싸워도 승산이 없어 보이는 상황에서도 죽을 각오로 투쟁하려고 하는 헤아릴 수 없이 많은 사람을, 자긍심과 철저한 금욕주의의 후광을 발하는 이들을. 이것이 쿠바의 악마적 이미지이다. 결코 평화롭지 않았던 섬, 과거에 겪은 역사로 인해 생겨난 적개심과 복수심으로 불타는 수많은 흑인 남성과 (호머의 사이렌처럼 풍만한 육체를 지닌 모습이었지만 이제는 군복을 입어 멸시의 대상이 된) 물라토 여성이 투쟁하는 곳이다.

여기서 우리는 쿠바에 관한 두 가지 고정관념을 접하게 된다. 한편으로는 이글거리는 햇빛을 가려주고 사람을 나른하고 한가롭게 만드는 야자나무로 대표되는 축복받은 자연이 존재하는 쿠바라는 천사적 이미지의 고정관념이 존재한다. 또 한편으로는 복수심에 불타오를 뿐 교육과 예절에는 아무 생각 없는 유색인들의 의도된 무법 행위가 난무하는 생지옥의 쿠바라는 악마적 이미지의 고정관념이 존재한다. 이 두 번째 고정관념은, 쿠바가 소수 백인의 영향을 받은 일단의 야만적인 사람들이 투쟁에 나선 곳이고, 대부분의 사람은 컴퓨터 프로그램 개발과 같은 능력은 고사하고 책한 권도 읽을 능력이 없는 나라라고 암시한다. 두 가지 고정관념을 합치면 마치 달과 코코넛 야자나무를 배경으로 전국에서 시위대의 깃발이 펄럭이는 형국이다. 이 두 가지 고정관념은, 마치 짙은 색안경을 썼을 때처럼, 우리의 영웅적인 투쟁의 역사와 변화하는 현실이 공히 요구하는 진정한 중간지대를 제대로 못 보게 한다. 쿠바는 낙원이 아니다. 그렇다고 지옥도 아니다. 쿠바는 현실적인 공간이다. 남자, 여자, 노인, 청년, 어린이들이 사는 곳이고, 이들이 표출하는 사회변혁과 진보의 신호가 중세 이래 인류가 꿈꿔온 유토피아를 건설하고자 하는 욕망의 자양분이 되고 있는 곳이다.

에스트레마두라에서 열린 그 학회에서 이 고정관념들은 내게 유용한 측면이 있었다. 너무나 상반된 고정관념들이라서 내가 왜 이들의 은밀한 전파를 거부하는지 설명하는 데 도움이 되었을 뿐만 아니라, 쿠바의 문화에 깊이 자리한 아프리카성(Africanity)을 부각시키는 데에도 쓸모가 있었다. 첫 번째 고정관념에는 쿠바 문화 속의 아프리카성이 (무의식적이건 의식적이건 간에) 배제되어 있고, 두 번째 고정관념에는 짜증이 날 정도로 과장되어 있다. 쿠바는 폴리네시아의 섬이 아니다. 나우시카의[2] 매혹적인 목소리가 존재하는 섬도 아니다. 쿠바는 또한 아프리카 표범의 꼬리도 아니다. 쿠바는 고유한 특성을 갖고 있으면서 공생의 문화를 향유하고 있는 나라다. 자신을 파괴하고자 하는 그 누구와도 치열하게 싸우는 나라이며, 이런 태도는 독립을 위한 오랜 투쟁을 통해 얻은 확고한 도덕적 가치에 입각해 있다. 또한 쿠바에는 쿠바적 특성과 쿠바의 타자성을 정당화하는 문화가 존재한다. 유럽 인본주의의 선구자라 평가받는 몽테뉴는 쿠바의 타자성을 다음과 같이 설명한다. "내가 조사한 모든 바로는 이 나라에는 야만적이라고 불릴 만한 것은 아무것도 없다. 모든 사람이 자기 나라에 없는 것에 야만성이라는 이름을 붙이지만 말이다."(Montaigne 1580, XXX장)

페르난도 오르티스는 "진정한 쿠바의 역사는 고도로 정교한 문화횡단의 역사"라고 자신의 저서 『쿠바 : 담배와 설탕의 대위법』에서 주장하고 있다(Ortiz 1963, 99). 만약 오르티스의 주장이 사실이라면 우리는 우리 문화가 어떤 역사, 어떤 과정, 어떤 시대를 거쳐 오늘날의 쿠바 문화로 형성되었는지 정확히 이해하는 것이 우리 자신을 제대로 알 수 있는 유일한 길이다. 이를 위해 콜럼버스의 '발견' 이후 이루어진 정복의 충격을 직접 경험

---

2) 나우시카(Nausikaa). 호메로스의 『오디세이아』에서 조난한 오디세우스를 돌봐준 여인. ―옮긴이

한 쿠바의 원주민을 당연히 먼저 다루어야 할 것이다. 하지만 쿠바의 원주민은 절멸되었기 때문에 우리 문화에서, 우리나라에서 그 자취가 완전히 사라져버렸다. 특히 현대에 들어와서는 그렇다. 그 다음은 끊임없이 이주해온 에스파냐 정복자를 언급할 수 있다. 쿠바에 온 에스파냐인은 주로 안달루시아, 에스트레마두라, 갈리시아, 바스코(바스크), 카탈루냐 출신이었다. 또 다른 이민자들도 마찬가지로 고대 지중해 문화권에서 건너온 사람들로, 이들 역시 혼혈이라는 공통된 인종적 특징을 공유하고 있었다. 우리는 이들 백인 이민자의 배경을 이해할 필요가 있다. 왜냐하면 비록 그들 모두가 이베리아 반도에서 건너온 것은 사실이지만 단일한 문화적 배경을 갖고 있지는 않았기 때문이다. 잘 알다시피 초기 에스파냐는 서로 다른 많은 문화의 사람들로 형성되었다. 중세 때의 무기력에서 깨어났을 때, 에스파냐가 쿠바에 전파한 문화는 분명하게 정의될 수 없는 문화, 동질성도 확보하지 못한 문화였다. 따라서 에스파냐에서 아메리카 땅으로 이주해 온 수많은 사람은 여러 다양한 지역 출신으로 각각 다양한 배경과 고유한 문화를 갖고 있었기 때문에 이들을 언급할 때는 오히려 종족 그룹(ethnic group)이라는 용어가 더 적절하다. 그렇다면 이후에 이들이 받았을 이중적 영향과 충격을 우리가 어떻게 간과할 수 있겠는가? 그들의 고향산천과 문화적 다원성에서 떨어져 나와 완전히 새로운 사회적 환경에 던져졌을 때, 그들을 기다리고 있었던 것은 가혹하고 호의적이지 않은 자연이었다. 새로운 인종, 새로운 관습, 새로운 종교, 새로운 성 정체성(sexuality)이 존재하는 거대한 밀림이었다.

마지막으로 쿠바 문화를 구성하고 있는 또 다른 요소는 아프리카 대륙의 해안가 전역에서 끌려온 노예들과 함께 들어온 여러 다양한 문화다. 즉 다양한 배경을 가진 아프리카 노예들의 다양한 문화가 쿠바 문화 속으로 들어와 문화의 다양화에 큰 공헌을 하였다. 카리브 국가 중에서 특히 쿠바는 아프리카 대륙의 대서양 연안국가인 세네갈, 기니, 콩고, 앙골라에서 대륙 동쪽 연안국가인 모잠비크에 이르기까지 여러 지역 출신의 아프리카 노예들을 받아들였다. 아프리카 서해안 출신 노예들은 서로 다른 마을, 다른 부족, 다른 종족 출신이었다. 그들은 서로 다른 언어를 사용했고, 문자를 사용한 종족들도 있었고 그렇지 못한 종족들도 있었다. 따라서 그들은 전반적으로 말이 통하지 않았다. 문화 역시 다양했고 쿠바에서 계속 더 다양해졌다. 이들 중 일부는 오랜 세월이 흐르면서 이베리아 문화의 중심에 편입되었다. 또한 본토 이베리아 문화권에 살던 노예들이 에스파냐 정복자들과 함께 쿠바로 건너오면서 그들의 문화도 끝없이 뒤섞이게 되었다. 쿠바로 끌려온 서아프리카 출신의 만딩가인, 옐로페인, 하우사인, 다호메이인 노예들은 그들의 제도나 통치를 전수하지는 못했다. 하지만 농사, 화폐, 상업을 가지고 왔다. 그들은 문자가 없었다. 현재 우리가 사용하는 국가라는 개념도 물론 당시에는 없었다. 따라서 그들은 고향에서는 결코 꿈도 꿀 수 없었던 역할을 쿠바에서 하게 되었다.

그러므로 우리는 에스파냐 문화와 아프리카 문화가 쿠바 문화의 기본적 요소라는 점을 인정해야 한다. 비록 쿠바 토양에 뿌리를 내린 여타 문화들이 있었지만, 이들은 에스파냐 문화와 아프리카 문화와는 달리 쿠바에 간헐적으로만 영향을 미쳤고 그 영향력도 미미하였다. 쿠바 문화에 영향을 준 아시아 문화는 주로 마카오, 광둥, 중국에서 흘러들어왔고, 결코 무시할 만한 것이 아니었다. 그러나 그렇다고 해서 에스파냐 문화와 아프리카 문화처럼 쿠바 문화의 기초가 될 정도는 아니었다. 소위 쿨리라 불리는 새로운 노예 신분으로 신세계로 끌려온 중국인들은 이내 노예체제하에서 굴욕적인 착취를 겪었다.

쿠바의 역사적, 사회적 발전은 '주고-받기'의 원리, 즉 쿠바 문화 기저에 존재하며 보통 혼혈이라고 부르는 원리에 기반하고 있다. 쿠바 문화를 이런 식으로 이해하는 것은 자연스러운 방식이며, 이 방식은 쿠바 문화 속의 아프리카적 요소를 쿠바 문화의 토대로 받아들인다는 함의를 전제로 하고 있다. 이는 1930년과 1959년에 일어난 두 차례의 혁명으로 정점에 달하게 되는 독립 투쟁의 승리 덕분에 가능하였다.[3] 노예무역, 식민주의적 노예제도, 독립 운동이 19세기 쿠바의 핵심적인 현실이었다. 그러나 쿠바가 국가의 면모를 갖춰가던 19세기 중반에 호세 안토니오 사코와[4] 같은 귀족 정치인은 쿠바를 에스파냐에서 파생된 나라로 인식해서, 쿠바의 민족성에 대한 그의 시각에서는 아프리카적 요소가 배제되었다. 사코는 흑인과 18세기 말 흑인들의 아이티혁명에 대한 두려움을 부추겼다. 그의 흑인공포증은 당대에 널리 알려진 것이었고, 이는 그가 주장했던 쿠바의 민족 개념 속에 잘 배어있다. 사코는 엄청난 열정으로 쿠바의 물질적·정신적 현실에서 흑인 문화의 모든 흔적을 지워버렸다. 1789년 프랑스혁명 초기에 주창된 모든 인간은 평등하다는 이념에 영향을 받은 투생 루베르튀르(Toussaint L'ouverture)가 아이티에서 흑인 노예 혁명을 성공시킨 후 생겨난 흑인공포증은 쿠바의 이 귀족 정치인에게 막대한 영향을 끼쳤다. 사코 식의 흑인공포증은 19세기 말까지 계속되었다. 사코와 그의 추종자들은 노예무역(노예제도 자체가 아닌)을 반대하는 독립을 주장하였다. 하

---

3) 1959년은 바티스타 정권을 무너뜨리고 쿠바혁명이 성공한 해이고, 1930년은 마차도 독재정권에 대한 전면적인 투쟁이 시작된 해이다. 모레혼은 이 두 반독재투쟁을 독립투쟁의 연장선상에 있는 사건으로 보고 있다. -옮긴이
4) 호세 안토니오 사코(José Antonio Saco, 1797~1878). 쿠바의 자유주의 사상가, 과학자, 작가, 정치인, 노예제 폐지론자. 노예제도를 없애면 사탕수수 재배 농장주들이 오히려 경제적 이득을 볼 수 있다고 주장했지만, 반동적인 부유한 농장주들은 사코를 위험한 급진주의자로 생각했고, 급기야는 그를 해외로 추방하였다. -옮긴이

지만 또 한편으로는 누구도 생각하지 못한 좀 더 효율적인 흑인 노예 공급 체계를 궁리했다. 사코가 활동하던 시절의 관련 사료들에 따르면 쿠바 해안에 도착하는 흑인 노예의 숫자는 공식적인 노예 숫자이든 기록에 잡히지 않은 비공식적 노예 숫자이든 모두 다 놀라울 정도로 늘어났다. 역설적이게도 사코는 노예제의 역사에 대한 가장 알차고 충실한 저서 중 하나를 썼다. 19세기 쿠바의 역사물 중에서 걸작으로 꼽히고, 통상적으로 언급되는 책이다. 사코의 시대는 설탕귀족(sugarocracy)들이 일련의 미술과 문학 작품을 통해 다른 원형(archetype)인 원주민들을 조명하여, 이들을 정복 이전의 쿠바 문화의 원천으로 삼으려는 노력을 시작한 역사적인 순간이었다. 그런데 쿠바의 통한의 역사가 되어버린 엔코미엔다 제도의 (encomienda, 정복자들과 그 후손에게 원주민 노동력을 무상으로 제공한 제도) 확립으로 쿠바 원주민은 이미 절멸되었다. 단지 어휘, 음식, 그리고 고고학자들의 학문적 욕구를 자극하는 유리구슬 공예품만을 유산으로 남겼을 뿐이다. 설탕귀족 특유의 반(反)에스파냐주의, 반(反)흑인주의가 원주민이 없는 곳에서 원주민 예찬으로 이어졌고, 갈등의 나라 쿠바의 경제적 투쟁과 사상의 발전에 있어서 핵심 쟁점인 아프리카 노예의 존재를 부정하게 만든 것이다.

알레호 카르펜티에르는 피라미드 건축의 몇 가지 핵심 측면을 지적했는데, 피라미드와 아프리카와의 관련성은 최근 더 분명해지고 있다. 카르펜티에르는 쿠바인에게 자유로 향하는 길을 가르쳐 준 사람들이 바로 도망 노예들이었다고 믿었다. 당시 자유란 독립을 의미하였다. 카르펜티에르는 다음과 같이 말했다. "족쇄와 쇠사슬을 찬 상태로 불결한 화물선에 빽빽이 실려 아메리카에 도착한 후, 마치 가재도구처럼 팔려 인간이 생존 가능한 최저 생활환경에서 살아남아 궁극적으로는 독립 정신의 맹아가 된

사람들이 바로 흑인이었다."(Carpentier 1981)

흑인에 의해 잉태된 독립 정신은 계속 무시당하고 위축되어 성공적인 결말을 맺지 못했다. 20세기 쿠바의 공식문화 속에는 여전히 흑인공포증이 존재했다. 수십 년 동안 쿠바의 아프리카 인종들은 마치 야만성의 징표인 양 박해받고 소외되었다. 우리는 이에 대해 창피하게 생각해야 될 뿐 아니라 참회해야 한다. 그럼에도 불구하고 1930년대부터 쿠바에서는 구속에서 해방된 흑인들이 나타나기 시작하였다. 쿠바 문화의 기원을 아프리카성에서 찾고자 하는 새로운 표현 양식의 미술 작품과 문학 작품들이 창작되면서이다. 흑인 문화를 인정하고 흑인 문화가 꽃피는 시대가 탄생한 것이다. 현재 전 세계에서 널리 유행하는 혼종적 표현양식이 바로 피부색과 생김새를 초월한 혼합성에 기초한 보편적인 쿠바성(Cubanity)과 동일한 것이다. 오르티스의 후원으로 독창적인 예술가들과 이들의 주옥같은 작품들이 공적 영역에 진입했고, 이로 인해 아프리카적 요소에 바탕을 둔 예술적 표현에 높은 가치가 부여되기 시작하였다. 이 반격은 또한 사회적 위계에 변화를 일으켜 은밀한 인종주의까지는 아닐지 몰라도 오랫동안 켜켜이 쌓여온 인종적 편견을 제거하기 시작했다. 니콜라스 기엔의 걸작 시들이 알레호 카르펜티에르, 에밀리오 바야가스, 호세 Z. 타예트, 마르셀리노 아로사레나, 레히노 페드로소, 알레한드로 가르시아 카투를라, 그리고 '눈뭉치'(Bola de Nieve)라는 예명으로 더 잘 알려진 이그나시오 비야 등의 작품들과 더불어 화려한 조명을 받았다. 복합적 형식미로 손이[5] 국내외서 공히 폭발적인 대중적 인기를 얻었을 때가 바로 이 무렵이다. 그것은 '1930년 혁명'의 나래를 펼친 쿠바의 정체성을 보여주는 한 표징이었다.

---

5) 손(son). 아프리카 음악의 영향이 강렬한 쿠바의 음악 장르. -옮긴이

신세계의 흑인 문화는 널리 퍼지려 하고 있었고, 그 교두보는 카리브 해를 향하고 있었다. 새로운 감수성이 극단적인 크리오요[6] 지향 사회의 언어와 사고(思考)에 흔적을 남겼다. 크리오요 지향 사회라 할지라도 유럽 적 요소들은 그 기원에 따라 상이한 특징을 보였다. 즉 포르투갈, 프랑스, 영국 혹은 에스파냐 등 그 기원에 따라 상이한 모습을 띤 것이다. 아프로 아메리카는 고유의 미학을 싹틔웠고, 이를 민족기획을 정립하려는 의지에 합류시키려는 노력이 장차 성공을 거두게 되는데, 이는 특히 1959년 쿠바 혁명 이후의 활기와 함께 꽃을 피웠다. 가령 기옌에게도 쿠바 문화는 아 프리카와 히스패닉이라는 두 개의 얼굴을 지니고 있다. 기옌은 다음과 같 이 말한다.

이와 같은 흑과 백의 물결이 우리나라의 면모를 구성했다. 그것은 18세기 후반과 19세기 초입에 조금씩 등장하기 시작한 다양한 인종 덕분에 확고해졌다. 1762년 영국의 아바나 포위전 때 마치 자신이 이 베리아 반도에서 태어난 사람인 양 영국군과 용감히 맞서 싸우다가 순진하게 죽어간 크리오요는 반세기가 지난 후 (펠릭스 바렐라처럼)[7] 쿠바는 "지리적으로도 정치적으로도 섬나라 티"를 내지 말 것을 요구 한 크리오요와 동일한 크리오요는 아니다. 크리오요는 아프리카인의 후손이라기보다는 에스파냐인의 후손이다. 그러나 그의 심리 상태는

---

6) 크리오요(크리올)는 엄밀히 말하면 '자국 태생'을 뜻한다. 쿠바에서는 이 용어가 쿠바에 서 태어난 사람이 자신의 문화나 조상이 에스파냐에서 건너왔다고 믿는 사람들의 자기 정체성을 가리키는 용어로 사용된다. 그 외의 카리브 해 국가에서는 이 용어(혹은 이 용어의 프랑스어 표현과 영어 표현)가 아프리카인을 조상으로 둔 자국 태생의 사람들을 가리킨다.

7) 펠릭스 바렐라(Félix Varela, 1788~1853). 19세기 상반기의 쿠바 지성계, 정계, 종교 계, 교육계에 커다란 영향력을 끼친 인물. 1823년 에스파냐의 페르난도 7세에 비판적인 태도를 취하다 사형을 선고받기도 했다. 이후 망명에 성공하여 1824년부터 미국에서 독립 운동을 벌였다. ―옮긴이

식민지적 사고와는 이미 확연히 구별된다. 얼마 지나지 않아 첫 번째 혁명이 1868년 발발했고(바렐라는 이보다 15년 전에 죽었다), 이미 첨예하게 분열되어 있던 부유한 크리오요 계층 사이에서 에스파냐와의 확고한 단절을 택한 진보적이고 자유주의적인 세력이 탄생했다. 수많은 자유흑인과 물라토는 물론 노예들까지도 주인들에게 이끌려 혁명에 가담하게 되었다. 이들은 백인과 합세하여 문화 공동체를 구성하였고, 이 공동체는 혁명이 진행되면서 점차 그 참모습을 갖추기 시작했다. 그 전반적인 특징에 대해서는 이미 이 글에서 설명한 바 있다. 당시로서는 백인과 흑인 사이의 사회적·경제적 관점 차이가 극복할 수 없는 것이었지만, 분명한 것은 쿠바의 민족성이 이 두 요소에 기인하고 있고, 광범위하고 강력하고 저항할 수 없는 아프로이스파노[8] 문화 횡단의 결과이다.(Guillén 1976, 288-289)

문화횡단이라는 개념(이 개념은 원래 오르티스의 은사인 예일 대학교의 브로니슬라브 말리노프스키 교수가[9] 정교하게 개념화한 문화접변 이론을 발전시킨 개념이다)을 주창하기 오래 전부터 오르티스는 아프리카 혹은 에스파냐 속성이 각각 강하게 드러나는 여러 사회적·인종학적 현상을 명명하고, 특징짓고, 구별하기 위해서 '아프로-' 혹은 '이스파노-' 같은 접두사를 사용해야 한다고 주장했다는 점을 우리는 명심해야 한다. 이 두 요소는 문화횡단 과정 속에서 서로 계속 융합되기에 문화횡단이라는 이 거대한 과정은 결코 축소되지 않는다. 이 주고-받기 과정에서는 새로운 것이 만들어질 수밖에 없다. 아프리카적인 것과 에스파냐적인 것이 서로 별개여서 각각의 요소를 따로 확인하는 재고조사 같은 성질의 것이 아니다. 쿠바 백인이 자신은

---

8) 아프로이스파노(afro-hispano). '이스파노'는 '에스파냐의' 정도의 뜻이다. 따라서 '아프로이스파노'는 아프리카 요소와 에스파냐 요소의 융합을 뜻한다. -옮긴이
9) 사실은 사제 관계가 아니라 지적 교류하는 관계였다. -옮긴이

전적으로 히스패닉적 요소로 구성되어 있다고 주장할 수 있는 것도 아니다. 절대 그렇지 않다. 마찬가지로 쿠바 흑인이 자신의 아프리카성이 오로지 아프리카적 요소로만 구성되어 있다고 배타적으로 주장할 수 있는 것도 아니다. 절대로 그렇지 않다. 또한 인종적으로 물라토로 분류되는 사람들이 별개의 요소가 합쳐져 있는 자신들의 이중적인 혼혈 상태를 무조건 칭송할 수 있는 것도 아니다. 절대 그렇지 않다. 이제는 되돌리기 힘든 민족적 토대의 견지에서 보면, 위에서 든 예들은 모두 타자를 소외시키거나 자신이 소외되어버리고 마는 비생산적인 행위이자 퇴행적 행위다. 쿠바성은 피부색, 계급, 출생지 혹은 이념적 성향 이 모든 것을 초월하는 정신이다. 심지어 정치적 입장을 뛰어넘어 우리를 일체화시킨다. 다 같이 공유하는 표현과 억양에서, 쿠바식 유머인 초테오(choteo)에서, 당김음을 사용하는 춤과 음악에서, 다차원적인 구어적 표현을 능란하게 구사한다는 점에서, 생존을 위한 내밀한 명민함에서, 위험을 무릅쓰는 저항 정신에서, 나아가 우리의 쿠바성을 위험에 빠뜨리는 모든 시도에 기꺼이 맞서 싸우려는 데서 쿠바의 정체성이 확인된다.

어느 국가에서든 민족 정체성의 확립에 종족적 요인이 결정적인 역할을 해왔기 때문에, 나는 새천년이 막 시작되려는 요즈음, 쿠바에서도 종족적 요소를 둘러싼 사회정치적 맥락이 현대화된 틀 속에서 논의될 것이라 믿는다. 이른바 동유럽에서 소위 '현실사회주의'가 붕괴된 것을 보고 우리는 많은 것을 배워야 했다. 특히 1989년 베를린 장벽의 붕괴로 상징되는 소용돌이 속에서 우리가 분명히 확인한 것은 종족적 요소가 획일적으로 축소되어 제한적인 의미로만 존재하던 나라들이 취약성을 드러냈다는 점이다. 19세기의 위대한 멕시코 대통령 베니토 후아레스가 선언한 것처럼, "타인의 권리에 대한 존중이 평화이다." 가령 아르메니아 사람, 리투아니아 사람, 키르키스 사람들은 동일한 하나의 언어(우리 모두 알고 있듯이 언어 역시 일종의 모국이다)를 사용했고, 그들이 소유하고 있던 모든 것도 다 같이 공유했다. 그럼에도 불구하고 그것들이 어느 화창한 날에 한 번 번득였다가 사라져버리는 연기, 거울, 도깨비불 등을 기반으로 건설된 탑이었을 뿐이라는 역사적인 사실을 깨닫게 되었다. 그러므로 종족적 요소의 토대 위에서 계획되고 프로그램화된 획일적 사고를 경계해야 한다. 그런 사고가 우리를 현혹시키기 때문이다. 보스니아-헤르체고비나에서 벌어졌던 전쟁(다시 말해 금세기 말에 일어난 전쟁 중에서 베케트와 이오네스코의 부조리극을 거의 신경질적으로 모방한 것 같은 가장 부조리하고 설명이 불가능한 전쟁)과 같은 야만적인 일로 귀결된 여러 과정이 필자가 지금까지 주장한 것들을 결정적으로 증명하고 있다. 이 전쟁은 유럽에서 발발했기 때문에 당연히 종족 간 갈등으로 불리지는 않았다. 마르티니크 작가 에두아르 글리상은 "대부분 유혈 사태를 수반하는 종족 간 갈등은 수많은 제3세계 국가에서는 식민잔재이다. 이러한 갈등이 극복될 날은 아직 지평선 저 너머에 있다"고 주장한다(Glissant 1981, 232). 하지만 우리는 이러한 갈등 양상이 동유럽으로 확대되었다고 추론할 수밖에 없다. 종족 간 갈등은 이른바 신생국에서만 발생하는 것이 아니다.

아프리카 대륙의 역사는 수많은 부족 간 갈등으로 점철되어 왔다. 오직 아메리카에서만 아프리카는 통합의 상징이 되었다. 디아스포라 이후에 태어난 후손들이 해방을 모색하면서 단결했기 때문이다. 아이티의 작가 자크 루맹(Jacque Roumain)은 "상처에 박힌 가시 같은"(재인용, Morejón 1988, 214) 고통의 아프리카에 대해 말했다. 모든 종류의 피난과 고문에서 아프리카의 이러한 모습을 볼 수 있다. 그러므로 초현실주의자들, 특히 앙드레 브르통의 친구인 위대한 시인 에메 세제르(Aimé Césaire)가 다수이면서 하나인 아프리카를 주장한 것은 결코 우연이 아니다. 그는 아프로아메리카, 그리고 근본적으로는 아프리카 스스로가 범 아프리카적 디아스포라라는 하나의 이상을 향해 가는 운동을 시작해야 한다고 주장했다. 이때의 디아스포라는 가장 포괄적이고 가장 인간적인 차원의 디아스포라를 가리킨다. 또한 이와 같은 속성을 갖는 디아스포라는 어떤 특정한 관점을 제시해 줄 수 있는데, 실제로 다언어주의로 표현되는 수많은 예술, 문학 작품이 존재한다는 사실이 이러한 관점의 존재를 입증한다. 사실 다언어주의 덕분에 이 새로운 의미의 디아스포라가 가능한 것이고, 이것 없이는 20세기에 살아남을 수 없다. 그리고 이와 유사한 종족적 복잡성—헤게모니를 쥔 중심부에서는 이를 종족적 복잡성이 아니라 부족적(tribal) 복잡성이라 부른다—이 콜럼버스의 성공적인 모험 이전의 에스파냐에도 역시 존재했다(그리고 에스파냐에서 이것이 현재 새로운 동력을 얻어 부활하고 있다). 따라서 쿠바의 민족성을 구성하는 두 개의 기본 요소가 유래한 모국의 문화를 종족적 요소와 연결시키지 않을 수 없다. 이런 의미에서의 아프리카가 추상적 개념이 아니라면 에스파냐 역시 마찬가지이다. (중세가 아닌) 현대에 심장부에서 발생한 언어적 갈등은 각각의 영역을 분리시키면서도 그것들을 풍족하게 함으로써 각각의 영역을 분명히 했다. 종족적 요소에 대한 인간적이고 이성적인 이해가 없이는 어떠한 현대성도 기대할 수 없거니와 새로운 21세기에 무사히 진입할 수도 없다. 종족적 요소의 핵심에서는 불가피하게 또 하나의 요소가 만들어질 수밖에 없고, 내 생각에 이는 첫 번째 요소인 언어적 요소에서 연유한다. 여기에서 우리는 자동적으로 은유 하나를 떠올린다. 바로 바벨탑의 은유다. 이 은유는 총체성과 다양성의 관점에서 이해되어야 한다. 우리는 이 은유를 그저 아무 말 하지 않는 정도의 관용으로 받아들일 것이 아니라 이해하고 사랑해야만 한다. 왜냐하면 침묵의 관용은 우리를 오직 무모하고 오만한 길로 인도하여 새롭게 막 출현하기 시작하는 문화들을 게토 같은 고립의 상태로 이끌 위험이 있기 때문이다.

쿠바의 아프리카성에는 언어적 요소가 배제되어 있다. 쿠바에서는 에스파냐 식민지였던 여타의 대 앤틸리스 제도 국가들과 마찬가지로(자메이카를 제외하고), 그리고 여타 카리브 제도 국가들과는 달리 제3의 언어인 크리올어가 만들어지지 않았다. 잘 알려진 대로 크리올어란 나중에 자유를 얻은 노예들이 콜럼버스의 아메리카 발견 이전의 유럽의 언어(대부분 식민모국의 언어)에서 사용되던 언어의 형태소와 문장구조에 아프리카 노예들이 사용하던 언어의 일부를 합쳐서 사용한 언어다. 파피아멘토(Papiamento, 공용어에 아프리카 언어가 합쳐진 언어)가 우리의 이러한 지역 문화의 관습을 정의하거나 설명하는 데 가장 좋은 예가 된다. 미겔 데 우나무노가[10] 니콜라스 기옌의 시집 『송고로 코송고』(Sóngoro cosongo, 1931)를 읽은 후 보낸 찬사들 중에서 주목할 점은 그가 기옌의 천재성을 이해하고 있었다는 사실이다. 즉 우나무노는 기옌이 종족적 요소를 언어로 바꾸어 표현하는 문화횡단적 방식으로 종족적 요소를 적확하게 표현하였고, 이를 통해 민족혼의 기층을 탁월하게 표현하였다고 평가하였다. 우나무노는 기옌에게 보낸 편지에서 그의 시를 주로 언어의 차원에서 살펴보았다고 말하고 있다.

> 저는 당신이 쓰신 『송고로 코송고』를 처음 읽은 후부터(이 책을 받자마자 읽었습니다) 계속 편지를 쓰려고 했습니다. 최근에 당신 시를 다시 읽었습니다. 아니 제 친구들에게 읽어 주었다는 것이 정확한 표현일 것입니다. 그리고 가르시아 로르카가[11] 당신 이야기를 하는 것도

---

10) 미겔 데 우나무노(Miguel de Unamuno, 1864~1936). 에스파냐의 실존주의 철학자, 문인, 저술가. -옮긴이
11) 페데리코 가르시아 로르카(Federico García Lorca, 1898~1936). 에스파냐 문학의 부

들었습니다. 당신의 시 중에서, 특히 「룸바」(Rumba)와 「몬테로 신부님 초상(初喪)」(Velorio de Papá Montero), 그리고 손(son)에서 영감을 얻은 시들에 대해 제가 얼마나 깊은 인상을 받았는지 여기서 새삼스럽게 말씀드릴 필요가 없을 정도입니다. 당신의 작품들은 시인이자 언어학자인 제 속을 파고 들어왔습니다. 언어는 시입니다. 저는 흑인과 물라토의 리듬감, 언어적 음악(verbal music)을 연구해 왔습니다. 제가 즐겁게 음미하는 북미의 흑인 시인들의 시에서도, 제가 배운 바 있는 파피아멘토—당신도 잘 아시다시피 쿠라사오에서 사용되는 언어입니다—로 노래하는 시인들의 작품에서도 말입니다. 그것은 육체의 영혼이며, 직접적이고 즉각적이며 세속적인 생명의 감각입니다. 그 기저에는 이 세상의 모든 철학과 종교가 흐르고 있습니다.(Unamuno 1974, 324)

물라토 쿠바인들의 시에서 우리는 쿠바의 심오한 아프리카성을 언어로 표현할 수 있는 새로운 대안을 찾을 수 있음을 알게 된다. 하지만 쿠바의 구어이자 문어인 에스파냐어는 아메리카에서 사용되는 에스파냐어의 언어적 특징을 일반적으로 공유하고 있다. 쿠바어는 에스파냐 남부지역의 에스파냐어와 본질적으로 동일하되, 어휘에 콩고어와 요루바어의 단어들이 스며들어 있다. 아메리카 각 지역의 저마다의 악센트도 언어 자체를 변형시키지는 않았다. 오히려 멕시코, 베네수엘라, 아르헨티나의 경우처럼 언어에 특징을 부여했다. 쿠바 에스파냐어 억양의 특성은 아프리카 기원의 당김음과 리듬에서, 우리의 신랄한 유머인 초테오에서, 맥주 상자를 '도마뱀 우리'라고 부르는12) 예상치 못한 은유를 창조해내는 쿠바인의 기

홍기를 이끈 소위 27세대(Generación del 27)의 주역으로 시와 희곡에서 탁월한 작품들을 남겼다. -옮긴이

12) 도마뱀(lagarto) 맥주는 라거(lager) 맥주의 말장난이다.'도마뱀 맥주'라는 맥주 상표가 있음). -옮긴이

발한 능력에서 상당 부분 유래했다.

　(오르티스의 용어로 표현하면) 아프로쿠바 문화의 구술성은 오늘날에는 부인할 수 없는 사실이다. 따라서 이 카리브적 현상을 특별히 만들어낸 유사한 과정들 속에서 아프로쿠바의 구술성이 이제야 제자리를 찾고 있는 것이다. 특별하고 공동체 지향적인 쿠바 흑인의 구술성은 1960년대부터 비로소 존재를 드러낸 신화적 아프리카의 전(前) 논리적 가치들(prelogical values)을 문학 작품에서 보존했다. 광범위하게는 카리브적 현상인 쿠바 구술성의 가장 좋은 예는 로물로 라차타녜레, 테오도로 디아스 파벨로, 리디아 카브레라, 미겔 바르넷, 로헬리오 마르티네스 푸레, 나탈리아 볼리바르의 작품에 존재한다. 구술성에 대해 이해하면 이들의 작품 속에 담긴 신비로운 신화적 원천이 드러난다. 아메리카에서는 오직 부두교와 원시주의 회화를 낳은 아이티인들의 천재성이나 캉동블레교를 낳은 브라질인, 특히 바이아 지방 사람들의 천재성만이 이에 비견될 만하다. 부두교, 캉동블레교, 쿠바의 산테리아교에는 하나의 공통분모가 존재하는데 그것은 다름 아닌 요루바 기원의 신화이다. 이 신화는 아이티, 브라질, 쿠바에서 공히 같은 방식으로 생존했다. 19세기의 세기말(fin-de-siècle)에 주목을 가장 많이 받은 쿠바의 산테리아교는 부두교가 아이티에서, 캉동블레교가 브라질에서 그랬던 것처럼 미학적 도발자(aesthetic agent provocateur) 기능을 하였다.

　쿠바 현대문화에서 신화의 기능, 또 신화가 존재한다는 바로 그 사실은 우리 정체성의 일부였으나 그동안 감춰져 있던 꽃의 만개를 의미한다. 예로부터 전해져 내려오는 파타킨(patakín)을 통하여 챈트(chant)와 가락이 빛을 보게 된 것은 유례가 없는 일이다. 로헬리오 마르티네스 푸레는 파타킨을 다음과 같이 정의하고 있다.

산테리아교 의식에서는 이파,13) 딜로군14), 코코넛 껍질 등을 사용하여 신의 뜻을 확인하는데, 이때 영매가 의뢰인에게 해주는 서사(narrative)를 쿠바에서는 파타킨이라 부른다. 영매는 이 서사를 통하여 신들의 예언을 의뢰인에게 전달해준다. [...] 채집된 파타킨 중 상당수는 "예정된 일" 혹은 여러 오리샤의15) 아바타와 관련된 신화, 특정 의식과 금기의 기원과 관련된 신화, 혹은 우주생성과 관련된 신화들이다. 일부 파타킨은 인간과 동물의 창조, 죽음 혹은 야금술과 같은 기술의 발견과 관련된 신화들이다.(Martínez Furé 1997, 210-211)

산테리아교 의식에서 사용되는 타악기는 연극과 여러 다양한 유형의 대중음악에서 각광 받고 있다. 드럼과 유사한 타악기인 바타(batá)—여러 실험적인 음악 그룹이 이 악기를 도입했다—는 모든 리듬 양식, 특히 춤에 적합한 리듬 양식을 대중음악에 접목하려는 쿠바인의 노력을 보여주는 아주 분명한 예이다. 신화는 쿠바 현대무용에도 커다란 영향을 끼쳤다. 특히 쿠바국립민속단은 창단 이래 신화와 관련된 작품을 주요 레퍼토리로 공연해 왔다.

신화는 이미지를 통한 사고방식, 즉 우리 쿠바인의 주요 사고방식 중하나가 되었다. 신화는 심지어 뤼시앙 레비-브륄(Lucien Lévi-Bruhl)이 명명한 '원초적 사고'의 중추를 구성했다. 오늘날 라틴아메리카의 고전이 된 『어느 도망친 노예의 일생』(Biografía de un cimarrón, 1966)을 쓴 미겔 바르넷(Miguel Barnet)은 쿠바 문화에서 신화의 역할을 설명하는 한 글에서 아프리카 노예들이 가져온 신화들은 정말로 쿠바의 민중문화를 구성하였다고 주장했다. 요루바 기원의 쿠바 신화들에는 보편적 특징들이 반영되어 있다.

13) 이파(Ifá). 신의 뜻을 헤아리기 위해 쓰던 판. -옮긴이
14) 딜로군(dilogún). 신성한 것으로 여겨지는 개오지 조개껍질.
15) 오리샤(orisha). 산테리아교의 신성(神性). -옮긴이

이 신화들은 세계, 지구, 인간, 신들이 어떻게 창조되었는지를 먼저 다룬다. 창조에 대한 설명에는 우주와 신들에 대한 생각이 담겨 있고, 인간의 행동규범들이 예시되어 있다. 바르넷은 다음과 같이 설명한다.

> 쿠바 문화 속의 신화는 엄격히 말해 아프리카에서 건너온 것이다. […] 가장 비전(秘傳)의 신화들은 한 번 걸러져서 세속적인 요소가 첨가되어 대중적 이야기로 재탄생하게 된다. 비록 미학적 가치는 계속 유지하였지만 점차 원래의 종교적 본질을 상실했고 궁극적으로는 모든 사람에게 폭넓게 수용되는, 혹은 특정 기능을 가진 대중 서사로 변했다. 여전히 종교적인 기본 틀을 유지하면서도 사람들에게 많은 현상을 설명해 주는 기능을 하게 된 것이다.(Barnet 1968)

만약 히스패닉적 요소와 아프리카적 요소를 통해 우리 문화가 문화횡단적 특징을 지니게 된 것이 사실이라면, 신화의 무한하고 암시적인 현상에 관해서 고민해 볼 필요가 있다.

쿠바인에게 잠재된 종교성의 가치를 높게 평가하는 분위기가 생겨난 내 젊은 시절부터 나는 제설혼합주의라는 용어를 들었는데, 이는 노예들이 어떻게 자신들의 신들을 가톨릭의 신들로 재구성하였는가를 설명하려는 의도로 사용되었다. 즉 원래 쿠바의 정체성 중에서 종교적인 면만을 설명할 때 사용된 용어다. 오르티스가 『쿠바: 담배와 설탕의 대위법』의 서문에서 그토록 훌륭하게 정의한 문화횡단이라는 용어는 거의 언급되지도, 사용되지도 않았다.

쿠바의 신화에 관해서 말할 때, 이는 분명 산테리아교의 원천인 요루바 신화에 관해서 말하고 있는 것이다. 내가 아이티의 부두교와 브라질의 캉동블레교를 산테리아교와 결부하여 언급하는 이유는 아메리카의 이 위대하고 수준 높은 세 개의 종교가 요루바 신화라는 한 가지 공통분모에서 비롯되었다는 전제에만 머물려는 것이 아니다.

산테리아교, 부두교, 캉동블레교에는 다양한 혹은 심지어 서로 모순적인 전례와 의식(儀式)이 존재할 수 있지만, 나라가 달라도 신들의 이름은 좀체 바뀌지 않는다. 모든 신, 모든 아바타, 심지어 모든 예정된 길은 하나의 뿌리를 공유하고 있다고 말할 수 있다. 이 세 가지 교에 관한 연구는 지금껏 신화를 설명하는 데 사용되어온 제설혼합주의라는 용어가 전체의 의미를 포괄적으로 설명을 하지 못하는 단점이 있음을 확인해주었고, 이를 보완하고 또 그 한계를 뛰어넘기 위해 오르티스가 말하는 광범위한 문화횡단 과정들이 필요하다는 점을 분명히 보여주고 있다. 이 과정에서 우리는 소위 언어적 이중성에 주목해야 한다. 왜냐하면 신들의 이름과 신화들이 부두교에서는 프랑스어로, 쿠바에서는 에스파냐어로, 브라질에서는 포르투갈어로 차용되었기 때문이다. 하지만 음악과 무용 분야에서 이 신화들은 거의 유사한 상태로 남아 있다. 가령 의식을 행할 때 부르는 챈트의 가사는 원전 그대로 보존되고 있는데, 이는 고대 서사시들 전체가 잘 보존되었기 때문이다. 하지만 더 정확히는 요루바 지역에서 강제로 이주당했을 때의 언어 형식을 그대로 보존하고 있었기 때문이다. 잘 알다시피 위 세 나라의 종교, 즉 새로운 종교들에 자양분을 제공한 것은 다름 아닌 요루바 종교였다. 각각의 종교에서 신화들이 수행한 공동체 건설 기능은 고립된 현상이 아니었다. 오히려 문화횡단이라는 더 광범위한 과정 속에서 언어적, 문화적 측면과 결합되어 왔다.

여기서 나는 극도로 민감한 영역으로 들어가고 있다. 앞서 언급했듯 쿠바는, 과거 프랑스 혹은 영국의 지배를 받았던 여타 앤틸리스 제도 나라들과는 다르게 제3의 언어, 즉 크리올어를 탄생시키지 않았다. 언어에서,

특히 문학에서 날카로운 갈등이 지속되었다는 사실은 이제 비밀이 아니다. 크리올어들은 앤틸리스 제도의 시민적·정치적 삶에서 격리되었다. 단지 각 지역의 토착적인 관습들을 표현하는 언어로만 그 기능이 한정되었다. 크리올어는 기술 영역이나 소위 '문명화된 삶'의 영역에서는 소통의 기능이 박탈된 언어였다. 오늘날에 이르러서야 우리는 앤틸리스 제도 각국의 정부 운영에서 대중 언어(크리올어) 사용을 관철해야 할 절실한 필요성을 느끼고 있다. 크리올어에 기반한 문학, 그리고 오로지 크리올어로만 쓴 문학 작품들이 출현하고 있다. 그동안 제도권 문학사(헤게모니를 쥔 중심부에서 쓴 것이든, 주변부에서 쓴 것이든 간에)에서 크리올어 문학 작품은 조직적으로 배제되었다. 이 현상을 연구하는 학자들은 오늘날 자신의 섬에서 사용되고 있는 유일한 언어는 셰익스피어의 언어이거나 몰리에르의 언어라고 떠들어대는 문화적 탄압을 폭로하고자 항상 두 눈을 부릅뜨고 있다. 이 대중 언어의 이면에는 하나의 행동양식 전체가 자리하고 있다. 이를 연구하는 학자들은 식민모국의 언어와 크리올어 두 가지 언어가 현재 공존하고 있다는 사실을 인정할 수밖에 없을 것이다.

쿠바의 경우 산테리아교 의례에 크리올어가 용인되기 때문에, 우리 쿠바인이 크리올어를 부정하는 것은 아니라고 믿는 사람들이 많다. 내 견해는 이와 다르다. 그리고 자연스럽게 나는 이와 관련된 공개적인 논쟁을 벌이게 되었고, 이를 통해 배운 것도 많았다. 무엇보다도, 쿠바에는 크리올어가 존재하지 않는다는 결론을 내리는 데 필요한 쿠바의 언어사 연구, 카리브 국가들의 언어 현실과 관련된 체계적인 비교연구가 이루어지지 않았음을 알게 되었다. 아프리카에서 유래한 어휘들이 이미 우리 언어에 편입된 것은 사실이다. 이 어휘들은 분석 결과 여러 종족의 언어(콩고, 요루바, 아라라)에서 유래했음이 확인되었다. 이후 소위 크리올화 과정을 거쳐 에스파냐어 어휘의 일부가 되었다. 또한 쿠바 대중의 언어에는 아프리카 선조들까지 거슬러 올라가는 음성학적 특징도 있다. 그럼에도 불구하고 쿠바에 크리올어가 존재한다고 주장하는 것은 오도된 것일 뿐이다. 파타킨, 신화, 제의 등에 담겨 있는 아프리카 언어의 흔적들이 우리의 의사소통에서도 쓰인다고 주장하는 것도 마찬가지이다. 이 언어들은 그런 식의 생명력을 지니고 있지도 않으며, 제의에서만 사용될 뿐이다. 쿠바의 산테리아교 의식에 참여해 보면 의식에 쓰이는 노래 가사가 에스파냐어의 언어적 특징과 전혀 일치하지 않음을 알고는 놀랄 것이다. 중요한 점은 이러한 언어들이 일종의 숨겨진 코드로 잠복해 있다가, 종교의식이 거행되는 순간, 즉 이페나 베냉에서16) 유래된 그 오래된 노래들이 불리어지는 그 순간에만 다시 살아난다는 사실이다. 그 누구도 자신이 종교의식에서 읊조리는 그 신령스러운 챈트의 언어를 실생활에서 어떻게 써야 하는지 알지 못한다. 쿠바에는 에스파냐어 이외의 집단적 의사소통 체계는 실상 존재하지 않는다. 산테리아교 의식에 참석해 본 사람이라면 에스파냐어 아닌 언어의 기도나 노래들을 들어보았을 것이다. 하지만 의식에 참여한 모든 사람이 그 외의 일을 위해서는 에스파냐어를 사용할 수밖에 없다. 아메리카 억양이 밴 에스파냐어를 말이다. 이는 바로 가톨릭교회의 미사에서 일어나는 일이기도 하다. 신부는 라틴어로 의식을 집전하지만, 강론은 항상 쿠바인의 모국어이자 다수의 언어인 에스파냐어로 이루어진다. 쿠바의 흑인과 물라토에게는 다른 언어란 없다. 아메리카의 에스파냐어는 멕시코에서든, 쿠바에서든, 아르헨티나에서든 이베리아 반도의 에스파냐어와의 차이를 천명했다. 또한 오랜 기간 에스파냐 문학의 훌륭한 전통을 흡수하고

---

16) 이페(Ifé)는 나이지리아 남서부의 도시, 베냉(Benin)은 아프리카 서부 기니 만에 면한 나라. ―옮긴이

숭배하면서 궁극적으로는 독자적인 아메리카 에스파냐어 문학을 탄생시켰다. 그리고 19세기 말부터 에스파냐 문학은 아메리카 에스파냐어 문학의 미학에 양팔을 벌리고, 귀를 열고, 손을 뻗어 에스파냐어를 풍요롭게 하고 근대 세계의 현란한 박자에 발맞추어 나갔다. 이 현상은 98세대와[17] 27세대의 주요 작품에서 입증되었다. 두 개의 시학에 하나의 언어, 이것이 대서양을 마주하는 에스파냐어권 국가들이 공유한 문학사의 모토가 되었다.

종교는 지뢰밭을 건너야 했다. 사람들의 생활에 레이더를 맞추고, 문화 형식으로 변화하고, 현대 쿠바의 주요 예술·문학 영역을 접수하여 수없이 많은 가치를 양산해서 아직도 새로 발견되는 것들이 있을 정도이다. 이 미학적 붐은 20세기가 끝나가고 21세기가 임박한 이 시대의 수많은 모순과 밀접한 연관이 있다. 무대 예술과 조형 예술, 음악(클래식 음악과 대중음악 모두), 춤은 이러한 붐을 입증하고 있을 뿐만 아니라, 아프리카성이 민족 감정과 분리될 수 없음을 분명히 했다.

페르난도 오르티스의 개념으로 돌아가자면, 쿠바 문화란 그 속에 서로 되돌릴 수 없는 두 개의 원천, 즉 히스패닉 문화와 아프리카 문화가 서로 주고받으며 만들어낸 결과라는 점을 다시 한 번 언명하고 있는 것이다.[18]

---

17) 98세대(Generación del 98). 1895년 일어난 쿠바 독립 전쟁이 진행되면서 미국과 에스파냐 간에도 전쟁이 발발했고, 그 결과 에스파냐는 1898년 쿠바, 푸에르토리코, 필리핀 등 그때까지 남아 있던 거의 모든 해외 식민지를 상실했다. 이 사건으로 에스파냐에서는 국가적 성찰의 시대가 시작되었다. 미겔 데 우나무노를 비롯하여 이 움직임을 주도한 일단의 지식인 집단을 98세대라고 부른다. -옮긴이

18) 호르헤 마냐츠 같은 지식인들까지도 우리의 정체성을 백인과 흑인 간의 인종적 화학 반응이 만들어낸 결과라고 보았다. 1902년부터 1959년까지의 공화국 시대 중엽에 마냐츠는 이렇게 주장했다. "우리들 사이에서 혼혈(드러난 혼혈과 은폐된 혼혈 모두)이 증가하는 점이 보여주듯이, 우리의 핏속에는 인종 간 사랑을 별로 거리끼지 않는 유산이 들어있다. 흑인이 미국 남북전쟁에서처럼 피비린내 나는 전쟁의 빌미가 되었던 그런 상황과는 달리, 우리는 안토니오 마세오, 기예르몬 몬카다(Guillermón Moncada),

쿠바 역사에서 우리의 위대한 독립영웅 두 명이 이러한 진실을 온몸으로
드러내고 있다. 이들은 우리에게 익숙한 사회구조가 만들어 낸 사회역사
적 은유라 할 수 있다. 시인 호세 마르티와 안토니오 마세오 장군, 이 두
사람은 이루 형언할 수 없는 숭고함의 극치를 이루어 낸 쿠바성의 전형이
다. 정치적 차이와 이념적 차이, 아니면 단순한 문화적 차이를 넘어서, 이
섬에 사는 쿠바인이든 디아스포라로 해외로 흩어진 쿠바인이든 모두 마르
티와 마세오가 쿠바성의 전형을 만든 상징적 인물이라는 것을 인정하고
있다.

안토니오 마세오와는 별개로 마르티의 절친한 친구로 흑인인 라파엘
세라와[19] 후안 괄베르토 고메스가[20] 있었다. 이들의 도움으로, 특히 쿠바
와 관련해서는 고메스의 도움으로 마르티는 쿠바혁명당을 만들고, 조직하
고, 움직이고, 당의 이상을 전파할 수 있었다. 지겨울 정도로 잘못 해석되
고 오용된, 마르티의 저 유명한 주장인 "백인이기에 앞서, 물라토이기에
앞서, 흑인이기에 앞서 인간이 중요하다. 백인이기에 앞서, 물라토이기에

후안 괄베르토 고메스(Juan Gualberto Gómez) 같은 유색인 독립 영웅들이 우리 역사
에 가져다 준 의미에 대해 고마워해야 한다. 실질적인 공헌을 했지만 잘 알려지지 않
은 여러 유색인 병사들의 기여는 말할 것도 없고 말이다."(Mañach 1939, 123-124).
19) 마르티는 예의 번득이는 글재주로 라파엘 세라(Rafael Serra)에 대해서 이렇게 말했
다. "자기를 부인하는 사람들 때문에 가시바늘에 심장을 찔린 듯 살았으면서도 그들을
사랑한 사람은 가히 영웅이라 불릴 만하다."(Deschamps Chapeaux 1976, 19).
20) 독립에 대한 고메스의 이상은 마르티의 생각에 바탕을 두고 있다. 에스파냐-쿠바-미국
전쟁이 1898년 끝나면서 지방 도시들, 특히 쿠바의 동부 지방의 시민들 삶 속에 침입
하기 시작한 인종차별과 맞선 열정적 투사이자, 노예제 폐지 투쟁의 계승자였던 후안
괄베르토 고메스(그 자신이 노예의 아들이었고 돈을 내고 자유를 얻은 바 있다)는 쿠
바 정체성에서 아프리카적 요소도 찬란하게 빛나고 있다고 생각한 애국자 가운데 한
명이었다. 젊은 니콜라스 기옌의 생각에 크게 영향을 준 그의 언론 글은 이러한 면을
잘 보여주고 있다. 20세기 초 미국이 쿠바 공화국의 새 헌법에 강요한 플랫 수정안에
반대표를 던진 그의 영웅적인 모습은 오늘날까지 쿠바 사람들의 집단 기억 속에 살아
남아 있다.(Gómez 1974)

앞서, 흑인이기에 앞서 쿠바인이 중요하다"("Mi raza", Martí 1974, 116)를 가지고 일부 쿠바인은 스스로를 속였고, 또 어떤 사람들은 쿠바성을 오직 한 가지 종족적 요소로 간추리고자 했다("Nuestra América", Martí 1974, 167). 1890년대 초반 미국 망명 시절 당시 마르티의 모든 언론 글은 그가 다양한 이민자들로부터 깨달음을 얻었고, 인종적 갈등의 밀착 관찰자였다는 사실을 보여준다. 이러한 관찰을 바탕으로 마르티는 확실한 원칙들을 세웠으며, 쿠바를 위한 끊임없는 투쟁 과정에서 이것들을 지켜 나갔다. 마르티는 "영혼은 평등하고 영원하며, 모습과 피부색이 다양한 몸에서 나온다. 인종 간 반목과 증오를 조장하고 퍼뜨리는 자는 인류에 대한 범죄를 저지르는 자"라고 주장했다(167). 마르티의 국가 개념에는 아프리카 인종이 분명히 포함된다. 따라서 마르티가 그리던 나라는 아프리카 기원의 종족적 요소를 포용하고 있었다. 「우리 아메리카」(1891)와 「우리 인종」(1893)이라는 에세이들은 이 점을 선명하게 천명하고 있다. 마르티의 쿠바는 노예제의 끔찍함을 제대로 인식하고 있었고, 그의 유명한 시집 『소박한 시』에서도 노예제를 분명하게 비난했다.

> 핏빛 햇살이 작열한다,
> 음산한 구름을 가르며.
> 배가 승강구를 통해
> 흑인들을 떼로 토해낸다.
>
> 세찬 바람이
> 무성한 유향수 나무를 가르고
> 벌거벗은 노예들이
> 줄지어 걷고 또 걷는다.

소나기가 뒤흔든다,
썩은 냄새 진동하는 노예 막사를.
아이를 데리고 가던 엄마가
비명을 지르며 지나간다.

사막에서 떠오르는 태양 같은,
붉은 태양이 수평선 너머로 고개를 든다.
그리고 주검으로 남은 노예를 비춘다,
황야의 위 세이바 나무에[21] 목을 매단.

한 소년이 그를 보았다, 그를 애도하는
사람들 때문에 격하게 몸을 떤다.
소년이 주검 발치에서 맹세한다,
삶을 바쳐 이 죄악을 씻겠노라고!("Poem XXX", Martí 1974, 30-31)

　　니콜라스 기옌의 쿠바는 깊이 있는 아프리카성을 노래했다는 확신 덕
분에 편안하게 호흡한다. 기옌에게 민족이라는 개념은 쿠바의 궁극적 모
습의 창조에 공헌한 종족적 요소를 고양하려는 강한 의지를 말한다. 아르
헨티나 작가인 에세키엘 마르티네스 에스트라다에 따르면, 아프리카성 혹
은 아프리카주의는 기옌의 글에서 간과할 수 없는 사실이다. 가족에 대한
애가(elegy)인 「성」(The Family Name)을 꼼꼼히 읽은 후 내린 것으로 보이는
이런 평가는 사실 기옌의 시 전체를 관통하는 '민족적 특성의 명백한 수
용'에 기초하고 있다. 마르티네스 에스트라다는 기옌의 쿠바성을 결코 의

---

21) 세이바 나무(ceiba)는 카리브가 원산지이며 아프로쿠바 종교들에 의해 신성한 상징으
　　로 받아들여졌다. 덤불이 있고 경작되지 않은 야생의 황야는 신성시되는 아프로쿠바
　　풍광이다.

심하지 않았다. 기옌이 우리의 아프리카적 측면에 부여한 중요성을 이해할 수 있었기 때문이다. 마르티네스 에스트라다는 이렇게 말한다.

기옌은 문자 없는 사람들의 시, 폭풍우의 시, 즉흥성의 시를 우리에게 가져왔다. 누차 강조했듯이, 단지 아프리카의 생태 환경을 보여준 것이 아니라 쿠바 문화를 쿠바 문화로 보이게끔 하는 그 무엇을 보여준 것이다. 어쨌든, 그의 시는 아시아적이라기보다 아프리카적이고, 아프리카적이라기보다는 쿠바적이다.(Martínez Estrada 1967, 64)

기옌이 그린 아프리카는 선택 가능한 사항이 아니라 문화횡단의 정수이다. 이 글을 끝내기 전에 우리의 마음을 흔드는 그의 시, 「손(son) 6번」을 들어보기로 하자.

나는 요루바 사람,
요루바 루쿠미어로[22] 흐느끼지.
나는 쿠바 요루바 사람이기에
나의 요루바 흐느낌이 쿠바까지 닿기를,
내게서 우러나온
즐거운 요루바 흐느낌이 하늘에 울려 퍼지기를 바라네.

나는 요루바 사람,
노래하면서 가고,
흐느끼고 있네.

---

22) 루쿠미어(lucumí). 아프리카 기원의 종교를 믿는 이들 혹은 이들이 사용하는 비밀스러운 언어이다. 산테리아교에서 요루바와 루쿠미는 종종 동일 범주로 간주되기도 한다. -옮긴이

요루바 사람이 아니라면 나는,
콩고, 만딩가, 카라발리 사람.
친구들이여 이렇게 시작하는 내 손(son)을 들어주게나.

희망의 수수께끼
하나 내겠네.
내 것은 네 것이고
네 것은 내 것이며,
모든 피가 모여
하나의 강을 이루네.

왕관을 쓴 세이바, 세이바,
아들과 같이 있는 아버지, 아버지
껍데기 속의 거북.
뜨끈한 손을 노래하자고,
손에 맞춰 모두 춤을 추도록.
가슴을 맞대고,
잔을 부딪치며,
물에 술 타고, 그 물에 또 술 타서.

나는 요루바 사람. 나는 루쿠미,
만딩가, 콩고, 카라발리 사람.
친구들이여 이렇게 이어지는 내 손을 들어주게나.
우리는 멀리서 함께 왔다네.
젊은이와 노인,
검은 피부와 하얀 피부, 다 같이 뒤섞여서.

누구는 명령하고 누구는 복종하지만
다 같이 뒤섞여서.
성 베레니토와 복종하는 자,
다 같이 뒤섞여서.
멀리서 온 하얀 피부와 검은 피부가
다 같이 뒤섞여서.
성모 마리아와 복종하는 자,
다 같이 뒤섞여서.
다 같이 뒤섞여서, 성모 마리아,
성 베레니토, 다 같이 뒤섞여서,
다 같이 뒤섞여서, 성 베레니토
성 베레니토, 성모 마리아,
성모 마리아, 성 베레니토,
다 같이 뒤섞여서!

나는 요루바 사람. 나는 루쿠미,
만딩가, 콩고, 카라발리 사람.
친구들이여 이렇게 끝나는 내 손을 들어주게나.

나아가게, 물라토여,
걸음을 떼어놓게.
가지 않는 백인에게 말하게…
이제부터 그 누구도 헤어지지 않을 거라고
고개를 들고, 멈추지 말게.
귀를 열고, 멈추지 말게.
물을 마시고, 멈추지 말게.

음식을 먹고, 멈추지 말게.

살고, 멈추지 말게.

우리 모두의 손도 결코 멈추지 않을 테니!(Guillén 1964, 129-130)

우리는 마술적 사실주의의 자식이다. 역사적이고 초자연적인 힘들이 결연히 만(灣) 한가운데 우리를 살도록 만들었다. 이곳에 존재하고, 머물고, 우리의 차이를 수호하면서, 불가능해 보이는 그 무엇이라도 극복할 수 있을 우리의 특징을 수호하면서.

쿠바는 뿌리 깊은 아프리카성을 보여주고 있으며, 이는 그저 계속 원을 따라 도는 것만 반복하는 것이 아니다. 세계에 개방된, 또 자유로운 뒤섞임에 개방된 미래를 향한 우리의 길을 비춰주고 있다. 우리의 문화가 사회적 정의로, 또 우리 영혼—바로 쿠바인의 영혼이요, 새롭고 다양하고 무엇보다도 『송고로 코송고』의 시인이 말하듯 "공기처럼 자유로운" 영혼—의 해방이라는 절실한 요청으로 아로새겨진 세계에 속해 있기 때문이다.23)

1996년 6월 아바나

[강문순 옮김]

---

23) 이 글은 1996년 7월 1일부터 6일까지 '1898세대: 구(舊) 에스파냐령 앤틸리스, 세기에서 세기까지, 쿠바'(El 98: Las Antillas españolas de siglo a siglo: Cuba)라는 주제로 에스파냐 에스트레마두라 주의 이베로아메리카나 대학에서 열린 세미나에서 발표한 것을 일부 수정한 것이다. 영어 제목은 "Cuba and Its Deep Africanity"이며 데이비드 L. 프라이(David L. Frye)가 영역하였다.

쿠바의 국가주의와 인종

우 석 균

에스파냐의 쿠바 정복 이후 원주민은 이내 멸족했다. 구대륙에서 건너온 전염병과 가혹한 노동착취가 결정적인 요인이었다. 이에 따라 쿠바는 식민지시대 초기부터 흑인 노예를 노동력으로 들여왔고, 훗날 사탕수수의 주요 재배지로 떠오르면서 노동력의 흑인 노예 의존이 더욱 심화되었다. 1501년에서 1867년 사이에 쿠바에는 약 779,000명의 노예가 수입되어 카리브 해에서는 자메이카, 아이티 다음으로 많았다(Eltis and David 2010, 18-19). 이에 따라 오늘날 쿠바의 국가적·문화적 정체성은 아프로쿠바주의, 즉 아프리카의 흔적이 깊이 각인된 쿠바로 정의된다. 특히 쿠바는 미국은 물론 브라질보다 훨씬 더 백인과 흑인의 차별이 적은 나라로, 또 에스파냐인이 가져온 유럽 문화와 흑인이 가지고 온 아프리카 문화가 잘 융합된 나라로 꼽힌다.

아프로쿠바 문학의 주요 문인들도 이런 평가에 공감하는 태도, 나아가 자부심마저 지니고 있다. 가령 아프로쿠바 문학의 선구자인 니콜라스 기옌은, 1934년 출간된 시집 『서인도제도 유한회사』에 수록된 그의 대표시 중 하나이자 쿠바 문학의 백미로 꼽히는 「두 할아버지의 발라드」에서 자신의 뿌리가 흑인과 백인의 합이라고 노래하고 있다.

오로지 나만 볼 수 있는 두 그림자,
두 할아버지가 나를 호위한다.

페데리코 할아버지가 네게 소리칠 때
파쿤도 할아버지는 침묵한다.
밤이면 두 분은 꿈을 꾸고
걷고, 또 걷는다.
나는 두 분의 합이다.

— 페데리코!
파쿤도! 두 분은 얼싸안고
탄식한다. 두 분은
고개를 똑바로 쳐든다
풍채가 똑같은 두 분이
별빛 아래서
풍채가 똑같은 두 분이
검은 열망과 하얀 열망
풍채가 똑같은 두 분이
소리치고, 꿈꾸고, 울고, 노래한다.
꿈꾸고, 울고, 노래한다.
울고, 노래한다.
노래한다!

2006년 마케도니아 스트루가 황금화환상을 수상한 쿠바의 여성 시인

난시 모레혼도 대표시 중 하나인 「흑인 여성」(Mujer negra, 1975)에서 기옌의 시각을 되풀이하고 있다. 노예로 붙잡혀 대서양을 건너고, 원치 않는 백인 주인의 아이를 낳고, 모진 채찍질과 혹독한 노동에 시달린 흑인 여성들의 수난사를 소리 높여 고발하고 있지만, 귀향의 꿈을 꾸기보다 쿠바에서 더 나은 세계를 건설하기를 원한다.

나는 기니로 가는 길을 결코 다시 상상하지 않았다.
기니였던가?
아니면 베냉이나 마다가스카르, 혹은 카보베르데?

나는 더 많이 일했다.

나만의 천년의 노래와 희망의 토대를 쌓았다.
이 땅에서 내 세계를 건설했다.

여기서 "기니였던가?"라는 질문은 대단히 의미심장하다. 아프로쿠바인은 쿠바에 정착한 지 너무나 오래라 고향이 기니인지 아니면 또 다른 어떤 곳인지조차 알 수 없고, 따라서 현재 아프로쿠바인의 고향은 쿠바일 뿐이라는 논리를 구축하고 있기 때문이다. 다시 말해, 인종 혹은 종족성의 문제보다 국가를 우선시하는 시각이 모레혼에게, 그리고 아프로쿠바 문학의 초기를 이끈 기옌에게 담겨 있다고 볼 수 있다. 기옌이 두각을 나타내기 시작한 동시대에 자메이카와 도미니카공화국에서 라스타파리아니즘(Rastafarianism)과 함께 아프리카 귀환운동이 벌어진 것과는 대조적인 현상이다.

물론 기옌과 모레혼은 흑인이 아니라 물라토라는 점을 언급하지 않을 수 없다. 흑인과 물라토 사이의 인종적 반목은 카리브의 흑인계 국가에서 흔히 볼 수 있는 현상이다. 아이티의 독재자였던 뒤발리에처럼 흑인주의를 천명하면서 물라토들을 배척한 경우도 있지만, 대체로 사회적·경제적으로 더 나은 위치에 있는 물라토들이 흑인을 배척하는 것이 문제였다. 따라서 기옌과 모레혼 같은 물라토가 쿠바의 흑인계 전체를 대표하는지 아니면 물라토의 입장을 대변하는지에 대해서는 한층 정교한 검토가 필요할 것이다. 하지만 이는 차후 과제로 미루고, 이 글에서는 기옌과 모레혼의 국가주의가 쿠바에서 헤게모니 담론이 되어 오늘에 이른 맥락을 살펴보고자 한다.

이 책의 「쿠바와 쿠바 문화에 뿌리 깊게 자리한 아프리카성」이라는 모레혼의 글은 그 풍요로움과 깊은 성찰에도 불구하고, 오늘날의 관점에서 볼 때는 인종 문제를 초월한 혹은 은폐하고 있는 국가주의 담론의 형성과 전개를 엿볼 수 있는 글이기도 하다. 모레혼이 기술하고 있는 수많은 역사적 맥락과 인물들 중에서 국가주의 담론의 정립에 결정적으로 작용한 두 사건으로는 쿠바 독립과 쿠바혁명을 꼽을 수 있고, 담론 형성의 주역으로는 호세 마르티, 페르난도 오르티스, 니콜라스 기옌, 미겔 바르넷 등을 들 수 있다.

독립 운동가이자 문인인 마르티는 인종차별 문제보다 국가 통합이 더 중요한 과제임을 역설한 대표적 인물이었다. 1891년 망명지 미국에서 한 연설에서는 "쿠바인들이여, '모두 함께, 그리고 모두를 위해'라는 이 또 다른 신앙 속에서 단결합시다"라고 부르짖으면서 하나 된 쿠바를 건국해야 한다는 이상적 목표를 제시했다(Martí 1891). 또 1893년에 쓴 「내 인종」에서 백인들의 인종주의를 반인도적 행태로 규탄하지만, 흑인들의 인종주의 역시 경계한다. 마르티에게는 "백인이기에 앞서, 물라토이기에 앞서, 흑인이기에 앞서 인간이 중요하다. 백인이기에 앞서, 물라토이기에 앞서, 흑인이기에 앞서 쿠바인이 중요하다."(Martí 1974, 116) 나아가 마르티는 쿠바에서 인종전쟁의 우려는 없다는 낙관적인 전망을 제시한다. 독립 전쟁을 통해 백인도, 또 흑인도 조국 쿠바를 위해 함께 싸우고, 함께 죽지 않았느냐는 것이 낙관적 전망의 근거였다(Martí 1968). 마르티의 이런 주장은 에스파냐에서 독립하기 위해 쿠바인의 단결이 반드시 필요하다는 인식, 나아가 독립을 달성하더라도 점점 더 제국주의적 야욕을 드러내는 미국과 맞서기 위해서는 국민통합이 반드시 필요하다는 인식의 산물이었다.

독립 운동가로서의 오랜 헌신과 제2차 독립 전쟁을 주도하여 일으키자마자 1895년 전사한 극적인 죽음 때문에 마르티는 독립 직후부터 국부로 추앙받았고, 덕분에 그의 사상은 1901년 제헌헌법에 상당한 영향을 끼쳤다. 이리하여 "모두 함께, 그리고 모두를 위해 하나 된 쿠바"가 인종 문제를 다루는 쿠바의 공식적 담론이 되었다(De la Fuente 2001, 111). 그러나 현실은 달랐다. 쿠바에서 노예제는 1880년에야 폐지되었으니, 헌법 제정 때까지의 20년 남짓한 기간 동안 인종민주주의가 뿌리를 내리는 것은 불가능했다. 오히려 건국과 함께 새로운 차별적 주장들이 제기되었다. 쿠바의 독립이 불완전한 것이었다는 점이 가장 큰 문제였다. 쿠바 독립 전쟁 과정에서 에스파냐와 미국의 전쟁이 일어났고, 미국은 1899년 1월 1일부터 1902년까지 쿠바를 군정 통치했으며, 플랫 수정안(1901)을 통해 쿠바의 내정에 간섭할 수 있을 권리마저 획득했다. 이런 추이 때문에 라틴아메리카 전역에 미국에 대한 경각심이 고조되었고, 우루과이의 사상가 호세 엔리케 로도의 『아리엘』(1900)을 필두로 해서 앵글로색슨아메리카/라틴아메리카의 대립구도가 형성되었다. 쿠바에서도 이런 대립구도 속에서 '하나 된 쿠바'라는 명제 대신 차라리 에스파냐 이민자들을 적극 유치해서 라틴성(latinidad)을 강화시킴으로써 미국의 제국주의적 야욕에 맞서자는 주장이 제기되었다(Antón Carrillo 2005, 442). 이를테면 국가적 위기 속에서 인종 간 평등이 부정되는 주장이 고개를 든 것이다.

오르티스와 기옌은 아프리카의 인종적·문화적 영향이 에스파냐의 그 것 못지않다는 점을 주장함으로써 라틴성 담론을 폐기하는 데 크게 기여 하였다. 이들은 대신 쿠바의 국가적 정체성으로 쿠바성(cubanidad)을 내세 웠다. '라틴'이라는 문화적 범주보다, 그리고 그 기저에 깔린 인종차별주의 보다 '쿠바'를 내세울 때, 이들은 '하나 된 쿠바'라는 마르티의 이상을 재천 명한 것이었다. 앞서 인용한 기옌의 「두 할아버지의 발라드」의 시적 화자 가 자신이 백인 조상과 흑인 조상의 합이라고 '천연덕스럽게' 말하는 것이 바로 '하나 된 쿠바'에 대한 염원이고, 마르티의 이상의 재천명이고, 라틴 주의자들에 대한 반격이다.

민족지학자, 인류학자, 법률가, 언론인 등으로 다재다능함을 뽐낸 오르 티스의 『쿠바: 담배와 설탕의 대위법』(1940)은 그 결정판이었다. 이 책은 오늘날까지도 라틴아메리카 문화연구에서 주요하게 언급되고 있는데, 이 는 오르티스가 정립한 문화횡단이라는 개념이 라틴아메리카 문화를 설명 하기에 적당하다고 보는 이들이 계속 존재하기 때문이다. 사실 '정립'이라 는 표현은 어울리지 않을지도 모른다. 문화횡단에 대한 오르티스의 정의 는 극히 짧은 지면에 국한되어 있기 때문이다. 아무튼 이 개념은 1930년 대 미국에서 유행한 인류학 학설의 하나인 문화접변에 대한 반론이었다. 문화접변론은 두 문화가 만났을 때 '발전된' 문화가 다른 문화에 영향을 주어 변화를 일으킨다는 주장으로 서구우월주의의 산물이었다. 그런데 오 르티스가 보기에 쿠바의 문화는 바다를 횡단해(trans-) 쿠바에 정착한 에스 파냐인과 아프리카인이 만나면서 새롭게 창조된 문화이다. 따라서 문화접변으로는 쿠바 문화를 설명할 수 없고 '문화횡단' 같은 새로운 개념이 필요하다고 본 것이다(우석균 2002).

사실 문화횡단론은 메스티소화가 가장 많이 진전된 멕시코를 중심으로 강력하게 대두된 문화혼혈(mestizaje cultural) 담론과 본질적으로는 다를 바 없다. '문화'라는 범주를 통해 인종 간 차이와 갈등을 극복해보고자 하는 시도이기 때문이다. 문제는 문화에 방점이 찍히면 인종 간 불평등 문제는 뒷전으로 밀리기 쉽다는 점이다. 위정자들 입장에서 이는 대단히 반가운 현상일 수 있다. 결국 의도와 무관하게 문화횡단론 식의 문화주의는 국가주의 강화를 위한 전거로 악용되기도 했다. 독립과 자주에 대한 고민 때문에 현실 봉합을 선택하여 '하나 된 쿠바'를 주장한 마르티의 시대적 한계가 답습되는 순간이었다. 마르티, 오르티스, 기옌 등 진보적이고 양심적인 지식인들까지 인종 문제의 진면목과 본질을 제대로 인식하지 못한 상황, 혹은 적나라하게 비판하기 힘든 상황에서 쿠바는 인종민주주의가 구현된 국가이고, 따라서 인종 문제를 거론하는 일은 국가 통합을 파괴하는 반애국적 처사라는 식의 침묵을 강요하는 주장들이 득세한 것은 당연한 일이었다(Antón Carrillo 2005, 435-436).

물론 문제 제기가 없었던 것은 아니다. 독립 초기의 유색인독립당(Partido Independiente de Color)이라든가 1930년대 좌파 성향의 쿠바전국노동동맹(Confederación Nacional Obrera de Cuba)은 국가주의 담론이 인종 문제를 호도하는 현실을 비판했다. 가령 유색인독립당 지도부인 후안 데 디오스 세페다(Juan de Dios Cepeda)는 1909년 마르티의 '하나 된 쿠바'라는 이상이 실천되지 않는 현실을 비판했고, 쿠바전국노동동맹은 인종 문제에 대한 침묵의 강요는 결국 부르주아지를 위한 것이라고 일갈했다. 이런 문제 제기 덕분에 그나마 1940년 개헌 때 인종 문제를 이슈화할 수 있었다. 특히 공산주의자들은 반인종차별, 인종주의자에 대한 형사 제재, 흑인과 물라토가 배제된 경제 부문에 흑인계 쿼터 배분 등을 헌법에 명문화할 것을 요구하였다. 그러나 결국은 국회와 노동부가 인종차별과 경제적 불평등을 해소할 후속 조치를 취한다는 내용 정도가 헌법에 삽입되었다. 인종 문제를 거론하는 것은 국가 통합을 저해하는 반국가적 행위라는 국가주의 담론의 벽을 뛰어넘기에는 역부족이었던 것이다(De la Fuente 2001, 110-114). 그나마 실질적인 후속 조치는 미미했다. 이 헌법이 쿠바 사회에서 계급갈등이 분출된 1930년대의 상황을 극복하기 위한 시도여서 농지개혁, 공교육, 최저임금 등 사회·경제 정의와 관련된 일련의 진보적인 내용을 담고 있었다는 점을 감안하면, 인종 문제에 대한 침묵은 기존의 국가주의 담론의 강력한 힘을 짐작하게 해준다. 쿠바가 사실상 사탕수수 단일경작 체제의 국가였고, 사탕수수 수확에 투입되는 노동력 대다수가 흑인이었으며, 이들이 고전적인 농민이 아니라 임금과 노동조건에 민감한 농업 프롤레타리아였다는 점에서(토머스 E. 스키드모어·피터 H. 스미스·제임스 N. 그린 2014, 228-229), 사회·경제 정의 구현과 인종 간 불평등이 불가분의 관계를 지니고 있었음에도 불구하고 결국 국가주의 담론이 인종 문제를 침묵시켰기 때문이다.

쿠바혁명은 인종 문제에서 획기적인 변화를 가져왔다. 피델 카스트로가 1959년 3월 22일 연설에서 인종주의를 강력하게 비판한 직후 언론인, 문인, 지식인들이 모여 머리를 맞대고 인종차별 해소 방안을 고민하기 시작했으며, 국가가 직접 나서 이들이 내어놓은 권고안을 비롯해 공공서비스, 일자리 창출, 교육, 분배 등 여러 측면에서 인종차별 정책을 강력히, 그리고 꾸준히 시행했다(De la Fuente 2001, 115-116). 그 덕분에 1980년대에 이르면 쿠바는 전 세계에서 가장 높은 수준의 인종민주주의가 구현된 국가로 평가받기에 이른다. 아프로쿠바인에게 쿠바혁명이 가져온 획기적인 변화는 놀라운 것이었다. 난시 모레혼의 「흑인 여성」의 시적 화자는 공산주의 쿠바가 드디어 '하나가 된 쿠바'가 되었다고 노래하고 있다.

> 자본과 고리대금업자,
> 장군과 부르주아지를 끝장내려고.
> 이제 내가 존재한다. 오늘 비로소 우리는 소유하고 창조한다.
> 우리는 더 이상 타자가 아니다.
> 우리 것이다, 대지가.
> 우리 것이다, 바다와 하늘이.
> 우리 것이다, 마법과 키메라가.
> 나와 동등한 사람들, 나는 그들이 춤추는 것을 보고 있다.
> 공산주의를 위해 우리가 심어 놓은 나무 둘레에서.
> 그 풍성한 나무에서 벌써 소리가 울려 퍼지네.

그러나 혁명정부가 사회적·경제적 불평등 같은 실질적인 문제 해결이 수반된 인종차별 해소 정책을 시행했음에도 불구하고 아이러니하게도 국가주의 담론은 오히려 강화되었다. 데 라 푸엔테는 다음과 같이 말하고 있다.

> 쿠바에서 인종차별을 없애기 위해 가장 많은 일을 한 정부가 그와 동시에 그 누구보다도 더 쿠바성이라는 가장 보수적인 비전의 확산에 기여했다는 것은 잔인한 역설일 것이다. 사실 1959년 이전에는 그 어떤 정부도 마르티의 꿈을 실현하기 위해 투쟁한 이들의 의제와 목소리들을 침묵시킬 현실적인 능력이 없었다. 언론, 라디오, 텔레비전을

완벽하게 장악한 혁명정부만이 침묵을 적어도 공적 영역에서 제도화
시킬 역량을 지니고 있었다(De la Fuente 2001, 117).

이 역시 시대적 한계일 것이다. 혁명정부도 미국의 봉쇄에 맞서기 위해
국가 통합을 절실하게 필요로 했고, 따라서 인종 문제가 국론 분열로 이
어지는 것을 경계했기 때문이다. 그래서 혁명정부 시절에 국가주의 담론
이 확대 재생산된 것이다. 미겔 바르넷의 『어느 도망친 노예의 일생』
(1966)이야말로 확대 재생산의 좋은 사례이다. 이 책은 바르넷이 에스테반
몬테호라는 105세의 흑인 노인의 이야기를 정리한 것이다. 쿠바의 문학
비평가 호르헤 포르넷은 2009년 서울에서 열린 학술회의에서 이 책이, 과
테말라 원주민 지도자 리고베르타 멘추(Rigoberta Menchú, 1959~)가 구술한
『나의 이름은 멘추』(Me llamo Rigoberta Menchú y así me nació la conciencia,
1983)로 정점에 이르는 증언 서사(testimonio) 시대의 서막을 열었다는 점을
높이 평가했다. 억압된 타자의 목소리를 가시화하는 장르가 태동했다는
점에서는 타당한 평가이다. 그러나 멘추의 텍스트가 종족성에 의거해 억
압적 국가와 국가주의를 비판했다는 점을 고려하면 두 텍스트의 유사성만
큼이나 차이점 역시 크다고 볼 수 있다. 몬테호의 이야기를 정리했다지만
채취, 구성, 편집 과정에서 바르넷의 시각이 당연히 개입될 수밖에 없었는
데, 특히 바르넷은 이 책에 붙인 서문을 다음과 같이 맺고 있다.

마지막으로 경탄을 자아낼 만한 [에스테반 몬테호의] 혁명정신과 정
직함을 들 수 있다. 그는 삶의 여러 고비마다 정직한 태도를 보여주는
데 특히 독립 전쟁에서 그러하다. 혁명정신은 그의 이야기에서뿐만 아
니라 현재 그가 보여주는 행동에서도 드러난다. 105세의 나이에도 에
스테반 몬테호는 혁명가다운 행동과 자질을 보여주는 본보기이다. 처

음에는 도망 노예로, 나중에는 해방군으로, 더 나중에는 인민사회주의 당의 당원으로 살아온 혁명가로서의 내력은 오늘날 쿠바혁명과 겹쳐지면서 다시 살아난다. [⋯]

쿠바의 역사적 흐름을 몸으로 살아온 인물을 통해 그 역사를 되짚어보았다는 것이 우리의 가장 큰 기쁨이다. 그런 인물이야말로 역사를 이야기할 자격을 충분히 갖추고 있기 때문이다(미겔 바르넷 2010, 26-27).

바르넷은 노예제 폐지 이전에는 도망 노예였던 몬테호가 독립투사로, 이어 혁명가로 거듭났다는 점을 부각시키고 있는 것이다. 바르넷에게 "역사를 이야기할 자격"은 국가의 운명과 일체화된 삶을 산 몬테호 같은 인물에게만 있는 것이다. 이로써 자기 목소리를 들리게 할 수 없었던 이들의 목소리를 들려주려는 바르넷의 선량한 의도에도 불구하고, 또 한편으로는 국가주의 담론이 또다시 '인종'이라는 범주의 독자적인 발현을 가로막는 측면이 있다.

혁명정부 체제는 아직 존속하고 있고, 건국에서 혁명정부에 이르기까지 마르티, 기옌, 오르티스, 바르넷, 모레혼 등에 의해서 구축한 국가주의 담론도 건재하다. 심지어 바르넷과 모레혼은 현재도 왕성한 활동을 벌이며 그들의 신념을 옹호하고 있다. 하지만 적어도 1990년대부터는 국가주의 담론의 굴레에서 벗어난 인종 담론 혹은 종족성 담론의 필요성을 언급하는 목소리들이 쿠바에서도 들리기 시작하고 있다. 그리고 이 추이는 브라질처럼 흑인 인구 비중이 높은 라틴아메리카 국가는 물론이고, 중앙아메리카나 콜롬비아 등 아프리카계 주민이 거주하는 지역에서도 마찬가지이다. 그동안 은폐되어 있던 소위 '블랙 라틴아메리카'가 모습을 드러내고 있는 것이다. 라틴아메리카 전체를 볼 때 원주민 인구보다 아프리카계 인구가 더 많은 현실에서 흑인운동은 원주민운동에 비해 훨씬 부진했다는 점은 블랙 라틴아메리카에 대한 관심의 필요성을 웅변적으로 시사한다. 비록 쿠바에 대한 관심은 흔히 과연 이 섬나라가 언제 어떤 방식으로 개방될 것인지에 쏠려 있지만, 또 다른 흥미로운 관심사는 개방 여부와는 별도로 쿠바가 블랙 라틴아메리카 논의에서 장차 어떤 위치를 점하게 될 것인가이다.

3부

바로크와 네오바로크

Cuba, who lived the history

아메리카의 경이로운 현실에 대하여

알레호 카르펜티에르

I.

그곳은 모든 것이 사치이고, 고요이고, 관능일 뿐이다. 여행으로의 초
대. 이역만리. 거리(距離), 그리고 차이. 보들레르가 말하던 나른한 아시아
와 불타는 아프리카…. 나는 중국에 갔다. 눈부시게 아름다운 베이징을 보
고 감탄했다. 거무스름한 집들, 용, 날개를 편 봉황을 비롯해서 이름조차
알 수 없는 십이지 신상이 꿈틀거리는 황색 기와지붕. 내가 놀라 발걸음
을 멈춘 곳은 여름 궁전의 어느 정원, 자연석으로 쌓아놓은 돌탑 앞이었
다. 이 돌탑은 예술품으로 보아도 손색이 없었다. 갖가지 선언문을 발표한
서구 추상 예술가들도 미처 생각이 미치지 못한 '추상 개념'의 현현이자,
마르셀 뒤샹의 기성품의[1] 더할 나위 없는 예이며, 우발적이고 다채로운
구성에 대한 찬미였다. 또한 인간의 손길을 거치지 않은 자연미, 곧 우주
의 아름다움을 그대로 살려놓았다는 점에서, 현실의 탐구자인 예술가들의

---

1) 기성품(ready-made). 마르셀 뒤샹은 변기를 예술품이라고 전시한 바 있다. 일상생활에
쓰이는 물건도 얼마든지 예술품이 될 수 있다는 전위주의 예술관의 소산이었다. ―옮긴
이

'소재 선택권'을 웅변적으로 보여주었다. 산뜻하면서도 경박하지 않은 난징의 유려한 건축에 감탄했다. 무뚝뚝한 성벽 어둠 위로 하얗게 수놓아진 난창(南昌)의 견고한 중세식 성곽에도 감탄했다. 상하이의 수많은 인파에 파묻혔다. 서구식 정방형 도시와 달리 구불구불한 길이 많은데도, 상하이 사람들은 곡예를 부리듯 유쾌하게 나다녔다. 상하이의 제방에서는 사각 돛을 단 삼판2) 행렬을 몇 시간 동안 바라보았다. 그리고 후에 중국 상공을 아주 낮게 비행하면서 안개와 아지랑이, 제자리에 머물러 있는 듯한 구름과 노을이 중국 산수화가들의 상상력에서 차지하는 비중을 이해할 수 있었다. 또한 논에서 일하는 베옷 입은 농부들을 관찰하며 중국 예술에서 연두색, 분홍색, 황색 그리고 농담(濃淡)이 수행하는 기능을 깨달았다. 그러나 나는 착잡한 심정으로 서양으로 돌아왔다. 정말로 흥미로운 것들을 보았지만 내가 제대로 이해했는지 확신할 수 없었기 때문이다. 뜨거운 차를 파는 모퉁이 노점상 앞에서, 부채를 연상시키는 지느러미를 파닥거릴 때마다 울긋불긋해지는 생선 좌판대 앞에서 몇 시간이나 보내고도 이해 못했을 때의 착잡함을 느꼈다. 뜻도 모를 이야기꾼의 이야기를 들은 뒤에도 그랬다. 베이징 박물관에서 네 마리 용이 떠받치는 천구의를 보았을 때도 마찬가지였다. 지상의 괴물들의 문장(紋章)학적 꿈틀거림과 천체의 조화로운 기하학이 결합되어, 미적으로나 비례적으로나 기막힌 걸작이었지만 이 또한 잘 이해가 되지 않았다. 고대 천문대를 방문하여 중국인들이 독특한 도구로 천체를 관측하고, 케플러의 우주관을 능가했다는 사실을 알고 무척 놀랐을 때에도 같은 생각이 들었다. 거대한 문의 차가운 그림자와 큼지막하고 정감어린 창문들과 찌를 듯한 추녀로 이루어진 거의 여성적인 상하이 파고다 탑의 차가운 그림자에 몸을 감싼 뒤에도 마찬가지였다. 꼭

---

2) 삼판(三版). 중국의 거룻배. ─옮긴이

두각시극의 시계추같이 정확한 능란함에 경이로움을 느낀 뒤에도 그랬다. 그것들을 진정으로 이해하려면 어중이떠중이들의 수준, 즉 나 같은 여행자들이 이해하는 수준으로는 어림없었다. 중국어를 알고, 세계에서 가장 오래된 중국 문화에 대한 명확한 개념을 가지고 있어야 했다. 예컨대, 용과 탈의 명확한 의미를 알고 있어야 했다. 물론 나는 서구인의 눈으로 보면 오페라라고 할 수 있는 어느 연극에서 배우들의 믿기지 않는 곡예를 즐겼다. 이른바 '총체적 공연'에서만 가능한 최고의 수준이었다(우리의 극작가, 연출가, 무대 장치가도 이런 바람을 품고 있으나 결과는 그다지 만족스럽지 못하다). 하지만 결코 오페라 아닌 오페라 공연자들의 곡예는 나로서는 평생 이해 못할 또 하나의 중국어일 뿐이었다. 테오필 고티에의 딸 쥐디트는 스무 살에 중국어 읽는 법을 통달했다('중국어를 했다'고 보지는 않는다. 왜냐하면 '중국어'는 통용되지 않기 때문이다. 예를 들어 베이징어는 북베이징 외곽 100km 지역에서는 통하지 않는다. 그뿐만 아니라 광둥어나 상하이에서 사용하는 맛깔스러운 중남부 방언하고도 관계없다). 중국에서는 일반적인 의사소통 도구로 전 지역에서 한자를 공통적으로 사용할 뿐이다. 그러나 내가 중국 문명과 문화를 완전히 이해하려면 여생을 바쳐도 부족하다. 그러려면 우선 '텍스트 이해'가 필요하다. 언제 태어났는지조차 모를 정도로 오래전부터 대도시 베이징의 인근 수로와 경작지를 걷는 듯 마는 듯 유유자적하며 살고 있는 큼직한 거북, 장수를 상징한다는 그 거북의 딱딱한 갑골에 새겨진 텍스트에 대한 이해가 말이다.

II.

나는 이슬람 세계도 둘러보았다. 그지없이 평온한 풍경에 편안함을 느졌다. 농부와 가지 치는 일꾼들이 잘 다듬어 놓아 군더더기 하나 없는 풍경이었다. 분수 주변으로는 장미 넝쿨과 석류나무가 자랐다. 그래서 멋진 페르시아 세공품의 매력이 떠올랐다. 사실 나는 이란과 상당히 멀리 떨어진 곳에 있었고, 또 페르시아 세공품이 그 풍경과 관계가 있다고 확신할 수 없었지만 말이다. 창문도 없는 집들의 미로를 헤매며 조용한 거리를 거닐었다. 중앙아시아 특유의 신비로운 양고기 기름 냄새가 나를 호위하듯 따라다녔다. 이슬람 예술의 다채로운 표현에 감탄을 금치 못했다. 아직도 유효한 인물 묘사 금지라는 거대한 장벽에도 불구하고, 이러한 제약을 극복하고 재료의 결을 자유자재로 다루면서 혁신을 거듭하는 예술이었다. 재료의 결, 고즈넉한 기하학적 균형, 난마 같은 섬세함을 사랑한다는 점에서 이슬람 예술가들은 상상력을 통하여 독창적인 추상 세계를 구축한 표본이다. 이와 견줄 만한 것은 언젠가 멕시코에 갔을 때 미틀라 신전에서[3] 보았던 경이로운 정원뿐이다.(이슬람 예술가들은 지겨운 사실주의 논쟁에 초연한 자세를 취하는 엄격한 '추상' 예술이야말로 진정한 예술이라고 아직도 여긴다). 회교 사원의 날렵한 탑, 다채로운 색상의 모자이크, 드높고 낭랑한 구슬라[4] 소리에 감동했다. 그리고 다 구워지면 항아리 같은 빵 가마에서 무게를 못 이겨 툭 떨어지는 효모 없는 빵을 먹으면서 코란 이전까지 거슬러 올라가는 천년의 맛에 선연한 기분을 느꼈다. 바이칼 호처럼 형태, 색채, 윤곽에 있어 더없이 기기묘묘한 아랄 해 상공을 비행하면서 주변 산과 이국적인 동물들을 보고 감탄했다. 비록 먼 이국이지만 광활한 면적이나 자연 현상은 우리와 공통점이 많았다. 밀림의 재판인 끝없는 타이가 침엽수림도 그

---

3) 미틀라 신전(Templo de Mitla). 메소아메리카의 사포테카(Zapoteca) 문명 유적지로 오아하카(Oaxaca) 지방에 위치해 있다. -옮긴이
4) 구슬라. 남슬라브족 특히 세르비아, 보스니아 등지에 전해오는 1현 또는 2현의 류트형 찰현 악기이다. 9~10세기경에 서아시아에서 전래되었다고 추정된다. -옮긴이

렇고, 폭우가 쏟아지면 오리노코 강 유역이 5~6레구아5) 늘어나듯, (이바 노프의6) 말을 빌리면) 예니세이 강도 5레구아나 늘어난다고 한다. 그럼에 도 불구하고, 돌아올 때는 알고 싶은 것을 절반밖에 이해하지 못했다는 생각에 마음이 착잡했다. 언뜻 본 이슬람 세계를 이해하기 위해서는, 상이 한 정치적 상황은 접어두더라도 그들이 사용하는 언어를 알아야 했다. (에 스파냐어로 읽은 『루바이야트』, 알라딘이나 신드바드의 모험 이야기, 발 라키레프의 〈타마라〉, 림스키코르사코프의 〈셰에라자드〉나 교향곡 〈안타 르〉 등보다 더 체계적인) 문학 전통도 알 필요가 있었다. 철학에 대한 지 식도 필요했다. 철학다운 철학 말이다. 그리고 숱한 정치적 사건들은 망각 되었어도, 조상 대대로 이 광대한 지역의 정신을 지배해 온 위대한 영지 (靈知) 문학도 알 필요가 있었다. 그러나 알고 싶어도 반밖에 이해할 수 없 었다. 왜냐하면, 그곳의 언어를 혹은 언어들을 모르기 때문이었다. 서점에 서는 비밀스러운 기호로 그린 듯한 제목 때문에, 마치 연금술 서적을 연 상케 하는 책들과 부닥뜨렸다. 그 기호를 아는 것이 내 소원이었다. 산스 크리트어나 고전 히브리어를 대할 때처럼 내 무식이 창피했다(여담이지만, 내가 젊었을 때는 라틴아메리카 대학에서 가르치지 않던 언어들이다. 당시 새로 대두된 실용주의로 인해 그리스어와 라틴어조차 인텔리의 한가한 여흥쯤으로 여겨 곱지 않은 시선을 보낼 때였다). 로망스어였으면, 라틴아메리카인은 단 몇 주간 현지에 체류하는 것으로 충분했을 것이다(부쿠레슈티에 도착해서 입증된 일이다).7) 매 일 아침 현지 이슬람 신문에서 그림이나 진배없는 판독 불가능한 기호를 대할 때마다 다시금 가슴이 미어졌다. 이슬람 문화의 다채로운 갈래, 양

---

5) 레구아(legua). 거리의 단위로 1레구아는 약 5.5km. ―옮긴이
6) 브세볼로트 이바노프(Vsévolod Ivanov, 1895~1963). 자연주의에 가까운 생생한 사실 주의로 유명했던 러시아 작가. ―옮긴이
7) 루마니아어도 라틴어에서 파생된 언어들을 통칭하는 로망스어에 속한다. ―옮긴이

식, 지리적 분포, 서로 다른 방언에 대한 확고하고 보편적이며 총체적인
통찰력을 얻으려면 여생을 바쳐도 불가능하다는 생각이 든다(설령 20년 동
안 연구를 했다고 '무엇'인가를 안다고 자부할 수 있을까?). 눈앞에 드러나는 어떤
위대함에 왜소해지는 것을 느꼈다. 그러나 나는 과연 그것이 얼마나 위대
한지 혹은 그 속에 담긴 진정한 뜻이 무엇인지도 모른다. 그렇게 기나긴
여행을 마치고 돌아왔건만 이슬람 문화의 기원, 현재의 모습과 변천 양상
에 담긴 보편성을 동포들에게 설명할 방법이 없다. 이슬람 세계에 대한
필수적인 지식이나 정통한 견해를 얻으려면, 나뿐 아니라 대부분이 평생
전문적인 연구를 수행해야 할 것이다.

III.

긴 여행에서 돌아오는 길에 러시아에 머물렀다. 러시아어를 모르기는
했는데 '이해능력 부족'이라는 느낌은 크게 줄었다. 바로크식이며 이탈리
아식이고 러시아식이기도 한 상트페테르부르크의 훌륭한 건축물을 본다
는 생각만으로도 즐거웠다. 기둥은 물론 기둥 장식도 낯익었다. 건물 전면
의 걸출한 아치를 보고 비트루비우스, 비뇰라, 나아가 피라네시의 건축술
을 떠올렸다.[8] 로마에 살던 이탈리아의 건축가 라스트렐리가[9] 여기 와서
머물렀던 탓이다. 네바 강 강변에 솟은 뱃부리 장식 기둥들은 나의 유산
이나 마찬가지였다. 그윽하도록 푸르고, 물거품 일 듯 하얀 겨울 궁전은
바로크 정신과 물 내음 풍기는 친숙한 목소리로 내게 말했다. 강 건너편

---

8) 각각 로마 시대, 16세기, 18세기의 이탈리아 건축가들이다. ‒옮긴이
9) 바르톨로메오 프란체스코 라스트렐리(Bartolomeo Francesco Rastrelli, 1700~1771).
   이탈리아의 건축가로 상트페테르부르크 도시 경관의 서구화에 기여했다. ‒옮긴이

에는 표트르파블로프스크 요새가 낮익은 그림자를 드리우며 윤곽을 드러 냈다. 이게 전부가 아니었다. 예카테리나 여제는 디드로의 친구이자 보호 자였다. 포템킨은10) 아메리카 독립의 선구자인 베네수엘라인 미란다(Francisco de Miranda)의 친구였다. 치마로사는11) 러시아에서 살면서 작곡을 했 다. 게다가 모스크바 대학은 18세기에 「위대한 북극 오로라에 대한 송가」 를 쓴 시인 로모노소프의 이름을 따고 있다. 이 송가는 과학적이고 백과 전서파적 경향을 띤 18세기 시 가운데 가장 훌륭한 작품인데, 문체보다는 정신적인 면에서 퐁트넬이나 볼테르와 깊은 관련이 있다. 푸시킨 하면 오 페라 〈보리스 고두노프〉가 떠오른다. 30년 전쯤, 나는 부에노스아이레스 콜론 극장 공연에서 보리스 역을 맡은 성악가의 부탁을 받고 엉망이던 프 랑스판 〈보리스 고두노프〉의 화음을 손질해 준 적이 있다. 투르게네프는 플로베르의 친구였다(플로베르는 그를 두고 감탄조로 "내가 아는 최고의 바보"라고 말한 바 있다). 도스토옙스키는 앙드레 지드의 수필을 통해 알게 되었다. 톨 스토이를 처음 접한 것은 1920년경 멕시코 교육부가 편찬한 단편집을 읽 었을 때였다. 번역이 잘 됐든 못 됐든 레닌의 『철학 강의』를 통해서 헤라 클레이토스, 피타고라스, 레우키포스를 알게 되었고, 심지어는 "멍청한 유 물론자보다는 차라리 관념론자가 낫다"라는 구절도 접했다. 표트르 대제 동상을 무대 장식으로 사용하는 볼쇼이 공연을 보고 에르미타슈 박물관의 위층 맨 끝 홀에 들러보고 싶었다. 그곳에는 세로프가 그린 무용가 루빈 스타인의 초상화가 걸려있다. 어떻게 보면 정감이 넘쳐흐르고, 또 어떻게 보면 매정하기 이를 데 없는 기묘한 그림이다. 또한 발레의 거장 세르게 이 디아길레프와, 1915년경부터 매년 아바나에 가서 쿠바인에게 클래식

10) 그레구아르 알렉산드로로위치 포템킨(Grégoire Alexandrowitch Potemkine, 1739~ 1791). 예카테리나 여제의 연인이자 권신. ―옮긴이
11) 도메니코 치마로사(Domenico Cimarosa, 1749~1801). 이탈리아의 작곡가. ―옮긴이

무용의 탁월한 기법을 전수한 안나 파블로바의 초상화도 보았다. 뜻밖에
도, 서구 음악의 모든 작곡 원칙에 의문을 제기한 스트라빈스키의 〈봄의
제전〉 무대 장치가이자 각색자인 뢰리치에 대한 대대적 회고전을 관람했
다. 상트페테르부르크와 모스크바에서 건축, 문학, 연극 등 내가 '완벽하게
이해할 수 있는' 세계와 다시 만난 것이다. 일정한 문화적 경계를 벗어나
면 메커니즘이나 기법을 이해하는 데 숙맥인지라 나도 이번만큼은 이해할
수 있었다는 말이다(어느 날 베이징에서 라마승이 탄트라 불교 교리와 맑스주의가
동일하다고 주장했을 때, 또 얼마 전 파리에서 배울 만큼 배운 아프리카 출신 지식인이
역사적 유물론의 관점에서 부족의 마술적 의식을 논했을 때 얼마나 이해하기 힘들었던
가?) 인간의 삶이란 자기가 살고 있는 지구의 한 부분만을 겨우 알고, 이해
하고, 설명하는 데도 모자란다는 생각이 점점 절실해졌다. 그렇다고 다른
세계에서 일어나는 일에 호기심을 두면 안 된다는 이야기는 아니다. 다만,
호기심은 대개 올바른 '이해'로 발전하지 못한다는 말이다.

IV.

나는 프라하만큼 종교개혁과 대항종교개혁의 드라마가 항구적이며 웅
변적으로 자취를 남긴 도시는 없다고 생각한다. 시가지 한 편에는 견고하
고 늠름한 틴 성당이 창살처럼 곧추서 있고, 소박한 중세 슬레이트로 뒤
덮인 베들레헴 성당의 가파른 지붕이 보인다. 베들레헴 성당은 그 옛날
종교개혁가 얀 후스의 단호하고 쩌렁쩌렁한 음성이 울려 퍼진 곳이다. 도
발적인 틴 성당의 뾰족 아치가 마주 보이는 도나우 강 건너편, 카를 다리
끝에 위치한 클레멘티눔 안에는 성 살바토르 성당이 자리 잡고 있다. 덩

굴이 감아 올라가는 듯 육감적인 바로크 양식 성당이다. 이 성당은 성인, 사제, 순교자, 박사들이 미사용 의관을 정제하고 일사불란하게 어우러진 화려한 예수교 무대를 방불케 한다. 성당이라기보다 극장 같다. 그리하여 마치 타보리트 파의 찬미가에 담긴 민중적·민족적 체코어에 대한 라틴어의 잠정적 승리를 소리 높이 외치는 듯하다.[12] 위쪽에 있는 성채에는 유명한 대관 창외방출 사건이[13] 있었던 창문이 있다. 아래편 말라스트라나 지구의 발렌슈타인 궁 알현실 평면 천장에는 최후의 위대한 용병 대장이[14] 30년 전쟁의 요란한 교향악을 새겨 놓았다. 전쟁의 알레고리인 갑옷, 군모 깃털 장식, 깃발 등에 뒤섞인 뿔피리, 북, 나팔 등이 성대히 형상화되어 있다. 거기서 나는 실러의 유명한 삼부작 『발렌슈타인』을 깊이 이해할 수 있었다. 다시 말해서, 실러가 주인공도 없이 '몇몇 크로아티아인', '몇몇 창기병', '나팔수', '신병', '카푸친 수도회 수사', '보급병' 등이라고 이름 붙인 등장인물만을 내세운 기묘한 희곡을 집필했는지 알 수 있었다. 그것이 전부가 아니다. 프라하의 돌마다 종교개혁과 대항종교개혁의 자취가 서려 있다면, 모든 건물과 장소 역시 현실과 비현실, 환상과 실재, 풍문과 사건의 양극단 사이에 영원히 정지해버린 과거사를 이야기한다. 우리는 연금술사 파우스트가 처음으로 출현한(상상의 출현일지도 모르지만) 곳이 프라하임을 알고 있다. 장차 사람들은 우주학자 케플러의 집을 방문하기 전에, 티코 브라헤가 완벽할 정도로 정교하게 만든 천문학 도구를 살펴볼 것이다. 또 샤를마뉴 대제의 영지였던 프라하에는 아직도 '현자의 돌'을

<hr />

12) 타보리트 파. 얀 후스의 추종자들로 민족정신을 고취하고 체코어를 보존하려 했다. ─옮긴이
13) 대관(代官) 창외방출 사건. 보헤미아의 프로테스탄트들이 가톨릭 대관 두 명을 궁전 창밖으로 내던진 사건. 30년 전쟁(1618~1648)을 촉발한 사건이다. ─옮긴이
14) 천장화를 그린 예술가를 비유한다. ─옮긴이

구하는 사람들, 즉 엘릭시르(elixir)를 제조하려는 이들이 살면서 증류기와 고로를 고이 간직하고 있다. 프라하에서는 골렘 전설을 떠올리는 이들도 많다. 골렘은 어느 현명한 랍비가 만들어 유대인 공동묘지와 예배당 근처에서 일을 시켰다는 로봇이다. 그리고 무엇보다도 기이한 것은, 3월 하순의 삭풍에 히브리어 비문이 번득이는 천 오륙백 개의 비석이 마치 경매에 부쳐진 듯 여기저기 무질서하게 늘어선 유대인 공동묘지가 협소한 스타포프스키 극장과 어깨를 나란히 하고 있다는 점이다. 이 극장이 바로 1787년 어느 날, 모차르트의 파우스트적 작품 〈돈 지오반니〉를 초연한 곳이다. 묘하게도 '초대된 석상 전설'을15) 전혀 믿지 않던 계몽의 세기를 살던 천재 음악가가 성찬신비극을 만들었다. 물론 그때에도 청동으로 만든 주교와 박사들은 극장 근처의 살바토르 성당이라는 화려한 신학적 무대에서 춤을 추고 있었지만 말이다.

프라하에는 절반쯤이라도 이해하는 이에게 침묵하는 돌은 없다. 문학에서 정치에 이르기까지 모든 사건과 논쟁에 끼어드는 샤미소의16) 주인공처럼, 길모퉁이와 골목 어귀 어귀마다 그림자조차 없는 듯한 조용하고 푸근한 카프카의 자취가 드러난다. 카프카는 "어느 전투를 묘사하려고" 하다가 뜻하지 않게, 갖가지 가능성과 신비가 서려 있는 프라하의 분위기를

15) 초대된 석상(convidado de piedra) 전설. 〈돈 지오반니〉의 기원이 된 에스파냐의 전설이다. 전설에 따르면, 바람둥이 돈 후안(돈 지오반니)이 귀족 가문의 한 소녀를 유혹하다가 딸을 위해 복수하려는 그녀의 아버지를 죽이게 된다. 후에 그의 묘에 세워진 석조 인물상을 보고 참회는커녕 장난삼아 석상을 저녁 식사에 초대하는데, 돌로 된 유령은 돈 후안의 죽음을 알리는 전령이 되어 식사 시간에 정확히 도착한다. 돈 후안은 석상에게 회개를 종용받았지만 이를 거부하다가 지옥으로 떨어진다. 에스파냐의 극작가 티르소 데 몰리나(Tirso de Molina)가 희곡 『세비야의 바람둥이』(El burlador de Sevilla, 1630)에서 처음으로 '초대된 석상 전설'을 문학화한 이후 숱한 작품들이 이 전설을 다루었고, 마침내 〈돈 지오반니〉를 통해 음악화되기까지 했다. -옮긴이
16) 아델베르트 폰 샤미소(Adelbert von Chamisso, 1781~1838). 독일의 낭만주의 시인. -옮긴이

비유적이고 간접적인 방식으로 전달함으로써 우리에게 커다란 감동을 주었다. 1911년에 쓴 카프카의 『일기』를 보면, 체코 교(橋) 오른쪽 계단을 보고 감동했다고 한다. "자그마한 삼각형 창문을 통해"(온갖 환상적 건축이 어우러진 프라하 같은 곳에나 '삼각형 창문'이 있을 수 있다) 유명한 대관 창외방출 사건이 발생한 바로 그 창으로 통하는 계단을 보고 생생한 바로크의 정취를 체험했다고 적고 있다. 카프카를 뒤로 하고 라이프치히로 갔다. 상상의 마차를 타고 시간을 거슬러 올라가면 오르간 하나가 기다리고 있다. 훗날 바흐의 부인이 된 안나 막달레나는 이 오르간 뒤에서, 영감이 샘솟는 용과 같은 바흐를 발견하고 전율을 느꼈다. 그곳에서 소규모 악단과 성가대가 불렀던 수난곡은 우리 아메리카 사람들과 아주 직접적인 관련이 있다. 수난곡은 지난 2세기 동안 번성하고 대규모화되었고, 악보와 악단과 음반을 통해 대서양을 건너 아메리카로 건너왔다. 브라질의 에이토르 빌라 로부스(Heitor Villa-Lobos)는 카리오카나 바이아의 바투카다에서[17] 영감을 얻어 몇몇 곡을 작곡했는데, 바투카다와 수난곡 모두 알레그로 풍이라는 데에 착안하여 〈브라질 풍의 바흐〉라고 이름 붙였다. 다시 상상의 마차를 타보자. 마부는 모차르트 음악이나 서정시인 뫼리케의 시에 자주 등장하는 뿔피리를 울리며 괴테가 살던 바이마르로 데려간다. 괴테 저택에서는 어마어마한 그리스 조각 복제품들이 우리를 맞이한다. 사원 같은 곳에나 어울릴 웅장한 규모지만, 괴테는 체스판만 펼쳐놓아도 손님들이 빙 둘러 갈 정도의 작은 방에 놓아두었다. 바이마르 저택 좁은 방에 머리를 들이민 그 거대한 그리스 신상(실제로 두상들이다) 앞에서 나는 라틴아메리카에서 흔히 볼 수 있는 위압적인 광경을 떠올렸다. 정부 청사 현관에 들어서

---

17) 바투카다(batucada). 아프리카에서 유래한 춤의 통칭인 바투키의 리듬이나 노래를 바투카다라고 부른다. 삼바 리듬의 기원이 되었다. ―옮긴이

면 보통 키가 사람 두세 배나 되고 풍채가 어마어마한 위인 동상이 천장을 찌르듯 버티고 서있는 광경 말이다. 심지어 아바나의 국회의사당(Capitolio)에도 공화국을 상징하는 몇 톤이나 되는 청동제 흉상들이 있다. 키클로페스만큼[18] 어처구니없는 규모라 카프카의 거인이 그 옆에 서 있다 할지라도 눈에 잘 띄지 않을 것이다.

V.

라틴아메리카로 돌아오자 더 많은 사실을 이해할 수 있었다. 『돈키호테』는 두말할 나위 없는 우리의 유산이지만, 돈키호테가 『노동과 나날』의 여러 시대를 거론하며 양치기들에게 연설하는 대목을 읽으며 에스파냐어를 배운 기억이 새삼스러웠다.[19] 베르날 디아스 델 카스티요의 위대한 연대기는 사실적이고 신빙성 있는 유일한 기사 로망스이다.[20] 이 작품의 마법

---

18) 키클로페스(Cyclopes). 그리스 신화의 외눈박이 거인. ―옮긴이

19) 『노동과 나날』은 기원전 700년경의 시인 헤시오도스의 작품이다. 그는 인류의 역사를 금의 시대, 은의 시대, 동의 시대, 철의 시대로 나누었다. 돈키호테가 편력 중에 양치기들에게 장광설을 늘어놓으면서 이 작품의 시대 구분을 언급한 바 있다(『돈키호테』 1부 11장). ―옮긴이

20) 베르날 디아스(Bernal Díaz del Castillo, 1492~1584). 에르난 코르테스(Hernán Cortés)의 아스테카 정복(1519~1521)에 참여한 군인. 당시 아메리카 대륙을 정복한 에스파냐 군인들의 정신 세계는 기사 로망스에 사로잡혀 있었으며, 정복 자체를 기사의 무훈처럼 여겼다고 한다. 베르날 디아스는 만년에 회고록 형식으로 『누에바에스파냐의 진짜 정복사』(Historia verdadera de la conquista de la Nueva España, 1632)라는 연대기를 저술함으로써 귀중한 사료를 남겼다. '누에바에스파냐'는 대체로 오늘날의 멕시코를 가리키던 지명이다. '연대기'는 16~17세기 신대륙을 정복하고 탐험하고 여행한 이들이 자신의 경험이나 타인의 경험에 기초하여 저술한 정복사, 여행기, 원주민 문명의 역사 등을 통칭하는 용어이다. 연대기는 귀중한 사료이기도 하지만 사실과 허구가 교묘하게 뒤섞인 문학 작품이기도 하다. ―옮긴이

사들과 희한한 동물들은 실제로 존재하였다. 미지의 도시, 강물 속의 용, 눈과 구름에 덮인 기괴한 산들도 그렇다. 베르날 디아스 자신은 꿈에도 생각하지 못했겠지만, 사실 그는 아마디스, 벨리아니스, 플로리스마르테 같은 에스파냐 기사 로망스 주인공들의 무훈을 넘어섰다. 초록빛 새들의 깃털로 왕관을 만들어 쓴 군주, 태초의 초목, 먹어본 적도 없는 음식, 선인장과 야자수 음료 등이 있는 세계를 발견한 것이다. 그러나 그 세계에서 독특한 사건들이 일어난다는 점은 몰랐을 것이다. 나는 30세기에 걸친 유산을 짊어지고 있다. 아무리 황당무계한 사건들이 있었고 아무리 많은 죄가 저질러졌더라도, '라틴아메리카의 특징'은 '자신'의 역사를 통해 확립되었다는 사실을 인정할 수밖에 없다. 비록 이 특징이 가끔은 진짜 괴물들을 탄생시킬 수도 있지만 말이다. 그러나 그에 대한 보상이 따르게 마련이다. 볼리비아의 독재자 멜가레호는 애마 올로페르네스에게 맥주 몇 통을 들이키게 했다. 하지만 동시대 카리브 해에서는 프랑스 인상파 화가에 대해, 전 세계 언어를 통틀어 손꼽히는 에세이를 능히 쓴 호세 마르티가 출현했다. 중앙아메리카는 문맹자투성이인데도 불구하고 에스파냐어의 모든 시적 표현을 혁신한 루벤 다리오를 낳았다. 또, 1세기 반 전에는 해방된 지 3주밖에 안 된 노예들에게 소외이론을 설명한 이가 있었다. 시몬 로드리게스처럼[21] 『에밀』의 교육 체제를 이곳에 구현하려던 이도 있었다. 글을 깨우치고, 책을 이해하고(즉 코드를 이해하고), 이를 바탕으로 신분 상승을 고대한 이곳에서 말이다. 안장도 등자(鐙子)도 없는 볼품 없는 말을 타고 나폴레옹의 창기병 전술을 펼치려던 이도 있었다. 산타마르타에서[22]

---

21) 시몬 로드리게스(Simón Rodríguez, 1769~1854). 독립기 베네수엘라의 교육가. ―옮긴이

22) 산타마르타(Santa Marta). 콜롬비아 카리브 해안에 위치한 도시. 강력한 공화정을 정착시키려다 독재자로 몰려 실각한 시몬 볼리바르가 사망한 곳이다. ―옮긴이

시몬 볼리바르가 느낀 프로메테우스적 고독, 달 밝은 밤 안데스 산맥에서 9시간 동안 펼쳐진 칼싸움, 티칼의 피라미드, 보남팍 밀림의 프레스코화, 아직도 풀리지 않는 티와나쿠의 수수께끼, 몬테 알반의 장엄한 광장,23) 구상적 요소를 철저하게 배격한 미틀라 사원의 추상적인, 너무나도 추상적인 아름다움 등등, 열거하자면 끝이 없으리라. 그래서 나는 '경이로운 현실'(lo real maravilloso) 개념이 처음 떠올랐을 때에 대해 이야기하려 한다. 1943년 말경 앙리 크리스토프의24) 왕국을 둘러볼 행운이 있었다. 그야말로 시적인 상수시 궁 유적과, 벼락과 지진에도 꿋꿋이 버틴 육중한 라페리에르 성채를 보았다. 또 식민지시대 카프프랑세라 불리던, 노르망디 풍이 완연한 도시 카보를 둘러본 것도 행운이었다. 이곳에는 기나긴 발코니가 딸린 집이 그 옛날 나폴레옹의 여동생 폴린 보나파르트가 살던 석조 궁전과 연결되어 있다. 코르시카에서 그렇게 머나먼 곳에서 폴린 보나파르트와 조우했다는 것이 계시가 되었다. 시간을 초월하여 어제와 오늘의 이모조모를 연관시키며 아메리카만의 어떤 독특한 공시성을 정립할 가능성을 보았던 것이다. 30여 년 전, 올바른 이해나 평가를 하지 못하는 곳으로 태양의 운동 방향을 거슬러 우리의 진실을 유럽으로 가져가려던 이들에 맞서, 유럽의 어떤 진실을 우리 세계에 도입할 가능성을 보았다(폴린은 나의 안내인이었고, 내가 인물탐구 에세이집을 쓸 때 첫 번째 글에서 다루었다. 카노바의 <비너스>를 다룬 글이다. 에세이에서 다룬 비요-바렌, 콜로 데르부아,25) 빅토르

---

23) 티칼, 보남팍, 티와나쿠, 몬테 알반 등은 라틴아메리카 고대 문명 유적지이다. ―옮긴이

24) 앙리 크리스토프(Henry Christophe, 1767~1820). 흑인 노예 출신으로 독립 전쟁에서 공을 세운 후, 1811년 아이티 북부 지방에서 앙리 1세라 칭하며 등극했다. 카르펜티에르의 『지상의 왕국』(El reino de este mundo, 1949)의 주요 인물이기도 하다. ―옮긴이

25) 자크 니콜라 비요 바렌(Jacques Nicolas Billaud-Varenne, 1756~1819)과 장 마리 콜로 데르부아(Jean-Marie Collot d'Herbois, 1749~1796)는 프랑스혁명 당시 로베스피에르보다도 급진적인 노선을 주장한 인물들이다. 왕정을 무너뜨리고, 온건파 당통을

위그26) 등은 아메리카판 계몽의 빛을 다룬 나의 소설 『계몽의 세기』의 등장인물이 된다). 아이티의 그윽한 매력을 느끼고,27) 중부 고원의 불그스름한 길에서 마술적 계시를 받고, 아이티인의 의식에 쓰이는 페트로와 라다의 북소리를 듣고 난 후, 나는 막 체험한 경이로운 현실과 지난 30여 년 동안 부질없이 경이로움을 창조하려던 초현실주의와 비교하게 되었다. 브로셀리안다 밀림에 관한 진부한 상투어, 원탁의 기사, 마법사 멀린, 아서 왕 전설 시리즈를 통해서나 추구하던 경이로움이었다. 그것은 시장바닥 공연자들의 연기와 기형적 모습이 겨우 암시하는 경이로움이기도 했다. 젊은 프랑스 시인들은 랭보가 이미 그의 「언어의 연금술」에서 작별을 고한 장터 축제(fête foraine)의 양상과 광대들에게 질리지 않을까? 결코 어울리지 않는 물건들을 결합해 눈속임 요술 같은 경이로움을 추구했다. 가령 각종 초현실주의 전시회가 자아내는 경이로움이 그렇다. 우산과 재봉틀이 해부대 위에 우연히 같이 놓여 있는 진부한 사기극,28) 족제비 같은 수저를 만들어내는 모터, 비 내리는 택시 속의 달팽이, 어느 미망인의 국부에 들어선 사자 머리 따위를 볼 수 있다. 그렇지 않으면 고작 문학적 경이로움에 불과하다. 사드의 『쥘리에트』의 왕, 알프레드 자리의 정력적인 인물, 매튜

처형대로 보내고, 로베스피에르마저 실각시켰다. 그러나 자코뱅 정권이 무너지자 둘 다 프랑스령 기아나로 추방당했다. 비요-바렌은 1817년 아이티에 정착했다. ─옮긴이

26) 빅토르 위그(Victor Hugues, 1762~1826). 프랑스혁명 사상에 영향을 받아 카리브 해의 과달루페 섬을 자코뱅 식으로 다스렸다. 바로 뒤에 언급되는 카르펜티에르의 『계몽의 세기』(Siglo de las luces, 1962)의 주요 인물이다. ─옮긴이

27) 여기서부터 나의 소설 『지상의 왕국』의 서문이 시작된다. 몇몇 소소한 부분 외에는 오늘날에도 여전히 유효한 글이라고 믿지만, 뒤에 나온 판들에서는 제외되었다. 15년 전까지만 해도 우리에게 있어 초현실주의는 모방에만 급급한 잘못 수용한 개념이었다. 이제는 그렇지는 않다. 그러나 우리에게는, 점점 확연해지는 전혀 다른 성질의 '경이로운 현실'이 존재하고, 우리 대륙의 몇몇 젊은 소설가 작품 세계에서 융성하고 있다.

28) 로트레아몽의 시 구절 중에 "해부대 위의 우산과 재봉틀의 만남처럼 아름다운 것은 없다"라는 구절이 있다. ─옮긴이

루이스의 수도사, 아니면 영국 괴기소설의 유령, 벽 속의 사제, 늑대인간, 성문에 못 박힌 손 등의 소름 끼치는 장치를 들 수 있다.

그러나 억지로 경이로움을 자아내려다 보니 관료주의에 빠져버리고 만다. 꿀처럼 녹아내리는 시계, 재봉사의 마네킹, 어정쩡한 남근 조형물 등등, 그림을 허접 쓰레기로 만드는 상투적 공식 때문에 경이로움은 해부대 위의 우산, 가재, 재봉틀 따위 혹은 처량한 방 안, 바위 사막 등에 그친다. 우나무노는 상상력이 빈곤해서 공식 따위나 암기한다고 말하곤 했다. 요새는 환상적 공식도 있다. 로트레아몽의 『말도로르의 노래』가 최고의 현실 전도로 내세우는 '무화과나무가 삼킨 당나귀'라는 원칙에 입각한 공식이다.29) 앙드레 마송의30) 「나이팅게일에게 위협받는 아이들」 혹은 「새를 삼키는 말」은 많은 것을 빚지고 있다. 그러나 마송이 카리브 해 마르티니크 섬의 밀림을 그리고자 했을 때는, 수풀이 한바탕 얽혀지고 과실이 농염하게 흐드러진 현실의 경이로움에 압도되어 화폭을 앞에 둔 채 거의 무기력해졌다. 오로지 아메리카의 화가, 쿠바인 위프레도 람만이 열대 식물의 마법, 자유분방한 자연의 창조, 즉 자연의 모든 변화무쌍함과 공생(simbiosis)을 화폭에 옮길 수 있었다. 그리하여 독특한 표현의 기념비적 현대 회화 작품들을 남겼다. 반면에 가령 탕기31) 같은 이는 25년 전부터 똑같은 회색 하늘을 배경으로 똑같은 화석화된 애벌레를 그린다. 나는 이 기막힌 상상력의 빈곤 앞에서 초현실주의 제1세대를 우쭐거리게 만들었던 "앞을 보지 못하는 그대들이여, 보는 자들을 상상해 보시오"라는 말을

---

29) 카르펜티에르는 로트레아몽을 여러 번 비꼬는데, 이는 초현실주의와 거리를 두기 위해서이다. 주지하다시피, 초현실주의는 로트레아몽을 선구자로 꼽으며 예찬하였다. -옮긴이

30) 앙드레 마송(André Masson, 1896~1987). 프랑스의 화가로 초현실주의 운동에 동참했다. -옮긴이

31) 이브 탕기(Yves Tanguy, 1900~1955). 프랑스 출신의 미국 현대화가. -옮긴이

반복하고 싶은 충동이 인다. "막 사망한 미인의 시체를 범하는 일에 쾌락을 느끼는 청년들"(로트레아몽)이 아직 너무 많다. 진짜 경이로움은 살아있는 미인을 범하는 데 있음을 깨닫지 못하고 말이다. 힘 하나 안들이고 마술사로 둔갑한 이들은 대개, 경이로움이 경이로움다우려면 우선 일종의 '한계 상황'(estado límite)에 다다를 만큼 신들린 상태에서 특별히 강렬하게 현실을 지각해야 한다는 사실을 잊어버린다. 현실의 예기치 않은 변화(기적), 현실에 대한 각별한 계시, 미처 깨닫지 못한 현실의 풍요로움을 제공하는 예사롭지 않거나 특별한 깨달음, 현실의 층위와 범주의 확장 등을 이 '한계 상황'에서 경험할 때 진정한 경이로움이 발현된다. 경이로움은 무엇보다도 믿음(fe)을 요한다. 성인을 믿지 않으면 성인의 기적을 통해 치유되지 않는다. 돈키호테가 아니라도 몸과 마음 심지어 재산까지 바쳐가면서 기사 로망스의 아마디스 데 가울라나 백기사 티랑의 세계에 빠져들수 있다.[32] 세르반테스 시대에는 늑대인간의 존재를 믿었기 때문에, 그의 『페르실레스와 세히스문다의 역경』(Los trabajos de Persiles y Segismunda)에 나오는 늑대로 변한 이들에 대한 루틸리오의 몇몇 구절이 놀라울 정도로 그럴 듯하다. 또한 마녀의 망토를 타고 토스카나에서 노르웨이까지 간 등장인물의 여행도 그렇다. 마르코 폴로는 발톱에 코끼리를 채고 나는 새가 있음을 인정했고, 루터는 악마와 정면으로 맞닥뜨리자 머리를 향해 잉크병을 집어던졌다. 경이로운 책을 취급하는 서적상들의 단골 메뉴인 빅토르 위고는 도버 해협의 건지 섬에서 죽은 딸 레오폴디느와 대화를 나누었

---

32) 아마디스 데 가울라는 15세기 에스파냐에서 폭발적인 인기를 누려 기사 로망스의 대표작으로 꼽히는 『아마디스 데 가울라』(Amadís de Gaula, 1508)의 주인공이다. 가르시 로드리게스 데 몬탈보(Garci Rodríguez de Montalvo)가 쓴 것으로 추정한다. 백기사 티랑은 J. 마르토렐(Joanot Martorell, 1410?~1468)의 『백기사 티랑』(Tirant lo blanch)의 주인공이다. ─옮긴이

다고 확신했기에 유령을 믿었다. 해바라기에서 계시를 얻은 반 고흐는 해바라기에 대한 믿음만으로 충분히 깨달음을 화폭에 옮길 수 있었다. 그러므로 초현실주의자들이 그 오랜 세월 동안 그랬던 것처럼 불신(descreimiento) 상태에서 논하는 경이로움은 일종의 문학적 속임수(artimaña literaria)에 지나지 않는다. 믿지도 않으면서 '조작된' 몽환 문학이나 광기 예찬을 내내 써먹으면 정말 지겨울 뿐이다. 물론 그렇다고 해서, 요새는 천박한 정치적 의미를 띠는 사실주의로의 복귀가 옳다는 것은 아니다. 이는 요술사의 눈속임을 '참여' 문학가의 공통 관심사나 실존주의자들의 말세적 즐거움 따위로 대체하는 것에 불과하기 때문이다. 그러나 사디스트도 아니면서 사디즘을 예찬하고, 성불구이기 때문에 정력적인 인물을 찬미하며, 영혼의 응답을 믿지도 않으면서 주문을 외우는 시인이나 예술가에게는 분명 변명의 여지가 별로 없다. 또 진정한 신비주의를 잉태할 능력도 없고, 어쭙잖은 습관을 버리고 영혼을 불사를 믿음도 없으면서 성인(聖人)이나 계시 혹은 결코 성취한 적도 없는 밀교적 목적을 내세워 비밀결사체, 문학 파벌, 같잖은 철학 그룹을 형성하는 이들도 마찬가지다.

이 점은 아이티에 머무르면서 '경이로운 현실'이라 부를 수 있을 그 어떤 것과 일상적으로 접하게 되었을 때 특히 명백해졌다. 자유를 염원하는 수천 명의 사람들이 막캉달의[33] 변신 능력을 믿던 땅을 나는 밟고 있었다. 그 집단적 믿음은 막캉달이 처형된 날 기적을 일구어낼 정도였다. 나는 이미 자메이카의 도사 부크만에[34] 대한 불가사의한 이야기를 알고 있

---

33) 프랑수아 막캉달(François Mackandal, ?~1758). 아이티의 도망 노예 지도자로 『지상의 왕국』의 주인공이다. -옮긴이

34) 듀티 부크만(Dutty Boukman, ?~1791). 자메이카와 아이티에서 노예 생활을 하다가 도망 노예들의 지도자이자 부두교 사제로 변신했고, 나중에는 아이티 독립 운동에도 참여했다. -옮긴이

던 터였다. 피라네시의 『상상의 감옥들』에서나 예고되었을 뿐 건축학적으로 유례가 없는 라페리에르 성채에 가 보았다. 앙리 크리스토프가 창조한 분위기도 호흡해보았다. 그는 믿기 어려울 정도로 집착이 강한 군주였다. 상상 속의 전제정치나 사모했지, 전제정치의 열병까지 앓지는 않았던 초현실주의자들이 창조한 그 어떤 잔혹한 왕보다 훨씬 더 놀라웠다. 나는 걸음을 옮길 때마다 '경이로운 현실'을 발견했다. 게다가 아이티에만 '경이로운 현실'이 실제로 존재하고 효력을 지니고 있는 것이 아니라는 점에 생각이 미쳤다. '경이로운 현실'은 가령 아직 우주발생론조차 다 정리하지 못한 전체 아메리카의 유산이다. 대륙의 역사에 한 획을 긋고 이름을 남긴 인물들의 발자취에 '경이로운 현실'은 존재한다. 영원한 젊음의 샘, 황금의 도시 마나우스를[35] 찾고자 한 사람들로부터 정복 초기의 몇몇 반란자나, 독립 전쟁 때의 여성 대령 후아나 데 아수르두이(Juana de Azurduy) 같이 신화적 행적을 남긴 근대적 영웅에 이르기까지 말이다. 1780년에도 주도면밀한 몇몇 애스파냐인이 엘도라도를 찾고자 앙고스투라에서 출발해 모험을 감행한 일을 늘 의미심장하게 생각했다. '이성 만세!', '통령 만세!'를 부르짖던 프랑스혁명 시절에 에스파냐 산티아고 데 콤포스텔라 출신 프란시스코 메넨데스가 황금이 넘쳐난다는 세사르의 도시를 찾으려고 파타고니아를 헤맨 일도 마찬가지다. '경이로운 현실'의 다른 양상에 초점을 맞추어보자. 가령 서유럽의 민속춤은 마술적 혹은 기원적(祈願的) 성격을 아예 상실한 반면, 아메리카 군무(群舞)는 대개 심오한 제의적 의미를 담고 있는 비전(秘傳) 의식이다. 쿠바의 산테리아 의식의 춤이 그렇고, 베네수엘라 산프란시스코 데 야레 마을에 전해지는 희한한 흑인식 성체절 춤도 마찬가지다.

---

35) 마나우스(Manaus). 아마존 내륙에 위치한 브라질 도시. —옮긴이

『말도로르의 노래』 여섯 번째 노래에서는 주인공이 전 세계 경찰에게 쫓기는 장면이 있다. 그는 온갖 동물로 둔갑하고, 베이징이든 마드리드이든 상트페테르부르크이든 순식간에 이동할 수 있는 능력을 발휘하면서 "요원과 스파이"를 따돌린다. '경이로운 문학' 그 자체이다. 아메리카에서는 비슷한 것이 써진 적이 전혀 없지만, 동시대인의 믿음으로 같은 능력을 얻은 막캉달이 존재했다. 그리고 그 마술로 역사상 가장 극적이고 기이하다고 손꼽히는 반란을 조장하였다. 로트레아몽 자신이 토로하듯이, 말도로르는 "시적인 로캉볼"에36) 지나지 않는다. 말도로르는 일시적 생명을 누린 한 문학 조류만을 남겼을 뿐이다. 그러나 아메리카인 막캉달은 여전히 부두 의식에서 부르는 민간전승 마술적 노래가 수반된 신화를 남겼다(한편 기이한 우연이 있다. 보기 드문 환상적·시적 본능을 지닌 로트레아몽이 아메리카에서 태어났고, 어느 노래 말미에서 자신이 몬테비데오 출신이라는 사실을 대단히 자랑했다는 사실이다). 아메리카에는 풍부한 신화가 고갈되지 않고 아직 남아 있다. 원초적 자연, 생성 과정, 존재론적 특징, 원주민과 흑인의 파우스트적 현존, 최근의 자기발견을 일구어낸 깨달음 그리고 풍요로운 혼혈이 있기 때문이다. 아메리카의 역사가 경이로운 현실의 연대기 그 자체가 아니고 무엇이겠는가.37)

[우석균 옮김]

---

36) 로캉볼(Rocambole). 19세기 중반 퐁송 뒤 테라이(Ponson du Terrail)의 연작소설 주인공으로 불가사의한 모험을 하는 인물이다. —옮긴이

37) 이 글의 원제는 "De lo real maravilloso americano"이다. V장의 대부분은 1948년 베네수엘라 신문에 먼저 발표되었고, 이듬해 출간된 카르펜티에르의 중편 소설 『지상의 왕국』 서문으로 재수록되었다. I~IV장은 카르펜티에르가 1967년 에세이집 『더듬기와 차이』(Tientos y diferencias)를 출간하면서 덧붙인 것이다. —옮긴이

바로크와 경이로운 현실

알레호 카르펜티에르

아테네오 잡지사의 부사장님 그리고 편집 위원 및 신사 숙녀 여러분. 여러분은 오늘 내가 얘기하려고 하는 주제를 이미 알고 있습니다. 방금 아테네오 잡지사의 부사장님이 인사말에서 소개한 '바로크와 경이로운 현실'입니다. 내 생각에, 이는 라틴아메리카 예술, 호세 마르티의 말을 빌면 혼혈 아메리카(América mestiza) 예술의 의미와 성격을 규정하는 데 결정적인 역할을 하는 두 요소입니다. 그런데 이미 많이 논의되었던 주제이고, 또 여러분이 지루하지 않도록 적절한 시간 내에 다루어야 하는 주제이므로, 조금 딱딱합니다만, 거두절미하고 사전을 인용함으로써 곧바로 본론으로 들어가려고 합니다.

바로크를 얘기하기 전에, '바로크란 무엇인가?'라는 입씨름부터 해소하겠습니다. 초현실주의와 유사한 일이 바로크에서도 일어납니다. 세상 사람들은 바로크를 이야기하고, 바로크가 무엇인지 어느 정도 알고 있으며, 또 바로크를 느끼고 있습니다. 오늘날 모든 사람은 초현실주의도 무엇인지 알고 있으며, 이상한 것을 보면 누구나 '초현실적이군'하고 말합니다. 하지만 초현실주의의 기본 교과서, 다시 말해서 1924년에 앙드레 브르통이 작성한 제1차 선언문을 읽어보면, 이 운동의 창시자가 내린 정의는 그 뒤에 일어난 일과 그다지 일치하지 않는다는 사실을 알 수 있습니다. 브르통은 할 일이 무엇인지 잘 알고 있었으나 자신이 하고 있는 일을 정의할 능력은 없었습니다. 이제 사전을 보도록 합시다. 라루스 사전을 찾아보면 이렇습니다. "바로크 : 신조어. 추리게라 양식과 같은 뜻.[1] 괴상하다는 의미의 프랑스 어원 에스파냐어." 여기서 바로크주의를 찾아보면, "신조어. 터무니없음. 악취미"라고 나와 있습니다.[2] 그렇다면 바로크주의란 프랑스 어에서 유래한 말이며 바로크는 추리게라라는 사람의 건축과 전적으로 동일시됩니다. 그런데 추리게라는 바로크를 대표하기보다는 오히려 매너리즘에 속한다고 할 수 있습니다. 그리고 이런 정의는 아무 것도 설명하지 못합니다. 왜냐하면 바로크는 복잡하고 다양하고 광범위하므로 단 한 사람의 바로크 건축가나 예술가의 작품으로는 설명할 수 없기 때문입니다.

에스파냐 한림원 사전을 보도록 합시다. 바로크라는 항목은 이렇습니

---

1) 추리게라 양식(Churrigueresco). 17세기 중반에서 18세기 중반까지 에스파냐에 나타난 건축 양식. 일반적으로 바로크 말기의 양식으로 평가한다. 꽃, 식물 문양을 많이 사용한 과잉 장식이 특징이다. 추리게라 가(家) 중에서도 호세 베니토 추리게라(José Benito Churriguera, 1665~1725)는 이 양식을 완성한 사람으로 대표적인 작품은 누에보바스탄 궁과 산에스테반 수도원의 제단이다. ―옮긴이

2) 이 글에서 카르펜티에르는 '바로크주의'(barroquismo)와 '바로크'(barroco)라는 두 가지 용어를 사용한다. 그러나 종종 두 용어를 구별하지 않고 사용하기 때문에 혼란이 일지만 일부 문맥에서는 다음과 같은 차이점을 파악할 수 있다. 바로크란 우리가 일상적으로 인식하고 있는 16~17세기 예술 양식, 즉 역사적 양식을 지칭하며, 바로크주의는 시공간을 초월하여 어디서나 출현하는 보편적인 예술 특성으로 고전주의와 대립되는 개념이다. 전 세계와 전 역사의 모든 예술을 고전주의와 바로크주의로 설명하려는 이러한 도식적인 틀은 물론 논쟁의 여지가 있다. 바로크와 매너리즘의 관계 또한 대단히 복잡하고 아직도 치열하게 논란이 되고 있는 주제이다. 편의상 구별하면 매너리즘은 지적이고 파쇄적이며 예술 지상주의적 성격이 강하다면 바로크는 주정적이고 통합적이며 민중적인 에토스가 강하다고 할 수 있다. 이 글에서 매너리즘이라는 단어는 판에 박힌 예술이라는 정도의 의미이다. ―옮긴이

다. "곡선 위주의 소용돌이 무늬, 당초문, 기타 꾸밈새가 많은 것이 특징인 장식 양식. 그리고 조상(彫像)의 동작과 화폭의 분할이 과도한 조각과 회화를 일컫는다." 솔직히 말해서, 이와 같은 에스파냐 한림원 학자들의 정의보다 더 형편없는 정의는 찾아보기 힘듭니다.

동의어 사전을 보면, 다음과 같은 단어들이 '바로크적인'의 동의어로 수록되어 있습니다. "덕지덕지 붙은, 판에 박힌, 공고라적인(아니 공고라적이라는 게 부끄러운 일입니까), 과식주의적인, 기지(奇智)주의적인" 그리고 또다시 "추리게라적인, (이건 정말 가당치 않은 말인데) 퇴폐적인", 이렇게 설명되어 있습니다.3)

나는 '퇴폐적인' 예술 운운하는 소리를 들을 때마다 가슴에 치밀어 오르는 분노를 느낍니다. 그 이유는, 퇴폐라는 단어는, 어떤 예술이 퇴폐적이라는 말은, 퇴폐는커녕 오히려 문화의 절정에 위치한 수많은 선구적 예술 운동에 어김없이 붙는 수식어이기 때문입니다. 세잔, 마네를 비롯해서 프랑스 인상파 화가들은 한동안 퇴폐주의자라는 낙인이 찍혔습니다. 베토벤 시대에 작곡가들은 제자들이 베토벤 음악을 듣거나 공부하는 것을 막았습니다. 베토벤 작품이 퇴폐적이라고 생각했기 때문입니다. 한때는 무조음악가를 퇴폐적이라고 부르기도 했습니다. 리만 같은 20세기 초반의 음악 사가를 붙잡고 물어본다면 바그너 이후의 음악은 모두 퇴폐적이라고 대답할 것입니다. 20세기 초엽, 드뷔시는 자기 작품을 지휘하려고 러시아를 방문했습니다. 이때 거장 림스키코르사코프는 학생들이 이 프랑스 천재

---

3) 과식주의(culteranismo)와 기지주의(conceptismo). 문체론적 측면에서 본 에스파냐 바로크 문학의 특성이다. 과식주의는 복잡한 메타포를 사용하는 공고라(Luis de Góngora, 1561~1627)의 작품의 특성을 일컫는다. 흔히 공고리즘(Gongorism)이라고 하기도 한다. 기지주의는 케베도(Francisco de Quevedo, 1580~1645) 작품의 특성을 일컫는 용어로, 기발한 착상이 두드러진다. ─옮긴이

개혁가의 작품에 열광하는 것을 보고 이렇게 말했다고 합니다. "그래, 듣고 싶으면 가서 들어라. 그러나 경고하지만, 그런 음악에 길들여지면 위험하다." 림스키코르사코프가 제자들에게 한 말은 친구에게 이런 말을 하는 것이나 마찬가집니다. "아편을 하고 싶으면 하게. 하지만 조심해. 중독되니까." 그리고 바로크 또한 퇴폐적이라고 말할 것입니다.

바로크를 하나의 양식으로 정의하려는 시도도 있었습니다. 바로크를 특정한 범위 안에, 양식의 범위 안에 가두려고 했던 것이죠. 나는 에우헤니오 도르스(Eugenio d'Ors)의 견해에 전적으로 동의하지는 않지만, 몇몇 평론은 비상한 통찰력을 보여줍니다. 아무튼 도르스는 유명한 평론에서 말하기를, 사실 바로크에서 보아야 할 것은 일종의 창조적 맥박이며, 이는 모든 예술 운동사를 통해(문학뿐만 아니라 조형 예술, 건축, 음악을 포함해서) 주기적으로 나타난다고 합니다. 그리고 제국주의 정신이 존재하듯이, 바로크 정신 또한 존재한다고 말합니다. 제국주의 정신은 세월의 간극을 뛰어넘어 알렉산더, 샤를마뉴, 나폴레옹에게 똑같이 적용됩니다. 역사 속에서 제국주의 정신이 영겁 회귀하듯이 바로크주의도 예술 운동 속에서 시대를 초월해 영겁 회귀합니다. 이 바로크주의는 퇴폐를 의미하기는커녕 종종 특정 문화의 절정기, 전성기를 가리킵니다. 여기서 일례를 들려고 합니다. 나중에 다시 언급하겠지만, 르네상스 시대의 천재적인 프랑스 인문주의자 라블레입니다. 소설 『가르강튀아와 팡타그뤼엘』은 다섯 권으로 된 굉장한 작품인데, 그 표현이 너무 완전하고 기상천외하고 감칠맛 넘칩니다. 절정에 이른 프랑스어 최고의 작품입니다. 아무튼 라블레는 프랑스 바로크의 거두였으며, 프랑스 문학의 거봉입니다. 경우에 따라서 비교는 좀 위험합니다만, 『가르강튀아와 팡타그뤼엘』은 프랑스 문학을 통틀어 『돈키호테』나 『신곡』이나 셰익스피어의 희곡과 견줄 수 있는 유일한 걸작입니다. 라블레는 프랑스 문화와 르네상스 인문주의의 정점에 위치한 사람이고, 철두철미한 바로크 작가이고, 수많은 신조어를 만들어낸 사람이며, 프랑스어를 풍부하게 만든 사람입니다. 한마디로, 작가로서 온갖 호사를 다 누렸다고 할 수 있습니다. 동사가 없으면 동사를 만들어냈고 적당한 부사가 없으면 이 또한 만들어냈기 때문입니다.

도르스의 말처럼, 바로크주의는 "인간 정신의 상수(常數)"로 생각해야 합니다. 내가 보기에, 이 점에서 도르스의 이론은 논박의 여지가 없습니다. 따라서 다음과 같은 근본적인 오류는 우리 마음속에서 지워야만 합니다. 즉 바로크는 17세기의 산물을 일컫는 말이라는 일반적인 개념 말입니다.

대부분의 사람은 '바로크 예술'하면, 이탈리아에 있는 보로미니(Francesco Borromini) 작품처럼 장식이 많은 17세기 건축물이나 베르니니의 작품처럼 형태가 이상하게 팽창된 조각품을 떠올립니다.[4] 베르니니의 대표작이자 바로크를 가장 완벽하고 특징적으로 보여주는 작품은 유명한 〈성 테레사의 환희〉인데 이 조각품은 세계적인 명품입니다. 그런데 바로크를 경멸하고 바로크를 이상한 현상으로, 매너리즘적인 것으로 간주하는 사람들은—왜냐하면 17세기에 일각에서는 바로크적 매너리즘 경향이 있었던 것도 사실이기 때문입니다—바로크에 반대되는 다른 개념을 내세웁니다. 무슨 개념이냐고요? 고전주의입니다.

자, 이제 일반적인 의미의 '바로크'와 브르통이 정의한 '초현실주의'라는 말로써 바로크가 무엇인지, 초현실주의가 무엇인지 설명할 수 없다면 '고

---

[4] 지안 로렌조 베르니니(Gian Lorenzo Bernini, 1598~1680). 이탈리아의 조각가이자 건축가. 1623년부터 우르바누스 8세를 비롯한 역대 교황의 총애를 받아, 조각뿐만 아니라 건축, 장식, 분수 등 다방면에 걸쳐서 재능을 발휘하였다. 미켈란젤로의 뒤를 이어 로마의 성 베드로 대성당 건축 주임으로 활동하였다. 가장 유명한 작품은 요염한 관능미가 넘쳐흐르는 〈성 테레사의 환희〉라는 조각품이다. ─옮긴이

전주의'라는 단어야말로 그 무엇보다 가장 공허하고 가장 무의미한 말이라고 할 수 있습니다. 다시 한 번 사전을 보도록 합시다. 라루스 사전에 따르면 고전주의는 이렇습니다. "아주 뛰어나고 모방할 만한 가치가 있는 것. 어떤 문학이든지 전범으로 여겨지는 작품이나 작가를 일컫는다." 그리고 그 예로 칼데론과 로페를 듭니다.5) 이는 잘못입니다. 에스파냐어권에서 케베도와 공고라를 제외하고 바로크의 대표적인 작가를 든다면 바로 칼데론이기 때문입니다.6) 칼데론의 유명한 작품 『명예 회복』(El médico de su honra)을 읽은 사람은 말[馬]이 젊은 기사를 내동댕이친 사건을 멘시아 부인이 얘기하는 부분을 기억할 것입니다. 이는 아시는 바와 같이 인구에 회자되는 전형적인 바로크 시입니다.

이제 에스파냐 한림원 사전을 살펴보겠습니다. "고전주의 : 그리스, 로마 전범의 모방에 근거한 문학 체계나 예술 체계. 낭만주의와 대립되는 말." 이게 무슨 뜻이죠? 고전주의는 그리스와 로마 예술을 모방한 것이라는 얘깁니다. 다른 사전을 보면, 고전주의는 칼데론 작품을 모방한 것이라고 하는데, 칼데론은 바로크 작가입니다. 따라서 고전주의라는 단어는 아무런 비중도, 의미도 없습니다. 그러나 모방이 아카데미즘적이라면, 모든 아카데미는 규칙과 규범과 법칙의 지배를 받는다고 할 수 있습니다. 그렇다면 고전적인 것은 아카데미즘적이고, 모든 아카데미즘적인 것은 보수적이고 고지식하고 규칙에 순종하는 것입니다. 따라서 혁신을 적대시하고 규칙과 규범을 파괴하는 것이면 무엇이나 적대시합니다.

---

5) 로페 데 베가(Lope de Vega, 1562~1635). 에스파냐 문물이 절정에 치달았던 황금세기(Siglo de Oro)를 대표하는 극작가. ―옮긴이

6) 칼데론 데 라 바르카(Calderón de la Barca, 1600~1681). 에스파냐 바로크 시대의 대표적인 희곡작가. 대표적인 작품으로는 자유의지를 주제로 삼은 『인생은 꿈』(La vida es sueño)이다. ―옮긴이

결국 사람들이 고전주의를 애기할 때 무슨 말을 하는지 이해하려면 누구나 알고 있는 예를 드는 게 가장 좋습니다. 우리의 눈앞에 선하게 떠오르는 전형적인 예 말입니다. 일부 사람들이 고전주의의 대표적인 작품이라고 생각하는 세 건축물을 살펴보겠습니다. 이 건축물들은 전통을 수립했으며, 따라서 모방할 만한 규범을 창조했습니다. 지금 말하는 건물은 파르테논 신전과 엘에스코리알 궁전 그리고 베르사유 궁전입니다.

이들 건축물의 특징은 중심축에 있는데, 이 축에 주변축이 연결됩니다. 비뇰라 책을 공부한 건축학도라면 누구나 알고 있듯이,[7] 파르테논 신전이나 에레크테이온 신전 같은 그리스 신전의 정면을 모사할 때 제일 먼저 해야 할 작업은 중심축을 그리는 일입니다. 이 중심축은 건축물의 정면을 수직선상으로 이등분하며 이에 따라 엔태블러처도 이등분됩니다. 그리고 각각의 열주(列柱)가 주변축이 되며, 각 주변축은 피타고라스 삼각형의 밑면과 같은 정도의 거리를 두고 중심축에 연결됩니다. 따라서 중심축은 건축물을 두 부분으로 나누며, 이렇게 나뉜 두 부분은 완벽하게 대칭을 이룹니다.

이런 유형의 건축물, 즉 베르사유 궁전이나 엘에스코리알 궁전이나 파르테논 신전에는 매우 중요한 것이 있습니다. 다시 말해서, 빈 공간, 헐벗은 공간, 아무런 장식도 없는 공간이 장식된 공간이나 홈이 파인 기둥만큼 중요한 가치가 있습니다. 파르테논 신전이나 베르사유 궁전에는 열주 사이에 거대하고 헐벗은 평면이 있습니다. 이 평면은 건물에 비례를 부여하며, 일종의 기하학적 조화를 만들어냅니다. 여기서 빈 공간은 채워진 공간만큼 중요합니다. 파르테논 신전에서 열주 사이의 간격은 열주만큼 중

---

7) 자코모 바로지 다 비뇰라(Giacomo Barozzi da Vignola, 1507~1573). 이탈리아의 건축가로 매너리즘 건축의 거장으로 꼽는다. 그리고 이론에도 뛰어나 『건축 5오더법에 관한 법칙』이라는 고전적인 저술을 남겼다. ─옮긴이

요합니다. 그뿐만 아니라 열주는 허공에서 빈 공간을 테두리 짓는다고 할 수 있습니다. 그리스 신전이나 엘에스코리알 궁전의 구조에서 보면 건물은 빈 공간으로, 장식 없는 공간으로 채워집니다. 그 아름다움은 바로 에워싸여 있다는 데 있습니다. 모든 군더더기가 배제된 엄정한 위엄과 더불어 우리에게 어떤 감동을, 아름답다는 인상을 심어줍니다. 일종의 선형 기하라고 할 수 있습니다.

반면에, 인간 정신의 상수, 바로크는 빈 공간에 대한 공포, 헐벗은 표면에 대한 공포 그리고 조화로운 기하학적 선에 대한 공포가 특징입니다. 이 양식에도 중심축이 있습니다(물론 중심축이 항상 명백하고 분명하게 드러나지는 않습니다. 베르니니의 〈성 테레사의 환희〉에서 중심축을 파악하기란 여간 어려운 일이 아닙니다). 그리고 중심축을 중심으로, '증식하는 핵심들', 즉 건축물이 점유하고 있는 공간과 벽면 그리고 건축학적으로 이용할 수 있는 모든 공간을 빠짐없이 채우고 있는 장식적인 요소들이 증가됩니다. 이 요소들은 폭발적인 에너지를 내포하고 있으며, 중심에서 벗어나려고 합니다. 즉 동적인 예술이고 충동의 예술이며, 원심력 때문에 자신의 경계를 얼마간 파괴하는 예술입니다. 우리가 바로크의 전형적인 예로 들 수 있는 건축물은 베르니니가 건축한 로마의 성 베드로 대성당입니다. 나는 성 베드로 대성당의 폭발하는 형식, 폭발하는 소용돌이 무늬, 건물의 틀을 파괴할 듯이 바닥에서 쏘아 올리는 조명을 볼 때마다 키리코의 그림이 생각납니다. 몇 개의 태양이 감방 속에 있는 그림 말입니다. 내가 보기에 베르니니의 성 베드로 대성당은 바로 감방에 갇힌 태양입니다. 다시 말해서 자신을 에워싸고 있는 복합 열주를 팽창시키고 폭발시키는 태양입니다. 눈부신 폭발 속에서 복합 열주는 문자 그대로 사라져버립니다. 에스파냐 톨레도 성당의 대제단 뒤편 회랑에는 거대하고 복잡한 조각품이 있습니다. 꼭대기 채

광창까지 뻗어있는 조형물이죠. 바로크 조각가는 이 작품에 여러 인물을 새겨 놓았을 뿐만 아니라(이런 인물은 실물 크기의 천사이고 인간이고 성자인데, 멋들어지게 춤추는 동작으로 우리가 있는 곳으로 내려옵니다) 빛을 이용하여 이 형상을 완성하고 있습니다. 채광창을 통해 들어온 광선이 조각품과 근사하게 어우러져 인물들이 시시각각으로 움직이는 것처럼 보입니다. 내가 지금까지 보았던 작품 중에서 가장 아름다운 바로크 원형(原型)이라고 생각합니다. 아무튼 이제 우리가 앞서 얘기한 주제로 돌아갑시다. 바로크는 인간 정신의 상수이기 때문에 17세기에 탄생한 건축 운동이나 미학 운동이나 회화 운동으로만 국한할 수 없다고 말한 바 있습니다. 어느 시대에나 바로크는 꽃을 피웠습니다. 산발적으로 나타났든, 아니면 한 문화의 특징을 이루었든 간에 말입니다. 여기서 누구나 다 알고 있는 전형적이고 확실한 예를 들겠습니다. 바로크는 인도의 모든 조각에서 꽃피고 있습니다. 인도의 여러 사원과 동굴에는 수십 수백 미터에 달하는 다소 관능적인 얕은 돋을새김 작품들이 있습니다. 이들 작품은 형태로 보나, 에로틱하게 포개진 인물로 보나 바로크입니다. 또 끊어지지 않고 이어지는 아라베스크 문양으로 보아도 그렇고, 조금 전에 우리가 무한정 뻗어 나가는 일련의 증식하는 핵심들이라고 부른 것이(식물처럼 항상 서로 엉클어지고 결합되고 춤추는 개개의 인물이나 그룹들) 존재한다는 점에서도 바로크입니다. 얕은 돋을새김이 끝나는 곳이 있으나, 만약 조각할 곳이 남았더라면 이제까지 해온 습관대로 계속 조각하여 믿기 어려울 정도로 긴 작품을 만들었을 것입니다.

아무튼 우리는 인도의 조각품을 이야기했습니다. 그런데 모스크바의 바실리 대성당은 배(梨) 모양의 돔과 다채로운 색채로 보아 어쩌면 대표적인 바로크 건축물이 아닐까요? 누구나 한 번쯤은 사진을 통해 보았을 이 대성당의 중심축은 어디에 있을까요? 촘촘하게 박힌 돔 가운데 어느 곳에 색채와 형태의 대칭성이 있을까요? 이 모스크바의 바실리 대성당은, 내 생각으로는, 러시아 바로크 작품 가운데 가장 뛰어난 작품입니다. 프라하는 도시 전체가 바로크라고 할 수 있습니다. 카를 다리[橋梁]의 수많은 조각품도 마찬가집니다. 무거운 청동상임에도 춤추는 듯하며, 육중한 무게를 떨쳐버리고 비상하는 교회의 박사, 성인, 주교의 상도 바로크적입니다. 카를 다리 입구의 클레멘티눔에서는 진정한 신학적인 발레가 나무랄 데 없는 바로크 양식으로 우리 눈앞에서 펼쳐집니다. 이것이 다음에 마리아 테레지아와 조셉 2세 치하의 빈 바로크가 되고, 또 어느 면으로 보나 바로크주의의 세계적 걸작인 모차르트의 〈마술 피리〉에도 나타나게 됩니다. 〈마술 피리〉 얘기를 하는 까닭은 음악과 오페라 줄거리 및 공연 장면에 바로크가 살아 있기 때문입니다.

지금까지 나는 바로크를 빈 공간을 두려워하는 예술이라고 했습니다. 기하학적 배치에 어긋나는 예술이고, 이를테면 몬드리안 풍의 양감(하얀 표면, 어두운 표면, 특히 소재의 질이 드러나는 밝은 표면)을 배격하는 예술입니다. 여기서 여러분은 아마 이런 의문이 들 것입니다. "그러면 고딕 양식은 어떻게 된 것이죠? 결국 그것이 고딕 양식 아닙니까?" 샤르트르 대성당의 정면과 파리 노트르담 대성당의 정면을 예로 들어봅시다. 정면의 어떤 요소를 보아도, 다시 말해서 최후의 심판에 나타나는 악마의 형상, 성서의 장면, 뒤섞여 있는 상이한 성격의 인물들을 보아도 공간의 낭비는 찾아볼 수 없습니다.

도르스는 고딕 양식이 무엇인지 명확하게 밝히고 있습니다. 도르스는 바로크와 같은 인간 정신의 상수와 역사적 양식 간의 차이점을 밝히고 있습니다. 낭만주의와 고딕 양식은 역사적 양식입니다. 고딕 양식은 특정 역사적 단계의 것으로 르네상스와 더불어 막을 내립니다. 이미 과거의 것이 된 것이죠. 따라서 1975년 오늘 최상의 본보기를 모방하여 고딕 성당을 세우려는 시도는 어리석으며, 아무런 상관도 없을 뿐만 아니라 터무니없고 쓸모없는 패스티시(pastiche)에 불과합니다. 반면에 바로크 정신은 어느 순간에라도 다시 태어날 수 있는 것으로, 오늘날 가장 현대적인 건축에서도 되살아나고 있습니다. 왜냐하면 바로크는 일종의 정신이지, 역사적 양식이 아니기 때문입니다. 도르스의 주장을 한마디로 요약하면 이렇습니다. "여러분, 한 번 살펴보십시오. 문학에는 고딕 양식이 없습니다." 이에 반하여, 바로크 양식은 문학에도 있습니다. 여기서 누구나 다 아는 아주 구체적인 예를 들어봅시다. 아이스킬로스, 소포클레스, 플라톤, 리비우스, 키케로, 보쉐, 라신, 비극 작가로서 볼테르 말입니다(볼테르 비극은 알렉산더 격으로 써졌는데 아주 지루하고 또 지금은 잊힌 작품입니다. 아리스토텔레스의 삼일치 법칙을 따르고 있으며, 라신의 신고전주의 비극의 아류작입니다. 단지 문학도와 학자만이 호기심으로 읽어보는 정도입니다). 방금 인용한 어느 작가의 작품도 바로크라고 할 수 없습니다. 바로크 양식과 관계가 없죠. 플라톤의 대화나 아이스킬로스의 비극에서도 바로크 정신과 본질을 찾아볼 수 없습니다. 반면에 인도 문학은 모두 바로크입니다. 피르다우시의 기념비적 서사시 『샤나미』를 포함하여,8) 이란 문학도 모두가 바로크입니다. 그리고 몇 세기 뒤 에스파냐에서, 케베도의 『꿈』, 칼데론의 성찬극, 공고라의 시, 발타사르 그라시안의 산문에서 문학적 바로크는 절정에 이릅니다. 이 에스파냐 문학에 바로크 정신이 있다는 증거는, 이들과 동시대인이던 세르반테스는 바

8) 피르다우시(Firdawsi, 920?-1020?). 이란의 시인. 젊은 시절부터 25년간 심혈을 기울여 약 6만 구(句)로 이루어진 방대한 서사시 『샤나미』를 완성하였다. 이 작품은 천지창조부터 시작하여 전설적인 여러 왕조를 노래하고, 역사 시대에 들어와서는 사산 왕조의 멸망까지 노래에 담았다. 이란 민족의 우수성을 상찬한 대표적인 고전이다. ─옮긴이

로크적이지 않다는 사실입니다.『모범소설』이나『막간극』의 일부는 바로크적이지만『돈키호테』의 문체는 절대로 바로크적이라고 할 수 없습니다. 이와 마찬가지로 로페 데 베가의 작품에서도 바로크적인 요소가 가끔 나타날 뿐입니다.

이탈리아에서 바로크의 거장은『광란의 오를란도』를 쓴 아리오스토입니다. 영국에서 바로크 정신을 찾는다면 셰익스피어입니다. 셰익스피어 희곡은 혼란스럽고, 장황하고, 겉보기에는 무질서합니다. 빈 표면도, 죽은 시간도 없습니다. 희곡의 각 장면은 증식하는 세포이며, 이는 전체의 행동에 종속됩니다. 셰익스피어의 작품은 짧은 장면으로 이루어져 있으며, 이런 장면은 소단위로서 비극이라는 거대한 전체에 삽입됩니다.『줄리어스 시저』나『애선스의 타이먼』은 바로크적이 아니지만『한여름밤의 꿈』5막은 완전히 바로크적입니다.

앞에서 라블레 얘기를 했습니다. 프랑스어를 아주 고상하고, 완전하고, 멋진 표현으로 끌어올린 라블레의 작품에는 바로크주의의 교훈이라고 할 만한 그런 부분이 있습니다. 뫼동 주교는 라블레의 걸작을『거인 가르강튀아와 팡타그뤼엘의 무서운 모험』이라고 제목을 붙였는데, 이 책 3권에 아주 재미있는 일화가 있습니다. 라블레가 완전히 상상으로 꾸며낸 이야기입니다. 어느 날 마케도니아 왕 필립 2세는 코린트를 공격하기로 결정했습니다. 코린트에는 디오게네스가 살고 있습니다. 회의주의자 디오게네스, 염세주의자 디오게네스, 통 속에 사는 디오게네스 말입니다. 이 사람의 철학으로 미루어 보아 필립 2세가 코린트를 점령해도 전혀 개의치 않을 사람입니다. 그런데 문득 디오게네스는 애국심을 발동합니다. 여기서부터 라블레가 꾸며낸 이야기입니다. 그리고 군대가 코린트로 진군해 오자 통 속으로 들어가서 통을 굴리기 시작합니다. 병사와 목책을 넘어뜨리고 바리케이드를 넘어뜨리고 갖가지 방어벽을 무너뜨려서 마케도니아 병사들이 도망가게 만듭니다. 통으로 말입니다.

라블레는 두 쪽에 걸쳐 이 이야기를 하고 있는데, 70개의 명사, 70개의 단어(무기 목록)를 사용해서 필립 2세가 가져온 무기를 서술합니다. 그리고 디오게네스가 통으로 끼친 피해를 얘기할 때는 62개의 동사를 연속으로 사용합니다. 두 쪽에 걸쳐 '파괴하다', '깨트리다', '결딴내다', '무찌르다', '끝장내다', '불태우다', '무너뜨리다' 따위의 62개 단어로 디오게네스의 전적을 이야기하고 있습니다.

더 후대로 내려오면 낭만주의가 있습니다. 한림원 사전에 따르면, 고전주의와 아카데미즘에 반대되는 것인데, 이 낭만주의는 전적으로 바로크입니다. 아니 바로크가 되어야만 했습니다. 일반적으로 낭만주의자는 달빛 타령이나 하는 사람, 세상을 등지고 시나 짓는 사람, 다시 말해서 뜬구름 잡는 사람이라는 터무니없는 낙인이 찍혀 있으나 사실은 정반대입니다. 낭만주의자는 행동하는 사람이고, 활기가 넘치는 사람이고, 역동적인 사람이고, 의지가 강한 사람이고, 자기주장을 명확하게 밝힌 사람이며, 격정적인 사람입니다. 그리고 연극에서 아리스토텔레스 삼일치 법칙을 깨뜨렸고, 프랑스 신고전주의 비극을 배격했고(적어도 프랑스에서는 그랬습니다), 인간은 내면의 존재를 표현할 권리가 있다고 주장하였고, 열정을 표출했으며, '질풍노도'의 분위기를 만들어냈습니다. 당시 부르주아 계급은 낭만주의자들을 타락한 사람, '달나라에 사는 인간', 논리적 사고 능력이 없는 사람으로 치부했습니다. 두말할 필요도 없이, 낭만주의자들은 도덕적, 윤리적, 정치적으로 부르주아 계급과 상치되었기 때문입니다. 그러나 사실은 행동하는 사람, 행동으로 표현하는 사람이었음을 잊어서는 안 됩니다. 낭만주의자들은 대부분 초창기 유토피아 운동에 관계했습니다. 위대한 낭만

주의 화가 들라크루아는 파리 혁명을 주제로 〈파리의 바리케이드〉라는
작품을 남겼다는 사실도 기억해야 합니다. 이 작품은 피카소의 〈게르니
카〉와 비교할 수 있습니다. 그리고 젊은 바그너는 무정부주의자라는 이유
로 뮌헨에서 추방되었고, 바이런은 가시밭길 같은 그리스 해방 운동에 투
신했다가 미솔롱기온에서 죽었다는 사실도 기억해야만 합니다.

　낭만주의 시대에 노발리스는 『푸른 꽃』이라는 완벽한 바로크 소설을
남겼습니다. 괴테의 『파우스트』 2부는 전 세계 문학을 통틀어 손꼽히는
바로크 작품입니다. 랭보의 『일뤼미나시옹』은 바로크 시의 걸작품입니다
(첫 번째 시 「홍수 후」 참고). 로트레아몽도 있습니다. 이 사람은 자칭 '몬테비
데오 사람'이라고 했습니다. 왜냐하면 몬테비데오에서 태어났고, 또 아메
리카에서 태어났다는 사실을 자랑스럽게 여겼기 때문입니다. 그의 『말도
로르의 노래』는 시적 바로크주의의 기념비적 작품입니다. 우리는 프루스
트 작품에서 세계적인 바로크 산문을 볼 수 있습니다. 여기서 다시 에우
헤니오 도르스로 돌아갑니다. 도르스의 책은 여러 가지 면에서 정곡을 찌
르고 있습니다. 도르스의 견해에 따르면, 프루스트 산문에는 몇 개의 '괄
호'가 삽입되어 있습니다. 이들 괄호는 증식하는 세포, 다시 말해서 구절
속에 삽입된 구절입니다. 또 자생력이 있으며, 다른 증식 요소인 여타 괄
호와도 종종 연결됩니다. 내 생각에는 방대한 프루스트의 소설에서 가장
아름다운 바로크 구절은 '여죄수'의 일화입니다. 이 이야기에서는 프루스
트가 주인공이고 화자인데, 아침에 알베르틴의 침대에 누워서 거리를 지
나가는 행상인이 외치는 소리를 듣습니다. 문화를 통해 개념과 사상을 엮
는 놀라운 능력으로 프루스트는 그 외침의 멜로디와 발성법이 중세의 예
배 성가와 관계가 있다고 생각합니다. 그리고 이들 행상인뿐만 아니라 개
를 단장해주는 사람, 새 모이 판매상, 가위 가는 사람 등등 가정용품을 파

는 모든 잡화상의 목소리를 듣고 그레고리오 성가뿐만 아니라 드뷔시의 오페라 〈펠레아스와 멜리장드〉를 떠올립니다. 그리고 갑자기 프루스트는 새 모이를 파는 여자의 외침과 사탕과 빵 조각을 파는 여자의 외침을 중세의 위대한 찬송가와 암브로시오 성가와 연관시킴으로써 시간을 가지고 현란한 유희를 벌입니다. 초현실주의의 전개가 전적으로 바로크주의이듯이 또한 바로크주의입니다.

아카데미즘은 안정된 시대, 확신과 충만의 시대에 나타나는 특징입니다. 반면에 바로크는 변화와 전환과 혁신이 있는 곳에서 표출됩니다. 여러분도 다 아시다시피, 러시아혁명 직전에 러시아를 대표하는 시인은 블라디미르 마야코프스키입니다. 마야코프스키의 작품은, 시뿐만 아니라 희곡을 포함해서, 처음부터 끝까지 바로크주의의 걸작입니다. 그러므로 바로크주의는 항상 미래를 지향하며, 문화의 절정기나 새로운 사회 질서가 탄생할 무렵이면 어김없이 확산되곤 합니다. 바로크주의는 절정일 수도 있고, 징조일 수도 있습니다.

공생의 대륙, 변화의 대륙, 역동적인 대륙, 혼혈의 대륙인 아메리카는 애초부터 바로크적이었습니다. 아메리카의 우주발생론부터가 그렇습니다. 『포폴 부』(Popol vuh)를 보거나 『칠람 발람』(Chilam balam)을 보거나 지금까지 발견된 것들을 보거나 앙헬 가리바이나 아드리안 레시노스의 연구를 통해 최근 밝혀진 사실을 보더라도, 모든 시간 주기는 다섯 개 태양의 순환으로 결정됩니다(고대 아스테카 신화에 의하면, 현재 우리는 케찰코아틀 태양의 시기에 살고 있습니다). 아메리카 대륙, 언제나 위대합니다만, 이 대륙의 우주발생론과 관련된 것은 모두 바로크에 포함됩니다.

아스테카 조각은 결코 고전주의 조각이라고 볼 수가 없습니다. 왜냐하면 아스테카 건축은 바로크적이기 때문입니다. 테오티우아칸에 있는 케찰코아틀의 거대한 머리와 신전의 장식을 생각해 보십시오.9) 곡선과 기하학적 모양을 많이 사용함으로써 텅 빈 표면에 대한 공포를 드러내고 있으므로 바로크적입니다. 아스테카 신전에서는 단 1미터의 빈 공간도 찾아볼 수가 없습니다. 고고학자들은 최근 2년에 걸친 발굴 작업 끝에 테오티우아칸에서 아스테카 귀족들이 살던 멋진 주거지를 발견했습니다. 주거지 벽마다 당시 일상생활을 자세하게 묘사한 그림이 뒤덮고 있었으니 이 광경을 보고 놀라지 않을 고고학자가 있었겠습니까. 수영장, 정원, 운동 경기, 연회, 아동의 놀이, 여가, 여성의 생활, 일상생활, 이 모두가 그려져 있습니다. 이 그림은 바로크라고 할 수밖에 없습니다. 왜냐하면 진정한 바로크 정신에 속하기 때문입니다.

다시 말하지만 『포폴 부』는 바로크주의의 걸작입니다. 읽어보신 분들은 이미 아시리라 생각합니다. 그리고 나우아어(語) 시 작품은 30여 년 전까지만 해도 전혀 알려지지 않았으나 가리바이의 연구로 빛을 보게 되었습니다. 현재까지는 정복 이전의 시인 11명의 작품을 모아서 두툼한 책 두 권으로 발간했습니다. 아무튼 이 나우아어 시는 다채로운 이미지와 복잡하게 얽힌 요소들 그리고 풍부한 언어로 보아 가장 바로크적인 시입니다. 상상할 수 없을 정도로 눈부신 바로크 시입니다. 멕시코 인류학 박물관에 소장된 〈죽음의 여신〉은10) 바로크주의의 기념비적 작품으로 똬리를 튼

---

9) 테오티우아칸(Teotihuacán). 멕시코시 북동쪽에 위치한 테오티우아칸 문명 유적지로 태양의 피라미드와 달의 피라미드로 유명하다. 이 문명은 A.D. 1~9세기 사이에 존재한 것으로 추정된다. 아스테카 문명은 13세기부터 테노치티틀란(Tenochititlán, 현재의 멕시코시)을 중심으로 개화했으며, 해마다 테오티우아칸에서 태양의 원기를 북돋우는 제천 행사를 드렸다. 이 제천 행사 중에 '깃털 달린 뱀'이라는 뜻을 지닌 케찰코아틀 신도 모셨다. 아스테카 문명은 에르난 코르테스의 정복으로 멸망했다. -옮긴이

10) 카르펜티에르가 말한 〈죽음의 여신〉이란 아스테카의 유물 〈코아틀리쿠에〉(Coatlicue)를 가리킨다. -옮긴이

뱀이 뒤덮고 있는 양면(兩面) 여성상입니다. 그리고 내 생각에, 늘 예로 듭니다만, 아메리카 바로크의 정수는 미틀라 신전입니다. 멕시코 오아하카주에 소재한 미틀라 신전의 정면은 양감에 있어서 놀라울 만큼 균형이 잡혀 있습니다. 이 신전 정면에는 같은 크기의 상자 모양 장식이 죽 늘어져 있습니다. 각 상자는 옆 상자와는 상이한 추상 구성을 보여줍니다. 다시 말해서, 대칭적인 구성이 아닙니다. 18개의 상자는 각각 증식하는 세포로 전체에 삽입되어 있습니다. 미틀라 신전 정면을 바라보고 있으면 베토벤의 〈디아벨리 변주곡〉에서 전개되는 33개의 웅장한 변주가 생각납니다. 이 곡은 평범한 최초의 테마에서 출발하여 33개의 거대한 변주로 옮아가는데, 어느 신세대 비평가가 최근에 말했듯이, 변주곡이라기보다는 차라리 33개의 음향체(音響體)입니다. 그리고 18개의 상자로 이루어진 미틀라 신전의 조형물을 보고 있으면 쇤베르크의 〈관현악을 위한 변주곡〉이 생각납니다.

미틀라 신전과 쇤베르크의 〈관현악을 위한 변주곡〉이 유사하다는 내 얘기는 세월을 무시한 자의적 판단이라고 생각할 수도 있습니다. 그러나 다시 한 번 도르스의 이론을 인용하면 양자 사이에는 실제로 정신적 유사성이 존재합니다.

고딕 양식도 낭만주의도 아메리카에 상륙한 적이 없습니다. 다시 말해서 이 두 역사적 양식은 구대륙의 조형문화 발전에 중요한 역할을 했지만 우리 아메리카인은 전혀 모르고 있었습니다. 1920년대 이상한 취향을 가진 건축가가 어느 도시에 사이비 고딕 성당을 짓겠다고 했습니다만, 이것이 곧 아메리카에 고딕 양식이 들어왔다는 의미는 아닙니다. 낭만주의든 고딕 양식이든 라틴아메리카에 들어온 적이 없습니다. 물론 플라테로 양식은 들어왔으나 이는 바로크의 일종입니다.[11] 추리게라 양식보다 더 분위기가 있다고나 할까요. 참, 에스파냐 플라테로 양식을 잘 알던 건축가가 정복자의 배를 타고 아메리카에 도착했을 때 무엇을 발견했을까요? 고유의 바로크 정신으로 무장한 원주민 일손이었습니다. 이들은 에스파냐 플라테로 양식에 자신들의 바로크주의를 첨가했습니다. 즉 신세계의 동식물 모티브, 화훼 모티브 등 소재의 바로크주의를 첨가했습니다. 이리하여 열정적인 바로크 건축을 낳았습니다. 이것이 바로 아메리카의 바로크입니다. 여기서 아메리카 바로크의 뛰어난 예를 몇 가지 들어보겠습니다. 멕시코의 테포스틀란 성당 중앙 천장은 피라미드 형식이고 매우 높은데, 증식하는 세포의 거대한 집적을 보여주며 톨레도 성당과 마찬가지로 광선으로 유희를 벌입니다. 푸에블라 지방의 산프란시스코 아카테펙 성당 정면에는 바로크적 형식뿐만 아니라 색채와 타일과 모자이크의 바로크, 즉 바로크적 소재를 볼 수 있습니다. 이 황백색의 바로크 성당에서는 천상의 협주곡을 들을 수 있습니다. 천사들은 류트, 하프, 클라비코드 등 갖가지 르네상스 악기를 연주하는 모습으로 나타납니다. 오아하카의 산토도밍고 성당의 생명수(生命樹)는 궁륭(vault)을 덮고 있는 기념비적 바로크 작품으로, 가지를 뻗은 거대한 나무입니다. 나뭇가지에는 천사, 성자, 인간, 여자들의 모습이 식물과 더불어 뒤섞여 있습니다. 그리고 페루나 에콰도르에서 볼 수 있는 바로크와 신세계에서 가장 아름다운 바로크적 정면이라고 할 수 있는 쿠바의 아바나 대성당 정면과 같은 훨씬 온당한 형식도 여기에 포함시킬 수 있습니다.

그렇다면, 왜 라틴아메리카가 선택받은 바로크 땅일까요? 공생, 혼혈이

---

11) 플라테로 양식(Plateresco). 르네상스 시기 에스파냐 특유의 건축 양식. 중세의 고딕 양식과 아랍의 양식이 혼합된 것으로 건물 기둥과 전면을 마치 금은세공처럼 장식하였기 때문에 이러한 이름을 붙였다. 이 양식의 건축물은 에스파냐의 살라망카와 멕시코에서 흔히 볼 수 있다. ―옮긴이

바로크주의를 낳기 때문입니다. 아메리카 바로크주의의 성장 요인은 크리오요 정신,[12] 크리오요의 의미, 아메리카인이라는 의식입니다. 시몬 로드리게스가 잘 파악했듯이, 유럽에서 건너온 백인의 자식이든 아프리카 흑인의 자식이든 인디오의 자식이든 상관없이 모두 라틴아메리카인이라고 느낍니다. 다른 것이라는 의식, 새로운 것이라는 의식, 더불어 산다는 의식 그리고 크리오요라는 의식과 더불어 라틴아메리카 바로크는 성장합니다. 크리오요 정신이 바로 바로크 정신입니다. 나는 시몬 로드리게스가 이러한 현실을 천재적으로 파악했다는 점에 감사하는 의미로 그의 글 일부를 인용하려고 합니다. 시몬 로드리게스는 이렇게 말합니다. 이제 에스파냐 사람이 아니면서도 에스파냐어를 사용하는 크리오요 이외에도, "우리 주변에는 우아소, 치노, 바르바로, 가우초, 촐로, 과치낭고, 네그로, 프리에토 이 헨틸, 세라노, 칼렌타노, 모레노, 물라토, 삼보, 원주민, 유색인, 흰둥이, 노란둥이, 그리고 혼혈 3세, 4세, 5세, 이처럼 거슬러 올라가는 혼혈인들이 있습니다."[13] 현존하는 이러한 요소들은 각자 나름대로 바로크주의에 기여를 하고 있으며, 내가 '경이로운 현실'이라고 부른 것과 직접적인 관련이 있습니다.

여기에서 다시 용어 문제가 제기됩니다. '경이로운'이라는 단어는 시간이 흐르고 용례가 바뀜에 따라 본래 의미를 잃어버렸습니다. '경이로운' 또는 '경이로운 것'이라는 말은 '바로크'나 '고전주의'라는 단어만큼이나 커

---

12) 크리오요(criollo). 식민 시대에 아메리카 대륙에서 태어난 백인을 가리키는 말이다. 사회적 불평등과 차별 대우에 시달린 이들은 19세기에 들어와 독립 운동의 주축 세력으로 등장했다. 따라서 크리오요란 어느 면에서 라틴아메리카의 민족주의를 표상한다. −옮긴이
13) 모두 혼혈 인종을 지칭하는 명사로, 설명은 가능하지만 번역은 무의미하므로 원문을 음차로 표기했다. 원주민, 백인, 흑인을 비롯하여 여러 인종이 복잡하게 혼혈되면서 그 용어도 이처럼 지역에 따라 천차만별로 분화되었다. −옮긴이

다란 개념적 혼란을 야기하기에 이르렀습니다. 사전을 찾아보면 경이로운 것이란 놀랍고 비상하고 탁월하기 때문에 감탄을 불러일으키는 것이라고 되어 있습니다. 이에 덧붙여, 현재는 경이로운 것은 모두 아름답고 예쁘고 사랑스러운 것이어야 한다고 생각합니다. 사전의 정의 가운데 기억해야 할 만한 것이 있다면, 비상한 것에 대한 설명 정도입니다. 비상한 것이란 반드시 예쁘거나 아름답지 않습니다. 아름답지도 않고 추하지도 않습니다. 그저 생소하기에 놀라울 뿐입니다. 생소한 것, 놀라운 것, 기존의 규범에서 벗어나는 것은 모두 경이로운 것입니다. 뱀 머리칼을 한 고르곤은 파도 속에서 솟아나는 비너스만큼이나 경이롭습니다. 기형적인 불카누스도 아폴로만큼이나 경이롭습니다. 독수리 때문에 고통 받는 프로메테우스도, 땅으로 추락한 이카루스도, 죽음의 여신도, 모두 개선장군 아킬레스만큼이나 경이롭고, 히드라를 퇴치한 헤라클레스만큼이나 경이롭고, 또 모든 전설이나 종교에서 죽음의 여신과 쌍을 이루며 등장하는 사랑의 여신만큼이나 경이롭습니다. 나아가 경이로운 것을 창조한 사람들은 자신이 생각하는 경이로운 것이 무엇인지 우리에게 얘기할 책임이 있습니다. 샤를 페로보다 경이로운 것을 많이 창작한 사람이 있을까요? 어렸을 때부터 우리 가슴속에 경이로운 세계에 속한 인물을 심어준 사람이 페로입니다. 「엄마 거위」, 「엄지 왕자」, 「잠자는 숲속의 미녀」, 「푸른 수염」, 「장화 신은 고양이」, 「빨간 모자」 등, 어릴 적부터 우리가 읽는 이야기의 작가입니다. 『페로 동화』 서문은 경이로운 것의 정의라고 생각할 수 있습니다. 페로는 요정들 이야기를 합니다. 그러면서 요정들은 기분이 좋으면 입으로 다이아몬드를 토해 내며, 화가 나면 파충류, 구렁이, 뱀, 두꺼비를 토해낸다고 합니다. 페로가 채록한 중세 이야기에서 가장 유명한 요정은 멜루시나 요정입니다. 이름이 얼마나 아름답습니까. 그런데 머리는 여자이고 몸통은 뱀입니다. 흉측한 괴물이지요. 우리가 명심할 것은 이 괴물 또한 경이로운 것의 일부라는 사실입니다. 페로는 「엄지 동자」에서 무섭고 끔찍한 이야기를 합니다. 이 동화에 나오는 괴물은 자기 집에 묵게 해달라고 찾아온 일곱 명의 난쟁이를 죽이려다가 실수로 자기 딸 일곱 명의 목을 자르고 태연하게 잠듭니다. 이 끔찍하고 잔인한 장면도 경이로운 것의 일부입니다. 페로의 이야기에 등장하는 근친상간 또한 그렇습니다.

그러므로 우리는 경이로운 것을 정의할 때 경이로운 것은 아름답기 때문에 감탄스럽다는 관념을 배제해야 합니다. 추한 것, 보기 흉한 것, 무서운 것 또한 경이로울 수 있습니다. 생소한 것은 모두 경이롭습니다.

이제 나는 라틴아메리카에서 발생한 몇 가지 사건, 풍경의 특징, 내 작품에 도움이 된 몇 가지 요소를 언급함으로써 경이로운 현실을 이야기하려고 합니다. 내가 경이로운 현실을 어떻게 생각하는지는 졸작 『지상의 왕국』 초판본 서문에서 밝혔습니다. 하지만 많은 사람이 가끔 나에게 이런 질문을 던집니다. "마술적 사실주의라는 것이 있는데, 마술적 사실주의와 경이로운 현실은 어떻게 다릅니까?" 자, 이제 우리 한 번 생각해 볼까요. 초현실주의와 경이로운 현실 사이에는 무슨 차이점이 있습니까? 이것은 아주 쉽게 설명할 수 있습니다. 마술적 사실주의는 1924년인가 1925년 독일의 예술 비평가 프란츠 로라는 사람이 만든 용어입니다. 프란츠 로의 저서는 『마술적 사실주의』라는 제목으로 에스파냐 잡지사 레비스타 데 옥시덴테(Revista de Occidente)에서 출판되었습니다. 여기서 프란츠 로가 말하는 사실주의는 표현주의 회화를 가리킵니다. 그러나 정치적 태도가 명백히 나타나지 않은 표현주의 회화를 지칭할 따름입니다.[14] 잊어서는

14) 프란츠 로가 마술적 사실주의로 언급한 화가 중에도 사회적 경향의 작품을 선보인 이들이 있지만, 후기표현주의는 대체로 1차 대전의 반작용으로 안정감을 주는 작품을 추구했거나 사회적 문제에 관심을 가지기보다 인간의 내면을 엿보려 했다. ─옮긴이

안 될 점은, 1차 세계 대전이 끝났을 때 독일에서 표현주의라는 예술 경향이 출현했다는 점입니다. 이때는 궁핍과 고난의 시기이자, 빈번하게 은행이 파산한 시기이고 무질서한 시기였습니다. 진정으로 표현주의를 대표하는 작품은 브레히트의 처녀작『바알 신』입니다. 하지만 이 작품에는 투쟁이 있고 풍자가 있으며 사회적 의도가 있습니다. 이를테면 로봇이 등장하는 차페크의 희곡이나[15] 카이저의 연극과[16] 마찬가지로 말입니다. 카이저의 작품에서 남자1, 남자2, 흑인 숙녀1, 초록 숙녀, 빨간 숙녀라는 이름의 등장인물이 나오고 차페크의 작품에는 로봇1, 로봇2, 로봇3이 등장하는데, 이는 인물을 몰개성화시킴으로써 비판적이고 논쟁적인 분위기를 조성하고, 어느 면에서는 혁명적인 사고를 드러냅니다.

프란츠 로는 그렇지 않습니다. 그가 말한 마술적 사실주의는 현실적인 대상이 일상에서와 다른 모습으로 나타나는 그림일 뿐입니다. 그리고 세관원 앙리 루소의 유명한 그림을 책표지로 사용했습니다.[17] 이 작품을 보면 뒤로는 달이 보이고 사자가 고개를 갸웃 내밀고 있는 가운데 아랍인이 사막에서 만돌린을 곁에 두고 평온하게 자고 있습니다. 이것이 바로 마술

---

15) 카렐 차페크(Karel Capek, 1890~1938). 옛 체코슬로바키아 극작가이자 소설가. 파리, 베를린 등에서 유학하고 철학을 전공하였다. 희곡『R·U·R』(1920)로 세계적인 명성을 얻었다. 이 작품에 등장하는 신조어 '로봇'은 유행어가 되어 전 세계에 알려지게 되었다. 이 작품은 과학기술의 발달이 인간의 에고이즘과 결합하게 되면 자연의 질서가 파괴되어 결국에는 인류가 전멸할 위험마저 있다는, 일종의 예언적 작품이다. -옮긴이

16) 게오르크 카이저(Georg Kaiser, 1878~1945). 마그데부르크 출생의 독일 극작가. 1917년 첫 작품 〈칼레의 시민〉(3막, 1914) 초연에서 대성공을 거두어 일약 표현주의 연극의 제1인자로 부상했다. 그의 작품은 주로 전쟁, 자본주의 체제, 기계 문명에 대하여 날카로운 비판을 제기하였다. -옮긴이

17) 앙리 루소(Henri Rousseau, 1844~1910). 전직이 세관원이었으므로 '세관원 루소'라고 부르기도 한다. 이 글에서 얘기하는 그림은 유명한 〈잠자는 집시〉(1897)이다. -옮긴이

적 사실주의입니다. 왜냐하면 개연성도 없고, 또 불가능한 이미지임에도 불구하고 어쨌든 그렇게 되어 있기 때문입니다. 프란츠 로가 무척이나 애호한 화가이자 마술적 사실주의로 분류한 화가는 발튀스입니다.[18] 이 화가는 완벽하게 사실주의적인 거리를 그렸으나 시적인 것은 하나도 없고 흥미로운 것도 하나 없습니다. 분위기도 없고 대기도 없어 인상파 기법이라고는 전혀 찾아볼 수 없는 길거리 한가운데 아무런 특징도 없는 집, 작은 지붕, 하얀 벽이 있습니다. 그리고 수수께끼 같은 인물들이 말없이 지나가거나 아니면 서로에 상관 않고 무언가에 열중하고 있습니다. 거리는 사람들로 가득하나 서로 의사소통이 불가능하기 때문에 삭막한 거리입니다. 또한 프란츠 로는 마술적 사실주의가 샤갈의 작품에도 들어 있다고 생각했습니다. 샤갈의 그림에서 암소는 하늘을 날고, 지붕 위에는 당나귀가 있고, 어떤 인물은 머리가 아래 달려 있고, 음악가는 구름 속에 있습니다. 다시 말해서 현실적인 요소이지만 꿈의 분위기, 몽환적인 분위기를 가지고 있습니다.[19]

초현실주의를 얘기할 때 잊어서는 안 되는 사항이 있습니다. 초현실주의는 책 속에서, 기성품 속에서 경이로운 것을 추구했다는 사실입니다. 브르통은 초현실주의 선언문에서 이렇게 얘기합니다. "경이로운 것은 모두 아름답다. 단지 경이로운 것만이 아름답다." 그러나 브르통 또한 페로처럼 경이로운 것은 아름답기 때문에 감탄스러운 것이 아니라 생소하기 때문에

18) 발튀스(Balthus, 1908~2001). 프랑스 화가로 본명은 발타사르 클로소프스키 드 롤라(Balthazar Klossowski de Rola). 초현실주의의 영향으로 무거운 긴장감을 주는 함축적인 의미의 작품들을 그렸으며, 1933년부터는 소재가 길로 좁혀졌다. 카르펜티에르가 언급하는 그림의 특징을 한눈에 볼 수 있는 작품은 〈길〉(1933~1935)이다. -옮긴이
19) 여기서 언급하는 샤갈의 작품은 〈러시아, 당나귀 그 밖의 것을 위하여〉(1911)와 〈나와 마을〉(1911)이다. -옮긴이

감탄스럽다고 생각했다는 사실 또한 기억해야 합니다. 왜냐하면 브르통이 초현실주의 1차 선언문에서 인용한 작품을 보면—이 작품들은 나중에 초현실주의의 고전이 되었습니다. 에드워드 영의 『밤의 회상』과 같은 괴기물로부터 시작해서 스위프트로 나아갑니다. 스위프트는 어린애 고기를 파는 저 유명한 푸줏간 이야기에서 짐작하듯이 18세기 영국 작가 가운데 가장 잔인하고 무서운 작가에 속합니다. 이어 브르통은 에드거 앨런 포를 듭니다. 하지만 포의 작품은 유쾌하기는커녕 시체나 괴이한 사건이 빈번하게 등장합니다. 또 보들레르도 인용하는데, 이 시인은 여자를 노래한 것 못지않게 추악한 것을 노래했고, 거대한 바다와 여행을 노래한 것 못지않게 부패를 노래했습니다. 마지막으로 브르통은 잔혹극의 원조 알프레드 자리와 루셀을 비롯하여 여러 사람을 언급하고 있습니다.

아무튼 초현실주의는 경이로운 것을 추구했습니다. 그러나 현실 속에서 경이로운 것을 찾는 경우는 아주 드물었습니다. 초현실주의자들은 진열장, 광고, 간판, 사진, 시장에서 시적인 힘을 최초로 인식했습니다. 그러나 이들은 흔히 사전에 심사숙고를 거듭한 끝에 경이로운 것을 만들었습니다. 그리고 초현실주의 화가는 화폭 앞에 서서 이렇게 말했습니다. "이 그림에서는 생소한 요소를 사용하여 경이로운 비전을 창조하겠습니다." 초현실주의 회화는, 여러분도 그림을 본 적이 있으므로 알고 있을 것입니다만, 경이롭게 완성된 그림입니다. 누가 이 점을 의심하겠습니까? 하지만 그 그림은 독특한 감각을 불러일으키기 위해 사전에 치밀하게 계획되고 계산된 작품입니다. 전형적인 예는 살바도르 달리의 시계입니다. 마치 늘어진 엿가락처럼 테라스 가장자리에 걸쳐져 있는 시계 말입니다. 또 다른 초현실주의 화가의 그림에서는 진부한 계단과 복도 위에 열려 있는 문이 보이는데, 계단에는 생소한 요소가 하나 있습니다. 물론 방문객이지요. 한가하게 계단을 오르는 뱀 말입니다. 이 뱀은 어디로 가고 있을까요? 무슨 얘기를 하려는 것일까요? 아무도 모릅니다. 미스터리는 미스터리인데 조작된 미스터리입니다.

반면에, 내가 주장하는 경이로운 현실이란 우리 라틴아메리카인의 경이로운 현실입니다. 온갖 라틴아메리카적인 것에 두루 깃들어 있는 본래 그대로의 현상을 발견하는 것이 곧 경이로운 현실입니다. 라틴아메리카에서 생소한 것은 일상적입니다. 늘 그랬죠. 기사 로망스는 유럽에서 썼지만 아메리카에서 생명력을 얻었습니다. 아마디스 데 가울라의 모험은 유럽에서 써졌으나, 『멕시코 정복 이야기』라는[20] 최초의 진짜 기사 로망스를 쓴 사람은 베르날 디아스이기 때문입니다. 그리고 정복자들은 끊임없이 아메리카에서 현실의 경이로운 측면을 너무도 명확하게 보았다는 것도 잊어서는 안 됩니다. 여기서 베르날 디아스 작품 한 구절을 소개하려고 합니다. 그가 처음으로 멕시코시를 보았을 때 다음과 같이 감탄하는데, 이는 완벽하게 바로크적인 산문으로 쓴 구절의 일부입니다. "우리는 모두 깜짝 놀랐다. 그리고 저 땅과 신전과 호수는 아마디스가 말한 환술(幻術)과 유사하다고 말했다." 여기서 우리는 아메리카의 경이로운 현실과 접촉한 유럽인을 볼 수 있습니다. 반드시 참고해야 할 아주 흥미 있는 몇 가지 요소를 고려한다면, 아메리카적인 것은 경이로운 현실이 될 수밖에 없었습니다. 에르난 코르테스가 멕시코를 정복한 때는 1521년인데, 당시 프랑수아 1세가 프랑스를 통치하고 있었습니다. 여러분은 프랑수아 1세 때의 파리의 면적이 얼마인지 아십니까? 13㎢입니다. 고작 백 년도 되기 전인 1889년에 가르니에 출판사에서 발간한 세계 지도에 따르면 마드리드의 면적은 20㎢이고, 수도 중의 수도 파리의 면적은 80㎢입니다. 그런데 베르날 디아스

---

20) 원제는 '누에바에스파냐의 진짜 정복사'이다. ―옮긴이

가 목테수마 제국의 수도, 즉 멕시코의 수도 테노치티틀란의 장대한 모습을 처음 보았을 때 이 도시의 면적은 100㎢였습니다. 그 당시 파리의 면적은 13㎢였습니다. 눈앞의 장관에 경탄한 정복자들은 한 가지 문제에 봉착했는데, 이는 그로부터 수 세기가 지난 오늘날, 우리 아메리카 작가들이 당면한 문제이기도 합니다. 저 모두를 번역할 수 있는 어휘를 찾는 문제입니다. 나는 에르난 코르테스가 카를로스 1세(카를 5세)에게 보낸『보고서』어느 구절에서 비극적인 사실을 발견했습니다. 코르테스는 멕시코에서 본것을 이야기한 뒤에 에스파냐어로는 수많은 새로운 사물을 지칭하기에 역부족이라면서 카를로스 1세에게 이렇게 말합니다. "나는 이 사물들을 무어라고 불러야 할지 모르기 때문에 표현하지 않습니다." 그리고 원주민 문화에 대해 다음과 같이 말합니다. "원주민 문화의 특이함과 장려함을 설명할 수 있는 인간의 언어는 없습니다." 그러므로 이 신세계를 이해하고 해석하려면 새로운 어휘가 필요하며, 또 새로운 시각이 필요합니다. 한쪽이 없이는 다른 쪽도 있을 수 없기 때문입니다.

우리 아메리카는 바로크입니다. 건축물로 보거나(이는 증명할 필요도 없습니다), 복잡하게 뒤얽힌 자연과 식생(植生)으로 보거나, 아메리카인을 둘러싸고 있는 다양한 색깔로 보거나, 아메리카인을 아직도 얽매고 있는 이땅의 여러 가지 현상으로 보아도 바로크입니다. 괴테가 만년에 친구에게보낸 유명한 편지에서 자신이 집을 짓기로 한 바이마르 근처의 어느 곳을묘사하면서 이렇게 말하고 있습니다. "이미 영원히 자연이 길들여진 이런나라에서 산다는 게 얼마나 큰 행운인가." 아마 아메리카에서는 이런 글을쓸 수 없을 것입니다. 아메리카의 자연은 역사와 마찬가지로 아직도 길들여지지 않았습니다. 아메리카는 생소한 것과 경이로운 것의 역사입니다. 이는 다음과 같은 몇 가지 예만 보아도 쉽게 알 수 있습니다. 아이티 황제

앙리 크리스토프는 요리사 출신의 황제입니다. 어느 날, 나폴레옹이 이 섬을 정복할 것이라는 생각이 들었습니다. 그래서 어마어마한 요새를 구축했습니다. 포위 공격을 받아도 측근, 장관, 군인, 군대를 비롯해서 모두가 10년은 견딜 수 있는 요새입니다. 외부의 도움 없이도 10년은 지탱할 수 있는 많은 물자와 식량을 비축했습니다. 지금 내가 얘기하는 요새가 바로 라페리에르입니다. 그리고 유럽인의 공격에도 끄떡없는 견고한 성벽을 쌓으려고 시멘트 반죽에 수백 마리 황소의 피를 섞도록 명령했습니다. 이것이 경이로운 것입니다. 막캉달의 반란을 봅시다. 수많은 아이티 노예는 막캉달이 신통력을 가지고 있다고 믿었습니다. 막캉달은 새, 말, 나비, 곤충 등으로 마음대로 변할 수 있다고 생각했습니다. 이렇게 해서 막캉달은 라틴아메리카 최초의 진정한 혁명을 일으켰습니다. 베니토 후아레스의 검은색 마차가 있습니다. 후아레스는 이 작은 사륜마차를 타고 멕시코 전역을 돌아다녔습니다. 사무실도 없었고 서재도 없었고 궁전도 없었고 휴식처도 없었습니다. 이 마차를 타고 다니면서 당시 가장 강대한 세 제국주의(프랑스, 영국, 에스파냐) 세력을 물리쳤습니다. 볼리비아의 전설적인 여자 게릴라 후아나 데 아수르두이를 봅시다. 이 여인은 라틴아메리카 독립 전쟁의 선구자입니다. 어느 날 후아나는 한 도시를 점령했습니다. 이유는 긴 창에 꽂혀 중앙 광장에 효수된 사랑하는 사람의 머리를 되찾기 위해서였습니다. 후아나는 안데스 산맥의 어느 동굴에서 이 사람의 아들 둘을 낳았습니다. 브라질에는 실증주의 철학의 창시자 오귀스트 콩트를 모시는 신전이 있습니다. 루소의 『에밀』을 실천하고자 유럽에서 학교를 설립한 적은 없습니다. 그러나 시몬 로드리게스는 이 유명한 책의 가르침을 실현하려고 추키사카에 학교를 설립했습니다. 다시 말해서, 루소를 존경하는 유럽인도 실현하지 못한 일이 아메리카에서 실현됐습니다. 어느 날 밤, 나는 바를로벤토에서 대중 시인을 만난 적이 있습니다. 이름은 라이슬라오 몬 테롤라입니다. 이 사람은 읽을 줄도 쓸 줄도 몰랐습니다. 하지만 내가 자 작시를 낭송해보라고 부탁했더니, 프랑스 샤를마뉴 대제와 신하에 관한 이야기인 『롤랑의 노래』를 자신이 만든 10음절 정형시로 노래했습니다. 그밖에도, 19세기 라틴아메리카 역사를 살펴보면, 흥미 있는 인물이 많이 있습니다. 맥베스와 같은 초라한 스코틀랜드 왕하고는 도무지 비교가 안 될 정도의 인물들입니다. 19세기 중엽 라틴아메리카의 어느 독재자는 출 발은 좋았습니다만, 배신에 대한 공포증과 피해 의식에 사로잡히게 되었 습니다. 그래서 충성스러운 각료, 훌륭한 장군, 친척, 형제, 친어머니까지 제거해버렸습니다. 마침내 자신은 불구자와 늙은이와 어린애들로 구성된 부대에 둘러싸인 채 홀로 남게 되었습니다. 내 생각에 이 이야기는 맥베 스 이야기보다 더 기상천외한 이야기입니다. 마지막으로 이 아메리카 대 륙에는 피오 바로하의 소설에 등장하는 실존 인물 아비라네타 같은, 그 어떤 음모자의 얘기보다 훨씬 더 재미있는 음모자들의 일생이 있습니다. 이들에 관한 소설은 아직 나온 적이 없습니다. 만약 우리의 의무가 아메 리카를 드러내는 것이라면 우리는 우리 것을 보여주고 해석해야만 합니 다. 그러면 그것은 우리 눈에 전혀 새로운 것으로 등장할 것입니다. 묘사 는 피할 수 없습니다. 그리고 바로크 세계에 대한 묘사는 필연적으로 바 로크적이어야만 합니다. 다시 말해서, 바로크적 현실에 맞게 무엇이 어떻 게 되었는지를 설명해야 합니다. 나는 오아하카의 생명수(生命樹)를, 이를 테면 고전적이거나 아카데믹한 형태로 묘사할 수는 없습니다. 나의 언어 는 열대지방 풍경의 바로크주의에 상응하는 바로크주의를 성취해야 합니 다. 그리고 이것이 아메리카 문학에서 자연스럽게 바로크주의가 나타날 수 있는 논리임을 우리는 알고 있습니다. 모데르니스모는 우리 아메리카인이 최초로 세계에 내놓은 위대한 문학 운동입니다. 왜냐하면 모데르니스모는 에스파냐의 시를 변화시켰고, 바예 인클란의 작품에 깊은 흔적을 남기고 있기 때문입니다. 그런데 모데르니스모, 특히 초기 모데르니스모는 철저하게 바로크 시가 아니고 무엇이겠습니까? 루벤 다리오의 초기 작품 모두가 그렇습니다. 그리고 이미 부조리가 되어버린 바로크, 이미 낙서가 되어버린 바로크, 에레라 이 레이식의 시처럼 무절제한 바로크가 있습니다. 호세 마르티의 정치 연설은 아주 직설적이고 감동적이고 명쾌하지만, 찰스 다윈 추모 논총에 실린 글처럼 자유분방하게 글을 쓸 때에는 바로크 산문의 경이로운 기교를 보여줍니다. 아메리카의 모든 문제를 몇 페이지로 정의한 마르티의 대표적인 에세이 「우리 아메리카」는 바로크 문체의 경이로운 예입니다. 우리의 대가들, 내 세대의 대가들 그리고 여러분도 읽어보셨을 소설 『소용돌이』는 바로크 속에서 영속하고 있습니다.21) 밀림이 바로크적인데 『소용돌이』를 어떻게 다른 문체로 쓸 수 있겠습니까? 로물로 가예고스의 작품 『카나이마』(Canaima)가 바로크 소설이라고 굳이 여러분에게 말씀드릴 필요가 있을까요?22) 『카나이마』에는 물을 묘사한 곳이 있습니다. 이 폭포 저 폭포, 이 웅덩이 저 웅덩이를 지나면서 튀어 오르기도 하고, 역류하기도 하고, 뒤섞이기도 하는 물을 묘사한 곳이 있습니다. 그리고 움직이는 수로, 즉 강물을 얘기하고 있는 뛰어난 대목도 있습니다. 이 강물은 영원히 흐르고, 끊임없이 분노하고 요동치고 솟구치고 전율하는데, 이는 베네수엘라의 위대한 작가의 붓에서만 나올 수 있는 가장

---

21) 『소용돌이』(La vorágine). 콜롬비아의 소설가 호세 에우스타시오 리베라(José Eustasio Rivera, 1889~1928)가 쓴 라틴아메리카의 대표적인 밀림 소설. ―옮긴이

22) 로물로 가예고스(Rómulo Gallegos, 1884~1969). 베네수엘라의 대표적 소설가로 특히 야노 지방을 무대로 한 소설들로 유명하다. 대표작은 『도냐 바르바라』(Doña Bárbara)이다. ―옮긴이

경탄할 만한 바로크적 대목입니다. 여러분, 가예고스의 물과 폴 발레리의 「해변의 묘지」에 나오는 물을 비교해 보십시오. 발레리 작품의 물은 고요하고 조화롭고 분노하지 않는 물, 다시 말해서, 길들여진 물입니다. 가예고스는 눈앞에 펼쳐지는 현실 때문에 바로크적입니다. 내가 보기에 가예고스 소설 가운데 가장 바로크적인 작품은 『카나이마』입니다. 왜냐하면 바로크 세계를 표현하고 있기 때문입니다.

미겔 앙헬 아스투리아스는 어느 면에서 가예고스 세대와 우리 세대를 잇는 연결고리입니다.[23] 왜냐하면 1930년대에서 대략 1950년대 무렵까지 작품 활동을 했기 때문입니다. 아무튼 아스투리아스 작품에서는 『포폴 부』, 『칠람 발람』, 『카치켈레스』(Cakchiqueles)의 영향이 드러납니다. 아스투리아스의 산문은 신대륙의 위대한 신화, 우주발생론에서 영감을 얻고 있습니다.

여러분이 알고 있는 바로크인 라틴아메리카 현대 소설, 라틴아메리카의 '새로운 소설'이라고 부르기도 하고 일각에서는 '붐 소설'이라고 부르기도 하는 소설은(그런데 '붐'이라는 말은, 언젠가도 얘기한 적이 있습니다만, 구체적이지도 못하며 아무 것도 정의하지 못합니다) 지금 활동하고 있는 소설가 세대의 산물인데, 이 소설가들은 작품에서 아메리카의 환경, 즉 도시는 물론 밀림이나 농촌을 전적으로 바로크식으로 번역하고 있습니다.

경이로운 현실은 우리가 손을 내밀어 붙잡아야만 합니다. 아메리카 현대사에서는 매일같이 생소한 사건이 일어납니다. 아메리카 최초의 사회주의 혁명이 열악한 상태의 국가에서 발생했다는 사실 자체가 현대사에서

---

23) 미겔 앙헬 아스투리아스(Miguel Ángel Asturias, 1899~1974). 과테말라의 소설가로 1967년 노벨 문학상을 수상했다. 그는 『옥수수 인간』(Hombres de maíz) 등 마야 전통이 담긴 작품 세계를 선보였다. 반독재 소설 『대통령 각하』(El señor presidente)는 우리나라에도 번역된 바 있다. ―옮긴이

생소한 사건입니다('열악한 상태'라고 했는데, 이는 지리적 의미입니다). 이 사건은 정복 이후 지금까지 아메리카 역사에서 일어난 수많은 훌륭한 일 가운데 하나이며, 우리의 영광 가운데 하나입니다. 그러나 이 경이로운 현실 세계에서 살고 있는 우리는 미래에 펼쳐질 생소한 사건에 직면하더라도 그 옛날 에르난 코르테스가 에스파냐 군주에게 말한 것처럼, "나는 이 사물들을 무어라고 불러야 할지 모르기 때문에 표현하지 않습니다"라고 말할 수는 없습니다. 오늘날 우리는 라틴아메리카 사물의 이름을 알고 있으며, 사물의 형태를 알고 있으며, 사물의 결을 알고 있습니다. 우리는 내부의 적과 외부의 적이 어디에 있는지 알고 있습니다. 우리 현실을 적절하게 표현할 수 있는 언어를 주조해냈습니다. 그리고 우리에게 앞으로 다가올 사건은 우리가 아메리카의 소설가가 되고 위대한 라틴아메리카 현실의 해석자가 되고 기록자가 되고 증인이 되어 다룰 것입니다. 이를 위해 우리는 준비해 왔습니다. 이를 위해 우리는 우리의 고전, 작가, 역사를 연구해 왔습니다. 우리 시대의 라틴아메리카를 표현하려고 우리는 모색해 왔고 마침내 무르익은 표현을 찾아냈습니다. 우리와 전 세계 사람에게는 커다란 놀라움을 예고하고 있는 거대한 바로크 세계가 있습니다. 우리는 이 세계의 고전 작가가 될 것입니다.

대단히 감사합니다.[24]

[박병규 옮김]

---

[24] 1975년 5월 22일 베네수엘라 카라카스에서 발행되던 잡지 ≪아테네오≫(Ateneo) 주최 강연회에서 발표한 글. 우리말 번역 대본은 Alejo Carpentier(1990), *Obras completas*, Vol. 13, Ensayos, México: Siglo XXI, 167-193에 실린 "Lo barroco y lo real maravilloso"이다.

유럽 문학과 라틴아메리카 문학 사이:
알레호 카르펜티에르의 이념적, 미학적 성취에 대한 단상

호세 마르티는 자신의 핵심 소고인 「우리 아메리카」에서 "세계를 우리 아메리카의 나라들과 접목시켜라. 그러나 몸통은 우리 아메리카 각국의 몸통이어야 한다"라고 말한 바 있다. 에스파냐의 석학 미겔 데 우나무노도 "지역적인(local) 것에서 보편적인 것을 찾고, 우리 주위에서 영원한 것을 찾아내야 한다"라고 말했다. 알레호 카르펜티에르는 젊어서부터 보편적인 것과 지역적인 것의 문제를 둘러싼 이 두 원칙적 발언을 내면화시켰으며 평생을 두고 이에 대한 생각을 가다듬으려 했다.

'우리는 지역적인 것에서 보편적인 것을 찾을 것이다.' 이것은 나의 좌우명이었다. 나는 쿠바인으로서 출발하여 우리 섬과 민속과 문제에 대해 알아보고자 했고, 그러다가 1927년경에는 고초를 겪기도 했다.[1] 라틴아메리카에서 한 국가만을 선택한다는 것은 많은 역사학자가 저지른 중대한 실수이다. 호세 마르티는 아메리카의 국가는 아메리카의

---

[1] 카르펜티에르는 반독재 투쟁으로 1927년 투옥된 경험이 있다. ―옮긴이

일원, 즉 전체의 한 부분으로 간주해야 한다는 것을 이해한 최초의 인물이었다. 먼저, 나는 쿠바인이다. 그리고 라틴아메리카인이며, 마지막으로 세계인이다.(Carpentier 1985, 449)

우리 문화는 유럽 문화와 다른 독자성을 지닌 문화라는 인식, 훗날 다양한 형식으로 문학적으로 확인되고 표현된 그러한 직관의 맹아를 카르펜티에르는 마르티의 「우리 아메리카」를 알기 전부터 삶의 경험을 통해 구축하고 있었다. 이미 초기 저작들에서 그의 작품의 기본적이고 지속적인 특징이었던 '이곳-그곳'의 이분법이 보이는 반면, 카르펜티에르가 여러 차례 언급했듯이 후안 마리네요를[2] 통해 마르티의 글들을 직접 접한 것은 그보다 조금 후의 일이었다. 카르펜티에르와 마리네요 세대 역시 내부적인 이념 차이는 불가피했다. 그러나 정치적, 미학적으로 전위주의를 지향해야 한다는 집단적 사명을 지니고 있었다. 그리고 그 정치적, 미학적 영역에서 마르티의 유산을 조금이라도 알게 되었을 때, 그에게 매혹되어 숭배하게 된 것은 당연지사였다. 훌리오 안토니오 메야, 루벤 마르티네스 비예나, 후안 마리네요, 라울 로아, 호르헤 마냐츠, 에밀리오 로이그 데 로이히젠링 등 수많은 지식인의 글에서 마르티의 흔적이 강하게 나타나고, 바로 이들이 마르티의 유산에 대한 체계적이고 다층적인 연구의 선구자가 됨으로써 역사적 기여를 했다.

1926년의 멕시코 체류는 카르펜티에르의 이념적, 미학적 소양 완성에 중요한 경계석이 되었다. 1913년 어린 카르펜티에르는 혁명 전 러시아에 간 적이 있는데, 이 여행은 후에 오스트리아, 벨기에, 그리고 짧은 체류 기간 동안 공부를 했던 프랑스 여행으로 이어지게 된다. 유럽 여행, 특히

2) 후안 마리네요(Juan Marinello, 1898~1977). 쿠바의 시인, 수필가, 지식인. -옮긴이

바쿠에서의3) 체류는 그의 삶에서 중대한 사건이라고 생각했던 쿠바 외의 아메리카 땅을 처음 접했을 때와 마찬가지로 깊은 인상을 남겼고, 그의 소설『봄의 제전』(La consagración de la primavera, 1978)에 훌륭하게 반영되어 있다. 카르펜티에르는 멕시코에서 디에고 리베라와 호세 클레멘테 오로스코의 그림을 보면서 심오한 혁명적, 라틴아메리카적 의미를 발견한다. 그들의 그림은 우리의 현실을 라틴아메리카인의 관점에서 평가하고 이해시키고자 한 마르티의 강론에 완전한 응답이 된 예술, 특히 영웅적이고 사회적인 예술이었고, 카르펜티에르는 그들이 천명한 것을 서사 이론과 작품을 통해 자기 것으로 만들었다.

그다음 해인 1927년 역시 카르펜티에르의 삶에서 중요한 해이다. 그는 소수파 그룹에서 낸 성명서에4) 서명했으며, 나아가 그 세대 젊은이들의 핵심 열망을 알리는 역할을 맡았다. 이를 보면 마르티의 사상이 그들에게 얼마나 깊이 스며들었는지 알 수 있다.

> [...] 우리는 다른 라틴아메리카 국가들과의 협력, 단결, 서로에 대한 지식을 요구하고 있었습니다. 우리는 아메리카를 하나로 보았고, 아메리카 국가들 사이의 일종의 혁명적 국제주의를 염두에 두고 있었고, 미국 자본의 침투에 항의하고, 교육 개혁을 요구하고, 독재에 격렬하게 저항하는 등의 일을 했습니다.(Carpentier 1984, 97)

같은 해 9월 12일에는 라틴아메리카주의자로서의 그의 생각이 구체화

---

3) 바쿠(Baku). 아제르바이잔의 수도. 카르펜티에르의 모친이 바쿠 출신의 러시아인이었다. ―옮긴이
4) 1927년 5월 6일 발표한 성명서로 제국주의 배격, 민족문화 수호, 독재정권 비판, 농민과 노동자에 대한 관심 등을 촉구했다. ―옮긴이

된 글이자 그때까지 카르펜티에르의 저작들 중 가장 중요한 글이 나왔다. 이 글은 당시 아스나르가 이끌던 《마리나》(Diario de la Marina) 지면에 실린 「우리 아메리카의 지적 중심에 대하여」(Sobre el meridiano intelectual de nuestra América)라는 기사로 마누엘 아스나르에게 전하는 답변이었다. 당시 카르펜티에르는 23세였고, 오르테가 이 가세트를 비롯한 유럽의 몇몇 사상가의 미학 개념이 대서양뿐만 아니라 아메리카에도 큰 영향을 끼치고 있던 때였다. 카르펜티에르는 예술지상주의에 반대하고, '비인간적인 예술'이 아메리카에서 결실을 맺을 수 없는 양 대륙의 본질적 차이를 강조하고,5) 마르티의 차별화된 개념을 말하며 이렇게 결론을 지었다.

친애하는 아스나르씨, 그러므로 저는 "마드리드를 에스파냐어권 아메리카의 지적 중심으로 제안하고 지정하는 일이 시급하다"라는 의견은 잘못되었다고 봅니다. 30년 전이었다면 이 의견이 결실을 맺었을지도 모르겠지요. 하지만 오늘날의 아메리카는 창조적인 에너지를 집중시키면서 유럽에서 점점 더 멀어지게 됩니다. [...] 아메리카가 정말로 어떤 중심을 원한다면, 자기 안에서 그 중심을 찾아야 합니다.(253)

어렸을 때부터의 문화 융합 경험을 통해, 또한 지역주의와 세계주의 사이의 쓸데없는 논쟁들을 지켜보면서, 보편적인 문화 가치에 민족적 가치를 주입해야 한다는 신념을 지니게 된 카르펜티에르 같은 지식인에게는 민족성의 고양을 위한 지식인의 역할을 논할 때마다 한결같이 마르티의

---

5) 에스파냐의 철학자 호세 오르테가 이 가세트(José Ortega y Gasset, 1883~1955)는 『예술의 비인간화』(La deshumanización del arte, 1925)에서 전위주의 예술이 일반 대중을 위한 것이 아니라는 점에서 '비인간적'이라고 정의했다. 다만 그는 엘리트적인 전위주의 예술을 오히려 옹호했다. 반면 카르펜티에르 등은 전위주의에서 반(反)대중적인 난해함보다는 혁명성을 보고자 했다. -옮긴이

사상을 강령으로 내세우는 것은 당연한 일이었다. 지역주의와 세계주의의 관계에 대해 카르펜티에르만한 권위자는 없다. 그에게는 프랑스인의 피가 흘렀고, 인류를 위한 프랑스인의 유구한 문화적 유산은 1980년 4월 24일 파리에서 숨을 거둘 때까지 그에게 각인되어 있었다. 누군가가 자신의 주요 개념인 '경이로운 현실'에 대해 물었을 때 카르펜티에르는 이렇게 답했다.

> 그건 내가 고안해낸 개념이 아닙니다. 그리고 사람들이 생각하는 것처럼 프랑스 초현실주의자들이 만들어낸 개념도 아니고요 브르통과 루이 아라공, 특히 브르통이 '경이'(le merveilleux)에 대해 여러 번 말했지요. 「선언문」의 한 구절이 생각나는군요. "아름다운 것은 모두 경이롭다. 그리고 오직 경이로운 것만이 아름답다." 이 말은 정확하게 몇십 년 전에 호세 마르티가 한 말이에요.(Carpentier 1985, 340)

적지 않은 강연문과 연설문이 포함되어 있는 그의 에세이 전반에 걸쳐 카르펜티에르는 대단히 일관된 미학(그리고 윤리학)을 정립해 갔는데, 그 이념적·미학적인 주장은 마르티와의 관련성을 분명히 보여주고 있다. 카르펜티에르의 핵심 개념은 다들 알다시피 '경이로운 현실', '바로크', '맥락 이론'(teoría de los contextos)이며 이들은 서로 긴밀하게 결속되어 있다. "아메리카의 책을 읽는 일 말고 다른 일은 하지 않은"(Leante 1977, 525) 몇 년 동안 정립된 그의 첫 번째 주장은 1949년 4월 18일에 처음 출간된 『지상의 왕국』의 유명한 서문에서 최초로 이론적으로 정립되었으며, 카르펜티에르는 그 이후 사람들에게 끊임없이 질문을 받으며 죽는 날까지 그 이론을 계속 발전시켰다. 그의 에세이에서 끊임없이 언급되는 바로크에 대한 개념도 마찬가지였다. 그의 미학을 이루는 이 두 가지 축은 1975년 5월 22

일 카라카스의 ≪아테네오≫에서 열린 강연회에서 이론적 정립이 완결되었다. 이 강연문은 곧 「바로크와 경이로운 현실」이라는 제목으로 출판되었다(Carpentier 1984, 108-126). 한편, 카르펜티에르의 맥락 이론은 그의 책 『더듬기와 차이』(1964)의 첫 번째 에세이 「현재 라틴아메리카 소설의 문제」(Problemática de la actual novela latinoamericana)에서 가장 잘 표명되었다.

이 에세이에서 카르펜티에르가 분석한 주요 맥락들은 인종적·경제적·정치적·풍토적·부르주아적 맥락, 거리(距離)와 규모의 맥락, 시간적 불일치의 맥락이다. 또한 이 에세이는 라틴아메리카 문제에 대한 그의 이론화 작업에서 빈번하게 나타나는 세 가지 요소인 토착성과 보편성, 건축적·문학적 양식, 시대적 요구였던 우리 소설의 영웅적 차원도 다루고 있다. 종합하자면 이 글은 오늘날 라틴아메리카 소설가들이 직면한 문학적 과제들의 핵심을 잘 요약하고 있다.

카르펜티에르가 지적한 첫 번째 맥락은 인종적 맥락이다. 혼혈은 경멸의 대상이기는커녕 풍요의 상징이며 우리의 바로크주의의 배아라는 것이 그의 신념이다. 카르펜티에르의 모든 초기작에는 흑인 주제가 항상 등장한다(그의 시, 아마데오 롤단과 알레한드로 가르시아 카투를라 같은 음악가들과 관련된 모든 작품, 「달의 역사」 같은 단편 소설, 1933년에 출간된 첫 장편 『에쿠에-얌바-오!』 같은 소설). 그리고 그의 아메리카 단계가[6] 시작되면서 원주민 문제도 주요 관심사가 되었는데, 이는 특히 그의 대표적인 소설 『잃어버린 발자취』(Los pasos perdidos, 1953)에서 품격 있게 다루어지고 있다. 카르펜티에르의 작품에서 흑인, 원주민, 메스티소는 보통 그가 주창하는 윤리적 가치들을 담지하고 있다. 그의 수많은 작중 인물 중에서도 『지상의 왕국』의 티

6) '아메리카 단계'는 카르펜티에르가 아메리카를 화두로 창작에 임한 시기를 가리킴. ─옮긴이

노엘과 『잃어버린 발자취』의 로사리오를 생각해 보라. 티 노엘은 같은 작품 속 앙리 크리스토프나 솔리만 혹은 카르펜티에르의 세 번째 소설 단계에 해당하는 아이티 역사에 대한 소설에 등장하는 (종족의 이익에 반하는 행동으로 카르펜티에르가 노골적으로 혹은 함축적으로 단죄하는) 물라토들과 대비되고, 로사리오는 『잃어버린 발자취』의 무슈라는 여인과 대비된다. 마찬가지로 『바로크 콘서트』(Concierto barroco, 1974)의 매혹적인 인물 필로메노나 『봄의 제전』의 가스파르 블랑코를 생각해보라. 이런 등장인물들을 구축하면서 카르펜티에르는 표피적인 스케치에 그치지 않는다. 그는 앞서 인용한 에세이 「현재 라틴아메리카 소설의 문제」가 출판되기 몇 해 전에 발표한 『잃어버린 발자취』에서 천상의 콘서트에서 마라카를 연주하는 천사의 이미지(우리의 문화 정체성에 대한 절묘한 상징이다)에 주목한 바 있다.

카르펜티에르는 놀라운 빛의 효과들을 통해 수많은 불멸의 장면을 만들어낸다. 『추격』(El acoso, 1958)에서 아바나의 빛과 『잃어버린 발자취』에서 아메리카의 빛이 그러했고, 『방법에의 회귀』(El recurso del método, 1974)에서 안개 낀 파리에서 최고 통치자가[7] 그리워하는 그 빛은 카르펜티에르의 작품에서는 늘 존재한다. 그러나 대서양을 가로지른 콜럼버스의 눈앞에 우리의 대지가 불현듯 드러나는 순간의 빛만큼 더 상징적이고 절정의 순간은 없었다. 아메리카는 빛과 함께 유럽의 역사와 문학에 등장한다.

곧, 여명이 밝아왔다. 순식간에 밝아오면서 우리에게 다가서는 여명이다. 지금까지 알고 있던 무수한 왕국에서 나는 그렇게 놀라운 빛을

---

7) 최고 통치자(Primer Magistrado). 『방법에의 회귀』에 등장하는 전형적인 라틴아메리카 독재자의 공식 직함이자 호칭이다. -옮긴이

결코 본 적이 없다.(Carpentier 1979, 121)

　풍토적 맥락은 카르펜티에르의 작품에서 중요한 부분을 차지하며 그의 문화 개념의 기저에 깔려 있다.

　　매우 오래되고, 종종 대단히 존중받을 만한 문화적 기원을 지닌 애니미즘, 신앙, 관습들이 살아남아 지금의 현실을 오래된 문화적 정수와 연결시키는 데 도움을 준다. 그러한 애니미즘, 신앙, 관습들의 존재는 우리를 무시간적 보편성과 이어준다. 소설가가 이를 포착하려면 표피적인 목적으로 그 요소들을 이용하려는 어떠한 시도도 접어야 한다.(Carpentier 1984, 17)

　카르펜티에르는 음식의 풍토적 맥락에 대해 언급하며 "톨레도는 올리브와 마지팬(mazapán) 냄새가 나고, 난징에서는 간장 냄새가 나고, 중앙아시아에서는 새끼 양의 비계와 효모 없는 빵 냄새가 난다"라고 말했다(18). 그리고 그의 소설 『계몽의 세기』(1962)와 『방법에의 회귀』에서 아바나는 육포 냄새가 난다고 말한다.
　카르펜티에르가 말하는 거리와 규모의 맥락이란 아메리카의 과도한 규모(desmesura), 풍성한 자연, 광대함, 바로크적 요소들을 가리킨다. 카르펜티에르는 우리 현실을 묘사하기 위해서는 바로크적 언어가 불가피하다고 보고 있으며, 이 언어를 우리의 본질을 포착하고자 하는 라틴아메리카 작가들에게도 권한다. 마찬가지로, 카르펜티에르가 그의 에세이에서 언급한, 그리고 그의 문학 작품에 항상 존재하는 시간적 불일치의 맥락이 가장 완벽하게 표현된 작품이 『잃어버린 발자취』이다.[8]
　카르펜티에르가 에세이에서 지적한 또 다른 맥락은 문화이며, 그는 『바로크 콘서트』에서 라틴아메리카 소설가들과 에스파냐 문화의 친연성을 언급하면서 바로 마르티를 인용한다. 그리고 에스파냐 문화 외에도 프랑스 문화, 영어권 문화, 그리스-지중해 문화, 기타 여러 보편적 문화들과의 친연성도 언급한다. 그러나 곧이어 다음과 같이 지적한다.

하지만 이해한다는 것 혹은 안다는 것은 식민화된다는 것과 같은 말이 아니다. 지식을 갖는 것이 굴종이라는 말의 동의어가 아닌 것이다. 과거의 문화든 현재의 문화든 간에 외국 문화들을 계속 주시하는 것은 라틴아메리카 작가에게는 지적 후진성을 의미하는 것이 아니다. 오히려 보편성을 획득할 수 있는 가능성을 의미한다. 우리는 여러 문화의 산물이며, 여러 양상의 정당한 문화횡단 과정들에 응답하고 있는 것이다. 이제 이 심대하고 흥미로운 문제에 대한 해답을 찾을 때가 도래했다.(22-23)

이념적 맥락을 언급할 때면 카르펜티에르는, 우리 소설가들이 종종 잘못 이해하고 표명한 사회고발 문제도 다룬다. 이론적으로도, 또 실천적으로도 형식에 중요성을 부여한 카르펜티에르에게 문학 작품을 단순히 사상이나 강령으로 축소시키려는(맑스주의 성향의 미학이 오랜 세월 동안 농익은 나라들에서도 여전히 오늘날까지도 벌어지고 있는 개탄스러운 일이다) 모든 시도는 무의미한 것이었다.

카르펜티에르가 지적한 또 다른 맥락들은(경제적, 정치적, 부르주아적 맥락) 그의 작품 전반에 나타난다. 특히 『방법에의 회귀』에서 가장 직접적으로,

---

8) 『잃어버린 발자취』는 뉴욕에 거주하는 쿠바인 음악 이론가가 음악의 기원을 찾아 베네수엘라 밀림에 들어갔다가 원시사회에 매혹되는 내용의 소설이다. 이를테면 문명 사회와 원시 사회의 '시간적 불일치'가 이 작품의 문제적 상황인 셈이다. ―옮긴이

또 기막힌 아이러니를 통해 다루어지고 있다. 마치 용암처럼 분출되고 있어서, 단상 성격의 이런 글을 통해서는 명확하게 설명하기 어려울 정도이다.

지면상의 제약으로 지금까지도 필자가 원하는 내용을 상세하게 다루지는 못했지만, 간단하게나마 카르펜티에르의 다른 측면들도 부각시킬 필요가 있겠다. 카르펜티에르를 다른 작가들과 차별화시키고, 그의 작품의 본질적인 존재 이유에 해당하는 라틴아메리카주의자적이고 탈식민주의적인 시각이 표출되는 측면들을 말이다.

카르펜티에르가 그야말로 방대한 양의 독서를 했음에도 불구하고, 라틴아메리카에 대한 인식과 그가 도달한 결론들은 결코 책에서 얻은 것이 아니라 우리의 지리적, 정치적, 사회적 현실과 직면한 결과였다. 사실 보편성에 대한 지대한 열망은 늘 카르펜티에르를 사로잡고 있었다. 만국적 가치들을 자신의 작품에 수용하려 했고, 민족예술을 보편예술에 접목하려는 갈망도 보여주었다. 따라서 그는 유럽중심주의나 편협한 토착주의에 모두 비판적이었다. 카르펜티에르는 미학적인 면에서 라틴아메리카의 문화적 정체성을 강조했으며, 그 과정에서 혼혈에 대해 항상 긍정적으로 평가했다.

형제애적 휴머니즘으로 점철된 그의 작품들은 기본적으로 인간에 대한 무한한 신뢰를 보내고 항상 약자 편에 서고 있다. 초기작부터의 이러한 휴머니즘과 공감은 세월이 흐르면서 더욱 풍요로워지고 급진화되었다. 우리 아메리카의 고통스러운 현실이 이를 요구했기 때문이다. 문체에 관한 카르펜티에르는 우리 현실을 표현하기 위한 가장 이상적인 수단을 집요하게 모색하려는 의지의 소유자였다. 이런 측면에서 볼 때 카르펜티에르는 '언어의 씨앗'으로 여행을 한 셈이고, 그가 좋아한 고전 작품들의 정수를 언어적 바로크주의를 통해 아메리카 고유의 표현으로 흡수하였다. 언어적 바로크주의는 우리 작가들에게는 아직도 모델이 되고 있다.

카르펜티에르는 우리 아메리카의 미학이 서구의 미학과 어깨를 나란히 하게 만들고자 어마어마한 노력을 기울였다. 모든 예술 분야에서 현재화 (actualización) 작업을 수행했으며, 그런 노력만으로도 국민문화에서 최고의 위치를 차지하기에 충분할 것이다. 그 어떤 인간도 그에게는 타인이 아니었고, 그가 라틴아메리카 국가들과 접목한 세계는 카르펜티에르가 남긴 가장 고귀한 유산 중 하나이다.

카르펜티에르는 긴박한 국가적 현실과 라틴아메리카적 현실에 상응하는 진정한 예술과 문학도 열정적으로 대변했고, 동일한 열정으로 영웅적인 예술을 지지했다(물론 카르펜티에르가 형식의 거장인 만큼 형식에 대한 훼손 없이, 다루고자 하는 것의 본질을 형식적으로 잘 드러낸 영웅적인 예술인 경우에 말이다). 아메리카의 진정한 예술과 문학이 카르펜티에르에게 높은 평가를 받은 것은 결코 우연이 아니다.

또한 카르펜티에르의 예술적 목표의 견지에서 보자면, 그의 평론과 소설에서 파생된 미학은 미의 중시, 라틴아메리카의 문화 정체성 예찬, 탈식민적 열망, 사회변혁을 위한 예술가의 적극적 참여 옹호, '지상의 왕국'에서 인간을 영적으로 끌어올릴 수 있는 예술과 문학 지향이라는 특징을 지니고 있다.

이 글의 주제에 대해서는 부언할 것이 아직 많다. 그만큼 상세한 연구가 필수 불가결한 주제이다. 하지만 우리의 위대한 작가 두 사람의 웅변적이고 결정적인 말로 끝맺음을 해야 할 듯하다. 언젠가 마르티는 이렇게 표현했다. "아메리카의 역사, 그토록 아름다운 소설이 있으랴!"(Carpentier 1985, 105) 훗날 카르펜티에르는 이렇게 말했다. "아메리카의 역사가 경이

로운 현실의 연대기 그 자체가 아니고 무엇이겠는가?"(Carpentier 1984, 79)
그리고 한때 '소설가 없는 소설'의 땅이라 불리던 아메리카는[9] 다행히도
어느 날 그 오명을 탈피했고, 최고의 라틴아메리카 작가인 카르펜티에르
는 아메리카 소설의 웅장함과 토착성에 대한 마르티의 인식을 보편성과
접목시켜 '우리 아메리카'가 긍지를 느끼게 해주었다는 점에서 그 어느 현
대 작가보다 더 결정적인 기여를 했다.

[박도란 옮김]

---

9) 페루 문학 비평가 루이스 알베르토 산체스(Luis Alberto Sánchez, 1900~1994)가 1933
년에 『아메리카: 소설가 없는 소설』(América: novela sin novelistas)이라는 책을 쓰면
서 라틴아메리카 소설가들의 수준을 개탄한 적이 있다. 라틴아메리카 소설다운 소설을
쓰지 못하고 유럽 문학 사조를 모방하는 수준, 그래서 특정 작품의 작가가 누구인지 기
억할 만한 가치가 없는 수준의 소설가들밖에 없는 현실을 논하였다. ─옮긴이

후안 라몬 히메네스와의 대담

호세 레사마 리마

　　호세 레사마 리마가 "내게 그 다혈질 펜으로 쓰도록 강요하는" 의견
들 속에는 내 것이라고 인정하는 생각과 말이 있고 그렇지 않은 것도
있다. 그러나 내 것이라고 인정하지 않는 것 역시 어느 정도 수준을
갖추고 있어서 버릴 수가 없다. 게다가 어떤 순간들에 이르면 대화는
융화되었다. 한쪽의 말도 다른 쪽의 말도 아닌, 공간과 시간을 초월하
게 해주는 매개체가 된다.

　　나는 나의 벗이 내가 한 말이라고 하는 모든 것을 받아들이기를, 또
가능한 한 나의 것으로 만들기를 택했다. 가끔은 다른 사람들이, 손쉬
운 대화자들이 정리한 글 앞에 단호히 아니라고 저항하는 것이 필요
함에도 말이다.1) −후안 라몬 히메네스2)

1) 이 부분은 ≪쿠바지≫(Revista Cubana)에 이 대담이 실릴 때 후안 라몬 히메네스가 단
　주석이다. 호세 레사마 리마가 정리한 것을 거의 그대로 수용했다는 내용의 소회이지만
　실제로는 그렇지 않은 것 같다. 히메네스의 부인으로 쿠바에 동행한 세노비아 캄프루비
　(Zenobia Camprubí)에 따르면, 그는 사실 대담 원고를 다듬는 데 상당히 공을 들였다.
　레사마 리마 특유의 현란한 말투와 박식함, 즉 소위 바로크적 사고와 수사(修辭) 때문
　에 자신의 생각과 발언이 잘못 전달될까 우려했기 때문이었다고 한다. −옮긴이
2) 후안 라몬 히메네스(Juan Ramón Jiménez, 1881~1958). 자아도취적이며 세계주의적
　인 정서를 바탕으로 구세대적 시어와 형식을 쇄신하려 한 에스파냐 모데르니스모 경향

우리는 피부와 사랑에 빠진다. 우리 위를 덮은, 별들의 지도 같은 피부를 변함없이 바라본다. 피부, 시선, 천체도. 그러나 피부와 시선에 응해야 하는 육체이건만 곧 가죽에 맞지 않는다. 유리뱀은 전진하고 진전한다. 피부, 즉 허물만 그 자리에 남아 그림자가 되고, 그림자 위의 화살이 되고, 뒷바람을 맞는 등 위로 무너지는 담이 된다. 이제 유리뱀은 다른 피부를 하고 있다. 이제 옛 허물은 종이일 뿐이며 나뭇잎이 바스라질 때처럼 우아하게 떨어질 뿐임을 우리는 시간이 지나면서야 받아들인다. 푸른 나뭇잎을 기다리노라면 나타나는 잎은 전기를 띤 보랏빛 잎, 물 밑에서 본 머리 타래처럼 관자놀이에서나 등에서 자라나는 잎, 단단하고 영원한 유리벽 위를 맴도는 한 송이 물고기들 같은 잎이다. 그러고 나면 피부는 연기의 피다. 강력한 손이 라임을 짜고 조여들며 하나의 목구멍의 존재를 밝힌다.

'단계: 피부, 장갑의 가죽, 박제된 가죽.' '유리뱀: 감수성의 양식, 방식, 관습.' 어느 날 우리는 첫 번째 것을 조롱한다. 왕위, 권력, 악마, 천사들로

을 대표하는 시인이다. 에스파냐 현대시의 황금기를 이룬 1920~1930년대 전위주의 시인들의 스승이기도 하다. 27세대라 불리는 이들은 히메네스가 추구한 '순수시', 즉 시 자체를 위한 시를 읽으며 시를 사랑하게 된 세대이다. 그들이 기존의 규범이나 관습, 시 외부의 가치에 구애받지 않고 시인이 자유롭게 만든 시어 자체의 순수한 아름다움을 추구하는 태도를 기반으로 시를 쓰기 시작한 것은 히메네스라는 토양이 있었기에 가능했다. 또한 이들은 이름을 알리는 과정에서 문단의 거물이었던 히메네스의 전폭적인 지원을 받기도 했다. 히메네스에게 시는 본질적인 진실을 깨달아 영원에 도달하기 위한 방법이었다. 그는 1956년 노벨 문학상을 수상했다. 에스파냐 내전 발발 당시 히메네스는 공화국을 지지했으나, 사회주의자들의 지식인 배척 움직임에 위협을 느껴 망명을 택했다. 1937년에 쿠바를 방문해 2년여 동안 머물면서 지식인들과 교류하고 몇 차례 강연도 했다. 훗날 쿠바 문단의 거목이 되는 레사마 리마를 비롯한 당대의 젊은 문인들은 그를 반기고 스승처럼 떠받들었다. 히메네스 역시 젊은 레사마 리마의 비범함에 좋은 인상을 받았다. 이 대담은 1937년에 이루어졌으며, 아바나에서 발간되던 ≪쿠바지≫에 이듬해 세 번에 걸쳐 게재되었다. 원제는 '후안 라몬 히메네스와의 대담'(Coloquio con Juan Ramón Jiménez)이다. -옮긴이

인해 증식된 생명들은 두 번째 것에 도달하지 못할 것이다. 대답하지 못한 채 마침내 실패, 침몰, 침묵으로 남을 것이다.

피카소는 말한다. "나는 찾지 않는다, 발견할 뿐이다." 후안 라몬 히메네스는 말한다. "나는 공부하지 않는다, 배울 뿐이다." 이들은 유리뱀의 방식으로 발견하면서 배웠다. 자신들이 마지막으로 획득한 것으로부터 항상 허물 벗듯 벗어나면서. 그러기에 그들이 거쳐 온 여러 방식(manera)을 찾으려 한다면 우리는 길을 잃게 된다. 그저 개별적인 감각적 경험을 찾게 될 뿐이다. 그들의 정당성 때문에 우리는 그들에게서 가장 가치 있는 것을 찾아야만 한다. 그것은 자체로서 흥미로운 예술 작품, 창조력, 어린아이 같은 창조의 풍요로움이다. 그들에게 방식, 양식(estilo)은 살아 있는 표현의 유기체들에 의해 생산된 긴 흐름의 최종 단계들이었다. 반면 다른 사람들은 (단 하나의 성공적인 감각적 경험만 가진 자를 저어할지어다) 하나의 방식을 얻고는 이에 집착하다 타락시키고, 파편화된 전통으로 만들어버리고, 성급하게 법도로 삼는다.

후안 라몬, 피카소 그들의 충실성은 오로지, 자극을 주는 대상이 가장 훌륭한 육체를 내보이는 순간에 그 대상에 쏟아붓는 포착 능력에 있다. 그들의 비밀, 핵심과 영원을 향한 그들의 첫 접근은 온전히 남는다. '피카소: 로마와 아프리카, 북쪽의 동물군과 유골함들, 축제의 임시 시설물들, 제3기의[3] 탄화된 암석들.' '공통분모: 충실함, 창조적인 유년기 기억의 경이로운 풍요로움, 청소년기에 대한 절대적 성애화(性愛化), 평온함, 지킨 약속, 읽을 수 있는 서명.' '후안 라몬 히메네스: 과감하게 움직이는 물고기의 그것과도 같은, 곡선과 직선으로 이루어진 과감성. 서로 묶인 선과 음

---

3) 중생대 백악기와 신생대 제4기의 중간 시기로 약 6500만 년 전부터 200만 년 전까지에 해당하는 시기이다. -옮긴이

악. 자줏빛 벌들을 위한 바다의 파묻힌 청각과 안달루시아의[4] 도리스 식 도시의 금. 수선화, 젖은 풀 사이에서의 승마, 보라색 토지, 호흡에 섞이는 뒤엉킨 모래.' 선생님, 어째서 카네이션이 아니고 장미인지요?(후안 라몬 히메네스는 "장미는 여자이고 나는 남자이기에"라고 노래한 바 있다). 장미여야 한다면 그 장미의 부재인지요, 눈에 대한 결정적인 목적론(teleología)인지요, 반지이기도 한 원형인지요? 꽃가지가 졸음 속에서 수액을 떨굴 때, 죽기 위해서 푸른빛으로 남을 때 들어 올려진 장미인지요?

지금 우리는 모두 후안 라몬과 함께 있다. 흡연을 동반하는 독서를 요구할 법한 홀, 분홍 가죽 아래 학문적으로 변신한 안락의자들. 도서관이자 홀. 솟아오르는 나선처럼 담배 연기 속에 녹아드는 문화에 대한 명상. 읽혀지고, 또 읽혀지는 동안 시는 도망친다. 후안 라몬의 침묵의 전설을 다소 미신적으로 믿는 우리에게 그는 여러 번 경고한다. 그러면 시는 다시 돌아와서 좀 더 오래 머문다. 갑자기 분위기에 적절치 않은 목소리 하나가 튀어 오른다. "선생님은 이 시들에 대해 어떻게 생각하십니까?" 후안 라몬은 망설이다가 재빨리 대답한다. "여러분이 의견을 내시는 게 좋겠습니다. 여러분이 더 잘 아시니 더 빠르고 정확한 의견을 내실 것입니다."

다시 낭독이 중단된다. 이 중단은 이제 후안 라몬을 둘러싼 침묵의 전설 안에 깊숙이 자리 잡는다. 방금 들은 시에 대해 의견을 내놓지 않는다면 우리는 의심의 여지없이 시에 대해 이야기 할 수 있다고 그는 말하는 것이다. 시인들을 배제하고 시를 논하는 것이야말로 어쩌면 우리가 서로 이해할 수 있는 유일한 방법인지도 모른다.

---

4) 안달루시아(Andalucía). 에스파냐 남부 지방. 가장 오래 아랍인의 지배를 받은 곳이자, 집시 문화와 한의 정서 등 독특한 지방색을 지닌 곳이다. 히메네스도 안달루시아 출신이다. ―옮긴이

나(호세 레사마 리마): 성급하고 순진한 것인지도 모를 질문을 몇 가지 드리고 싶습니다. 선생님이 우리와 함께 보낸 짧은 시간 동안, 특별한 감수성(쿠바의 현재 시와도 또 우리의 감수성에서 가장 가시적인 부분과도 관계가 없는 감수성)을 구성하는 요소들, 우리로 하여금 '섬 정서'(insularismo)의 가능성을 생각하게 하는 요소들을 감지하지는 않으셨는지요? 제가 시가 떠돌고 있는 방 안에서 이 질문을 한다는 사실, 이 질문을 항상 명료한 대답을 하는 시인에게 드린다는 사실이 고려되었으면 합니다. 사회학자나 통계학자가 할 만한 대답에 지금의 우리는 흥미를 느끼지 못할 것입니다.

후안 라몬 히메네스: 만약 그 질문이 하나의 '출구'가 아니라면, 당신은 섬 정서라는 개념에 어떤 범위를 부여하십니까? 쿠바가 섬이면 영국 역시 섬이고, 오스트레일리아도 섬이고 우리가 거주하는 행성도 일종의 섬이기 때문입니다. 섬에 사는 이들은 내부를 향해 살아야 합니다. 게다가 섬의 감수성을 논하자면, 먼저 이를 정의 내리거나 혹은 대조를 통해 추측해 봐야 할 것입니다. 이런 경우, 섬들이 갖는 차별화된 감수성은 어떤 감수성과 대비시킬 수 있을까요? 감수성의 문제에 대한 제 입장을 밝히자면, 저는 섬 정서가 예술적 감수성에 차별화된 색채를 부여할 정도로 심층적인 영향을 준 사례를 본 적이 없습니다. 한 예로 영국의 훌륭한 서정시를 보십시오.

나(호세 레사마 리마): 제 질문은 분위기 전환의 출구가 될 만큼 부드럽지 않습니다. 우리를 꼬집어 뜯고 들볶고 우리의 살을 쑤시게 하는 문제입니다. 섬 정서는 말씀하신 지리적 의미에 국한되어서는 안 됩니다. 물론 그것도 항상 흥미롭습니다만, 무엇보다도 문화사와 감수성의 역사 속에서 섬 정서 문제에 접근해야 합니다. '문화과학'이라고 불리기 시작하는 분야의 관점에서요. 이를 추동하는 인물 중 한 사람인 셀러를[5] 기억합시다. 그리스는 도시국가들로 이루어졌으니 하나의 군도였음을 우리는 알고 있습니다. 그 중심에는 간혹 아테네가 있었습니다. 또한 프랑스가 섬이라고 말할 때의 섬 정서라는 말의 의미도 흥미롭습니다.

후안 라몬 히메네스: 섬이 아일랜드인에게 그렇듯 그 고립 상태로 우리에게 절망을 불러일으킨다고 가정해봅시다. 예컨대 조이스는 말합니다. "나는 내가 텅 비어 있다고, 퇴거된 인간이라고 느낀다." 그리고 스티븐 디덜러스는[6] 그의 기본 이념이 침묵, 망명, 책략이어야 한다고 되풀이 말합니다. 이런 경우 섬 정서는 하나의 종류, 다른 어떤 종류의 감수성과도 어울릴 수 있는 극히 개인적인 감수성의 한 형태입니다. 그래서 다시 묻겠습니다. 당신은 섬 정서를 다른 어떤 종류의 감수성에 대조시키는 것입니까? 그 다른 종류의 감수성이란, 물론 대체 불가능한 보편적 성질들과 방식들을 뛰어넘는 것일 테고 말입니다. 만일 이 주제가 특유의 삶을 소개하는 대신 기질과 태도들의 유희에서 흔히 나타나는 개인적인 벌이나 쾌락으로 남는다면, 이 주제는 어떻게 정의될 수 있겠습니까? 바로 영국만 보더라도 두 가지 감수성에 상응하는 두 가지 전통이 존재합니다. 로마에서 온 인본주의적인 전통과 아일랜드에서 비롯된 생생한 켈트 전통이죠.

나(호세 레사마 리마): 프로베니우스는[7] 해안 문화와 내륙 문화(culturas de

---

5) 막스 셸러(Max Scheler, 1874~1928). 독일의 현상학자. -옮긴이
6) 스티븐 디덜러스(Stephen Dedalus). 제임스 조이스의 『젊은 예술가의 초상』과 『율리시스』의 주인공. -옮긴이
7) 레오 빅토르 프로베니우스(Leo Viktor Frobenius, 1873~1938). 독일의 민족학자. -옮긴이

litoral y de tierra)를 구분한 바 있습니다. 섬들은 해안 문화와 관련 있습니다. 감성적인 관점에서 이를 강조해 보면 흥미롭습니다. 그 이유는 해안 문화에서는 자신의 풍경(paisaje)보다 원경(lontananza)에 대한 느낌이 더 흥미로울 것이기 때문입니다. 영국 국내의 풍요로운 풍경화의 예를 들어 제 말을 반박할 수도 있겠습니다. 그러나 영국에서 풍경은 별로 도움이 되지 않았습니다. 중요한 화파(畵派)를 낳지 못했으니까요. 만일 그랬다면 영국 풍경화의 정당성이 입증되었을 테지요. 저는 섬사람이 내부를 향해 살아야 한다는 선생님 말씀에 주목하고 싶습니다. 그것은 오르테가 이 가세트 선생님의, 섬사람들은 전염병이 돈 배가 보이면 비로소 눈을 반쯤 감는다는 의견과 일치합니다.

후안 라몬 히메네스: 쿠바에서 가장 표현력 있고 감성적인 스타일을 보여준 마르티와 카살[8] 두 사람의 시적 탁월함을 낳은 것은 수입 문화에 대한 반발이었습니다. 그들의 탁월함은 섬이 당연히 주는 영감과는 아무 관련 없습니다. 그들의 가장 큰 장점은 그들의 작품이 추구하는 다양한 보편성에 있습니다.

나(호세 레사마 리마): 말씀하신 두 시인을 언급하기 전에, 선생님의 그 직전 질문에 대해 말씀드리고 싶습니다. 섬세한 멕시코 시인 알폰소 레예스는[9] 쿠바에 대한 시를 마치면서 우리를 위협했습니다. 마치 아나우악[10] 시인들이 무장하고 하선(下船)하는 듯한 느낌이었습니다. 그 시

---

8) 훌리안 델 카살(Julián del Casal, 1863~1893). 쿠바의 모데르니스모 시인. ─옮긴이
9) 알폰소 레예스(Alfonso Reyes, 1889~1959). 멕시코의 사상가, 문인, 외교관. 20세기 상반기의 멕시코 지성계에 커다란 영향을 끼친 인물. ─옮긴이
10) 아나우악(Anáhuac). 메소아메리카의 나우아어로 '물 가운데 위치한' 정도의 뜻을 지니고 있다. 오늘날의 멕시코시가 위치한 멕시코 고원을 아나우악 고원이라고 불렀다. 이 고원이 아스테카 문명의 중심지이기도 해서, 에스파냐 침략 전의 아스테카인은 자신들이 사는 땅을 통칭하여 아나우악이라고 불렀다. ─옮긴이

는 "샌들을 신은 발걸음으로 도착하는 소리와 멕시코 피리의 천둥소리가 들릴 것이다"라는 신내림 같은 예고로 끝을 맺었습니다.

이는 우리가 다소간 다루는 주제를 밝혀줍니다. 아마 쿠바의 섬 감수성과 멕시코의 대륙 감수성 사이에는 대조되는 점들이 있을 것입니다. 우리는 지금 위험하기 짝이 없는 지대로 들어가고 있습니다. 명확한 단언이나 차별화되는 잠재된 현실성(entelequia)이 아니라, 오직 징후를 통해서만 겉보기에 차이가 없는 이 지대에서 뭔가를 볼 수 있기 때문입니다. 제 질문에 섬의 허영심 따위가 숨어 있겠거니 하실 수도 있을 것입니다. 하지만 왈도 프랭크라는[11] 미국인 비평가가 우리 쿠바인에게 이른바 앤틸리스 제도의 제국이 되어 카리브 지역의 주도권을 행사하라고 충고했음을 기억해 주십시오. 지금 당장 아주 흥미로운 문제는 아니지만 이 점을 생각해 보면 이론적으로 매혹적인 무언가에 도달할 수는 있을 것이고, 또한 항상 열등의식에 젖어 있던 쿠바 국민과 우리의 감수성과 함께 권력에의 의지를 북돋울 수도 있을 것입니다.

후안 라몬 히메네스: 멕시코의 대륙 감수성에 대해 말씀하시는군요. 하지만 예를 들어 페루의 감수성이 멕시코의 그것과 매우 다르다는 점을 생각해 보십시오. 쿠바와 영국이 섬의 감수성 혹은 해안 문화에 속함에도 불구하고 쿠바의 감수성과 영국의 감수성이 다르듯이 말입니다.

나(호세 레사마 리마): 제 질문을 더 명확히 해야겠습니다. 예를 들어 영국은 서정시에서는 항상 가장 뛰어난 대상과 경쟁할 만한 능력을 발휘

---

11) 왈도 프랭크(Waldo Frank, 1889~1967). 미국의 문인이자 역사가. 유명한 친(親) 라틴아메리카 인사이다. 슈펭글러가 1차 세계 대전의 와중에서 서구의 몰락과 미국의 부상을 예언했다면, 프랭크는 라틴아메리카를 포함한 아메리카 전체의 부상을 예언했다. -옮긴이

해 온 반면 회화적 표현은 불충분합니다. 자기 숭배(egotismo) 혹은 지나친 방어막의 산물인 고립과 향수는 빼어난 주관주의로 귀결되어 최고의 서정성에 도달하게 해줍니다. 투사(投射)와 대화의 의지가 참여적 이중성을 강제하는 음악에 있어서는, 영국은 실용주의 철학, 과학윤리 혹은 진화생물학 분야에서 자랑하는 전통을 빛내지 못합니다. 영국인이 섬 환경의 차이점을 빠르게 인식했다는 것은 그들이 결정론을 창시했다는 점에서도 뚜렷이 보입니다. 텐의[12] 결정론은 주로 스펜서, 흄, 다윈의 영향으로 이루어졌습니다. 게다가 유럽의 정신적 단일성이라는 주제가 제기될 때마다 영국은 스스로 그에 해당된다고 여기지 않았습니다. 마찬가지로, 우리 쿠바인들은 에스파냐어권 아메리카주의(hispanoamericanismo)라는 주제에 큰 관심을 가져본 적이 없습니다. 이는 우리가 대륙의 감수성이라는 문제의식에 그다지 의무를 느끼지 않음을 의미합니다. 대륙적 감수성이 지닌 안정성과 조심성은 우리의 섬 감수성이 제공하는 표면에의 탐구와 대조됩니다. 멕시코인은 세련되고 신중하며, 시끄럽지 않은 긴 어휘를 사랑합니다. 우리는 지나치고, 거짓되게 표현적이며, 미스트랄이[13] 말했듯이 우리의 비극을 "크리오요식 농담 나부랭이"를 통해 드러냅니다.

그토록 귀족적인 멕시코 시가 위대한 멕시코 회화 전통에 반(反)하여 인디오를 서사시나 서정시의 모티브로 받아들일 때 보여준 조심성은, 쿠바 시가 흑인의 감수성을 도입할 때 보인, 어쩌면 좀 지나치다 싶은 돌연함과 대조됩니다. 다른 자극 요소들은 차치하고라도, 가장

---

12) 이폴리트 텐(Hippolyte Taine, 1828~1893). 프랑스의 실증주의 사상가. -옮긴이
13) 가브리엘라 미스트랄(Gabriela Mistral). 칠레 시인 루실라 고도이 알카야가(Lucila Godoy Alcayaga, 1889~1957)의 필명. 1945년 라틴아메리카 문인으로는 최초로 노벨 문학상을 수상했다. -옮긴이

엄밀한 암시적 의미를 배제한 썰물 파도(resaca)야말로 아마도 '원경에 대한 우리 쿠바인들의 느낌'이라는 상징을 통해 우리가 제공하는 섬의 감수성의 첫 번째 요소일 것입니다. 썰물 파도는 다름이 아니라 섬이 해류에게 줄 수 있는 퇴적 활동입니다. 반면에 도입 작업은 비잔틴 양식의 잔재입니다. 해안 지대에 썩은 비늘의 신기루를 부도덕한 십자말풀이 형태로 생산하는 한계를 노정할 뿐입니다.

후안 라몬 히메네스: 물결의 문제로군요. 그래서 저는 내재화(internación), 즉 중심을 향한 삶이야말로 유일한 정당화 방법이라고 주장하며, 앞으로도 주장할 것입니다. 여러분은 썰물 파도의 작업보다 쿠바에 도달하는 배들에 더 주의를 기울여 왔습니다. 여러분의 질문은 오히려 해양 동물 문제에 가깝습니다. 그리고 되풀이하여 주장하지만, 저는 순수한 섬 감수성이라는 것의 가장 의미 있는 비밀들에 대해 구체적인 지표를 얻고 싶습니다. 저는 당신이 제게 보여주는 것이 하나의 신화라고 믿고, 그래서 이미 정의된 감수성에 대한 명료한 사실들을 묻는 저의 질문은 아마도 시기상조일 듯합니다. 마르티나 카살의 시에서 비록 순식간일지라도 이런 의미를 보이는 순간들을 지적해주실 수 있을지요?

나(호세 레사마 리마): 섬의 감수성 문제가 신화를 정의하기 위한 최소한의 비밀스런 힘만으로도 유지될 수 있다면 좋겠습니다. 구체적인 형태로 제시된다면 이 문제는 배타주의적 한계와 원성을 사게 될 것입니다. 제가 바라는 것은 오로지 우리에게 없는 신화를 완성하는 데 섬 연구의 도입이 도움이 되는 것뿐입니다. 그래서 저는 시적 본질이라는 영원한 놀라움의 왕국, 우리가 직접적으로 신화와 맞닥뜨리지 않을 왕국에서 이 문제를 제시한 것입니다. 신화가 우리에게 예기치 않게 나타날 수도 있기는 합니다. 단죄된 감수성이나 대화적인 겸손함의 증거로 말입니다. 우리 쿠바인이 시에서 음악적인 느낌과 타악기 리듬을 고집하는 데는 의심의 여지가 없지만, 그렇다고 음조와 박자가 조화를 이루는 어떤 결과물을 산출하지는 못했습니다. 우리는 시에게 목소리나 악기와 함께 노래될 것을 강요한 것이나 다름없습니다.(후에 나타난 수많은 낭독자가 그런 방식을 대체했지요.) 우리끼리 얘기지만, 흑인 감수성의 유입, 그리고 더 잦게는 의성어 어휘의 유입을 핵심적 발견으로 하는 시는, 콕토에[14] 따르면 모든 시가 응답해야만 하는 '9로 나누기 시험' 에[15] 등을 돌리고 있었던 것을 후회하고 있습니다. 그저 듣기 시험에서 처음으로 공감을 얻었다는 사실에 만족할 따름입니다.[16] 우리의 프랑스풍 회화는 오로지 서구적 원칙에 위치하고, 그 결과 뿌리 없는 메마름 때문에 아쉬워합니다. 더 명확히 말하자면, 가장 기본적인 음악 형태인 타악기적 요소는 일화에 불과한 시를 생성할 뿐입니다. 이것은 분리된 주체(sujeto disociado)가 모호한 대상을 점유하려 하기 때문이고, 피부색이라는 사건이 (지금으로서는) 신화의 질료, 생의 본질과 혼동되기 때문에 그렇습니다. 물론 감수성에 대한 이런 주제들을 우리는 일차적인 측면에서밖에 다룰 수 없습니다. 이들은 아직 개념이나 잠재적 현실성으로 승화된 명확한 재료를 제공하지 않으니까요. 실론은[17]

---

14) 장 콕토(Jean Cocteau, 1889~1963). 프랑스의 시인, 소설가, 극작가, 영화감독. -옮긴이

15) '9로 나누기 시험'. 사칙연산의 결과가 맞는지 9로 나누어 검토하는 수학적 기법. -옮긴이

16) 레사마 리마의 등장 이전에 쿠바 문단에서 중요한 사건 중 하나는 니콜라스 기옌의 흑인주의(negrismo) 시였다. 레사마 리마는 1940년대 중반부터 쿠바 정체성의 아프리카적 요소에 대한 이해의 폭을 조금씩 넓혀가기 시작했지만, 이를 전적으로 수용하지 못했던 크리오요들의 시각에도 일부 동조했다. 이 대담이 이루어진 시점에서는 더욱 그러했다. 대담을 통해 기옌을 명시적으로 언급하지는 않지만, 그의 흑인주의 시에 대한 거부감이 군데군데 명확히 드러나고 있다. -옮긴이

17) 실론(Ceylon). 스리랑카의 옛 이름. -옮긴이

감수성의 역사에는 존재하지 않습니다만, 잠재적 감수성에 대해 놀랍도록 중요한 문제들을 제기합니다. 로렌스의[18] 두 가지 혈액순환에 대한 원리는 사기성이 짙어 보이지만, 그는 어느 날 영국에서의 낮잠과는 너무도 다른 실론의 낮잠의 조류에 실려 상승하는 기분을 느꼈다고 말했습니다. 의심할 바 없이 그는 수정구슬의 하늘과 별들의 하늘을 구별하는 신비주의자들처럼 말한 것입니다.

후안 라몬 히메네스: 당신이 말하는 섬 감수성의 신화는 어쩌면 분리적인 자부심을 일으킬지도, 그래서 여러분을 너무 일찍 보편주의적 해결책에서 멀어지게 할지도 모릅니다. 그리스인들에게 섬이란 교활한 율리시스에게 위험했던 저 노래의 섬이었음을 우리는 압니다. 더구나 그 신화는 매우 희미한 자극제입니다. 사회적 행위를 위한 무기로 보기엔 매력적인 면모가 없습니다. 섬사람과 강사람들 사이의 오늘날의 싸움은 이미 알려져 있지요. 파스칼에 따르면 강은 그들이 걷는 길입니다. 조이스와 같은 유형의 섬사람은 가장 절망적인 형태로 인간 개성의 미립자화를 논하는 반면, 강사람은 대지와 공기에 입각한 정당성에 의지합니다. 이 주제는 게노스와 에이도스,[19] 본질과 질료 등등의 오래된 철학적 주제로 연결될 수도 있겠군요

나(호세 레사마 리마): 오늘날 철학은 존재의 근본 자체인 고뇌라는 주제를 제시하기 시작합니다. 지금까지 우리는 낭만주의자들의 시적 자아에 대한 기나긴 선언들을 통해서 그것을 해결하는 데 익숙해져 있었지요. 시는 다소 데카르트적인 성 안에 스스로를 가두기 시작하고 있어요.

---

18) 로렌스 브루스 로버트슨(Lawrence Bruce Robertson, 1885~1923). 수혈 방법을 발달시킨 캐나다의 군의관. -옮긴이
19) 아리스토텔레스의 논리학과 생물학에서 사용되는 개념. 에이도스는 동물의 종이며, 게노스는 비슷한 에이도스를 모은 집합(류)이다. -옮긴이

발레리는 죽을 때도 학술적으로 죽을 것을, 분류하면서 죽을 것을 요구합니다.

후안 라몬 히메네스: 철학과 형이상학 사이의 차이, 발레리와 말라르메 사이의 차이는 정당화되려고 하는 것과 이미 얻은 것에 대한 지지대 혹은 탐구 사이의 차이입니다. 철학이 항상 책임 있는 논제로 마무리되는 전체적 반응이라면, 사전에 자신의 개념적 도그마를 통해 대상에 접근하는 시인에게는 일종의 바닥짐일 것입니다. 형이상학이 철학의 발견들을 가장 절대적인 형태로 풀어낸다는 것은 주지의 사실입니다. 시인은 시의 집에 도달하면 모자와 장갑, 말하자면 속임수의 가능성이 있는 마술은 치워 두어야 할 것입니다. 데카르트주의의 고전적 선상에 위치하는 발레리는 중심 둘레에 악마들을 놔두라고 충고하는 오래된 경구를 반복합니다. 형이상학은 시 안에서 품격 있게 살아갈 수 있고, 시의 몸에 형태를 부여하는 추상적 관념일 뿐입니다. 철학이 시에 불건전한 안전을 준다면, 형이상학은 모든 시가 첫 감각적 경험 이후에 시작하는 새로운 삶입니다. 말라르메는 모든 철학 학파에서 자유로웠던 대신 바그너적 주제들에 빠졌다고 말할 수 있겠지요. 발레리는 그 실수를 이해했고, 데카르트를 버리면서 파스칼을 택했습니다. 항상 반(反)파스칼적인 선언을 했지만 말입니다. 한 비평가가 지적한 바에 의하면, 발레리가 최면에 걸리는 순간은 의식이 없던 자가 의식을 갖는 순간, 생각이 실현되고 무(無)가 시의 탄생으로 변하는 순간이라고 합니다. 도취와 광기는 시의 생명 자체이지요. 시인은 깨어나면서 완성된 시를 발견합니다. 유일하게 의식에 복속된 즉흥의 예술이라는 이야깁니다. 물론 그 의식은 절망의 의식, 내려앉은 가슴, 무의식적인 것에 대한 의식, 즉흥을 짰다가 다시 푸는 의식이지요.

나(호세 레사마 리마): 발레리는 또한 로고스에서 클라르테로[20] 가는 흐름에 지나치게 단호하게 참여했다고 저는 믿습니다. 제가 보기에 유럽 이성의 그러한 위기는 모든 게르만 고딕주의에 비극적 질서를 부여한 괴테 이후에 강화되었습니다. 그 이후 배타적인 서구주의 관념을 유지해 온 모라스, 발레리, 방다, 도르스[21] 같은 사람들은 괴테의 행보를 답습했습니다. 괴테의 행보는 유기적으로 획득된 것이고 논리적 정복이었습니다. 그러나 후자들은, 쉽게 얻어진 것이라 조금은 비도덕적인 명료성을 향유한 것뿐입니다. 저는 발레리를 그들과 동일선상의 유럽주의자로 분류하지만, 근본적이라고 생각되는 성취가 있었기에 그의 편을 들고자 합니다. 발레리는 인상주의와 상징주의 시대에 데뷔했습니다. 표현이 감수성의 현란한 상대주의를 앓던 시절이었죠. 발레리는 일종의 감성적 절대주의를 향해 반응합니다. 감성적 절대주의란 은총의 상태, 말로는 표현할 수 없는(inefable) 덕 속의 감성적 시간을 구별해내는 제안 혹은 탐침에 몰두하는 일관된 태도입니다. 이런 의미에서 그의 시도는 루크레티우스나[22] 단테의 것과 유사합니다. 이들의 시적 우주는 원자(原子)적 에피쿠로스 학파의 13세기의 신학적 시각에 입각해 있지요. 발레리는 순간적인 감성적 체험으로서의 시에 반대했고, 금방 스러지는 감성을 포착할 때도 시가 전체적이고 체계적이며 일관적이도록 노력했습니다. 그의 감성적 세계는 라이프니츠, 데카르트, 괴테, 말라르메 같은 착한 유럽인들이 정리한 분류체계 속에서 벗어나려

20) 클라르테(clarté). 빛, 명료함, 진리, 계시 등을 의미하는 프랑스어 단어. -옮긴이
21) 샤를 모라스(Charles Maurras, 1868~1952)는 프랑스 극우 정치인이자 작가. 쥘리엥 방다(Julien Benda, 1867~1956)는 프랑스 철학자이자 작가. 에우헤니오 도르스(Eugenio d'Ors, 1881~1954)는 에스파냐의 작가, 철학자, 비평가. -옮긴이
22) 루크레티우스(Titus Lucretius Carus, BC 94년경~BC 55년). 고대 로마의 시인이자 철학자. -옮긴이

합니다. 이들은 서로 화해할 수 없는 수많은 요소들, 부정적인 힘들, 모순된 방문객들로 괴로워하는 궁궐의 거주자들입니다. 이런 요소들은 당시에는 시기를 잘못 탔습니다. 하지만 오늘날에는 마치 파이프 제조하듯 정확한 시를 쓰는 기술적 인간, 결국 자신에게 이미 주어진 것만 답습하는 그런 인간에 맞설 수 있습니다. 아마도 미래의 슈펭글러, 즉 문화형태론 비교의 전문가라면 교량 축조를 위해 모인 기술자 회의의 집단적 정신과, 발레리의 『해변의 묘지』나 조이스의 취향에 퍽 맞는 뱀에 대한 시를 구술한 미적 감수성 사이의 관계를 발견할지도 모르지요.

후안 라몬 히메네스: 발레리를 학자라고 단언하거나 알렉산더 격[23] 시인이라고 말한다면 그것은 분명 약간의 과장입니다. 학자라는 수식어가 프랑스에서는 비하적인 것은 아니지만요. 발레리가 말라르메의 합당한 정복을 이용해서 이득을 취하는 것은 명백합니다. 고전적인 것의 정수는 나중에 오는 것이라고 말할 때 어떤 의미에서 그는 자기 잘못을 비는 것입니다. 말라르메는 언제나 학문적인 것을 거부했지요. 그는 젊은이들에게 가장 많은 영감을 준 정신의 소유자 중 한 사람으로, 긴장감 높은 지적 대화를 유지하는 놀라운 재능을 지니고 있었습니다. 같은 비유를 계속 사용하자면, 발레리는 말라르메가 제자리에 놓아둔 장갑과 모자를 집어 들고 학문의 집 안으로 들어갑니다. 사실 그는 말라르메를 포교한 사람입니다. 발레리 안에서 말라르메적이지 않은 것은 그의 무거운 철학인데, 이것이 그의 시에 불순함을 선적합니다. 그는 항상 순수하고 마술적이고 말로 표현할 수 없는 시를 추구했으나 한

---

23) 알렉산더 격(alejandrino). 14음절 시구. 12세기 프랑스의 서사시 『알렉산더 대왕 이야기』가 14음절 시구로 이루어진 데서 유래한 명칭. ―옮긴이

번도 찾지 못했습니다. 항상 시에 서술이라는 모래를 실었기 때문입니다.

나(호세 레사마 리마): 말로 표현할 수 없는 기분을 표현하는 시라는 것은 저에게는 다소 순진해 보입니다. 다른 한편으로는, 발레리가 그의 시의 발전 과정 속에서 의도한 것처럼 일관적인 기법을 통해 뒤쫓는 말할 수 없는 순간들의 결합은 환상일 뿐입니다. 초현실주의자들이 시도한 감수성의 인과적 순간들의 결합은 불성실한 결말을 가져오는 경험입니다. 감각의 지배를 받는 말들은, 분리된 말들(palabras disociadas)이 우나무노가 말한 감각의 현신으로서의 '포스트셉토'를[24] 생산하는 것을 배제하지 않기 때문에 그렇습니다. 반항하는 말들, 악마적인 말들 역시 성령에 의해 이해받고 옹호되며 정당화됩니다. 말들은 감각의 현현을 불러일으키는 긴장을 추방하고, 감각은 말들을 앞서지도 않으며 말들에게 통사적 지배의 법칙을 강요하지도 않습니다.

후안 라몬 히메네스: 시는 개념적 논리가 거부하는 상이한 육체들과 영혼들의 법칙을 불시에 획득하며 전개됩니다. 시는 자신만의 놀라운 논리를 지니는데, 이 논리는 시적 육체의 성취 즉 완벽함을 통해 얻어진 덕에서 발산되는 후광으로만 모습을 드러냅니다. 이 모든 것들은 아무것도 해결하지 못하는 오래된 논쟁으로 우리를 이끌고 가지요. 오직 시만이 항상 물, 불, 공기, 흙이라는 원소들의 내밀한 삶에 대한 지고의 의문을 담은 질문들에 답을 주어 왔습니다. 장미에게는 장미의 부재를 보지 말고 영원하고 절대적인 스러짐을 찾아야 합니다. 장미 대신에 꽃이자 열매이기도 한 석류를 내놓는 이들은 망각하고 있는 것입니다.

---

24) 포스트셉토(postcepto). 우나무노가 만든 용어로 시를 가리킨다. '규율', '규범'을 의미하는 '프레셉토'(precepto)에 대비되는 개념이다. −옮긴이

시에서 열매를 맺고자 하는 노력은 결과를 기다리는 것 이상의 일이
라는 사실을 말입니다. 결과라고 해봐야 열매는 썩을 뿐이고 무용하겠
죠. 시에서 열매를 맺고자 하는 노력은 꽃을 방해하면서 열매를 망치
는 강압에 대한 수용일 뿐입니다. 꽃의 윤리는 언제나 늦게 결실을 맺
는 열매의 아름다움만큼이나 헛된 것입니다.

지금은 이런 문제들은 잠시 미뤄둡시다. 저는 지금 여러분에게 묻고
싶습니다. 최근 저는 아바나에서 쿠바 인종들의 융화, 필연적으로 시
의 혼혈적 표현을 생산할 융화를 논하는 강연을 들었습니다. 독특한
섬의 감수성에 대한 여러분의 추구는 혹시 이 혼혈적 표현의 이면이
아닌지 알고 싶습니다. 두 개의 논지는 다른 자부심, 차이와 배제를 통
한 분리를 조장하는 것처럼 보입니다. 섬의 감수성이라는 논지는 대륙
의 감수성에 반대되고 혼혈적 표현이라는 논지는 보편적 가치와 고뇌
의 표현에 반대됩니다. 모든 인종이 문화를 생산해 왔으니, 만일 모든
인종이 다른 방식으로 스스로를 표현한다면 그 다른 표현들의 총합으
로부터 그 모든 가치와 범주를 포함하는 통일성과 보편성이 나오겠지
요. 그래서 하나의 인종이 스스로의 다른 표현, 굳이 말하자면 한 맺힌
표현으로 귀환하는 과정은 내게 명확하고 결정적인 것으로 보이지는
않습니다. 아마도 세계는 합(合, síntesis)에서 통일성으로의 쉼 없는 산책
에 좀 지쳐 있는지도 모르지요. 그리고 또한 세계는 융합과 거르기 작
업을 통해, 스스로를 표현하는 데 성공한 인종의 최종적인 목소리가
되려 하는 표현들을 이겨냈음이 분명합니다. 그런 표현들은 이미 사소
한 흥밋거리나 일화로 치부되어도 좋을 것입니다. 시는 자연과 문화라
는 명목상의 적들을 융합시키는 정신의 편에 최종적으로 서 있습니다.
시를 다시 최초의 피로 후퇴시키려는 소망은 이미 지나간 감수성의

단계를 반복하는 것일 수도 있습니다. 그래서 우리 유럽인들은 시를 정신의 여러 순간의 효율적인 용해로 봅니다. 나는 여러분이 이 시적 피들 간의 수혈을, 피의 융합으로 출현한 시를 어떻게 생각하시는지 궁금합니다. 정신이라는 바람은 어디서든 불지만, 피는 대적시키고 분리합니다. 피를 정신보다 중요시할 수 있을까요?

나(호세 레사마 리마): 겉보기에는 자부심으로 보이는 섬 감수성이라는 논지는 유희와 신화를 담고 있습니다. 저는 섬 감수성이 혼혈적 표현 추구의 이면이 아니기를 바랍니다. 그 이유는 섬 감수성으로 표명하고자 하는 것이 신화에 미치지 못하기 때문입니다. 그저 정당화, 합리화될 수 있는 삶에 그치고 있을 뿐입니다. 생물학적 관점에서 연구되는 혼혈의 인종적 문제는 제 관심사가 아닙니다. 인종적 혼혈이라는 현실은 혼혈적 표현과는 아무 관련이 없습니다. 우리 사이에는 고답파의 전범 안에서 스스로를 표현하려 한 혼혈인들이 있었고, 반면에 아프로쿠바 시의 큰 부분은 백인 시인들의 것입니다. 혼혈이라는 사실과 혼혈적 표현에 대한 지지는 별개의 것임을 알 수 있지요. 혼혈적 표현이란 절대로 존재할 수 없을 예술적 절충주의입니다. 옛 영지주의자들은 피가 물과 불의 혼합이라고 믿었습니다. 이해가 가죠. '피: 불순함', '물과 불: 순수한 정신들', 우리는 물의 시를 요구할 수 있고, 가르실라소는[25] 우리가 그의 시를 보고 가장 깨끗한 물에서도 혼탁함을 예견할 수 있게 합니다. 휘트먼은 불의 중심에 가장 가까운 시인의 예입니다. 시의 탄생에는, 마치 세계의 근원에서처럼, 플루토적 요소들과 넵튠적 요소들의 투쟁이 있지만, 물과 불의 교직물로 이루어졌다고 여겨지는

25) 가르실라소 데 라 베가(Garcilaso de la Vega, 1498?~1536). 에스파냐 르네상스를 대표하는 시인이자 군인. -옮긴이

불순한 액체인 피는 부정확한 시, 쓸모없이 불순한 시를 생산합니다.

시는 항상 절대적인 사랑이거나 결정적인 원한일 것입니다. 혼혈적 표현을 옹호하는 것은 피의 절충주의를 시도하는 것입니다. 시는 최종적인 긴장 속에서 문제를 제시하며, 융화 시도는 모든 종류의 피상성과 뻔뻔함을 촉발할 소심함일 것입니다. 사랑과 다른 구제불능의 적대감들 간의 종합, 가장 효과적인 반응을 나타내기를 강요받는 순수성(순수성을 해석하는 표식이나 순수성에서 최대 효율의 비밀을 훔치는 표식하에), 이런 것들이 시가 머물기 좋아하는 기후입니다. 자신을 묶는 굴레와 이미 결정된 의무들 위에 지배력과 법칙들을 발휘하면서 말입니다. 촉발된 어둠을 위해서든, 혹은 매복하고 있다가 우리를 정말로 기겁하게 만드는 또 다른 어둠을 위해서든, 가장 깊이 서로 적대하는 언어적 결합의 원칙들을 나중에 해결해 내는 광기를 위해서든 말입니다.

제가 강조하려는 바는, 차별화된 섬 감수성이라는 질문을 혼혈적 표현의 이면으로 여길 필요는 없어 보인다는 점입니다. 섬 유형의 감수성을 제안하는 것이 곧 보편주의적 해결책에 대한 거부는 아닙니다. 감수성과 예술적 가치에 있어서 가장 순수하게 보편적 가치와 일반적인 해결책들을 지향하는 프랑스는 '프랑스 섬'(Île de France)에서 비롯된 나라 이름입니다. 중세 때 파리 지방을 지칭하던 이름이죠. 감수성은 그저 존재에 관한 문제들을 겸허히 다루기 시작해서 나중에 보편적인 해결책에 도달하려 하고, 그러는 와중에 우리에게 그 정당성의 이유를 선물합니다. 고립의 한 순간, 즉 특이성이라는 즐거움을 주려는 바람에서요. 역사가 만드는 뉘앙스의 차이를 거부하면서 범주라는 해골, 뼈만 남은 원형(原型)의 진부함을 우리에게 남기는 미리 정해진 보편주의적 개념 속에서도 스스로를 확신할 수 있는 유일한 수단이 그 특이성이기 때문입니다. 반대로, 혼혈적 표현이라는 논지는 지금으로서는 성급한 종합입니다. 피의 종합이라는 저 역설만이 남아 있습니다. 이 논지와 사회 사이의 접점을 찾을 때 (실제로 미적인 접점보다는 정치적 접점을 더 많이 가질 것입니다), 우리는 억지스런 종합이라는 폭력에 분개할 특정 요소들을 국민성에서 배제하는 모순된 결과들을 촉발할 수 있습니다.

더욱이, 가장 어둡고 음악적인 나의 내면에서 약동하는 피의 압력은 어떤 종합도 인정하지 않을 것이니, 피는 모든 통일화 공리를 뛰어넘기 때문입니다. 어떤 보편주의적 해결책이든 정신 속에 내재된 표현의 욕망을 자극할 것입니다. 정신은 악마적인 형태로든 어린 양의 승리라는 더 겸허한 형태로든 항상 개념들을 통일하려는 경향이 있는 반면, 오만하게 요동치는 피는 분석적이고 꼼꼼하게 각 구성요소의 자질을 인정하는데, 이는 통합을 지향하는 사건 하나하나에 성급하게 머무른다는 의미입니다. 피의 기본적인 음악을 정신의 정확성보다 선호한다는 것은 질료(sustancia)의 정당성을 확인하지 않은 채 세부 사항들 안에 거주한다는 것과 같습니다. 지금까지 우리는 그들의 더 조잡스런 모습과 더 가시적인 요구 사항들에 기뻐하며 세부 사항들을 선호해 왔습니다. 보편주의적 검증이 줄 수 있는 유일한 것인 질료를 정의하려는 노력 없이 말입니다.

안달루시아인의 표현은 안달루시아 정서와는 아무 관계가 없습니다. 섬 감수성을 요구하는 것은 예술적 혼혈이라는 해결책과 접점을 갖지 않습니다. 섬 감수성은 역사에서 정신으로 상승하는 것이고, 예술적 혼혈은 세부 사항의 비잔틴적 기억, 또는 외부적 요소들을 향락주의적이고 기초적으로 즐기는 것에 불과합니다. 혼혈인이 가르시아 로르카의 안달루시아 기타의 압박 때문에 로만세의[26] 유려한 흐름에 당김음을 집어넣는 반두리아[27] 연주를 했다는 점에는 의심의 여지가 없습니다. 여기에는 극단적인 차이가 있습니다. 안달루시아인은 보편적인 것에 대한 귀한 감각을 지니고 있습니다. 이미 우리는 현왕 알폰소[28] 시대에 대해 이야기 한 바 있습니다. 그 시대에는 동방 문화가 그리스-라틴-기독교 전통과 종합을 이루었고, 그 덕분에 안달루시아인은 유럽에, 도리스식 벽을 덧칠하는 고운 흙의 순수함에, 지중해의 도시라는 이상에 포함될 수 있었습니다. 반대로 혼혈적 표현은 분리를 야기하고, 우리를 피의 해결책, 즉 감수성의 중세로 우리를 후퇴시킵니다.

후안 라몬 히메네스: 당신이 기원 단계의 시에 있어서는 로만세가 일종의 기술적(技術的) 한계라고 생각하는 것이 마음에 듭니다. 저는 시적 감동은 기존 형식이 아닌 개인적으로 창조한 방식으로 표현되어야 한다고 믿습니다. 그렇게 태어나는 시는 대단히 순수할 것입니다. 온갖 신고전주의적 천박함을 방지해 시가 권태를 먹고 살아 미궁에 빠지는 일이 없도록, 고뇌에 겨워 허무에 빠지지 않도록 할 것입니다. 많은 시인이 데시마[29] 소네트 같은 닳아빠진 형식으로 자신의 시적 태동을 망쳤습니다. 지금은 아메리카의 에레라 이 레이식이 기억나는군요. 그들이 자기만의 자유시 형식으로 시를 썼더라면 얼마나 좋았겠습니까. 반면 발레리는 주어진 시와 계산된 시 사이의 차이점을 고집했습니다. (주어진 시는 제가 말하는 창조된 시와는 아무 상관이 없습니다). 에

---

26) 로만세(romance). 중세 에스파냐에서 유행한 8음절 시구로 이루어진 서사시. -옮긴이
27) 반두리아(bandurria). 12현 악기로 기타와 비슷한 모양을 하고 있다. -옮긴이
28) 현왕 알폰소(Alfonso el Sabio, 1221~1284). 이베리아 반도가 에스파냐 왕국으로 통합되기 이전에 존재하던 소왕국들 중 카스티야레온 왕국의 알폰소 10세를 가리킨다. 문화와 학술을 다방면으로 발전시켜 현왕(賢王)이라 불린다. -옮긴이
29) 데시마(désima). 동음운을 맞춘 8음절 시구 10줄로 이루어진 시. -옮긴이

스파냐에서는 8음절 시구와 11음절 시구의 답습이 많은 시인의 움직임을 제한했습니다. 모든 시는 스스로의 리듬, 분위기, 스타일을 필요로 합니다. 그리고 이것들은 그 시와 함께 사라지는 것입니다. 사실 시인은 어떤 형식도 반복해서는 안 됩니다. 주기마다 형식이 있다고 생각하지 않는다면 말입니다. 저는 이를 선호합니다. 말하자면 한 권의 책을 '동일한 형식의 시'가 되도록 하는 것을 말입니다. 당신이 먼저 인용한 에레라 이 레이식은 놀라운 이미지를 창조했고, 그 이미지만의 의미를 부여해냈습니다. 그러나 그 이미지를 소네트에, 데시마에, 기타 등등에 집어넣기 위해 지나치게 자르고 갈아내야 했습니다. 그의 환상 혹은 그의 성취들 중 가장 뛰어난 것들은 마치 냉혹한 단두대에 의해 잘린 머리처럼 밖으로 튀어나왔습니다. 내용과 형식의 통일을 이루기 위해서는 그에게는 부재했던 충만함이 필요합니다. 그가 어느 정도 자유로운 형식의 시에 머물렀다면 그의 상상력은 아주 다른 수준을 자랑했을 것입니다. 그의 페가수스는 이를테면 이미지 나라의 대로에 맞게 길들여진 셈입니다.

지난번에 여러분은 제가 가르시아 로르카가 가장 최근에 쓴 자유시와 『집시 민요집』(Romancero gitano) 사이에 본질적인 차이가 있다고 보는지 물으셨습니다. 말을 너무 어렵게 하는 제가 제대로 설명했는지는 모르겠으나, 그때 저는 광기 어린 이미지들은 규칙적인 시구보다 나오는 대로 쓴 시구에서 더 광적으로 보인다고 말하고 싶었습니다. 대칭적인 형식은 이미지에 한계로 작용합니다. 사실 규칙적인 형식은 광기를 조금은 다스립니다. 하지만 그런 지배력을 얻으려면 큰 본능과 큰 재능이 필요합니다.

이런 얘기는 너무 멀리 갈 것 같습니다. 다시 출발점으로 돌아가서 제가 알고 싶은 것은, 섬 정서를 거론하는 당신들의 요구가 어떻게 시대적으로 유의미하냐는 것입니다. 달리 표현하자면, 여러분의 모색이 다른 신화들 혹은 그 신화들의 특정 시대들과 어떤 관계를 지니고 있냐는 것입니다.

나(호세 레사마 리마): 아르헨티나인은 오래전부터 그들의 신화를 만들려고 노력했습니다. 그 상징적 형태는 '남십자성'에 구현되어 있습니다. 좀더 과감한 사회학자들이 아르헨티나에 있었더라면 그들은 우리가 문명의 길이라고 부르는 데 합의한 것, 지금까지는 동양에서 서양으로 진행된다고 가정해온 것의 방향을 바꾸려고 노력했을 것입니다. 그들은 의도적 오류를 사랑하는 사람들이라 문명의 길이 북에서 남으로 수직으로 향한다고 주장합니다. 어떤 외적인 교만함이 그들로 하여금 콤파드리토들을[30] 활기 잃은 늙은 탱고 춤꾼쯤으로 여기게 합니다. 부인할 여지도 없이 멕시코인은 한 에스파냐 연대기 작가에 의지하여 그들의 주장을 펼치는데, 이 주장은 오늘날의 멕시코 인본주의자들 중 한 사람에게 큰 기쁨입니다. 갑작스레 여행자를 멈춰 세우고 '대기가 가장 쾌청한 지역'에[31] 도착했다고 단언합니다. 우리는 물의 국경 때문에 강제로 목적론을 지니게 되고, 우리의 유일한 텔로스의[32] 무대

---

30) 콤파드리토(compadrito). 19세기 후반에 생긴 용어로 아르헨티나와 우루과이의 대도시 변두리의 서민층, 특히 젊은이들을 지칭했다. 이들은 남의 이목을 끌고자 화려한 옷차림을 하고, 허세를 부리고, 싸움도 곧잘 하고, 탱고에도 열을 올렸다. -옮긴이

31) '대기가 가장 쾌청한 지역'(la región más transparente del aire). 고지대에 위치한 멕시코시의 날씨에 대한 전통적인 자부심이 담긴 표현. 알폰소 레예스가 1915년 에세이 『아나우악의 비전』(Visión de Anáhuac, 1519)을 출간하면서 "여행자들이여, 대기가 가장 쾌청한 지역에 당도했소이다"라는 제사(題詞)를 달았다. 멕시코를 대표하는 소설가 카를로스 푸엔테스의 대표작 『가장 쾌청한 지역』(La región más transparente, 1958)의 제목은 이 제사에서 비롯된 것이다. -옮긴이

32) 텔로스. '목적'이라는 의미의 철학 용어. -옮긴이

위에 서야만 합니다. 우리가 에스파냐어권 아메리카 국가들 가운데 아르헨티나, 멕시코, 쿠바가 자기만의 표현을 일구어낼 수 있는 세 나라라고 말해도 과장이 아닙니다. 우리 섬사람들은 종교심 없이, 그저 우연히 지나가는 여행객처럼 살아왔습니다. 그리고 오만함 때문에 우리가 우스워질 일도 있을 것입니다. 우리에게는 표현의 자부심이란 없었고, 꽃으로부터 분리되어 나온 우아한 기하학이라는 악습 앞에 몸을 숙여 왔고, 우리 사이에서 예술 작품은 땅 밑에서 나오는 요구가 아니라 활기의 좌절 같은 것으로 여겨지고 있습니다.

후안 라몬 히메네스: 어쩌면 여러분은 그런 방식으로 여러분의 활력을 잠재우지 않는 어떤 기쁨에 도달할지도, 당신이 말씀하시듯이, 만져지거나 일깨워지지 않은 것에 대한 원한을 담은 도피처가 아닌 어떤 우아함에 도달할지도 모릅니다. 지금 에스파냐에서는 거짓된 원시적인 표현을 일반적으로 적용한 괴이한 무형식의 시, 말이 표현으로 고양되는 것이 아니라 질 낮은 관능(지하수를 깊은 곳에서 끌어올리는 즐거움)으로 사라져버리는 시에 대한 반작용으로, 소네트가 돌아왔습니다. 저는 무의식적인 것, 성적인 벌레들의 침입을 거부한 적은 없습니다. 그러나 감각적인 순간들의 단순한 열거, 공간 속에서 스스로의 위치를 정의하려 하는 대신 여러 시점을 동시에 사용하는 이미지들의 뭉텅이, 잡히지 않는 순간적인 행렬, 이런 것들 속에서 표현된 무의식, 인간적이거나 미적으로 고양하는 덕목도 갖추지 못한 무의식은 저에게는 천박한 가장행렬로 보입니다. 저는 서정적인 요소들을 영원하게 하는 호불호, 책임, 정확성을 요구합니다. 그리고 시인들이 신고전주의적 형식으로 돌아가는 것은, 그들이 시의 형태를 바꾸고, 회춘시키고, 재생시키고, 가장 원시적인 지점으로 돌려보내는 미덕을 갖추지 못하는 한 잘못되

었다고 생각합니다. 그들은 또다시 시를 기쁨을 제조하는 기계처럼 사용하는 오래된 악습에 빠지고 있는 것입니다. 언어의 숭고한 가능성은 물론 언어 안에 갇힐 수 있는 그 무엇도 결여된 무형식의 시도, 오늘날 천하고 거짓된 자유시에 신물을 내는 젊은이들의 관심을 끄는 듯한 회춘한 전통적 형식주의도 안 됩니다.

시적 요소들의 상승 (혹은 하강) 덕목을 표현보다 더, 아마도 음악적 표현보다 더 선호했던 진실한 시인들은 항상 존재했습니다. 그러나 신고전주의는, 이를 형식으로의 엄격한 귀환이라고 이해한다면, 위험한 것입니다. 어느 정도 알려진 신고전주의의 비밀은, 거의 항상, 모든 위대한 시의 시대를 떠받치는 진정한 고전주의에 대한 반작용이라는 점입니다. 말하자면 우리는 두 개의 위험 사이에 있는 셈입니다. 한 가지는 무형식의 글쓰기입니다. 이는 어느 정도 시적이고, 풍성한 것과 쉬운 것을 피하려는 의식이 없으며, 원시적인 것과 연결되려는 글쓰기입니다. 다른 하나는 신고전주의입니다. 수사학 수업 바깥에서 시를 연구하는 교수들이 이를 부활시켰죠. 저는 저들을 거짓된 원시주의와 더욱 거짓된 신고전주의로부터 도망치는 숙명적인 시인들(poetas fatales)에 반대되는 의미로 '자발적 시인들'(poetas voluntarios)이라고 불러 왔습니다. 저 두 가지 거짓은 적당히 재치 있게 섞인 '이미지'와 '개념'을 통해 살아갑니다. 되는 대로 눈앞에 던져 시야를 가리는 이미지이고, 철학적 개념이 아니라 진정한 서정적 사고를 가지고 사기 치는 개념일 뿐입니다. 두 경우 모두 나열과 누적의 글쓰기로 귀결됩니다. 두 가지 문학적 경향을 자유로이 사용하는 왕년의 초현실주의 회화가 그랬듯이 말입니다.

저에게 진실한 시라는 것은 충만한 생각이나 감정이 고립되고, 완성되고, 충분하며, 유일한 표현에 담긴 것이라고 고집하는 바입니다.

나(호세 레사마 리마): 에스파냐어에서 어떤 시 형식들이 가장 독창적이고 도 가능성 있다고 보십니까?

후안 라몬 히메네스: 제 시의 초기에 사용했고, 가장 에스파냐적인 것이면 서도 제 자신의 것이기에 지금은 더 많이 사용하며 더 좋아하는 이른 바 '형식'들은 8음절 시구 로만세, 칸시온,[33] 그리고 제가 '벌거벗었다' 고 부르는 자유시입니다. 이 자유시는 모든 시대의 에스파냐 신고전주 의 속에서 자유시 혹은 백색시라고 불리는 것이나 최근의 무형식 시 와는 아무런 상관이 없습니다. 운율이든 산문이든, 오래되었든 현대적 이든, 가장 훌륭한 에스파냐 시는 그런 바탕 위에 존재합니다. 제가, 특히 젊은 시절엔, 이탈리아 시 형식이자 에스파냐 시에도 넘쳐나는 실바며[34] 프랑스의 알렉산더 격 시구며, 그 외 이런저런 형식을 탐구 한 것은 사실입니다. 그러나 오늘날 나는, 당연히 이미 쓴 것을 돌이켜 보기야 하지만, 이것들에 대해 거의 공감하지 않습니다. 위대한 클로 델이[35] 자신의 시에 대해 말한 것을 기억해 보면, 이탈리아 시인은 동 음운을 갖춘 실바로, 프랑스 시인은 동음운 알렉산더 격 시구로 호흡 하는데, 둘 다 매우 완성된 형태로 반복되어 왔다고 말할 수 있습니다. 반면 에스파냐 시인은 유운이[36] 쓰인 로만세, 자유분방한 칸시온, 벌 거벗은 시로 호흡합니다. 대단히 자유롭고 풍성하고 자연스러우면서도

---

33) 칸시온(canción). 원뜻은 '노래'이지만, 여기서는 르네상스기에 이탈리아 문학을 통해 에스파냐에 유입된 서정적인 연애시 장르를 말한다. ―옮긴이
34) 실바(silva). 7음절이나 11음절 시구로 이루어지고 특별히 정해진 순서의 각운이 없는 시. ―옮긴이
35) 폴 클로델(Paul Claudel, 1868~1955). 프랑스의 시인, 극작가, 외교관. ―옮긴이
36) 동음운은 동일 자음이 운에 포함되어야 하나 유운은 동일 모음만으로 이루어진다. ―옮긴이

정확하지요(내가 벌거벗은 시라고 말할 때, 클로델이 말하는 것과는 정도나 의미상 거의 관계가 없습니다).

만약 한 시대가 다른 시대와 동일한 운율을 사용한다면, 그전 시대의 시적 의미를 무의식적으로 반복할 위험이 생깁니다. 소네트는 오늘날에도 여전히 가치가 있지만, 가르실라소, 에레라, 케베도, 공고라의 소네트와 다르다는 조건하에서만 그렇습니다. 기민한 시인이라면 누구든지, 원래의 본보기를 모르는 이들에게는 유용하고 아름다워 보이는 시들을 답습할 수 있습니다. 고전적 혹은 신고전주의적 형식을 모방한다는 것은 거의 언제나 내적 창조에 대한 무능을 뜻합니다. 왜냐하면 어떤 자유로운 시인도 아름다움을 마주쳤을 때 그것을 표현할 형식을 미리 알지는 못하기 때문입니다. 일단 시가 완성되면 형식은 또 다른 놀라움이 됩니다. 젊은 시절에 시인은 모든 나라에서 배울 수 있고 또 배워야 하며, 시적 표현이 절정에 도달한 나라에서라면 더욱 그래야 합니다. (에스파냐는 이탈리아 르네상스와 또 다른 르네상스인 프랑스 상징주의에서 많이 배웠습니다). 그러나 일단 자신의 이상적인 방향이 잡히고 나면, 의식 있는 시인은 정신과 형식에서 모두 자신의 조국으로 돌아갑니다. 제가 로만세와 칸시온, 벌거벗은 시를 그토록 많이 사용한 이유는 기법의 문제 때문은 아니었습니다. 에스파냐 민중시는 제가 아는 그 어떤 시보다 더 본질적으로 발전하고 있습니다. 그리고 그 형식은 절대로 외적인 뼈대나 기발한 유희가 아닙니다. 물론 에스파냐의 민중문화 안에는 그런 요소들도 들어있지만 말입니다. 하지만 그보다는 연달은 매력, '매력'이라는 말의 모든 의미에서의 매력,[37] 세계에

---

37) 매력(gracia). 이 단어는 에스파냐어에서 신의 은총, 재능, 우아함, 재미, 애교, 멋 등 폭넓고 긍정적인 의미를 갖는다. -옮긴이

서 가장 큰 시적 매력입니다. 에스파냐의 것이고 또한 매력이 담긴 것이기에 제가 그토록 사랑하는 시적 형식은 제 판단으로는 진정한 에스파냐인다운 귀족, 인간적 귀족의 형식이고, 에스파냐 민중에게 흔히 보이는 자연스러움과 성찰의 완성된 형식입니다. 갑작스럽지만 여기서 이 대화를 마칩시다. 그토록 많은 시가 오늘날 축적하고 있는 말을 이 위대한 인간형과 시적 유형에 내맡깁시다. 마치기 좋은 지점이니까요.

벗 레사마여, 그토록 깨어 있고 갈망하며 충만한 당신과 함께라면, 피로도 싫증도 느끼지 않고 언제라도 시에 대해 이야기 할 수 있습니다. 비록 가끔은 당신의 풍요로운 개념과 끓어오르는 표현이 이해되지 않지만 말입니다. 다른 시적 작업들이, 또 덜 시적인 작업들이 기다리고 있습니다. 마지막으로, 당신이 이곳에 있고 저와 함께 시에 참여해 주어 감사합니다.

1937년 6월

[서은희 옮김]

상상력의 로고스

-호세 레사마 리마의 시학을 중심으로

김 은 중

이미지는 역사의 비밀스러운 인과율이다
- 호세 레사마 리마, 『합류』(Confluencias)

무엇보다 중요한 것은 은유에 능한 것이다. 이 능력만은 남에게서
배울 수 없는 것이며, 천재의 표정이다. 왜냐하면 은유에 능하다
는 것은 어떤 의미에서는 서로 다른 사물들의 유사점을 빠르게
간파해 낼 수 있다는 뜻이기도 하기 때문이다
- 아리스토텔레스, 『시학』

I. 들어가는 글: 시적 사유의 새로운 경계 설정을 위하여

철학과 시는 양립할 수 없다는 생각과 양자는 밀접하게 연관되어 있다
는 생각은 오랫동안 서로 갈등을 겪어왔고, 그 갈등은 지금도 여전히 지
속되고 있다. '시가 객관적 앎이 될 수 있을까?'라고 묻는다면 잠시 머뭇거
리다가 '그럴 수도 있다'고 대답할 수 있으리라. 그러나 그 대답이 드리우
는 그늘에는 많은 부정적 반론이 숨겨져 있음을 짐작할 수 있다. 여기서

한 걸음 더 나아가 '시는 엄밀한 인식론이다'라고 선언한다면 그늘에 숨어 있던 부정적 반론들이 일제히 성토를 시작할 것이다. 감정적이고 열광적이며 영감을 받은 시인의 언어와 합리적이고 명증하며 분석적인 철학자의 언어가 어떻게 같을 수 있단 말인가? 특히 자기의 영토를 딸들에게 다 나눠주고 이리저리 천대받으며 정착할 곳 없이 유랑하는 리어왕과 비슷한 신세가 되었다고 탄식하는 철학이 최후의 보루로서 방어하고 있는 인식론의 영역을 시가 침범한다면 시는 다시 한 번 공화국에서 추방될지도 모른다.

그렇다면 철학만이 시를 거부할 수 있는 것일까? 엄밀한 인식의 길을 주장하는 철학 앞에서 시는 자기변명에 급급한 채 유약한 주관적 감상주의나 모호한 신비주의와 동맹을 체결해야 하는가? 지암바티스타 비코는 모든 문명은 시적 언어로부터 시작했다고 단정했다. 그는 모든 문명은 시적 언어를 사용하는 신들의 시대로부터 시작하여 영웅들의 시대를 거쳐 합리적 언어를 사용하는 인간의 시대에서 쇠퇴하고 다시 신화의 세계로 돌아간다는 역사 순환론을 주장했다. 반면에 헤겔은 시를 절대적 앎으로 생각했지만, 직선적 사관에 의지하여 시는 종교와 철학에 의해서 극복되어야 할 것으로 보았다. 역사를 보는 관점이 순환적이든 직선적이든 간에 시와 철학은 단계적이고 차별적인 정당성을 인정받았을 뿐 양자를 화해시키는 일은 아직껏 별로 성공한 일이 없는 듯하다.

근대 서구의 사유의 역사는 점진적인 분열의 역사라고 볼 수 있다. 근대에 들어와 인간이 갈구하는 완전함의 세계는 까마득한 과거에서 미래라는 시간으로 이동했다. 오래된 전통에 대한 비판이 시작되고, 비판은 새로움과 동일시되었다. 데카르트의 코기토로부터 인간이 세계와 역사에 대해 품게 되는 의문들은 '독창성'의 문제로 귀결되었다. 근대적인 것은 새로운 것이며 새로운 것은 좋은 것으로 인정되었다. 의탁해야 할 전통의 권위가 무너짐으로써 변화와 혁신이 전통의 권위를 위임받게 되었고, 앞선 변화와 혁신은 또다시 새로운 변화와 혁신에 자리를 물려줌으로써 근대의 기이한 '단절의 전통'이 성립되었다

> 오늘날 세계가 더 복잡해진 것은 의심할 바 없이 과거에 말하여지고 이름 붙여진 것에 대한 무시, 과거의 표상에 대한 포기 때문이다. 과거의 규범이 모범에 대한 충실한 모방과 여기서 주어지는 **인식의 즐거움**이었다면, 오늘날의 예술적 희열은 **발견의 즐거움**에 기초하고 있다. 실험적 탐색을 통하여 새로움을 발견할 수 있다면, 그에 따르는 위험과 위태로움은 아랑곳하지 않는다. 근대인들은 외친다. 문제는 새로움이다! 새로움이 있다면, 그곳이 지옥이든 천당이든 뭐가 중요하단 말인가?(Lambert 1994, 21)

비판 위에 세워진 근대성 자신도 근대성의 전통으로 자리 잡은 단절의 전통의 칼날을 비켜 갈 수는 없었다. 전통의 권위에 대한 비판의 칼날은 부메랑이 되어 권위의 자리를 차지한 모든 새로움을 옛것으로 규정하고 처단하고 있는 것이다. 근대가 휩쓸고 간 자리마다 조로(早老)한 새것들의 시체가 즐비하고, 아직 죽지 않은 것들은 죽음의 그림자를 길게 드리우고 있다. 멕시코 시인 옥타비오 파스는 이러한 근대적 상황을 "근대성의 표식은 상흔(傷痕)이다 시간의 칼날에 베이고, 온몸이 죽음의 문신으로 가득 차 있다"고 묘사한다(Paz 1973, 37).

예술에 적용된 비판적 이성은 미메시즘의 부정이라고 해석될 수 있다. 세계의 본체론적 정당성이 의심받을 때, 예술이 세계를 표상(representación)할 수 있는 방법은 무엇일까? 외적 준거를 상실한 예술이 자기준거적

(auto-referencial) 성향을 보이기 시작한 19세기의 예술에 붙여진 이름이 '예술을 위한 예술'이며, 이는 20세기의 전위주의까지 이어졌다. 외재적 세계를 표상하기를 그친 회화는 추상으로 흘러갔고, 문학은 예사롭지 않은 극단적 언어 실험도 마다하지 않았다. 이제 말도 사물의 진정한 현실을 표상하기를 그치고, 사물들은 입을 다물고 어두워졌다. 인간이 마주하고 있는 것은 소통 불가능한 자폐적 현실이다. 기나긴 근대의 역사적 실험을 거친 후에 우리는 또다시 혹은 더 악화된 상태로 돈키호테가 마주 섰던 현실 앞에 서 있는 셈이다. 말과 사물을 두 개의 몸뚱이로 찢어놓은 상처를 봉합하기 위해서 근대는 돈키호테와 세계 중 하나를 선택할 수밖에 없었다. 이러한 판단의 역사적 기로에서 근대는 객관적 현상 세계를 선택함으로써 돈키호테를 광인으로 처단했다. 그는 언어의 비현실성을 부각시키는 주범으로 낙인찍혀 세계에서 추방되었으며, 그의 추방과 더불어 상상력과 시, 신성한 언어와 다른 세계의 목소리 역시 지하 감옥에 유폐되었다. 그것들에게 주어진 죄목은 광기, 비일관성, 소외였다. 그렇다면 이제 우리의 역사적 임무는 근대적 세계에서 추방당한 돈키호테를 부활시키며 언어의 비현실성을 복권시키는 것인가? 어떤 원리를 근거로, 어떤 초자연적인(혹은 자연적) 현실을 내세워 그것들을 복권시킨단 말인가?

II. 반목하는 경계들 사이에 다리 놓기: 다시 '현실' 보기

쿠바 시인 호세 레사마 리마에게 시는 낙원이며, 그의 시편의 주제들은 현상 너머의 '보이지 않는' 세계를 탐색하는 시인의 편력이다. 레사마 리마는 인간은 '죽음을 향해 가는 존재'라는 하이데거의 선언을 부정하고 인간은 '부활을-위한-존재'라고 믿었다. 그가 기독교도였다는 것을 기억한다면 위의 언급들은 이상할 것이 없다. 왜냐하면, 종교적이고 신화적인 세계를 비판하고 점진적인 세속화를 통하여 세워진 근대 세계가 자기가 휘두른 비판의 칼날에 상처투성이가 된 상황에서 종교적 세계관이 과거의 권위를 회복하는 것은 자연스러운 일이니까. 그리고 이것은 비코의 역사적 순환론이나 노스럽 프라이의 역사비평(신화에서 로망스, 상위모방, 하위모방을 거쳐 아이러니의 양식에 도달하면 다시 신화양식으로 회귀한다는 것)과도 어긋나지 않는다.

그러나 레사마 리마가 '시는 현실에 대한 객관적 앎이다'라는 가능성에 대해 보이는 믿음의 태도는 근대성이 겪어온 역사적 편력을 한순간에 무화시키고 종교적 원리주의로 회귀하자는 것이 아니다. 만일 그렇다면 근대에 들어와 막강한 권한을 행사했던 비판 이성이 "현 상황에서 할 수 있는 유일한 대안은 신비주의라는 잘못된 신념에 의지하는 것"과 다를 바 없으며, "이것은 한 종류의 이성만이 존재한다는 잘못된 관점 때문에 나타난 오해"일 뿐이다(머레이 북친 1997, 33). 앎과 믿음을 화해시키기 위하여 레사마 리마가 제시하는 방법은 전근대적 믿음을 앞세워 이성적 앎을 폐기하는 것이 아니라 앎의 토대가 되는 현실에 대한 인식의 전환이다. 그렇다면 레사마 리마가 분석적이며 도구적인 근대적 이성에 맞서서 '또 다른' 종류의 이성을 복권시키고자 의도할 때, 그가 탐색하고 있는 원리를 '시적 이성'이라고 말해도 좋을까?[1]

---

1) 이 글의 주제인 '시적 이성'이란 말라르메가 말한 것처럼 부정과 긍정에 등거리를 취하는 비판시의 다른 이름일 수도 있으며, 도그마적 종교도 아니고 근대적 이성도 아닌 러셀의 중성적 일원론과도 의미가 소통되는 개념이다. 그러나 이러한 개념들 사이의 확연한 아날로지를 발견하는 것은 필자의 능력을 벗어난다. 다만 이 글에서 알아보고자 한 레사마 리마의 시적 비전이 이성적 언어를 포기하지 않으면서도 이성적 언어로는 건드릴 수 없는 영역에 끊임없이 시적 언어의 촉수를 뻗치고 있다는 것을 밝히려고 한다.

레사마 리마의 시작 체계가 융섭하고자 하는 믿음의 영역은 신의 초월적 영역이 아니라 시적 언어가 변용되고 확장되어 가는 무한한 가능성의 현실적 영역이다. 그 영역은 일상적인 이성의 언어가 포착하지 못하는 직관의 영역이기도 하다. 그렇다면 직관의 영역이란 무엇일까? 여기서 언급하는 가능성의 영역은 우리의 이해가 근거하고 있는 현실의 개념에 대해 근본적인 인식의 전환을 요구한다. 그래서 그것은 일종의 (시적) 믿음이 된다. 이런 맥락에서 레사마 리마는 의식적으로 자신을 서구의 신념론의 전통 속에 위치시킨다.

인간은 믿을 수 있는 존재라는 사실 때문에 중력으로 충만한 초현실적 세계에 거주할 수 있다. 나는 성 안셀무스에서부터 "무지(無知)의 지(知)에 대하여 최상의 것은 인간의 이해를 벗어나 알게 된다"라고 말한 니콜라우스 쿠자누스에 이르는 광대한 세계를 상기한다. [···] 파스칼은 "인간이 아무 것도 볼 수 없다는 것은 좋은 것이 아니다. 그러나 자신이 소유하고 있다고 믿을 수 있을 만큼 충분히 볼 수 있다는 것 역시 좋은 것이 아니다. 자신이 무엇을 잃어버렸는지 알 수 있을 만큼만 충분히 보면 된다. 보면서 보지 않는(못하는) 것이 좋은 것이다. 이것이 바로 현실의 상태이다"라고 말했다. 파스칼의 말이 의미하는 것은 인간은 진정한 현실을 상실했으므로 모든 것은 현실이 될 수 있다는 말로 이해할 수 있다.(Álvarez Bravo 1987, 68)

위의 인용에서 레사마 리마가 파스칼을 언급하면서 강조하는 것은 근대인은 근원적인 현실의 모습을 상실했기 때문에 현실이 어떤 모습인지도

레사마 리마에게 '일차적인 객관적 앎'과 '이차적인 주관적 창조'는 서로 경계선을 맞대고 상즉상입하는 원리 속에 있다.

모르며, 또한 어디에서 객관적 현실과 상상력의 현실이 갈라지는지도 모른다는 사실이다. 이제 현실은 하나의 형식(이미지)을 갖는 유기체적 총체도 아니고, 외적 준거(referencia exterior)를 제공하는 대상도 아니기 때문이다. 앞에서 말한 것처럼, 신비주의가 분석적이고 도구적인 이성에[2] 대한 대안이 될 수 없는 이유가 바로 여기에 있다. '중력으로 충만한 초현실적 세계'라는 언급은 막연하고 도피적인 신비주의적 비상(飛翔)이 허락되지 않는다는 것을 의미한다. 이는 하이젠베르크가 말했던 것처럼, "자연 현상들의 거의 풀 수 없는, 그리고 통찰할 수 없는 조직을 이해하기 위해선 그 안에서 수학적 형식을 발견할 때만 가능하다"는 말과도 같다(베르너 하이젠베르크 1982, 17).

우리가 현실에 대해서 아는 것이 있다면 현실을 규율하는 원리이다. 그리고 그것이 바로 레사마 리마가 테르툴리아누스를 인용하며 말하는 시적 믿음이다. "신의 아들의 죽음은 믿을 수 없기 때문에 믿을 수 있는 것이며, 죽은 뒤에 부활했다는 것은 불가능하기 때문에 확실한 것이다."(Álvarez Bravo 1987, 70) 이러한 시적 믿음을 통하여 레사마 리마가 밝히고자 하는 것은 세계의 시적 체계이다. 현실이라는 좌표의 한 축은 상상적인 것(부조리 혹은 신비가 지배하는 초자연의 세계)이, 또 다른 한 축은 객관적 필연(중력이 지배하는 세계)이 자리 잡고 있다는 말이다. 그리고 '모든 것이 현실이 될 수 있다'는 말은 그에게 자연은 이미 '주어진 어떤 것'으로서의 일차적 현실이 아니라 위에서 언급한 원리에 따라 만들어가는 현실, 즉 이차적 현실이 된다는 의미이다.[3] 이런 의미에서 레사마 리마는 "바꿔치기하는 것보

---

2) 이하 이성이라고만 언급하는 것은 분석적이고 도구적 이성을 가리킨다.
3) 말이 제자리에서 맴도는 느낌이다. 그만큼 우리 이성의 체계가 견고하며, 견고한 체계를 뒤집어 볼 수 있는 근본적인 인식의 전환은 그리 용이한 일이 아니다. 김용옥의 말을 빌리면 이러한 인식의 전환이 다소 용이해질까? "진리의 결정은 생각함과 있음의 상

다, 되돌려주는 것이 좋다"라고 말한다(Sucre 1993, 45). 이러한 언급은 이성으로 이성이 포착하지 못하는 영역을 자의적이고 추상적으로 재단하고 끊임없이 교체하는 것보다 이성의 작용을 현실의 원리로 되돌려야 한다는 뜻으로 이해될 수 있다.

상상력은 사물들 사이에 작용하는 숨겨진 관계를 발견하는 능력이다. 시인이 다루는 것이 감성의 세계에 속하는 현상이고, 과학자가 다루는 것은 자연의 객관적 현상이며, 역사가는 과거의 사건과 인물을 다룬다는 차이점이 있을 뿐이다. 상상력은 자의적이고 허구적인 교설(巧說)이 아니라 대상들 사이에 존재하는 비밀스러운 친화성과 반발력을 발견함으로써 눈에 보이지 않는 것을 볼 수 있게 한다.

서구 철학이 가장 중요시한 감각기관은 시각이며 앎의 거의 대부분을 시각에 의존하고 있지만, '본다는 것'은 이성의 작용을 가리키는 동시에 그 한계를 지적하는 것이다. '보는 것'은 '보지 못하는 것'을 짝으로 품고 있으며, '보이는 것'은 '보이지 않는 것'을 등에 업고 있다는 말이다. 위에 언급한 만들어 가는 현실이란 '보이는 것'과 '보이지 않는 것'의 관계가 일방적이 아니라 쌍방적이며, 이러한 쌍방적 관계에서 끊임없이 변형되고 생(生, creating)성(成, becoming)되는 현실이다. 본래 현실은 우리에게 드러남(現)과 숨음(實)의 이중적인 방식으로 주어진다. 현실은 드러남만으로 포착할 수 있는 것이 아니라 드러남과 숨음의 얽힘이다. 이것을 언어의 차원에 대입하면 한쪽에는 언어로만 표현할 수 있는 드러남의 영역이 있고, 다른 한쪽에는 언어로는 표현할 수 없는 숨음의 영역이 있다고 말할 수 있다. 우리가 현실이라고 부르는 것은 드러남과 숨음의 암묵적인 공범 관

응(adaequatio rei et intellectus)이 아니라 생각함과 생성적 상황의 상응(adaequatio intellectus et situs)이다."(김용옥 1989, 22)

계이며 이러한 상보적이고 동시적인 관계를 직관할 때 진정한 현실, 즉
이차적 현실이 드러나는 것이다.

그렇다면 레사마 리마의 시적 체계에서 이러한 쌍방의 영역이 상응하
는 방법은 무엇일까? 그것은 아리스토텔레스의 인과설을 부정하는 시적
무조건성(lo incondicionado poético)과 모든 결정론을 부정하는 초목적적 방법
(método hipertélico)을 전제로 하는 '사행적(斜行的) 생활경험'(vivencia oblicua)이
라고 할 수 있다. 시적 무조건성과 초목적적 방법이란 아리스토텔레스의
사인설(四因說) 중에서 동력인과 목적인이 강조하는 기계론적 체계와 목적
론적 체계에 대한 부정이다. 그리고 이러한 인과율이 부정되었을 때 실현
되는 사행적 생활경험이다.

> 예를 들어보자. 기사가 던진 창이 용에게 꽂히자, 갑자기 그의 말이
> 쓰러져 죽었다. 여기서 단순한 인과율은 기사-창-용이다. 만일 힘이
> 반대로 작용했다면 용-창-기사라는 다른 인과율이 성립한다. 하지만
> 주의할 것은 갑자기 쓰러져 죽은 것은 용이 아니고 그의 말이었다는
> 사실이며, 여기에 작용한 것은 인과율이 아니라 무조건성이라는 사실
> 이다. 이것이 내가 사행적 생활경험이라고 부르는 것이다.
>
> (Álvarez Bravo 1987, 69)

사행적이란 말이 의미하는 것은 일상적이고 상식적인 인과(因果)를 빗겨
간다는 말이다. 마치 장기판에서 상(象)이 움직여 가는 행로처럼. 쿠바의
젊은 후배 시인에게 레사마 리마는 상의 어원에 대해 이렇게 말했다. "상
이라는 말은 프랑스어에서 미친놈을 뜻하는 'fou'에서 유래했지. 왜냐하면
장기판에서 유일하게 빗겨 달리거든." 젊은 시인에게 이 비유를 할 때, 아
마도 레사마 리마는 익살스러운 표정을 지었을 것이다. '어때 내 말이 맞

아'하는 것처럼. 하지만 그의 어원학적 설명이 맞았든 틀렸든 무슨 상관이 있으랴. 순간적인 비유의 섬광이 듣는 이의 마음에 영원히 잊지 못할 흔적을 남겨놓았다면 그것으로 충분한 것 아닌가.[4] 앞에서 말한 것처럼 현실은 스스로를 '드러내는'(現) 동시에 '은폐한다'(實). 이것은 레사마 리마가 문학을 생각하고 말하는 방법이기도 했다.

> 아리아드네의 실은 의미의 꾸러미를 푸는 것이 아니다,
> 그것은 건너편 욕망의 기슭에 던져진 충일함이다.
> 던져진 채 돌고 있는 주사위는 둥그렇다,
> 그러나 멈추는 순간 말 못하는 거울이 된다.("Dador", Sucre 1993, 45)

레사마 리마가 바라보는 신화는 행복한 결말로 끝나는 완결된 이야기가 아니다. 미노타우로스를 죽이고 아리아드네의 실을 따라 미궁을 빠져나온 테세우스가 우리에게 말해주는 것은 세상이 바로 미궁이요, 인간이 바로 반인반우(半人半牛)의 미노타우로스라는 사실이다. 세상의 신비를 푸는 시는 세상을 풀면서 동시에 또 다른 암호문이 된다. 시는 드러남과 숨음의 순간적 계시일 뿐, 늘 드러남만이 존재하는 한낮의 광휘가 아니다.

---

4) "인과에 대한 모든 생각은 궁극적으로 말장난에 불과할 뿐이며, 인과성이라고 흔히 전제하는 필연적 연결이라는 것은 형이상학적 픽션일 뿐, 실제적 연기(緣起)의 실상은 그러한 방식으로 파악되어서는 안 된다. 바이러스의 침입이라는 사태와 나의 몸의 장기의 손상이라는 사태, 이 두 사태를 연결하는 인과적 필연성 그 자체는 존재치 않는다. 그렇다고 흄적인 인과성 부정의 논리를 펴는 것도 아니요, 칸트적 순수오성개념인 범주를 밀려는 것도 아니다. 난지 이 두 사태를 연결하는 작업의 사이에는 무한히 중층적 시공의 연계가 중첩되어 있으며, 그 시공은 순수형식으로서 전제되어 있는 것이 아니라 두 사태가 연결되는 기의 사회들의 상즉상입의 관계 그 자체에 의하여 발현되는 것임을 말하려는 것이다. 보통 원인이라고 하는 것은 인과적 필연성을 말하려는 것이 아니라, 어떠한 사건이 있을 때, 그 사건을 반복해서 일으키기에 충분한 선행하는 조건의 집합을 기술하는 것일 뿐이다."(김용옥 1992, 120-121)

고대 아스테카 시인이 노래했듯이, 시인은 생명을 주는 자이며, 한 송이 꽃으로 글을 쓴다.[5] 어쩌면 '한 송이 꽃으로 피어난다'고 말하는 것이 옳으리라. 그리고 한 송이 꽃은 신비 그 자체의 계시이다.

III. 이차적 현실의 문을 여는 열쇠: 은유와 이미지

시적 비유가 촉발하는 순간적 섬광을 레사마 리마는 '갑작스러움'(lo súbito)이라고 불렀다. 마치 한 송이 꽃이 피어나듯이. '갑작스러움'이란 '놀라움'의 미학과 다르지 않으며, 그러한 현상은 '예기치 않았던 것'의 출현으로 발생한다. 시를 규율하는 두 개의 원리는 단일성과 다양성이다. 단일성과 다양성은 긴장 관계를 유지하는 상보성의 원리이며 연속성과 단절, 반복성과 창조성, 순환성과 놀라움의 짝으로도 대입될 수 있다. 단일성이란 예견이 가능한 것이며, 이러한 기대를 깨지 않는 연속성을 뜻하는 것인데, 레사마 리마는 스토아학파의 용어를 빌어 이것을 '점유'(ocupatio)라고 표현한다. '갑작스러움'은 '점유'와 짝을 이루는 것이다. "예를 들어, 독일어를 공부하는 사람이 'vogel'이라는 단어가 새를 의미한다는 것을 알게 되고, 'vogelbaum'은 새장이라는 것을 알게 된다. 그리고 다음에 'vogelon'이라는 말과 마주치게 된다. 이때 그는 'vogelon'이라는 말의 무조건성에 당

---

5) '신대륙 발견' 이전의 메소아메리카 문명의 원주민들이 바라본 우주는 신들의 장엄한 춤의 무대였다. 그리고 신들의 춤은 창조와 파괴의 유희였다. 인간은 이러한 유희를 주관하는 주인공은 아니지만 희생제의를 통하여 세상을 움직이는 고귀한 물질인 피를 바치는 증여자(Dador, 이것은 위에 인용한 레사마 리마의 시편의 제목이다)라고 생각했다. 그들에게 인간은 신들의 창조와 파괴의 우주적 유희 속에 끊임없이 써졌다 지워지고 다시 써지는 기호들 중 하나일 뿐이다. 그래서 "생명의 증여자는 꽃으로 글을 쓴다"고 노래했다.

황하게 되는데, 이것은 새와 새장의 인과율이 '갑작스럽게' 일으키는 화염으로부터 발생한다. 'vogelon'은 새가 새장에 들어간다는 뜻, 즉 성교를 뜻하기 때문이다."(Álvarez Bravo 1987, 69) 화약이 저항과 부딪쳐 어둠 속에 불꽃을 일으키듯이, 인과율은 화염을 일으키게 되는데, 이때 기대했던 인과율은 불꽃으로 소멸하고, 동시에 그 소멸의 불꽃 속에서 무조건성(의 인과율)이 타오른다.

광기, 즉 인과율을 빗겨나가는 사행적 삶의 경험(이것을 '예외들의 인과율'이라고 불러도 좋으리라)을 포착하기 위하여, 나아가 '보이지 않는 것'과 '보이는 것'이 들숨과 날숨처럼 지어내는 시적 체계의 '몸'을 포착하기 위하여 은유와 이미지에 대해서 레사마 리마가 가지고 있었던 생각들을 검토해 볼 필요가 있다. 레사마 리마는 "모든 은유에 내재하는 최상의 의도는 닮은 것들 사이의 차이를 밝혀내 순간적으로 유사성의 관계로 짜인 망을 만드는 것, 즉 아날로지를 달성하는 것이다"라고 말한다(Lezama Lima 1988, 304). 은유는 본래 '위치 이동', '변신', '아날로지'를 암시한다. 그리스어의 은유는 'meta'(너머로)와 'phora'(데려가다)로부터 온다. 위치 이동을 뜻하는 '너머로 데려가다'는 직접적이고 관습적인 의미화 작용 너머에 있는 관계를 포착하는 능력을 가리킨다. 이러한 위치 이동이 성급하게 형이상학적인 취지를 반영하는 것이라고 단정할 필요는 없지만, 그렇다고 두 개의 당구공처럼 단순히 기계적인 위치 이동만을 뜻하는 것도 아니다. 이것을 언어에 대입해 말하면, 추상적 세계를 구축하기 위해 단순히 기표/기의를 대응시키는 것이 아니라, 아리스토텔레스가 『시학』에서 언급한 아날로지에 의한 위치변화를 생각하는 것이 옳다. '관계의 망을 짠다'는 레사마 리마의 언급은 은유를 기계적이고 평면적으로 이해하는 것을 거부하고, 은유를 통하여 보들레르가 의도했던 것처럼 사물의 비밀스러운 상응을 발견하고자 하는 것이다. '닮은 것들 사이의 차이를 밝혀낸다'는 것은 단순한 비교를 의미하는 것이 아니라, 관계의 망을 짜는 데까지 이르기 때문이다. 비교는 대상 사이의 거리를 유지하지만, 은유는 순간적으로 대상과 대상의 융합을 이루어낸다. 휠라이트의 말을 빌리면, 은유적 과정은 '명백한 것을 뛰어넘어', '의미론적으로 결합시키는' 이중의 작업으로 이루어진다 (Wheelwright 1962, 70).6) 여기서 시는 "순간의 형이상학"이라는 가스통 바슐라르의 언급을 상기할 필요가 있다.

그러나 은유가 순간의 표현으로 그치는 것은 아니다. 은유는, 자연적이건 문화적이건 간에, 상상적 실체를 불모의 동토에서 발아시키는 시간적 계기로 작동한다. 은유는 순간의 아날로지이며, 그 순간에 이미지로 향해 간다. 그렇다면 이미지란 무엇인가? 이미지는 은유가 도달하는 목적지라고 말하는 것으로 충분할까? 아마도 이미지는 시편의 '살', 즉 시편의 '점유'(형체와 견고함)라고 말하는 편이 나을 것이다. 그러나 이것으로도 아직 충분하지 않다. 왜냐하면, 은유와 이미지가 결합되고 접속될 때 시와 시편의 의미를 획득할 수 있기 때문이다.

레사마 리마는 문화와 삶에 대한 모든 배타적 이원론을 배격한다. 그에게 유일하고, 진실하며, 가능한 자연은 문화이다. 문화의 의미는 시적 작업을 뜻하는 것이며 시의 작업은 익히 아는 세계(사실의 세계)에서 미지의 세계(이미지의 세계)로, 그리고 다시 또 다른 미지의 열린 세계로의 순례 여행이다. 이런 과정에서 시의 작업이 초래하는 극단의 위험성, 즉 이미지의 우상화가 문제 되지는 않을까? 그러나 이미지는 흐르는 강물을 비추는 거울일 뿐이다. 이미지는 존재가 아니라 생성이다. 단순한 생성이 아니라 순

---

6) 휠라이트에 의하면 은유는 '에피퍼'(epiphor)와 '다이퍼'(diaphor)로 이루어지는데, 전자는 비교에 의한 기의의 극복과 확장을 의미하며, 후자는 병치와 통합을 통한 새로운 의미의 창조를 의미한다.

교를 통한 생성이다. 그에게 이미지는 강물의 도도한 흐름을 거슬러 올라가며 이따금 물 밖으로 튀어 오르는 물고기의 몸짓과 같은 것이다.

레사마 리마에게 이미지는 구세주가 세상에 올 것임을 알리는 광야에서 외치는 목소리이다. 그것은 세상의 타락과 불모의 역사를 단절하고자 하는 고집스러운 의지이다. 그에게 이미지는 구세주가 아니라 구원의 상태, 충만한 실재에 도달하기 위한 방편일 뿐이다. 그래서 이미지는 가능성이다. 이미지는 본질을 남김없이 증거하는 명증성이 아니라 우리의 내부에 공명을 일으키는 섬세한 자극이다. 나뭇가지를 꺾어 피리를 만드는 것처럼, 이미지는 설명을 통하여 본질을 포획하려는 개념의 완고함이 아니라 음악적 조음(調音)이다. 이미지는 공리적이고 구조적인 규정을 넘어 우리를 사물과 세계에 이어주는 가냘프지만 고감도의 끈이다.

이미지는 전적으로 시인에게 소속되는 것도 아니며 전적으로 사물의 속성에 편입되는 것도 아니다. 그것은 어떤 식으로든지 늘 존재하는 것이지만 갑작스럽게 모습을 드러냈다가 또 갑작스럽게 모습을 감춘다. 그렇다면 이미지와 시인의 관계는 어떻게 말해야 할까? 이미지는 일상의 친근한 언어들이지만 어느 순간 낯선 모습으로 우리 앞에 선다. 이 낯섦은 언어가 자신이 속해 있던 내재적이고 순환적인 의미의 회로를 이탈할 때 발생한다. 낯섦의 느낌은 마치 물속에서 손으로 잡아 올린 물고기가 손바닥에서 힘차게 퍼덕이는 그런 느낌과 같은 것이다. 이때 시인은 의미의 회로를 끊고 예기치 않은 새로운 의미의 망을 구성하는 사람이다. 그 작업은 끊임없이 논리적 연계 고리를 단절하는 동시에 다른 의미망으로 확장을 시도한다.

이미지는 단독자로 선다. 정확히 말하면 그렇게 보일 뿐이다. 레사마 리마가 정의하는 이미지란 자력을 띤 파편이다. 자력은 눈에 보이는 것이 아니지만 끌리고 밀치는 장(場)을 형성하고 있다. 언어를 붙잡고 있던 논리의 완고한 고리에서 이탈하여 자유로운 자력의 장에 놓인 파편은 갑자기 낯선 사물들을 우르르 끌어당긴다. 이것을 레사마는 '이방(異邦)의 에로스'(Eros de la lejanía)라고 부른다. 그가 다른 작품에 다가가는 방법도 이런 식이다. 자신의 시 속에 다른 시구들을 인용하는 경우 그것은 두 개의 자력장에 접점이 주어질 때 상호 영향 관계를 이루며 새로운 장, 새로운 지평을 형성하게 된다.

이미지를 은유와의 관계에서 말한다면, 이미지는 앞에서 말한 시를 규율하는 두 개의 원리 중 하나인 연속성이다. 레사마 리마의 말을 빌리면, "시는 은유적 인과율의 진행과 이미지의 연속성 사이에 유지되는 지속이다"라고 할 수 있다(Lezama Lima 1988, 387). 시는 진행이며 운동이고 연속성이다. 이미지는 은유와 이미지가 변화와 지속이라는 이중의 유희를 재현할 수 있도록 은유에 지속성을 부여하는 것이다. 그래서 레사마 리마는 "시는 은유적 인과율에 의거하여 통합되고 부서지지만, 의미로 막 솟아오르자마자, 그 흐름 속에서 의미의 역류가 발생한다. 만일 어떤 시간적 계기에 은유적 인과율이 이미지의 연속성에 굴복하지 않으면, 단지 허상으로 남게 되어 지속적으로 자신의 축제를 실현시킬 수 없다"라고 덧붙인다. 레사마 리마가 주목하는 것은 은유(적 인과율)와 이미지의 착종에 의해서 시는 '살'과 '철학적 유효성'을 동시에 갖게 된다는 것이다. 다시 말해, 시의 실체론적 영토를 창조하면서 확장해 나가는 은유의 접속 능력과 은유가 창조한 실체성을 자신의 '살'로 육화시키는 이미지의 회귀적 힘 사이의 팽팽한 줄다리기가 바로 시이며 시의 신비라는 것이다. 여기서 레사마 리마의 말을 들어보자.

만일 우리가 2년 동안 팔뚝을 바닷물 속에 담그고 엎드려 있으면, 굳건히 버틴 팔다리는 단단해지고 크고 기품 있는 동물이나 수프와 빵을 먹는 괴물과 유사해질 것이다. 세월이 흘러도 물속에 잠겨 있는 팔다리는 해수(海樹)로 변하지 않는다. 하지만 잠긴 팔다리를 닮아, 만질 수는 있지만 있을 성싶지 않은 커다란 조상(影像)이 된다. 인생이 꿈이 되는 것처럼 아주 천천히, 꿈이 인생이 되는 것처럼, 아주 하얗게.("Sustancia adherente", Sucre 1993, 43-44)

은유와 이미지의 관계는 날 수도 있고 헤엄도 잘 치는 말[馬]로 비유될 수 있다. [...] 이미지는 보이지 않는 세계의 보이는 현실이다. 그래서 그리스인은 이미지를 죽은 자들의 세계를 세우는 건설자로 보았다. 시편이 보여주는 경이로움은 무한한 접속을 통해 돌진해 나가는 은유와 실체의 지속성을 보증하는 최종적 은유 사이에 자리 잡은 저항적 실체로서의 '살'을 창조해낸다는 것이다.(Álvarez Bravo 1987, 64)

IV. 화해를 이룬 현실로의 복귀

레사마 리마는 시의 창조 원리가 인간의 작위적 문명의 창조 원리와 동일하다고 본다. 그는 그리스어 'poiesis' 자체가 '만들다'라는 의미를 갖는다는 사실에 주목한다. 고대의 시보다 근대의 시에 있어서 주관성의 개입이 훨씬 더 강력해진 것은 사실이다. 서두에 언급한 것처럼, 분열로 시작된 근대 서구 역사의 기초가 바로 주체의 사유 능력에 중점을 두었기 때문이다. 이러한 분열은 급기야 최종적 귀결점인 '절대 주체'와 '절대 객체'로 갈라져 소통 불능의 벽을 쌓아 가고 있다. 그러나 시적 창조의 원리와 동일한 작위적 문명에 있어서 주관성이란 '관계'이며 '접촉'이다. '관계'란 주체와 객체라는 관점이 주체와 '또 다른 주체로서의 타자'의 관점으로 변화되는 것을 뜻하고, '접촉'이란 상호주관적인 에로티시즘적 소통을 의미한다. 이것은 앞에서 언급한 자연의 원리로 되돌아가 신비에 몸을 맡기는 시적 믿음(결단)을 의미한다. 그리고 그것은 '드러내며' 동시에 '숨는' 자연과 시의 원리에 대한 인식이기도 하다. 이러한 인식이 레사마 리마의 시편을 인도하는 곳은 연금술주의(hermetismo)이다. 나아가, 연금술주의는 그의 존재의 양식이다. 그래서 그의 시편들은 어둡고 어렵다. 더 정확히 말하면 우리의 일차적 현실 인식에서 바라보면 그의 이차적 현실이 어둡고 침침하게 우리의 시야를 흐리게 하는 것이다. 시편이 드리우는 이차적 현실의 그늘이 깊기 때문에 어둡고, 깊은 그늘 속에서는 윤곽이 뚜렷하지 않기 때문에 어렵다. 그러나 시편이 던지는 그늘은 자명한 지시체를 우회하는 암시적 문장 때문이 아니다. 그런 시편은 어두운 것이 아니라 복잡하다. 복잡한 시편의 의미는 가려져 있는 장애물들이 제거되면 선명하게 드러난다. 레사마 리마는 자신의 시적 체계가 엄연히 중력이 작용하는 세계의 이성에 지배받고 있음을 알고 있다. 하지만 그 세계가 실재 위에 세워진 이성적 실체라면, 그가 생각하는 시는 상상적인 것 위에 세워진 이성적 실체이며, 나아가 비실재 위에 세워진 이성적 실체이기를 원한다. 그가 생각하는 현실은 논리가 헝클어진 비논리의 현실이 아니라 주체의 지향성을 벗어난 초논리의 현실이라고 말할 수 있다.

레사마 리마의 시편들이 어두운 이유 중의 하나는 그가 오르페우스주의적 성향의 시인이기 때문이다. 레사마 리마에게 오르페우스주의는 총체성의 경험이며, 어둠 속에서 빛을 구원하기를 원한다. "수수께끼 같은 신비도 육체적이다"라고 레사마는 말한다. 그는 잃어버린 사랑을 찾아 기꺼이 하데스(지하)로 내려가는 오르페우스처럼, 결코 단절의 상태에 머물러 있기를 원치 않으며 팽팽히 긴장된 조화 속으로 미지의 것들을 통합하고자 한다. 오르페우스가 지하의 여신 페르세포네를 자신의 음악으로 감동시키듯이 레사마 리마도 시를 통해 부활을 꿈꾸지만, 인간의 부활은 천상의 광휘나 명증한 이성이 아니라 심연으로의 추락이며, 추락 속에 꽃피는 충일함의 세계라는 것을 알고 있다.

　　결연한 걸음걸이, 심연의 노새

　　노새는 서두르지 않는다. 임무도 잊은 채.
　　바위, 피 흘리는 바위 앞에 선 그의 운명은
　　벌어진 석류의 웃음을 창조하는 것.
　　[…]
　　네 눈 속의 유리조각과 물기, 실명(失明)
　　여전히 숨겨진 질긴 힘줄을 가지고 있고,
　　끝없이 달아나는 어둠을
　　변함없는 눈길로 바라본다.
　　[…]
　　그를 구해줄 날개는 없고,
　　심연에서 그의 몸뚱이를 받쳐주는 것은
　　무거운 짐을 놓지 못하게 하는 끈

　　[…]

　　그저 계속해서 심연을 걷는 것.
　　[…]

근원의 물에
젖은 어두운 몸뚱이처럼,
반쯤 눈먼 채, 위태롭게 기어오르는,
구원도 향기도 아닌.

[…]

그의 재능은 쓸모없지 않아서, 그의 창조는
심연을 걷는 결연한 걸음.("Rapsodia para el mulo", Sucre 1993, 39-40)

노새의 인고의 발걸음은, 마치 지속적인 시적 파종이 천상의 꽃을 피우듯이, 심연에 씨앗을 뿌린다. 노새는 몸으로 저항하고, 시는 시간에 저항한다. 앞서 말한 것처럼, 레사마 리마는 세계의 신비를 찬양하며, 시의 신비를 찬양한다. 세계와 시의 신비는 자신 안에서 광휘에 도달하는 신비이며, 스스로를 정화시키는 신비이다.

상상력의 로고스가 만들어낸 무봉(無縫)의 형태를 찾아서,
멈추어 정지해 있는 새의 고요한 충동 혹은 가지를
휘지 않은 채 가지 끝에 의지하고 있는
새의 고뇌.("Los dados de medianoche", Sucre 1993, 53)

이러한 신비 앞에서 시인은 양도자(주는 사람)이며, 그의 운명은 주는 행위 그 자체일 뿐, 그에 의해서 주어지는 대상이 아니다. 산출의 추동이 문제일 뿐, 객관적 대상은 문제가 아니다. 중요한 것은 상상적 위치 이동이며, 사실주의적 진실성이 아니다. 이런 맥락에서 레사마 리마에게 시인은

가면을 쓴 존재이다. 자신의 얼굴을 감추기 위한 가면이 아니라 '가시적인 행위와 기이한 유대 관계의 신비 속에서' 살기 위한 가면이다. 이런 사유는 레사마 리마의 첫 번째 시집인 『나르시스의 죽음』(Muerte de Narciso, 1937)에 잘 나타나 있다. 자기 정체성과 가면에 관한 신화는 나르시스의 신화이다. 나르시스는 대상을 바라보지 않고 자기 자신을 바라본다. 물거울에 비치는 자신의 얼굴은 개체성의 출발이며, 절대적 지식의 출발이다. 그것은 우연을 거부하는 보편이며, 끊임없는 변화를 거부하는 영원이다. 나르시스는 신화 속에 육화된 '존재의 응집'이다. 나르시스 신화가 보여주는 주제는 레사마 리마의 시편에서 예사롭지 않은 굴절을 겪는다. 『나르시스의 파편』에서 발레리가 보여주는 것처럼, 레사마의 나르시스도 죽는다. 그러나 그의 죽음은 개체의 부정이 아니라 개체적 의식의 확장을 위한 필연적 죽음이다. 『나르시스의 초상』에서 지드가 보여주는 것처럼, 발레리의 나르시스도 우주와 동일시되지만, 자신의 자아와 이미지를 희생시키고 얻어지는 일치이다. 이런 이유로 나르시스의 의지와는 반대로, 레사마 리마의 시편 「나르시스의 죽음」은 "다나에는 나일강의 황금빛 시간의 천을 짠다"(Sucre 1993, 39-40)라는 우주를 향한 열림으로 시작한다. 다나에는 아르고스 왕의 딸로 불길한 예언을 믿었던 아버지에 의해 감금되었으나 황금의 비로 변장하여 찾아온 제우스에 의해 잉태한 동정녀 신화의 주인공이다. 프레이저의 해석에 의하면, 이 신화에는 처녀가 태양빛으로 잉태할 수 있다는 믿음이 깔려 있다. 시편의 첫 행에서 레사마 리마가 말하고자 하는 것은 변신(metamorfosis)은 자아의 필연적인 용해가 전제된다는 것이다. 자아의 용해는 기의의 해체로 시작되고, 나아가 의식조차도 해체된다. 나르시스는 의지할 것이 아무 것도 없음을 느낀다. 일관성을 잃은 언어의 흐름 속에서 나르시스는 결코 자신의 얼굴을 볼 수가 없다("수직의 대리석으로부터 보지 못했다/축축한 연꽃에 열려 있던 이마를"). 그가 볼 수 있는 것은 이상한 모습들과 적대적인 기호들뿐이다("물에 젖지 않은, 검붉은 깃털, 나를 바라보는 고기, 무덤"). 결국 나르시스는 타자성의 거울이 삼킨 자신을 발견한다("부드러운 거울에 떨어진/우박이 그를 묶어둔 시선을 조각낸다"). 시편에 나타나는 강물의 흐름을 다스리는 두 개의 리드미컬한 물결은 끝없이 상승하며 죽어가는 나르시스의 '수직성'과 갈수록 관계의 망을 확장해 가는 공간의 '수평성'이다. 나르시스는 갈수록 충만해지는 무로 나타나고, 우주는 갈수록 충만해지는 현존으로 드러난다. 이런 이유로 레사마 리마는 자신의 두 번째 시집의 제목을 『반목적 소문』(Enemigo rumor, 1941)으로 정했다. '반목적 소문'은 이러한 두 개의 물결로 이루어지는 시를 가리킨다. 시는 오직 한 개의 얼굴이 보여주는 천 개의 가면이다. 유사성(semejanza)의 현실, 그것은 통일성을 거부하면서 차이를 인정하는 관계의 그물망으로 짜인 현실이다.

> 꽃잎은 귀처럼 깨어난다, 귀는
> 문처럼 새벽을 맞는다, 문은 말[馬]에게 열린다.
> 빗줄기의, 가벼운 두드림이 풀들의 입을 연다.
>
> ("Venturas criollas", Sucre 1993, 49)

이러한 시적 우주의 모습을 설명하기 위해 레사마 리마는 인도의 전설을 환기시킨다.

> 인도의 전설에 의하면 몇 개인지도 모를 만큼 수없이 많은 지류가 흘러드는 강이 있었다. 마침내 엄청나게 불어난 강물이 소용돌이치고 끓어오르기 시작했다. 서로 다른 것들, 납작한 것들 등, 헤아릴 수 없

이 많은 잡다한 것이 뒤섞인 강물은 아주 견고한 대칭을 이루고, 부드
러운 조화를 이루며 흘러갔다.(Lezama Lima 1988, 429)

이 강은 모든 잡다한 것을 녹여버리는 용광로가 아니라, 모든 혼합물이
섞여서 솟구치는 샘이다. 이 강이 보여주는 미덕은 정화시키는 것이 아니
라, 우주의 다양성을 모두 끌어안는 것이다. 환원이나 종합을 강요하는 것
이 아니라, 겹쳐지고 포개진다. 그것은 '많음'을 넘어선 '넘침'(혹은 잉여)이
다. 여기서 "넘쳐흐름이야말로 아름다움이다"라고 노래했던 블레이크의
음성을 다시 들을 수 있다.(블레이크 1996, 64)

> 아! 참으로 좋으련만.
> 멈춰선 풍경과 최고의 동물들이
> 동일한 강물에 멱을 감는다면,
> 영양(羚羊)들이 그리고 스르륵 움직이는 뱀들이
> 꿈에 나타나, 아무런 번민 없이,
> 기나긴 갈기와 길이 기억되는 물을 보여준다면.
> ("Ah, que tú escapes", Sucre 1993, 31)

레사마 리마는 이러한 겹쳐짐과 포개짐에서 시작해 넘쳐흐름으로 이어
지는 시적 우주는 가장 내면적인 것에서부터 가장 우주적인 것까지를 관
통하는 새로운 인과율에 지배된다고 말한다. 그러한 넘쳐흐름은 역설적으
로 '밤'으로 인식되기도 한다.

> 밤은 트럼프보다도 작고
> 하늘보다도 크다,

> 그러나 우리는 커피 잔의 가장자리에
> 우리 어깨에 떨어진 하늘에
> 손톱으로 밤을 만든다.

그는 이러한 새로운 인과율이 바로 시적 우주를 다스리는 은유적 정의(justicia metafórica)라고 부른다. 그리고 자신의 조국 쿠바에서 일어난 혁명도 이러한 관점에서 바라보았다. 그에게 쿠바혁명의 의미는 "무한한 가능성의 순간"이며 "인간을 약속한 땅으로 인도하는 강력한 꿈"이었다. 그의 정치적 견해는 시적 신념 위에 서 있다. 1969년 쿠바혁명 10주년을 기념하여 작가들에게 "문학 작품 창작과 혁명의 관계를 어떻게 생각하느냐?"는 질문을 던졌을 때, 레사마 리마는 이렇게 대답했다.

> 나는 은유가 세상을 가장 내밀하게 관계 짓는 방법이라고 생각한다. 나에게 혁명은 끊임없이 변화하는 인간에 대한 은유이다. 혁명은 가까이 있는 것과 멀리 있는 것을 한꺼번에 보여주는 섬광이었다. 혁명이라는 엄청난 사건과 언어를 통한 창조라는 도도한 역사의 리듬을 완수하는 것은 초자연적 사건과 동일한 것이다. 본질을 관통하는 모든 일은 전통의 단절을 필요로 한다. 혁명과 같은 본원적인 사건은 인간의 가장 깊은 부분을 자유롭게 해주며, 이러한 절대적인 자유가 표현되는 곳이 문학 작품이다. [⋯] 나는 완결된 형(形)의 개념을 배격하는 것처럼 단순히 눈에 보이는 것도 비판한다. 눈에 보이는 것보다 더 깊고 심오한 것이 존재하는데, 그것은 가시적인 목적을 넘어 확장되는 나무의 뿌리 같은 것이다.(Lezama Lima 1985, 51)

레사마 리마에게 혁명은 이미지의 무한성을 해방시키는 역사적 결단이며 계기이다. 바로크와 라틴아메리카 낭만주의의 결합에서 가장 아메리카적인 표현을 찾고자 하는 레사마 리마에게 혁명은 "변화보다 더 상위의 통합적이고 심오한 것"으로 "개체성을 뛰어넘어 인간에게 선천적으로 주어진 보편적 차원을 보여주는 것"으로 생각되었다. 근대 세계에서 혁명이 집단적 종교이고 시가 개인적 종교라면 레사마 리마의 꿈은 혁명과 시를 더 깊은 차원에서 통합하는 것이었다. 이미지와 행위라는 대단히 화합하기 힘들어 보이는 두 개의 차원을 "완벽하고 달콤하게 화해시키는 것"은 영원히 불가능할지도 모른다. 그러나 "불가능하기 때문에 믿는다"라고 말한 파스칼의 사유를 언급하면서 레사마 리마는 말했다. "오직 어려운 것만이 정신을 고무한다"라고. 시인의 지난한 작업은 시간을 굴복시키고 "돌에 뿌리를 내리는" 것이며 그가 입맞춘 대지에 순교의 피를 뿌리는 것이다. 그의 피는 새로운 인과율의 세계, "바위 사이에 피어난 역사"를 위한 진정한 토대를 마련하기 위한 것이다.

V. 맺는말

자본주의적 산업사회가 힘을 잃어가고 후기산업사회의 현상으로 등장한 정보화 사회가 전 지구를 장악해가고 있는 현실에서 시적 사유가 일깨우는 현실 인식은 시대에 동떨어진 것처럼 보일 수 있다. 그러나 정보화 사회가 지향하는 목표가 지구촌의 구석구석을 시공간적으로 빠르게 다리 놓은 것이라면 시적 현실은 보이는 것과 보이지 않는 것을 다리 놓는 작업이라고 생각할 수 있다. 그렇다면 양자는 '다리 놓기'라는 공통의 원리를 갖는다고 말할 수 있다. 그러나 기술 문명이 추구하는 '다리 놓기' 작업에는 인간이 자기 스스로를 되돌아보는 회귀적 성찰이 결여되어 있다. 인간이 의식을 획득하는 그 순간부터 주체와 대상, 드러남과 숨음 사이의 거리는 존재할 수밖에 없다. 거리는 바로 인간됨의 조건이고 동시에 현실의 존재 원리이다. 거리를 없애고 주체와 대상, 드러남과 숨음 사이의 영원한 화해는 불가능하다. 시안(詩眼)으로 보는 진정한 현실, 즉 이차적 현실은 일차적 현실을 끊임없이 새롭게 보는 파괴와 창조의 동시적 작업이다. 시적 현실은 영원한 삶을 꿈꾸지도 않으며 구원을 열망하지도 않는다. 시적 '다리 놓기'는 다리로 소통되는 양극의 자율성을 인정하면서 동시에 유사성의 발견을 통해 문명화된 화해를 이루는 것이다. 한마디로 화이부동의 세계이다.

쿠바의 바로크 전통과 카브레라 인판테의 문학

신 정 환

Ⅰ. 에스파냐어권 문학과 바로크 전통

에스파냐와 라틴아메리카를 포함하는 에스파냐어권 문학의 전성기를 굳이 꼽아 보라면 네 시기를 들 수 있을 것 같다. 황금세기 문학, 모데르니스모 시, 27세대 시, 그리고 붐 소설이다. 황금세기는 16세기 중반에서 17세기 중반까지 약 100년 동안 문학뿐만 아니라 회화에서 기라성 같은 예술가들이 등장하면서 에스파냐 문화의 황금기를 이루었던 시대를 말한다. 이 시대의 예술 형식을 지배한 미학적 양식을 보통 바로크 사조라고 규정한다. 모데르니스모는 에스파냐로부터 정치적으로는 독립했으나 정신적으로는 여전히 종속되어 있던 라틴아메리카의 문학적 독립 선언이라 할 정도로 라틴아메리카 문학사의 전환점이 된 시 운동이었다. 더 나아가 모데르니스모의 순수시가 개척한 시어는 20세기 에스파냐와 라틴아메리카 문학의 방향을 정립하는 기반이 되었다. 27세대는 20세기 초반 시어의 혁명을 이룩한 일군의 에스파냐 시인들을 지칭한다. 이들은 피카소, 달리, 미로 등으로 대표되는 에스파냐 전위주의 회화와 함께 황금세기를 계승하

는 '은의 세기'(Siglo de Plata)를 구가한다. 한편 20세기의 붐 소설은 문학성
과 상업성이라는 두 마리 토끼를 다 잡은 라틴아메리카 문학의 히트 상품
이었다. 모데르니스모 시 운동이 라틴아메리카 문학의 독립을 의미했다면,
1960년대에 전성기를 맞는 붐 소설은 에스파냐어권 문학 내에서의 무게
추가 에스파냐에서 라틴아메리카로 넘어가는 전기가 된다.

　에스파냐어권 문학의 흐름을 볼 때 흥미로운 점은 황금세기 문학 이래
의 전성기 문학이 모두 바로크 미학과 밀접한 연관을 가진다는 점이다.
모데르니스모는 프랑스 낭만주의, 상징주의 그리고 고답파의 영향을 많이
받았으나, 그 미학적 연원은 에스파냐 바로크 시인들까지 올라간다. 실제
로 에스파냐의 대표적인 바로크 시인인 공고라와 케베도는 루벤 다리오를
비롯한 모데르니스모 작가들이 탐독하던 작가들이었다(Rama 1970, 11). 문
체적으로 두 사조는 이국 동경, 화려하고 장식적인 수사법 등에서 공통점
을 보인다. 한편 헤라르도 디에고, 라파엘 알베르티, 페드로 살리나스 등
의 27세대 시인들은 자국의 바로크 시인들을 본격적으로 발굴하고 부활
시킨 작가들이다. 이들은 바로크 문학의 풍부한 상상력과 과감한 메타포
를 사용하면서 시어의 혁명을 이룩했다. 이들이 1927년 공고라의 300주
기를 계기로 결집한 것도 바로크 문학과의 친연성을 반증한다. 이러한 현
상은 에스파냐어권의 사회적 분위기나 예술적 취향이 유독 바로크 미학과
궁합이 잘 맞는다는 설명을 가능케 한다. 때문에 많은 학자가 에스파냐는
'바로크의 조국'이라고 주장하기에 이르는데, 독일 출신의 헬무트 하츠펠
트가 그 대표적인 인물이다. 하츠펠트는 바로크가 이탈리아에서 시작되어
에스파냐에서 만개한 에스파냐 정신의 발현이라고 주장한다. 에스파냐 정
신과 예술의 본질 자체가 바로크적이어서 고대 그리스·로마의 고전주의
적 성향과는 어울리지 않는다는 것이다(Hatzfeld 1966, 432). 에스파냐어권

의 바로크 전통은 20세기 현대 문학에서 라틴아메리카의 붐 소설로 계승된다.

II. 바로크 미학과 라틴아메리카 붐 소설

라틴아메리카는 에스파냐와 같은 언어권으로서 붐 소설 이전에도 바로크에 낯설지 않은 대륙이었다. 보통 구대륙의 문학과 예술 사조는 한 세대 정도의 간격을 두고 신대륙에 전파되었는데, 에스파냐의 바로크 미학이 라틴아메리카에 전해진 것 역시 에스파냐 식민체제가 전성기를 누리던 17세기 중반부터 18세기까지의 기간이었다. 이 시기에 라틴아메리카 문학은 단순한 에스파냐 문학의 아류가 아니라 고유의 역사적 상황과 시대정신을 바탕으로 독창적인 바로크 문학을 산출한다. 멕시코의 후아나 이네스 데 라 크루스(Sor Juana Inés de la Cruz)는 이때 탄생한 라틴아메리카의 대표적인 바로크 시인으로서 그 문학성은 결코 공고라와 케베도에 뒤지지 않는다. 이러한 바로크 전통이 19세기 말의 모데르니스모 언어혁명을 거쳐 20세기의 소설로 계승되는 것이다. 문학사조는 내적인 단절과 계승의 관계일 뿐만 아니라 시대적 산물이기도 하다. 그렇다면 17세기 에스파냐와 20세기 라틴아메리카의 어떤 시대 상황이 바로크적 성향의 문학을 산출하는 배경이 되는가?

유럽의 17세기는 근대가 본격적으로 개막하는 시기이다. 아메리카 대륙을 비롯한 지리상의 발견으로 촉발된 세계관의 변화, 전통 사회의 변혁을 불러온 자본주의 체제 등장, 주술의 세계에서 벗어나게 해주는 과학혁명, 철학 혁명을 통한 주체의 발견과 개인주의 발흥 등은 이 세계가 이전과는 질적으로 다른 시대에 접어들고 있음을 보여주는 양상들이다. 근대성을 체험한 당대 인간의 반응은 이중적이었다. 이제 사람들은 처음으로 눈에 보이는 세계와 실제의 세계, 즉 현상과 실재를 구별하기 시작한다. 자율적 사고와 행위의 주체로서 독립하게 된 인간은 동시에 세계의 불확실성 앞에서 정체성과 가치관의 혼란을 겪으며 회의하고 고뇌한다. 이러한 근대성의 모순이 햄릿의 고뇌와 돈키호테의 광기를 초래한 원인이었다. 이러한 모순은 특히 에스파냐에서 극대화되었다. 신대륙의 발견으로 근대를 개막했으나 정작 자신은 중세적 가치관에서 벗어나지 못하면서 근대 국가로의 체질 전환에 실패한 것이다. 해가 지지 않는 제국의 영광은 채 한 세기도 지속되지 않았고, 이후 300년에 걸친 몰락이 시작된다. 독일 학자 루드빅 판들은 바로크가 에스파냐 제국의 몰락에 따른 환멸의 감정을 표현한 것이라 주장한다. 그러나 더 큰 관점에서 볼 때, 근대 미학의 시작인 바로크 문학과 예술은 근대성 전반에 대한 매혹과 환멸의 반응이었다.

매혹과 환멸의 역사는 20세기에 들어와 반복된다. 근대화 과정에서 신화와 주술에서 해방된 인간은 무한 진보와 행복을 믿어 의심치 않았다. 그러나 두 차례의 세계 대전과 세계 전역에서 반복되는 인종 청소 그리고 첨단 과학의 산물인 핵무기 발명 등은 근대의 계몽이성이 인류의 해방을 약속하는 것이 아니라 또 다른 신화가 되어 인간을 억압하고 있음을 보여주었다. 수탈의 대상이 된 라틴아메리카 대륙에서 이러한 위기의식은 더욱 두드러진다. 에스파냐로부터의 독립 이후 '문명과 야만'의 이분법적 구도 속에서 매혹적인 문명국가를 추구했으나 반복되는 정치 불안과 종속경제가 남긴 것은 환멸의 감정뿐이었다. 두 시대에 공통적인 시대정신은 근대성의 산물로서의 위기의식이라 할 수 있다. 다만 17세기의 위기가 근대 개막기의 것이었다면 20세기의 위기는 근대가 끝나는 시기의 탈근대적 위기의식이라 할 것이다.

환멸의 시대는 작가들로 하여금 현실에서 벗어나 언어의 세계에 침잠하게 하였다. 에스파냐 바로크 문학과 라틴아메리카 붐 소설이 공유하는 가장 큰 특징 역시 언어의 위상에 관련된 것이다. 즉 언어가 그 재현의 대상에서 독립하면서 수단이 아니라 목적 자체가 되는 것이다. 공고라의 과식주의와 케베도의 기지주의는 과도하게 분출되는 수사법과 신조어 그리고 기발하고 복잡한 메타포와 말장난을 통해 독자들에게 놀라움을 주면서 결국은 무의미로 귀착된다. 이렇게 바로크 문체가 지향하는 것은 현실의 재현이 아니라 언어 자체의 유희이다. 유희의 언어는 언어의 재현 능력에 대한 회의감에서 출발하며 재현 대상이 아니라 재현의 방법과 과정 자체를 더욱 중요시하는 자기충족적 언어이다. 따라서 바로크 미학은 뵐플린의 말대로 예술사가 일찍이 경험했던 가장 중대한 방향 전환, 알로이스 리글의 표현을 따른다면 "객관에서 주관으로"의 전환점이었다.

에스파냐 바로크 문학의 언어는 라틴아메리카 현대 소설에도 계승된다. 근대의 발명품으로서 완결된 구조를 통해 세계의 총체적 재현을 목표로 하는 소설은 그 본성상 사실주의적일 수밖에 없다. 그러나 붐 소설은 미메시스 원리에 기반을 둔 19세기 사실주의 소설과는 달리 한편으로는 인간의 내면을, 다른 한편으로는 세계의 신비적, 신화적, 형이상학적 측면을 탐구하여 현실 개념을 확장하면서 새로운 소설 미학을 보여준다. 그리고 이러한 신소설을 가능케 한 것이 언어의 혁신이었다. 붐 세대의 소설가들은 작품의 내용보다는 언어와 구조의 혁신을 통해 현실을 맹목적으로 반영하는 것이 아니라 자기반영적인 언어의 소재로 이용한다. 이렇게 대상의 재현이 아니라 그 수단인 언어의 혁신을 꾀하는 붐 소설을 로드리게스 모네갈은 '언어 소설'이라 명명한다(Rodríguez Monegal 1967, 22). 이런 언어

소설의 대표적인 양상이 자의식적 언어, 유희로서의 언어, 패러디 등 바로
크 문학에서 계승한 특징들이라고 볼 수 있다.

Ⅲ. 네오바로크와 포스트모더니즘

라틴아메리카 붐 소설의 바로크적 특성은 많은 부분에서 20세기 후반
의 주류 문화였던 포스트모더니즘으로 해석되는 경향이 있다. 실제로 아
르헨티나의 호르헤 루이스 보르헤스는 포스트모더니즘의 선구자로 꼽히
고 있고, 한때 '고갈의 문학'을 주장했던 비평가 존 바스로 하여금 '소생의
문학'을 선언하게 만든 가브리엘 가르시아 마르케스는 전형적인 포스트모
더니즘 작가로 간주된다. 바로크적 성격의 라틴아메리카 소설을 포스트모
더니즘 미학으로 설명하는 이유 몇 가지를 들어보면 다음과 같다. 먼저
붐 소설은 1940년대에 태동하여 1960년대에 전성기를 맞이하면서 포스트
모더니즘과 시기적으로 일치한다. 둘째, 붐 소설의 특징이라 할 수 있는
자기반영적 언어, 패러디, 열린 작품과 독자의 참여 등은 포스트모더니즘
의 특징으로도 꼽히는 요소들이다. 셋째, 바로크와 포스트모더니즘은 공
통적으로 문학뿐만 아니라 모든 장르의 예술에 적용될 수 있으며 더 나아
가 시대정신으로도 간주되곤 한다. 일례로 프레드릭 제임슨이 포스트모더
니즘을 '문화적 우세종'(cultural dominant)이라 부른다면, 오마르 칼라브레세
는 현대의 바로크, 즉 네오바로크를 가리켜 '이 시대의 공기'라고 부른다
(Calabrese 1989, 12). 이와 관련해, 린다 허천은 세베로 사르두이의 '네오바
로크'(neo-baroque) 개념이 대부분의 학자에게는 그냥 포스트모더니즘으로
분류된다고 주장한다(Hutcheon 1988, 4).

그러나 영미 모더니즘이 라틴아메리카 모데르니스모와 다르듯이, 포스트모더니즘은 바로크 혹은 네오바로크와 다르게 접근해야 한다. 영미권 기준으로 볼 때 포스트모더니즘 미학이라 해도 무방한 붐 소설을 바로크 미학의 관점에서 해석하는 이유는 무엇인가. 먼저, 포스트모더니즘은 모더니즘과 마찬가지로 자체적으로 특정한 규범이나 미학적 가치를 담고 있지 않은 공허한 용어이다. 따라서 일시적인 유행에 그칠 수 있다. 이는 1980년대부터 1990년대 초까지 한국에서 불었던 포스트모더니즘 열풍이 학문적 성과나 의미 없이 막을 내렸던 현상에서도 확인할 수 있다. 이는 포스트모더니즘이 바로크와는 달리 단절과 계승의 미학적 계보가 없다는 사실에 기인한 탓이 크다. 더욱 주의할 점은 포스트모더니즘이 주로 영미권을 중심으로 논의가 전개되면서 에스파냐어권 문학과 비평계에는 생소한 담론이었다는 사실이다. 당초 후기산업사회의 미학적 대응으로 간주되었던 포스트모더니즘을 정치·경제·사회·문화적 배경이 다른 에스파냐어권 문학에 적용하는 것은 무리가 있다. 더 나아가 이는 고유의 전통과 계보를 가지고 있는 다양한 문학을 왜곡하는 해석을 낳을 수 있다. 굳이 라틴아메리카 현대 소설을 영미권의 비평 용어로 재단한다면 포스트모더니즘이 아니라 모더니즘 문학에 더 가까운 것으로 간주해야 한다.

실제로 라틴아메리카 소설가들이 전범으로 삼았던 작가들은 자신들보다 한 세대 이상 앞서는 서구 모더니즘 소설가들이었다. 프랑스의 마르셀 프루스트, 아일랜드의 제임스 조이스, 영국의 버지니아 울프, 체코의 프란츠 카프카, 미국의 윌리엄 포크너와 존 더스 패서스 등이 그들이다. 이들이 모더니즘에게 배운 것은 언어의 혁신을 통해 신화와 무의식의 세계를 탐구하면서 세계의 총체적 현실을 재현하는 것이었다. 붐 소설 작가들은 이런 언어혁명을 통해 라틴아메리카의 언어적 정체성을 탐구했고, 라틴아

메리카의 역사적 정체성을 추구했으며, 궁극적으로는 위기와 혼란의 사회
에 의미를 부여하는 작업을 시도했다. 리얼리즘과 모더니즘, 혁명의 문학
과 언어의 혁명, 그리고 내용과 형식이 결합된 이러한 경향은 확실히 19
세기의 비판적 리얼리즘과 다르고 20세기 초반의 모더니즘과도 다른 것
이었다. 그리고 내면적으로 은밀한 거대담론이 웅크리고 있는 붐 소설을
포스트모더니즘이라 부를 수는 없고 모더니즘이라 규정할 수도 없다. 앞
서 보았듯이 붐 소설의 근원적인 계보를 감안할 때 가장 적합한 용어는
'네오-바로크'가 될 것이다.

IV. 네오바로크와 쿠바 문학

앞서 보았던 하츠펠트와 판들의 의견과는 달리, 에스파냐가 아닌 지역
의 바로크에 대한 권리를 주장하는 학자들도 제법 존재한다. 예를 들어,
슈펭글러와 알베르 베겡은 파우스트적인 정신을 가진 바로크가 독일적이
라고 말하는가 하면, 장 루세는 바로크의 기원과 무대가 이탈리아이며 프
랑스에서도 융성했다고 주장한다. 반면에 허버트 리드는 바로크가 독일의
정신과 이탈리아의 형식을 결합한 것이라고 말하면서 위의 입장들을 절충
한다. 흥미로운 점은 라틴아메리카 역시 전형적인 바로크적 대륙으로 꼽
힌다는 사실이다. 즉 라틴아메리카는 콜럼버스의 도착 이전부터 고유한
바로크 문화를 꽃피웠으며, 이는 훗날 에스파냐의 바로크 양식과 결합하
여 한층 독창적이고 풍요로운 예술을 산출해 냈다는 것이다. 이를 주장하
는 쿠바 출신의 알레호 카르펜티에르와 호세 레사마 리마는 라틴아메리카
의 우주관에서부터 현대 소설에 이르기까지 모든 것이 바로크적이었기에

바로크는 라틴아메리카 소설의 합법적인 문체가 된다고 규정한다.

바로크의 권리를 주장하는 라틴아메리카 내에서도 가장 바로크적인 문학을 산출한 나라가 쿠바이다. 쿠바 문학의 바로크 문체는 카르펜티에르와 레사마 리마에서 세베로 사르두이, 기예르모 카브레라 인판테 그리고 레이날도 아레나스를 거쳐 오늘날의 레오나르도 파두라(Leonardo Padura)에 이르기까지 일관되게 나타나는 특징이다. 특별히 쿠바에서 바로크 문학이 융성하고 인구에 비해 작가들 숫자가 많은 데에는 여러 요인이 있는데, 가장 중요한 것은 유럽, 아메리카 그리고 아프리카 문화가 교차하는 이종혼합(heterogeneity) 문화의 형성이라 할 수 있다. 바로크는 구심적이고 권위적인 문화에 도전하는 이종혼합 문화의 발현 양상이었다고 할 수 있다. 쿠바 역시 지정학적 특성으로 인해 일찍이 개방적이고 반권위주의적 정신이 형성되었다. 문학사적으로는 에스파냐 27세대 시인인 가르시아 로르카와 후안 라몬 히메네스가 쿠바를 방문하면서 재평가가 시작된 바로크 문학의 붐을 전해 주었다는 사실도 영향을 준다. 쿠바 바로크 문학의 문체적 특징은 이종혼합 문화 덕분에 형성된 다양한 언어 현상과 현란한 말장난 그리고 유머라고 할 수 있다. 쿠바인에게 가장 일반화된 말장난의 양상이 초테오이다. 초테오는 모든 것을 진지하게 받아들이지 않고 농담의 대상으로 삼아 버리는 쿠바인들의 피상적 언어 습관을 말한다. 초테오는 정치적 무관심의 발로라고도 할 수 있으나, 근본적으로는 권력과 권위를 희화화하는 역할을 하고 있다. 초테오는 화려한 말의 유희를 통해 쿠바의 바로크 문학 전통이 형성되는 데에 기여한다.

앞서 언급한 작가들 가운데 레사마 리마는 쿠바의 바로크 문학을 상징하는 작가이다. 에스파냐의 공고라와 27세대 시인들로부터 큰 영향을 받은 레사마 리마 시학의 핵심 개념인 '이미지'(imagen)는 에스파냐 황금세기 시학의 핵심인 기지(奇智, concepto)를 기반으로 한다. 에스파냐 바로크의 대표적인 작가이자 비평가인 발타사르 그라시안(Baltasar Gracián)에 의하면, 기지란 외적으로는 상관관계가 없어 보이는 두 사물 간의 상응 관계를 연결시키는 지적 행위이다(Gracián 1969, 55). 따라서 비약과 과장을 통해 메타포가 극단화되는 현상이라 할 수 있는 기지는 시를 대상으로부터 독립된 자기충족적 세계로 만든다. 이렇게 고도의 메타포를 이용해 세계의 이면 모습과 '역사의 비밀스러운 인과율'이 우리에게 순간적으로 현현(epiphany)하는데, 이것이 레사마 리마의 '이미지'이다. 결국 바로크 시학은 외형적으로는 무의미하고 무질서해 보이지만 '무질서 속의 질서'를 통해 총체적 깨달음을 지향하는 시적 체계이고 이런 점에서 서구 모더니즘과 같은 본질을 가지고 있다. 레사마 리마는 쿠바혁명이 일어나기 이전에는 많은 젊은 작가의 대부와도 같은 존재였고, 특히 그가 주도한 동인지 ≪기원≫(Orígenes)은 의미 그대로 쿠바 문학의 언어혁명을 이끄는 기원과도 같은 역할을 했다. 그러나 그의 운명은 1959년의 정치혁명 이후 극적인 변화를 맞게 된다.

레사마 리마가 창작을 통해 쿠바의 바로크 문학을 이끌었다면, 사르두이는 훌륭한 작가일 뿐만 아니라 바로크와 네오바로크 이론을 정립한 비평가로서 쿠바의 바로크 전통을 잇는다. 사르두이는 같은 바로크 문체 내에서도 두 경향을 구분하면서 17세기와 20세기 바로크 문학의 성격을 규정한다. 일단 황금세기 바로크 문학과 라틴아메리카 붐 소설의 공통된 본질은 현란하고 무질서한 것처럼 보이는 언어의 유희 속에 은밀히 도사리고 있는 중심과 질서에 대한 향수라고 할 수 있다(Sarduy 1972, 183). 이는 앞서 보았듯이, 총체 소설을 통해 세계의 의미를 추구한 모더니즘의 인식론적 패러다임과 동일한 것이다. 또한 근대가 개막하면서 "신에 의해 버림

받은 세계의 서사시"(게오르그 루카치 1985, 29-30)로 탄생한 소설의 존재 이유와도 부합하는 것이다. 코르타사르, 아스투리아스, 가르시아 마르케스, 푸엔테스 등이 이런 경향의 바로크 문체를 보여주는 정통 붐 세대 작가들이다.

그러나 붐 소설 가운데 일부 작품들은 한 걸음 더 나아가 거대담론에 기반을 둔 의미 탐구를 포기하고 유희 자체를 탐닉하는 환멸의 언어를 보여준다. 사르두이는 끝내 의미로 귀결되지 않는 이러한 언어야말로 바로크 문학의 본질이라고 간주하는데 그 핵심은 패러디에 있다. 패러디를 상호텍스트성(inter-textuality)과 내부텍스트성(intra-textuality)으로 구분하는 사르두이는 바로크 문체의 본질이 동어반복, 즉 '미끄러지는 글쓰기'라고 말한다. 의미로 수렴되지 않고 끊임없이 미끄러지는 언어는 곧 과식과 낭비의 언어적 나르시시즘이며 유희와 쾌락의 언어적 에로티즘이다.

총체 소설을 지향했던 정통 붐 소설이 첫 번째 경향의 바로크 언어를 보여준다면, 동어반복의 언어유희에 몰두하는 두 번째 경향의 바로크 언어는 포스트모더니즘 세계관이 반영된 시대정신의 산물이라고 할 수 있을 것이다. 그러나 모더니즘 내에서 제임스 조이스의 『율리시스』와 『피네간의 경야』가 같으면서도 다르듯이, 두 바로크 간의 경계는 보는 관점에 따라 매우 모호하다. 쿠바 바로크 현대 소설의 대표작인 『파라다이스』(1966)를 쓴 레사마 리마를 비롯해 쿠바의 바로크 작가들의 성향 역시 단정적으로 분류하기가 모호하다. 그럼에도 불구하고, 카브레라 인판테는 과감한 형식과 현란한 말장난 때문에 이견의 여지없이 두 번째 경향의 바로크 문체를 보여주는 작가로 꼽힌다. 쿠바의 혁명문학 세대이자 혁명정부 문화정책에 간여한 지식인이었으나 일찍이 혁명에 환멸을 느끼고 런던에서 망명객으로 세상을 떠날 때까지 그의 삶은 쿠바혁명의 성격, 쿠바 문학의 흐름, 그리고 권력과 문학의 긴장 관계를 극적으로 보여준다.

V. 혁명과 바로크 언어

1929년 쿠바 동부의 올긴 주에서 태어난 카브레라 인판테는 부모를 따라 어린 시절에 아바나로 상경하여 일찍이 글을 쓰기 시작한다. 18세가 되던 해에 단편 소설이 처음으로 문학 잡지에 실린 후 여러 신문과 잡지에 글을 투고한다. 처음 잡지에 실린 글은 과테말라의 소설가인 미겔 앙헬 아스투리아스의 대표작 『대통령 각하』를 패러디한 것이었다. 붐 소설의 선구자로 꼽히는 아스투리아스의 소설을 모델로 습작을 했다는 사실은 붐 세대로 간주되는 카브레라 인판테의 글쓰기의 기본 성향을 말해준다. 카브레라 인판테는 지독한 영화광이기도 했다. 그의 영화 편력은 생후 29일째 되던 날 역시 열렬한 영화광이었던 어머니 등에 업혀 처음 극장에 간 이후 평생 지속된다. 그는 저명한 영화비평가로서 많은 글을 썼고 영화의 시각적 비전은 문체 형성에도 지대한 영향을 미쳤다. 그는 또한 쿠바의 영화 기구인 시네마테카(Cinemateca)를 만들어 5년 동안 이끌었다. 카브레라 인판테는 1950년 언론 학교에 입학해 언론인으로서 활동하기도 한다. 그는 1952년 잡지에 기고한 한 단편 소설이 당국의 검열을 받아 잠시 투옥되고 벌금형을 받는다. 어느새 쿠바의 지식인 사회에서 널리 알려진 그는 바티스타 대통령의 독재 정권에 맞서는 비판적 작가가 된다.

카브레라 인판테가 30세 되던 해에 피델 카스트로의 쿠바혁명이 성공한다. 혁명은 쿠바 민족주의의 승리였고 라틴아메리카 민중의 승리였다. 피델 카스트로는 단숨에 라틴아메리카 작가와 지식인들의 우상이 되었고,

쿠바는 대륙의 지적, 정신적, 문화적 구심점이 되었다. 세계적인 주목을 받은 쿠바혁명은 붐 소설이 세계적인 성공을 거두는 데에 결정적인 역할을 한 요인이 되기도 한다. 혁명 성공 후 카브레라 인판테는 영화협회의 집행부이자 정부 기관지의 월요판 문학지인 〈혁명의 월요일〉(Lunes de Revolución)의 편집장이 된다. 이 잡지는 혁명 초기에 쿠바 지식인들 사이에 형성된 희망의 열기에 부응하였다. 작가는 이 잡지를 20세기 초반 에스파냐의 인문학 부흥을 주도했던 오르테가 이 가세트의 《레비스타 데 옥시덴테》처럼 만든다는 야심을 가지고 있었다. 한편 작가는 1960년에 첫 작품 『전쟁에서와 같이 평화시에도』(Así en la paz como en la guerra)를 출판한다. 이 단편 소설 모음집은 바티스타 정권의 폭력을 고발하고 혁명군의 투쟁을 그린 쿠바 혁명문학의 첫 성과물이라고 평가된다.

1961년 4월 17일 미국 CIA가 쿠바 난민들을 배후 조종하여 쿠바의 피그만을 침공한 작전이 실패로 끝난 후 카스트로는 쿠바혁명이 맑스-레닌주의에 기반을 둔다고 천명하면서 이념적으로 더욱 경색된다. 카브레라 인판테와 혁명정부와의 밀월 관계 역시 오래가지 못한다. 그 결정적인 계기는 1961년 작가의 동생인 영화감독 사바 카브레라 인판테가 만든 12분짜리 단편 영화 〈P.M.〉이었다. 춤추고 연주하고 노래하는 아바나의 밤 문화를 촬영한 이 영화는 정부에 의해 퇴폐적이라는 이유로 압수되었고, 그 제작을 후원한 〈혁명의 월요일〉도 폐간된다. 이는 카스트로 정권에 의해 예술 활동이 탄압을 당한 최초의 사건이었고 카브레라 인판테가 혁명에 대한 환멸의 감정을 품게 된 전환점이었다. 1961년 6월 30일, 쿠바의 지식인들을 모아놓은 자리에서 피델 카스트로는 예술가들에게 표현의 자유는 있지만 혁명 정신의 프리즘을 거쳐야 한다고 경고한다. 그리고 이렇게 유명한 발언을 한다. "혁명 혹은 반혁명 작가와 예술가들의 권리는 무엇인가? 혁명 내에서는 모든 것을 갖지만 혁명에 맞선다면 아무 것도 없다."
(Dentro de la Revolución, todo; contra la Revolución, nada).

'P.M. 사건' 이후 모든 자리에서 물러난 카브레라 인판테는 다음 해에
벨기에 주재 쿠바 대사관의 문화 참사관으로 임명되어 쿠바를 떠난다. 그
의 말에 따르면, 브뤼셀은 시베리아와 같은 유형지였으나 글을 쓰기엔 최
고의 장소였다. 그리고 여기서 집필한 소설 『열대의 여명』(Vista del
amanecer en el trópico)이 1964년 당시 에스파냐어권의 권위 있는 상인 '비블
리오테카 브레베' 상을 수상한다.[1] 이 소설이 나중에 그의 대표작인『트
레스 트리스테스 티그레스』(Tres tristes tigres)로[2] 제목이 바뀌어 출판된다.

1965년 카브레라 인판테는 세상을 떠난 어머니 장례를 치르기 위해 쿠
바에 귀국한 후 카프카의 소설에 나오는 유령 도시로 변해버린 아바나를
목격한다. 쿠바에서 더 이상 글을 쓰기는커녕 살 수도 없다고 결심한 작
가는 영원히 쿠바를 떠나리라 결심한다. 임지인 벨기에로 되돌아갈 때도
많은 우여곡절이 있었다. 카브레라 인판테의 사상에 의심의 눈초리를 보
내던 쿠바 정부는 아바나 공항에서 탑승 수속을 하고 있던 작가에게 출국
명령을 취소하고 아무런 설명도 하지 않은 채 넉 달 동안 출국을 허락하
지 않는다. 카브레라 인판테가 '카프카의 악몽'에 비유했던 이때의 경험은
그가 세상을 떠난 후 출판된『스파이가 그린 지도』(Mapa dibujado por un
espía, 2013)에 서술되어 있다. 에스파냐의 소설가 후안 크루스는 이 책을

---

1) 비블리오테카 브레베(Biblioteca Breve) 상. 에스파냐의 세이스 바랄 출판사가 라틴아
메리카 독자들을 겨냥해 책 판매를 증진하기 위해 만든 상이며 결과적으로 붐 소설의
융성과 국제화에 크게 기여한다. 1962년에 생긴 이 상의 첫 수상작은 마리오 바르가스
요사의 『도시와 개들』(La ciudad y los perros)이었다.
2) '트레스 트리스테스 티그레스'는 '세 마리 슬픈 호랑이들'이라는 뜻이다. 이 제목은 특별
한 의미를 가지고 있는 것이 아니라 같은 음절의 반복으로 발음을 어렵게 만드는 말장
난이다. 작가가 구사하는 전형적인 언어의 유희이다.

'고통스러운 증언'이라고 말하면서, 앙드레 지드가 공산주의의 실상에 대해 깨달은 후에 쓴 『소련 기행』에 비유한다. 결국 1965년은 작가 자신의 말대로 어머니를 잃고 조국도 잃었지만 자유를 획득한 해였다.

카스트로 혁명 이후 쿠바 문학의 경향은 크게 혁명문학과 바로크 문학으로 구분된다. 혁명 정신에 충실했던 작가 중에 대표적인 인물은 쿠바 바로크 문학의 대부이기도 했던 카르펜티에르이다. 반면 바로크 경향의 작가들은 외부 현실에 영향을 받지 않고 언어를 탐구하는데, 이들 가운데 카브레라 인판테, 사르두이, 아레나스 등 많은 작가가 망명의 길을 택한다. 반면 외국으로 나가지 못하고 국내에 남은 레사마 리마, 비르힐리오 피녜라 등은 혁명정부의 압박하에 자신이 추구하는 글을 쓰지 못한 채 사실상 '내적 망명'을 강요받는다. 레사마 리마는 글을 발표할 수 없었을 뿐만 아니라 당국의 허가 없는 어떤 외부 인사와의 접촉도 금지되었다. 그의 대표작 『파라다이스』 역시 재판을 찍을 수 없었다.

쿠바 정부의 지식인 탄압을 보여주는 상징적인 사건이 '파디야 사건'이다. 1971년, 시인 에베르토 파디야(Heberto Padilla)는 혁명에 비판적인 시를 썼다는 이유로 체포되어 투옥된다. 그가 혁명 당국의 미움을 산 것은 반혁명 망명 작가인 카브레라 인판테를 동정한다는 이면적인 이유도 있었다. 시인을 감옥에 보낸 카스트로 정권에 대해 전 세계 지식인이 경악했고, 사르트르, 시몬 드 보부아르, 마르리트 뒤라스, 수전 손택, 알베르토 모라비아, 옥타비오 파스, 마리오 바르가스 요사 등 과거에 피델을 지지하던 수많은 작가가 시인의 석방을 탄원하는 편지에 서명한다. 결국 파디야는 38일 만에 석방되었으나 공개적인 자아비판을 하는 치욕을 감수해야 했다. 이 사건은 쿠바혁명에 매혹되었던 많은 지식인이 환멸로 돌아서는 전환점이 되었다. 파디야는 훗날 미국 망명에 성공한다.

VI. 카브레라 인판테의 네오바로크 소설

카브레라 인판테에게 비블리오테카 브레베 상의 영예를 안겨주었던 『열대의 여명』은 외설적이라는 이유로 에스파냐 프랑코 정권의 검열에 걸려 출판이 되지 못한다. 이에 작가는 1967년 작품을 대폭 수정하고 제목도 변경시켜 『트레스 트리스테스 티그레스』라는 이름으로 출판한다. 훗날 작가는 정권의 검열 때문에 작품을 수정한 것이 오히려 전화위복이 되었다고 말한다. 이런 의미에서 그는 검열관들이 자기 책의 독자일 뿐만 아니라 공동 저자라고 말한다. 그의 글쓰기 성향을 볼 때, 이 말이 반드시 농담만은 아니었을 것이다. 이 시기가 작가 개인적으로는 혁명정부의 관리에서 망명객으로 변신하는 기간이었음을 감안할 때 개작 작업은 의미심장하다.

『트레스 트리스테스 티그레스』는 일단 제목부터 말장난으로, "저 콩깍지는 깐 콩깍지인가 안 깐 콩깍지인가"라는 한국말의 유희와 마찬가지로 두운법(頭韻法)을 이용한 잰말놀이(tongue twister)이다. 콩깍지가 깐 것인지 여부가 중요하지 않듯이, 왜 호랑이 세 마리인지 따지는 것은 무의미한 일이다. 이 작품은 전체가 쿠바인의 기발한 말장난과 일상적인 유머 그리고 음악성을 지향하는 리듬으로 이루어져 있기 때문이다. 특히 아바나 사람들의 생기 넘치는 목소리들이 향연을 벌이는 이 소설은 작가 자신의 말대로 에스파냐어가 아니라 쿠바어로 쓰였다고 할 만하다. 이를 통해 쿠바 문화, 특히 쿠바혁명 직전의 화려하고 신화적이었던 아바나의 밤 문화가 향수 어린 시선으로 재창조된다. 때문에 이 작품은 1961년 혁명정부의 검열에 걸려 카브레라 인판테의 운명을 바꿔놓은 단편 영화 〈P.M.〉의 문학적 버전이라고도 할 수 있다. 아바나를 문학적으로 복원한다고 해서 이 소설이 혁명 이전의 쿠바를 묘사하는 증언문학은 아니다. 주인공 세 사람이 도시를 배회하면서 웃고 떠드는 이 작품에는 조이스의 『율리시스』와 마찬가지로 특정한 사건의 전개도, 구체적인 메시지도 없다.

1967년은 『트레스 트리스테스 티그레스』뿐만 아니라 가르시아 마르케스의 『백년의 고독』(Cien años de soledad)이 출판되어 라틴아메리카 붐 소설이 절정에 달하는 해이다. 두 작품 모두가 라틴아메리카 문학사에서 빼놓을 수 없는 걸작으로서 바로크 미학을 보여주지만, 지향점은 분명히 다르다. 콜롬비아 작가의 소설이 앞서 모더니즘 소설에서 보았듯이 라틴아메리카의 역사적 정체성과 문학적 총체성을 지향한다면, 쿠바의 소설은 동어반복의 언어적 에로티시즘을 지향한다. 카브레라 인판테는 문학을 통해 현실을 재현하고 의미를 추구하는 모든 종류의 참여문학을 지양하고 언어의 유희에 몰두한다. 때문에 그는 문학이란 무엇이냐는 질문에 "말, 말, 말"뿐이라고 답한다(Guibert 1974, 417). 그것은 바로크 시대의 회의와 환멸에 빠진 햄릿이 무엇을 읽고 있느냐고 물어보는 폴로니우스에게 대답한 "말, 말, 말"과 다르지 않다. 혁명의 언어가 아니라 언어의 혁명을 추구한 이 작품은 카스트로 정권의 쿠바에서 판매가 일절 금지된다. 이미 카브레라 인판테는 쿠바 내에서 누구도 그 이름을 언급할 수 없는 불온 작가였다.

거대담론을 포기한 카브레라 인판테의 글쓰기는 1974년에 출판한 단편소설집인 『열대의 여명』에서도 반복된다. 원래 이 제목은 『트레스 트리스테스 티그레스』의 원작이 가지고 있던 제목이었으나 다른 내용을 가지고 빛을 보았다. 이 작품은 콜럼버스에 의한 섬의 발견부터 혁명 직후까지 쿠바의 역사를 다루고 있다. 이 책에 실린 101개의 이야기를 읽다 보면 마치 리듬과 색채로 가득한 색 바랜 우편엽서나 사진첩의 이미지를 보는 듯하다. 주인공으로 등장하는 원주민, 노예, 혁명가들은 폭력과 거짓이 끊임없이 반복되는 환멸의 역사에서 변치 않는 이미지로 고정되어 있다. 앞뒤가 같은 101개라는 숫자 역시 동일하게 반복되는 역사를 상징한다. 작가는 공식적인 역사의 이면에서 벌어지고 있는 우연적이고 사소한 사건들을 통해 거대담론으로 우리에게 부과되는 역사가 얼마나 비합리적이고 무의미한 것인지 보여준다. 이를 보여주는 수단 역시 재현의 임무에서 해방된 언어의 유희와 유머이다.

카브레라 인판테가 1979년에 출판한 장편 소설 『죽은 왕자를 위한 아바나』(La Habana para un infante difunto)에서도 바로크적 언어의 유희는 계속된다. 이 작품은 작가가 청소년 시절에 체험한 여자관계를 회상하는 성장소설의 성격을 가지고 있다. 제목의 왕자(인판테)는 작가 자신을 의미하는 말장난이기도 하다. 작가가 궁극적으로 그리고자 했던 것은 미끄러지는 기표로서의 여성들이 둥둥 떠다니는 잃어버린 도시, 그러나 잊을 수 없는 도시 아바나이다. 이를 위한 수단 역시 부유하는 언어임은 물론이다. 여성을 향한 욕망이 끝내 충족되지 않는 것처럼 작가의 언어 역시 의미에 도달하지 않고 끊임없이 미끄러진다. 이는 모리스 라벨의 유명한 곡 〈죽은 왕녀를 위한 파반느〉(Pavane pour une infante défunte)의 제목을 패러디한 작품의 제목에서 이미 알 수 있다. 다른 한편으로는, 부재하는 대상을 향한 불모의 욕망인 자위행위가 자주 등장하는 것도 그 때문이다. 언어적 유희를 관능적 유희와 같은 차원으로 다루는 이 작품에서, 주인공의 말에 따르면 글쓰기란 곧 '언어의 자위행위'(masturhablarse)이다. 『트레스 트리스테스 티그레스』에도 나오는 'masturhablarse'라는 표현은 '자위한다'와 '말한다'라는 말이 압축 혼합된 말장난으로서 바로크 언어의 에로티시즘을 보여준다. 이 자서전적 소설은 언어를 통한 삶의 총체적 재현이 아니라 언어로 수렴되는 삶의 양식을 지향한다.

카브레라 인판테의 소설을 구성하는 일관된 바로크적 특성을 크게 문체, 구조 그리고 주제에 따라 볼 수 있는데, 이들은 서로 밀접한 연관을 맺고 있다. 먼저 그의 언어는 모든 기의에서 분리된 자기충족적인 본질을 가지고 있으며 소통이 아니라 유희를 지향한다. 아바나 거리에 일상적으로 떠다니는 생생한 목소리와 말장난들이 의미로 수렴되는 것이 아니라 바로크적인 과잉과 낭비 속에서 시적 언어(poetic language)를 이루며 궁극적으로는 리듬이 되고 음악의 상태가 된다. 따라서 작가는 메타포, 상징 등과 같이 의미 환원이 가능한 수사법보다는 유음중첩법(paronomasia), 철자교환법(anagrama), 첩운법 등과 같은 음성학적 수사법을 즐겨 구사한다. '반복과 차이'를 본질로 하는 이러한 수사법이 잘 드러나는 예가 고유명사를 변형시키는 말장난이다. 셰익스피어는 "자기 물건을 잡고 흔들고"(Shakeprick), 제임스 조이스는 '부끄러운 선택'(Shame Choice)이며, 사르트르는 '재봉사'(Sastre), 포크너는 'x하는 놈'(Fuckner) 등으로 희화화된다. 카브레라 인판테는 이러한 수사법을 단어의 어원을 이용해 구사하기도 하며(wagon-guagon-guagua), 더 나아가 가짜 어원을 이용한 말장난도 서슴지 않는다. 예를 들어, 『트레스 트리스테스 티그레스』에 등장하는 "나는 사랑의 카마레온. 카마-레온(침대-사자)"과 같은 표현이다. 이 문장에는 유음중첩법 외에 혼성어(portmanteau)라는 음성학적·형태론적 수사법이 구사되고 있는데 '카마레온'은 바로크 시대의 케베도 같은 시인도 말장난의 대상으로 썼던 표현이다. 우리나라에서는 금기시되고 있는 이름 장난은 모두 기성의 권위, 선입견 혹은 언어 규범에 반기를 드는 바로크적 유희라 할 수 있다.

한편 작품 구조에서 카브레라 인판테의 바로크적 특성이 가장 잘 드러나는 양상이 바로 패러디이다. 세베로 사르두이는 동어반복의 글쓰기가 바로크 문학의 본질이라 했는데, 그 핵심적인 원리는 패러디라고 할 수 있다. 패러디의 종류에는 사르두이의 말대로 텍스트 밖에서 빌려온 언어의 미끄러짐과 텍스트 내부에서 자체적으로 미끄러지는 형태가 있는데, 카브레라 인판테의 작품에는 두 가지 양상이 모두 잘 드러난다. 외부의 언어가 미끄러져 들어오는 경우는 앞서 소개한 카브레라 인판테의 작품 제목들에서 볼 수 있다. '죽은 왕자를 위한 아바나'가 라벨의 곡 제목을 패러디한 것이라면 '전쟁에서와 같이 평화 시에도'는 '하늘에서와 같이 땅에서도'라는 기도문 문구를, '트레스 트리스테스 티그레스'는 『쿠바 민속음악집』에 나오는 표현을, 그리고 '열대의 여명'이라는 제목은 벨기에 우편엽서에서 봐 두었던 문구를 가져온 것이다.

한편 패러디의 진정한 매력은 상호텍스트성보다는 내부텍스트성이라 할 수 있다. 『돈키호테』 1부보다는 10년 후에 출판된 2부가 더 매력적인 텍스트인 이유도 그것이 내부적으로 차이를 두고 미끄러지는 패러디의 진수를 보여주고 있기 때문이다. 『트레스 트리스테스 티그레스』에 등장하는 대표적인 패러디가 트로츠키의 죽음에 대한 글이다. 작가는 쿠바의 대표적인 작가들인 호세 마르티, 호세 레사마 리마, 비르힐리오 피녜라, 리디아 카브레라, 리노 노바스, 알레호 카르펜티에르, 니콜라스 기옌 등 7인의 문체를 모방한 가상의 글을 통해 스탈린이 보낸 자객에 의해 멕시코에서 암살되는 유명한 공산주의자의 죽음을 다룬다. 이 글들은 각 작가의 문체, 관심사, 취향 등을 모방한 상호텍스트성인 동시에 서로의 존재를 의식하며 변주되는 내부텍스트성이다. 또한 제임스 조이스가 『율리시스』의 14번째 이야기에서 타키투스, 밀턴, 번연, 디킨스, 러스킨 등 20명이 넘는 작가의 문체를 모방하면서 영웅들의 표류를 패러디하는 방식 자체를 패러디하는 글이기도 하다. 동시에, 한 사무라이의 죽음을 5명의 등장인물이 각기 다르게 증언하는 내용을 담은 구로사와 아키라의 영화 〈라쇼몽〉(1950), 그리고 같은 이야기를 99가지 문체로 변조하는 레몽 크노(Raymond Queneau, 1903~1976)의 『문체 연습』(1947)을 패러디한 것이기도 하다. 즉 이들은 모두 내부적으로 "차이를 두고 반복되는" 패러디이며, 특히 조이스와 카브레라 인판테의 패러디는 상호텍스트성과 내부텍스트성이 모두 작동하는 이중 패러디라는 특징을 가진다. 다만 조이스, 아키라, 크노의 글이 궁극적으로는 진지한 인식론적 지향성을 가지고 있는 데에 반해 카브레라 인판테의 글에는 우연과 유희가 강조된다는 중요한 차이가 있다. 이는 101개의 역사적 사건이 반복되는 쿠바의 역사를 말해 주는 『열대의 여명』이나, 대상이 없는 욕망이 반복되는 『죽은 왕자를 위한 아바나』도 마찬가지이다. 이런 의미에서 카브레라 인판테의 패러디는 린다 허치언의 정의처럼 "비판적 거리를 둔 반복"이라기보다는 "차이를 둔 반복"이며 '구조적 미끄러짐'이라 규정할 수 있을 것이다.

언어의 유희를 즐기는 바로크 작가들이 보는 세계 그리고 인간이란 무엇일까? 그것은 근대의 매혹에서 깨어난 환멸의 감정이다. 근대가 개막하는 17세기 바로크 작가들과 탈근대가 논의되는 20세기 네오바로크 작가들은 세계의 견고함과 인간의 확고한 정체성에 대한 믿음이 녹아내리는 감정을 공유한다. 모든 것이 불확실하고 의심의 대상이 되는 시대에 세계는 연극 한 마당이 진행되는 무대이고 삶은 한여름 밤의 꿈이다. 여기서 고뇌에 빠진 햄릿은 과연 자신이 "진짜냐 가짜냐"(To be or not to be)라는 물음을 던지고 카브레라 인판테의 주인공들은 화장과 가면을 통해 끊임없이 변신한다. 모더니즘 소설이 세계의 의미를 추구하는 인식론적 문제를 다룬다면, 포스트모더니즘이 존재 자체를 의문 부호에 붙이는 이유도 이 때문이다(McHale 1987, 9-10). 세르반테스와 카브레라 인판테의 주인공들은 모두 존재론적 갈등을 겪으며 안정된 자리를 찾지 못하고 우왕좌왕한다. 카브레라 인판테는 더 나아가 패러디를 통해 픽션과 역사의 경계마저 허

물어 버린다. 그렇다면 세르반테스와 마찬가지로 카브레라 인판테는 시대
와 불화하여 언어의 그늘로 도피한 패배주의자일까? 그의 유머는 순응주
의자의 단순한 놀음일까 혹은 바르가스 요사의 말대로 세계에 도전하는
추동력일까? 혁명 정신을 추종한 카르펜티에르, 혁명의 압력에 침묵을 선
택한 레사마 리마, 그리고 혁명의 언어 대신 언어의 혁명을 추구한 카브
레라 인판테 가운데 진짜 패배자는 과연 누구일까?

VII. 작가의 죽음과 복권

1997년 에스파냐어권의 노벨 문학상이라 불리는 세르반테스 상을 수상
한 카브레라 인판테는 2005년 허리를 다쳐서 치료를 받던 중 패혈증으로
세상을 떠난다. 다소 황망하고 예기치 않은 죽음이었다. 세상을 떠날 때,
작가는 아직 발표되지 않은 원고를 많이 가지고 있었다. 아마도 쿠바 정
부의 보이지 않는 압력과 그 섬나라에 살고 있는 지인들에 대한 부담 때
문이었을 것이다. 그의 죽음 후 소설 『불안전한 님프』(La ninfa inconstante,
2008)와 두 권의 회상집 『신성한 육체』(Cuerpos divinos, 2010)와 『스파이가
그린 지도』가 유작으로 나왔다. 또 에스파냐의 갈락시아 구텐베르그 출판
사에서는 2012년부터 그의 전집 출판을 기획하여 지금까지 세 권을 냈고
앞으로도 적어도 다섯 권이 더 나올 계획이다. 이 작업에는 카브레라 인
판테의 두 번째 부인으로, 44년간 그의 곁을 지켰던 미망인 미리암 고메
스(Miriam Gómez)가 참여하고 있다. 영화배우 출신인 고메스는 단순한 배우
자가 아니라 카브레라 인판테의 정치적 동지, 매니저, 타이피스트, 그리고
첫 독자로서 작가와는 떼어놓고 생각할 수 없는 인물이다. 그녀는 전집뿐

만 아니라 작가가 남긴 모든 글을 정리하고 출판하는 작업을 도맡고 있다. 한편 2017년 세이스 바랄 출판사에서는 카브레라 인판테의 대표작이자 라틴아메리카 붐 소설의 핵심 가운데 하나인 『트레스 트리스테스 티그레스』의 출판 50주년을 맞아 특별판을 제작하기도 했다.

흥미로운 것은 쿠바 정권과 카브레라 인판테의 관계이다. 작가가 평생 증오했던 피델 카스트로가 2016년 11월 25일 세상을 떠나고, 형의 권력을 이어받은 86세의 동생 라울 카스트로 역시 2018년 4월 국가평의회 의장직을 사임했다. 카스트로 형제의 시대가 막을 내리면서 쿠바 내에서 카브레라 인판테에 대한 평가에도 변화의 조짐이 보이고 있다. 이미 두 명의 언론인에 의해 그가 망명하기 이전의 삶과 문화적 궤적을 다룬 글이 2009년 쿠바작가예술가동맹(UNEAC)의 에세이 상을 받았고 2년 후에는 책으로 출판까지 된 것이 단적인 예이다. 쿠바의 소설가 레오나르도 파두라는 그에 대한 책이 쿠바에서 상을 타고 출판되는 것은 모든 것이 정상화되고 있다는 긍정적인 신호라고 반긴다. 쿠바 내에서 반혁명 망명객의 이름을 언급하는 것조차 금기였던 전례를 볼 때 이는 매우 획기적인 변화이다. 그러나 쿠바 정권의 태도 변화가 반대파인 대작가를 포용하는 모습을 보여줌으로써 이미지 개선을 하려는 술수에 지나지 않는다고 평가 절하하는 시각도 많다. 미리암 고메스 역시 쿠바 정부에 의해 고인이 이용당하는 것을 극도로 경계한다. 그럼에도 불구하고 아바나에 살고 있는 작가 파두라의 발언은 진정성 있게 받아들여도 좋을 것 같다. 카브레라 인판테는 쿠바 문화를 말할 때 빼놓을 수 없는 인물이며 아바나의 언어를 문학 언어로 바꿔놓은 위대한 작가라는 사실이다.[3]

---

3) 이 글은 필자가 ≪외국문학≫ 46호에 쓴 「중남미 소설의 네오바로크 미학과 기예르모 카브레라 인판테」(1996, 91-122)를 전면 수정하고 보완한 것이다.

세베로 사르두이: 불가해한 작가의 생애와 작품

송 병 선

I. 세베로 사르두이는 누구인가?

세베로 사르두이는 우리의 독자들에게 생경한 이름이다. 그러나 1960
년대 말과 1970년대 초의 ≪텔켈≫(Tel Quel)을 애독한 문학도라면 몇 번
쯤은 들어보았을 이름이고, 롤랑 바르트의 『텍스트의 즐거움』을 읽은 독
자라면 곳곳에서 등장하는 그의 이름과 작품을 보고 호기심을 느꼈을지도
모른다. 그런데 ≪텔켈≫에 글을 쓴 롤랑 바르트, 줄리아 크리스테바, 필
립 솔레르스 등은 우리에게 어느 정도 친숙하게 다가오는데, 왜 그들과
함께 활동한 사르두이란 이름은 유독 소개조차 되지 않았을까? 이것은 유
럽과 미국의 문화만을 선진국 문화라고 높이 평가하는 우리의 문화 사대
주의는 아닐까? 아니면 그에게 동성애자라는 딱지가 붙어 있고, 한동안
우리에게 금기시되었던 쿠바 출신이기 때문일까?

바르트는 사르두이의 『가수들은 어디에서 왔을까』(De donde son los
cantantes, 1967)를 평하면서 "쾌락적이고, 그래서 혁명적인"(Barthes 1976, 111)
작품이라고 지적한다. 여기에서 말하는 바르트의 '쾌락'이란 희열의 텍스

트가 보여 주는 절단된 텍스트나 단편적인 인용, 혹은 단어의 즐거움에 매달려 언어의 유희 속으로 침잠하는 행위이다. 바르트의 이 말은 사르두이의 작품을 아주 간략하면서도 정확하게 지적한다. 이것은 바로 사르두이 작품이 텍스트 분석이 추구하는 감추어진 의미의 발견이나 설명이 아니라, 기표(시니피앙)의 무한한 유희를 즐긴다는 것을 의미한다. 이런 이유로 사르두이는 탈구조주의를 부르짖은 ≪텔켈≫과 동일한 사상적 흐름을 형성하고, 현대 문학사에서 수없이 언급되면서도, 너무나 전복적이며 실험적이라는 이유로 한 번도 베스트셀러에 오르지 못한 작가가 된다.

라틴아메리카 소설을 살펴볼 때, 그는 소위 라틴아메리카 붐 세대와 단절을 꾀한 첫 번째 작가로 평가된다. 그는 『가수들은 어디에서 왔을까』, 『코브라』(Cobra, 1972), 『마이트레야』(Maitreya, 1978) 등의 소설에서 붐 세대보다 더욱 파격적인 형식을 실험한다. 붐 세대라고 일컬어지는 코르타사르, 푸엔테스, 바르가스 요사, 혹은 가르시아 마르케스 등은 소설이란 어느 정도 실험성이 있어야 된다고 이해했지만, 그것은 라틴아메리카 현실을 해석하는 현상으로서 존재했다. 즉 '미메시스'(mimesis)로서 실험성을 인식했던 것이다.

반면에 사르두이는 롤랑 바르트, 프랑수아 왈, 필립 솔레르스, 줄리아 크리스테바 등 ≪텔켈≫ 동인과 오랫동안 사귀면서 문학을 글쓰기 행위, 메타언어, 기호, 문신이 새겨진 육체로 이해했다. 다시 말하면, 사르두이는 문학을 '포이에시스'(poiesis)라는 측면으로 다룬 것이다. 또한 그의 텍스트에는 바르트가 말한 '희열의 텍스트'의 특성을 보여주는 파편화된 인용, 회상, 과식주의적 패러디 등이 존재한다. 그의 글쓰기는 기의(시니피에)를 무한으로 증식시키는 상호텍스트성으로 가득하다. 그렇지만 동시에 그의 작품은 동양적 전통과도 밀접한 관련을 맺고 있다. 이미 그의 첫 장편 소설인 『가수들은 어디에서 왔을까』란 작품 속에는 유럽적인 요소와 아프리카적인 요소 이외에도 중국 문화를 쿠바의 정체성의 일부분으로 파악한다. 그 후 동양적인 요소는 작품이 지닌 주요 특징이 된다.

그는 소설가뿐만 아니라 시인으로서도 뛰어났다. 『빅뱅』(Big Bang, 1974), 『위장한 순간적인 증인』(Un testigo fugaz y disfrazado, 1985) 등의 작품에서 보여 주는 그의 시는 말라르메로 시작하여 유럽의 전위주의, 옥타비오 파스의 시 사상과 브라질의 구체시 운동에 이르는 현대적 전통을 따른다. 그러면서도 그는 소네트와 8음절 10행시와 같은 전통 시 형식에도 의미를 재부여하려고 노력했다. 그의 시는 에스파냐과 라틴아메리카 문학에서 찾아보기 드물 정도로 정확한 언어를 사용할 뿐만 아니라, 그만의 아주 독특한 언어를 구사하면서, 전통적 규범과 동떨어진 에로티시즘을 추구한다. 사르두이는 개방적인 방식으로 동성애자의 성(性)을 기리는 에스파냐어권 시인 중의 하나이다. 에스파냐의 세르누다, 멕시코의 비야우루티아 혹은 쿠바의 레사마 리마 등이 상징과 인용을 통해 동성애를 다루지만, 사르두이는 그들보다 훨씬 더 명확한 방식으로 직접적으로 성행위를 찬양한다.

또한 사르두이는 문학 비평가와 이론가로도 유명하다. 옥타비오 파스 이후에 에스파냐어권이 배출한 가장 중요한 문학이론가이다. 그의 에세이집 『어느 육체에 관한 글』(Escrito sobre un cuerpo, 1969), 『바로크』(Barroco, 1974), 『위장』(La simulación, 1982) 등은 에스파냐 및 라틴아메리카의 다양한 목소리를 종합한 문학 전통의 기초를 마련했을 뿐만 아니라, 에스파냐어권의 경계를 넘어 유럽까지 커다란 영향을 끼쳤다.

일반적으로 사르두이는 '네오바로크'라고 불리는 경향의 가장 중요한 이론가로 손꼽힌다. 사르두이는 자기가 그토록 존경해마지 않았던 레사마 리마의 글을 출발점으로 삼아 이 문학 이론을 전개한다. 그는 코페르니쿠스의 우주론과 우첼로의 그림, 갈릴레오의 우주론과 라파엘로의 화풍, 케플러의 행성론과 카라바지오 혹은 루벤스의 그림 사이에 존재하는 유사성을 통해 항상 과학사와 예술사가 그 맥락을 함께 하고 있음을 간파한다. 그래서 그는 네오바로크를 우리 시대의 우주론으로 이해한다. 이외에도 그는 문학에서의 이성복장착용증, 위장, 에로티즘에 관한 가장 중요한 이론가 중 하나로 손꼽힌다.

세계 문학사를 살펴보면 '예술을 위한 예술'이 있듯이 '시인을 위한 시인'에 속하는 몇몇 시인이 있다. 사르두이는 소설가를 위한 소설가이며, 작가를 위한 작가이고, 비평가를 위한 비평가이며, 시인을 위한 시인이다. 이런 점 때문에 그의 작품은 세월이 흐르면서 점점 중요해지고 있다.

II. 사르두이의 삶: 자의적 망명자의 기쁨과 슬픔

세베로 펠리페 사르두이(Severo Felipe Sarduy y Aguilar)는 쿠바의 카마구에이에서 1937년 2월 25일 아버지 헤수스 아카시오 사르두이와 어머니 카스타 데 라스 메르세데스 아길라르 사이에서 태어났다. 그의 가족은 노동자 계급이었다. 사르두이는 그가 태어난 카마구에이에서 초등교육과 중등교육을 마친다. 1956년에 그는 아바나로 옮기고, 아바나 대학 의대에서 공부한다. 카마구에이에 있을 때부터 시를 발표하기 시작했고, 그중 몇 편은 호세 로드리게스 페오가 주도한 《사이클론》(Ciclón)이란 잡지에 게재된다.

1959년 1월에 독재 정권인 바티스타 체제가 무너지고 피델 카스트로가 혁명에 성공하자, 사르두이는 젊은 혁명 지성인의 주요 인물로 부각된다.

그해 1월 중순경 사르두이는 바티스타 독재에 항거한 사람들과 함께 만든 신문 《혁명》에 쿠바혁명을 찬양하는 시를 두 편 게재한다. 그리고 같은 해 3월에 《혁명》의 월요 부록인 〈혁명의 월요일〉에 새로운 예술과 문학을 소개하는 비평가로 임명된다. 사르두이는 이런 것에 만족하지 않고 《자유 신문》의 문학란 책임자로도 일하며, 《신쿠바 잡지》 및 《조형 예술》이란 잡지 등에도 글을 쓴다.

1959년 가을에 그는 쿠바 정부 장학생으로 선발되어 파리의 루브르 학교에서 예술 비평을 공부한다. 사르두이는 1961년에 그 과정이 끝나게 되자, 프랑스에 그대로 머물기로 결심한다. 그러자 《혁명》지에 글을 쓰던 젊은 작가 그룹은 해산되고, 쿠바 정부는 쿠바 내에서 그의 작품 출판을 금지한다. 이후 유럽, 인도, 네팔, 아르헨티나, 브라질, 미국, 멕시코, 푸에르토리코와 기타 여러 라틴아메리카 국가를 여행한다..그러나 자신의 질병이나 아버지의 죽음처럼 쿠바를 방문할 여러 동기가 있었지만 죽을 때까지 조국 땅을 밟지 않았다. 즉 37년간 자의에 의해 망명 생활을 한 것이다.

망명 초기에는 프랑스에 남았다는 이유로 보복을 당할까 두려워, 그다음에는 쿠바 체제가 동성애자들을 박해했기 때문에, 그 이후에는 쿠바 여권으로 쿠바를 여행하면 쿠바 정부가 출국을 허락하지 않을지도 모른다는 의구심 때문에 쿠바로 돌아가지 못한 것이다. 그리고 명성을 얻은 후에는 쿠바 정부가 자신의 조국 방문을 정치적 선전 도구로 이용하지 못하도록 가지 않았다. 숨을 거두기 몇 해 전에 사르두이는 쿠바 국적을 포기하고 프랑스 국적을 취득했다.

사르두이는 1963년에 첫 소설 『제스처』(Gestos)의 출판과 더불어 국제적 명성을 얻기 시작한다. 그리고 그 명성은 1967년에 『가수들은 어디에서

왔을까』의 출판과 함께 확고해진다. 또한 이 시기에 당대 유럽과 라틴아
메리카에 큰 영향력을 끼친 두 잡지에 여러 차례 글을 기고한다. 로드리
게스 모네갈 주도로 파리에서 라틴아메리카 문학을 소개하던 문학지인
≪신세계≫(Mundo Nuevo)와 1960년대 말부터 구조주의의 한계를 극복하려
는 구조주의자들이 만든 ≪텔켈≫이었다.

이후 그의 명성은 기정사실화된다. 즉 어려운 작가이며, 극단적인 전위
주의자라고 규정된다. 그의 소설 『코브라』, 『마이트레야』, 『콜리브리』
(Colibrí, 1984), 『코쿠요』(Cocuyo, 1990)와 에세이집 『어느 육체에 관한 글』,
『바로크』 등은 상대적으로 널리 알려졌지만, 작품의 난해성으로 인해 가
르시아 마르케스나 푸엔테스와 달리 한 번도 베스트셀러 작가가 되지 못
한다. 하지만 그는 라틴아메리카의 유명 작가들(가령 옥타비오 파스나 브라질
의 구체시 시인 아롤두 지 캄푸스)의 존경을 한 몸에 받는다.

사르두이는 문학인으로뿐만 아니라 편집인으로도 유명하다. 1960년대
와 1970년대에 구조주의의 선봉장이었던 쇠이유(Seuil) 출판사의 라틴아메
리카 전집 책임자로 오랫동안 근무한다. 『백년의 고독』의 프랑스 번역본
을 출판하기도 했으며, 레사마 리마의 『파라다이스』를 비롯하여 보르헤스,
사바토, 아레나스를 위시한 많은 작가의 프랑스어 번역본도 출간한다. 사
르두이는 쇠이유 출판사에서 갈리마르 출판사로 옮기면서 유명한 남십자
성 시리즈를 이끈다. 그리고 그곳에서 라틴아메리카 문학을 전 세계에 알
리는 데 커다란 공헌을 한다.

하지만 그가 항상 승리와 기쁨만을 맛본 것은 아니었다. 사르두이는 붐
소설이 전 세계를 강타하던 1960년대에 파리에 있었다. 당시 붐 작가들은
쿠바의 카스트로 체제에 전폭적인 지지를 보내고 있었다. 그리고 이런 붐
현상을 타고 갑작스레 유명해진 푸엔테스, 코르타사르, 바르가스 요사 등

파리와 바르셀로나에 체류하던 작가들은 카스트로 체제를 피해 망명 나온 사르두이를 푸대접하고 무시한다. 사실 이 작가들에게 사르두이를 학대하는 것은 쿠바로 여행할 수 있는 최소한의 조건이었으며, 무엇보다도 그들이 자본주의 체제 속에서도 혁명의 가면을 쓰고 있다는 사실을 증명할 수 있는 유일한 방법이었다(González Echevarría 1993, 757). 그러나 1970년대에 들어서면서 '에베르토 파디야 사건'으로 말미암아 카스트로의 문화 정책이 선회하고, 1980년대 들어 산디니스타 정권이 무너지면서, 붐 세대에 속했던 몇몇 작가는 이전의 태도를 바꾸고 사르두이에게 접근하기 시작한다. 단지 가르시아 마르케스만이 사르두이가 죽을 때까지 그를 변함없이 아끼고 존경한 사람이었다.

특히 쿠바인들의 공격은 사르두이의 가슴을 아프게 했다. 가령 1969년에 출판된 쿠바의 문화 기관지 《아메리카의 집》 131호에는 사르두이의 『제스처』의 일부분을 게재한 『쿠바 혁명소설』이라는 선집에 대한 서평이 실려 있었다. 《아메리카의 집》 편집인인 로베르토 페르난데스 레타마르의 글로 보이는 이 서평은 "쿠바혁명을 배신하고 쿠바혁명과는 아무런 관계도 없는 작가들의 글 네 편이 수록되어 있다. 따라서 이 선집은 쿠바 혁명소설의 성격에 맞지도 않을 뿐더러, 그렇게 이름 붙여서도 안 된다"라고 지적하면서 간접적으로 사르두이를 비난한다.

또한 페르난데스 레타마르는 그의 유명한 에세이 『칼리반』에서 아무런 이유 없이 사르두이를 "네오바르트적인 동성애자"로 비판한다. 특히 《아메리카의 집》은 단 한 번도 사르두이의 작품을 언급한 적이 없을 정도로 그는 쿠바 내에서 철저히 무시된다. 그러나 1991년에 들어서면서 수많은 쿠바 작가의 의견을 수렴하여 《아메리카의 집》은 사르두이에게 쿠바 독자들과의 대화를 주선하겠다는 제의와 함께 잡지에 글을 써달라는 편지를 보낸다. 이렇게 경직화된 쿠바 역시 마침내는 '세계적 명성을 얻은 작가'에게 친화 정책을 썼지만, 사르두이는 답장조차 하지 않은 것으로 알려져 있다(759).

1993년 6월 8일 세베로 사르두이는 파리에서 갑작스레 숨을 거둔다. 언론과 그의 친구들에 의하면, 에이즈로 사망했다고 한다. 하지만 30년 이상 그와 함께 살아온 프랑스 철학자이자 문학 비평가인 프랑수아 왈은 그의 사인이 뇌종양이라고 말하기도 한다. 사르두이의 장례식에는 왈만 참석하는데, 이것은 그의 죽음이 즉시 언론에 알려진 것이 아니라, 며칠 후에 알려졌기 때문이었다.

사르두이는 활달한 성격에 농담을 좋아했다고 한다. 또한 자신의 동성애를 비웃는 쿠바 관료들에게 여성의 언어로 말하면서, 이런 말을 남성의 것으로 바꾸지 말라고 부탁하곤 했다. 그렇게 남성 우위 사상에 길든 관료들의 맥을 빠지게 했던 것이다. 그는 아주 톡 쏘는 블러드 메리와 열대 프루츠 칵테일을 좋아했다. 하지만 무엇보다도 그의 즐거움은 바로 그림에 있었다. 그는 단 하나의 그림을 감상하기 위해 멀리 떨어진 박물관에 가는 것도 마다하지 않은 사람이었으며, 미술에 대해 해박한 지식을 갖고 있었다. 그래서 사르두이는 자신의 첫 작품인『제스처』가 누보로망보다는 오히려 잭슨 폴록이나 프란츠 클라인의 액션 페인팅과 깊은 관련이 있다고 말했을 정도이다.

III. 사르두이의 작품 세계 : 읽을 수 없는 작품의 책읽기

사르두이는 그의 첫 작품인『제스처』부터 마지막 작품인『해변의 새들』

(Pájaros de la playa, 1993)에 이르기까지 현대 라틴아메리카 문인 중에서 가장 독특한 작가로 알려져 있다. 그는 소설, 시, 에세이 등 다양한 글을 썼지만, 그 안에는 소위 '포스트 붐'이라고 일컬을 수 있는 가장 중요한 요소들—주제와 장르의 초월—이 집약되어 있다.

『제스처』는 종래의 리얼리즘에 환멸을 느낀 그의 첫 번째 결실이다. 이 작품의 문학적 성과는 라틴아메리카와 유럽의 많은 문학자가 서평을 통해 긍정적인 평가를 내리고, 또 프랑스어, 독일어, 네덜란드어 등의 많은 외국어로 번역된 것에서 쉽게 찾아볼 수 있다. 이 작품에서 사르두이는 메를로퐁티의 심리학 이론과 액션 페인팅에 영향 받아 소설 속에서 제스처와 움직임을 비롯해 소설의 목소리를 탐구한다. 『제스처』는 쿠바의 정체성을 찾기 위한 일환으로 바티스타 독재를 패러디하면서 쿠바혁명 이전의 역사를 서술한다.

여기에서는 낮에는 세탁소에서 일하고 밤에는 무대에서 노래하는 이름 모를 한 흑인 혼혈 여성을 통해 쿠바가 그려진다. 독자들은 단지 아바나의 거리를 오가는 묘사와 그녀의 대화, 그리고 내면 독백을 통해서만 그녀의 행동을 알 수 있다. 이런 방식을 통해 작가는 혁명 이전의 쿠바 사회를, 그리고 그 제스처들을 기록한다. 이 소설은 그녀의 애인인 젊은 백인 남자가 아바나의 발전소에 폭탄을 설치하라고 부탁하면서 시작된다. 그래서 그녀는 바티스타 정권에 대항한 비밀결사 조직의 회원이 된다. 바로 그날 밤, 폭탄을 설치한 후 그녀는 그리스 비극 무대처럼 꾸며진 극장에서 공연한다. 그런데 공연 도중에 극장에 불이 난다. 장면은 갑자기 바뀐다. 독자들은 쿠바 국기에 몸을 감싼 채 사람들에게 투표하라고 외치는 그녀의 모습을 보게 된다. 선거전은 총소리와 함께 막을 내리고 온 도시를 삼킬 것 같은 불길이 치솟는다. 이것은 바티스타 정권 말기에 아바나를 휩쓴 폭력을 패러디하는 것이다.

이 작품은 이런 혼돈과 폭력 속에서 살아가는 작중 인물들의 회화적 언어를 통해 쿠바의 정체성을 그린다. 또한 이 작품 속에서는 당대에 유행하던 볼레로라는 가요와 차차차 리듬, 멜로드라마 등의 흔적을 엿볼 수 있다. 비록 『제스처』는 사르두이의 가장 중요한 소설이라는 평가를 받지는 못하지만, 대중의 제스처를 통해 사람들의 서정성 및 심리를 연구한 훌륭한 작품이다.

그다음 작품인 『가수들은 어디에서 왔을까』는 『제스처』에서 제기된 쿠바성과 그 핵심에 대한 해답을 찾으려는 또 다른 노력이다. 이 소설은 사르두이의 작품 중에서 가장 실험적인 작품으로 평가된다. 크게 세 부분으로 나뉘며, 시작과 끝 부분에 각각 「쿠바 이력서」와 「작가의 말」이 수록되어 있다. 이 작품의 제목은 '손'(son)이라는 쿠바 대중음악 장르의 노래에서 인용한 것인데, 이것을 통해 작가는 쿠바의 정수가 무엇인지 파헤친다.

1부는 에스파냐 장군이 아바나 상하이 극장의 중국인 여가수 플로르 데 로토(이 이름은 '연꽃'이라는 의미임)와의 사랑에 빠지는 장면으로 시작한다. 플로르는 음탕한 장군을 피하기 위해 여러 가지 꾀를 부린다. 합창단원이자 이성복장착용자이고 창녀인 아욱실리오와 소코로는 장군과 플로르를 맺어 주기 위해 뚜쟁이 노릇을 하면서, 플로르에게 지대한 관심을 보이는 장군에게 많은 돈을 갈취한다. 그들이 장군의 집을 약탈한 후, 장군은 자신의 청을 거절한 플로르를 죽이기 위한 계략을 세운다. 그는 플로르에게 팔찌를 보내는데, 그 팔찌는 그녀의 손목 정맥을 자르기 위한 것이다. 그가 극장에서 그녀의 시체가 나오기를 기다리는 장면으로 1부는 끝이 난다.

왜 사르두이가 중국적 요소를 쿠바 정체성의 한 부분으로 인식했는지 흥미로운데, 이에 대해 그는 이렇게 말한다.

수 세기 동안 쿠바에는 흑인에 대한 인종 편견이 널리 퍼져 있었습니다. 하지만 우리는 흑인뿐만 아니라 중국인에게도 그런 편견을 갖고 있다는 사실을 모르고 있었습니다. 중국인은 쿠바에서 매우 중요한 존재입니다. 그들이 문화적 영향을 끼쳤다는 것 외에도 쿠바 세계관의 중심을 이루고 있기 때문입니다. [⋯] 그들이 쿠바 세계관의 중심을 차지하고 있다는 사실을 보여주는 두 가지 예가 있습니다. 물론 임의적인 것이지만 매우 중요합니다. 흑인, 에스파냐인, 중국인이라는 세 문화로 이루어진 쿠바의 오케스트라는 중국에서 온 피리에 그 핵심이 있습니다. 이것이 첫 번째이고, 또 다른 것은 우리 쿠바인을 지배하는 우연이라는 것입니다.(Rodríguez Monegal 1977, 276-277)

2부는 이미 『제스처』에 등장한 바 있던 돌로레스 론돈이라는 흑인 혼혈 여가수의 여정을 다룬다. 론돈의 이야기는 소설의 언어적, 수사적 구성에 관한 열띤 논쟁을 다루며, 이런 논쟁을 통해 쿠바 문화를 구성하는 흑인 문화를 보여준다. 론돈은 바로 흑인 대중의 언어와 생각을 대표하고 있으며, 그녀의 애인 모르탈 페레스는 타락한 전형적인 지방 정치인의 모습을 대표한다. 그들이 결혼한 후 페레스는 상원의원이 되고, 부부는 쿠바의 수도인 아바나로 이사한다. 그리고 그곳에서 다른 정치 지도자들, 즉 바티스타 독재의 타락한 정치인들처럼 낭비와 허영에 찬 생활을 한다.

어느 날 페레스는 대통령에게 쾌락을 선물하기 위해 하와이 출신의 무희를 데려간다. 하지만 그녀가 카마구에이 출신의 흑인 여자인 론돈이라는 사실이 알려지면서 페레스는 대통령의 미움을 산다. 이 작품 속에서 한 화자는 론돈의 불행이 그녀가 허영에 찬 생활을 하는 동안 아프리카의 신들을 진정시키지 못했기 때문이라고 해석한다. 그리고 또 다른 화자는 페레스의 몰락은 론돈을 그리워하는 아욱실리오와 소코로 때문이었다고 말한다. 페레스는 카마구에이로 돌아가 비참하게 생을 마감한다.

3부는 쿠바 문화의 또 다른 구성 요소인 백인, 즉 에스파냐인에 관한 것이다. 이 이야기는 아욱실리오와 소코로가 있는 에스파냐에서 시작한다. 그들은 이미 죽은 페레스를 찾아 헤맨다. 그들은 에스파냐의 카디스 항구를 떠나 순례지인 산티아고 데 쿠바에 도착한다. 그곳 성당에서 아욱실리오와 소코로는 그들을 유혹하는 어느 흑인 혼혈 남자에게 음악을 배운다. 또한 산티아고 데 쿠바의 성당에서 나무로 만든 그리스도의 얼굴을 발견하고는 그것을 페레스의 얼굴로 만든다. 그들은 그것을 들고 산티아고 데 쿠바에서 아바나에 이르는 긴 행렬을 시작한다. 그들은 카마구에이도 지나가는데, 그곳에서 행렬은 페레스의 정치 모임으로 오인되기도 한다. 이 행렬은 마침내 모든 것을 하얗게 덮고 있는 눈보라 치는 아바나에 도착한다. 그리고 점점 썩어가는 그리스도의 나무 십자가는 떨어져 산산조각이 난다. 그들이 얼른 그 조각들을 주워 피신처로 피하자마자, 헬리콥터는 신도들을 향해 총탄 세례를 퍼붓는다.

「그리스도의 아바나 입성」이라는 부제가 붙은 3부는 아마도 1959년에 카스트로가 그의 군대와 함께 아바나로 들어온 것을 의미하는 듯하다. 그리고 카스트로는 작중 인물들이 찾아 헤매던 페레스라고 해석될 수 있다. 따라서 『가수들은 어디에서 왔을까』는 권력과 쿠바의 기원을 찾는 소설이며, 쿠바 문화와 사회 계층에 대한 패러디라고도 볼 수 있다.

한편 『코브라』와 『마이트레야』는 미주 대륙의 지리적, 역사적 핵심이 무엇인가를 탐구하고, 또한 레사마 리마와 옥타비오 파스처럼 라틴아메리카 내에서 동양이 어떻게 수용되고 있는지를 보여주는 작품들이다. 코펜하겐, 브뤼셀, 암스테르담에 있는 미용학원의 이니셜이기도 하고,[1] 가수의

---

1) 코펜하겐의 Co, 브뤼셀의 Br, 암스테르담의 A로 이루어졌음을 뜻함.

이름이기도 하며, 파리의 모터사이클 그룹을 지칭하기도 하는 '코브라'로 사르두이는 프랑스의 메디치 상을 수상한다.

사르두이는 『코브라』에서 혁신적인 언어를 통해 라틴아메리카 소설 속에 자리 잡은 무의식을 패러디한다. 이 소설은 일본의 가부키를 연상케 하는 극장에서 전개된다. 주인공인 코브라는 여성이 되려는 남자이며, 너무 큰 자신의 발을 작게 만들려고 애쓰다가 그 극장의 주인인 라 세뇨라와 관계를 맺는다. 그러나 두 사람이 사용한 약은 너무 강했기 때문에, 코브라는 왜소해지고, 극장 여주인은 난쟁이가 된다. 그래서 그들은 각각 펍과 라 세뇨리타라고 불리게 된다.[2] 다행히 코브라는 정상적인 크기로 돌아오게 된다. 그러자 그는 극장 소품으로 쓸 동양화를 찾아 화가인 에우스타키오와 함께 인도로 떠난다. 이런 그들의 여행을 기술하는 동안에 작가는 글쓰기 예술에 관한 자신의 의견을 피력한다.

그다음은 코브라가 성전환 수술로 유명한 크타숍 박사를 찾아 탕헤르로 가는 장면으로 바뀐다. 그리고 라 세뇨라와 그녀의 제자들은 코브라를 찾아 에스파냐로 간다. 그곳에서 그들은 『가수들은 어디에서 왔을까』에서 등장했던 아욱실리오와 소코로를 만난다. 탕헤르에 있게 되자, 암스테르담에서 온 이 네 사람은 크타숍 박사를 찾아가고, 그는 코브라에게 성전환 수술을 해준다. 사르두이의 오리엔탈리즘은 바로 이 대목에서 본격적으로 다루어진다. 이것은 어렸을 때부터 불교와 신지학에 관해 공부했으며, 1970년대에 동양을 여행한 경험에서 우러나온 것이다. 그리고 동양의 영향을 받아 바로 이 부분에서 패러디나 시뮬레이션 같은 그의 핵심적인 개념이 등장한다. 『코브라』에서 이런 오리엔탈리즘은 바로크적 문체와 융해된다.

---

2) '펍'이란 말은 애송이를 뜻하며, '라 세뇨리타'는 라 세뇨라의 축소형이다.

『코브라』는 탕헤르의 장면에서 갑자기 젊은 마약중독자 그룹으로 건너뛴다. 이 마약중독자들은 모터사이클 갱으로 변신하고 탄트라교의 신봉자가 되어 중국의 침략으로 인해 피신 나온 티베트 사제들과 한 그룹이 된다. 모터사이클 갱들의 이름은 토템, 호랑이, 전갈, 툰드라이다. 그들은 이제는 여자가 된 코브라에게 신고식을 하도록 요구하고, 그 의식 중에 그(녀)는 죽어버린다. 마지막에 기도로 끝나는 이 복잡하기 그지없는 탄트라 장례식은 바로 「공(空)」이란 부분을 구성하고 있다. 모터사이클 갱들은 티베트 사제들에게 그런 의식을 배우고, 토템은 마약과 종교적 유물을 마구 나누어 준다. 그런데 이 갱들이 행한 의식은 바로 극장에서 라 세뇨라가 행한 행동과 탕헤르에서 크타숍 박사가 수술 과정에서 행한 것과 유사하다.

『코브라』는 「인도의 일기」로 끝을 맺는다. 이 부분은 모터사이클 갱들이 티베트의 스님들과 함께 나타난다. 티베트로 가는 도중에 모터사이클 갱들은 위대한 라마승에게 도움을 청한다. 이 이야기는 눈이 하얗게 뒤덮인 중국 국경에서 끝이 난다. 그곳은 어떤 소리도 들을 수 있는 그런 완전한 침묵이다. 바로 그런 곳에 버려진 사원에서 이 소설은 기도 소리로 끝을 맺는다. 『코브라』는 동양과 서양, 과거와 현재를 혼합하고 있으며, 실제 역사(가령 중국의 티베트 침공, 카스트로의 쿠바혁명 등) 역시 윤회처럼 반복해서 일어난다는 것을 다루고 있다.

『마이트레야』의 중심 주제는 추방이다. 불교에서 '마이트레야'란 세상에 평화와 진리를 회복할 미래의 부처이다. 이 소설은 1950년 중국의 티베트 침공 때 죽는 티베트의 스님인 '스승'의 죽음으로 시작한다. 그는 자신이 새로운 불교의 '창시자'로 다시 태어날 것을 예언한 후에 숨을 거둔다. 그러자 다른 스님들은 그의 몸을 화장하고 인도로 몸을 피한다. 그곳에서 그들은 렝 자매라는 두 명의 중국 여인이 보살피고 있던 한 젊은 남자아이를 발견한다. 그런데 그 아이가 어느 정도 스승의 예언과 비슷하다는 것을 알게 되자, 몇 가지 정해진 시험을 거친 후에 신 라마교의 라마, 즉 창시자로 공포한다.

하지만 렝 자매는 청빈하고 금욕적인 생활에서 그 소년을 구하기를 갈망하고, 마침내 그와 함께 실론으로 도망치는 데 성공한다. 그들은 그곳에 채식주의자 전용 호텔을 열고, 소년을 사제로 교육시킨다. 그 아이는 사람들에게 점을 봐주고 불교 물품들을 판매한다. 그리고 렝 자매의 여조카인 불타 렝과 합치게 되는데, 그녀 역시 돈을 버는 데만 관심이 있다. 하지만 젊은 나이에 '창시자'가 되었던 소년은 묵상에만 평생을 바친 스님들과 만나면서 곧 자신의 직업에 환멸을 느낀다. 그러자 손님들의 질문에 대답을 회피하기 시작한다. 경제적으로 파산이 임박했음을 느낀 불타 렝은 남자친구 엘 둘세('달콤한 남자'라는 의미)와 함께 쿠바로 떠난다. 그러는 동안 창시자는 죽고 렝 자매는 소설 도입 부분에서 보여준 스승의 화장과 흡사한 장례식을 치러준다.

〈주먹〉과 〈분신(分身)〉이 각각 두 번씩 반복되는 2부는 쿠바 북부에 있는 사구아(Sagua)에서 라스 트레멘다스('겁 없는 여자들'이라는 의미)라는 쌍둥이 자매의 탄생을 이야기한다. 불타 렝과 엘 둘세 사이에서 태어난 루이스 렝도 그 도시에 산다. 두 자매는 자신들이 점을 치고 남을 치료해 주는 탁월한 능력이 있음을 깨닫게 된다. 그녀들은 이 능력에 의지해 살지만, 이내 월경이 시작되면서 그런 힘이 사라지고 있다는 사실을 알게 된다. 그러자 그들은 무대 위에서 노래 부르고 공연하려고 애를 쓰며, 나중에 루이스 렝에게 유혹된다.

이후 무대는 갑자기 사구아에서 마이애미로 옮겨간다. 그곳에는 쌍둥이 자매 중의 한 명인 라 트레멘다와 루이스 렝, 그리고 사구아 출신의 난쟁이 화가가 살고 있다. 쌍둥이 자매 중 또 다른 한 명인 라 디비나는 마이애미에서 합류하고, 그들 모두는 뉴욕으로 간다. 그곳에서 루이스 렝은 식당을 열고, 라스 트레멘다스 자매는 맑스-레닌주의와 긴밀히 연결되어 있고 엄격한 실천에 기반을 둔 종파에 흠뻑 빠진다. 그곳에서 렝 자매는 라스 테트리카스('을씨년스런 여자들'이라는 의미)라는 마녀로 다시 출현하여, 전기 장비로 라 트레멘다의 목소리를 빼앗으려고 한다. 하지만 그녀는 존데 안드레아라는 조각가의 도움을 받는다. 그는 그녀와 똑같이 생긴 조각을 만들고, 그 조각품은 라스 테트리카스가 사용한 전기 제품을 모두 무용지물로 만든다.

어느 날 저녁 마약에 취해 정신을 잃은 채, 라 트레멘다는 롤러스케이트를 타고 워싱턴 스퀘어에 있는 분수로 간다. 그런데 그 분수에서 이란 출신의 운전사를 만나 사랑에 빠진다. 이 부분에서 갑자기 그들 모두는 문화적·지리적 상황을 뛰어넘어 중동에서 다시 모습을 드러낸다. 이란에서 그들은 돈 많은 호색한들을 상대로 음란한 마사지 숍을 연다. 하지만 어느 호색한이 난쟁이를 음란과 퇴폐 행위로 고발하자, 그들 모두 관계 당국에게 체포되어 사막으로 추방된다. 알제리의 오래된 호텔에서 라 트레멘다와 난쟁이는 물약을 한 잔 먹고, 예언자의 이름이 새겨진 편지를 보게 된다. 그리고 예언자의 이름이 불타는 장면을 보면서, 이란인 운전사는 라 트레멘다와 사랑을 나눈다. 그런데 한 달도 채 못 되어 손가락과 발가락 사이로 음경을 쥔 태아가 그녀의 자궁에서 나온다. 난쟁이와 태아는 죽고 함께 묻힌다. 그러자 라 트레멘다는 아프가니스탄으로 떠난다. 그곳에서 그녀는 우상이 되지만, 후에 이런 것을 모두 포기하고 남쪽을 향해 간다.

『마이트레야』는 이처럼 수많은 문화적·지리적 무대를 옮기면서 변형되어 전개된다. 그래서 『코브라』와 마찬가지로 아주 어려운 소설로 평가된다. 그러나 새로운 글쓰기 방식으로 쓴 『코브라』와 달리, 『마이트레야』는 전통적 문학이 보여주는 아름다운 수사를 보여준다. 그리고 이 작품의 제목이 암시하고 있듯이, 여러 사건이 반복되어 나타나면서 윤회의 특성을 드러낸다. 또한 이 작품은 냉전으로 말미암은 모든 지정학적 상황과 합법/불법, 성/속을 네오바로크의 문체와 동양 사상을 통해 모두 융해시킨다. 또한 탄트라교의 파티와 명상이라는 불교의 금욕주의 역시 상호 반대적인 요소를 융합하고, 일상사의 모든 것은 일시적인 것으로 간주하는 불교 사상에 의해 통합된다.

사르두이의 다른 작품들인 『콜리브리』와 『야곱 가(街)의 그리스도』(El Cristo de la Rue Jacob, 1987) 역시 라틴아메리카 문학 전통을 분석하면서 작가의 역할에 관해 논한다. 『콜리브리』는 사르두이의 이전 소설에 존재했던 쿠바라는 특정 문화를 떠나 다른 라틴아메리카 지역의 문화와 자연 관계를 살핀다. 『콜리브리』는 『마이트레야』의 끝에 나타난 마약과 돈, 쓰레기와 도착증으로 가득 찬 정글 입구에 있는 강 근처에서 전개된다. 바로 그곳에 이 작품의 중심 무대가 되는 클럽과 클럽의 마담인 라 레헨타가 있다. 그 요정은 잘생긴 젊은 청년들이 부자와 군 장성들을 위해 레슬링을 하는 곳이다. 라 레헨타는 야심차게 자기의 사업을 펼치며, 그녀 주위에는 항상 레슬링 심판으로 사용되는 어느 거인과 여러 일꾼, 그리고 요리사들과 한 명의 난쟁이가 있다.

어느 날 아주 멋진 금발의 청년이 그곳에 도착한다. 그는 자신의 상대방을 솜씨 있게 피하고 우아했기 때문에 '콜리브리'라는 별명을 지니고 있다.[3] 그의 첫 번째 시합 상대는 뚱뚱한 일본인이다. 일본인은 콜리브리를 넘어뜨리려고 애쓰지만 실패한다. 그 레슬링 시합에서 이기자 콜리브리는 클럽의 영웅이 된다. 하지만 마담이 그를 미칠 듯이 사랑하게 되자, 정글로 도망간다. 그러자 마담의 일꾼들이 그를 뒤쫓는다. 그는 정글에서 뚱뚱한 레슬링 선수인 '큰 일본인'을 만난다. 마침내 그들은 서로 친구가 되고 연인이 된다. 그러나 콜리브리를 뒤쫓던 사람들이 그를 발견하고는 거구의 일본인에게서 떼어놓고서 그를 클럽으로 데려간다.

콜리브리는 라 레헨타가 있는 클럽에 와서 다시 큰 일본인과 거인과 레슬링을 하라는 강요를 받는다. 그러나 또다시 도망치는 데 성공하여 정글로 되돌아간다. 정글 깊숙이 숨지만 뒤쫓는 사람들이 또다시 그를 발견하여 다시 라 레헨타에게 데려간다. 하지만 이번에는 클럽 사람들이 그를 하느님처럼 대한다. 콜리브리는 클럽 가옥을 태우고 다시 짓도록 명령한다. 그리고는 그 장소가 활력 넘치도록 젊은 사람들을 데려오라고 지시한다. 소설 마지막 부분에 콜리브리는 라 레헨타의 위치를 차지하고 새로운 '독재자'가 된다. 그리고 소설은 다시 원점으로 되돌아간다.

사르두이의 후기 소설에는 『야곱 가의 그리스도』와 『코쿠요』, 그리고 유고 소설 『해변의 새들』이[4] 있다. 사르두이는 『야곱 가의 그리스도』를 단편 모음집, 혹은 제임스 조이스의 용어를 사용하면서 '계시'라고 정의한다. 이 작품은 2부로 나누어져 있다. 1부는 해산의 고통이나 첫 상처처럼 인생의 힘든 순간을 탐구한다. 그것은 바로 사람들이 삶을 살면서 지니는 흔적이며 육체적 고통의 총체이다. 2부 역시 그런 흔적을 말하지만, 이번에는 육체적인 것이 아니라 정신적인 상처에 관해 말한다. 즉 기억 속에 남아 있지만 추억보다는 길게 지속되고 강박관념까지는 이르지 않는 것들

---

3) 콜리브리(colibrí). 라틴아메리카에 서식하는 우아하고 멋진 새의 일종.
4) 쿠바에서 새는 동성연애자를 지칭하는 말이다.

을 다룬다. 이러한 것을 통해 사르두이는 소설에 관한 주제보다는 오히려
일상생활이나 우정과 같은 것들을 다루면서 쿠바성의 핵심을 추구한다.
또한 『코쿠요』와 『해변의 새들』은 이전의 작품들과 비교할 때 상대적으
로 읽기 쉬운 작품에 속하며, 현재를 통해 과거를 재평가하는 그의 소설
의 연속선상에 있는 작품들이다.

IV. 사르두이와 카리브적 상상력과 문학 이론과의 조화

사르두이의 작품을 칭찬하면서 미국의 비평가 마이클 우드는 "그런 글
쓰기에는 현기증 날 정도의 자유가 있다"고 결론 내린다(Wood 1976, 152).
사르두이는 작가를 현대의 영웅으로 간주한다. 물론 이 말은 그가 문학을
통해 작가의 죽음을 추구하고, 자아 개념을 파괴하려 했다는 사실을 보면
아이러니컬하다. 하지만 역설적으로 사르두이 작품의 힘은 시간과 역사와
문화와 장르를 혼합하는 혼돈과 창조의 과정을 통해 현재의 세계를 보여
주며, 그의 복잡하고 찬란한 작품 세계를 통해 독자가 텍스트와 대화하면
서 텍스트의 소비자가 아닌 생산자가 되게 하는 데 있다.

이와 더불어 카리브 해 기질을 지닌 사르두이는 관능성과 에로티즘을
프랑스 문화와 사상과 혼합하면서 더욱 풍부한 문학적 요소로 승화시킨
다. 즉 카리브 해 사람의 특징인 넘쳐흐르는 상상력에다 프랑스의 엄격한
체계성을 겸비했던 것이다. 이렇게 상상력과 이론이 조화된 자신의 소설
속에서 사르두이는 네오바로크 시학을 제시하면서, 소설의 구조와 언어
기능에 있어서 정체성의 상실이 상정하는 혼란과 변형을 통해 새로운 관
점을 제시한다. 이런 점에서 캐리커처와 패러디는 그의 작품에서 가장 중

요한 요소이다. 그의 소설 언어는 사회적 상황을 벗어나 그것과 전혀 상관없는 독서를 조장하는 '희열의 텍스트'이다. 그는 끊임없이 쿠바성을 추구하지만, 이런 정체성은 사회적, 도덕적, 정치적 관점에서 구현되는 것이 아니다. 그것은 ≪텔켈≫과 누보로망이 제안한 언어의 유희적 측면과 심층적 의미 구현을 통해 신화적·상징적 차원이자 문화적 차원으로 향하는 것이다.

쿠바의 (네오)바로크와 정체성:
알레호 카르펜티에르에서 세베로 사르두이까지

루이스 두노-고트버그

> 아는 것은 해결하는 것이다.
> 나라를 알고, 아는 바에 따라 통치하는 것은
> 국가를 폭압 정치에서 해방시키는 유일한 방법이다.
> ― 호세 마르티, 「우리 아메리카」

　　동일한 역사적 시기(1950, 60년대)와 지리적 공간(라틴아메리카, 그리고 특히 쿠바)에서 바로크에 대한 다양한 해석이 존재한다는 사실은 바로크와 네오바로크 개념의 검토에서 흥미로운 문제들을 제기한다. 가령 같은 시기에 사회참여적인 지식인들도 이 미학을 이용했고, 우리의 관심사와 유사한 상황에서 쥘리앵 방다가 주조한 논쟁적인 표현이었던 "성직자"들도 이 미학을 이용했다는 점은 의미심장하다.[1] 다른 한편으로 우리는 "아메리카적인 것의 정수"를 규정하거나 포착하고자 하는 소설은 물론, 이러한 목표를

---

1) 쥘리앵 방다(Julien Banda, 1867~1956). 프랑스의 철학자, 비평가, 소설가로 『성직자의 배임』(Trahison des clercs, 1927)이라는 책에서 지식인은 부동의 이성으로 절대적이고 영원불변한 이상을 추구하는 성직자여야 함에도 불구하고 현실에서는 그렇지 않음을 비판하였다. ―옮긴이

문제 삼는 소설에서도 바로크의 존재를 볼 수 있다.

그토록 이질적인 맥락에서도 '바로크' 개념이 끈질기게 지속되었다는 사실은 바로크의 극단적인 유연성을 입증해준다. 나아가 바로크가 서로 상이한 이념적·미학적 기획들과 연계된 시학을 정립하기에 더할 나위 없이 적합한 속성을 지니고 있다는 점도 보여준다. 나는 특히 바로크 미학과 관계된 존재론적 형태의 담론들의 정립을 분석하고자 한다. 존재론적 형태라 함은 이 담론들이 민족 정체성을 구축하거나 해체하기 때문이고, 또한 이 민족 정체성의 주변에 위치한 주체들을 구축하거나 해체하기 때문이다.[2] 그래서 '붐' 혹은 소위 '포스트 붐'에 속하는 수많은 소설이 정체성이라는 때로 진부하기까지 한 논쟁적인 문제를 다루기 위해 바로크적 전략들을 이용하는 것을 발견할 수 있다.[3] 이 소설들은 바로크의 어떤 개념들에 의거하고 있는가? 어떻게 그 개념들을 재정의하는가? 이러한 재검토에 우호적으로 작용한 역사적·문화적 맥락들은 무엇인가? 나는 두 가

---

2) 라파엘 구티에레스 히라르도트는 '정체성' 개념을 신랄하게 비판한다. 이 개념은 사회 심리학에서 유래하였으며, 부정을 전제로 하고 있다. 즉 정체성을 "우리가 아닌 것", 아니 "아직 우리가 아닌 것"으로 보고 있다. 구티에레스 히라르도트는 '개인의 생성' (devenir)을 지칭하기 위해 만들어진 이 개념이 이질적인 전체 사회에 적용되게 되었다고 말한다. 문제는 여기서 발생한다. 정체성이라는 개념하에 단순화와 획일화가 자행될 수 있는 것이다(Gutiérrez Girardot 1992, 2-3). 물론 다른 방식으로 정체성 문제를 개진할 수 있다는 점도 도외시할 수는 없다. 이는 식민지시대에 크리오요 의식이 출현했을 때부터 신식민적 상황인 20세기에 이르기까지(Moraña 1988, 229-251; Bellini 1992, 4-5) 우리 문학에서 지속된 정체성에 대한 관심에서 명백히 드러난다. 나는 이 글에서 '정체성'을, 용어가 야기하는 위험을 염두에 두면서도 두 가지 의미(개인적 정체성과 집단적 정체성)로 사용할 것이다. 이와 동시에 정체성의 정의(定義)에 수반되는 권력 게임을, 특히 이 글에서는 교섭의 한계들을 획정하고자 바로크 담론을 이용하는 그러한 권력 게임을 부각하고자 한다.

3) 다음과 같은 몇 가지 사례가 머릿속에 떠오른다. 카를로스 푸엔테스의 『우리의 땅』(Terra nostra, 1975), 알레호 카르펜티에르의 『바로크 콘서트』(1974)와 『잃어버린 발자취』(1953), 호세 레사마 리마의 『파라다이스』(1966), 세베로 사르두이의 『제스처』(1963), 『가수들은 어디에서 왔을까』(1967), 『마이트레야』(1978).

지 층위에서 이 문제들에 접근하고자 한다. 먼저, 에스파냐의 식민주의, 미국의 신식민주의, 쿠바혁명 초기의 역사적 맥락을 개괄할 것이다. 그다음 '쿠바 바로크 3인방'이라고 불리는 카르펜티에르, 레사마 리마, 사르두이 미학들의 몇 가지 양상을 설명할 것이다. 그리고 이 작가들 간의 접속과 각자의 소설과 비평에서 바로크 담론을 이용하고자 하는 의지들을 분명히 밝히는 것으로 글을 마무리할 것이다.[4]

I.

쿠바는 1902년부터 미국에 의해 신식민적 상황에 처하게 된다. 헤라르도 마차도 독재 체제하에서, 또 새로운 문화적·경제적 종속 상황 속에서 쿠바 부르주아지는 응집력 있는 민족 담론을 창출하지 못했다. 1923년 세대로 불리는 이들이 그 공백을 메웠다. 이들은 당시 민족적-토착적(nacional-vernáculo) 예술이라고 불리던 것을 옹호하면서 쿠바의 예술적 표현들의 혁신 필요성에 응답하고자 노력했다. 그들의 의도는 모순적으로 보일 수도 있지만 아메리카 문화의 오랜 갈등을 내포하고 있다. 즉 민족적인 것과 보편적인 것 사이의 투쟁, 주변부와 메트로폴리스 간의 갈등이다.

---

4) '바로크' 개념에 대한 해석들의 급증은 이 개념의 탈의미화(desemantización)에도 기여했다. 마벨 모라냐는 이 탈의미화 과정을 유발하는 동인들은 물론 이 과정에 내재된 위험들에 대해서도 논한다. 모라냐는 여러 작가가 바로크 주제에 관심을 보이는 이유는 바로크라는 상표 때문이라고 단언한다. 그 비평적-사료적 정전화의 한계들에도 불구하고, 바로크가 과거에 구축한 주제적·문체적 '지시체계'는 모호하게나마 하나의 상표인 것이다(Moraña 1989, 221). 그렇다면 표현상의 필요성들이 어떻게 바로크 미학을 통해 구축되는지, 그리고 그 지시체계를 매혹적으로 만드는 요인들이 무엇인지 분석할 필요가 있다.

쿠바의 경우에는 먼저 에스파냐 지배에 맞서서, 그리고 나중에는 미국 지배에 맞서 민족 정체성(쿠바성)을 정의할 필요성이 제기되었다. 호세 마르티의 『우리 아메리카』에서 쿠바혁명에 이르는 정치적·문화적 기획이기도 했다. 1920년대에는 과거에 헤게모니를 행사하였던 문화적·경제적 열강에스파냐가 축출된 뒤라서, 쿠바 전위주의 기획의 모순들은(모순이라기보다 긴장이라고 해야 할 것이다) 그다지 모순처럼 여겨지지 않는 분위기였다. '이제 적(敵)은 다른 나라'였기 때문에, 카르펜티에르와 레사마 리마를 비롯한 쿠바의 젊은 지식인들은 한편으로는 예술적 실험 공간을 창출하고자 시선을 다시 유럽으로 돌리는가 하면, 또 한편으로는 토착적 표현 혹은 쿠바성의 표현을 갈고 닦을 수 있었다. 에스파냐와 관계있든 말든 바로크는 더 이상 미학적 코드들을 통해 군림하는 제국의 위협이 아니라, 국가에 필연적으로 요구되는 일종의 존재론 정립을 위한 수단 중 하나였다. 존 베벌리가 환기시켜 주듯이, 히스패닉적인 것의 옹호가 반식민주의적 특징을 띠었던 푸에르토리코 경우처럼 말이다(Beverley 1989, 217).

쿠바에 대한 에스파냐의 지속적인 영향,[5] 그리고 식민지배 종식으로 시선을 다시 유럽에 돌릴 수 있는 가능성이 몇몇 쿠바 문인의 바로크 미학 개척에 도움이 된 첫 번째 역사적 상황으로 작용했다. 쿠바혁명 시대에는 바로크 미학이 여러 이념적·미학적 기획과 결합한다. 혁명적 지식인들은 사르트르의 생각을 따라 행동과 비행동(inaction)을 대립시키는 변증법을 설정한다. 전자가 무장투쟁의 승리에 따른 혁명 열기와 관련이 있다면, 후자는 레사마 리마와 그의 〈기원 그룹〉과[6] 빈번하게 연계되었다(Montero

---

5) 식민지배 시대의 유럽 문화 강요에서부터 전위주의, 에스파냐 내전, 내전에 따른 에스파냐 27세대 문인들의 쿠바 망명 등과 함께 시작된 강렬한 문화 교류에 이르기까지 이어진 영향이다.

6) 기원 그룹(Grupo Orígenes). 호세 레사마 리마와 호세 로드리게스 페오(José Rodríguez

1991, 32). 이 논란의 결과 카르펜티에르는 쿠바혁명에 참여적인 지식인으로 인정받게 되는 반면, 레사마 리마와 사르두이는 혁명비평의 표적이 되어 행동하지 않는 이들로 매도된다. 쿠바혁명 이후에 레사마 리마는 무자비한 공격을 받는다. 행동을 주장하는 지식인들은 '기원 그룹 : 기만적 태도'(Orígenes: una impostura)라고 단언한다.[7] 이런 논조는 쿠바 문화의 공식 영역에서는 완화되고 사라질 뿐만 아니라, 이후 레사마 리마와 사르두이의 작품들은 출판과 학술회의들을 통해 장려된다. 하지만 이 갈등을 설명하는 논리는 흥미롭다. 가령 로베르토 페르난데스 레타마르는 "라틴아메리카 대륙의 정치 중심지"인 쿠바는 "지적·예술적 갈림길"이 되어야 했다고 말한다(재인용, Montero 1991, 34). 오스카르 몬테로는 그 현상을 다음과 같이 적확하게 분석한다. "1959년의 쿠바 문인들은 자신들이 쿠바 영토 내에서 거둔 위업이 외국에서도 인정받기 원했다."(34) 그래서 혁명이 요구하는 '쿠바성의 재정의'에 기여할 국제적인 홍보 메커니즘의 창출이 필요했다. 호세 안토니오 마라발(José Antonio Maravall)이 『바로크 문화』(La cultura del Barroco, 1983)에서 지적하는 것처럼 바로크 미학은 이념적 기획과 선전 기획에 연루되어 있었다. 그러나 한 가지 근본적인 차이가 있는 것 같다. 바로크 미학들은 이미 절대왕정의 기획이 아니라 신생 쿠바 민족의 기획이다. 혁명이 요구하고 표방한 기획들이었고, 때로는 이들의 가장자리에서 더 개인적인 시학 차원에서 출현한 기획들이었다. 혁명과 관계된, 혹은 나중에 보겠지만 위반의 언어적 표현과 관계된 바로크라는 개

　Feo)가 주도한 그룹으로, 신정환의 앞선 글 「쿠바의 바로크 전통과 카브레라 인판테의 문학」에서 언급된 문학지 ≪기원≫을 1944년부터 1956년까지 출판하면서 쿠바 문단에 커다란 영향을 끼쳤다. −옮긴이

7) 쿠바 시인 호세 A. 바라가뇨(José A. Baragaño, 1932~1962)가 레사마 리마와 그를 중심으로 한 기원 그룹의 옹호자들을 비판하려고 1959년 3월 14일 ≪혁명≫지에 게재한 글의 제목이다. −옮긴이

넘과 바로크에 대한 예찬을 "19세기 말 우리 아메리카에서 출현한 히스패닉주의 이념"으로 파악하는 레오나르도 아코스타의 주장과는(Acosta 1984, 52) 미묘한 차이가 있는 것이다.

II.

카르펜티에르는 바로크가 일개 역사적 양식이 아니라, 17세기 미학이나 문화로만 국한될 수 없는 인간 정신의 상수라고 간주한다. 바로크적 요소들은 모든 세기의 예술적 표현들에서 주기적으로 나타난다고 본 에우헤니오 도르스와 견해를 같이 하는 것이다. 그러나 도르스가 퇴폐 조짐이 있는 문명의 결정적인 순간에 바로크가 출현한다고 보는 반면, 카르펜티에르에게 "바로크주의는 퇴폐를 의미하기는커녕 종종 특정 문화의 절정기, 전성기"를 장식한다(Carpentier 1976, 53). 카르펜티에르의 또 다른 기본적인 생각은 바로크가 라틴아메리카 문인의 고유한 문체, 필요한 문체라는 것이다. "라틴아메리카 소설가의 현재 문체는 바로크다"라고 『더듬기와 차이』에서 단언하고 있다(Carpentier 1966, 33). 카르펜티에르는 이 책에서 미학 모델을 정립하면서 아메리카가 자연과 문화에서 본질적으로 바로크적 현실이라고 주장한다.

콜럼버스 도래 이전 시대의 화려한 조각과 코덱스들에서부터 식민지시대 아메리카의 대성당들과 수도원들을 거쳐, 최근의 최고 소설들에 이르기까지 우리 예술은 늘 바로크적이었다. 페루 도자기의 농염함에서는 육체적 사랑까지 바로크적이다. 따라서 양식에서, 맥락들에서,

(또 멕시코 푸에블라의 어느 예배당의 천사들의 놀라운 연주회 장면에
포함된) 언어와 풍토의 넝쿨에 휘감긴 인간의 형상에서 볼 수 있는 바
로크주의를 두려워하지 말자. […] 나무들에서, 목재에서, 퇴폐적인 조
각의 제단과 제단 장식벽(retablo)에서, 서체 초상화(retrato caligráfico)
에서, 심지어 뒤늦은 신고전주의에서 탄생한 우리의 예술 바로크주의
를 두려워하지 말자. 비록 최근 유행하는 기법들과는 거리가 있다 해
도, 사물들을 명명하려는 필요성에서 창조된 바로크주의이다.(53)

나무들에서 탄생한 바로크라고? 카르펜티에르는 더 나아가 "공생의 대
륙, 변화의 대륙, 역동적인 대륙, 혼혈의 대륙인 아메리카는 애초부터 바
로크적이었습니다"라고 말하면서(61) 바로크가 라틴아메리카인의 인종 구
성에서 탄생한 것이라고도 주장한다. 그는 바로크의 이 '종족적' 측면에
대해 다음과 같이 더 심층적으로 말한다.

그렇다면, 왜 라틴아메리카가 선택받은 바로크 땅일까요? 공생, 혼
혈이 바로크주의를 낳기 때문입니다. 아메리카 바로크주의의 성장 요
인은 크리오요 정신, 크리오요의 의미, 아메리카인이라는 의식입니다.
시몬 로드리게스가 제대로 파악하고 있듯이, 유럽에서 건너온 백인의
자식이든 아프리카 흑인의 자식이든 원주민의 자식이든 상관없이 모
두 라틴아메리카인이라고 느낍니다. 다르다는 의식, 새롭다는 의식, 더
불어 산다는 의식 그리고 크리오요라는 의식과 더불어 라틴아메리카
바로크는 성장합니다. 크리오요 정신이 바로 바로크 정신입니다.(64)

우리는 여기서 카르펜티에르의 이론들 중에서 가장 비판을 많이 받은
사안과 마주치고 있다. 그의 주장들에 내재된 본질주의이다. 그의 주장들

은 경향적 혹은 피상적 시각하에서 라틴아메리카 문화의 단순화로 귀결될 수 있다. 아메리카는 "본래 바로크"이고, 그래서 "경이롭고", 질서를 강요하는 이성으로는 접근하기 힘들다. 결국 우리는 지나치게 "열대적"이다. 그러나 카르펜티에르의 의도는 분명히 다른 성질의 것이다. 가령 시몬 로드리게스에 대한 언급은 흥미롭다. 로드리게스가 19세기에 자신만의 방식으로 시도한 것처럼, 카르펜티에르는 민족적 공간의 창건에 필요한 시학과 상상력을 정립할 필요성에 응답하고 있다. 혁명이라는 맥락에서 카르펜티에르의 혼혈 이론들은 응집력 있는 토대, 새로운 쿠바 민족의 역할에 복무하는 통합의 사상을 제공한다. 라틴아메리카인의 인종 구성과 관계된 바로크라는 생각은 이리하여 정치 기획과 연계된다. 카를로스 린콘이 말하는 것처럼 카르펜티에르의 작품은 문학과 정치 사이의 관계들을 재정의한다. 린콘에 따르면, "카르펜티에르는 라틴아메리카 소설이 다시 한 번 가면들을 보여주는 대신[8] '라틴아메리카의 고유한 정체성'이라는 역사적 얼굴을 찾는 과제에 마침내 착수할 수 있다는 확신에 이르렀다."(Rincón 1975, 135)

명명의 필요성 때문에 창조된 바로크? 카르펜티에르는 전반적으로 풍토 소설(novela nativista)과 자연주의적 기법을 비판한다. 명명되기를 "갈구"하는 라틴아메리카 현실을 표현하기에는 불충분하다고 보기 때문이다.[9] 알렉시스 마르케스 로드리게스가 결론짓듯이, 우리의 문화와 자연이 본질적으로 바로크적이라면, 이를 표현하는 양식도 바로크적이어야 한다(Márquez

---

8) 사르두이가 라틴아메리카 정체성의 특징으로 바로 가면들을 부각시킨다는 점을 지적해 두어야겠다.

9) 카르펜티에르는 풍토주의적 문인들의 작품들을 인위적인 것으로 간주한다. 그들의 아메리카 현실에 대한 경험은 참경험이 아니라고 말한다. 이는 『우리 아메리카』(1889)에서 마르티가 행한 '인위적인 문사(文士, letrado)/자연의 문사' 구분을 상기시킨다.

Rodríguez 1990, 99). 카르펜티에르가 표명한 미학 기획은 지시대상에 올바른 언어 혹은 꼭 맞는 언어를 통해 아메리카에 보편적 실재를 부여함으로써 아메리카를 이해할 수 있게 만들고자 한다. 당연히 누구에게 이해 가능하고, 무엇이 보편적인 것인지 물어볼 필요가 있다. 그렇다면 바로크는 아메리카적인 것을 알고 포착하는 방식일 뿐만 아니라 이를 이해 가능하게 만들고 다른 것들과 유사하게 하는 방법이기도 하다.10) 작가는 아메리카 현실에 맞고 또 맞추어진 언어의 발견에 고심할 뿐만 아니라 아담처럼 사물을 명명하는 이 과정 속에서 자신의 담론 효과에도 관심을 기울인다. 그래서 카르펜티에르는, "대상을 내게 보여주시오. 당신의 언어를 통해 내가 대상을 만져보고, 평가하고, 저울질할 수 있게 해주시오"라고 말한 프랑스 시인 레옹-폴 파르그(Leon-Paul Fargue)를 환기시킨다(Carpentier 1966, 31). 이 효과를 얻기 위해 언어는 바로크 미학의 긴장에 처해진다. 어떤 형용사들은 강렬해지고, 비유는 극대화되는 등의 미학적 긴장이 발생하는 것이다. 이 대목에서 또다시 앙헬 라마의 성찰이 요구된다. 그는 카르펜티에르의 바로크 공정을, 서술에 잠재된 설명적 메타언어의 형식하에 은폐된 어휘들로 창작을 하려는 새로운 시도로 정의한다. 즉 문사는 계속 자신이 배제되었다는 의식을 지니고 메트로폴리스 독자를 바라보면서 글을 쓴다(Rama 1984, 51-52). 물론 이 말이 카르펜티에르 작품의 문화적 · 사회적 복권 시도를 평가절하 하는 것은 아니다. 사실, "아메리카 작가는 죄수이다. […] 우리는 우리의 언어이지만 여전히 외국어 같은 언어로 묘사된다"라고 말하는(Marinello 1937, 97) 후안 마리네요의 갈등과 같은 것이다.

10) 식민지 페루의 에스피노사 메드라노(Espinoza Medrano, 1629~1688) 같은 바로크 문인이 제국의 주변부에 위치한 주체의 지적 능력을 과시한 『돈 루이스 데 공고라 옹호』(Apologético en favor de don Luis de Góngora, 1662)를 썼을 때 유사한 목적을 추구하지 않았던가?

카르펜티에르는 「서사시적 차원에 대해서」(De la dimensión de la épica)라는 글에서는 현대 라틴아메리카 소설의 또 다른 필연성인 사회적 갈등의 표현에 대해 논한다. 사회적 갈등을 표현하는 일은 카르펜티에르 시학의 존재론적 기능은 물론 사회적 기능까지 밝혀준다. 카르펜티에르는 이 글에서 라틴아메리카 사회의 인종과 계급 갈등을 언급한다. 카르펜티에르의 서사시적 차원은 『지상의 왕국』과 『계몽의 세기』 같은 작품들에서 볼 수 있다. 사회적 갈등들은 카르펜티에르의 바로크 시학의 평가에, 그리고 존재론적·사회적 기획들과 이 시학의 관계에 중요한 증거가 된다. 카르펜티에르의 작품들은 "제국주의와 식민주의에 구속된 세계 민중들의 투쟁 경험과 문화 정체성 모색에 수반된 창조적·이론적 노력의 일환"이라는 린콘의 말이(Rincón 1975, 123) 헛말이 아니다. 바로크에 대한 카르펜티에르의 발상은 이러한 필요성들을 둘러싸고 개진되고 있다.

III.

바로크에 대한 레사마 리마의 생각은 시, 역사, 종교에 대한 독특한 평가와 긴밀하게 관련되어 있다. 시, 역사, 종교는 레사마 리마가 『아메리카의 표현』(La expresión americana, 1958)에서 처음으로 체계적으로 개진한 소신을 구성하는 요소들이다. 1957년 아바나에서 행한 일련의 강연의 산물인 이 에세이는 레사마 리마의 역사를 해석(혹은 상상)하는 방식, 라틴아메리카 바로크를 이해하는 방식, 이와 관련된 언어의 역할 파악에 특별한 의미가 있다. 레사마 리마는 서로 다른 문화들이 시간과 공간을 넘어 공통적인 요소들을 지니고 있다는 확신에서 출발한다. 이 원형적(原型的) 요소

들은 은유적 주체(시인)가 유사한 일들을 엮어 새로운 생명을 불어넣을 때
비로소 '상상의 시대'(era imaginaria)를 구성한다. 시인은 이처럼 세계에 새
로운 질서를 수립하고, 역사적 시야, 즉 "역사에 참여하는 이미지가 자아
내는 대위법 혹은 직물"을(Lezama Lima 1993, 7) 제공하는 '증여자'이다.[11] 이
런 의미에서 곤살레스 에체바리아는 "이미지는 단순히 현실의 반영이 아
니다. 문화적 창조물들에 의거하여 일단 이미지가 형성되고 나면 그것은
현실에 영향을 끼친다"라고 말한다(González Echevarría 1990, 215). 역사의 구
성에 있어 시적 이미지의 중요성을 높이 평가하기 위한 레사마 리마의
"상상의 시대"에 대한 더 상세한 논의는 필요 없을 것 같다. 이상의 언급
에서 짐작할 수 있듯이 바로크에 대한 레사마 리마의 분석은 형이상학적
분위기를 물씬 풍긴다. 그가 말하는 시인, 즉 예지자(vate)로서의 시인은
문학이 영지적(靈智的) 도구가 될 수 있다는 낭만주의에 뿌리를 둔 믿음을
유지하고 있기 때문이다.

레사마 리마는 라틴아메리카의 바로크 시대를 17세기 말에서 18세기까
지로 본다. 그러나 레오폴도 루고네스,[12] 알폰소 레예스, 호세 레사마 리
마(그가 자신을 스스로 포함시키는 것은 아니지만)까지 이르는 "바로크의 오랜 동
화(同化) 물결"도 언급한다(Lezama Lima 1993, 43). 우리가 조우하고 있는 것
은 역사와 영겁을 오가는, 또 시대 개념과 양식 개념을 오가는 바로크에
대한 정의이다. 레사마 리마가 "외견상 완전히 다른 두 형식의 비동일성,
역사적 인과율의 산물인 새로운 예술 개념의 창조성"이라고 말하듯이(18),
옛 형식이 다시 등장하면 늘 새로운 형식으로 귀결되기 마련이다. 레사마
리마는 "우리 땅의 진정한 최초 정착민인 아메리카 바로크 씨(señor barroco)

---

11) '증여자'(Dador)는 레사마 리마의 1960년 시집 제목이기도 하다.
12) 레오폴도 루고네스(Leopoldo Lugones, 1874~1938). 아르헨티나 모데르니스모를 대
　　표하는 시인. -옮긴이

는 정복의 혼란과 식민자의 경관 구획이 끝난 뒤에 출현한다"라고 말한다 (34). '아메리카 바로크 씨'라는 인물을 통해 바로크가 라틴아메리카 정체성에 참여하고 있다고 주장한 것이다. "소속감의 꿈을 통해 구축되는"(35) 이 크리오요 인물을 내세울 때 바로크는 우리 문화의 토대를 이루는 특징들을 획득한다. 레사마 리마는 이로부터 에스파냐 제국만을 대변하던 주체와는 다른 새로운 주체의 탄생을 논한다. "그 흐름에서 출현한 최초의 아메리카인이 우리의 바로크 씨이다"라고 말하면서 말이다. 레사마 리마에 따르면 원주민 콘도리와 알레이자디뉴라는 두 인물이 이 차별화 의지의 화신이다.13) 콘도리는 유럽적 코드들을 전유하여 원주민 인종과 문화의 고유한 요소들을 표현한 잉카인들의 반란을 대변한다.

아메리카 바로크 씨의 위업으로 원주민 콘도리라고 불리는 케추아인 콘도리의 위업이 있다. 오늘날에도 비길 데 없을 위업이었다. 예수회 성당의 석조물에, 바로크 문양들의 현란한 흐름에, 바로크가 타격을 주어왔던 위대한 전통에 원주민 콘도리는 태양과 달, 추상적 문양, 잉카의 인어, 광업 착취에 대한 비탄이 서린 원주민들의 얼굴을 연상시키는 위대한 천사 등 원주민의 상징을 새겨 넣었다.(54)

---

13) 콘도리(Kondori)는 세계적인 은광이 있던 볼리비아 포토시의 산 로렌소 성당이 1728년에 개보수될 때 파사드를 만든 인물로 회자되는 케추아인(quechua) 원주민이다. 이 파사드는 라틴아메리카 식민지시대의 대표적인 바로크 예술품으로 꼽히며, 인용문에서 말하는 대로 잉카의 상징들이 바로크 양식과 어우러져 있다. 그러나 이 파사드는 한 개인의 작업이 아니라 원주민 장인들의 집단적 창작물로 보아야 할 것이다. 원주민 콘도리도 가상의 인물일 가능성이 높다. 알레이자디뉴(Aleijandinho, 1730?~1814)는 브라질 식민지시대의 물라토 조각가이자 건축가이다. 본명은 안토니우 프란시스쿠 리스보아(Antônio Francisco Lisboa)이며 세계문화유산인 오루프레투(Ouro Preto) 도시역사지구의 수많은 바로크 양식 성당에 뛰어난 작품들을 남겼다. ―옮긴이

두 번째 인물 알레이자디뉴는 히스패닉적인 것과 아프리카 문화의 수렴을 대변한다. 그는 주변부로부터 도시를 건설한 이로, 밤에 남몰래 조각을 했다. 레사마 리마는 원주민 콘도리와 알레이자디뉴 두 조각가가 바로크 형식을 풍요롭게 했으며 18세기의 반란을 예비했다고 단언한다. 훗날 마르티가 착수한 위업이기도 하다. 레사마 리마에게 표현 코드들의 지배(언어의 지배)에 대한 논의는 필수적이다. 그가 시에 부여하는 힘들은 심지어 형이상학적 의미에서의 자유의 경험과도 관계가 있다. 그래서 이 쿠바 시인은 "하나의 형식 혹은 자기 세계를 획득하는 것은 절대자유에 이르는 일이다"라고 말한다(54). 이 자유는 개별적인 의식이나 차이의 의식에서, 또 자신의 것을 표현하기 위한 코드들의 흡수 가능성에서 출현한다. 마르티를 상기시키는 한 대목에서 레사마 리마는 "그의[원주민 콘도리] 상징들의 영웅적 성격과 공존 덕분에 이제 우리는 어떠한 양식에도 열등감이나 실수 없이 다가갈 수 있다. 우리의 숙명이 낳은 상징들을, 우리의 영혼이 사물들을 흠뻑 적신 글을 끼워 넣기만 하면 그뿐이다"라고 말한다(54).[14] 이는 바로크가 [에스파냐의 아메리카 정복에 맞서는] '재정복(reconquista)의 예술'이라는 레사마 리마의 생각과 결부되어 있다.

> 바이스바흐(Weisbach)의 말을 아메리카에 적용하자면 우리에게 바로크는 대항 정복(contraconquista)의 예술이었다. 바로크는 도시의 승리이다. 또한, 기꺼이 그리고 통상적인 삶과 죽음의 생활방식대로 도시에 정착한 아메리카인의 승리이다.(34)

---

14) "우리의 영혼이 사물들을 흠뻑 적신 글"이라는 구절을 중요하게 부각시킬 필요가 있다. 이는 은유적 주체를 가리키며, 이 주체는 자연과 대화하며 의미나 경관을 창조한다.

결론적으로 레사마 리마의 아메리카 바로크는 정복자들의 언어 전유하기와 풍요롭게 하기, 그리고 "자기만의 양식을 요구하는"(50) 충일한 자연의 표현과 연계된다. 그러나 여기에는 은유적 의지로 경관을 '구축하는' 주체가 참여한다. 레사마 리마의 바로크 시학의 언어적 개념은 행위적(performativo)15) 혹은 생식적(genésico) 특징들을 지니고 있지 단순히 지시적(referencial)이지는 않은 것이다. 이 점에서 카르펜티에르의 시학과 근본적인 차이가 있다. 카르펜티에르가 '도구적' 관점에서 언어에 접근하는 반면(카르펜티에르에게 바로크 양식은 바로크적 현실을 표현하기 위해 사용된다), 레사마 리마는 이미지를 통해 아메리카라는 공간을 창건하고자 하는 형이상학적 태도로 시를 추구한다.

IV.

사르두이는 이 글에서 다루는 이들 중에서 가장 젊은 작가이다. 그의 독서 방식과 바로크 이론은 구조주의 및 포스트구조주의 이론을 자양분으로 하고 있다. 야콥슨, 라캉, 크리스테바, 바르트가 사르두이의 에세이들에 집결해 있다. 바로크 개념에 대한 사르두이의 접근은 대체로 바로크 기호학을 정립하려는 시도이다. 그래서 그는 바로크 미학의 긴장에 기입된 언어적 기호에서 유발되는 관계들의 정의에 집중한다. 카르펜티에르와 달리, 사르두이는 바로크가 17세기의 산물이라고 간주한다. 하지만 이와

---

15) "행위적"이라는 말은 언어학에서 사용하는 개념 그대로이다. 언어학에서는 가령 "그대들을 남편과 아내로 선언합니다"처럼 이미 정해진 변화를 실현시키는 표현들을 '행위적'이라고 한다.

동시에 바로크적 실천이 오늘날까지 이어지고 있다는 점을 지적한다. 그의 바로크적 개념은 역사와 영겁 사이를 오간다. 사르두이는 이런 생각을 뒷받침하기 위해 바로크적 표현의 특수성들을 분석한다. 이리하여 '굵고 이지러진 진주'라는 바로크의 의미 중 하나를 끄집어내어, 특정 바로크의 특징으로 여겨지고 위반적 형식으로서 바로크의 현대적 표현을 설명하는 "교착(aglutinación), 기표들의 그 통제할 수 없는 증식"이라는 생각과 접속시킨다. 즉 바로크적 표현 코드의 분석은 사르두이에게 바로크의 재활성화를 설명하게 해준다.

> 오늘날 바로크적 존재는 부를 인색하게 운용하는 부르주아 경제의 위협, 심판, 패러디를 의미한다. [...] 길들여진 언어 사용법처럼 언어를 정보 전달을 위해 사용하지 않고 오직 쾌락을 위해 탕진하고, 허비하고, 낭비하는 것은 모든 소비·축적 이념이 의거하고 있는 양식(良識), 도덕주의적 감각, 그리고 마치 갈릴레오의 원(圓)운동처럼 "자연적"인 감각에 대한 테러이다. 바로크는 사물의 정상적 질서로 여겨지는 것을 전복시킨다. 이상주의적 전통이 가장 완벽하다고 상정하는 원의 형태를 타원형이 파괴하고 변형시키듯이 말이다.(Sarduy 1974, 99-100)

이리하여 바로크는 17세기의 인식적 단절에서 탄생한 탈중심적 시각에 비견된다.16) 사르두이는 이런 생각들로부터 '혁명의 바로크'라는 개념을

---

16) 사르두이는 이 단절을 이렇게 묘사한다. "[이 단절은 사고(思考)에 진정한 흠집을 내는 파열, 즉 인식적 절단(한 이념에서 다른 이념으로의 이행)이며, 동시적이고 분명하게 표명된다. 교회는 중심축을 복잡하게 하거나 파편화시킨다. 또 건물 내부를 개방하고, 여러 가지 통행 방법이 가능하다는 것을 암시하고, 스스로를 미로처럼 포장하면서 미리 정해져 있던 동선을 포기한다. 도시는 탈중심화되고 바둑판 구조를 상실한다. 문학은 명시적 층위(nivel denotativo)와 직선적 언명을 포기한다. 행성의 운행과 관련해서는 케플러와 함께 유일한 중심이 사라진다. 그때까지 행성의 궤도가 원형이라

주조한다. 언어 기호들의 관습적 관계를 전복시키는 담론이고, 탈중심화된 주체 담론이다.

> 바로크는 그 한쪽으로 기울고자 하는 행위, 추락, (이따금 거슬리고
> 두서없고 혼란한) 과시적인 언어를 통해 은유하고 있다. 아스라함과
> 권위로 바로크와 우리를 구조화시킨 로고스 중심적 실체에 대한 반발
> 을. 모든 기득권을 거부하는 바로크, 논란거리가 된 질서와 심판된 신
> 과 위반된 법률을 은유하는 바로크, 혁명의 바로크이다.(Sarduy 1974,
> 184)

이런 논지들을 더 잘 이해하기 위해서는 언어 기호들의 탈구와 절합으로서의 바로크적 담론 분석을 할 필요가 있다. 도르스에게는 바로크가 원시자연으로의 회귀인 반면, 사르두이는 이에 반해 바로크가 인공물, 아이러니, 냉소에 대한 찬미라고 단언한다. 이런 의미에서 바로크는 인위화 과정이고, 촘스키가 말하는 메타언어이고, 은유의 은유, 가면 쓰기, "이미 정제된 언어 층위의 제곱"이다(184).

사르두이는 인위화 과정 특유의 세 가지 메커니즘을 논한다. 그중 두 가지가 우리 관심사와 관계가 있다. 첫째는 대체이다. 특정 기의에 해당하는 기표가 원래 의미와 멀어지는 다른 기표로 대체되는 것을 말한다. 고전주의와 바로크 간의 그 유명한 대립은 이 기호의 대체라는 개념으로 설명될 수 있다. 바로크의 전통적 메커니즘들은 기의와 기표 사이의 거리를

고 추측했지만, 케플러는 타원형 궤적이라고 주장하였다. 윌리엄 하비(William Harvey)는 혈액순환설을 주창한다. 마침내 신은 이제 더 이상 중심적이고 유일하고 외부적인 증거가 아니다. 코기토들의 무한한 확신, 분산, 분쇄만이 있을 뿐이다." (Sarduy 1972, 167-168, 필자 강조)

유지하고, 때로는 넓히기도 한다. 반면 고전적 예술은 기표와 기의의 긴밀한 결합을 추구한다. 두 번째 메커니즘은 증식이다. 증식이란 기표의 망(cadena de significantes)을 통해 특정 기표를 지워버리는 것을 말한다. 이때 기표의 망은 부재하는 기표를 둘러싸고 환유적으로 전개된다. 사르두이에 따르면 이 메커니즘은 혼혈화 때문에 아메리카에서 선호된다. 라틴아메리카 고유 언어의 확정에 제설혼합적 과정들의 중요성을 인정한다는 점에서 사르두이는 카르펜티에르와 레사마 리마와 부분적으로 일치한다.

> 아메리카에 바로크가 이식되고 다른 언어학적 재료들을 받아들일 때, [⋯] 다른 문화적 지층들의 문화접변이 야기한 곧잘 두서없는 요소들을 배치할 때, 이 메커니즘의 작동이 [⋯] 더욱 뚜렷해졌다. 이 메커니즘은 특히 열거, 헛소리, 다양한 의미화 마디들의 축적, 이질적 개체들의 병렬, 상이한 것들의 목록, 콜라주 형식에서 항구적으로 작동한다.(170)

사르두이가 자신의 바로크 기호학에서 묘사한 다른 요소들은 상호텍스트성(intertextualidad)과 내부텍스트성(intratextualidad)이다. 내부텍스트성은 글쓰기에 암호화되거나 억압되어 잠복해 있는 텍스트들과 관계있다. 여기서 우리는 권력의 주변에 위치한 주체들(반체제 인사들?)의 목소리가 잠복해 있는 바로크적 담론의 침묵을 파고들 수 있는 흥미로운 요소를 하나 발견하게 된다.

> [⋯] 모든 바로크 문학은 특정 의미소들을(가령 공고라에서 볼 수 있는 예의 불길한 동물들의 이름) 글쓰기 공간에서 금지 혹은 배제하는 문학으로 읽을 수 있다. [⋯] 은폐와 생략, 아니 침묵하는 의미화 핵들

의 이용이 (구어 표현의 대척점에 있는) 바로크적 글쓰기의 근간일 것이다.(180)

지금까지 사르두이가 생각하는 바로크의 형식적 측면들을 다루었다. 내용적 측면에 있어서 사르두이는 바로크와 패러디 간의 관계를 정립한다. 패러디는 두말할 나위 없이 가장 흥미로운 것 중 하나이다. 카니발화와 위반으로서의 바로크 개념을 겨냥하고 있기 때문이다. 사르두이는 "라틴아메리카 바로크 작품은 예전 작품의 위장(僞裝)이어야, 또 투명무늬로 예전 작품을 읽어낼 수 있는 흡족함을 주어야 중요한 장르에 속하게 될 것이다"라고 말한다(175). 그는 뒤이어 지적한다. "투명무늬 독해가 가능해야, 즉 텍스트에 […] 다른 텍스트를 숨기고 있어야 […] 요즘 라틴아메리카 바로크가 1929년 러시아 형식주의자 바흐친이 정의하는 패러디 개념에 참여하는 것이다."(175) 이 현상은 무엇을 겨냥하는 것일까? 사르두이는 유럽의 문화 코드인 에스파냐어가 식민지시대 이전 지식의 코드인 아메리카의 언어들과 부딪힐 때 다른 조직, 다른 담론들에서 배가되고 투영된다고 설명한다. 식민지시대에 메트로폴리스의 코드들을 차별적으로 채택함으로써 주변부로부터의 표현 가능성이 열렸다면, 현대에는 동일한 메커니즘이 주체의 표현에서 작동한다. 신에 대한 문제 제기는 이미 오래전에 끝내고 자기 자신과 언어에 대한 문제 제기로 나아간 주체 말이다. "그러나 최초 바로크의 잉여물을 수집하는 것이 아니라, (문학에서는 레사마 리마의 작품과 함께 일어났듯이) 네오바로크의 규칙과 전제들을 절합시킨다. 네오바로크는 과거 형식들의 교육적 증거, 가독성, 정보적 효율성을 통합할 것이고, 특유의 패러디를 통해, 즉 우리 시대 특유의 그 유머와 비타협성을 통해 과거 형식들을 가로지르고 조명하고 허물어뜨리려고 노력할 것이다."(101) 이 점에서 사르두이가 꼽는, 바로크와 네오바로크 사이의 근본적인 차이가 생겨난다. 바로크는 네오바로크 특유의 위기와 깊은 단절을 경험하지 못한다.

> 유럽 바로크와 라틴아메리카 식민지시대의 초기 바로크는 동적이고 탈중심적인 우주 [⋯] 그러나 아직은 조화로운 우주의 이미지들을 연상시킨다. [⋯] 현재의 바로크, 즉 네오바로크는 구조적으로 부조화, 동질성과 절대적 로고스의 파괴, 우리의 인식적 토대를 구성하는 결핍을 투영한다. [⋯] 이제 단지 허공을 응시하는 것이 아니다. 우리가 보았듯이 부분적인 대상(objeto parcial)이 잃어버린 대상이 되었기 때문이다. [⋯] 네오바로크는 더 이상 '평온하게' 완결될 수 없다는 것을 아는 지식(saber)의 투영, 필연적으로 분쇄된 지식의 투영이다. 찬탈(destrona-miento)의 예술이요 논란(discusión)의 예술인 것이다.(183)

이 시학을 쿠바의 국가 기획과 명시적으로 연결시키기 불가능하다는 것은 명백하다. 그렇지만 이 시학에서 패러디와 전복을 통해 차별화된 정체성의 표현 공간을 창출할 필요성은 발견할 수 있다. 쿠바적인 것은 사르두이가 위치해 있는 급진적인 근대성으로부터 어떻게 지각되는가? 그의 위치에서 쿠바성을 언급할 수나 있는 것일까? 비록 사르두이의 소설과 시학이 계속 쿠바를 다루지만(직접 언급하면서 혹은 인도의 경관들로부터 쿠바를 떠올리면서), 통상적인 방식으로는 아니다. 사르두이가 이 문제를 대단히 아이러니하게 언급하는 아래 문단을 인용하련다.

> 무엇이 금세기 쿠바 문학의 특징일까? 호세 레사마 리마의 작품, 특히 『파라다이스』이다. 민족적인 것은 결코 대놓고 이야기되지 않는다.

소외된 담론의 일종의 왜곡된 상을 통해 접근될 뿐이다. 쿠바에 대해 이야기하기 위해 레사마 리마는 무엇을 하는가? 쿠바의 농촌 사람(güajiro)에 대해 말하기 위해 레사마 리마는 그리스에 대해, 이집트에 대해, 자신이 한 번도 보지 못한 노트르담 대성당의 남쪽 장미창에 대해, 명 왕조의 중국인 황제들에 대해 말한다. 쿠바의 인물형에 대한 이야기만 빼고 모든 것에 대해 말하는 것이다. [⋯] 쿠바인에 대한 담론은 결코 직접적으로 다루어지지 않고 은유적으로 이루어진다. 그래서 『코브라』, 『마이트레야』, 『가수들은 어디에서 왔을까』, 『제스처』 등 내가 지금까지 할 수 있었던 약간의 일은 쿠바적인 것에 대한 하나의 은유이다. 비록 나는 내 스승들보다 한발 더 나아가 인도까지 이르렀지만. [⋯] 나의 은유적 담론은 극동까지 이르렀다. 그러나 내가 믿는 해답은 이렇다. 은유가 쿠바의 민족어이다.(재인용, Fornet 1995a, 27)

사르두이는 이보다 더 나아간다. 그의 쿠바성 문제 탐구는 텅 비워진 대상, 백지장으로 귀결된다. "내 문학은 환각을 보게 해주어야 한다. 그래서 내 책들에서는 거짓 연극, 복장 도착(倒錯), 화장(化粧), 문신, 영화, 텅 빈 이미지, 시뮬라크르, 룸바 무용수, 반짝이 옷이나 장식에 대한 열광이 담겨 있다. 내 문학의 역할은 본질적인 공허를 보이게 하는 것이다."(28)

V.

만일 페르난도 아인사가 『유토피아를 찾는 사람들』(Los buscadores de la Utopía, 1977)과 『소설 속에서 이베로아메리카의 문화 정체성』(Identidad cultural de Iberoamérica en su narrativa, 1986)에서 규정하는 것처럼 라틴아메리

카 소설의 역사가 부단한 문화 정체성 모색의 역사라면, 소설 시학들도
그 필요성에 의거해 정립되었을 것이다. 바로크 미학도 예외는 아니리라.
바로크 미학의 원동력을 정확하게 파악하기는 힘들다. 마라발이 지적하는
것처럼 선전 예술로서의 가치 때문에 17세기의 절대주의적 왕정이 바로
크 미학을 채택했을지도 모른다. (에스파냐가 더 이상 예전처럼 제국이 아
니게 되었을 때) 새로운 지배에 대항하는 반식민주의적 미학(쿠바에 에스파
냐 제국의 영향력이 지속되면서 생겨난 것이기는 하지만)을17) 활용할 가능성 때문
이었을 수도 있다. 마지막으로 라틴아메리카 문화의 경우처럼 예외적인
혼종의 현실들에 접근하는 것을 용이하게 해주는 바로크 담론의 양가적
혹은 이질적 속성을 꼽을 수 있다. 이 마지막 측면은 '바로크'를 다른 개념
과 관련시킨다. 특정 이념적 기획들에서 바로크를 이해하려는 문화횡단
개념이다. 모라냐는 문화횡단 분석에서 이렇게 단언한다.

> 혼종, 제설혼합주의, 이질성, 타자성, 혼혈, 네오바로크, 그밖에도 동
> 일한 이론의 장에 기입된 다른 수많은 개념과 마찬가지로 문화횡단
> 개념은 신식민적 조건 때문에 역사적 비극들을 겪고 특수한 사회-문화
> 적 자국들이 남은 한 대륙의 전 지구적 맥락을 인식하고자 하는 학제
> 적 열망에 의거해 있다.

이 글 서두의 제사(題詞)는 쿠바 독립을 위한 투쟁의 와중에서, 나아가
라틴아메리카 정체성 형성을 위한 투쟁의 와중에서 탄생한 것이다. 마르
티의 말에는 두 가지 고민이 합류하고 있다. 하나는 해방을 위한 수단으
로 아메리카를 알아야 할 필요성이다. 또 다른 고민도 이와 밀접한 관계

---

17) 이 글의 주석 5)를 참조하라.

가 있다. "우월한 지성"의 "인위적" 인간과는 달리 민중을 구성하는 "자연인"과 근접한 지식인이 존재해야 한다는 고민이다. 필자의 이 글도 "아메리카 현실"에 대한 지식과 이 과정에서 지식인의 역할이 아메리카의 바로크에 대한 논의, 그리고 네오바로크라고 불리는 것과의 재절합에 대한 논의에서 두 주요 측면임을 논했다. 서로 상이한 점을 지닌 '쿠바의 네오바로크 3인방' 작가들 사이의 공통점이 있다면 언어에 대한 관심을 지적할 수 있다. 효과적이든 아니든 간에 아메리카적인 것, 특히 쿠바 정체성을 발견하고(카르펜티에르), 창건하고(레사마 리마) 혹은 발명하는(사르두이) 언어 말이다. 이런 의미에서 쿠바의 네오바로크의 여정은 정체성의 여정이라고 할 수 있다.

[우석균 옮김]

4부

혁명과 문학

Cuba, who lived the history

증언소설: 사회문학

미겔 바르넷

정의하고, 결론을 맺고, 제한하는 말은 속임수이다. 사고를 위축시키고 중단시키며 파괴한다. 소설의 정의보다 더 거짓되고 억압적이며 문제가 많은 경우도 없다.

소설은 말하자면 양날의 칼이다. 유명한 사전의 설명도 제각각이다. 소설이라는 오래된 용어는 다른 용어나 명칭과 마찬가지로 서양 예술 전부를, 문학은 물론이고 심지어는 종합예술인 영화까지도 좁은 틀 안에 가둬버리는 말이다.

더욱이 소설이라는 이 말은 다양한 차원의 상상력을 뒤섞어버리거나 분리할 때 사용하는데, 예술가나 학자 또한 이 말을 사용할 때는 자신의 독창적인 사고나 이미지와 같은 풍부한 정신세계를 분류하지 않을 수 없다. 환상적이거나 사실적인 사건을 서술하는 모든 문학 장르를 소설이라는 단일한 범주로 묶는 일은 피상적인 분류일 뿐만 아니라 잘못된 분류이기도 하다. 이른바 소설이란 이야기를 서술하는 방법 가운데 하나이며, 여러 가지 이야기 가운데 하나일 뿐이다. 이런 이야기에는 고대 그리오의[1] 이야기, 무당의 이야기, 제사장의 이야기, 음유시인의 이야기도 있다.

어쩌면 이 사람들도 형식—산문이든 시든—에 구애받지 않고 소설을 쓰고 있지 않았을까? 중세 십자군도 자신이 겪은 여러 가지 사건을 기술할 때 소설을 쓰고 있지 않았을까? 그리스 시인들 또한 일관된 세계의 이미지를 창조하려는 열망으로 여러 신의 특성과 업적을 이야기할 때, 소설을 쓰고 있지 않았을까? 이러한 독특한 이야기 형식은 역동적인 기능, 사회적인 기능을 갖고 있었다. 충실하게 기술된 실제 사건과 번뜩이는 상상력이 분리되지 않고 적절하게 어울려 유기적인 전체를 이루었다. 이성과 신화가 뒤섞여 있어서 구별한다는 게 불가능했다. 이런 것이 예술이었다 (사실과 환상, 종교와 정치가 통합된 예술이었으며, 예술은 삶을 모방하고 삶은 예술을 모방하며 서로 보완하는 관계였다). 이러한 이야기 속에 존재한다는 의식, 세상에 있다는 의식이 있었다. 그리고 이야기 가운데 포함된 허구적인 요소는 신빙성이 있어야 했다. 그렇지 않으면 극적 효과가 떨어졌다. 그런데 오늘날에는 정반대이다. 이른바 소설은 갖가지 구성 법칙에도 불구하고 우리에게 유용하지도 않고 설득력도 없다. 왜 그런가? 본말이 전도되어 그렇다. 어법에 어긋나는 경박한 언어에 물든 서양인들은 여기서 그치지 않고, 인간의 사고와 언어를 분리해버렸다.

이러한 언어와 사고의 분리는 수많은 실험 소설에서 높은 평가를 받고 있는데, 실험 연극에서도 찾아볼 수 있다. 그러나 최근 연극은 훨씬 유기적이고 표현적인 방향을 추구한다. 팬터마임이나 행위극을 통해서 눈으로 호흡하고, 머리로 노래를 하는 방향으로 나아가고 있다. 미학적인 표현보다는 총체적인 표현을 추구한다. 기계의 부속품이 제 기능을 발휘하는 것이다. 소설은, 이야기가 더 적합한 표현이지만, 이러한 경향을 추구하지

---

1) 그리오(griot). 서아프리카의 구술역사가 겸 음유시인. 구술전통의 보고(寶庫)로 여겨진다. -옮긴이

않는다. 그래서 위기를 맞은 것이다(이 문제는 나중에 증언소설[novela-testimonio]의 언어를 언급할 때 자세히 다루겠다).

I. 소설의 죽음?

공상과학소설이 일상적인 현실이 되었다는 사실은 아무도 부인하지 못할 것이다. 다른 소설, 이를테면 무의식 차원의 실험이나 우화적인 상상이나 지상의 모험이나 현실세계의 즐거움을 다룬 소설은 인공수정을 통해서 생명체를 탄생시키는 과학기술의 발전 앞에서 점점 효력을 상실하고 있다. 지금은 일상적인 물건도 환상을 불러일으키는 세상이다. 전자제품만 보아도 연금술사의 방에 들어간 것만큼 놀랍다. 또 오렌지나 자몽은 스피커에서 흘러나오는 음악을 들으면 무럭무럭 자란다고 알고 있다. 이런 일이 좀 보러 가는 일보다 훨씬 더 흥미롭다. 고도산업국가의 백화점은 진정한 상상력의 실험실이다. 백화점에 들어가서 각양각색의 은박풍선 사이를 돌아다니는 일도 신기하고 재미있는 경험이다.

그 어떤 문학도 이런 세상을 만들어 낼 수 없다. 오로지 사물이 생각을 지배하는 문학, 팔은 손목시계를 차라고 있는 것만은 아니고, 다리는 나일론 스타킹을 신으라고 있는 것만이 아니며, 사고는 자동차 소유만을 생각하지 않는 문학만이 이런 세상을 만들어낼 수 있다. 윌리엄 포크너는 한심하다는 투로 이렇게 말했다. "미국인은 자동차밖에 사랑하지 않는다. 아내도, 자식도, 국가도, 은행계좌도 모두 뒷전이다. 자동차는 우리나라의 국가적인 섹스 상징이기 때문이다." 이런 사회의 문학, 다시 말해서 인간을 소비하는 사회, 섹스가 사치품이 되지 않도록 경매에 붙이고 화석화되지 않도록 자극할 필요가 있는 사회에서 문학은 이 세상 그 어떤 지역의 인간도 진정으로 표현할 수 없다. 왜냐하면 인간은 이 모두를 훨씬 뛰어넘는 존재이기 때문이다. 즉, 의식이 있기 때문이다.

이런 문학은 그 사회처럼 출구가 없다. 이런 사회의 소설은 잘못된 소설이다. 사고가 미미한 역할을 담당하는 소설, 인간의 원초적인 감각만 드러내는 소설은 파괴적인 섬광이나 마찬가지다. 이 때문에 유럽에서 시도하는 새로운 소설도 실험실의 분석에 불과하다. 이런 소설에서 인간은 본질을 상실한 존재처럼 보인다. 역사 속에서 전개된 기나긴 투쟁의 흔적조차 망실하고 오로지 합리적이라는 낡고 녹슨 도구만 가진 존재처럼 보인다.

엔첸스베르거가[2] 지적하고 있듯이, 이런 문학은 처음부터 귀족적인 성격, 엘리트적인 성격을 지니고 있다. 이 때문에 병목현상에 시달리는 것이다. 진정으로 자발적이고 초월적인 성격을 지닌 작품 창작은 불가능한 일이다. 물론 서구권 밖의 민족과 문화에도 엘리트 문학, 계층 문학이 있다. 그러나 이 문학은 혁신적이고 역동적인 정신으로 가득 차 있고, 항구적인 가치를 지니고 있다. 이를테면 일본의 몇몇 문학 작품, 요루바족의 신비한 문학, 의례용 시, 기도, 이집트의 파피루스가 그렇다. 이러한 문학은 오랜 전통을 지니고 있으며, 동질적인 세계를 구현하고 있다.

우리가 알고 있는 고급 문학, 고급 소설이란 예리한 사고가 번뜩이고 반성과 분석이 중요한 위치를 점하며 형식이 내용과 참신성을 좌우하는 작품이다. 그러나 이는 내용만이 중요하다고 여기는 것만큼이나 피상적인 생각이다. 예나 지금이나 부르주아 후원자들은 '다모클레스의 칼'처럼[3] 예

---

2) 한스 마그누스 엔첸스베르거(Hans Magnus Enzensberger, 1929~). 독일의 작가 겸 시인. -옮긴이
3) 다모클레스의 칼. 기원전 4세기 고대 그리스 디오니시우스 왕의 신하 다모클레스가 왕

술가와 작가를 억누르고 있다. 서구 작품은 대부분 편견으로 가득하며, 현실을 감추고 있다. 문학이 사기극인데도 작가들은 이를 인식하지 못하는 경우가 많다. 그저 기계에 나사 하나만 추가하면 시원스럽게 작동하리라고 믿는다. 기계는 나사 하나만 더 달고 돌아갈 뿐인데도 나사를 형식의 개혁으로 여기며, 기계 또한 예전의 기계가 아니라 새로운 나사를 장착한 기계로 받아들인다. 바로 여기에 심각한 문제가 있다. 기계보다 나사가 더 중요해졌으니, 속임수이고 사기다. 곧 이 나사로 특허를 내고, '새로운 소설'이라는 이름을 붙인다. 나사를 발명한 소수는 절대 진리와 객관성과 참신성을 내세운다. 나사는 전성기를 맞이하며, 나중에는 기계조차 필요 없게 된다. 바로 이 시점에서 그나마 남아 있던 생명력조차 잃게 된다. 구소설의 변형으로 태어난 '새로운 소설'은 얼마 지나지 않아 갑자기 사멸한다. 쓸모없는 것이 죽었을 때처럼 아무도 그 소설을 기억하지 않는다.

당연하지만, 그런 문학은 너무 고상해서 인간 사회의 갈등에는 전혀 개입하지 않는다. 고상한 데카르트식 대화에 빠져있는 소르본 대학교의 두 교수가 프랑스인의 문제를 해결해 줄 수는 없다. 그런 문학도 가끔은 도전적일 수 있으나 결코 유해하지 않은 문학이다. 유기적인 전체 밖에 있으며, 엘리트만의 문학으로 고유의 유통 구조에 안주한다. 물론 사회가 이러한 폐쇄성의 결정적인 요인이다. 서구에서는 오랫동안 중요한 사회운동이 없었다. 정치적인 요구의 폭발도 없었으니 문학은 무사태평한 상태를 반영해야 했다. 오늘날은 세상이 변했다. 이로써 최근 문학은 새롭고 활력 넘치는 격동 상태를 담아내고 있다.

좌를 부러워하자 왕이 다모클레스에게 왕좌에 앉아볼 것을 제안한 데서 유래한 표현. 다모클레스가 왕좌에서 위를 바라보자 천장에 매달린 칼이 자기의 머리를 겨냥하고 있었다. 영광스럽고 호화롭게 보이지만 언제 떨어질지 모르는 칼 밑에서 늘 긴장할 수밖에 없는 권력자의 모습을 보여주는 이야기로 인용된다. -옮긴이

여기서 피에르 기요타(Pierre Guyotat) 같은 작가는 꼭 언급하고 싶다. 기요타는 프랑스 소설 특유의 현란한 수사법을 구사하는 작가인데, 알제리 전쟁을 기록한 『5만 병사를 위한 무덤』을 출판했다. 인간적이고 감동적이고 정치적이고 에로틱하며 심리적인 작품이다. 하지만 기요타는 밀짚더미 속의 바늘과 같다. 이런 작품이 못마땅한 이유는 현실 의식을 철저하게 파헤치지 못하기 때문이다. 어떤 관례도 전복시키지 않는다. 전통적인 소설의 선적 기술을 깨뜨리고, 시나리오 같은 대사를 차용하고, 종교 의식 같은 정결함으로 주위 환경을 묘사하고, 때로는 수필처럼 보인다는 게 유일한 장점이다. 그러나 독자가 자신을 되돌아보고, 자신의 위치와 태도를 재고할 수 있는 작품은 아니다. 미셸 뷔토르의 말처럼, 이런 문학은

틀림없이 손쉽게 성공한다. 그러나 우리가 깊은 불쾌감을 느끼고 밤을 새워 토론할 수밖에 없는 문학이다. 게다가 이런 문학에서는 의식을 엄격하게 반영하면 할수록 그만큼 의식을 일깨우는 일이 어려워진다. 이렇게까지 의식을 질식시키는 작품은, 비록 좋은 의도로 쓰였다고 할지라도, 결국에는 독이 될 것이다.

II. 새로운 문학?

내 생각에는, 새로운 문학이 바로 서구 소설이 직면한 위기의 근본 원인이다. 이러한 소설의 위기와 함께 다른 흐름도 존재한다. 바로 건강하고 활기차며 혁신적인 경향을 보이는 북미와 라틴아메리카의 문학이다. 텔레비전과 같은 여러 기기와 기술만능주의에도 불구하고, 미국에서 포크너와

샐린저의 후예들은 고도의 긴장감을 통해서 작품과 독자를 연결시키고 있다. 마술적인 원천이 아직도 살아있는 개발도상국가에서는 『백년의 고독』(1967)을 쓴 가르시아 마르케스가 역량을 발휘하고 있다. 이는 본질적으로 아메리카가 새로운 기운으로 충만한 땅이기 때문이다. 현실을 표현하고자 애쓰는 땅이며, 사회적·문화적 성장을 위한 공간을 만들 필요가 있는 땅이기 때문이다. 유럽은 쇠진해버렸지만, 아메리카는 행동에 굶주려 있다. 아메리카는 유럽이 부여한 이미지를 벗어나기 위해 처절한 투쟁을 벌이고 있다. 그래서 아메리카의 문학, 라틴아메리카의 문학은 불굴의 의지를 타고났다. 천성적으로 투쟁하고 항거하며 파괴하는 문학이다. 이것만이 심오한 의지를 구현하는 유일한 방법이다. 이렇게 생각한 마르티는 휘트먼처럼 파괴하고, 새 장을 열고, 정의하려고 하였다. 『소박한 시』(1891)의 작가 마르티는 사력을 다하여 정의했다. 예를 들어, 사물에 이름을 부여하고, 이미지를 만들어내며, 이를 가르치는 일이 자기 임무라고 절감한 시인이었다. 마르티의 일기를 보면, 시를 통해서 역사가 없는 땅을 묘사하고 알리고자 얼마나 서둘렀는지 알 수 있다. 그에게 이보다 화급한 일은 없었다. 그의 임무는 아메리카를 형상화하고 최근의 풍경을 영원히 담아내는 일이었다. 그는 죽음이 임박해 있다는 사실을 알고 적확한 언어를 통해서 화급한 임무를 훌륭하게 수행했다. 우리 주변의 풍경을 알고 싶다면 마르티의 마지막 일기를 참조해야 한다. 책장을 넘길 때마다 "빛의 홍수처럼" 풍경이 쏟아질 것이다.

아메리카인, 즉 우리는 무엇보다도 먼저 우리 몸의 먼지부터 떨어내야만 한다. 우리의 목표, 관심, 의도는 물론이고 우리의 억지주장까지도 식민 지배자들이 이 대륙에서 노린 목적과는 정반대여야 한다. 사실 이 대륙은 식민 지배자들로서는 소화시킬 수 없는 만찬이었다. 이 때문에 식민지배자들은 그렇게 추구하고, 그렇게 많은 모순을 범했다. 한편에서는, 바로크라는 개념이 아직도 본질에 충실한 이미지를 갖지 못한 이 세계에서 유일하며 효과적이라고 주장한다. 다른 한편에서는 원초적인 작가들, 교육 수준이 높지 않은 작가들은 신화적인 문학, 구원의 문학을 주장한다. 이들의 언어는 마크 트웨인과 후안 룰포의[4] 구어체와 연금술 언어 같은 민중 속어 사이에서 부유하고 있는데, 이는 가짜 언어이다.

그렇지만 관습에 매몰된 사람들까지도 이베리아 반도의 모델과 급격한 단절을 추구하며, 유럽적인 편견과 관습에서 벗어나 주변 세계와 현실을 충실하게 묘사하고자 노력한다.

라틴아메리카의 에스파냐어권 문학은 상상력의 산물이다. 우리는 고유의 현실을 창조하고자 한다. 보고타 교외의 짙푸른 성벽 위로 쏟아지는 새벽 4시의 햇살, 산토도밍고 위로 어지럽게 쏟아지는 밤, 발파라이소 해변의 만조시각… 현실을 창조할 것인가, 아니면 재현할 것인가? 현실은 시인들의 상상 속에서 모습을 드러내고, 시인은 현실 속에서 이미지를 인식한다. 길모퉁이를 돌아서면 우리들의 꿈이 기다리고 있다. 뿌리 없는 세계성을 지향하던 라틴아메리카의 에스파냐어권 문학이 전통을 찾아 회귀하고 있다. 전통을 추구한다는 것은, 곧 전통을 창조하는 것이다. 그러나 창조나 발견과 같은 용어는 순수한 창작에는 어울리지 않는다. 그것은 구원의 의지이자 토대 문학(literatura de fundación)이다.(옥타비오 파스)

---

4) 후안 룰포(Juan Rulfo, 1917~1986). 멕시코 소설가, 시나리오 작가, 사진사. 멕시코혁명 이후의 시골을 배경으로 현실과 환상이 뒤섞인 작품을 집필했다. 작품으로 단편집 『불타는 평원』(El llano en llamas, 1953), 소설 『페드로 파라모』(Pedro Páramo, 1955)와 『황금수탉』(El gallo de oro, 1980)이 있다. ―옮긴이

그러나 파스가 말하는 토대 문학은 마술사의 모자에서 나오듯이 그렇게 쉽게 나오는 게 아니다. 장기적인 과제이며, 종합을 통해 이루어진다. 이러한 종합은 순수한 요소를 최대한 포함해야 한다. 다시 말해서 비현실적인 세계 못지않게 현실적인 세계를 포함해야 하며, 우리 아메리카에 꼭 필요한 정신적 피라미드를 건립하는 데 필요한 요소를 모두 포함해야 한다. 흔히 얘기하듯이, 마르티 이래로 우리 작가들은 파괴하고 창조하려고 노력해왔다. 아주 '독창적인' 사람들은 마티아스 페레스의 기구(氣球)를 타고 창공에서 밤을 지새웠다. 또 다른 순수파들은 떠돌아다니는 것이 싫어서 아예 원주민 세계라는 우물 속으로 빠져버렸다.

양쪽 다 길을 잘못 들었다. 극단으로 치달은 결과, 한쪽은 코가 납작해졌고, 또 한쪽은 철부지가 되어 버렸다. 어느 쪽도 우리가 지금 정의하고 있는 토대 문학을 만들어내지 못했다. 의도한 것은 아닐지 모르지만, 이런 작품은 흐릿하고 왜곡된 시각을 통해 외부에서 우리 대륙을 보고 있다. 외부인의 시각, 케케묵은 유럽의 시각, 이국적인 시각, 가부장적인 시각, 식민 지배자의 시각을 통해서 보고 있다. 그러면 다시 내부의 시각, 라틴아메리카인의 '자아'라는 시각, 우리 라틴아메리카인이라는 시각으로 돌아가자.

아메리카 대륙의 작가가 여전히 교양 있는 백인이고 지방대학 졸업자이고 깜짝 놀랄 만한 천재라면, 우리 문학은 현실의 총체적인 비전의 제시라는 문제에 시달릴 것이다. 반면에 원주민이 동면에서 깨어나지 않고, 보잘것없는 라틴아메리카 흑인이 훌륭한 작품을 쓰지 않는다면 우리 문학은 절름발이가 될 것이다. 그 이유는 교양 있는 백인이나 대학을 갓 졸업한 지식인은 사회 전체를 대변하는 것이 아니라 일부 사람, 특정 계층, 더 심하게 말해서 특정 계급을 대변하기 때문이다. 여기서 특정 계급이란 바로 부르주아지의 정신과 편견에 감염된 계급이다.

미국은 예외이다. 19세기 작가는 차치하더라도 리처드 라이트, 윌리엄 포크너, 유대인 노만 메일러와 솔 벨로우 등 참으로 진지하게 민중의 메시지를 전달하는 작가들이 넘쳐난다. 그러나 라틴아메리카에서 이런 작가는 드물다. 계급적 편견과 이기주의에서 벗어나 자기나라의 문화를 책임지거나, 고유한 신화를 창조한 작가는 많지 않다. 지금 입안에서 맴도는 작가는 룰포이다. 그러므로 토대 문학이라는 꿈은 라틴아메리카 사회의 특수한 조건들이 발전할 때까지 인내심을 가지고 기다려야 할 것이다. 미국 작가들은 작품 속에 다이너마이트를 충전시켰으나 여기 라틴아메리카에서는 아직 그런 작품이 나오지 않고 있다. 그래서 역사적 사건 역시 인내하며 기다리고 있다.

III. 증언소설

이제 본론으로 들어가고자 한다. 증언소설은 토대 문학의 기초라고 생각한다. 내가 이해하는 증언소설이 무엇인지 설명하겠다.

내가 소설이라는 억압적인 용어를 사용한 이유는 이보다 더 적절한 명칭을 찾지 못했기 때문이다. 또 소설이라는 용어가 익숙하다는 이유도 있었다. 너무나 익숙해서 가끔 안 좋은 일도 생긴다. 이를테면, 지금처럼 소설만큼이나 아리송한 증언이라는 단어를 앞에 붙일 경우이다. 아무튼 증언소설을 정의하기 전에 간단한 일화를 소개하려고 하니 독자의 양해를 바란다.

내가 이 분야에 발을 들여놓게 된 것은 정말 우연이었다. 내가 좋아하는 장르는 모험소설, 전기와 자서전, 아프리카 전사 순자타(Sunjata)의 서사시, 그리고 아드리아노 황제의 비티니아 여행, 타이타닉호의 침몰, 보스턴 차[茶] 사건 같은 실제 이야기였다. 노예 만사노(Juan Francisco Manzano)의 회고록이나 이사도라 덩컨의 회고록도 좋아했다. 시릴로 비야베르데의5) 소설『세실리아 발데스』(1839)를 읽을 때는 살가리의 소설보다 훨씬 더 흥미진진한 세계를 경험했다. 나는 몇 년 동안 아바나의 인키시도르 거리와 마치나 부두를 돌아다녔다.『세실리아 발데스』의 마지막 장을 재구성하겠다는 철부지 같은 욕심으로 로마 데 앙헬에 머물렀다. 이상하고 신비한 과거에 관심을 가지고 탐구했으며, 이어 인류학과 민속학 연구로 나아갔다. 항상 이 나라를 이해할 필요가 있다고 절실하게 느끼고 있었다. 무엇보다도 사회관계를 이해하고 싶었다. 어느 날『후안 페레스 홀로테, 어느 초칠 원주민의 일생』(Juan Pérez Jolote, biografía de un tzotzil, 1948)을 손에 넣었다. 이 책은 멕시코 인류학자 리카르도 포사스(Ricardo Pozas)가 멕시코 치아파스 지방의 초칠 원주민과 대화를 통해서 원주민 공동체를 연구한 서적이다. 나는 후안 페레스 홀로테의 진솔한 이야기에 사로잡혔으며, 이 책의 사회학적 의미와 예술적 가치에 깊은 인상을 받았다. 그 당시 에스테반 몬테호와 함께 요루바 의례 중 장례식과 노예 수용소의 사회생활에 관한 연구논문을 준비하고 있었다.

도망 노예 에스테반은 다른 노인들과 마찬가지로 정보 제공자였다. 하지만 그의 일생은 독특했고, 아직까지 알려지지 않은 쿠바 역사의 단면을 밝혀주었다. 에스테반의 인생 역정은, 이런 단어를 사용해도 될지 모르겠지만, 특이했다.

5) 시릴로 비야베르데(Cirilo Villaverde, 1812~1894). 쿠바 작가. 인생 초년을 사탕수수 농장에서 보내면서 노예제의 실상을 직접 목도했다. 현 쿠바 국기를 제작한 인물 중 하나이고『세실리아 발데스』(Cecilia Valdés)는 그의 대표작이다. ─옮긴이

나는 포사스와 같은 방식으로 책을 쓸 수 있다는 생각이 들었다. 두 번 생각할 필요도 없었다. 이렇게 해서 태어난 작품이 『어느 도망친 노예의 일생』(1966)이다.

하지만 각자 나름의 방법이 있고 비법이 있듯이, 기본 구조는 포사스의 책에서 차용했으나 차이점도 없지 않아 있었다. 내가 저술하는 책은 '민족지 이야기', '실제소설', 즉 내가 '증언소설'이라고 명명한 장르였다. 소설이라는 못된 단어 때문에 상당한 어려움을 겪었다. 내 의도는 종종 어긋났다. 소설을 쓰려는 것이 아니었기 때문이다. 민족지 이야기를 쓰겠다고 생각했기 때문에 『어느 도망친 노예의 일생』의 부제도 그렇게 달았다.

인터뷰를 하고 파일을 정리하고 녹취를 하는 동안에 아이디어가 형성되었다. 예전 노예, 도망 노예이자 독립 투쟁 대원을 고른 것이 우연은 아니었다. 에스테반의 파란만장한 인생, 풍상의 세월, 노숙 생활 경험, 노예 수용소 내 종족 간의 관계에 대한 기억, 쿠바 섬의 자연환경에 대한 지식으로 쿠바 역사의 공백을 메울 수 있었다.

게다가 에스테반은 역사적으로 중요한 사건에 참여하였다. 족쇄를 차고 노예 생활을 하였고, 마체테를[6] 들고 독립 전쟁에 참여하였다. 이밖에도 여러 사건을 목격한 증인이었다.

에스테반의 일생은 전형적인 삶과는 거리가 있었으며, 뜻하지 않은 운명의 흔적을 담고 있었다. 그레이엄 그린은 에스테반의 삶이 특이하다고 말했는데, 정확한 표현이라고 생각한다. 작품에 대한 공연한 칭찬이 아니라 지적인 관찰에서 우러나온 말이다. 모든 사람이 에스테반처럼 특이한 삶을 사는 것은 아니다. 바로 이 때문에 증언소설이라는 장르에서 『어느

---

6) 마체테(machete). 날이 넓은 큰 칼. 주로 사탕수수 같은 작물을 자르는 데 사용되지만 무기로도 사용된다. ―옮긴이

도망친 노예의 일생』은 이상적인 모델이다.

매일 대여섯 시간 인터뷰를 하고, 그 자료를 정리하면서 내가 하려는 작업이 무엇이며 또 어떻게 구성할 것인지 깨닫게 되었다. 내가 제일 먼저 주목한 사실은 증언소설이 한 국가의 문화에 진정한 이정표를 세운 사회적 사건을 생생하게 재창조한—이 점을 강조하고 싶다—문헌이 되어야 한다는 점이다. 이와 더불어 증언소설의 주인공은 사건에 단순히 참여했다고 밝히든지 아니면 사건을 평가하고 자신의 위치를 판단해야 한다. 이런 일은 결코 사소하지 않다(이런 종류의 이야기에서는 사소하게 보이는 일이 의외로 중요한 경우가 많다). 무의미한 것도 특정 맥락에서는 매우 중요하기 때문이다. 특히 무의미하다는 것이 정보 제공자의 주관적 판단이나 성격 탓이라면 더욱 그러하다. 아무튼 나는 사건, 다르게 말한다면 역사적 순간이 쿠바 국민문화에 근본적인 변화를 야기하고, 민중의 정신을 뒤흔들어 놓고, 고유한 특성 형성에 기여하기를 바랐다.

이렇듯 도망 노예는 돼지우리 같은 곳에서 채찍을 맞아가며 유년시절을 보냈고, 도망 노예가 되어서는 방종한 생활을 했다. 이후에는 임금 노동자가 되고, 마침내 독립 전쟁의 대원이 되었다. 다시 말해서, 노예 생활, 도망 노예 생활, 피고용자 생활, 독립 전쟁 대원을 거친 것이다. 각 시기는 쿠바의 마음에 깊은 흔적을 남겼으며, 이로써 쿠바인이 형성되고 쿠바의 역사가 만들어졌다. 이는 개별적이고 주변적인 사건이 아니라 사회 변동을 불러온 집단적이고 유의미한 사건이다. 물론 이는 역사적 기억 속에서만 재구성될 수 있다. 따라서 이러한 시기를 대변할 수 있는 적합한 인물이라면 더 이상 바랄 나위가 없다.

IV. 증언소설이란 무엇인가?

이상의 예를 통해서 증언소설의 첫 번째 특징을 밝히려고 하였다. 즉, 민중에게 큰 영향을 미친 주요한 사건을, 적합한 주인공의 입을 통해 기술함으로써 감춰진 현실을 드러내는 작업이다.

알레호 카르펜티에르의 소설 『지상의 왕국』(1949)에서는 티 노엘(Ti Noel)이 이러한 역할을 한다. 그는 민중이다. 사건의 증인으로서 말하고 평가하는 우리들이다. 물론 문학작품에 등장하는 증인으로, 카르펜티에르가 창조한 인물이지 실제 인물은 아니다. 그러나 티 노엘은 그리오 역할을 하고, 증언소설의 주인공 역할을 한다.

카르펜티에르의 의도는, 티 노엘을 엘레구아처럼[7] 모든 일을 다 목격한 증인, 또는 대변인으로 만드는 일이다. 도망 노예나 라첼은[8] 자신들의 의도와 상관없이 실존하는 증인이며, 문학적 인물이 아니라 사회학적 인물이다. 비록 내가 창조한 인물이며, 허구적 요소를 가미했음에도 불구하고 이들은 확실하게 실존하는 믿음직한 인물이다.

바로 여기에서 증언소설 창작에 필수불가결한 또 다른 요소가 등장한다. 다시 말해서, 작가나 사회학자의 자아를 배제하는 일이다. 자아를 완벽하게 배제하기란 불가능하므로, 온당하게 말하자면 작품에서 작가의 존

---

7) 엘레구아(Eleggua). 현재 나이지리아 지역의 요루바 부족의 신이다. 엘레구아는 길과 운명의 신이다. 그러나 쿠바의 산테리아 종교는 아프리카 토속신앙과 가톨릭을 절묘하게 혼합하여 아프리카 신과 가톨릭의 성인을 동일시한다. 산테리아라는 이름도 가톨릭 성인을 의미하는 에스파냐어 '산토'(santo)에서 유래했다. 엘레구아는 가톨릭의 '연옥의 불 속에서 참회하는 영혼'에 해당된다. -옮긴이
8) 라첼(Rachel). 미겔 바르넷의 또 다른 증언소설 『라첼의 노래』의 주인공. 바르넷은 증언소설 5부작으로 꼽히는 『어느 도망친 노예의 일생』(1966), 『라첼의 노래』(Canción de Rachel, 1969), 『갈리시아 인』(Gallego, 1981), 『실제의 삶』(La vida real, 1986), 『천사라는 직업』(Oficio de ángel, 1989)을 집필했다. -옮긴이

재를 드러내는 '나'라는 단어는 신중하게 사용해야 한다. 트루먼 커포티의 주장처럼 그 어떤 상상이나 판단의 가능성마저도 소멸시키는 것이 아니라 주인공이 가치관에 따라 판단하도록 하는 것이다. 물론 커포티조차 자기 말을 믿지 않는다. 확실한 증거는, 우울한 성격이지만 마음이 따뜻한 살인자 페리가 등장하는 소설 『냉혈한』(In Cold Blood, 1966)이다.

그러나 이는 작가가 특정 순간에 등장인물의 정신과 심리 속으로 파고들어 등장인물의 척도로 판단하고 등장인물의 입을 통해서 말할 수 있다는 의미는 아니다. 작가와 정보 제공자 사이의 이러한 공감 또는 동일시는 상호 간에 강력한 유대감을 형성해야 하며 일체감을 가져야 하기 때문이다. 작가는 자기 개성을 버리고, 정보 제공자의 개성과 이 사람이 대변하는 공동체의 개성을 받아들여야 한다. 플로베르는 "마담 보바리는 나 자신이다"라고 말했다. 증언소설의 작가는 주인공과 함께 "내가 이 시대이다"라고 이야기해야 한다. 이것이 증언소설의 핵심 전제 조건이다.

대부분의 현대 작가는 내면의 문학적 악마가 걸어온 최면에 빠졌다고 얘기하는데, 이는 과장이다. 커포티의 말처럼 이들은 "자기 배꼽을 보고 흥분하고, 발가락 끝에도 미치지 못하는 좁은 시야를 갖고 있다."

아메리카 대륙의 토대 문학 작품을 쓴 작가는 두 부류이다. 한 부류는 시대를 뛰어넘어 새롭고 독창적이고 개인적이고 변덕스러운 세계관과 새로운 문체를 도입한 천재 작가들이고, 다른 부류는 민중의 가치관을 받아들여 혼연일체가 된 작가들로서 시대를 대변하려고 하며, 과거를 통해 현재를 설명하려고 한다.

이 천재들, 위대한 작가들은 자신을 뛰어넘어 민중의 지혜와 미래를 직관적으로 파악한다. 또한 이들은 민중의 사고와 표현을 깊이 이해하고 있다. 호세 레사마 리마와 니콜라스 기옌이 이런 작가임은 두말할 필요조차 없다. 멕시코에는 후안 룰포가 있다. 룰포는 꿈을 통해서, 기억을 반영하는 이미지를 통해서 민중의 집단의식, 즉 민중의 근심과 열망을 통찰한 작가이다. 미겔 파라모가 죽은 아버지를 찾아 나설 때 희망적 분위기가 어른거리던 그 세계가 바로 룰포의 세계가 아니었을까?

"페드로 파라모라는 우리 아버지가 여기 사셨다고 해서 코말라에 왔다." 룰포의 『페드로 파라모』만큼 핍진성 있는 소설도 별로 없다. 엘리엇의 말처럼, "예술가의 길은 부단한 자기희생, 부단한 개성의 말살이다."

이러한 몰개성 작업에서 예술은 과학으로 다가간다. 그런 예술이 실패하지 않으려면 새로운 길, 색다른 미래를 모색해야 한다. 예술가는 미래를 투시할 줄 알아야 한다. 현실의 소재로 작업하는 예술가는 그 소재를 해부하여 최대한 장점을 끌어내야 한다. 소재에 담겨있는 참신성을 추출해 내야 한다.

이는 어려운 작업이다. 때때로 작가는 사막에서 길을 잃을 수도 있다. 그러나 오늘 우리가 밝힌 것을 내일이면 사회학자나 역사가가 수용하리라는 꿈조차 없다면 우리의 호흡은 짧아질 것이다. 혹자는 이를 두고 하느님의 수염을 붙잡고 절대 진리를 가졌다고 믿는 것이나 마찬가지라고 말할지도 모르겠다. 하지만 그렇지 않다. 단지 현실 인식에 기여하려고 희구할 뿐이다. 만약 확신이 없다면, 그리고 적절한 균형 감각이 결여되어 있다면 우리 작품은 말랑말랑한 젤리나 다를 바 없다.

현실 인식에 기여하고, 이 현실의 역사적 의미를 부여하는 일은 증언소설의 필수불가결한 특징이다. 현실 인식에 기여한다는 것은 민중이 편견과 유습에서 해방되기를 바란다는 뜻이다. 독자가 전통을 자각하게 만들어야 한다. 다시 말해서 유용하고 유익한 신화를 독자에게 부여하여, 이를 모델로 전통을 판단할 수 있도록 해야 한다. 이 모델은, 좀 더 상세하게 애기하면, 상대적이고 모호해야 한다. 결정적이고 정태적인 틀이 아니라 출발점일 뿐이다. 이런 맥락에서 나는 도망 노예와 라첼이 한 시대의 인식을 위한 출발점이 되기를 바랐다. 이러한 현실 인식은 전후 문학에서 창의성을 우중충하게 만들어버린 회색빛 훈계와는 아무런 관계도 없다. 현실 인식은 자신에 대한 인식을 포함한다. 독자는 또 하나의 작품 등장인물로서 움직이고, 행동하고, 상상하고, 글을 쓰며 판단한다. 따라서 문학은 비판의 여지가 있어야 한다. 반론을 제기하거나 수긍할 수 있는 여백을 남겨두어야 한다.

『라첼의 노래』에서는 대위법, 즉 라쇼몽의 기법을 사용하였다. 독자가, 라첼을 옹호하든 반대하든, 이 인물과 동일시하도록 오목거울을 보는 듯한 시선을 사용하였다. 에바리스토 에스테노스(Evaristo Estenoz)와 페드로 이보넷(Pedro Ivonet)이 주도한 전쟁에서 라첼은 정부 편을 들고, 흑인 독립 운동가들을 제거하기 위해 쿠바 동부의 산속으로 들어간 토벌대 편을 든다. 여기서 라첼은 극단적인 모델이다. 고질적인 인종차별주의 태도를 보이는 편파적인 인물이었다가 나중에는 자애롭고 도량이 넓은 인물이 된다. 그러나 정작 중요한 점은 수많은 사람이 라첼과 같은 태도를 보였다는 데 있다. 따라서 독자를 조금이나마 동요시키려면 라첼과 같은 극단적인 모델이 필요했다.

동일한 사건에 대해서 다른 관점을 가진 등장인물도 등장한다. 이들 중에 팔이 부러지면서까지 '1912년 전쟁'을9) 옹호한 에스테반이 있다. 지금까지 나는 현실, 즉 표출된 현상에 대한 인식의 예를 들었다. 그러나 현상 뒤에는 다양한 판단기준이 있다. 말을 바꾸면, 현상의 의미가 있다.

---

9) 1912년 전쟁(La Guerra de 1912). 1912년 쿠바에서 유색인독립당이 흑인의 사회적·정치적 평등을 요구하며 일으킨 무장봉기. 3천 명의 흑인과 물라토가 희생되었다. —옮긴이

사회학적 예술가의 균형 감각이란 이 모두를 훈계조도 아니고, 그렇다고 조야하지 않게 예술적으로 표현하는 데 있다. 역사적인 사건을 표현하는 이런 방법에는 과학적 관심이 내포되어 있다. 현상은 과거에 대한 평가일 뿐만 아니라 현재의 성격을 파악한다는 점에서도 중요하다. 과거는 더 이상 존재하지 않는 게 아니라 아직도 살아 숨 쉬고 있기 때문이다. 즉, 현상의 결과가 현상 자체보다도 더 중요하다. 현상의 과거보다는 현상의 현재가 더 중요하다. 내가 말하는 역사적 의미란 바로 이 독특한 지속성을 일컫는다.

V. 역사적 현상

이런 유형의 작업에서는 주관적인 것보다 객관적인 것을 포착하는 것이 더 쉽다고 여긴다. 언뜻 보기에는 인물의 의식 연구보다는 역사적 사건의 파악이 더 간단하고 손쉬운 것 같다. 그러나 내 생각에는 정반대이다. 역사적 현상도 속일 수 있다. 일반적으로 역사적 현상은 우리에게 가장 투명한 얼굴, 즉 구성요소 중 가장 두드러진 면만 내보인다. 다른 요소는 베일에 가려져 있다. 사실주의적 기술로 포장된 상태와 같다. 난점은 역사적 사실에서 편파적이고 계급적인 관점, 즉 가면을 벗겨내는 일이다. 유명한 사건이라면 언론은 틀림없이 특수한 뉘앙스를 부여했을 것이다. 일반적으로는 공식적인 견해를 부여한다.

증언소설을 쓰는 사람에게는 고귀한 임무가 있다. 동전의 다른 면을 밝혀내는 임무이다. 이를 위해서는 무엇보다도 먼저 사전에 조사 작업을 해야 한다. 현상의 본질, 진정한 원인, 진정한 결과를 밝혀내야 한다.

사건의 겉모습(눈에 보이는 사건)과 본질(진정한 역사적 사건)은 판이하게 다른데, 전자가 후자를 뒤덮고 있다. 아돌포 산체스 바스케스의[10] 말처럼, "역사적 사건은 처음부터 벌거벗은 모습으로, 투명한 상태로 존재하지 않는다. 이를 이해한다는 것은 겉보기 이상의 것을 파악하는 일이고, 상호 연관된 다른 요소들과 함께 전체로 통합하는 일이다."

증언소설에서 가장 어려운 작업은 객관적인 사실의 묘사이다. 왜냐하면 주관적인 것은 역사적 사실에서 유추할 수 있기 때문이다. 나는 먼저 내 시대를 잘 알아야 한다. 중요한 흐름과 변화와 분위기에 정통해야 한다. 그 다음에 행위자를 분석해야 한다. 그렇지 않으면 주인공의 이야기와 이야기하는 방법 그리고 사건이 충돌한다. 주인공과 그 시대를 연결하는 언어는 충실하고 정확해야 한다. 배신을 해서는 안 된다.

VI. 언어와 의사소통

이제 언어의 영역으로 들어가 보자. 증언소설을 논할 때 고려해야 할 또 하나의 요소인데, 아마도 가장 민감한 요소일 것이다. 언어 덕분에 의사소통이 가능하다. 여기서 언어란 선택된 단어만이 아니라 억양과 굴절과 구문과 몸짓까지 포함한다. 어떤 등장인물이 갈지자로 걷듯이 어지럽게 움직이면, 우리에게 언어를 전달하고 있는 것이다. 이런 동작은 적절하게 표현된 언어로, 그 의미가 무언지 고심할 필요도 없이 초초한 태도를 드러내는 말임을 알 수 있다.

---

10) 아돌포 산체스 바스케스(Adolfo Sánchez Vázquez, 1915~2011). 내전 때 멕시코로 이주한 에스파냐의 철학자. -옮긴이

만약 명상적인 사람이라면 시적이고 차분하고 마술적인 경향의 언어를 사용한다. 만약 사고보다는 행동을 앞세우는 등장인물이라면 한결 놀라운 언어를 구사한다. 아마도 군더더기 없이 정곡을 찌를 것이다. 『라첼의 노래』에서 나는 극히 대조적인 언어를 보았다. 도망 노예와 달리 라첼은 아주 경박한 인물이다. 영리하지만 아주 모순적인 인물이다. 다큐멘터리 영화의 과거 회상(flash back)과 유사한 기법으로 이야기를 풀어간다. 한편, 속어와 구어체를 구사함에도 불구하고 라첼은 거만하다. 자기 환상에 매몰되어 있다. 그래서 라첼은 복잡한 문장과 심사숙고한 단어를 사용한다. "나는 우울하고 슬픈 여자이다. 나는 자유주의자이고 민주주의자이며, 납빛을 띤 적색을 좋아한다. 예를 하나 들자면, 우수에 젖는 성정(flatuismo) 같은 단어를 좋아한다."

우리 귀에는 설득력이 없는 말일지라도 이를 존중해야 한다. 바로 이런 언어를 가리켜 나는 서슴없이 '저개발의 언어'라고 정의한다. 그 언어의 모순과 대조는 시와 다를 바가 없다. 라첼에게는 두서없음과 명쾌함이 공존한다. 당연하지만 나는 이 점에 매료되었다. 이렇게 『라첼의 노래』에서 사용한 언어에 경계를 그었다. 유장한 어조와 장식적인 언어는 자주 끊기고 직설적인 언어와 대조를 이루었다. 이런 어조와 단어 변화의 이면에 많은 폭력이 숨어 있었다.

그러므로 만약 인위적인 언어가 솔직한 언어로 바뀐다면 작품 속의 주인공 또한 같은 길을 따라간다. 그러나 무엇보다도 등장인물의 고유성에 주의해야 한다. 많은 소설가가 그렇듯이, 인물을 유리 상자에 가두어서는 안 된다. 이럴 경우, 인물은 만화처럼 기괴한 인물이 되어버리고 대사도 알레고리에 지나지 않아 진정한 전율을 일으키지 못한다.

내 생각에 최초로 핍진성 있는 인물을 만들어낸 작가는 발자크와 스탕

달, 플로베르이다. 아이러니와 의심이라는 특성이, 이 작가들의 등장인물
이 대변한 것에 객관성을 부여한다. 진솔함은 또 다른 장점이다. 라첼의
아이러니는 그녀의 삶과 시대를 날카롭게 부각시킨다. 타인에 대한 배려
도 없고, 천박하며 실망스러운 세상에서 아이러니는 유일한 탈출구이다.
도망 노예의 진솔한 성격, 투박하나 명확한 독백은 그의 인생에 고결하고
극적인 느낌을 부여하며, 의구심 때문에 사건은 복잡하고 혼란스러워진다.

증언소설의 기본이 되는 언어는 구어체이다. 구어체를 사용해야 생명력
을 얻는다. 그러나 이는 앞서 지적했듯이 맛을 잃어버린 구어체이다. 나는
녹취록을 충실하게 재현한 책은 결코 쓰지 않을 것이다. 녹음기에서는 어
조와 일화만 발췌할 것이다. 문체라든가 뉘앙스는 언제나 내가 덧붙이는
것이다. 녹음된 내용을 그대로 받아 적은 단순하고 밋밋한 문학은 아무
소용이 없는 거짓 문학이다.

소외된 대중의 심리학과 사회학에 큰 공헌을 한 오스카 루이스의11) 『삶:
빈곤문화 속의 어느 푸에르토리코 일가』(La Vida: A Puerto Rican Family in the
Culture of Poverty, 1966)와 같은 책은 문학이 아니고 반복이다. "나는 네 말
을 그대로 적는다"라는 원칙에 따른 단순하고 평범한 반복이다. 이런 방식
은 내가 쓰는 증언소설과 전혀 관련이 없다. 왜냐하면 내가 이해하기로
문학적 상상은 사회학적 상상의 수준을 넘어서야 하기 때문이다. 증언소
설의 작가는 스스로를 제약해서는 안 된다. 인물의 성격이나 말을 왜곡시
키지 않는 한 상상력을 자유롭게 펼쳐야 한다. 작가가 현상을 최대로 활
용할 수 있는 유일한 방법은 본질에서 벗어나지 않는 범위 내에서 상상력
을 적용하는 것이다.

『라첼의 노래』에서 나는 이렇게 얘기했다. "이 이야기는 라첼의 이야기

---

11) 오스카 루이스(Oscar Lewis, 1914~1970). 미국 인류학자. -옮긴이

이다. 라첼이 나에게 들려준 인생 이야기이며, 내가 그녀에게 들려준 이야기이다." 이 말에는 여러 가지 뜻이 함축되어 있다.

그러나 나는 체계로서 언어를 다루고 싶지는 않다. 이 분야의 일천한 경험에도 불구하고 몇 가지 교훈을 얻었다. 구어체는 라틴아메리카 작가가 쉽게 빠지는 또 하나의 함정이다. 언어는 자연이지 문학이 아니다. 그런데 수많은 라틴아메리카 작가가 이를 전도시켰다. 언어를 인간과 삶으로부터 분리시켜, 유희하듯이 실랑이를 벌였다. 이들의 작품은 속어와 은어집이다. 언어를 지나치게 비틀고 제한을 가한 탓에 줄거리 속에서 형성될 인물은 꼭두각시 인형이 되어버린다. 이 인물은 언어의 당의(糖衣)를 작은 주걱으로 분리하지 못한 채 두드러진다. 인물의 손실 속에 있는 민속학자의 수사학이라는 완전한 보고(寶庫).

비근한 예로 카를로스 푸엔테스의 『허물벗기』(Cambio de piel, 1967)를 들수 있다. 이 책에서 반복적으로 사용한 서툰 수사법은 이해 가능성을 넘어선다. 음운학에 근거한 모순어법 구사가 너무 서툴러서 도무지 작품을 읽을 수가 없다.

쿠바 어투로 이와 동일한 기법을 사용한 후안 고이티솔로의[12] 시도는 아직도 기억에 생생하다. 마치 수수께끼 같은 페이지의 연속이었다. 축약된 어구를 하나하나 분석해야만 했으나 재미는 하나도 없다. 고이티솔로는 민중 언어를 흡수하여 자신의 언어에 생명력을 부여하겠다는 조급한 마음 때문에, 순수한 민중 언어란 일반인이 이해할 수 없는 아주 특수한 구조를 지니고 있다는 사실을 잊고 있다. 문제는 이러한 민중 언어의 형식과 구조를 또 다른 형식과 구조, 즉 교양어의 형식과 구조로 승화시키

---

12) 후안 고이티솔로(Juan Goytisolo, 1931~2017). 에스파냐의 소설가. 1961년 첫 쿠바 여행 이후 아바나 일간지 《혁명》에 쿠바에 대한 연재 기사를 썼다. 『전진하는 민중』(Pueblo en marcha, 1962)은 이 기사들을 묶은 단행본이다. -옮긴이

는 일이다. 이를 성공적으로 구현한 작품은 마크 트웨인의 『허클베리 핀』이나 J. D. 샐린저의 『호밀밭의 파수꾼』이다. 이 두 작가는 작품에서 일상 언어와 과장된 말투까지도 사용한다.

이 두 작품에는 대중소설에서 흔히 나타나는 추상적이고 수수께끼 같은 대사를 찾아볼 수 없다. 대중적인 형식을 감칠맛 나게 고상한 표현으로 승화시켰다. 룰포 작품의 등장인물은 트웨인이나 포크너 작품의 등장인물과 견줄 만하다. 동물원이 아니라 실제 무대에서 움직이기 때문이다.

증언소설 작가는 그 어떤 작가보다도 등장인물을 역동적으로 만들어야 한다. 증언소설만의 특수한 대상인 기억이나 시대의식은 인위적으로 만들어낸 피조물이 아니라 진솔하고 설득력 있는 발화자를 요구하기 때문이다. 방언만이 진솔함을 보장해준다는 생각을 버려야 한다. 사회적 몸짓에서도, 구어체에서도 본질을 파악해야 한다. 정형화된 안무보다 기괴한 것도 없다. 이야기도 마찬가지이다.

쿠바에서는 구어체를 사용한 악명 높은 산문이 있다. 오넬리오 호르헤 카르도소(Onelio Jorge Cardoso)의 몇몇 단편 작품과 리디아 카브레라의 대표작 『산』(1954)이다.[13] 특히, 『산』은 문학 작품이라기보다는 어휘론 논문이다.

여기서 이탈로 칼비노의 말을 인용하고자 한다. "민중이란 역사적인 과정의 결과이지, 감각적이고 즉흥적인 행복을 담고 있는 천연 샘물이 아니다." 나 역시 이 말에 동의한다. 언어는 역사적 결과물이자 종합이라고 생각한다. 그래서 문학에서 구어체를 사용하는 일이 그렇게 어려운 것이다. 구어체란 그 미학적인 매력에 얼마든지 현혹될 수 있는 또 하나의 함정이

---

13) 『산』(El Monte). 오롯이 산테리아의 기원 탐구를 다룬 책으로 아프리카 계 쿠바 종교의 경전으로 여겨진다. ―옮긴이

기 때문이다. 그러므로 고급 작가들이여, 언어로 폭죽을 만들 수 있는 작가들은 지체 없이 작열하는 언어의 불길, 화려한 섬광, 멋진 광채 속으로 뛰어들지어다. 그러나 구어체로 작업하는 사람들은 사전에 자제한 후 더욱 촘촘한 또 다른 불길, 실험실의 불길, 분석의 불길로 뛰어들지어다. 구어체를 사용한 작품을 창작하려면 전부 다 듣고 전부 다 인식하는 녹음기가 필요하다. 게다가 편파적이지 않아야 한다. 우리가 듣고 싶지 않은 말이라도 충실하게 기록하는 녹음기여야 한다.

Ⅶ. 상실된 연결 고리

지금까지 증언소설 창작에 필수불가결하다고 생각한 요점들, 즉 기본적인 특징을 제시했다.

흔히 그렇듯이, 이러한 특징 가운데는 증언소설을 이해하는 데 필요한 또 다른 구성 요소가 있을 수 있다. 앞에서는 단지 가장 특징적인 요소, 필수불가결한 요소만 기술했다. 그러나 나는 증언소설 이론가가 아니라 증언소설을 쓰는 작가이다. 따라서 비평가가 아니라 창작가라는 조건 탓에 내 작품과 내 감수성에 개재한 문제점을 미처 깨닫지 못하고 그냥 지나칠 수도 있다.

예술은 사랑처럼 눈이 먼 것이다. 사랑에 빠진 사람들처럼 예술가들은 때때로 자신이 무엇을 하고 있는지 모른다. 우리는 이 방향으로 나아가고 있다고 믿고 있는데, 나침반은 반대 방향을 가리키고 있다. 내가 이 글을 쓴 이유도 나 자신에게 방향을 제시하기 위함이다. 내 작업의 지침으로 삼고 쓸데없는 헛수고를 방지하려는 시도이다. 어떤 느낌이나 직감은, 비록 신비감이 사라지더라도, 명백하게 해둘 필요가 있다.

사회학자들이 말하는 방법론을 논하기 전에 한 가지만 분명히 밝혀두고 싶다. 증언소설 작가의 궁극적인 목적이 단순히 미학만은 아니다. 앞서 내가 제시한 것으로부터 궁극적인 목적을 추론하기 바란다. 아무튼 증언소설 작가의 궁극적인 목적은 한층 더 기능적이고 실용적이다. 자기 나라의 유구한 전통의 맥을 이어주어야 한다. '내'가 아니라 '우리'라는 집단적 기억을 이어나가는 데 기여해야 한다.

『어느 도망친 노예의 일생』과 『라첼의 노래』가 이런 실을 연결하는 역할을 했다면, 나는 그것으로 만족한다. 그렇지 못했다면, 실패작이다.

문화적 인식이 부족한 우리 아메리카 대륙과 같은 곳에서는 전통을 몸과 마음으로 느끼기 위해 증언소설이 필요하다. 사회학적 예술가인 증언소설 작가는 이 점을 잊어서는 안 된다. 이러한 전통의 맥을 이을 줄 알았던 작가는 수도 없이 많다. 쿠바에는 아프리카 기원의 민속, 즉 신화와 전설과 이야기를 수집한 리디아 카브레라가 있다. 아프리카에는 아모스 투투올라가[14] 있고, 브라질에는 루이스 다 카마라(Luís da Câmara)가 있다. 소설에서는 멕시코의 후안 룰포와 브라질의 기마랑이스 호자(João Guimarães Rosa)를 꼽을 수 있다.

후안 페레스 데 라 리바의[15] 말처럼, 역사 없는 사람들의 역사는 집단의식을 탐구하는 사람들을 대변인으로 삼는다. 여기서 이들은 중세 음유시인과 흡사하다. 이제 음유시인의 노래는 태동하는 이 아메리카 대륙에서 다시 힘을 얻는다.

---

14) 아모스 투투올라(Amos Tutuola). 나이지리아 작가로 요루바족 설화에 바탕을 둔 작품들을 집필했다. 대표작으로 『야자열매술꾼』(The Palm Wine Drinkard, 1952)이 있다. ―옮긴이
15) 후안 페레스 데 라 리바(Juan Pérez de la Riva). 쿠바 역사가. ―옮긴이

여기까지 우리는 이른바 증언소설의 내용을 분석하였다. 이제 증언소설 창작에는 어떤 단계가 필요한지 살펴보자. 요리법의 단계와 무관하기를 바란다.

VIII. 방법론

한동안 방법론이라는 말을 귀가 따갑도록 들었다. 사회인류학자, 역사가, 인류학자는 흔히 이 말을 과대 포장한다. 심각한 어조로 이야기하는 전문가의 입을 통해 이 말을 듣다 보니 한동안 야릇한 두려움을 느꼈다. 방법론이라고 말하는 것이 전문가들에게는 숨겨진 것들과 함축된 것들로 가득 찬 신성한 단어를 발음하는 것과 마찬가지였다.

그렇지만 리카르도 포사스, 칼리스타 기테라스와[16] 작업하고, 민족지학·민속학연구소(Instituto de Etnología y Folklore)에서 6년 동안 공동연구를 하는 동안 그 유령은 점차 사라져갔다. 방법론이란 결국 일상적인 실천, 예정된 혹은 즉흥적인 절차, 연구자의 개인적인 성격, 정보 제공자와 연구자의 관계, 사물을 인식하는 방법, 즉 이론적 관점과 여기에서 파생된 여러 가지 사항, 기기의 사용, 그리고 인내심이었다. 내 곁에서 방법론이라는 단어를 말할 때마다 나타나던 악마의 무리가 사라졌다. 조직화된 작업을 위해 자료와 아이디어를 모으는 일이 방법론의 첫 단계이다.

정보 제공자, 주인공, 등장인물, 주체 등 어떤 이름으로 부르던 간에 작업 대상을 제일 먼저 고려해야 한다. 내 경우를 보면, 앞서 언급한 두 작

---

16) 칼리스타 기테라스(Calixta Guiteras). 쿠바 인류학자, 민족지학자, 연구자, 혁명가.
   -옮긴이

품의 주인공들은 요술을 부린 것처럼 홀연히 나타났다. 찾아다니지도 않았는데 만났다. 에스테반 몬테호는 박물관 진열품으로도 손색이 없을 만큼 섬뜩한 신문 기사에서 만났다. 라첼은 다중으로 나타나는 여주인공들 속에서 만났다. 즉, 1920년대 아바나의 늙은 창녀들, 알베르토 야리니의[17] 정부이자 립스틱의 환상에 빠져 사는 프티 베르타(Petit Bertha), 루스 힐(Luz Gil)의 기억, 이 여자들 가운데 유일한 플래퍼이자[18] 우울하고 거만한 성격의 아말리아, 무엇보다도 수많은 쿠바 여자의 심리 속에서 만났다. 솔직히 말해서, 『라첼의 노래』는 오동통한 마코리나(Macorina)가 보라색 컨버터블을 타고 붉은 머리를 휘날리며 드라이브하는 모습, 프라도 거리의 카페에서 나누는 대화, 노쇠한 사기꾼들이자 문을 닫은 알람브라 극단의 단원들로부터 많은 영감을 얻었다.

실제로 라첼은 언제나 그곳에 있었다. 붙잡을 수 없는 과거에 대한 향수 속에, 쿠바를 이해하려는 열망 속에 존재하고 있었다. 참되고 좀 더 복잡하고 투쟁적인 이미지를 쿠바에 부여하고자 하는 열망 속에 항상 존재하고 있었다.

에스테반 몬테호의 경우, 마치 지도를 보듯이 행동으로 얼룩진 지역이 확연히 눈에 띄었다. 이 지역에서는 누구든지 자신의 정체를 밝히고 참여해야 했다. 모든 것이 명백했다. 그리고 자극적이었다. 뛰어난 기억력을 가진 에스테반은 알라딘의 램프처럼 쿠바의 과거사를 환하게 밝혀주었다. 그의 삶은 노예 생활, 도망 노예 생활, 독립 전쟁으로 완벽하게 구별되었

---

17) 알베르토 야리니(Alberto Yarini, 1882~1910). 쿠바 독립 전쟁 기간을 풍미한 모리배이자 매춘 알선업자. 그러나 많은 쿠바인들에게 쿠바성을 상징하는 인물로 여겨졌고, 그를 기리는 뮤지컬과 영화가 다수 있다. ─옮긴이

18) 플래퍼(flapper). 1920년대 서양의 젊은 여성세대. 단발머리에 짧은 치마를 입고, 재즈를 들으며, 사회적으로 용인된다고 여겨지는 행동을 공공연하게 무시했다. ─옮긴이

고, 이러한 경험이 그의 정신을 형성하였다. 에스테반은 증언소설에 필요한 두 가지 조건을 모두 갖춘 이상적인 모델이었다. 특정 계급을 대변하는 인물이며, 인류의 심리에 큰 영향을 미친 쿠바 역사의 중요한 순간들을 살았다는 것이다. 에스테반은 틀림없는 연결고리였다.

그리고 이미 그 자리에서 기다리고 있었기 때문에 에스테반이라는 인물을 창조하기 위한 어떤 노력도 필요하지 않았다. 강한 연대감을 가진 연구자가 제때에 나타나기만 하면 되었다. 방법론 이야기를 하고 있으니 덧붙이는 말인데, 연구자와 정보 제공자 간의 깊은 일체감 형성에 꼭 필요한 것이 연대감이다. 에반스 프리차드의[19] 말처럼 "헤어지는 순간에는 양쪽 모두 처음 시작할 때처럼 힘들지는 않다"고 한다면 연구자가 실패했다고 할 수 있다.

일체감은 인위적으로 형성되지 않는다. 자연스럽게 발산되는 것이다. 자비나 동정이나 친절이나 부성애—이런, 부성애라니!—가 개재할 여지가 없다. 오로지 진실과 친밀한 관계만이 있다. 정보 제공자는 피와 살을 가진 인간일 뿐, 만질 수도 가까이 다가갈 수도 없는 박물관 소장품이 아니다. 그렇다고 애절한 마음에 머리를 쓰다듬어주고 애정을 쏟아야 하는고아도 아니다.

나는 많은 사회학자가 정보 제공자를 임종이 임박한 환자처럼 대하는 모습을 보았다. 이토록 지나치게 세심하게 대하면 오히려 반발을 불러일으킨다. 지구상에 의지할 곳이 하나도 없는 사람은 없다. 사회학자들은 정보 제공자를 대할 때 거듭 신중해야 한다. 이에 따라 작업 결과가 좌우되기 때문이다.

---

19) 에반스 프리차드(Evans Pritchard). 사회인류학 발전에 지대한 역할을 한 영국 인류학자. ―옮긴이

나는 에스테반과 장기간에 걸쳐 여러 가지 얘기를 나누면서 유익한 시간을 보냈다. 가끔은 메모도 하지 않고 몇 날을 보냈다. 에스테반이 극히 개인적인 문제를 이야기하고 싶을 때였다. 라첼도 마찬가지였다. 사전에 의도하지 않고 자연스럽게 일체감을 형성하려고 했으며, 솔직한 고백을 들을 수 있는 기회를 기다렸다. 작가와 주인공, 즉 연구자와 정보 제공자의 관계는 중첩되는 부분이 있어야 한다. 말을 바꾸면, 상호 의지와 신뢰라는 견고한 다리를 놓아 타인의 삶을 살려고 노력해야 한다.

페리 스미스는 커포티의 관심을 끌었을 뿐만 아니라 그를 지배했다. 커포티와 모델은 돈독한 관계를 맺었다. 감옥에서 페리는 이렇게 썼다. "나는 당신에게 편지를 쓰려고 삽니다."

이는 놀라운 일이다. 한 사람이 타인의 삶, 즉 등장인물의 삶을 살기 위해서 자신과 자신의 삶을 버리는 것이다. 내가 내 자신을 버리고 어떻게 다른 사람을 알 수 있겠는가?—클로드 레비스트로스는 『슬픈 열대』에서 이렇게 반문한다.

증언소설의 작가는 실제로 제2의 삶을 산다. 본질적으로 자신을 변화시키는 것이다. 내가 『어느 도망친 노예의 일생』과 『라첼의 노래』에서 당연히 그랬던 것처럼, 제2의 삶 위에 수확물을 모두 쏟아 붓는다. 그러나 수확물이라는 새로운 돌은 원래의 기반, 변하지 않는 현실이라는 기반 위로 던져야 한다. 『어느 도망친 노예의 일생』의 인류학적 내용은 모두 사실이다. 내가 첨부한 각주와 주석이 이를 보증한다. 역사책이 아니라 한 시대의 특징에 대한 연구임에도 불구하고, 이야기는 삶만큼이나 사실이다.

앞서 발산된다는 이야기를 했다. 이와 더불어 탈개성화도 일어난다. 타인이 되고, 그럴 때만이 타인처럼 생각하고 말할 수 있으며, 정보 제공자가 전달해준 삶의 아픔을 자신의 아픔처럼 뼈에 사무치도록 느낄 수 있다.

여기에 시가 있으며, 이런 작업의 신비가 숨 쉬고 있다. 이어 거대한 문이 열리고 연구자는 집단의식, 즉 우리들을 통찰할 수 있게 된다.

증언소설 작가의 꿈은, 다시 말해서 타인과 일체감을 형성하고 타인을 알고 싶다는 갈망은 브로니슬라브 말리노프스키, 페르난도 오르티스, 니나 로드리게스,[20] 그리고 19세기 프랑스 소설가들의 꿈이기도 했다. 각자 자기 분야에서 동일한 근원을 찾았다. 단지 방법론이 달랐을 뿐이다. 전자의 길은 에세이였고, 후자의 길은 소설이었다. 여기서 생각나는 작가는 셀마 라겔뢰프이다.[21] 셀마의 작품은 보편적인 이미지를 통해서 자기 나라의 신화를 되찾고자 했다.

여기서 연구자와 정보 제공자의 관계에 포함된 세부적인 사항도 언급할 필요가 있다. 예를 들어 정보 제공자가 여담을 해도 방치하는 것은 잘못이다. 정보 제공자를 다소 유도하고, 관심을 끌어 한 방향으로 나아가도록 해야 한다. 나중에 수정을 하더라도 사전에 준비한 설문지에 답하도록 해야 한다. 가끔 모순된 말을 유도해서 우리가 정신을 똑바로 차리고 있으며, 자신의 환상으로 우리를 속일 수 없다는 것을 보여주어야 한다. 일반적으로 최상의 정보 제공자들은 노인들인데, 이들의 환상은 상상의 도를 넘는다.

때때로 이런 환상은 문학적 표현이기도 하다. 그러나 사회적 사실에 타격을 입히지 않도록 주의하여야 한다. 다시 말해서, 사회적 사실을 통속화

---

20) 니나 로드리게스(Nina Rodrigues, 1862~1906). 브라질 인류학자이자 법의학자로 브라질 범죄인류학의 창시자. 카누두스 전쟁(Guerra de Canudos, 1896~1897) 참가자들을 인터뷰하면서 탁월한 범죄학자로 부상했고, 그가 가장 좋아한 정보 제공자는 옛 요루바족이었다. 법학과 범죄학을 공부한 오르티스에게 많은 영향을 끼쳐서, 그의 저작에서 여러 번 언급된다. ─옮긴이

21) 셀마 라겔뢰프(Selma Lagerlöf, 1858~1940). 스웨덴의 소설가. 여성으로서는 최초로 노벨 문학상을 받았다. ─옮긴이

시키고 최소화해서는 안 된다는 것이다. 나는 마냥 즐거워하는 사람들보다는 인생의 암울한 면, 고통스러운 면을 직시하는 사람들을 더 선호한다. 그렇다고 패배주의자는 결코 아니다. 패배주의는 부르주아의 변덕이다. 회의주의와 혼동해서도 안 된다. 회의주의란 지적인 범주이다. 나는 비록 삶에 먹혀버릴지라도 삶에 전념하는 인물을 아주 좋아한다. 언제나 투쟁적인 인물, 부단히 싸우는 인물을. 돈키호테는 온몸으로 풍차와 대적했다. 이것이 그가 싸우는 방법이었다. 산초는 비록 무엇이든지 실용적인 관점에서 받아들이면서도 돈키호테의 망상을 쫓아다녔다. 때에 따라서는 산초가 돈키호테보다 더 위대하다. 그러나 내 말 뜻은, 두 사람 중 어느 누구도 인간의 비극이나 개탄하면서 풍차 밑에 앉아 있지 않았다는 것이다.

인물이 정해지면 두 번째 단계를 밟아야 한다. 이는 역사적 연구다. 문헌 조사, 인물의 시대와 인물이 참여한 중요 사건에 대한 지식을 쌓는 작업이다. 시대에 대한 정확하고 과학적인 지식이 기본이다. 여행기, 풍속사, 공문서가 있는데, 내가 보기에는 신빙성이 떨어지는 자료이다. 모레노 프라히날스의[22] 지적처럼 이러한 자료는 거의 모두 공식적인 견해—식민주의자의 견해나 신식민주의의 영향을 받은 공화주의자의 견해—에 철저하게 물들어 있기 때문이다. 신문이나 서신도 활용 가능한 자료이다. 인물과 동시대 사람의 얘기도 중요하다. 인물의 증언을 확인해주거나 정반대되는 얘기를 해주기 때문이다.

인터뷰 내용을 적은 카드, 서류 사본, 사진, 신문스크랩, 일반 인쇄물, 참고도서, 연표가 있어야 한다. 암브로시오 포르넷이[23] 작성한 연표는 여

---

22) 모레노 프라히날스(Moreno Fraginals, 1920~2001). 쿠바 역사가이자 작가. 쿠바와 카리브 지역의 노예제 플랜테이션 경제를 연구한 『제당소』(El Ingenio, 1964)로 국제적으로 큰 명성을 얻었다. 제당소에서는 보통 사탕수수 농장과 설탕 생산 공장이 같이 운영되었다. —옮긴이

러 가지 사건과 라첼의 관계 파악에 큰 도움이 되었다. 연대순은 대위법 식으로 전개된 작품 창작에서 필수적이다. 왜냐하면 여러 구조가 대조를 이루거나 병존하는데, 시간과 더불어 사건이 다양해지므로, 기억하기 쉬운 명확한 대조를 형성하려면 확실한 구조를 가지고 작업해야 한다. 이를 테면 1910년에 발생한 사건이 1925년에 발생한 사건 뒤에 놓일 수 있는 것이다. 이러한 구조들의 관계는 결코 동일하지 않다. 두 개의 구조가 있다면, 대개 한 구조가 다른 구조보다 중요하거나, 아니면 단순히 성격이 다를 수도 있다. 하지만 이 모두는 전체라는 질서를 따라야 한다. 이러한 목적을 달성하려면 연대기는 꼭 필요하다. 왜냐하면 역사의 흐름을 확실하게 고정시켜주기 때문이다. 지금 우리의 논의는 작품을 수수께끼로 만드는 것이 아니라 역동적인 구조를 부여하려는 것이다. 역동적인 구조는 이야기하는 방법, 내적 독백, 흔들리는 기억, 한 생명체의 삶과도 직접적인 관계가 있다.

이런 경우 녹음기는 진술의 리듬과 순서까지 기록하기 때문에 카드 정리보다 훨씬 유용하다. 또, 내 경우에 녹음기는 환상의 산물로 보이는 구절을 찾아내는 데 도움이 되었다. 정보 제공자의 음성을 녹음하지 않았더라면 발견하기 힘들었을 것이다.

자료 수집이 완료된 후에는 이를 분류하고 조직하고 집필하는 단계로 접어드는데, 나는 이 단계에서 흥분을 느낀다. 이 단계는 주해를 정독하고 검토하는 베네딕트 수도사들의 작업과 같다. 자료와 발췌물에 대한 평가를 마치는 순간이다. 연구가 시작된다. 지루하고 따분한 일이지만, 작업의 핵심이다. 이때 각별한 주의를 기울여 자료에 대한 자신의 입장을 정리해

---

23) 암브로시오 포르넷(Ambrosio Fornet, 1932~). 쿠바 출신 문학비평가, 시나리오 작가, 편집자. 이 책의 편집자 중 하나인 호르헤 포르넷의 부친. ―옮긴이

야 한다. 이야기를 듣거나 자료를 수집할 때는 다소 부주의할 수도 있으나 이 단계에서는 바짝 긴장해야 한다. 이 단계는 우리가 밝히려는 진실을 드러내줄 수 있는 기본적인 자료를 선택하는 단계다. 무엇보다도 과장된 자료는 삭제하고 정확한 자료를 덧붙이는 작업이다.

자료는 압축되거나 정돈되지 않았을 것이다. 정보 제공자의 머릿속에 떠오른 내용을 모두 포함하고 있을 것이다. 버지니아 울프가 꿈꾸던 저 일기장처럼 숭고하고 무의미하고 아름다운 것이 들어있을 것이다.

나는 그 일기장이 옷가지나 천을 아무렇게나 던져 넣는 궤짝 같았으면 좋겠다. 1~2년 후에 다시 들춰보니 저절로 선별되고 정제되어 통합체를 이루고 있었으면 좋겠다. 대개 한 통 속에 물건을 집어넣어 두면 이런 신기한 현상이 일어나듯이 말이다. 그래서 그 일기장이 아주 투명해져서 우리 삶의 빛을 반영하는 동시에 예술작품처럼 고즈넉하게 가라앉은 앙금을 지녔으면 좋겠다.(버지니아 울프)

자료의 통합이란 자료를 보편적인 관점에서 조망하는 일이다. 우리의 목표는 한 시대를 기록하는 것 이상이다. 그 시대를 평가하기 바란다. 따라서 정보 제공자와 함께 명확한 입장을 취해야 한다. 이는 정보 제공자의 의견에 동의하고, 동일하게 생각한다는 의미는 아니다. 단순히 정보 제공자가 하는 말과 사물을 바라보는 시각을 받아들인다는 뜻이다. 나는 라첼의 인종차별적이고 선동적인 가치관에 동조하지 않았다. 그러나 라첼이 고백하는 순간에는 나 역시 그녀의 말을 받아들여야 했다. 그 후에 고백을 평가하고, 이를 무시한 것이다. 따라서 라첼처럼 모순적인 인물에 대해서는 반론을 제시해야만 했다. 그러나 내가 라첼의 가치관을 수용한 결과, 그 시대를 더 잘 이해할 수 있었다. 또한 그녀와 상반된 관점, 상반된 판단기준을 찾을 수 있었다.

현상의 보편화는 부분적으로 이러한 대조에 근거한다. 보편화는 다양한 생각의 투쟁으로, 이 과정에서는 모든 것이 뒤섞이고 혼란스러워 앞뒤를 분간할 수 없게 된다. 특정 사건에 대한 여러 가지 의견과 상이한 관점이 존재하기 때문에 그 사건은 복잡해지고 관련 범위가 넓어지며 한층 보편적인 영역에 자리 잡게 된다.

라첼의 말을 들을 때 내 관심은 그녀의 편파적이고 변덕스러운 시각이 아니라 그러한 시각이 덜 편파적이고 덜 변덕스러운 시각과 어떻게 융합되며, 어떻게 특정한 사회적 맥락에서 한 인간의 좌절을 반영하는 의미전달 체계를 형성하는가 하는 문제였다. 따라서 대위법적 문체와 병렬 구조를 효과적으로 사용하려고 하였다. 나는 이러한 방법론이 한 인물만을 다루는 증언소설뿐만 아니라 영역을 넓혀 역사적 성격의 연구, 이를테면 가족 연구에도 유용하다고 여긴다.

오스카 루이스의 『산체스네 아이들』(1961)은[24] 증언소설은 아니지만, 대위법을 사용한 좋은 예이다. 루이스는 사회계층 연구를 하지 국가적 맥락의 연구를 하지 않는다. 내가 생각하기에 합당한 작업이기는 하지만 넓은 안목에서 보면 지나치게 축소된 영역이다. 형식적인 면에서 『산체스네 아이들』은 훌륭한 예이다. 후안 호세 아레올라의 『시장(市場)』(1963)의[25] 경우는 엄격한 의미에서 문학작품이고, 예술 작품에서 대위법을 사용한 좋은 예이다.

---

24) 『산체스네 아이들』(The Children of Sanchez). 오스카 루이스의 대표작으로 멕시코시 슬럼가에 사는 한 멕시코 가족의 삶을 그렸다. '빈곤의 문화'에 대한 개념을 발전시키기 위한 일환으로 이 책을 집필했다. ―옮긴이

25) 후안 호세 아레올라(Juan José Arreola, 1918~2001). 멕시코 작가. 『시장』(La feria)은 다양한 등장인물의 목소리를 배열함으로써 착취를 고발하는 작품이다. 1945년에는 룰포와 함께 잡지를 간행하기도 했다. ―옮긴이

보편화와 관련하여 마지막으로 지적할 사항은, 증언소설의 작가가 추구하는 객관화가 형식, 즉 사용하는 방법에만 있지 않다는 점이다. 핵심은 내용에 있다. 인물은 자기 시대와 대화를 하여야 한다. 시대와 함께 기능해야 한다. 이것이 플로베르가 허구의 인물인 마담 보바리를 통해서 구현한 것이다. 우리가 실존 인물을 알기 위해 매일 만나서 직접 물어보는 경우, 그런 대화가 얼마나 신빙성이 있을까 상상해보라.

흔히 문학의 기능은 교훈이 아니라고 말한다. 그러나 이 말은 재고해야 한다. 우리는 사회적 인간으로부터 간신히 빠져나오자마자 무서운 공허에 빠질 수 있기 때문이다. 우리는 시대를 대변하는 인물들을 통해서 사회학과 교훈주의를 극복해야 한다. 이들은 역사에 항구적인 틀을 부여하고, 당면한 현실에 적응함으로써 세상에 적응할 줄 아는 사람들이다. 비록 우리의 모델이 죽는다고 할지라도, 이제는 소멸된 과거의 반영이라고 할지라도 이들은 자기 시대를 초월하여 존재해야 한다. 새로운 미래를 위한 이정표가 되어야 한다.

아메리카는 토대 작품을 필요로 한다. 아메리카는 자신을 알고 싶어 한다. 증언소설은 풍성한 허구소설의 흐름과 손을 잡고 함께 전진해야 한다. 라틴아메리카의 복잡한 현실을 천착하는 증언소설의 작업은 어렵지만 회피할 수 없는 추구이다. 로베르토 곤살레스 에체바리아의 말처럼, "이러한 과제는 당대 정치권의 덧없는 언어 표현에 안주하거나 사회 과학의 전문 용어 나열에 만족하는 혁명문학의 몫이 아니라 어떠한 구속도 없이 언어를 탐색하는 과정에서 문화를 만들어내는 문학의 몫이다."

전통은 인간의 모든 정신적 자산으로 구성된다. 전통이 없는 민족은 잎이 없는 나무와 같다. 기억이 없는 민족은 의지할 데 없는 민족이다. 증언소설은 이러한 기억을 보존함으로써 토대문학에 기여해야 한다. 현실 인식에 기여하고, 나아가 언어 인식, 즉 문학의 부활에 기여하는 것이다.

얼마나 많은 사람이 라틴아메리카 문학의 위기를 말하고 있으며, 유럽 소설의 모방이 라틴아메리카 소설의 짐이라고 믿고 있는가. 룰포와 호자를 본보기로 이러한 혼란을 극복하기 바란다.

증언소설이 아메리카 대륙에서 성장하리라고 확신한다. 늙은 흑인들의 말처럼, 어떤 일이든 필요하면 하게 되어 있다. 이 말처럼, 필요가 강제로 하게 만든다. 시작이 반이라고 믿는 사람도 있다. 알려지는 것이 시작이라면 어떤 것의 종말은 재촉된다고 믿는다.

> 우리는 바람 한 점 없는 이런 길 한복판에는 아무 것도 없을 것이라고 믿었다. 그리고 금이 가고 개울물도 말라 버린 이런 황무지의 끝에서는 아무 것도 발견하지 못할 것이라고 생각했다. 그렇지만 개 짖는 소리가 들려오고, 공기 속에서는 굴뚝에서 흘러나온 연기 냄새를 느낄 수 있었다. 우리는 사람들이 내뿜는 이런 냄새를 마치 한 가닥의 희망처럼 음미하고 있었다.(후안 룰포, 『불타는 평원』)

우리 모두는 이 희망의 주위를 맴돈다. 에스테반 몬테호가 말하는 것처럼 결국 "만사가 그렇게 무(無)로부터 나오는 게 아냐. 꿈을 꾸는 사람은 뭔가를 보았기 때문이야. 한 번은 내가 큰 나무를 꿈꾸었는데 그래서 생각해보니 내가 노예숙소 문 앞에 있는 나무를 바라보고 있었더라고."

[조혜진 옮김]

미겔 바르넷의 『어느 도망친 노예의 일생』:
현실과 문학에 대한 새로운 탐구

박 수 경

Ⅰ. 민족지학에서 문학으로

『어느 도망친 노예의 일생』은 19세기 말 쿠바에 아직 노예제가 존재하던 시절부터 이야기를 시작한다. "살다보면 이해할 수 없는 일들이 있는 법"이라는 이 작품의 첫 문장처럼(미겔 바르넷 2010, 29) 살다보면 노예제란 그다지 놀랍지 않은 인류의 보편적 경험이라는 것을 알게 되지만, 다른 한편으로 도무지 이해하기 어려운 인류의 어두운 욕망을 담고 있기도 하다. 제목처럼 이 작품은 노예였던 한 사내가 도망 노예로 지내다가 노예제가 폐지된 후 제당소에서 일하면서 경험한 19세기 말 쿠바 사회의 모습을 담고 있다. 1895년 쿠바 독립 전쟁에 참전했던 내용을 마지막으로 담고 있는 이 작품은 오늘날 우리에게 익숙한 피델 카스트로의 사회주의 국가 쿠바와는 매우 동떨어진 듯한 모습의 쿠바를 그린다. 또한 시간적 흐름에 따라 사건이 배치되고, 도망 노예와 독립 전쟁 등 매우 극적인 사건을 배경으로 살아온 한 사람의 일생을 들려주고 있음에도 불구하고 갈등

구조에 따라 전개되지 않는다. 이 작품은 사건의 연쇄가 아니라 기억의 나열을 통해 이야기하기 때문이다.

그래서 이 작품은 살다보면 보는 것, 듣는 것, 겪게 되는 것들에 대한 이야기이다. 이 작품 안에서 화자나 저자는 그 '것'들을 굳이 이해하려는 노력을 기울이거나 이해할 수 있도록 안내하지 않는다. 오늘날의 우리에게 노예제에 담긴 어두운 욕망이 이해할 수 없는 일이라면, 노예제에서 살아온 한 사람에게 노예제란 이해의 대상이 아니라 삶의 조건이다. 그래서 이 작품은 이해를 구하지 않는다. 이 작품은 "이해할 수 없는 일"을 궁금해 하기보다 그 일을 마주치게 하는 "살다보면"에 관심을 갖는다. 이 작품이 들려주는 기억을 사건의 연쇄 속에 적당히 삽입하는 것은 독자의 몫으로 남는다.

미겔 바르넷이 그 '삶'에 관심을 갖는 방법은 "경험의 채집"이었다(바르넷 2010, 27). 1966년 출판 당시 이 작품에는 '민족지학'(etnografía)이라는 부제가 달렸고, 「프롤로그」에는 그 부제에 걸맞게 작품의 저자가 1인칭 복수인 '우리'로 표현되었다. 비록 작품의 저자는 바르넷이지만, 그 스스로 이 작품을 자기가 소속된 민족지학·민속학연구소에서 수행하는 공동 프로젝트로 간주했기 때문이다. 후에 밝히듯 당시 바르넷은 연구논문을 준비하며 에스테반 몬테호를 인터뷰했다. 그 인터뷰는 민족지학의 연구방법에 따라 진행되었다. 그러나 출간 몇 년 후 저자는 자기가 작성한 민족지 이야기를 '증언소설'이라는 새로운 이름으로 해석했다.

1970년 바르넷은 「증언소설: 사회문학」이라는 글에서 소설에 관한 새로운 관점으로 '증언소설'을 제안한다. 여기서 바르넷은 이 작품과 함께 1969년 출간된 『라첼의 노래』를 증언소설의 사례로 제시한다. 1981년 출간된 『갈리시아인』과 함께 증언소설 3부작으로 언급되는 바르넷의 작품들은 '문학' 또는 문학 내의 '소설'이라는 장르에 대해 새로운 관점을 주장한다. "고상하고", "귀족적"이며, "서구 엘리트"에 의해 쓰이고 평가되는 통속적인 의미의 소설과 달리, 현실 세계와 비현실 세계를 종합하는 정신세계를 통해 라틴아메리카의 전통을 창조하는 문학을 발굴하려는 시도이다.

그리하여 『어느 도망친 노예의 일생』 출간 30주년을 기념하여 작성된 「에필로그」는 이제 '우리'가 아닌 1인칭 단수 '나'를 통해 서술된다. 바르넷이 가졌던 '삶'에 대한 관심은 민족지 이야기라는 제한된 형식을 벗어나 문학의 영역에 재배치된다. 또는 1970년 글에서 언급하듯이 그에게 민족지 이야기의 방법과 증언문학의 방법은 애초에 큰 의미가 없었을지도 모른다. 그의 관심은 '삶'이었고, 그 삶을 채집하는 데 필요한 "타인과의 일체감", 그리고 그 삶을 서술하는 데 필요한 "솔직한 구어체"는 두 가지 영역 공통의 것이기 때문이다. 이제 「프롤로그」나 「에필로그」처럼 저자에게 허락된 지면을 1인칭 복수로 채울 것인지, 1인칭 단수로 채울 것인지는 그다지 의미가 없다. 저자에게 허락된 지면과 정보 제공자가 이끄는 작품 내용의 경계는 증언소설이라는 새로운 관점 안에서 다른 의미를 획득하기 때문이다. 화자와 저자의 구분을 넘어 증언소설은 1인칭 단수 '나'가 아니라 1인칭 복수 '우리'의 집단적 기억에 기여해야 한다.

이처럼 문학에 대한 새로운 관점, 민족지 이야기에 대한 새로운 이름으로 증언소설을 제안하면서 바르넷이 대면하고자 한 것은 '문학'이 갖는 편향성이었다. 바르넷은 당시 문학이 좁은 틀에 갇혀있다고 보았다. 특히 서구에서는 사회적인 역동성이 잦아들고 엘리트적 문학이 주류를 이루면서 언어와 사고가 분리되고, 사고에 비하여 언어유희가 비대해지는 현상을 보였다. 반면 라틴아메리카는 서구가 아닌 자신의 눈으로 스스로를 바라보기 위해 여전히 처절히 싸우고 있는 땅이며, 그 싸움은 문학에서 여실히 드러나고 있기에 문학의 가능성이 잠재된 곳이었다. 그렇다면 과연 다른 토양에서 자라고 있는 라틴아메리카 문학이 서구 문학이 빠진 위기와 한계에서 벗어나 다른 길을 걷고 있을까. 이 점에 대해 바르넷은 회의적인 태도를 보인다.

『어느 도망친 노예의 일생』이 출간된 1966년 라틴아메리카 문학계는 '붐 소설'이라 불리는 전위주의 시대를 맞이하고 있었다. 1959년 쿠바혁명의 성공 이후 1960~70년대 라틴아메리카가 맞이한 사회적 격변기는 라틴아메리카 문단을 자극하고, 교감하고, 영감을 주고, 빨아들였다. 이후 환상문학 또는 마술적 사실주의라 일컬어질 작품들도 이때 쏟아져 나왔는데 훌리오 코르타사르, 가브리엘 가르시아 마르케스, 호르헤 루이스 보르헤스, 알레호 카르펜티에르 등이 대표적이다.

그들의 작품은 현실의 다른 측면으로서 '환상'을 다루거나, 연대기적 서술과 정형화된 화자를 내세우는 대신 혁신적인 기법을 도입함으로써 라틴아메리카의 사회 현실을 표현하는 데 새로운 미학적 효과를 만들어냈다. 그러나 라틴아메리카 내외의 '고상한' 엘리트 지식인과 일반 독자는 현실을 바라보고 표현하는 혁신적 기법을 높게 평가하는 반면, 그 기법이 표현하고자 하는 '라틴아메리카의 현실'에 관해서는 무심한 경향이 있었다. 바르넷은 이러한 문학적 흐름을 의식하며 라틴아메리카 사회 현실과 문화에 대한 각성에 기여하도록 소설의 외연을 확장시키려 했다. 그러한 맥락에서 『어느 도망친 노예의 일생』은 현실과 문학적 상상력을 유기적으로 연결하려는 시도였다. 그 이후 증언문학은 현실과 문학적 상상력 사이에서 위태롭게 줄타기를 하는 작품들의 균형추와 같은 역할을 하면서 라틴아메리카 문학의 한 가지 흐름을 만들어냈다.

바르넷에 따르면 하나의 장르로서 '증언소설'은 다음과 같은 세 가지 조건을 충족해야 한다. 첫째, 사건의 증인으로서 말하고, 그 사건을 평가할 수 있는 민중의 한 사람이 '증언소설'의 주인공이 되어야 한다. 둘째, 객관적인 사실을 파악하기 위해 정보 제공자의 증언 이외의 조사가 필요하다. 셋째, 정보 제공자의 언어로 드러나는 민중의 언어를 재현해내야 한다. 이와 같은 전제에는 민족지학의 연구방법이 녹아있는 한편, 1959년 쿠바혁명이 승리한 후 쿠바 문학계에 요구되던 새로운 역할을 엿볼 수 있다. 맑스-레닌주의를 표방한 쿠바혁명의 이념이 문학계에도 적용되어, 이른바 부르주아 계급의 전유물이었던 문학을 혁명적 실천으로 전환시키려는 노력이 생겨난 것이다. 이러한 시대배경 아래 쿠바혁명이 일어난 지 10년도 채 지나지 않아 출간된 『어느 도망친 노예의 일생』은 쿠바 사회는 물론이고 쿠바혁명의 영향을 직간접적으로 받고 있던 라틴아메리카 사회에 주목할 만한 반향을 일으켰다. 19세기 후반기 쿠바의 역사를 도망 노예라는 민중의 목소리로 서술하는 이 작품은 쿠바혁명 이후 문학이 요구받은 새로운 역할을 적절히 수행했다.

이 책이 가져온 반향으로 1970년 쿠바의 문학비평과 문화운동의 구심점이라 할 수 있는 〈아메리카의 집〉은 문학상 내에 증언문학 부분을 신설했다. 이를 계기로 증언문학은 '문학'의 한 영역으로 제도화되는 출발점에 서게 된다. 그 이후 쿠바를 비롯한 라틴아메리카 전역에서 증언문학의 성격을 띠는 작품들이 잇따라 등장하여 독재와 정치탄압에 대해 발언하는 주요한 수단으로 자리매김하였다. 1968년 발생한 멕시코의 틀라텔롤코 학살 사건을 다룬 1971년 엘레나 포니아토프스카(Elena Poniatowska)의 『틀라텔롤코의 밤. 구술사 증언』(La noche de Tlatelolco. Testimonios de historia oral, 1971)은 대표적인 증언문학 작품이다.

쿠바혁명 이후 라틴아메리카 정치 지형을 뒤흔든 민중운동을 배경으로 증언문학이 성장해 나갔다면, 1990년대 포스트모더니즘과 하위주체 담론은 증언문학을 재평가하는 계기를 마련해주었다. 증언문학은 정보 제공자 또는 증언자의 구술 기록을 토대로 저자가 작품화하기 마련이다. 이때 구술 기록과 최종적으로 출판되는 작품 사이의 관계, 정보 제공자 또는 증언 당사자와 저자의 관계가 문제시된다. 저자는 민중의 목소리를 드러내려고 하지만 이미 저자의 손을 거친 작품은 민중의 목소리를 얼마나 진실하게 담아내었느냐는 논쟁에 휘말린다. 결국 '하위주체는 말할 수 있는가'라는 가야트리 스피박의 물음과 연관되어 증언문학은 또다시 문학에 대한 관점을 사고하게 한다. 존 베벌리를 비롯하여 '라틴아메리카 하위주체 연구그룹'은 이 물음의 연장선에서 증언문학 작품을 비평한 바 있다.

또한 증언문학은 저자와 독자, 문학과 민족지학 사이의 경계를 성찰하는 계기를 제공한다. 앞서 말했듯 민중의 한 명, 민중을 대변하는 증언자, 증언자의 구술을 기술하는 저자라는 세 겹의 층은 '저자란 무엇인가'라는 물음을 던진다. 저자와 능동적인 독자의 관계뿐만 아니라 여러 명의 저자를 가정하기 때문이다. 또한 증언문학은 민족지학의 방법론과 사회학적 관점에 기대고 있기 때문에 장르와 분과학문 간의 경계를 흐트린다. 바르넷이 『어느 도망친 노예의 일생』의 「에필로그」에서 탈근대성에 대해 언급하는 것은 이러한 배경에서 비롯된다.

그렇다면 바르넷이 '증언소설'을 통해 집단적 기억으로 만들고 싶었던 라틴아메리카의 현실이란 무엇이었을까. 『어느 도망친 노예의 일생』의 화자인 몬테호는 생생한 목소리로 자신의 삶을 전하며, 공식화된 쿠바의 역사와 문화에 살을 붙인다. 그 때문에 시간적 흐름에 따라 노예제 시대, 노예제가 폐지된 후의 시기, 독립 전쟁의 세 개 장으로 나누고 있지만, 시간의 흐름이 이 작품의 서사 구조를 결정짓지 않는다. 그보다는 제당소의 풍경, 아프리카계 노예의 생활상, 아프로쿠바인의 종교, 중국계를 비롯해 쿠바 사회를 구성하는 다양한 인구 집단의 생활상이 조각보처럼 그려질 뿐이다. 시간의 흐름을 세심하게 따라가지도 않고, 인과관계에 따라 기술하거나 일관된 관점으로 서술하지도 않는다. 조각처럼 흩어져 있기 마련인 몬테호의 기억을 이미 알려진 쿠바 역사의 빈틈에 맞춰 배열하고, 화석화된 역사에 생동감을 부여하려 할 뿐이다. 그래서 이 작품은 쿠바 역사에 대한 이해를 친절히 도와주지는 않는다. 이 작품의 목적은 어느 도망친 노예의 일생을 통해, 그 노예가 누구이든 상관없이 익히 알려진 쿠바 역사를 재현하는 것이 아니라 바로 '그 노예', 몬테호를 통해 쿠바 역사의 한 시기를 재창조하고 재조명하는 것이 목적이기 때문이다. 두서없이 나열되는 몬테호의 기억은 쿠바의 역사와 결합되면 미시사로 재구성될 만큼 구체적인 이야기로 거듭난다.

II. 민족지학과 문학 사이의 히스토리

"증언소설이 한 국가의 문화에 진정한 이정표를 세운 사회적 사건을 생생하게 재창조한 문헌"이라면(Barnet 1998, 19-20), 『어느 도망친 노예의 일생』이 재창조하는 쿠바 사회의 이정표는 노예제와 독립 전쟁이다. 라틴아메리카의 그 어느 국가보다도 오래 에스파냐의 지배에 있었던 카리브 해의 작은 섬이 경험한 격변은 19세기 후반 몬테호의 삶과 일치한다. 몬테호가 경험한 현실은 그가 경험하지 않은 지난 400년 쿠바 역사 전체를 상기시킨다. 바르넷이 몬테호를 통해 채집했던 현재적 기억은 문학적 상상력으로 재창조되고 재해석되면서 '히스토리'(his story)가 되고, 증언소설의

'히스토리(history)'는 역사적 의미를 부여받아 또 한 번 '히스토리'(History)가 된다. 몬테호와 바르넷의 '히스토리'이자 쿠바의 '히스토리'는 1492년 시작된다. 바르넷이 제시한 증언소설의 조건 가운데 하나가 정보 제공자의 증언 이외의 자료 조사라면 그들의 히스토리가 빛을 발하기 위해 독자가 해야 할 자료 조사는 쿠바 역사에 대한 간략한 이해일 것이다.

1492년 콜럼버스가 카리브 해에 발을 들여놓은 이후 쿠바 섬은 에스파뇰라섬과 함께 에스파냐령 아메리카 식민지 건설을 가장 먼저 경험했다. 총 네 차례에 걸친 콜럼버스 항해의 결과 두 개의 섬에는 에스파냐인 정착지가 건설되었고, 1510년대 쿠바 섬에는 7개의 정착지가 건설되었다. 현재 쿠바의 수도인 아바나는 1514년 산크리스토발 데 라 아바나(San Cristóbal de la Habana)라는 이름으로 건설되었다. 아바나는 에스파냐 전진기지 역할을 톡톡히 수행하여 5년 후인 1519년 에르난 코르테스가 아메리카 내륙 정복에 나설 때 발판이 되었다. 그러나 에스파냐가 1520년대 메소아메리카 지역을 시작으로 점차 남하하여 1530년대 남아메리카까지 정복한 이후 쿠바 섬을 비롯한 카리브 지역은 거대한 대륙에 매달려 있는 부속 섬에 불과한 위상으로 격하되었다. 대륙의 식민지 개척을 위한 이주와 전염병 등으로 카리브 지역의 인구는 격감했으며, 에스파냐의 최대 관심사였던 광물 자원 역시 고갈되면서 카리브 지역의 중요성은 지리적 이점으로 제한되었다.

에스파냐는 대서양으로 향하는 관문이자 아메리카 대륙으로 들어가는 초입이라는 카리브 해의 지리적 특징에만 주목했다. 그 가운데 플로리다 해협, 멕시코 만, 남아메리카의 카르타헤나로 연결되는 쿠바 섬은 식민지 간 연결망, 식민지와 본국 사이의 연결망, 더 나아가 유럽, 아메리카, 아프리카를 잇는 대서양 무역의 중간 기항지로 자리 잡게 되었다. 이처럼 쿠바 섬을 군사와 교역의 전략적 요충지로 삼은 에스파냐의 정책은 농업을 비롯한 여러 산업이 이 섬에서 발전될 가능성을 일찍부터 차단했다. 따라서 에스파냐의 지배 아래 있었던 18세기 전반기까지 쿠바 섬은 다른 카리브 해 섬지역과 비교하여 낙후되어 있었다.

그러나 1762년 영국이 아바나를 점령하고, 1791년 이웃한 아이티에서 혁명이 발발하자 쿠바 섬은 경제적으로 급격히 성장한다. 먼저 영국이 아바나를 점령한 10개월 동안 영국의 무역상들이 쿠바에 드나들면서 노예 거래가 성행하였고, 아바나를 군사요새로 재정비하면서 인구가 증가하였다. 영국이 물러간 후 에스파냐는 일련의 개혁 정책을 통해 아바나 인근의 토지를 몰수하여 왕실 소유 아래 두었고, 쿠바산 생산물에 대한 무역 규제를 축소하고, 무역독점체제를 철폐했다. 영국의 침입이 가져온 이와 같은 일련의 변화는 1791년 아이티의 독립 전쟁과 맞물려 쿠바 섬의 제당 산업이 급속히 발전하는 조건이 된다.

영국과 프랑스가 지배했던 카리브 해 지역의 다른 섬들과 달리 에스파냐는 쿠바 섬을 생산지보다는 기항지로 삼았던 탓에 이미 16세기 말부터 시작된 제당 산업은 쿠바에서 크게 성장하지 못했다. 그러나 유럽의 설탕 수요가 증가하면서 쿠바에서도 노예노동에 기반한 제당 산업이 본격적으로 시작된다. 영국 점령 이후 생겨난 사회적 변화와 정책적 개혁 덕분에 1790년 외국 상인들이 아바나 항을 자유롭게 이용할 수 있도록 모든 제한 조치가 해제되고, 외국인도 쿠바 내에서 자산을 소유할 수 있게 되었다. 그 결과 쿠바에 정착하는 미국인과 영국인들이 생겨났고, 이들이 자국 기계를 수입하여 제당 산업의 기술혁신을 가져오게 된다. 30년 전 영국 무역 상인의 등장과 함께 급속히 증가한 아프리카계 노예는 이 시기 제당 산업 발전을 뒷받침했다.

1791년 제당 산업은 쿠바 경제활동의 핵심으로 떠올랐다. 프랑스의 지배를 받으며 이미 제당 산업의 거점으로 발전한 아이티에서 아프리카계 노예에 의해 혁명이 발발하자 제당 산업 자본 및 관련 기술은 쿠바로 이동한다. 아이티 혁명을 피해 쿠바로 이주한 프랑스인은 혁신적인 사탕수수 경작 기술과 제당 기술을 들여와 제당 산업 전반의 기술발전을 이루었다. 1830년대 제당소에는 증기기관을 이용한 정제기가 등장했고, 1850년경에는 원심분리기가 도입되어 같은 시간 더 많은 양의 사탕수수에서 양질의 설탕을 정제할 수 있게 되었다. 제당소 내의 혁신뿐만 아니라 1840년대 쿠바에 건설된 철도는 제당소에서 생산된 설탕을 아바나 항으로 신속하고 손쉽게 수송할 수 있게 해주었다. 1837년 미국과 영국의 자본과 기술로 처음 개통된 쿠바의 철도는 라틴아메리카에서 첫 번째 철도였음은 물론이고, 에스파냐 본국보다도 앞선 것이었다.

이러한 제당 산업의 발전은 쿠바 내부에 지역 간 불균형을 야기했다. 아바나를 중심으로 마탄사스(Matanzas), 라스비야스(Las Villas) 등의 서부 지역은 기술적으로 앞선 제당기계를 보유한 반면 동부 지역의 설탕 생산은 노예제에 의존하고 있었다. 1860년대 경제위기가 몰아치자 쿠바의 제당 산업은 큰 타격을 입었고, 특히 근대적 산업시설을 갖춘 서부보다 동부의 사탕수수 대농장 및 소규모 제당소의 경제적 손실이 심각했다. 더구나 경제위기에 처한 에스파냐마저 쿠바에 막대한 세금을 요구하자, 동부의 대지주들을 중심으로 1868년 반(反)에스파냐 투쟁이 시작된다. 이것이 '10년 전쟁'이라 불리는 쿠바의 첫 번째 독립 전쟁이다.

동부 지역 대농장주인 카를로스 마누엘 데 세스페데스를 필두로 칼릭스토 가르시아, 안토니오 마세오, 도미니카공화국 출신의 막시모 고메스 등이 군 지도자로 전쟁을 이끌었다. 그러나 수년 동안 지속된 전쟁에도 불구하고 전쟁을 주도한 동부의 지배층은 서부 지역을 독립 전쟁에 끌어들이지 못했다. 동부와 서부의 지배층이 서로 다른 경제적 이해관계 속에 놓여 있었던 탓에 독립 전쟁은 쿠바 전 지역으로 확산되지 못했고, 폭넓은 사회계층의 지지를 받지도 못하였다. 당시 쿠바 사회에서는 정치적 특권층인 에스파냐인, 에스파냐계이지만 쿠바에서 출생한 크리오요, 아프리카계 노예 및 물라토로 나누어지는 사회계층의 이해관계가 뚜렷이 구별되었다. 말하자면, 독립 전쟁은 동부 지역 크리오요가 경제적 이해관계에 의해 에스파냐 본국으로부터 독립 또는 자치를 요구하면서 시작되었다. 아프리카계 노예의 경우 자신이 소속되어 있는 대농장주의 이해관계에 따라 참전을 하는 경우가 많았다. 주인이 자유를 약속하거나, 많지는 않지만 경제적 보상을 내걸었기 때문이다. 결국 '10년 전쟁'은 여러 사회계층의 전반적인 지지를 받지 못한 채 10년 후인 1878년 실패로 돌아간다. 쿠바는 산혼 평화조약(Paz de Zanjón)을 체결하고 다시 에스파냐의 지배아래 놓인다.

민족지학의 정보 제공자이자 증언소설의 화자인 몬테호는 지금의 비야클라라(Villa Clara) 주에서 태어났다. 예전 라스비야스 지역의 북부로 추측된다. 이 작품의 무대가 되는 레메디오스(Remedios) 및 사구아 라 그란데(Sagua la Grande)는 비야클라라 주에 위치하며, 동서로 길쭉한 형태의 쿠바 섬의 중앙에 위치하여 동부와 서부의 경계 지역이다. 그가 태어난 1860년 무렵은 쿠바가 제당 산업을 통해 상당한 경제 발전을 이룬 시점이자 제당 산업을 움직이는 노동력 공급 방식이 변화를 겪던 때였다.

몬테호가 태어나기 100년 전부터 본격화된 쿠바의 제당 산업은 사회계층 피라미드가 집약적으로 나타나는 곳이었다. 사탕수수를 재배하는 대농장주, 설탕을 생산하는 제당소 소유자, 대농장과 제당소의 노동력으로 공급되는 노예를 수입하고 그 노동력으로 생산된 설탕을 수출하는 상인 등은 제당 산업으로 돈을 벌어들이는 쪽이었다. 그들 대부분은 에스파냐인과 미국인이었다. 반면 제당 산업 피라미드의 가장 아래쪽에는 제당 산업의 성장과 함께 쿠바로 대량 유입된 아프리카계 노예, 노예 신분에서 해방된 아프리카계 자유민, 물라토 등이 섞여 있었다.

역사적으로 쿠바의 아프리카계 노예는 미국, 유럽, 아프리카 등에서 유입되었는데, 1808년 영국이 자국 항구에서 노예무역선의 출항을 금지시키는 등 전 세계적으로 노예무역과 노예제를 제한하는 조치들이 생겨나기 시작했다. 그럼에도 불구하고 한동안 영국인은 영국 외 항구에서 여전히 노예무역으로 돈을 벌어들였고, 에스파냐는 본국의 노예제를 폐지했지만 쿠바는 예외로 삼아 노예제를 유지시켰다. 1867년까지도 노예무역선이 쿠바에 도착했다는 공식 기록이 남아 있다. 노예 노동에 기반하여 발전해 온 경제 구조도 공고했다.

몬테호의 아버지가 아프리카 오요 출신이고 어머니는 프랑스 출신이라는 설명은 아프리카계 노예가 다양한 경로로 유입되었음을 시사한다. 다만 작품에서 언급되는 아프리카 부족과 그들의 토속신앙에 대해서 정확히 그 기원을 확인하기는 어렵다. 당시 아프리카에서 노예를 획득한 유럽인들은 아프리카의 지리에 대해 무지하였으며 부족들 간의 관계에 대해서도 이해하지 못했던 탓에, 그들이 남긴 자료로 그 기원을 추정하기에는 한계가 있기 때문이다. 민족지 이야기로 출발한 이 작품은 그런 한계를 넘어서려는 시도를 담고 있다.

그러나 노예무역의 제한은 곧 제당 산업에 구조적 변화를 가져왔다. 거래 금지로 노예 가격이 급상승하자 노예노동은 갈리시아, 카나리아 제도의 여러 섬, 멕시코 유카탄 반도, 중국 등 다양한 지역 출신 이주민의 노동으로 대체되었다. 몬테호가 쿠바 노예제의 역사에 생생한 목소리를 덧씌울 수 있었던 것은 그가 제당 산업의 전환기에 바로 그 현장에 있었기 때문이다. 1860년생 '노예' 출신 몬테호가 기억하는 '루쿠미', '콩고', '섬사람', '중국인', '갈리시아인' 등은 쿠바 제당 산업에서 필요로 하는 노동력 공급의 기반이 근본적으로 변화하는 과정의 산물이다.

영국과 에스파냐가 노예무역을 금지하자 노예노동에 의존하고 있던 미국 남부 지역과 쿠바 동부 지역은 노예제를 유지하려는 목적으로 쿠바를 미국과 합병하자고 주장했다. 그러나 1865년 미국의 남북전쟁이 남부의 패배로 끝나자 쿠바 동부 대지주를 중심으로 진행되었던 쿠바 합병에 대한 논의는 물거품이 되었다. 결국 쿠바에서도 1880년 노예제 폐지 법안이 발표되고 이행 단계를 거쳐 1886년 노예제가 폐지되었다. 이 무렵 도망 노예였던 몬테호는 산에서 내려와 제당소 노동자로 일하기 시작한다.

10년 전쟁의 패배로 여전히 에스파냐의 지배 아래 있었던 쿠바는 1895년 초 호세 마르티가 이끄는 쿠바혁명당의 주도로 다시 독립을 시도했다. 16년 전 '10년 전쟁'에서 이미 지도력을 인정받았던 고메스와 마세오가 다시 해방군을 이끌었으며, 그들은 군사적 열세에도 불구하고 승리했다. 노예제가 폐지된 쿠바 사회에서 독립 전쟁은 노예노동에 의존하는 대지주나 제당소 소유자의 이해관계에 얽매이지 않았고, 그 덕분에 해방군은 '10년 전쟁'과 달리 서부지역 산업 부르주아 층의 지지를 받을 수 있었다. 더구나 해방군은 '10년 전쟁'의 과오를 반복하지 않기 위하여 서부 지역 점령에 집중하는 전략을 펼쳐 성공했다.

그러나 서부 지역에는 에스파냐인뿐만 아니라 쿠바에서 세력을 키운 외국인들도 거주하고 있었는데, 이들은 경제적인 이해관계에 따라 에스파냐로부터의 독립이 아닌 자치를 요구했다. 결국 동서부 전역의 지지를 받아 독립 전쟁에서 승리했으나, 같은 이유로 쿠바는 독립이 아닌 자치권 획득에 머물렀다. 그러나 쿠바는 자치권마저 행사해볼 틈이 없었다. 1898년 1월 1일부터 자치권을 인정받았으나 바로 다음 달 미국 군함 메인 호가 아바나 항에서 폭발, 침몰하여 수백 명의 미국인이 목숨을 잃는 사건이 발생했다. 이를 계기로 쿠바 지배권을 둘러싼 에스파냐-미국 전쟁이 발발했고 결국 쿠바는 원하던 자치권을 행사해보지 못한 채 1899년부터 미국의 지배를 받게 되었다.

이 굵직한 역사적 사건의 틈바구니 속에서 이야기하는 몬테호는 바르넷이 추구했던 솔직한 민중의 목소리로 표현된다. 역사적 사건의 주인공으로 이름을 남기지는 않지만, 그의 기억은 역사적 사건과 함께 나직이 소용돌이친다. 그는 노예제가 폐지된 후 산에서 내려와 제당소에서 일을 하다가 1895년 12월 독립 전쟁에 참전한다. 쿠바에서 노예제가 폐지된 것이 1880년대의 일이니 20대를 제당소 일꾼으로 지내다가 35세 무렵 독립 전쟁에 참전한 것이다. 작품 속에서는 동부에서 서부로 진격하는 과정에서 벌어진 1895년 12월 15일의 말티엠포 전투가[1] 상세히 묘사된다. 역사에 이름을 남긴 고메스와 마세오 등 전쟁 지휘관에 대한 기억이 이름을 남기지 못한 몬테호의 목소리를 통해 전해진다.

이 작품이 주장하는 것은 '민중' 역시 역사의 주인공이었다는 흔한 레퍼토리가 아니다. 쿠바의 중요한 역사적 장면 속에서 몬테호는 그다지 극적으로 등장하지도 않고, 극적인 전개를 목격하지도 않으며, 오직 그만이 겪고, 보고, 들은 역사의 이면이 펼쳐지지도 않는다. 어쩌면 당연한 일이다.

---

1) 말티엠포 전투(Batalla de Mal tiempo). 1895년 12월 15일 현재 시엔푸에고스 주인 크루세스 주 인근에서 발생한 전투. 해방군이 쿠바 동부에서 서부로 진격하는 과정에서 발생했다. 이 전투에서 해방군이 승리함으로써 쿠바 독립 전의 이정표가 되었다. '말티엠포'는 농장이름이다.

역사는 시간차를 두고, 인식의 낙차가 개입되어야 극적으로 해석된다. 『어느 도망친 노예의 일생』은 극화를 목적으로 하지 않는다. 민중의 한 사람으로서 정보 제공자의 히스토리(his story)를 우리의 히스토리(history)로 확장시키고 교차시키는 것이 목적이다. 그것이야말로 현실을 진술하는 방법과 현실을 술회하는 방법 사이를 오가며 저자가 증언소설을 통해 구축하고 싶은 히/스토리(his/story)인 것이다.

아리엘 / 칼리반 : 부에노스아이레스 / 쿠바

송 상 기

라틴아메리카 문화를 이해하는 데 탈식민주의(postcolonialism)라는 이론은 어떠한 공헌을 할 수 있는가? 탈식민주의라는 용어는 유럽과 미국의 학계에서 통용되는 용어로 주로 아시아나 아프리카 지역 연구에 많이 적용되어 왔다. 라틴아메리카에서는 이를 단지 또 하나의 외국 이론의 수입으로 여겨 그러한 용어의 무분별한 사용에 저항하면서도, 한편으로는 그 이론을 라틴아메리카의 역사와 문화의 맥락에서 재점검하려는 자세를 보이기도 한다(Colás 1995, 383-388; Fernández Retamar 1997, 163). 이러한 양면적인 태도는 탈식민주의가 제1세계 아카데미즘과 제3세계 문화적 생산물을 접합하기 때문이다. 그렇기에 라틴아메리카주의자들에게 이 용어는 민족주의와 문화적 제국주의 그리고 자생적인 것과 외국으로부터 파생된 것을 동시에 의미하는 것으로 보였다. 탈식민주의 이론가들이 분석의 대상으로 삼는 대부분의 아시아나 아프리카 지역은 1945년 이후 식민주의로부터 벗어나 탈식민 혹은 신식민 상태에 있게 되나, 쿠바와 푸에르토리코를 제외한(이 두 국가는 1898년 에스파냐-미국 전쟁 이후 독립함) 라틴아메리카 대부분의 국가는 1826년 이미 정치적 독립을 쟁취하게 된다. 진 프랑코가 베네딕트 앤더슨의 용어를 빌어 기술하는 바와 같이 에스파냐로부터 독립 이후 상상의 민족적 공동체로서 국가(The Nation as Imagined Community)를 설계하는 것이 19세기 라틴아메리카 지식인의 화두였다(Franco 1997, 130). 19세기 라틴아메리카 낭만주의 소설의 로맨스는 민족적 알레고리로 읽히기도 했다.[1] 당시 대부분의 지식인 혹은 지배계급은 서구에서 유학한 인텔리겐치아로 자신의 준거 사회를 파리나 뉴욕에 두기도 했다. 원래 인텔리겐치아는 19세기 러시아 제정시대에 파리에 유학 간 젊은이들이 돌아와 문화 중심(파리)의 변방(러시아)에서 주변인으로 살면서 문화적 정체성을 잃고 방황하는 사람들을 일컬었다. 아놀드 토인비는 에스파냐 귀족 아버지와 잉카 공주 사이에서 태어난 메스티소 작가 잉카 가르실라소 데 라 베가(Inca Garcilaso de la Vega)의 대표작 『왕실의 기록』(Comentarios reales de los incas)의 영역본 서문에서, 그를 아메리카 인텔리겐치아의 첫 번째 예로 꼽는다. 19세기 라틴아메리카 인텔리겐치아는 권력을 지닌 새로운 세력으로 부상하고 있었으며, 새로운 이정표를 제공해야 했다. 그러나 에스파냐의 잔재를 청산(탈식민화)하며 내세운 그 이정표는 또 다른 서구의 메트로폴리스에 있었다. 그리고 그들의 공동체 의식을 지역국가 단위로 둘 것인가 아니면 에스파냐어권 라틴아메리카 전체에 둘 것이냐 하는 논란도 있었다. 여기서 셰익스피어의 『폭풍우』(The Tempest)에 등장하는 아리엘과 칼리

---

1) 이러한 해석은 프레드릭 제임슨의 「다국적 자본주의 시대의 제3세계 문학」(Third-World Literature in the Era of Multinational Capitalism, 1986)에서 시작해서 하버드 대학 라틴아메리카 문학 교수 도리스 서머(Doris Sommer)의 19세기 라틴아메리카 소설 연구서인 『토대를 이루는 소설들: 라틴아메리카의 민족적 로맨스물』(Foundational Fictions: The National Romances of Latin America, 1991)로 발전되어 연구된다. 프랑코는 공적 영역과 사적 영역의 구분이 모호한 이러한 연구는 민족 국가가 근대화의 주역이 되고 그 폐해가 노출되면서 더 이상의 의미와 신념의 대상이 되지 못한 20세기에 있어서의 라틴아메리카 소설 연구에서는 더 이상 유효하지 않다고 본다(Franco 1997, 133).

반에 대한 라틴아메리카 지식인들의 다양한 해석은 탈식민화-신식민화-탈식민화의 우여곡절을 겪는 라틴아메리카 문화적 정체성의 복합적인 흐름을 보여준다. 이 글에서는 이러한 담론의 흐름을 개괄하고 각각의 해석에 따라 제기될 수 있는 문제들을 살펴보기로 한다. 이러한 라틴아메리카 문화 분석이 역으로 보다 확장된 탈식민주의 해석에 보탬이 되길 소망하며 본문을 시작한다.

I.

1900년 당시 29세의 우루과이 출신 작가 호세 엔리케 로도가 『아리엘』을 출간한 후 라틴아메리카의 지성계에서는 이 책의 평가를 둘러싸고 숱한 논란이 있어 왔다. 이러한 논란은 라틴아메리카 문화 자체가 안고 있는 딜레마를 대변하고 있는 것이기도 하다. 아리엘리즘이란 용어는 라틴아메리카에서 코스모폴리터니즘 혹은 보편주의를 의미하며, 에스파냐를 비롯한 가톨릭 라틴 문화를 더욱 고양해야 한다고 주장하는 '백색 전설'(leyenda blanca)의 한 축을 형성한다. 이는 미국으로 대표되는 앵글로색슨족의 실용주의 및 실증주의에 저항하는 라틴의 정신적·문화적 우월성에 입각하여 윤리적이고 미학적인 저항의 연대를 형성하는 것을 의미한다. 사실 '백색 전설'이란 용어는 '흑색 전설'(leyenda negra)의 대항적 파생어이다. '흑색 전설'이란 바르톨로메 데 라스 카사스 신부가 짐승 취급을 받던 원주민들의 인권을 옹호하기 위해 에스파냐의 잔인한 식민정책을 고발한 데서 유래했는데, 나중에는 후발 제국주의 국가인 영국, 프랑스, 네덜란드가 에스파냐 식민정책을 비하하고 상대적으로 자신들의 온건한 식민정책을 선전하기 위한 정치적 용어로 변질된다.

라틴아메리카에서 '흑색 전설'이란 반(反)에스파냐적이라는 의미의 은유로 쓰이는데, 19세기 초 독립 이후에는 3세기 이상 지배했던 에스파냐 문화 잔재의 청산을 주장한 지식인들을 칭하기도 한다. 그들은 19세기 초 유럽의 주변부로 밀려난 에스파냐의 문화적 지배를 받는 자신들이 더 이상 주변부의 문화를 답습해서는 안 된다는 인식을 갖게 되어 준거 문화를 프랑스의 계몽주의나 영미 계열의 실용주의 혹은 실증주의에서 찾고자 했다. 특히 19세기 말 멕시코와 아르헨티나는 각각 미국, 영국과 교역이 늘어나면서 실증적 과학을 숭상하고 근대적 산업화를 시도한다. 그런데 자신들이 모방하려는 모델의 주인공들이 자신들의 생존을 위협한다면 그 당혹감이란 엄청날 것이다. 이러한 주변부의 비애 속에서 자신의 진정한 정체성을 재정립해야겠다는 기조 속에서 『아리엘』이 출간되었고, 그 즉시 셰익스피어의 『폭풍우』에 등장하는 아리엘에 대한 수사학적 반향은 라틴아메리카 지식인들에게 깊게 각인되어 자신의 정체성을 추구하고 진단하는 수사적 틀이 되었다.

1492년 콜럼버스의 신대륙 발견2) 이후 라틴아메리카는 근대화의 주변

---

2) 사실 '발견'이라는 용어는 아메리카 대륙 원주민의 역사와 문화 자체를 무시하는 지극히 서구 중심적 용어이다. 아르헨티나 출신 해방철학자 엔리케 두셀(Enrique Dussel)은 이를 타자(원주민)의 은폐로 해석한다. 그는 『1492년, 타자의 은폐 : '근대성 신화'의 기원을 찾아서』(1492. El encubrimiento del otro: El origen del mito de la modernidad)라는 책에서 근대성의 시작을 콜럼버스의 신대륙 발견으로 보고 있다. 신대륙에서 채취된 막대한 금과 은이 에스파냐의 세비야나 카디스를 거쳐 왕실로 유입된다. 에스파냐 왕실이 종교전쟁으로 발생한 플랑드르 지방의 은행가들에 대한 채무를 식민지에서 유입된 광물로 갚으면서, 서유럽에서는 자본의 대규모 이동이 발생한다. 그래서 두셀은 1492년을 서구 자본주의 시작의 원년으로 보는 것이다. 원주민들에 대한 약탈과 노동력 착취, 라틴아메리카의 광산 개발, 서인도제도의 대규모 플랜테이션은 서구의 자본주의와 근대화를 만개(滿開)하게 하는 밑거름이 되지만, 그로 인해 라틴아메리카는 근대화의 그늘 속에 묻힌다는 것이 그의 주장이다.

부 혹은 그늘 속에서 유럽인과 원주민 혹은 아프리카에서 수입된 흑인 노
예와 원주민 혹은 백인 간의 혼혈의 역사(대부분의 라틴아메리카 국가의 경우)
나 혹은 미국처럼 백인들의 원주민 학살 혹은 추방의 역사(아르헨티나와 우
루과이의 경우)가 이어져 왔다.

여기서 로도가 우루과이 출신으로 아르헨티나의 수도 부에노스아이레
스에서 활동한 공간적 특이성과, 유미주의적 세기말 사상이 지배적이었고,
1898년 에스파냐-미국 전쟁 이후 에스파냐어권 국가들이 미국에 갖는
두려움과 위협이 극에 달한 시간적 배경은 이 텍스트의 해석에 중요한 단
서를 제공한다. 미국의 승리는 라틴 혹은 히스패닉 문화에 대한 앵글로색
슨의 우월성을 입증하는 듯한 인상을 주었고, 실증주의의 탈을 쓴 특정
민족의 우생학적 우월성을 주장하는 인종주의와 결부되어 상대적으로 라
틴아메리카 혼혈 인종의 열등감을 가중시키는 듯했다. 미국의 라틴아메리
카 정치에 대한 간섭이 더욱 노골적일수록 라틴아메리카 지식인의 반미
감정은 증폭됐다. 이들은 미국의 문화를 천박한 물질주의라고 치부했고,
미국식 민주주의라는 것도 우둔한 다수의 참여정치라고 치부하며 자신의
문화적 근간이 되었던 라틴 문화를 다시 부흥해야 한다고 주장한다. 구한
말 우리의 동도서기(東道西器)론과 비교한다면 '서기'는 앵글로색슨의 근대
화·산업화 프로그램이고, '동도'는 라틴의 유미적 관념론을 의미한다. 여
기서 '유미적'이란 용어를 썼는데, 당시 라틴아메리카를 풍미하던 문예사
조는 모데르니스모라고[3] 불리는 유미주의로 『아리엘』의 저자 호세 엔리

---

[3] 굳이 모더니즘이라 표현하지 않은 이유는 20세기 초 영미의 모더니즘과는 현격히 구분
되기 때문이다. 모데르니스모는 니카라과 출신 시인 루벤 다리오로 대표되는 라틴아메
리카 최초의 자생적 문예사조로, 상징주의와 고답주의의 영향을 받아 리듬과 정제된 이
미지를 통한 세련되고 인공적 미의 추구, 이국주의, 예술지상주의와 세계주의를 표방한
다. 그런데 에스파냐어권에서 이 사조가 중요성을 지니는 것은 에스파냐의 바로크 시
이후 근대적인 에스파냐어의 리듬 개발과 시어와 이미지 창출에 성공했다는 점에 있다.

케 로도 역시 이 사조에 속하는 작가였기 때문이다.

모데르니스모의 역사적 전개 과정은 라틴아메리카에 대한 미국의 영향력이 증대되는 시기와 일치한다. 코스모폴리턴한 모데르니스모의 메카는 단연 라틴아메리카의 파리라 불리는 부에노스아이레스였다. 다리오나 로도가 작가로서 명성을 얻은 곳이 바로 부에노스아이레스인데 오늘날에도 프랑스의 주요 사상가가 책을 내면 미국보다 빨리 번역되어 출간될 정도로 유럽의 첨단 사상에 대한 흡수 속도가 빠른 곳이기도 하다. 한편 부에노스아이레스에서는 19세기 초 독립 이후부터 자유무역을 필요로 하는 상공업자들이 중심이 된 자유주의자들이 아르헨티나 내륙의 농장주를 중심으로 보호무역을 주장하는 연방주의자들과 내전에 가까운 암투를 1880년까지 벌이게 된다. 여기서 자유주의자들의 진영에 가담했던 사람들은 앞서 언급한 '흑색 전설'에 해당하는 사상가들로서 후안 바티스타 알베르디, 도밍고 F. 사르미엔토, 에스테반 에체바리아 등이 이에 속한다. 이들은 내륙의 원주민과 아르헨티나판 카우보이인 가우초들을 국외로 추방하거나 몰살시키고 유럽계 이민자들을 받아들이자고 주장했는데, 이들이 따르고자 한 모델은 바로 미국이었다. "문명화란 (이민자들을) 이식시키는 것이다"라는 알베르디의 슬로건은 그들의 상상의 공동체(imagined community)가 바로 미국식 근대화임을 보여 준다.

물론 로도는 이러한 자유주의자들의 상상의 공동체를 비판하고 있으나 거기에 대항하는 대안을 한때 아르헨티나 민족주의자들이 상상의 공동체

루벤 다리오의 에스파냐에서의 활동은 라틴아메리카와 에스파냐의 시적 연대를 이루게 했는데, 그 정치적 · 사상적 기조는 본문에서 기술한 아리엘리즘과 일치한다. 에스파냐 미국 전쟁 후 에스파냐에서는 소위 98세대라 하는 지식인 집단이 형성되어 과거 에스파냐의 찬란했던 문화적 유산을 부흥하여 실증주의 문화에 맞서고자 했다. 98세대 작가들이 모데르니스모의 영향을 받은 것은 두말할 나위도 없다.

의 신화로, 가우초의 삶을 다룬 『마르틴 피에로』를 위시한 가우초 문학이나[4] 다른 라틴아메리카 국가들이 추구한 원주민의 세계관을 부흥시키는 데서 찾지 않고 라틴 문화의 보편적 정통성의 계승 및 그 연대에서 찾는데, 이 역시 부에노스아이레스라는 라틴아메리카의 코스모폴리스 역할을 하는 특수한 토양의 문화를 염두에 두어야 한다. 또 그러한 엘리트적이고 친유럽적인 토양은 다른 지역의 라틴아메리카 지식인들에게 거부감을 자아내기도 한다.

로도는 『아리엘』에서 셰익스피어의 인물들과 플롯이 지니는 다양하고 미묘한 이미지와 수사를 영혼과 육체, 이성과 본능이라는 전통적인 서구 형이상학의 이분법적 모델로 단순화시킨다. 로도는 이러한 이분법 위에 또 다른 대립항을 추가한다. 그것은 아리엘은 미래의 민주적 이상과 조화로운 인간의 승리의 상징인 반면, 칼리반은 미국의 실용주의로 물든 부패한 민주주의의 상징이라는 것이다.

칼리반이 미국의 은유로 사용된 전례는 로도 이전에 프랑스의 수필가인 에르네스트 르낭(Ernest Renan)의 철학적 드라마 『칼리반』(1878), 아르헨티나에 이민 간 프랑스계 폴 그루삭(Paul Groussac)의 『플라타 강에서 나이아가라 폭포까지』(Del Plata al Niágara), 그리고 에스파냐미국 전쟁 직후 루

---

4) 물론 아르헨티나에서는 19세기 유럽의 낭만주의자들이 민족적 정체성을 고양시키는 중세의 신화나 서사시가 없고, 멕시코나 페루처럼 콜럼버스 이전 원주민 문명이 찬란하지도 않다. 무에서 유를 창조해야 할 시점에 그들은 묘하게도 민족적 정체성을 부랑자 혹은 범죄인 집단으로 천대받던 집단인 가우초의 삶을 노래하는 시들에서 찾았다. 가우초는 독립 전쟁이나 원주민 말살 전쟁 때 징집되어 최전방에서 싸우기도 하고 연방주의자들의 사병 역할도 하였다. 재미있는 사실은 이러한 가우초 장르의 시들이 연방주의자나 자유주의자들의 정치적 선전용으로 쓰였다는 것이다. 스피박의 「하위주체는 말할 수 있는가?」(Can the Subaltern Speak?)를 연상하게 하는 대목이다. 그들의 목소리는 정치적으로 담론화되는 듯이 보이나 실은 지식인들의 시뮬라크르에 불과하다. 가우초 장르와 민족적 정체성에 대한 문제는 Ludmer(1996)를 참고하기 바란다.

벤 다리오의 「칼리반의 승리」라는 신문 사설에서 찾을 수 있다(Rodríguez Monegal 1980, 438-439). 르낭의 드라마에서 결말은 칼리반이 섬에 머무르지 않고 프로스페로를 따라 밀라노에 가서 대중의 지도자가 되어 왕자로 뽑힌다. 아리엘은 공기 속으로 사라지고 프로스페로는 칼리반과 협정을 맺는 것으로 끝난다. 이 작품에서 칼리반이 식민지 출신의 신흥세력으로 변모되며 그것이 상징하는 바가 미국임을 간접적으로 암시하고 있다. 그루삭은 "미국은 남북전쟁과 서부 개척 이후 칼리반적인 육체에 양키의 정신을 지니게 되었다"(Groussac 2009, 197)고 자신의 정치평론집에서 밝히며 쿠바의 독립 전쟁에 미국이 간섭한 행위에 대해 분노를 표명하면서 미국을 야만적 국가로 규정한다. 다리오는 한술 더 떠 "영혼의 은총 그 자체인 미란다는 아리엘을 영원토록 사랑할 것이다. 그리고 그 어떤 돌과 철과 금 그리고 베이컨으로 쌓인 산을 준다 해도 나의 라틴적인 영혼을 칼리반에게 팔지 않을 것이다"(Groussac 2009, 198)라고 말하며 자신의 라틴적 영혼을 미란다에 비유한다. 실제 셰익스피어 작품에서 미란다가 아리엘을 좋아한다는 근거를 찾을 만한 구절이 없고, 그녀가 한눈에 반해 버린 상대는 페르디난드이다. 어찌되었건 그루삭과 다리오는 셰익스피어의 상징을 반미적인 정치 담론으로 변환시켜 버린다.

로도의 『아리엘』은 젊은 제자들 앞에서 행하여진 노학자 프로스페로의 마지막 강의 형식으로 되어 있다. 강의 내용은 젊은이들이 윤리미를 고양한 후, 이상적 모델로 아테네 문화를 제시하고, 평준화된 민주주의 개념에 반하여 선택된 소수의 엘리트 정신을 옹호하며, 미국의 실용주의와 라틴 아메리카의 이상주의가 상보적 결합을 이루어 조화로운 미래를 제시하는 것이 그 골자이다(손관수 1993, 14).

이 강의는 세미나 형식이 아니라 노학자가 연설 혹은 낭독하는(dictate)

형식으로 되어 있어 권위적이고 위압적이다. 독재자(dictator)와 낭독 혹은 명령(dictation) 사이의 관계와 이 텍스트의 화자 프로스페로와 셰익스피어 텍스트의 프로스페로 사이의 관계는 상동관계이다. 설준규는 『폭풍우』를 절대왕정 최고 형태의 예술적 실험극으로 규정한다.

> 프로스페로의 실험을 통해 절대 권력이 도달할 수 있는 최고수준의 통치 질서의 작동 방식과 아울러 그것이 수반하는 자유와 평등의 문제를 동시에 극화함으로써 절대왕정의 궁극적 한계와 그 극복의 필연성 및 방향을 모색한다.
> 프로스페로는 마법이라는 통치수단을 통해 자신의 실험국가의 신민들을 물리적, 공간적으로 통제하려 기도하며, 교육을 통해 그들의 의식을 통제하려 시도하기도 한다. 상비군과 발달된 관료체제를 결여했던 당대 영국 절대왕정의 이상이 프로스페로에 의해 실험되고 있는 셈이다. 프로스페로가 통치자로서 인본주의적 자질을 겸비한 인물로 절대 권력자가 도달할 수 있는 최고의 경지를 대변한다면, 칼리반은 다소간 '동물적' 성격을 띰으로써 이성적인 통제와 지배를 마땅히 받아야 할 존재로 설정된다. 따라서 이 둘의 관계는 지배, 피지배 관계의 정당성을 가장 원초적인 형태로 가늠해 볼 수 있는 조건을 이룬다.(설준규 1994, 93)

섬에서 프로스페로의 통치 행위를 절대왕정의 실험극이라 볼 때, 이는 신대륙에 대한 르네상스 지식인과 절대왕정의 유토피아적인 동시에 제국적인 통치 행위에 대한 알레고리로 읽을 수 있다. 알레고리를 어원적으로 볼 때 '타자 혹은 다른 것'을 뜻하는 allos와 '공개적으로 말하다'를 뜻하는 agoreuein의 합성어로 agoreuein의 뜻은 allos에 의해 바뀐다. 때때로 전이

(inversio)의 의미는 번역(translatio)의 의미로 쓰이기도 했다. agoreuein 동사의 정치적인 기조는 간과되어서는 안 되는데 검열(censorship)이 텍스트를 우회적이고 아이러니컬한 발화행위로 유도하기 때문이다.

셰익스피어가 프로스페로라는 인물을 통해서 보다 강력한 관료체계와 마술적인 인문주의의 힘에 입각한 지배라는 상충적인 지배자의 전형을 만들어냄으로써 보다 강화된 식민주의를 『폭풍우』에서 그려내고 있다는 주장은 단편적인 해석이다. 이러한 해석은 폴 브라운이 보듯 문화적 유물론의 시각에서 볼 때 식민주의적 담론의 신화화(apotheosis)와 그에 대한 아포리아의 동시적 해석의 여지를 남기는 극의 결말을 통해 보류된다(Brown 1985, 66-68). 프로스페로는 분명 들뢰즈와 가타리가 『안티 오이디푸스』에서 언급하는 전제군주기계의 전형이다. 이 제국적 형성체라는 하나의 초월적 코드 속에 다른 모든 코드들을 예속시키고 그 획일화된 지점으로 고착화시킨다. 아리엘의 유미주의나 자유 추구, 칼리반의 원시주의 혹은 감각적인 요소들은 제국주의라는 담론 속에 초코드화되고, 등기되고, 전유된다. 이 섬의 권력의 중심축이 칼리반에서 프로스페로로 옮겨가는 것은 바로 원시영토기계에서 전제군주기계로의 전이로 볼 수 있다.

칼리반(원주민)의 세계에서 모든 횡적 결연관계들은 전제군주기계에 의해 변용되고 정비되어 잉여가치의 질료가 된다. 모든 편집증적 기제는 분열증적인 표상을 동반한다. 앞서 상충적이라 말한 강력한 관료체계는 모든 코드를 선형적으로 수렴하여 마술적 인문주의라는 초월적 기표(프로스페로의 책) 혹은 라캉이 언급하는 초월적 남근 속에 초코드화시킨다. 칼리반이 프로스페로의 언어를 배운다는 것은 주인의 코드에 대한 저항보다는 오히려 그것을 신화화(apotheosis)하는 데 이바지할 수 있다(66). 그러나 셰익스피어의 텍스트는 자신이 형성한 초코드화된 남근적이고 제국주의적 담론 자체를 탈코드화시킨다. 프로스페로 자신이 전제군주적 마법의 힘을 잃으며 결말의 독백에서 섬에서 자신의 모든 행적을 "몽환적 행위"(stuff of dreams)로 규정하기 때문이다. 식민주의적 담론의 주형(forging)은 순간적이지만 허위(forgery)로 드러난다(67). 그럼에도 불구하고 프로스페로는 타자를 설정하고 투쟁을 계속하여 자신의 내러티브를 완성시켜야 했다. 이러한 양면성을 지니는 텍스트 『폭풍우』는 결코 식민주의의 완벽한 승리를 주장하지 않는다. 이러한 열린 양가성이 어떻게 상이한 공간과 시간 속에서 변용되어 알레고리화되는가 하는 문제로 돌아가려 할 때 이 원(原) 텍스트(archi-text)가 지니는 풍요로움 덕분에 근대화의 주변부에 있어 맛깔스런 양피지로서 기능을 충분히 한다는 점을 지적하고 싶다.

이제 이 텍스트가 지니는 상징적 담론을 또 다른 신세계 라틴아메리카 역사와 관련해서 이야기할 수 있다는 것에 주목해 보기로 한다. 프로스페로는 신세계에서 자신의 복권을 꿈꾸며 아리엘과 칼리반 등을 노예화시키며 아리엘을 통한 마법으로 소기의 목적을 달성한 후 밀라노로 귀환한다. '엘도라도'(El Dorado)의 꿈과 신분 상승을 꿈꾸는 에스파냐 정복자들은 라틴아메리카의 원주민에게 강제노역을 시켜 플랜테이션이나 광산 개발을 통해 획득한 부를 안고 에스파냐로 금의환향한다. 이때, 구대륙의 절대왕정 체계는 신대륙으로 재생산되고 대서양을 넘어선 제국주의 체계가 성립된다. 프로스페로는 신세계에서의 자신의 지배를 강화하기 위해 아리엘을 육체의 생명에 묶어둘 필요가 있다면, 칼리반도 언어의 층위까지 끌어올려 지배를 한다. 아리엘은 순수 언어, 즉 모든 제한을 벗어나려는 징후를 보이는 자유를 상징하고, 칼리반은 물질적 한계에 종속되는 감각적 노예 상태를 상징한다. 프로스페로는 이 둘 모두를 능동과 수동, 속박과 초월이라는 변증법 속으로 불러들이고자 애를 쓴다(테리 이글턴 1996, 148).

여기서 아리엘은 테리 이글턴이 보기에 노동하기보다는 놀기를 더 원하고, 세심하게 계산된 프로스페로의 전략을 대신 수행하는 존재임을 감수하기보다는 오히려 그 자신의 하찮은 장난기를 위하여 현실을 조종하려 하는 유미주의자이다. 이러한 이글턴의 평가는 모데르니스모가 현실도피적이라는 이유로 다리오의 시가 지니는 인위적 우아함을 비판하며 그의 시의 상징적 소재인 백조의 목을 비틀어야 한다는 시를 쓴 모데르니스모 후기 시인인 엔리케 곤살레스 마르티네스의 시를 연상시킨다. 곤살레스 마르티네스가 창백한 백조 대신 어둠(시대의 아픔)까지 투시하는 미네르바의 부엉이를 노래한다면, 로도는 아리엘이라는 자유를 염원하는 정령을 통해 당시 라틴아메리카에 만연하던 실증주의적 근대화 작업이 오히려 미국의 허울 좋은 범아메리카주의(Pan-Americanism)에 입각한 또 다른 형태의 제국주의에 일조할 뿐이라고 경고하며 헬레니즘에 입각한 라틴 문화의 복원을 통하여 강력한 문화적 공동체를 창출하고자 한다. 그것이 같은 모데르니스모 계열의 작가 로도와 다리오의 차이점이기도 하고 이글턴이 보는 무책임한 유미주의와의 차별점이기도 하다.

분명 로도는 『아리엘』을 통해, 현실적이거나 구체적이지는 않지만 당시 라틴아메리카 사회에 대한 문제 제기와 그 치유책이나 대안을 제시하고 있다. 모데르니스모를 이끌었던 다리오는 당시 창조적 시인들이 빈번히 하는 그 흔한 선언문 하나 쓰기를 거부했다. 그는 시가 그 모든 것을 창조적으로 대변한다고 믿었다. 그의 시는 아리엘이 추구하듯이 지상의 파편적 의미로 고정화되기를 거부했던 것이다. 그러나 자신의 비정치적인 시학에 대해 쏟아지는 비판 때문인지 후기 시 「루스벨트에게」(A Roosevelt)에서 다리오는 보다 직접적으로 루스벨트의 제국주의 정책(Policy of Big Stick)을 비난하며 현실 참여적인 면을 보인다. 이 시에서 다리오는 로도의 아리엘적인 라틴 문화적 공동체에 아스테카나 마야 문화가 남긴 문화적 유산까지 첨가하며(다리오가 중미 니카라과 출신임을 상기시키는 대목) 라틴적인 요소에 아메리카적 요소를 덧붙이는 상상의 공동체를 형성한다. 로도와 다리오는 서로 대립하기도 하며[5] 영향을 주고받으며 20세기 초엽 라틴아메리카의 유토피아적 모데르니스모를 발전시킨다.

II.

예일대 스털링 석좌교수인 로베르토 곤살레스 에체바리아는 로도의 『아리엘』에서 프로스페로가 자신의 영감의 원천(numen)이라고 표현한 아리엘의 동상 앞에서 그가 강연을 하는 것에 주목하며, 자유를 얻어 공기 속으로 사라진 아리엘이 남긴(각인시킨) 동상이 어떻게 프로스페로의 장엄한 연설을 통하여 다시 살아나 학생들을 이데올로기화 하는가에 주목한다 (González Echevarría 1989, 21-24). 프로스페로는 아리엘의 영(靈)을 불러들여 지금껏 그가 행한 강연 중에서도 가장 부드럽고 설득력 있는 힘으로 강연을 한다고 밝힌다.

---

5) 다리오는 자신의 『세속적 산문』(Prosas profanas)이라는 역설적 이름을 지니는 시집의 1901년 파리에서 간행된 재판본에, 로도가 다리오를 무정부주의적 이상주의의 가장 훌륭한 표본이며 에스파냐의 시단을 평정할 시인이라고 평가한 팸플릿을 그의 허락을 받아 서문 형식으로 출판한다. 그런데 그 서문이 로도의 이름 없이 무명으로 출간되자 로도는 분통을 터뜨린다. 이에 출판사는 다리오에게 책임을 전가하고, 여기에 다리오는 로도의 문체는 너무나 유명하여 그의 이름을 밝힐 필요조차 없었다고 변명한다(Rodríguez Monegal 1980, 437).

프로스페로는 명상에 잠기며 조각의 얼굴을 만지고 나서 자신의 주위에 있는 젊은이들에게 굳건한 목소리—생각을 사로잡거나 영혼의 심층을 파헤치며 빛이 투과하거나, 대리석에 새기는 정의 두들김 혹은 화폭에 삶을 섞어 바르는 붓놀림 혹은 모래 위의 물결과 같은 대가의 목소리—로 애정과 관심을 가지고 지켜보는 청중들에게 말하기 시작했다.(2)

여기서 아리엘의 영은 프로스페로의 목소리로 육화되어, 대가의 목소리가 담지하는 진리를 학생들에게 전달한다. 굳이 데리다의 『목소리와 현상』 (La voix et le phénomenè)을 떠올리지 않더라도 목소리와 진리는 서구 전통에서 볼 때 분리될 수 없는 요소였다. '공기'(air)에서 연원하는 아리엘의 이름은 진리, 영혼, 희망과 같은 모든 긍정적인 요소가 공기 속에서 프로스페로의 목소리를 통해 구현된다는 시나리오를 암시한다. 모래 위의 물결과 같은 공기의 흐름은 대리석 위에 각인시킬 만한 힘을 지니고 있다. 공기 안에는 순결한 진실과 투명한 목소리가 거주하며, 공기의 미세한 떨림 (subtle vibration), 즉 목소리는 청자의 뇌리에 깊게 각인된다. 이 새기기 작업은 들뢰즈와 가타리가 말하는 원시영토기계에서는 가축에 불도장 찍는 행위(brand)나 신체 위에 새기는 문신을 통하여 횡적 연관 관계 및 소유 관계를 등기하는 작업이었다. 그것이 전제군주관계에서는 군주제 혹은 절대신이라는 초월적 코드로 종적으로 연계되고 환원된다.

프로스페로의 권위는 신의 메시지인 진실을 담지하는 목소리의 떨림으로부터 나온다. 프로스페로의 내면의 심장은 "잘 울리는 금속판"(placa sonora)과 같아 떨림을 반사해내고 별처럼 빛을 반사한다고 로도는 묘사한다(13). 프로스페로의 심장은 영혼이나 공기가 생성되는 에테르가 가득 찬 중심이 아닌 타자의 울림이 반사되는 금속판이다(23). 하지만 여기서 주목해야 할 점은 바로 금속성이다. 그것이 빛이나 공기가 반사되어 튕기게 하는 탄성을 지니게 하는데 효과적인 물질이긴 하지만 결코 그 자체의 내부는 변함이 없고 그 날카롭고 강인한 성분으로 인해 남에게 해를 끼칠 수도 있는 융통성 없는 물질이라는 점이다. 그것은 그 어떤 변증법적 탄력성이 없는 자신만을 관철시키는 편협한 담론일 수 있다.

로도 텍스트 속의 미장센이라 할 수 있는 '관대한 왕의 집'이라는 우화에는 상처받은 가슴을 달래려고 빵과 향료를 얻고자 사람들이 왕의 집으로 가는데, 왕의 심장은 상처받은 이들의 고통을 충만감과 희망으로 반사시켜 보낸다. 이 우화는 실용주의적 코드로 고통받는 영혼들에게 내적인 자유를 선사하겠다는 로도의 의지를 반영한 것이다. 하지만 여기서 우리의 주의를 끄는 것은 왕의 내적 구조물의 형태이다. 그 구조물은 기둥이 많고 추상화된 장식이 화려한 아랍 풍의 성(alcázar)이고, 그 안에는 짙은 종교적 침묵이 잠자고 있는 순결한 대기가 감돈다.

하지만 그 안쪽 깊숙하게 수로로 감싸인 황금빛 성이 숲속 깊숙하게 감추어져 있는 울란트(Ludwig Uhland)의 감추어진 교회처럼 범상한 사람의 눈에는 보이지 않는데 인적이 드문 길 끝에는 아무도 발을 들여놓을 수 없는 신비스러운 방이 있어 오직 왕만이 문지방을 넘어서는 순간 자신의 자비로움은 고행의 이기심으로 변하였다. 두터운 성채는 방을 에워싼다. 바깥의 소란스러운 세계의 그 어떤 반향도, 자연의 심포니의 한 소절도, 인간 입술에서 나오는 그 어떤 단어도 벽을 에워싸는 반암(斑岩)의 토대를 투과하거나 금지된 장소에 공기를 진동시키지 못했다. 성스러운 침묵이 고요하고 오점이 없는 공기에 가득 찼다. 스테인드글라스를 투과한 빛은 조용하고 위엄 있게 방안으로 내려와 천상의 고요 속에서 따스한 동아리에 내린 눈처럼 녹아들었다. 깊은 바다 속이나 숲속 한가운데에서도 이러한 평화를 느껴본 적이 없었다. 때때로 밤이 투명하고 고요할 즈음 정교하게 장식된 천장은 조개껍질처럼 둘로 갈라지며 거대한 그림자가 진주의 모태 속으로 들어오게 한다. 하얀 수련의 순결한 흐름은 방안에 맴도는데, 그 향기는 편안한 명상과 심오한 영혼을 추구하게끔 한다. 어두운 여신상이 대리석 입구를 지키며 모든 이에게 조용히 하라고 훈계한다. 입구의 정교한 이미지는 이상주의와 명상과 휴식을 이야기한다. […] 비록 그 어느 누구도 늙은 왕을 따라 그의 안식처로 가보지 못했지만, 그의 형언할 수 없는 관대함으로 손님들은 만질 수 없고 실체를 느낄 수 없는 그의 벽 속에 들어온다. 이 방에서 전설적인 왕은 꿈을 꾸고, 현실로부터 탈출하고, 그의 명상은 파도에 의해 다듬어진 조약돌처럼 정교해진다. 거기서 프시케(Psyche)는 자신의 하얀 날개를 그의 이마 위에 편다. 그리고선 죽음이 왕에게 찾아와 당신은 단지 당신의 성의 하숙객에 불과하고 난공불락의 방은 영원한 휴식으로 가라앉는다는 것을 상기시킨다. 아무도 나이든 왕이 자기 영혼의 세상 끝에서 혼자 있고 싶어 하는데 불경스럽게 들어와 세속화시키지 못했다(Rodó 1988, 46-47).

이러한 우화를 마치며 프로스페로는 라틴아메리카의 젊은이들에게 그들의 내면세계도 늙은 왕의 성채처럼 굳건히 하여 오직 고요한 진실만을 받아들이고 불필요한 감정이나 실용주의적 이해관계에 자신의 내적 성채를 내어주어서는 안 된다고 주장한다. 그런데 이 왕의 성채는 고도로 다듬어진 장식으로 인해 세계로부터 동떨어져 있다. 성채라는 은유 자체가 브라운 운동을 하는 공기처럼 자유로운 상태, 혹은 대화(목소리)를 교환하는 상태를 거부하는 방어적이고 배타적인 이미지를 지니게 한다. 이것이 진정 아리엘의 영감을 받은 프로스페로의 내면 상태라 할 수 있을까? 이상반된 모순은 『안티 오이디푸스』 3장 6절에서 8절에 걸쳐 소개되는 전제군주기계의 기제를 통해 설명될 수 있다고 생각한다. 여기서 파도에 의해 조약돌처럼 정교해진 그의 명상은 그 어떤 종류의 욕망의 흐름도 초코드화해서 신이나 전제군주에게 종속시키는 아주 잘 정련된 전제군주기계 코드가 공고화되는 과정을 드러내는 은유적 표현이다. 그러한 편집증적 압축의 기제가 바로 성채, 조약돌 혹은 고행적 이기심으로 드러나는 것이다.

그러나 화려한 장식으로 가득 찬 성채의 내부는 놀랍게도 비어 있었다. 조개껍질을 둘로 갈랐을 때 드러나는 것은 조개의 속살이 아니라 침묵과 그림자만이 스며드는 무(無)의 공간이었다. 라캉의 초월적 남근이 실재하지 않는 것처럼 들뢰즈와 가타리가 말하는 전제군주기계의 초코드화되어 이제는 초월적 의미를 지니게 된 신이나 전제군주의 편집증적이고 정교화된 코드의 내부는 비어 있을 뿐이다. 발터 벤야민은 바로크를 "허공에 대한 공포"라고 표현한 바 있다. 성당을 가득 메운 천사나 성인의 장식 혹은 화폭에 그 어떤 여백도 남겨 놓지 않고 빽빽하게 있는 형상들은 바로 허무와 죽음에 대한 공포의 표현이라는 것이다. 우화의 말미에 노쇠한 왕에게 인생의 덧없음을 깨우쳐 주는 죽음은 요새의 장식 외면이 실상 빈껍데기임을 가르쳐 준다. 관대한 왕의 내적인 성채는 바로 바로크적 라틴아메리카 자아의 자기방어적 표상이자 증상이다.

이러한 방어기제는 요새의 안쪽에 비어 있는 결핍의 둘레에 배치된다. 왕의 비어 있는 방에는 억압되어 온 욕망의 대상의 허공 위에, 혹은 글쓰기로 인해 아물지 않은 상처 위에 라틴아메리카 문화의 새로운 기표가 바로크적으로 장식화된다. 하지만 여전히 방은 비어 있다. 아리엘은 공기 속으로 사라지고 육화된 아리엘은 프로스페로(로도)의 라틴아메리카에 대한 채워지지 않는 소망과 정치적 무의식의 반영으로 반사되어 나타나 20세기 초 젊은 라틴아메리카 독자들의 내면의 성채에 장엄하게 새겨진다. 그러나 그 성채의 벽은 양피지와 같아서 지워지지 않는 흔적을 남기고 새로운 글쓰기(각인)를 혹은 새로운 기표의 탄생을 기다리고 있었다.

III.

세기말의 다리오의 코스모폴리스와 로도의 아리엘의 섬이라는 이상주의적인 유토피아는 1930년대 들어 라틴아메리카의 근대화 과정에서 보호무역과 대체산업정책의 실패로 신식민지 자본주의 체계가 강화되면서 비판받는다. 이러한 소극적인 정신적 귀족주의는 더더욱 정치적이고 경제적인 예속상태가 심화되는 미국에 대해 아무런 대안이 될 수 없다는 인식이 라틴아메리카 지식인 사이에서 팽배해진다. 이것은 라틴아메리카와 미국이 신대륙 발견 이후 유럽 르네상스적 유토피아라는 상상력의 산물이라는 동일선상에서의 출발 후 엇갈리게 되는 운명과 관계의 변화를 반영하는 것이기도 하다. 로도는 미국이 생명력이 가득 차고 건전한 노동윤리를 지니는 훌륭한 민주주의 사회이지만 협소한 실증주의와 배금주의로 타락했다고 진단했다.

로도는 이를 헬레니즘적 우아함과 가톨릭적 영성주의로 결합된 예술과 이상주의의 후계자로서의 라틴아메리카와 차별화시킨다. 분명 논리상으로 미국은 같은 프로스페로의 노예 신분이었던 칼리반이어야 했다. 물론 이것은 사르미엔토의 '문명과 야만'이라는 해묵은 19세기 라틴아메리카의 주요 테제를 따르고 있지만, 반미적 그리고 반실용주의라는 점에서 철저히 반사르미엔토적이다. 19세기 초 독립 이후 절대적 군주제와 반종교개혁의 에스파냐의 잔재를 벗어내려 앵글로색슨적인 민주 체제와 실용주의를 도입하려 했는데, 그 도입에 무리가 따랐고 실용주의의 상징 미국이 라틴아메리카 전체에 가장 큰 위협의 대상이 되면서 복고적인 에스파냐를 포함한 정신주의와 가톨릭 정신을 다시 강조하기에 이른 것이다. 로도의 아리엘은 분명 남유럽적인 것이었고, 라틴아메리카의 꿈과 희망은 지중해 그 어딘가에 표류하고 있었다.

앞 소절에서 언급한 『아리엘』의 전제군주적인 코드와 수사는 동료이자 형제인 칼리반의 성장과 위협에 유럽이라는 아버지의 친자 관계 혹은 문화적 상속권을 보장받으려는 로도의 편집증적 욕망이다. 그러나 세계 대전을 거치며 유럽의 프로스페로로서의 권위와 위용은 사라지고 르낭의 상상대로 미국이 이제는 새로운 주인의 위치를 점하게 된다. 칼리반이 프로스페로의 위치에 올랐다. 아리엘은 칼리반을 양부(養父)로 받아들여야 할 것인가? 그리고 메스티소와 원주민 그리고 흑인이 상당수를 차지하는 라틴아메리카가 진정 아리엘이라 불릴 수 있는가? 이러한 질문들은 응당 제기될 수 있는 물음들이었다.

1950년대에 들어서 에메 세제르와 프란츠 파농이라는 두 명의 프랑스령 카리브 출신 작가가 셰익스피어의 『폭풍우』을 다시 해석하게 된다. 파농은 마노니(Octave Mannoni)의 『프로스페로와 칼리반』(Prospero and Caliban: Psychology of Colonization)을 재해석하며 프로스페로를 식민주의자로, 칼리반을 가난하고 착취 당하는 피식민자로 본다(프란츠 파농 1995, 107-110). 세제르는 셰익스피어의 『폭풍우』의 결말 부분과 르낭 텍스트의 결말과는 또 다른 결말을 그려낸다. 칼리반은 탈식민화의 과업을 이루기 위해 섬에 남아 프로스페로와 결투를 벌이는 것이다. 그리고 그는 아리엘이 로도가 생각하듯이 자유로운 영혼을 상징하지 않고 단지 프로스페로의 하수인에 불과하다고 본다(Rodríguez Monegal 1980, 442-443).

이러한 지적 흐름의 연장선상에서 쿠바의 시인이자 문학 비평가 로베르토 페르난데스 레타마르는 1971년에 쓴 『칼리반』(Calibán)에서 이 불쌍한 노예가 라틴아메리카를 대변하는 상징이라고 밝힌다. 1971년은 로도가 태어난 지 100년이 되는 해였다. 그가 남미의 문화적 코스모폴리스인 부에노스아이레스에서 꿈꾸었던6) 이상세계는 아바나에서 혁명 이후 쿠바의 문화지도자인 페르난데스 레타마르에 의해 전혀 다른 역사적·지역적 문맥에서 수정된다.

카리브 해의 섬들은 콜럼버스가 첫 번째 항해에서 당도한 곳이다. 콜럼버스가 처음 본 아라왁 부족은 보기에 무척 온순하여 그는 원주민들과의 첫 대면에서 그들을 '선한 야만인'(buen salvaje)으로 묘사한다. "부모가 그들을 낳아 준 그대로 벌거벗었던" 그들은 에스파냐인들에게 친절했고, 착하고 온순해 보였다. 서구인이 꿈꾸던 자연과의 조화 속의 무위(無爲)적 삶을 구현하던 황금시대(La Edad del Oro)가 바로 콜럼버스의 눈앞에서 구현되고 있었던 것이다. 마르코 폴로의 텍스트와 성서에서 계시적으로 느껴졌던 유토피아적 세계에 대한 그의 묘사는 1580년 출간된 르네상스 인문주의자 몽테뉴의 『카니발에 대하여』(On Cannibals)를 거쳐7) 훗날 프랑스 낭만주의자들에게 이국적인 호기심을 불러일으킨다.

---

6) 『아리엘』은 몬테비데오에서 출간되지만, 로도는 대부분의 작품 활동과 지적 교류를 부에노스아이레스에서 하였다.

7) 몽테뉴의 『에세이』 영역본은 셰익스피어의 친구 지오바니 플로로(Giovanni Floro)에 의하여 1603년에 번역된다. 페르난데스 레타마르는 이 텍스트가 1610년 출간된 셰익스피어의 마지막 작품 『폭풍우』에 직접적인 영향을 주었다고 주장하며, "그 나라에는 결코 야만적이거나 잔혹한 것이 없다. 단지 사람들은 자신의 습관에 익숙하지 않은 것들을 야만적이라 부를 뿐이다"라고 말하는 극중 인물 곤살로가 르네상스 인물주의자의 전형이라고 주장한다(Fernández Retamar 1989, 8).

칼을 보고 신기해하던 원주민이 그것을 꽉 쥐어 손을 베는 것을 보자 콜럼버스는 원주민들의 순진무구함과 동시에 그들이 손쉽게 정복할 수 있는 대상임을 확인한다. 그는 원주민 남성을 '만세보'(mancebo, 청년이라는 뜻)라고 표현한다. 이 용어를 선택한 것은 그들의 젊은 육체적인 아름다움을 기술하고 이를 이상화하는 역할을 하지만, 또한 만세보는 성적으로 불완전한 남성과 도덕적으로 덜 성숙한 남성이라는 함의도 가지고 있다. 코바루비아스 사전에서는 만세보를 성인이 되어서도 아버지의 권위 밑에 있는 남성으로 규정한다. 아라왁의 열등함은 에스파냐의 우둔함과의 관계 속에서 정의되고 있으며, 이는 애초에 관대한 후견인으로서의 에스파냐의 위치를 스스로 드러낸다(Zamora 1993, 167). 콜럼버스 제독은 원주민을 처음 보고 그들이 아무런 종교가 없기 때문에 쉽게 기독교인이 될 것이라고 기술한다. 원주민의 의식 상태는 백지(tabula rasa)와 같아 단지 왕실의 황공한 스케치만 기다릴 뿐이라는 논리는, 원주민이 자아(유럽 문화)의 투사를 기다리는 결핍의 타자라는 문화제국주의적 심리 기제에서 출발한다. 즉 타자(원주민)는 나(콜럼버스)의 욕망의 대상으로 기능할 뿐이다. 그러나 라캉이 갈파하듯이 나(콜럼버스)의 욕망은 타자(에스파냐 왕실)의 욕망의 반영일 뿐이다. 마노니는 백인의 식민주의가 실은 아들러적 의미의 과잉 보상, 다시 말해 자신의 불만감을 종식시키고자 하는 욕망에서 출발한 것이라고 말한 바 있다(프란츠 파농 1995, 109). 만일 그러한 온순한 타자가 아닌, 프로스페로가 자신의 딸 미란다를 겁탈할까 봐 겁냈던 칼리반 같은 난폭한 타자가 나타난다면, 그러한 존재는 트링쿨로가 칼리반을 처음 보고 물고기인지 괴물인지 모르겠다고 표현한 것 이상의 두려운 존재일 것이다. 기이한 타자를 본 주체는 어떻게 대상을 내면화하고 표현하는가?

다시 콜럼버스의 『항해일지』로 되돌아가보면, 그가 명명한 카리브 해는 지금은 존재하지 않는 용맹하고 사나운 카리브 부족에서 따온 말이다. 그가 처음으로 발견한 지금의 도미니카공화국에 해당하는 섬에 당도하여 온순한 아라왁 족을 만나고 열대 섬의 울창한 자연경관을 보고 그는 세계가 여성의 가슴 형태를 지니고 자신이 발견한 섬은 유두에 해당한다고 기술한다. 그는 금을 찾아 섬 주위를 항해할 때 식인풍습을 행하고 눈이 하나인 카리브(carib) 족이 존재한다는 정보를 얻게 되었다고 1492년 12월 4일자 일지에 적는다. 12월 11일자 일기에는 그 기이한 식인종 이름 카니바(caniba)와 몽고황제 칭호인 칸(Can)과 연관 지으며 자신이 동양에 왔다는 것을 확신하는 기이한 환유적 상상을 하기도 한다. 다음 해 2월 15일자 일지에는 "나는 드디어 그들이 사는 섬을 발견했는데, 그들은 괴물은 아니었으나 사람의 육신을 먹는 잔인한 사람들이다"라고 기록한다(Fernández Retamar, 1989, 6).

폭풍우에 의해 그의 항해가 순탄치 못할 경우에는 갑자기 자연과 아라왁이나 카리브를 불문하고 원주민들이 그의 생존을 위협하는 적대적인 존재로 바뀌어 표현된다. 서인도제도는 갑자기 메두사 같은, 사람을 잡아먹는, 길들여지지 않는 까다로운 여자로 변한 것이다. 서인도제도라는 기호를 여성화하고 에로틱화하는 것은 이상화시키면서 동시에 두려워하고 모욕하는 두 개의 상반된 작용으로 기술된다. 그렇기에 자신이 항해한 바다의 이름은 타이노(아라왁의 에스파냐어 표현) 해가 될 수 없었고 카리브 해로 지어진 것이다. 아리스토텔레스적인 불평등한 가치가 남성과 여성이라는 이분법에 세워진 문화 경제에서 여성의 에로틱화는 욕망과 경멸을 동시에 내포한다(Zamora 1993, 174-179). '선한 야만인'으로 대표되는 콜럼버스의 원주민에 대한 모순적인 정신분열증은 여성의 가슴의 이미지가 제공하는 에로틱한 글읽기를 통하여 분리됨이나 모순 없이 동일한 담론의 영역에 머물게 한다. 프로스페로에게 아리엘이나 칼리반은 모두 그의 귀향과 권력의 회복이라는 욕망을 달성하기 위한 식민지에서의 대리인들이다. 그가 고향에 도달할 때 섬에서의 그 모든 것은 꿈의 산물이라고 말한다. '선한 야만인'이란 신화 혹은 아라왁이나 카리브에 대한 상반되는 지극히 주관적인 기술, 자연에 대한 변덕스러운 묘사였고, 그 모두는 콜럼버스의 욕망의 실현을 위한 환상적인 기제였을 뿐이다.

프로스페로 역시 변형과 변용의 마술로 상대방을 압도할 뿐 아니라 회유와 위협을 통한 말솜씨로 아리엘과 칼리반을 노예화한다. 그러나 그것은 프로스페로에게 '거친 마술'(rough magic)일 뿐이며 밀라노에 돌아가기 앞서 자신이 예전에 밀라노 공국의 정사를 소홀히 하면서까지 연구했던 마술을 포기하며 자신의 책들을 덮는다. 심미현은 셰익스피어가 마술에 의해 다양하고 신비한 초인간적 변형을 통해 인간의 내면적인 변용의 가능성을 타진하고, 그것을 르네상스 시대에 보편화되었던 존재의 대연쇄라는 보다 더 거시적인 차원에서 풀이하면서, 인간이 인간으로서의 한계를 뛰어넘어 신의 아이덴티티를 가장하려고 할 때 불가피하게 뒤따르는 한계라고 본다(심미현 1995, 195-196). 유토피아란 이러한 인간의 꿈이 투사한 에덴동산과 같은 존재의 조화로운 대연쇄(harmonious great chain of being)가 이루어지는 가상의 세계이다. 유토피아가 '존재하지 않는 장소'라는 의미를 지닌다면, 유토피아에 사는 아리엘/칼리반 혹은 아라왁/카리브 역시 존재하지 않는 정령 혹은 사람들의 표상일 뿐이다.

그러나 그 표상이 얼마나 허구적인가를 논하기 앞서 우리가 염두에 두어야 할 사실은 유토피아적 기획과 환상이 어찌 되건 간에 신대륙은 존재하고 아프리카 흑인이나 아메리카 대륙의 원주민은 프로스페로의 환상적이고 신비스러운 꿈이 끝난다 하더라도 사라지지 않는 섬의 주인들이라는 점이다. 칼리반(Caliban)은 식인종(anthropophagus)을 뜻하는 '카리브'에서 유래하는 카니발(cannibal)의 철자 바꾸어 쓰기(anagram)의 한 예이다. 이것은 식민주의자가 피식민자를 강등시키려 하고 차별화하려는 권력의 산물이다. 칼리반은 자신의 이름과 언어를, 자신의 몸을 구속하는 정복자에게서 부여받는다. 그는 조지 래밍이 보듯이(Lamming 1990, 109) 프로스페로가 준 언어와 문화의 굴레 속에서 벗어날 수 없는, 즉 문화적 식민주의의 굴레에서 벗어날 수 없는 존재가 아니다. 오히려 그는 말콤 X의 X처럼 이름 지워지기를 거부하는, 즉 타자에 의해 정체성을 부여받기를 거부하는 자이며 주인이 가르쳐 준 언어로 주인에게 대항하는 자이다. 페르난데스 레타마르는 쿠바의 독립 전쟁과[8] 쿠바혁명의 의미가 바로 제1세계에 대한 칼리반적인 저항에 있다고 본다. 그러면서 그는 피델 카스트로가 행한 피그스 만 침공(히론 해변 전투) 10주년 기념 연설문을 인용한다.

> 정확히 말해 우리는 아직도 이름을 지니고 있지 않다. 그것이 라틴
> 아메리카이건 이베로아메리카이건 인도아메리카이건 우리에게 합당한
> 이름을 부여받지 못했다. 제국주의자들에게 우리는 단지 무시 받고 천
> 한 사람들일 뿐이다. 적어도 우리는 지금까지 그래왔다. 하지만 피그
> 스 만 침공 이후부터 그들은 생각을 바꿨다. 이제 크리오요이건, 메스
> 티소이건, 흑인이건 간에 단지 라틴아메리카 사람이면 그들에게 인종
> 적 (공포와) 멸시의 대상이다.(재인용, Fernández Retamar 1989, 16)

---

8) 페르난데스 레타마르는 19세기 후반 쿠바 독립 전쟁 시에 에스파냐 군인들이 독립군들을 칭한 '맘비'(mambí)라는 호칭에 주목한다. '맘비'는 아프리카 언어에서 파생된, 아직도 정확한 해석이 불분명한 용어로 '니그로'처럼 흑인들을 비하하며 일컫는 말이다. 물론 독립군 내에는 흑인과 백인이 공존한다. 그 후 독립군들은 식민주의가 붙인 멸시적 용어를 자신들 독립군의 자랑스러운 호칭으로 변용한다. 이것을 페르난데스 레타마르는 칼리반의 변증법이라 부른다(Fernández Retamar 1989, 16).

페르난데스 레타마르가 라틴아메리카가 처한 조건을 칼리반적이라고
보았을 때 『폭풍우』의 또 다른 주인공은 아리엘이 아니라 프로스페로이
다. 아리엘/칼리반이라는 이중구도는 없는데, 둘 다 외국인 마술사인 프로
스페로의 노예이기 때문이다. 공기의 생산물 아리엘이 지식인의 전형이라
면, 칼리반은 거칠고 좀처럼 지배당하기 힘든 섬의 진정한 주인이다(16).
헤겔의 주인과 노예의 변증법의 지양(止揚) 과정에서 주인은 노예와의 투
쟁에서 그를 포섭하고 보다 고양된 새로운 주체로 발전해 간다. 그에 비
해 페르난데스 레타마르는 노예를 주체로 놓고 지양 과정에서 비록 주인
의 언어를 쓰게 되나 결코 포섭되거나 굴복하지 않고 자신의 주체를 잃지
않는 과정, 즉 반(反)주인과 노예의 변증법을 보여준다.

IV.

로도와 다리오가 모데르니스모의 선구적 위치에 있으며 서로 영향을
주고받았다면, 페르난데스 레타마르는 또 다른 모데르니스모 시인인 호세
마르티를 자신의 정신적 아버지로 삼는다. 마르티는 지금도 체 게바라와
더불어 쿠바의 정신적 우상인 쿠바 독립의 아버지이다. 다른 모데르니스
모 시인들이 부에노스아이레스의 코스모폴리턴한 환경에서 시작(詩作)을
했다면 마르티는 정치적 이유로 뉴욕에서 ≪라 나시온≫(La Nación)이라는
아르헨티나의 대표적 일간지의 특파원 역할을 하며 쿠바 독립의 필요성을
역설한다. 그는 1891년에 쓴 기념비적인 수필 「우리 아메리카」에서 메스
티소인 아메리카인들이 통합적인 문화적 공동체를 이루고 있고, 다가올
미국의 위협에 맞서는 정치적 공동체가 필요하다는 점을 역설한다. 이는

19세기 초 라틴아메리카를 에스파냐에서 독립하게끔 하는 데 결정적 기여를 한 해방자 시몬 볼리바르가 미국을 견제하기 위해 연방제를 통한 하나의 국가를 이루자는 에스파냐어권 아메리카 통합주의(hispanoamericanismo)를 계승하는 것이었다. 그 후 그는 쿠바에 돌아가 1895년 독립 전쟁 중 전사한다. 그의 글들은 한동안 잊혔다가 쿠바혁명운동의 발발과 더불어 다시 읽히기 시작하였다.

1994년 멕시코 치아파스에서 쿠데타를 일으킨 사파티스타 민족해방전선(EZLN)의 마르코스가 멕시코혁명의 영웅 에밀리아노 사파타의 정신을 계승한다고 천명하듯이, 카스트로와 체 게바라는 마르티를 혁명의 정신적 대부로 삼았다. 그러한 문화 운동의 지도적 위치에 있는 페르난데스 레타마르는9) 보르헤스와 잉카가 무슨 관계가 있느냐고 반문하며 호세 마르티야말로 비록 그의 부모는 에스파냐 이주민이지만 카리브와 칼리반의 후예라고 천명한다(Fernández Retamar 1989, 19). 마르티는 아스테카나 마야 등의 콜럼버스 이전의 원주민 문화를 복원하며 라틴아메리카 정통 문화를 이루려 하는 페르난데스 레타마르에게 라틴아메리카의 반식민주의자의 전형으로 비추어지고, 라틴문화를 복원하려 했던 로도나 미국의 피그스 만 침공을 지지하고 피노체트 문학상을 받은 보르헤스는 식민주의 지식인의 표

---

9) 페르난데스 레타마르는 쿠바혁명 직후부터 〈아메리카의 집〉에 깊이 관여했으며, 1986년부터 소장을 역임하고 있다. 이 기관은 단순히 혁명정부의 문화 선전 기관을 넘어 라틴아메리카 주요 작가들을 초청하거나 문학상을 제정하며 라틴아메리카 문화의 새로운 정체성 확립에 주도적 역할을 한다. 1960년대 라틴아메리카 작가들에게 쿠바는 희망의 상징이었고 혁명정부의 개혁은 유토피아적 시도로 보였다. 그러나 1970년대 초 쿠바판 드레퓌스 사건으로 보이는 에베르토 파디야 사건 이후 많은 지식인이 쿠바 혁명정부의 독선적 행동에 등을 돌린다. 그러나 그 영향력은 여전해서, 1980년대 『나의 이름은 멘추』를 비롯하여 논픽션 장르가 라틴아메리카 전체에서 유행하게 된 것은 〈아메리카의 집〉이 논픽션 장르를 위한 상을 제정하며 하위주체의 목소리를 담아내려는 시도를 장려한 덕분이다.

상으로 비추어진다. 페르난데스 레타마르는 마르티의 「우리 아메리카」를 인용하며 프로스페로/칼리반의 논의를 다시 한 번 발전시킨다. 그가 인용한 부분은 다음과 같다.

> 유럽의 대학은 아메리카의 대학에 자리를 내어주어야 한다. 그리스 집정관들의 역사에 대해서는 가르치지 않더라도 아메리카의 역사, 잉카인의 역사에 대해서는 정확히 가르쳐야 한다. 우리의 그리스가 우리 것이 아닌 그리스보다 낫다. 우리에게는 우리의 그리스가 더 필요하다. 민족적 정치가들이 사대주의적 정치인들을 대체해야 한다. 세계를 우리 아메리카의 나라들과 접목시켜라. 그러나 몸통은 우리 아메리카 각국의 몸통이어야 한다. 패배한 현학자들은 잠자코 있을지어다. 고통을 겪고 있는 우리 아메리카 각국에서보다 더 큰 긍지를 느낄 수 있는 조국은 없으리니.

여기서 프로스페로의 주입을 상징하는 유럽적인 대학을 거부하는 것은, 즉 『아리엘』에서의 프로스페로의 목소리를 거부하는 것과 같다. 물론 「우리 아메리카」는 『아리엘』보다 일찍 써졌고, 마르티가 염두에 두는 비판의 대상은 사르미엔토의 '문명과 야만'의 테제이다. 로도나 사르미엔토의 문화적 준거 대상이 미국이나 남유럽 같은 제1세계라는 점에서 양자는 마르티의 비판의 대상이 되는 것이다. 마르티는 '문명과 야만'이라는 테제를 '거짓된 지식인과 자연'으로 수정한다. 즉 마르티와 사르미엔토는 '원주민주의'와 '반원주민주의'로 구분된다. 로도에게 원주민은 염두의 대상이 아니었다. 마르티/페르난데스 레타마르와 사르미엔토/로도의 차이는 물론 출신 지역의 문화적 정체성의 차이(쿠바/아르헨티나·우루과이)에서 비롯된다. 쿠바는 인구 구성에 있어 흑인과 메스티소의 수가 압도적인 반면, 우루과이나 아르헨티나는 백인주의 국가이다.

그런데 문제는 이 상이한 이데올로기와 시대적 배경을 지니는 지식인들에 의해 지역적 배경과 필요에 의해 투사된 문화 진단과 처방책이 지역과 시대적 조류로 머물지 않고 보편적인 라틴아메리카의 문화적 정체성으로 확대 재생산되는 데에 있다. 물론 이 사상가들은 관심의 대상을 지역이나 국가에 한정 짓지 않고 라틴아메리카를 대상으로 하고 있다. 물론 카리브 해의 몇몇 국가와 브라질을 제외한 대부분의 라틴아메리카 국가는 가톨릭 국가에 에스파냐어를 쓰고 식민과 탈식민 혹은 신식민이라는 비슷한 역사적 체험을 지니고 비슷한 문화적 동질감을 지니고 있다. 쿠바계 출신 라틴 팝 가수 글로리아 에스테판의 노래 〈우리는 같은 언어로 얘기해야 합니다〉(Hablemos el mismo idioma)는 바로 이러한 라티니즘(Latinism)을 반영하는 마르티적인 노래다.

그러나 1994년 예일 대학에서 있었던 '세기말의 라틴아메리카'(América Latina, el fin del siglo)라는 주제로 벌어진 미국과 라틴아메리카의 라틴아메리카 문학 전공자들이 모인 학술대회에서 다양한 문화의 혼재성(heteroglosía)에 입각한 바로크를 통해 라틴아메리카 문화의 정체성을 파악하려는 쿠바 출신 학자들과 그보다는 프랑스 철학자들의 이론을 선호하는 아르헨티나 출신 학자들 간에 그 접점이 찾아지지 않는 논쟁이 있었다. 물론 이러한 지역적 차이 말고도 이데올로기 차이도 내재해 있다. 문학 비평과 정치 혹은 시와 정치 사이의 연관 관계는 생각보다 골이 깊었다. 물론 시나 문학 비평의 이름으로 정치적 상이함을 뛰어넘어 통합적 유대감을 찾으려는 시도는 항상 있었다.

이름과 예일대 라틴아메리카문학 교수였다는 공통점 외에는 이데올로기를 비롯한 여러 가지 점에서 반대 성향을 보이는 로베르토 페르난데스 레타마르와 로베르토 곤살레스 에체바리아가[10] ≪다이아크리틱스≫(Diacritics)라는 코넬 대학 주관의 문학지에서 벌인 대담은 쿠바 출신의 대표적인 두 비평가의 만남이라는 점에서 전공자들의 주목을 끌었다. 한 명은 프레드릭 제임슨이 라틴아메리카의 에드워드 사이드라 부른 혁명정부 문화 지도자이고, 다른 한 명은 비록 맑스주의 라틴아메리카문학 비평가인 닐 라센(Neil Larsen)에 의해 "정치 의식 없는 해체적인 예일 학파의 문학 이론을 라틴아메리카 문학 작품에 접목한다"는 비아냥을 감수해야 했지만 (González Echevarría 1978, 160), 같은 학교 동료 해럴드 블룸(Harold Bloom) 등으로부터는 "현존하는 가장 뛰어난 에스파냐어권 문학 비평가"라는 찬사를 받는 비평가이다.

여기서 두 사람은 또 한 명의 예일 대학 라틴아메리카문학 교수인 에미르 로드리게스 모네갈에 대한 직접적인 언급은 회피한다. 이미 『칼리반』에서 페르난데스 레타마르는, 『아리엘』의 코스모폴리터니즘과 모데르니스모 정신은 라틴아메리카 문화를 이해하는 데 시대를 초월한 의미를 지닌다고 보는 우루과이 비평가 로드리게스 모네갈을 제국주의의 하수인이라고 비판하며 그가 1960년대 파리에서 주관하던 잡지 ≪신세계≫가 CIA의 자금 지원을 받았다고 비난한 바 있다. 그뿐만 아니라 그 잡지에 기고했던 멕시코 소설가 카를로스 푸엔테스나 네오바로크 이론을 주창하고 쿠바로부터 망명해 텔켈 그룹의 일원으로 활동하던 세베로 사르두이도 식민주의적인 작가라는 낙인을 찍는다(Fernández Retamar 1989, 30-36). 물론 로드리

---

10) 페르난데스 레타마르는 1958년 르네 웰렉의 초청으로 예일대에서 교편을 잡을 기회가 있었으나 쿠바혁명 성공과 더불어 고향으로 돌아와 카스트로와 일하게 된다. 곤살레스 에체바리아는 쿠바에서 고등학교까지 나왔으나 혁명 이후 미국으로 이주하여 예일대에서 박사학위를 취득한 후 모교의 교수로, 지금은 문학 교수로서 가장 권위 있는 석좌 교수직인 스털링 교수로 있다.

게스 모네갈도 이러한 인신공격에 맞서, 페르난데스 레타마르가 세제르와 파농의 텍스트를 쿠바 정부의 대변인의 입장에서 잘못되게 해석한다고 비난한다(Rodríguez Monegal 1980, 442).

곤살레스 에체바리아는 인터뷰 당시 로드리게스 모네갈과 같은 과 동료 교수였고, 그가 서구에 라틴아메리카 문학의 전도사 역할을 한 공적을 높이 사고 있었고,[11] 사르두이 역시 그가 따로 평론서를 낼 만큼 좋아하는 작가였다. 두 로베르토 간의 인터뷰에서 곤살레스 에체바리아는 혁명 시기의 페르난데스 레타마르의 서사적 시들과『칼리반』같은 정치적 팸플릿이 세월이 지나 혁명이 제도화되면서 어떠한 내면적 변천을 겪게 되었느냐고 질문한다. 이에 페르난데스 레타마르는 시적 진실과 혁명 정신은 상이한 역사적 현실에서도 살아남는다고 대답한다. 이에 곤살레스 에체바리아는 소위 부권적인 국가 주도 예술(L'Art D'étre grand-pére)이 근대성의 신화가 위협받는 오늘날 어떤 의미가 있으며 전통적으로 사회의 이단아 혹은 이교도(heretics)였던 시인들이 제도화된 사회주의 혁명정부에서도 이단아 역할을 할 수는 없느냐며 반문한다.

이에 페르난데스 레타마르는 근대성은 정의하기 나름이며, "정통성 (orthodoxy) 안에 궁극적인 비정통성(ultimate heterodoxy)이 있다"는 체스터튼의 말을 인용하며 혁명가와 시인은 동시적일 수 있으며, 그것이 월트 휘트먼이 꿈꾸었던 또 다른 종류의 근대성이며 이교도인 시인은 자신이 뿌리내린 현실 속에 침잠함으로써 자신의 이단성을 찾을 수 있다고 대답한다(Fernández Retamar 1997, 79-80).

페르난데스 레타마르는 1986년 「다시 돌아온 칼리반」(Caliban Revisited)

---

11) 라틴아메리카 붐 세대의 소설은 《신세계》를 통하여 프랑스에 알려지게 되었고, 곧 세계적 명성을 얻게 되었다.

이라는 산디니스타 혁명을 지지하는 글에서, 1971년 시인 파디야를 반혁
명 혐의로 기소했다가 그로 하여금 반성문을 쓰게 강요하고 풀어준 파디
야 사건을 계기로 마리오 바르가스 요사와 훌리오 코르타사르를 비롯한
라틴아메리카 지식인들이 '문화적 외국인 공포증'(cultural xenophobia)이라며
쿠바에 등을 돌린 데 대해 유감을 표시한다. 물론 이미 고인이 된 로드리
게스 모네갈에 대한 비판 역시 멈추지 않고,12) 보르헤스를 보수적인 무정
부주의자로 낙인찍는다(Fernández Retamar 1989, 52-54). 페르난데스 레타마
르에게는 결코 타협이 없었다. 라틴아메리카적 보편 문학을 갈망하던 그
는 역설적으로 세계(특히 서방 세계)에서 라틴아메리카 문학의 가장 상징적
인 인물들로 인정받는 작가들을 부정함으로써 자신의 좁아진 입지를 드러
낸다. 여기서 쿠바 정부의 공식 입장과 시인인 저자의 입장은 그 어떤 괴
리 없이 표출된다. 이 글의 결말에는 이젠 고립 위기에 처한 자신의 입장
과 그가 대변하는 정부의 입장을 대변하는 비장함이 스며들어 있다.

　'제3세계'라는 용어가 나를 거슬리게 하는 것이 있다면, 아마도 그것
이 비자발적으로 우리를 비하시키는 의미를 내포한다는 것이다. 이제
곧 억압받는 자들이 승리하여 하나의 세계가 될 것이다. 우리 아메리
카는 이러한 승리를 위한 투쟁을 전개하고 있다. 폭풍우는 가라앉지
않았다. 하지만 『폭풍우』의 난파된 선원들인 크루소와 걸리버가 신대
류으로부터, 바다 속으로부터 솟구쳐 나오는 것을 볼 수 있다. 거기서
그들을 기다리는 건 프로스페로와 아리엘, 그리고 칼리반, 돈키호테,
프라이데이와 파우스트뿐 아니라 소피아와 올리베이라 그리고 아우렐
리아노 부엔디아 대령이13) 맑스와 레닌, 볼리바르와 마르티, 산디노와

12) 이 글에서 그는 로드리게스 모네갈이 주간하는 ≪신세계≫가 CIA의 자금 지원을 받
은 경위를 더욱 구체적으로 묘사한다.

체 게바라와 같이 역사와 꿈의 노정에서 기다릴 것이다.(55)

페르난데스 레타마르의 소망은 더 이상 쿠바와 니카라과를 비롯한 카리브 연안국들을 고립시키지 말고 세계의 일부분으로 보아달라는 것이었다. 그러나 동구권의 몰락과 구소련의 해체 후 사정이 더욱 악화된 1992년(이 해는 콜럼버스가 신대륙에 당도한 지 500주년 되는 해이다), 그는 뉴욕 대학(NYU)에서 '500년 후에 칼리반이 말하다'(Caliban Speaks Five Hundred Years Later)라는 연설을 한다. 미국 학계에서 큰 반향을 불러일으키고 있던 탈식민주의에 고무되어 기존의 자기 입장을 발전시킨 것이다. 1492년부터 칼리반이 던져주는 스피박의 은유—개념(concept-metaphor)이 갖는 의미가 카리브 해나 남미에서뿐만 아니라 전 세계적인 뿌리를 갖는다는 것이다(Fernández Retamar 1997, 163). 이는 서두에서 언급한 해방철학자 두셀의 견해와 동일한 것이다. 이제 세계는 G7을 비롯한 소위 선진국과 저개발국으로 분리되고, 저개발국에게 급격한 경제변혁을 요구하는 IMF를 위시한 신자유주의 물결이 전 세계 인구의 4분의 3에 해당하는 칼리반의 영토를 잠식하고 있다고 진단한다. "만국의 노동자여 단결하라"라는 맑스의 선언은 1992년 맑스주의를 신봉하던 세계의 몇 안 되는 국가의 문화 지도자를 통하여 이념을 떠난 서방[North]의 신자유주의적 논리에 대항하는 칼리반[South]의 단결로 변형된다. 이러한 단결은 시적 상상력 속에서 그리스인들이 아나그노리시스(anagnorisis)라고 말한 참된 재발견으로 전 인류를 이끈다고 밝힌다. 페르난데스 레타마르에게 마지막 남은 희망은 이러한 상상의 힘이었다. 그는 "역사는 우리가 가진 것보다 더 큰 상상력을 가졌

---

13) 소피아는 쿠바 작가 카르펜티에르의 소설 『계몽의 세기』의 여주인공, 올리베이라는 아르헨티나 환상주의 작가 코르타사르의 대표작 『팔방놀이』(Rayuela)의 주인공, 아우렐리아노 부엔디아 대령은 가르시아 마르케스의 『백년의 고독』의 중심인물.

다"는 맑스의 말과 "상상력은 지식보다 더 중요하다"는 아인슈타인의 말을 인용하며 연설을 마친다(171).

곤살레스 에체바리아나 로드리게스 모네갈이 보듯이, 페르난데스 레타마르의 『칼리반』이 가지는 체제 옹호적인 면은 우리가 살펴본 『아리엘』의 전제군주적 담론의 절정을 보는 듯하다. 사실 아리엘이나 칼리반이나 상상의 공동체를 이루려는 유토피아적 담론이다. 그들은 '아리엘'이나 '칼리반'이란 기표를 라틴아메리카인에게 각인시키며 라틴아메리카 지성사에 있어서 중요한 이정표를 그리는 것도 사실이다. 동시에 그 강력한 각인 때문에 그들이 모데르니스모 작가이자 시인임에도 불구하고 교조적이고 배타적이라는 오명을 쓰는 것도 사실이다.

그런데 1992년 페르난데스 레타마르의 연설문을 보면 그의 입장이건 쿠바 정부의 공식 입장이건 간에 전 지구적으로 볼 때 국제 정세의 변화 때문인지 몰라도 그들의 담론은 전체주의적 교조주의를 떠나 이교도적이고 비정통적인 시인의 담론으로 변모되었음을 볼 수 있다. 결국 페르난데스 레타마르가 궁극적으로 추구한 것은 이론적 틀이 아니라 시인의 상상력이었다. 『칼리반』과 그 후속 텍스트들은 정치적 팸플릿이지만, 그 자체가 하나의 완벽한 자서전적 소설의 시리즈물이다. 그가 어릴 때 타잔 영화에 분노한 것이나 할렘에서 컬럼비아 대학생이 되길 꿈꾸었던 것이나, 시인으로 성공하여 그 대학의 교수직 제의를 쿠바혁명 소식을 듣고 거절한 것이나, 시인에서 혁명정부의 문화 운동가로 교조적으로 변모한 것이나, 자신과 동지들의 실패한 기획 속에서도 시적 상상력을 추구한 것이나, 그 모든 것이 어느 한 실천적 시인의 생의 궤적을 보여주는 것이다.

아리엘이란 미적 유토피아의 부정과 그 부정에 섰던 페르난데스 레타마르의 삶의 궤적은 라틴아메리카 문화의 대변인으로서의 지식인의 소멸을 보여주는 것인지도 모른다. 다시 페르난데스 레타마르가 나중에 의지한 시적 상상 혹은 환상에 대한 증후군은 그 어떤 배타적인 전제군주적인 기제보다 더 생산적인 기제이다. 그것은 지식인에게 자기의 존재기반이나 입장을 뿌리째 뽑아내고 보다 생산적인 방향으로 자신을 상상하는 것을 제안한다(Colás 1995, 393). 물론 그것이 신자유주의를 공고화하는 비정치성이나 타협을 의미하는 바는 아니다. 오히려 이러한 세계체제 내에서의 탈주의 효과적인 기제로 작용할 수 있다는 것이다. 이러한 추구가 계속될 때, 아리엘과 칼리반은 서로 조우하여 통합적인 상상의 공동체를 이루어나갈 수 있을 것이다.

〈아메리카의 집〉: 아메리카 문화를 위한 반세기

호르헤 포르넷

　　〈아메리카의 집〉은 쿠바혁명이 승리한 날로부터 넉 달이 채 안 된 1959년 4월 28일 공식 설립되었다. 혁명의 영웅인 아이데 산타마리아 (Haydée Santamaría)가 원장으로 임명되었고, 그때부터 이 이름은 '아메리카의 집'이라는 이름과 함께 하고 있다. 산타마리아는 우리를 우리답게 하는 기획의 입안자이자 영감을 준 인물로 죽는 날까지 〈아메리카의 집〉 기둥 역할을 했다. 그녀의 뒤를 이은 화가 마리아노 로드리게스와 최근 20년 동안 〈아메리카의 집〉을 이끈 시인이자 수필가 로베르토 페르난데스 레타마르는 그 특출한 여성 원장의 유산을 이어가면서 각자의 열정과 지혜를 가미했다.

　　〈아메리카의 집〉은 항상 자율성을 유지했지만, 쿠바혁명과 불가분의 관계 속에서 탄생한 것도 사실이다. 그리하여 혁명의 역사적 과정 속에서 라틴아메리카와 카리브를 향해 새로운 사회의 가치들을 표명하는 문화적 중심 역할을 했다. 〈아메리카의 집〉의 주목적인 라틴아메리카의 문화적 통합 열망, 그리고 이에 따른 라틴아메리카 국가들에 대한 문화적 현상 연구와 분석, 문인 및 예술가들의 창작 장려, 지식인망 구축 등의 작업은 쿠바혁명이라는 더 큰 현상, 쿠바혁명이 야기한 노심초사, 이에 응답하려는 열망 없이는 결코 이해하지 못할 것이다. 쿠바가 아메리카 대륙의 나머지 국가들로부터 외교적으로 고립되어 있을 때, 〈아메리카의 집〉이 지역의 지식인들과의 적극적인 교류를 위한 중요한 교량 역할을 했다는 점도 모두들 기억해야 할 것이다. 세월이 흐르고 상실된 연결고리가 복원된 후에도 〈아메리카의 집〉은 늘 혁신을 지향했고, 그러면서도 전략적으로는 반세기 전과 동일한 방향성을 띠었다. 그래서 우리의 기획과 유사한 기획들, 〈아메리카의 집〉이 탄생할 무렵에는 존재하지도 않았던 기획들이 다행히 대륙에서도 생겨나기 시작했을 때도 시몬 볼리바르와 호세 마르티의 통합의 전통을 계승한 우리 기관의 기획은 여전히 정당하고 필요했다. 설립 반세기가 지난 후에도 여전히 왕성한 활동을 하고 있다는 사실은 그 어떠한 문화 기관에게도 감출 수 없는 자부심이자 새로운 도전일 것이다. 우리 기관의 활동은 반세기 동안 수천 명의 문인과 예술가에게 만남의 장소가 되고, 최고의 라틴아메리카·카리브 문화를 발산하는 역할을 했다는 것을 의미한다. 헤아릴 수 없이 많은 강연, 낭송, 토론, 음악회, 연극 축제, 출판이 대중과 문화 전반에 얼마나 커다란 기여를 했는지는 가늠하기조차 쉽지 않다. 그러나 지금 이 시점에서 우리는 지금까지의 성취에 대해 만족스럽게 생각하면서도 과거보다는 미래에 더 관심이 많다. 설립 50주년은 무엇보다도 계속해서 전진하라는 초대장이다.

〈아메리카의 집〉의 역사를 조금 돌이켜보자면, 설립 1년 만에 우리 기관을 우리 기관답게 만들었을 뿐만 아니라 오늘날까지 이어지고 있는 여러 상징적인 것이 탄생했음을 기억해야 할 것이다. 잡지 ≪아메리카의 집≫, 문학상, 출판사가 바로 그것들이다. 이미 250호 이상 발간된 ≪아메리카의 집≫은 창간되자마자 이내 반드시 언급해야 할 문화 매체가 되었고, 우리 아메리카의 가장 빼어난 문인 및 사상가 다수와 세계적인 문인 및 사상가 상당수가 기고하는 미학적·정치적 전위주의 매체로 성장했다.

초기에는 '에스파냐어권 아메리카 문학 콩쿠르'(Concurso Literario Hispano-americano)로 불리다가 1965년부터 지금의 명칭을 지니게 된 '아메리카의 집 상'(Premio Casa de las Américas)은 첫해부터 특출한 심사위원단 구성에 성공했고, 수백 명이 응모하였다. 덕분에 이내 대륙에서 가장 인정받는 상이 되었다. 그리고 그때부터 라틴아메리카의 모든 지식인이 심사위원 혹은 초빙자로 참여하는 만남의 공간이 되었다. 1964년에 이미 '에스파냐어권 아메리카 문학 콩쿠르'라는 명칭이 '라틴아메리카 문학 콩쿠르'로 바뀌었는데, 이는 브라질 작가들을 포함시킬 의도에서였다. 다만 브라질 문학에 대한 별도의 문학상이 '아메리카의 집 상'의 한 부문으로 신설된 것은 16년이 지난 뒤였다. 아무튼 그때부터 브라질의 상당수 저명 문인이 수상자나 심사위원으로 우리 기관과 관계를 맺었다.

문학상 수상작들의 출간을 위해 생긴 출판사는 곧 애초 임무를 뛰어넘어 여러 종류의 총서 발간에 착수하면서 출판사다운 면모를 다지기 시작했다. 이는 본질적으로 라틴아메리카와 카리브의 문학 및 사상 패러다임의 재창건이었다. 출간된 책들과 잡지 ≪아메리카의 집≫은 대륙에 흔적을 남기고, 독자를 찾는 여정에 나서고, 우리 기관을 지탱한 지식인망을 구축하기 시작했다. 아메리카의 집 출판사의 발전에 따른 당연한 결실로 1963년에 '라틴아메리카 문학'이라는 이름으로 이 분야의 고전 총서가 발간되기 시작했다(총서 명칭은 최근 '라틴아메리카·카리브 문학'이라는 더 포괄적이고 적절한 이름으로 바뀌었다). 이 총서는 우리 아메리카의 문학과 사상에서 가장 가치 있는 작품들을 정립하고 확산시키려는 뚜렷한 소명의식을 가지고 태동했다. 총서 제1권을 『브라스 쿠바스의 사후 회고록』으로 정한 것은 의미심장하다. 보통 우리와 브라질을 가르는 장벽을 부수려는 뚜렷한 의지를 천명한 것이기 때문이다. 그로부터 45년이 지난 올해, 〈아메리카의 집〉은 이 소설의 저자인 마샤두 지 아시스의 사망 100주기를 맞아 다시 그에게 경의를 표하기 위해 『브라스 쿠바스의 사후 회고록』을 다루는 콜로키움을 열었다.[1]

〈아메리카의 집〉은 처음 총서를 발간할 때부터 매력적이고 참신한 그래픽 디자인을 가미하려는 의도를 분명하게 드러냈다. 이는 〈아메리카의 집〉의 역사에서 정기 간행물, 도서, 포스터에서도 가시적인 전통이다. 물론 새로운 전자 기술의 뒷받침도 잊지 말아야 하겠지만 말이다.

〈아메리카의 집〉과 브라질의 관계에서 획기적인 첫 사례로는 아마 오래 전인 1960년의 일을 꼽을 수 있을 것이다. 100점 이상의 작품으로 구성된 현대쿠바회화전(Pintura Cubana Contemporánea)이 멕시코와 우루과이를 포함한 순회 전시의 일환으로 브라질에서 열렸다.

〈아메리카의 집〉은 즉각 관심사를 더 넓혀 매년 라틴아메리카 연극 축제(Festival de Teatro Latinoamericano)를 개최하게 되었다. 이 축제는 대륙 전체에서 충분히 인정받지 못하고 있던 연극 장르에 활력소가 되었다. 이 맥락에서 과테말라의 마누엘 갈리치(Manuel Galich)가 창간한 잡지 ≪콘훈토≫(Conjunto)가 탄생하고, 40년 이상 지속적으로 발간되면서 대륙의 연극인에게 상징이 되었다. ≪콘훈토≫의 지면을 통해 라틴아메리카 연극에 대한 이론적 연구, 대담, 평론, 소식 등이 소개되었을 뿐만 아니라 각 호마다 라틴아메리카 희곡이 적어도 한 편 이상 게재되었다.

---

1) 마샤두 지 아시스(Machado de Assis, 1839~1908). 브라질 문학을 대표하는 문인으로, 유럽 문학의 모방을 넘어 최초로 브라질 소설다운 소설을 썼다는 평가를 받는다. 『브라스 쿠바스의 사후 회고록』(Memórias póstumas de Brás Cubas)은 1881년에 출간된 작품이다. ─옮긴이

　칠레 시인 파블로 네루다(Pablo Neruda)의 〈아메리카의 집〉 시 낭송회의 녹음 음반은 '말 아카이브'(Archivo de la Palabra)라는 결실로 귀결되는 길을 열었다. 지난 수십 년 동안 우리 기관을 거쳐간 우리 아메리카의 천 명 이상의 문인과 사상가의 목소리들이 보존된 귀중한 아카이브이다. 그리고 이 아카이브의 산물이 '이 아메리카의 말'(Palabra de Esta América) 음성 컬렉션인데, 수백 명의 목소리가 다양한 방식으로 편집, 제공되었다.

　음악 역시 〈아메리카의 집〉의 주요 업무 중 하나여서 음악회, 음악 축제, 작곡상과 음악상이 일상의 일이 되었다. 음악 분야에 대한 이론적 접근을 장려하기 위하여 1970년부터는 《음악》(Música)이라는 회보를 간행하여 매 호마다 악보를 제공하고 있다. 〈아메리카의 집〉이 개최한 몇몇 음악 축제는 대륙 차원의 전범(典範)을 만들었다. 1967년 개최된 '저항가요의 만남'(Encuentro de la Canción Protesta)이 그 사례이다. 이 대회는 라틴아메리카, 아시아, 유럽, 호주, 미국에서 50명 가량의 음악인과 연구자들이 참가했고, 쿠바의 여러 도시를 순회했다. 그리고 참가자들 중에서 많은 사람이 얼마 안 가, 지구상에서 여러 가지 명칭으로 태동 중이던 음악운동들의 산물인 정치적, 사회적 참여 가요의 대변자가 되었다. 그 만남의 결실이자 누에바 트로바 운동의 풍요로운 순간이 바로 실비오 로드리게스, 파블로 밀라네스, 노엘 니콜라의 첫 공연이었다. 〈아메리카의 집〉에서 공연이 열린 그날 밤부터 이 세 사람은 태동 중이던 저항가요의 상징이 되었다.

　〈아메리카의 집〉이 1974년 베네수엘라 아마존 유역 토착민 부족들의 수공예품과 사진 전시회를 개최하기 이전까지 이 광대하고 문화적으로 다양한 지역은 우리 사이에서는 별로 존재감이 없었다. 아마존 문화에 대한 이 의미 있는 최초의 접근으로 그 이후 새로운 공간이 열렸다. 가장 두드러진 사례가 30년 후 〈아메리카의 집〉이 유네스코와 함께 주최한 '아마존 문화 국제 콜로키움'이다. 이 대회에는 아마존 연구자와 주민이 참가했고, 그 결과 아마존에서 소멸될 위기에 처한 언어들에 대한 책이 출판되었다.

1975년 '국제여성의해'를 맞아서 ≪아메리카의 집≫은 한 호 전체를 관련 주제에 할애했고, 이듬해에는 라틴아메리카 여성에게 '아메리카의 집 상'의 증언(testimonio) 분야 상을 수여했다. 먼 훗날 〈아메리카의 집〉에 '여성연구 프로그램'(Programa de Estudios de la Mujer)이 탄생하게 된 전주곡이었다. 비록 우리 사이에서는 이미 여성연구의 활동 공간이 열려 있었지만, 이 프로그램의 신설 덕분에 그때까지 결여되어 있었던 조직력을 갖추게 되었다. 프로그램의 신설과 함께 '아메리카의 집 상'에 여성연구 특별상도 제정했다. 또 그때부터 매년 콜로키움을 열어 식민지시대에서 오늘날까지 라틴아메리카 및 카리브 여성의 역사와 문화, 페미니즘 비평이나 젠더, 인종, 계급 간 관계를 다루는 이론, 기타 페미니즘 관점에서 서로 유사성이 있는 더 세부적이고 다학문적인 주제들을 다루고 있다. 이와 동시에 이 프로그램은 여성 작가 선집과 세 대륙의 수백 명의 전문가가 참가한 콜로키움들의 자료집을 발간했다.

1970년대 중반은 또 다른 세계가 우리 사이에 틈입한 시점이기도 했다. 1976년 처음으로 영어권 카리브 문학을 위한 상을 제정한 것이다. 〈아메리카의 집〉 업무에 카리브를 유기적으로 통합하고, 에스파냐어권 사용 지역에 영어권 카리브의 뛰어난 작가들을 소개하고, 대표적인 작가와 연구자들을 심사위원으로 초빙하기 위한 방편이었다. 3년 후에는 프랑스어권 카리브 문학상이 제정되었다. 그러나 이 과정에서 가장 의미 있는 발자취는 카리브 예술 및 문학의 연구와 확산을 위해 〈아메리카의 집〉의 한 부서로 카리브연구센터(Centro de Estudios del Caribe)를 설치한 일이다. 그 즉각적인 결과가 아메리카의 집 출판사가 발간하는 카리브 문학 작품의 증가, 전문적인 학술 모임과 세미나 개최, 잡지 ≪카리브 아날≫(Anales del Caribe) 창간이었다. 이 잡지에는 카리브라는 지리적, 문화적 공간의(그리고 이 공간에 대한) 가장 저명한 문인과 연구자들의 텍스트들이 에스파냐어, 영어, 프랑스어로 게재되고 있다.

또한 그 무렵 치카노 작가에게 '아메리카의 집 상'을 수여함으로써 미국 내 히스패닉 인구의 흔적과 영향이라는 사회·문화적 현상에 대한 관심을 촉구했다. 이 현상은 세월과 함께 점점 더 뚜렷해졌고, 히스패닉 문학은 〈아메리카의 집〉을 통해 새로운 표현 통로들을 얻었다. 수십 년 후에 신설된 '미국 라티노 연구 프로그램'(Programa de Estudios sobre Latinos en los Estados Unidos)이 아마 가장 중요한 통로일 것이다.

〈아메리카의 집〉은 최근에는 디지털 영역으로까지 관심사를 넓혀 라틴 아메리카 및 카리브 시각예술의 확산을 위한 사이버 잡지 ≪아르테아메리카≫(Arteamérica)가 출현했다. 20호 이상 발간된 이 잡지는 특정 국가와 지역의 창작 활동, 주술 치료, 시장에서 사용되는 종이를 사용한 예술, 예술 마당과 비엔날레, 각종 퍼포먼스, 대중 예술과 문화 등을 위시한 다양한 주제들을 다루고 있다. 미루어 짐작하겠지만, 〈아메리카의 집〉은 여러 해 전부터 아름답고 효과적인 웹사이트를 갖추고 있다. 가상의 집을 연상시키는 이 웹사이트는— (이 사이트의 정보 제공 페이지를 괜히 '창문'(La Ventana)이라고 부르는 것이 아니다—〈아메리카의 집〉의 공식 소개 자료와 각종 프로그램, 행사, 정기 간행물 소식을 제공할 뿐만 아니라 통상적 업무와 이에 임하는 우리의 자세에 공신력을 부여하는 역할을 한다. 라틴 아메리카와 카리브 관련 12만 6천 권의 도서와 잡지를 보유하고 있어서 우리 아메리카에서 가장 주목할 만한 도서관인 〈아메리카의 집〉 도서관에도 당연히 디지털 바람이 불었다. 지난 수십 년 동안 저작물과 우정을 제공한 모든 사람의 협력이 없었다면 결코 불가능했을 일이다.

쿠바혁명의 승리 덕분에 우리 아메리카에서 고조된 열정의 주역이 〈아메리카의 집〉이었던 만큼, 우리 기관은 1960년대 문화계에서 가장 출중한 작업을 하던 많은 이들의 중심이 될 수 있었다. 그러나 그 시절에 막 첫걸음을 내디딘 이들과 접촉하고 끌어모으는 역량을 유지하는 일은 더 큰 도전을 의미했다. 〈아메리카의 집〉으로서는 늘 초미의 관심사였던 그 도전의 결실 중 하나가 1983년의 '라틴아메리카와 카리브의 젊은 예술가들의 만남'(Encuentro de Jóvenes Artistas Latinoamericanos y del Caribe)이었다. 이 대회에서는 문인, 음악인, 예술 비평가, 사회학자들이 생각을 교환하고, 각자의 작품과 관심사를 알리고, 최근 세대들의 작품에 대해 토론했다. 제2회 대회는 바로 그해를 마감하는 의미에서 개최되었으며, 훌리오 코르타사르의 단편 제목과 동일하게 '점거당한 집'(Casa Tomada)이라는 명칭을 붙였다. 〈아메리카의 집〉이 미래의 창작자들을 끌어모으리라는 상징성이 충만한 명칭이자, 우리 기관의 활력을 보여주는 사례이다.

〈아메리카의 집〉이 주관하는 시상식, 콜로키움, 전시회, 음악회, 강연, 출판, 연극 공연은 꾸준히 이어지고 있다. 그리고 각지의 문인과 예술가가 〈아메리카의 집〉을 지속적으로 방문해 우리 기관을 자신의 집처럼 여기며 활동하고 있다. 이는 일상적인 일이자 〈아메리카의 집〉을 〈아메리카의 집〉답게 만드는 일이다. 〈아메리카의 집〉이 1959년부터 얼마나 많은 일을 했고, 또 그때부터 세계적으로 얼마나 많은 일이 있었는지 되돌아보면 50년은 엄청난 세월이다. 하지만 앞으로 다가올 역사를 생각하면 찰나에 불과하다. 머나먼 미래에 〈아메리카의 집〉의 과거를 되돌아볼 때, 처음 50년 동안 다진 토대에 대해 그리워하지 않기를 바랄 뿐이다. 〈아메리카의 집〉이 제안한 야심찬 꿈에 대해, 또 열정의 순간이든 고뇌의 순간이든 우리 기관의 사무실에서 혹은 수천 킬로미터 떨어진 곳에서 그 꿈을 가능하게 한 모든 이에 대해 만족할 수 있다면 좋을 것 같다.[2]

[우석균 옮김]

타자의 목소리 : 증언에서 새로운 서사로

호르헤 포르넷

Ⅰ.

우선 우리를 이 자리에 모이게 해준 이 '해방의 정치 : 국가, 인종, 종족, 사회운동'이라는 주제가 저에게 다소 묘한 기분을 불러일으킨다는 점을 인정해야겠습니다. 이 주제가 지금 시기적으로 적절하지 않기 때문이 아닙니다. 오히려 반대로, 세계에서 가장 두드러진 이론가들이 말하는 '링구아 프랑카'(피에르 부르디외가 언급한 그 '세계 공통어'[vulgata planetaria])에 해방 (liberación)을 위한 그 어떤 공간도 있는 것 같지 않기에 이 주제들을 논의하는 것이 대단히 유용할 수 있기 때문입니다. 따라서 우리를 초청해 이에 대해 대화할 기회를 제공해 준 서울대학교 라틴아메리카연구소에 감사를 표하는 바입니다.1) 이미 우리는 시대마다 그 시대 특유의 어휘가 생긴다는 걸 알고 있습니다. 게다가 언젠가 부르디외 자신이 인정한 바에 따

---

1) 이 글은 서울대학교 라틴아메리카연구소가 2009년 6월 5일 개최한 국제학술회의의 발표 문이다. 학술회의 공식 제목은 '해방의 정치' 없이 '국가, 인종, 종족, 사회운동'(Nación, Raza, Etnia y Movimientos Sociales)이다. ―옮긴이

르면, 동시대의 책들은 주제보다 제목에서 서로 더 비슷한 법입니다. 그래서 특정 용어들이 한 시기를 좌지우지한다는 인상을 주고, 무엇보다도 우리에게 없어서는 안 되는 다른 개념들을 몰아내는 경향이 있습니다. 담론 층위에서 벌어지는 끝없는 논쟁에서 단어들은(palabras) 헤게모니 투쟁에서 아주 중요한 역할을 합니다. 따라서 헤게모니를 가진 개념들과 대화하고, 이들에게 문제를 제기하거나 이들과 반목하는 다른 용어들을 수면 위로 부상시킬 필요가 있습니다. 이 주제가 대단히 복잡하고 제 전문 분야가 문학 연구라는 점을 감안하여 저는 라틴아메리카 문학이 그 전쟁터에 입장한 방식에 대해, 나아가 미학의 장을 넘어서는 문제들을 해결하는 방식에 대해 탐구하고자 합니다. 국가, 인종, 종족, 사회운동은—저는 여기에 감히 젠더와 계급을 추가하겠습니다—줄곧 개념이자 동시에 전쟁의 장이었습니다.

저는 이 발표에서 특히 두 시기의 몇몇 작가와 작품에 시간을 할애하고 싶습니다. 첫 번째 시기는 1960년대 말부터 1970년대 초까지입니다. 특히 담대한 의도를 지니고 있었던 한 장르에 대해 이야기하고자 합니다. 두 번째 시기는 우리 시대입니다. 이 시기를 다룰 때는 새로 등장한 이야기꾼들의 제안에 대해 말하도록 하겠습니다. 이 두 시기를 잇는 아치를 통해 전체적으로는 라틴아메리카 문학이 각 시대의 도전에 임하는 다양하고도 지속적인 형식들을 고찰하려고 합니다.

Ⅱ.

'증언'이라고 부르는 장르의 경우, 우리는 이 장르가 어떻게 등장하여 하나의 장르로 자리매김했는지 명확하게 연구할 기회가 거의 없었습니다. 물론 우리는 그 기원을 추적하기 위해 아스라한 시간과 공간으로 거슬러 올라갈 수도 있습니다. 사실, 증언에는 "에스파냐어권 아메리카의 서사 전통에 이미 존재하는 요소들"이 수렴되어 있다는 공감대가 있습니다. 가령 마벨 모라냐는 "여행 이야기 기법, 낭만적 일대기, 군사 행동 이야기, 사회소설과 원주민주의 소설의 기록주의(documentalismo), 사회학적 에세이, 민족지학(estudio etnográfico)과 풍속적 보고서는 물론 시와 대중서사에서 취한 요소들"을 언급합니다(Moraña 1995, 491). 그러나 오늘날 우리가 증언이라고 말할 때, 라틴아메리카 문학에서 가장 널리 인정되는 전례는 멕시코 작가 리카르도 포사스의 『후안 페레스 홀로테, 어느 초칠 원주민의 일생』과2) 아르헨티나 작가 로돌포 월쉬(Rodolfo Walsh)가 1957년에 간행한 『대학살 작전』(Operación Masacre)인 것 같습니다. 라틴아메리카의 북쪽 끝과 남쪽 끝에서 출현한 이 두 사례는 증언 장르의 주축을 이루는 두 경향이었습니다. 후대의 상당수 증언 작품에서는 하나로 합쳐지지만 말입니다. 포사스의 작품이 초칠 원주민에 대한 민족학적 관점에서의 일대기에 초점을 맞추고 있다면, 월쉬의 책은 아르헨티나 사회의 엄혹한 시절에 일어난 불법적인 집단 사살에서 살아남은 사람의 서술을 바탕으로 한 이야기, 즉 명백히 정치적인 이야기입니다. 그때부터 월쉬가 취한 태도와 1977년 아르헨티나 군부정권의 탄압에 따른 그의 실종은 『대학살 작전』에서 다룬 끔찍한 경험에 한층 더 극적인 성격을 부여했습니다. 책의 내용이 현실이 되었기 때문에 더 주목을 끌게 된 것이죠. 월쉬는 『대학살 작전』 서문에

---

2) 『후안 페레스 홀로테, 어느 초칠 원주민의 일생』은 포사스가 멕시코 치아파스 주의 초칠 원주민에게 들은 이야기를 몸소 편집한 텍스트입니다. 1948년에 《인류학 기록》(Acta Antropológica)이라는 학술지에 처음으로 발표하였고, 4년 후 단행본으로 발간했습니다.

서 자신이 기술할 이야기를 어떻게 알게 되었는지 말합니다. 동네 단골 술집에서 체스를 두고 있다가 우연히 접하게 되었다는 것입니다. 정치에 관심이 없던 월쉬이지만, 들은 이야기를 (자신이 예찬하던 탐정소설의 기법으로) 썼습니다. 그 결과 『대학살 작전』은 우리 시대의 가장 위대한 정치적 변론 중 하나가 되었고, 월쉬는 정치에 연루되고 맙니다.

이 두 가지 새로운 사례를 통해 갓 윤곽이 그려지기 시작한 증언이라는 문학 장르는 쿠바혁명이 성공한 뒤인 1960년대에 활기를 띱니다. 쿠바혁명이 정치뿐 아니라 문화 영역에서도 즉각적인 반향을 불러일으켰기 때문입니다. 한편으로는 일단의 빼어난 소설가들과 작품들이 예사롭지 않은 국제적 인정('붐'이라는 마케팅 용어로 잘 알려진)을 얻었습니다. 그리고 이와 동시에 라틴아메리카 대륙의 문학 세계에 새로운 목소리와 관심사들을 추가한 증언 장르, 외견상 주변적으로 보였던 이 장르도 발전했습니다. 다시 말해 대중은 한편으로는 가브리엘 가르시아 마르케스, 훌리오 코르타사르, 카를로스 푸엔테스, 마리오 바르가스 요사(가장 많이 언급되는 작가들로 한정하겠습니다)처럼 새로 유명해진 이름들을 알아갔고, 이와 동시에 미겔 바르넷, 엘레나 포니아토프스카라는 이름, 더욱 놀랍게는 도망 노예인 에스테반 몬테호와 헤수사 팔랑카레스 같은 등장인물들의 이름에도 친숙해지기 시작했습니다. 그때까지 목소리가 없었던 주체들이, 예전에는 역사의 주체보다는 객체로 재현되기 일쑤이던 주체들이 말하기 시작했습니다. 사실 더 정확히 말하자면, 이들은 증언 장르에서도 보통은 목소리를 빌려주는 누군가를 통해 간접적인 방법으로 하고 싶은 말을 합니다. 이 점은 증언과 관련해서 가장 많이 논의된 주제인데, 뒤에서 다시 다루도록 하겠습니다. 어쨌든 새로운 주체들이 자신의 말을 들리게 하고 공적 공간에서 가시성을 획득하기 시작했다는 점은 분명합니다. 이들은 대개 시민의 지위를 누리지 못한 채 사회와 제도의 주변부에 있는 사람들입니다. 바로 그 때문에 이 문제에서 인종, 종족, 계급, 젠더가 그토록 중요한 것입니다. 이 요소들 때문에 그 주체들 중 다수가 사회와 제도에서 배제된 경험이 있고, 증언 장르가 드러내려고 하는 것은 바로 그 배제입니다. 월쉬는 자신의 또 다른 저서인 『누가 로센도를 죽였나?』(¿Quién mató a Rosendo?, 1969) 서문에서 누가 등장인물들인지 명확히 밝히고, 그러면서 미디어, 경찰, 사법제도가 인정하는 시민권 개념과 선을 그었습니다. 월쉬는 "신문, 경찰, 판사들에게 이 사람들은 주민등록만 있을 뿐 역사 없는 이들이다"라고 말합니다.

많은 증언 작가가 이해하기에, 증언의 가장 중요한 사명은 사회가 은폐하고 미디어가 누락시킨 인물과 역사를 회복하는 일이었습니다. 다른 문학 장르들은 이 인물들에게 특권적 공간을 부여할 조건에 있지 않았습니다. 그 시절에 증언이라는 장르가 즉각 받아들여진 것은 의심할 나위 없이 그때까지 누락되었던 주체들에게 공명상자 역할을 하고, 그때까지 다루어지지 않았던 이들의 욕망과 관심사를 대변하였기 때문입니다. 세계, 그리고 특히 라틴아메리카에서 급진적 변화들이 예고되던 시절에 증언은 문학 영역에서 그런 변화의 대변인으로 우뚝 섰고, 이제 임박했다고 여겨지던 새로운 사회의 탁월한 장르로 인식되었습니다.

1966년 『어느 도망친 노예의 일생』의 출현은 즉각 출판계의 일대 사건이 되었고, 그 작품의 문학적 지위에 대한 열띤 논쟁을 유발했습니다. 가령 잡지 《보헤미아》(Bohemia)는 이 책을 다루면서 '도망 노예: 쿠바 문학에서 전례 없는 책'(Cimarrón. Un libro sin precedentes en la literatura cubana)이라는 웅변적인 제목을 붙였습니다(Carpentier et al. 1966, 32-34). 이 글은 알레호 카르펜티에르, 오넬리오 호르헤 카르도소, 후안 페레스 데 라 리바, 리산드로 오테로 같은 문인들의 견해는 물론이고 바르넷과의 대담도 포함하고 있습니다. 이때부터 증언에 대한 이론적 논쟁들은 많은 서지를 낳았는데, 이 발표에서는 언급하지 않으려고 합니다. 『어느 도망친 노예의 일생』이 몬테호라는 열정적인 인물만으로 매혹적으로 다가온 것은 아닙니다. 그럴 의도는 아니었지만 자신이 속한 문학 장르에 도전했다는 사실, 그리고 동시대인들이 이를 간과하지 않았다는 사실을 눈여겨보아야 합니다. 사실 몬테호는 여러모로 매력적인 인물입니다. 자신의 인종적 조건과 계급 조건으로 우리에게 울림을 주는 매우 독특한 경험을 한 흑인이자 노예였고, 무엇보다도 도망 노예였습니다. 즉 저항을 행동으로 옮겨 산으로 도망쳤고, 그 결과 노예 신분에서 벗어났습니다. 게다가 간과되기 일쑤인 것이 하나 더 있습니다. 바로 나이입니다. 백 살이 넘은 몬테호는 보통 역사책에서나 언급되는, 혹은 세대에서 세대로 구전으로나 전해지는 시대의 생존자이며 독보적인 증인입니다. 자신이 겪은 예외적 경험을 살아서 직접 이야기하니까요. 젊은이들이 주축이 된 새로운 혁명, 그 자체로 혁신적인 혁명의 한복판에서 이 노인은 당시 벌어지고 있던 변화들에 역사적 의미를 부여합니다. 마치 갓 태어난 국가를 합법화하기 위해, 더욱이 자신이 실행에 옮겼던 저항과 새로운 사회가 진행하는 저항 사이를 연결해 주는 선을 긋기 위해 다른 세상에서 온 것처럼 말입니다. 몬테호에게서는 대역사(집단의 역사)와 소역사(개인의 역사)가 융화됩니다. 국가의 서사시를 엮는 중대한 사건들은 아주 사소한 일화들, 즉 몇 백년간 역사의 한복판에서 밀려난 개인의 삶과 믿음을 심오하고도 필연적인 방법으로 통합하는 일화들과 융화됩니다.

이는 이 책에 대한 상당수 독해가 작품의 장르에 대한 것임을 이해하는 데 도움이 됩니다. 주인공, 주인공의 목소리, 이야기 자체의 매력에도 불구하고 말입니다. 그 반향은, 국가의 역사를 흔치 않은 관점에서 반성적으로 다시 생각함과 동시에 새로운 문학적 제안으로 읽힌다는 사실과 얼마간 관계가 있습니다. 그런 점에서 이 작품은 '말로 기술하기'라는 전대미문의 방식으로 과거를 종합적으로 다시 읽습니다. 그럼에도 불구하고, 이 책이 증언적 성격을 '박탈당했다'는 사실은 역설적입니다. 분명 바르넷은 『어느 도망친 노예의 일생』을 포사스 책의 계보를 잇는 민족지학적 이야기(relato etnográfico)로 구상했습니다(포사스 책의 부제인 '어느 초칠 원주민의 일생'과 바르넷 작품의 제목이 비슷한 것은 명백합니다). 그리고 작품 초판도 민족지학·민속학연구소(Instituto de Etnología y Folklore)에서 출간되었습니다. 하지만 독자들, 특히 이 책을 읽은 소설가들은 이내 『어느 도망친 노예의 일생』의 소설적 특징들을 인지하기 시작했다는 걸 기억할 필요가 있습니다. 앞서 언급한 《보헤미아》에 실린 기사에서 기자는 막 출간된 이 책에 대해 바르넷에게 이렇게 묻습니다. "어떤 작가들은 이 책을 예술 작품, 즉 소설이라고 간주합니다. 당신은 어떻게 보시나요?" 이에 대해 바르넷은 단호하게 답합니다. "이 책은 소설이 아닙니다. 다른 목적의 책, 즉 학술서입니다." 그런데 추후 바르넷 자신이 이 대답에 대해 다시 생각하게 되었고, 『어느 도망친 노예의 일생』과 이후 출간된 자신의 다른 책들을 증언-소설(novela-testimonio)이라고 재명명합니다. 역설은 그 새로운 장르가 문학적 특징을 과시할 때, 다시 말해 정보 제공자의 말을 있는 그대로 옮겨 쓰기를 그만두고 미학적 가치들을 획득할 때 발생합니다. 사람들이 증언을 소설처럼 더 권위 있고 합법적인 장르의 하위 장르로 분류하려고 들었기 때문입니다. 즉 태동하던 증언 장르의 가치를 인정해 주기는 하지만, 이 장르가 대단한 문학적 권위를 가지고 있다거나 스스로 이를 부여할 수 있을 정도라고 인정하는 데는 인색한 것입니다.

어쨌든 확실한 것은 미국 작가 오스카 루이스와 트루먼 커포티의 작품들, 또한 라틴아메리카 작가인 바르넷, 포니아토프스카, 포사스, 월쉬, 그리고 다수 작가의 작품들이 곧 원래 가치를 회복할 윤곽을 잡았다는 점입니다. 적어도 에스파냐어권에서는 '아메리카의 집 문학상'이 증언 장르가 필요로 하던 개성을 제공했습니다.[3] 오래전부터 구체화되던 우려에 응답한 것이죠. 1969년까지는 증언 장르의 특징에 부합되는 책들도 전통적인 수상 부문, 특히 소설이나 에세이 부문에 응모했습니다. 그러나 1968년 쿠바 작가 아이다 가르시아 알론소(Aida García Alonso)의 책 『멕시코 여인 마누엘라』(Manuela la mexicana)가 에세이 부문 가작에 선정되면서 논쟁이 격화되었습니다. 1969년 2월 4일, 문학상의 심사위원들과 주최자들이 모여 시상 부문의 변화를 제안했습니다. 논의되었던 가장 중요한 안건 중 하나가 바로 증언 부문의 '신설'이었습니다. 공동으로 숙고한 끝에 그들은 이듬해 모집 요강에 새로운 부문을 신설하기로 결정했습니다. 그 회의 초기에는 증언이 장르를 초월하는 가치나 기능을 갖는다고 생각하였습니다. '새로운' 장르의 타당성에 대해 숙고하기보다는 증언한다는 사실을 더 중요하다고 여긴 것입니다. 그럼에도 불구하고 다른 장르들과 상이한 장르라는 생각이 조금씩 우세해졌습니다. 비록 이 장르가 여타 장르의 수단들을 이용하지만 말입니다. 저는 무엇보다도 우루과이 비평가 앙헬 라마의 발언을 강조하고 싶습니다. 라마에게 증언은 여전히 장르를 초월하는 표현 형식으로 여겨졌습니다. 그러나 제가 주목할 만하다고 보는 점은 라마가 증언을 의지의 산물로, 사명감을 지닌 하나의 형식으로, 전적으로 노예의 표현으로 이해한다는 것입니다. 그래서 라마는 구체적인 제안을 하게

---

3) 이에 대해서는 기회가 되어 제가 쓴 글인 「아메리카의 집과 증언 부문의 '신설'」을 참조하기 바랍니다(Fornet 1995b, 120-125). 이 발표에도 이 글에 담긴 정보를 이용하고 인용도 하였습니다.

되고, 당시 작가들을 직접 소환하기까지 합니다. 아메리카의 집이 일견 자발적인 것으로 보이는 변화에 여지를 주는 데 그치지 말고, 그 변화를 추동하고 조장하고 확산시키는 데 이바지해야 한다는 것입니다. 사실상 라마는 증언을 재발진시킬 문화 정책을 제안합니다.

저는 이런 소재들을 인정하는 총서, 아메리카의 다른 작가들에게 "이런저런 일에 대해 증언하세요, 이런저런 곳에서 벌어지는 일에 대해 쓰세요"하고 분명하게 제안하는 총서가 있어야 했다고 생각합니다. 즉 문학을 통해 라틴아메리카의 과업과 투쟁의 계보를 보여주도록 노력하자는 말입니다. […] 저는 곤살로 로하스의4) 책이 제게 열정적인 칠레를 보여주길 바랍니다. 저는 쓸 수 있는 가장 좋은 책들, 많은 작가에게 요구할 수 있는 최고의 책들을 바랍니다. 그러면 수많은 작가가 말하겠지요 "네, 물론이죠, 바로 그걸 위해 제가 존재하는 겁니다! 저도 같은 의견입니다."

그런 논쟁의 결과, 아메리카의 집 문학상은 1970년에 처음으로 모집 공고에 그때까지 정전화(正典化)되지 않은 장르였던 증언 부문을 추가합니다. 아메리카의 집이 증언 장르를 '만들지' 않았다는 것은 분명합니다. 그보다는 그 장르를 고려할 수밖에 없는 상황이었습니다. 그러나 일단 고려를 하자, 증언을 공인하고 새로운 기준틀을 제공했습니다.

증언이 권리 없는 사람들을 위한 장르, 부르주아 사회와 이 사회의 대표적인 장르인 소설과 대립하는 장르라고 여길 만한 내재적인 이유는 없습니다. 하지만 "증언문학은 지배 시스템의 모순을 조명하는 경향이 있고,

---

4) 곤살로 로하스(Gonzalo Rojas, 1916~2011). 칠레의 대표적인 좌파 시인 중 한 사람. 전위주의 기법으로 투쟁적인 시를 즐겨 썼다. ─옮긴이

현재 상태(status quo)에 반기를 들거나 혹은 권위적이고 차별적이고 배제적인 사회들의 '질서'를 문제 삼는 대중의 요구사항이나 투쟁과 연대하는 경향이 있는" 것은 분명합니다(Moraña 1995, 488). 모라냐가 상기시키듯이, 가야트리 스피박이 제기한 '하위주체는 말할 수 있는가?'라는 물음은 라틴아메리카 증언서사의 경우엔 전적으로 유효합니다. 증언은 하위주체가 자신의 말을 들리게 할 공간을 열어주는 장르이기 때문입니다. 증언만큼 사회의 다른 사람들에게 보이지 않는 타자를 위한 표현 수단 역할을 하려는 문학 장르는 없었습니다.

가장 널리 인정받고 예찬된 증언 작품은 1983년 아메리카의 집 상의 수상작이기도 한 『나의 이름은 멘추』입니다. 이 책의 전례는 브라질 여성 작가 모에마 비에제르(Moema Viezzer)의 『도미틸라의 증언 : 볼리비아 광산의 여인』(Testimonio de Domitila, una mujer de las minas de Bolivia, 1976)입니다. 이 두 책의 가장 명백한 공통점은 억압의 시대를 살았고 저항의 한 축을 담당한 가난한 여인의 개인적 경험에 대한 증언이라는 점입니다. 그러나 이보다 덜 뚜렷하지만 또 다른 유사점이 있습니다. 바로 그들이 사용하는 언어입니다. 도미틸라의 경우에는 그녀의 모어(母語)인 케추아어의 흔적 때문에, 리고베르타의 경우엔 마야 키체족 언어 때문에 두 사람 다 아주 초보적인 에스파냐어를 사용합니다. 그녀들에게서 그 유명한 칼리반의 역설이 일어나는 것입니다. 자신의 메시지를 전달하기 위해, 자신의 말이 들리게 하기 위해, 부당한 현실에 반대하기 위해, 한 마디로 "저주하기" 위해 식민정복자들의 언어를 활용할 필요가 있기 때문입니다.

우리가 잘 알고 있듯이, 리고베르타의 책은 공감의 물결을 불러일으켰고 결국 그 주인공을 노벨 평화상으로 이끌었습니다. 그러나 동시에 일련의 논쟁을—기본적으로 학계로부터—유발하기도 했습니다. 논쟁에는 책의 진실성과 저자 문제가 포함되어 있습니다. 물론 그런 논쟁에는 얼마간 가려진 정치적 요소들이 숨겨져 있었습니다. 저자 문제는 몇 가지 이유로 골칫거리입니다. 엘리사베스 부르고스-드브레(Elizabeth Burgos-Debray)가 저자로 되어 있기는 하지만, 증언 장르의 상당수가 책과 관련된 불확실성이 남아 있기 때문입니다. '저자가 누구인가?', '증언을 제공하는 사람인가, 증언을 채록하는 사람인가?', '채록하는 사람은 단순한 편집자인가, 아니면 창작자 중 한 명인가?' 하는 불확실성입니다. 『나의 이름은 멘추』의 경우에는 논쟁이 더욱 심화됩니다. 작품의 토대가 된 인터뷰와 이에 대한 수정 과정에 참여한 사람이 한 사람이 아닌 것 같기 때문입니다. 책이 출판되고 몇 년 후, 과테말라의 인류학자 아르투로 타라세나(Arturo Taracena)가 멘추의 증언을 녹음하려는 목적을 지니고 있던 엘리사베스 부르고스를 그녀에게 소개해준 사람이 자신이라고 털어놓았습니다. 또한 녹음 일부를 자신이 했고, 그 후 주인공의 형편없는 에스파냐어를 수정한 것도 자신이었다고 고백했습니다. 그의 말에 따르면, "모델은 도미틸라 충가라(Domitila Chungara)의 책이었습니다. 그러나 이 책에서는 충가라가 원작자라는 점이 매우 분명하고, 인터뷰를 진행하고 서문과 주석을 쓴 사람은 자신의 역할이 무엇인지 아주 잘 설명하고 있습니다"(Aceituno 1999, 131). 타라세나는 공동저자로 이름을 올리기를 원하지 않았습니다. 그 시대의 자신의 정치적 성향 때문에 『나의 이름은 멘추』가 특정 의도를 지닌 책으로 오해받는 것을 피하고 싶었기 때문입니다. 타라세나, 멘추, 부르고스 모두 『나의 이름은 멘추』가 특정 정파의 책으로 여겨지는 것을 원치 않았습니다.

더욱 큰 논쟁은 미국 학계 내부에서 일어났습니다. 인류학자 데이비드 스톨(David Stoll)이 인터뷰와 몇몇 증거에 근거하여, 멘추의 증언 중 많은 부분에 문제를 제기한 것입니다. 타라세나 본인은 이렇게 말합니다.

스톨이 이해하지 못하는 것은 이 책의 서사적 목소리(voz narrativa)의 특징입니다. 한 사람의 원주민이 개인의 이야기와 집단의 이야기를 동시에 하고 있고, 이 두 이야기가 서로 뒤섞여 있다는 사실을 말입니다. 스톨은 인류학자인데도 불구하고, 로버트 M. 카멕(Robert M. Carmack)이 말하는 의미에서의 '차원'(dimensión)을 볼 수가 없었습니다. 스톨이 한 일은 인류학적 분석이 아니라 진실위원회에게나 제공할 신문기사 조사에 불과했습니다.(134)

다시 말해 스톨은 정확한 사실을 확인한답시고 증언의 보편적 의미, 공동체의 집단적 앎에 대한 멘추의 전유, 한 인간 집단의 대변자로서의 멘추의 역량을 놓쳤습니다. 이런 의미에서 증언자는 단순한 증인을 초월하여 특정 집단의 대변인으로 우뚝 섭니다. 공동체의 무게보다 세월의 흐름에 더 종속될 수밖에 없는 기억에 크게 의존하는 장르는 실제 있었던 사건의 진실성보다는 전달하고자 하는 메시지에 더 방점을 둡니다. 이 점은 주변화된 사람들의 권리 회복이 라틴아메리카 대륙의 정치적 의제의 중심인 현 시기에 이 장르가 널리 확산되고 성장하는 이유를 이해하는 데 도움이 됩니다.

저는 마지막으로 증언을 더욱 공고하게 해 준 한 가지 요소, 그 대가로 증언의 도움으로 더 강화된 요소를 언급하고 이 이야기를 끝맺고 싶습니다. 바로 독자입니다. 증언 장르의 잉태를 놀라운 눈으로 목격한 독자들이든, 비로소 역사 속에서 자신의 모습을 알아본 독자들이든, 증언이 드러내 준 인물들이든 말입니다. 이 독자들 역시 증언 장르의 형성에, 또 이 장르가 새로운 사회 모델(달성되지 못한 사회 모델이기는 하지만)과 함께 오랫동안 뚜벅뚜벅 걷는 데 기여한 것입니다.

Ⅲ.

라틴아메리카 문학에는 유령이 떠돌아다닙니다. 새로운 서사의 침입이
라는 유령입니다. 출판사 카탈로그와 문학 비평, 홍보 매체와 학술지들을
들여다보면 금방 아실 겁니다. 사소한 예에 불과하지만, 서로 거리가 먼
최근의 두 가지 일이 이를 입증해줄 수 있습니다. 스탠포드 대학 학술지
≪새로운 텍스트비평≫(Nuevo Texto Crítico)와 '보고타 39 대회'(Encuentro
Bogotá 39)입니다. 전자는 60명 이상의 새로운 이야기꾼들을 다룬 호를 간
행했고, '보고타 39 대회'에는 40세 미만의 라틴아메리카 작가 39명이 모
여들어 이후 무수한 출판물, 대화, 불가피한 논쟁들을 야기하기에 이르렀
습니다. 이 두 가지 일은 몇몇 상(賞)과 다양한 선집 덕분에 눈에 띄게 된
한 세대의 이야기꾼들, 비록 뿔뿔이 흩어져 있지만 한 세대를 형성하는
이야기꾼들이 지난 10년 사이에 출현했음을 드러내는 징후의 일부 사례
들에 불과합니다. 아마 포스트 붐으로 불리는 세대가 임종 때의 가르랑대
는 소리를 낸 이래 라틴아메리카 서사가 이토록 많은 주목을 또다시 받은
적은 없을 것입니다. 또한 그토록 많은 작가가 거의 동시다발적으로 나타
나 뭔가 움직임이 있다는 확연한 느낌을 준 적도 없을 것입니다.

이 작가들은 오늘 학술회의 주제들과 관련된 논의를 다른 지점으로 이
끌어가고 있습니다. 우선 이들은 나이라는 요소를 문학적 자질인 양 덧붙
이고 있습니다. 젊음은 그 자체로 하나의 가치가 됩니다. 이런 식의 구분
법에는 당연히 상업적 이해가 담겨 있습니다. 젊은이들이 '새로움'의 동의
어로 팔리고 있으니까요. 그러나 확실한 사실이 하나 있습니다. 그 젊은이
들이 문학적으로 태어난 곳은 그들의 윗세대들이 태어난 곳과는 다른 세
계라는 사실입니다. 이 젊은 세대는 20세기의 마지막 10년, 즉 성급하게

"역사의 종말"이라고 명명된 시점에 문학 활동을 시작했습니다. 당연히 선배 문인들을 달구었던 숱한 논쟁과 관심사에 공감하지 못했습니다. 심지어 많은 젊은 작가에게서 자신들의 시대 특유의 냉소가 어렵지 않게 감지되었습니다. 언젠가 저는 언급한 바 있습니다. 이 존속살해자들은 비록 그럴 의도는 없었으나 부모 세대의 라틴아메리카주의 기획을 재구성하고 있다고 말입니다. 우선 이 젊은 세대는 베를린 장벽 붕괴와 이에 따른 신자유주의 붐에 대한 충격으로 그 후 '라틴아메리카 세계'의 지도를 새로 제작하는 일에 합류했습니다. 지도를 새로 작성한다는 것은 필연적으로 국가의 경계, 나아가 국가적 정체성에 대한 인식에 영향을 미쳤습니다.

우리 사회가 인종, 종족, 계급 또는 젠더에 의한 차별이나 사회적 접근의 차이를 없애지는 못했지만, 1960년대부터 보인 실질적 진전 덕분에 그러한 집단들이 사회 생활과 문필 생활에 참여할 수 있었습니다. 전통적으로 다양한 형태의 주변화를 겪었던 그 사람들, 증언을 통해 제 목소리를 들리게 할 수밖에 없었던 그 사람들이 최근 몇 십년간 재현 공간에 점점 더 많이 접근하였습니다. 그렇게 구텐베르크의 은하계에 도달하게 된 집단들 중에서 여성이 제일 가시적입니다. 더욱이 자신들의 관심 주제들을 여성 특유의 관점으로 문학에 끌어들였습니다. 여러 인종과 종족의 존재가 두드러지는 나라에서조차 여성은 문학 분야에서 점차 더 많은 명성을 얻었습니다. 인종, 종족과 관련된 문학에서는 마야-과테말라 시인 움베르토 아카발(Humberto Ak'abal)과 마푸체족[5] 엘리쿠라 치와일라프(Elicura Chihuailaf)를 언급할 필요가 있습니다. 원주민 작가들은 늘 소수였기 때문에, 이 두 사람 이름이 언급되는 것 자체가 중요한 변화입니다. 예전에는 상상조차 할 수 없는 일이었으니까요. 확실히 이들 경우는 라틴아메리카 국

---

5) 마푸체(mapuche). 칠레와 아르헨티나에 걸쳐 사는 원주민 종족. -옮긴이

가들 내부에 국적과 언어 문제를 제기합니다. 왜냐하면 토착 언어와 문화의 권리를 요구함으로써 자신들이 살고 있는 크리오요 사회의 지배 언어와 문화에 저항하기 때문입니다. 흑인 인구가 많은 국가에서 아프리카 후손 작가들의 존재가 커지는 것은 덜 복잡한 일입니다. 덜 가시적이라는 뜻은 아니지만요. 아마 그 경향은 특히 브라질에서, 또 쿠바에서 강력할 것입니다. 흑인 작가들의 활동이 점점 더 중요해지고 있으며, 그들 대다수가 자기의 인종적 조건에 대한 권리 요구를 하고 있고, 이 관점에서 자국의 역사를 다시 읽기 때문입니다.

여러 집단이 가시성을 획득하고 그들의 관심사와 요구사항을 의제에 포함시키면서, 국가에 대한 논쟁에서 이데올로기는 예전처럼 영향력을 발휘하지 못하게 되었습니다. 라틴아메리카인들이 개별 국가에 더 소속감을 느끼고 '라틴아메리카'라는 초국가적인 단위에 속해 있다는 것을 불편하게 인식하게 된 것도 이런 맥락의 일환입니다. '라틴아메리카'의 묵살은 주기적으로 제기되는 질문, 그리고 수필 「칼리반」의 출발점 역할을 연상시키는 질문으로 귀결됩니다. '라틴아메리카 문학은 존재하는가?'라는 질문입니다. 이에 대한 대답은 1990년대부터 두 방향으로 전개되었습니다. 물론 우리 라틴아메리카 국가들에서 문학이 창작되고, 인정받는 작가들이 있으며, 심지어 주목할 만한 문학 운동이 있다는 점을 의심하는 사람은 없습니다. 관건은 그런 작품들이 '라틴아메리카 문학'이라는 하나의 단위로 인식될 수 있을 만큼의 고유 특징, 아울러 다른 지역에서 쓰인 작품과 구별되는 고유 특징을 보여줄 수 있느냐는 것입니다. 다르게 표현하자면, 라틴아메리카 작가들이 공통의 과거를 가진 공동체에, 대체로 공유하는 바람과 열망이 있는 공동체에 속해 있다고 느끼느냐는 것입니다. 대답 중 하나는 세계화와 흐릿해지는 경계들이 특징인 현재 세상에서는 질문 자체가 더 이상 의미가 없다는 것입니다. 그러나 또 다른 사람들이 보기에 그 질문은 그렇게 하루아침에 사라질 수 있는 것은 아닙니다. 1990년대에 문필 활동을 시작한 이야기꾼들이 아무리 '사회적 책무'(compromiso)라는 개념을 종종 거부한다 하더라도, 아무리 국적에 입각해 말하기를 피하고, 아무리 심지어 예의 '라틴아메리카 공통 정체성'을 배격한다 할지라도 그 질문에서 벗어날 수 없다는 것은 자명하기 때문입니다. 확실히 새로운 이야기꾼들은 선배 작가들이 느끼던 사회적 책무와 거리를 두고자 애썼습니다(선집 『맥콘도』의 서문이기도 한 성명서를 읽으면6) 제 말이 쉽게 이해될 것입니다). 또 새로운 이야기꾼들은 '라틴아메리카적인 것'을 부모를 놀라게 했을 법한 특징들과 동일시했습니다. 그러나 라틴아메리카를 주 지시대상으로 하는 공동체에 소속되는 것조차 거부한 것은 분명히 아닙니다. 즉 '라틴아메리카적인 것'에 새로운 내용을 채우고 새로운 의미를 부여하고자 하지만, 작가로서의 자기 실존이나 공동체와의 관계를 부정하지는 않습니다. 예를 들어 라틴아메리카 대륙 차원의 선집이 급증하고 있는 현상은 그 자체로 '라틴아메리카'라는 존재를(그리고 '라틴아메리카'에 대한 소속감을) 인정하는 것입니다. '라틴아메리카적 조건'을 부각시키고 있을 뿐만 아니라 이 조건에

---

6) 서구 독자들은 붐 소설에서 마술적으로 재현된 진기한 현실에 매혹되었고, 이런 독서 과정을 통해 서구가 라틴아메리카에 자행한 약탈과 착취, 저개발과 가난, 굶주림, 사회적 불평등 등을 이해하게 된다. 대다수 서구 독자들과 서구 출판계에서는 다양한 라틴아메리카 지역의 문학을 '라틴아메리카 문학'이라는 단일한 문학으로 대상화했고, 라틴아메리카 문학의 실체를 마술적 사실주의로 한정하였다. 문학 시장의 풍토도 마술적 사실주의라는 방법론에 입각한 작품을 찍어내기를 요구하는 방향으로 변했다. 젊은 세대 작가들은 이러한 문단 분위기에 강한 문제의식을 느끼고, 붐 소설의 예술 정신을 회복해야 한다고 강조하는 한편 마술적 사실주의의 아류작들만 양산되는 문단 경향을 치열하게 비판한다. 이러한 젊은 세대 작가들 중 가장 대표적인 이들이 칠레 작가 알베르토 푸겟(Alberto Fuguet)을 비롯한 다국적 라틴아메리카 작가들로 결성된 맥콘도 그룹과 멕시코 작가들로 구성된 크랙(Crack) 그룹이다. 『맥콘도』(McOndo, 1996)는 맥콘도 그룹의 단편 선집이다. −옮긴이

대한 의혹을 불식시키기 때문입니다. 사실 가장 급진적인 면은 새로운 형식들입니다. 새로운 작가들이 문학 분야에 진입하고 자리매김하기 위해, 자신들의 노선 및 작품과 함께 할 신화를 만들어내고 주목하게 만들기 위해 사용하는 형식 말입니다.

정말로 아이러니한 일은 그런 전경(全景) 속에서도 '라틴아메리카적 조건'이 미국 내 라틴아메리카인들의 압도적인 존재 덕분에 강화되고 있다는 점입니다. 그들은 미국에서 스스로에 대해 대체로 공통된 특징과 열망을 가진 집단이라고 인식합니다. 우리는 예전에는 라틴아메리카 영토가 리오브라보 강에서 파타고니아, 즉 멕시코 북쪽 국경에서 칠레와 아르헨티나 남부에 달한다고 말하곤 했습니다. 그러나 최근 몇 십년간 미국으로 이주한 이들이 증가하면서, 라티노 인구가 4천 만 명을 상회하고 미국 내 최대 소수민족이 되기에 이르자 전경이 바뀌었습니다. 게다가 라티노는 그들을 받아들인 나라뿐만 아니라 떠나보낸 나라에게도 경제적, 인구 통계학적, 정치적, 문화적인 면에서 상당히 중요합니다. 미국과의 관계는 단순한 인적 이동을 뛰어넘어 이 나라가 라틴아메리카의 상상계에서 획득해 가는 역할과 관련이 있습니다. 에스파냐어로 글을 쓰든 영어로 쓰든 미국에서 라티노가 쓴 문학이 공고해지자, 라틴아메리카 국가들의 문학 정전에 대한 우리의 시각까지도 바뀌었습니다. 가령 프란시스코 골드먼(Francisco Goldman)과 주노 디아스(Junot Díaz) 같은 작가들이 문학적 성공을 미국에서 거두었다 해서 자신들의 출신 국가에서 전유되지 못할 일은 없습니다(오히려 조장되는 측면이 있습니다). 이는 미국에서 보내지거나 도래한 특정 현상들이 라틴아메리카에 미치는 파급력을 지칭하는 '문화적 송금'(remesas culturales)의 자연스러운 부분입니다. 국가적 정체성이 사라지거나 더 이상 의미가 없기 때문에 그런 것이 아닙니다. 국가적 정체성을 재단하는 패러다임이 바뀌었기 때문입니다.

최근 문학에서 지속적으로 유지되는 몇 가지 특징들을 조망해보면, 신진 작가들이 (이야기 배경이 되는 시공간과 사건들을 초월하여) 글 쓰는 인물을 줄기차게 등장시킨다는 점에 놀라게 될 것입니다. 작가가 빈번히 주인공으로 등장하고, 적어도 주요 인물로 제시됩니다. 레오나르도 파두라의 『내 인생이라는 소설』(La novela de mi vida), 호르헤 볼피의 『어두운 침묵에도 불구하고』(A pesar del oscuro silencio), 페드로 앙헬 팔로우의 『세상의 침실에서』(En la alcoba del mundo)에서는 각각 쿠바 작가 호세 마리아 헤레디아(José María Heredia), 멕시코 작가들인 호르헤 쿠에스타(Jorge Cuesta)와 하비에르 비야우루티아(Xavier Villaurrutia)가 등장합니다.[7] 또한 에나 루시아 포르텔라는 자신의 작품 『주나와 다니엘』(Djuna y Daniel)을 주나 반스에게 헌정했습니다.[8] 때로는 페드로 후안 구티에레스의 화자처럼 단순히 작가 본인을 닮은 상상의 작가들을 등장시키기도 하고, 엑토르 아바드 파시올린세의 『쓰레기』(Basura)의 주인공처럼 작가에 대한 우리의 통상적인 이미지와 거리가 먼 인물을 다루기도 합니다.[9] 더 젊은 작가들의 경우 가상 세계를 거침없이 넘나들고, 인공두뇌와 활기찬 대화를 계속하고, 블로그 공간에서 거침없이 행동하는 인물들도 많이 등장시킵니다. 그런 소재가 끊임없이 제시되기 때문에, 저는 최근 작가들이 작가라는 존재에 대한 인식, 작가의 재현 역할에 대한 우려가 크다는 생각을 떨쳐버릴 수 없습니

---

7) 멕시코 작가 호르헤 볼피(Jorge Volpi)와 페드로 앙헬 팔로우(Pedro Ángel Palou)는 크랙 그룹의 일원이다. —옮긴이

8) 에나 루시아 포르텔라(Ena Lucía Portela)는 쿠바 소설가로 레즈비언 주제를 많이 다룬다. 주나 반스(Djuna Barnes)는 미국 작가이자 예술가로 레즈비언 소설의 고전으로 꼽히는 『나이트우드』(Nightwood, 1936)로 잘 알려져 있다. —옮긴이

9) 페드로 후안 구티에레스(Pedro Juan Gutiérrez)는 쿠바 작가고, 엑토르 아바드 파시올린세(Héctor Abad Faciolince)는 콜롬비아 작가 겸 기자다. —옮긴이

다. 새로운 작가들이 문학 외적 담론들과의 사회적 책무에 무관심한 현상과 관계가 있다고 보기 때문입니다. 새로운 작가들이 스스로에게 발언권을 주고, 선배 작가들의 마음을 사로잡았던 위대한 이야기들을 불신하는 것은 바로 그 무관심에서 비롯된 것입니다.

그렇다 해도 신진 작가들이 사회적 책무(이 단어 자체가 그들의 마음을 불편하게 합니다)를 포기한다고 해서 모든 책무를 거부하는 것으로 간주한다면 매우 단순한 생각일 겁니다. 게다가 매우 짧은 기간 동안 신자유주의의 꿈이 산산조각 나고 있는 대륙에서 작가들이 현실에 전혀 '오염'되지 않은 채 있을 수 있을까요? 평소 문학에서 그렇듯이 그 현실은 빗겨 가는 식으로, 그리고 보다 장기적으로 표현됩니다. 그 작가들의 갈등과 고민은 넌지시 나타날 뿐, 분명 존재합니다. 아주 최근에 로물로 가예고스 상 심사위원이었던 베네수엘라 작가 루이스 브리토 가르시아는[10] 많은 응모 소설이(모두 최근 2~3년 동안에 집필된 소설입니다) 질병, 번뇌, 죽음이라는 주제를 공통적으로 다룬다고 지적했습니다. 짐작하시겠지만, 이는 개인의 육체적 고통을 넘어 더 심오한 층위의 고통을 표출하기 위한 방법입니다. 역사적 과거를 다루는 작품들, 언뜻 보기에는 먼 곳의 인물들을 다루는 작품들에 대해서도 마찬가지 이야기를 할 수 있겠습니다. 심지어 각오를 단단히 하고 아픈 곳을 건드리는 작가들도 있습니다.

그런 작가 중 한 명에 대해 짧게 이야기하겠습니다. 다비드 토스카나 (David Toscana)의 『계시 받은 군대』(El ejército iluminado, 2006)라는 소설에 대해 말하려는 것입니다. 토스카나는 미국에 지리적으로만 아주 가까운 것

---

10) 루이스 브리토 가르시아(Luis Brito García). 2007년 로물로 가예고스(Premio Rómulo Gallegos) 상 심사위원회 위원장이었다. 이 상은 1964년 베네수엘라의 소설가이자 정치가인 로물로 가예고스를 기리며 제정되었는데 에스파냐어권 아메리카에서 가장 중요한 문학상 중 하나로 꼽힌다. —옮긴이

이 아닌 멕시코 북부 도시 몬테레이에 거주하면서 자기 상황을 활용해 역사 다시 읽기, 나아가 역사 재구성을 시도합니다. 『계시 받은 군대』는 이그나시오 마투스라는 인물의 극적인 삶을 서술합니다. 마투스는 1924년에 역시 몬테레이에서 파리 올림픽 마라톤 경주 참가를 준비합니다. 애석하게도 정부로부터 여비를 지원받지 못하자, 마투스는 파리에서 출발을 알리는 총성이 울리는 바로 그 시간에 몬테레이에서 독자적으로 달립니다. 며칠 후 그는 언론을 통해 자기 기록이 마라톤 경주에 참가한 모든 선수 중 세 번째로 좋은 기록이라는 것을 알게 됩니다. 그러니 올림픽 동메달은 미국인 주자 클레런스 디마(실제로 마라톤 경기에 참가했습니다)가 아니라 그에게 주어져야 할 것입니다. 그때부터 마투스는 메달과 자기가 받아야 한다고 생각하는 인정을 요구하기 시작합니다. 이것이 불가능하자 그는 일종의 앙심을 품게 됩니다. 그리고 앙심은 정의를 요구하는 행동으로 발전하고, 역사적 사건과 뒤섞입니다. 19세기 미국이 멕시코 영토의 막대한 부분을 강탈한 사건과 말입니다. 메달과 멕시코 영토 탈취라는 두 가지 모욕을 씻기 위해 마투스는 소규모 정신착란자들(제목에서 예고한 '계시 받은 군대')을 모집해 텍사스 주를 침략해 그들의 것을 되찾아오고자 합니다. 두말할 나위 없이 침략은 실패로 돌아가고, 노인이 된 마투스는 최후의 영웅적 행위의 일환으로 1968년 멕시코 올림픽에서(세계적으로, 특히 멕시코에 특별한 반향을 불러일으킨 해입니다) 또다시 독자적으로 마라톤 경주를 하겠다고 결심합니다. 이야기의 결말은 생략하겠습니다(아마 여러분은 결말을 예측할 수 있을 거고, 사실 작품 초반부터 알아차릴 수 있습니다). 제가 지적하고 싶은 것은 이 소설이 우리 시대의 상식에 도전하는 여러 지점입니다. 첫째, 저자와 작중 인물이 거주하는 작은 조국, 즉 이 소설의 발화 위치가 멕시코에서 가장 미국화된 도시 몬테레이라는 점입니다. 둘째, 이 도시로부터 미국에게 '강탈된' 국가 재산이나 영토를 회복하려고 하며, 그것도 급진적인 방식으로 이루려고 합니다. 셋째, 주인공의 주요 공적(公的) 참여 방식이 마라톤 경주입니다. 이 선택은 다른 층위의 독해 방식들을 야기할 수 있습니다. 육상경기 중에서 가장 영웅적인 종목인 마라톤은 고대부터 군사적 승리뿐만 아니라 불굴의 저항을 연상시키기 때문입니다. 그렇게 읽으면, 비논리적인 결정의 연속인 마투스의 기나긴 저항의 경주는 자아 실현이라는 좁은 범위를 넘어, 더 높은 차원의 도전을 비유합니다. 오늘 우리의 관심 주제들로 돌아가자면, 토스카나는 『계시 받은 군대』를 통해, 21세기가 한창인데도 국가의 개념과 국가라는 공간으로의 회귀를 또다시 제기하고 있다는 말씀을 드리고 싶습니다. 그의 소설은 많은 이야기꾼이 포기하는 정체성들을 복권시키고 있는 셈입니다.

IV.

우리 사회의 상반되는 두 시기(혁명의 열기가 들끓던 시기와 신자유주의에 열광하는 시기)에 상응하는 최근 우리 문학사의 두 순간을 대략 살펴본 저의 여정은 라틴아메리카 문학이 자기 시대의 도전에 대응하는 방식을 잘 보여주고 있다고 감히 말하고 싶습니다. 먼저 증언은 과거 한 시대의 당면 문제와 사람들을 표현하는 방법을 발견한 장르로, 특히 그때까지 소외되어 있던 사람들에게 세상으로 들어가는 문을 열어주었습니다. 심지어 이들은 증언을 통해 자기 목소리를 냈고, 칼리반적 의미에서의 "저주하는" 방법도 알고 있었습니다. 한편, 지시대상에 덜 얽매이기를 바라는 혹은 냉소라는 가면 뒤로 숨은 새로운 이야기꾼들 역시 최근의 극적 사건들에 대해 이야기하기 시작하고 있습니다(아니 어쩌면 항상 이야기하고 있었을지도 모릅니다). 그리하여 라틴아메리카 작가들에게 늘 강박관념으로 작용했던 관심사들이 또다시 표명되고 있습니다. 시간적 간격을 비롯한 모든 차이에도 불구하고 도망 노예 몬테호와 광인 마투스를 잇는 아치가 존재한다고나 할까요! 이는 라틴아메리카 문학이 기나긴 여정 속에서 스스로를 저항 공간으로 설정하고 있었다는 징후가 아닐까 싶습니다. 이 발표를 시작하면서 제가 언급한 그 '세계 공통어'에 대항하는 저항공간 말입니다.

[조혜진 옮김]

쿠바 문학의 최근 파노라마

호르헤 포르넷

알레호 카르펜티에르에서 호세 레사마 리마, 비르힐리오 피녜라에서 세베로 사르두이, 기예르모 카브레라 인판테에서 레이날도 아레나스, 리산드로 오테로에서 헤수스 디아스에 이르는 소설가들의 성운이 모조리 사라졌다. 미겔 바르넷, 에드문도 데스노에스, 레이날도 곤살레스, 파블로 아르만도 페르난데스, 에두아르도 에라스 레온 등의 혁신적인 작품들도 이미 오래전 이야기가 되어버렸다. 그리고 최근 20년 동안의 쿠바 소설은 수없는 이름과 제안들이 출현하여 심지어 1980년대에 어느 정도 비평과 독자들의 인정을 받아 문학인으로 거듭난 이들까지 휩쓸어버리는 시대를 살게 되었다. 오늘날의 작가들이 위에 언급된 작가들과 어깨를 나란히 하기에는 아직 역부족이다. 그러나 그들 역시 자신들이 살아온 특별한 시기의 증언에 적지 않은 역할을 하고 있다. 필자가 보기에는 그들 중에는 이미 인정할 만한 작품, 언어의 영토에서 쓰인 최고 작품의 주인들이 있으며, 아직 더 많은 것을 보여줄 수 있는 이도 여럿이라는 사실이 부당하게도 간과되고 있다.

1990년대 전반기의 심각하고 지속적인 경제 위기와 출판 위기 후의 점진적인 회복은 기존 출판사와 문학지들이 생기를 되찾고, 또 지방에서 소박하지만 동시다발적인 출판이 더해지면서 1990년대에 정점에 이른다. 더 많은 이가 출판에 접근할 수 있게 되면서 수백 명의 소설가가 출현했다. 그들의 역량은 당연히 천지 차이이지만 말이다. 권위가 있든 말든 전국에 수많은 문학 콩쿠르가 존재한다는 제도적 자극도 정점을 맞이하게 된 또 다른 요인이었다. 이 젊은 작가들의 출현은 문학 비평에게는 도전을 의미했다. 역설적이게도 탈중심화된 그러한 움직임은 스스로를 해석할 역량이 없다 보니 인정을 받고 싶다는 욕구, 그리고 심지어 좌절까지도 (작품에 정당성을 부여하는 권위를 행사하던) 전통적인 공간, 문학지, 비평가들에게 쏟아놓았기 때문이다.

이런 과잉 현상 때문에 이제는 최근 쿠바 문학의 파노라마는커녕 소설의 파노라마조차 조망하기 힘들어졌다. 그래서 이 글이 좀 더 수월하게 소화될 수 있도록 시와 수필은 제외하도록 하겠다. 비록 수필은 최근 쿠바에서 의미 있는 도약이 있었지만 말이다. 또한 숫자나 작가 이름들을 장황하게 제공하는 일을 피하고자 한다. 비록 훌륭한 작가가 많이 있지만, 숫자나 이름은 보통 외국 독자에게 말해주는 것이 많지 않기 때문이다. 분수령이던 1989년 이후 이미 두 세대의 문인이 출현했으며, 이들보다 연배가 위지만 최근 20년 동안 자신의 가장 매력적인 작품을 쓴 작가들도 있다는 점을 기억하는 것으로 충분하다(아르투로 아랑고와 프란시스코 로페스 사차, 그리고 레이나 마리아 로드리게스의 산문 등이 먼저 떠오른다). 35세 이전에 쿠바의 가장 유명한 문학 콩쿠르 상들을 받고, 라틴아메리카 작가 선집들과 쿠바 문화 출판물에 수록되고, 이슬리아다와 클라우스트로포비아스 그리고 베르쿠바 같은 사이트들을 구상하거나 점령한 세대가 이미 있다.1)

---

1) 이슬리아다(Isliada)와 클라우스트로포비아스(Claustrofobia)는 문학, 베르쿠바(Vercuba)

최근 20년 동안에는 또한 페미니즘 문학 운동(그리고 이에 수반된 비평)의 출현이 두드러졌고 인종 주제에 대한 관심도 증진되었다. 또한 쿠바와 쿠바 디아스포라의 관계에 대한 토론이 심화된 시기가 1990년대이기도 하다. 디아스포라 주제가 야기한 필연적인 이념적 충돌 속에서도, 어느 장소에서 작품을 쓰든 작가의 정치적 선택이 어떻든 간에 쿠바 문화는 하나라는 생각이 득세했다. 국내외 작가 모두 장애물과 맞닥뜨렸지만, 국내 출판물에 망명 작가가 등장하는 일이 자연스러워지기 시작했다. 이와 함께 바다를 사이에 둔 지식인들끼리 서로 읽고 만나는 일이 늘어나고, 이들이 생산적인 대화의 일환으로 행사와 출판을 통해 교류하는 모습을 보는 것도 낯설지 않다. 국내/국외의 정치적 구분에 사실상 변화가 생기기 시작해서, 거주 지역에 따른 정치 성향을 논하기 어렵게 되었을 정도이다(거주 지역마다 지배적인 경향은 있지만 말이다). 물론 필자가 차이를 무화시키거나, 이론(異論) 없는 미래를 상정하는 것은 아니다. 존중과 상호 유용한 토론의 토대에 입각해 해결할 수 있을 영토로 차이를 가져가고자 하는 것이다. 이 글에서 필자가 디아스포라와 관련된 쿠바 작가들을 언급하지 않는 것은(가령 아빌리오 에스테베스와 호세 마누엘 프리에토의 작품들은 가장 까다로운 디아스포라 정전도 충족시킬 것이다), 국내에서 꾸준히 작품을 내는 이들에 집중하고자 함이다. 이들 중 몇몇은 해외에는 전혀 알려지지 않았다.

필자는 다른 글에서 최근 쿠바 소설 속의 환멸에 대해서, 또 혁명 자체가 작품에서 거의 사라졌다는 의미에서의 포스트혁명 글쓰기(escritura pos-revolucionaria)의 존재에 대해서 언급한 적이 있다. 필자는 그런 접근 방식으로 최근 작품들을 조명하고자 한다. 하나의 문학 운동, 또 이 문학 운동과 특정 역사적 시기와의 관계를 몇몇(심지어 많은) 작품만으로 개괄할 수는 없

는 쿠바 사회의 여러 측면을 조망하는 사이트이다. ─옮긴이

다. 그러나 짧은 지면을 통해 상세하게 파노라마를 제시하기는 불가능할 것 같아서, 이 글에서는 이 시대 작가들의 몇몇 관심사를 밝혀주고, 향후 행보와 쟁점도 보여줄 네 사람의 소설가와 각각의 작품 한 편을 선택했다.

이들은 대체로 이렇게 분류할 수 있다. 첫째, 두 사람은 명망 있는 에스파냐 출판사에서 계속 작품을 출판한 반면(이는 이들의 이름이 해외에도 알려져 있고, 외국 학계의 커리큘럼에도 자주 등장하는 것을 의미한다), 다른 두 사람은 주로 국내에서만 통용된다. 둘째, 이 소설들 중 두 권의 이야기는 전적으로 혹은 주로 쿠바 국외에서 전개된다. 셋째, 네 명의 작가 중 최고령자와 가장 젊은 작가의 나이 차이는 20년 이상이다. 넷째, 신체적 차이가 뭔가 의미가 있다면, 이 작가들은 인종적으로 다양한 그룹이다.

무엇보다도 필자는 최근 20년 동안의 쿠바 소설에 글쓰기와 관련된 인물들이 줄기차게 등장한다는 점을 주목하고 싶다. 작가가 등장하는 소설 목록은 거의 모든 출간 소설의 목록만큼이나 길 것이다. (놀랍게도 작가라는 인물 유형은 1990년대에 출현한 등장인물 유형 중에서 그 시절 소설을 상징적으로 수놓은 발세로나 히네테라보다[2] 오늘날까지 더 강력하게 살아남았다). 작가, 그리고 이래저래 문자도시(ciudad letrada)의 영역에서 전개되는 이야기들이 빈번한 것은 각양각색의 목소리의 증가, 독자적인 개성으로 창작에 임하는 주체들의 증식에 대한 응답이다. 이런 종류의 서사가 주제로 삼고 있는 것이 바로 글쓰기 행위 자체가 맞닥뜨리거나 야기하는 장애물들이요 글쓰기 행위의 위험이다. 그래서 이런 종류의 이야기에

---

2) 베를린 장벽 붕괴와 구소련 해체 이후 쿠바는 1990년대 전반기에 심각한 경제위기를 겪었다. 1994년에는 대규모 해외탈출 러시가 있었고, 탈출자들을 통칭하여 '발세로'(balcero)라고 부른다. '발세로'는 '뗏목을 탄 사람' 정도의 뜻인데, 당시 뗏목으로 탈출한 이들이 많았기 때문이다. 한편, 경제위기 해소를 위해 쿠바는 적극적으로 외국인 관광객들을 유치했는데, 이때 매춘이 성행했고 매춘에 나선 이들을 속어로 '히네테라'(jinetera)라고 불렀다. '히네테라'의 원뜻은 '여성 기수(騎手)'이다. ─옮긴이

는 동료 및 비평가들과의 불화, 문학적 양심, 배신 따위가 많이 등장한다. 그 강박관념을 어떻게 이해해야 할까?

쿠바 국내 문단에서는 기이한 소설인 에나 루시아 포르텔라의 2006년 소설 『주나와 다니엘』은 미국 여성 작가 주나 반스라는 인물에 집중할 뿐 쿠바에 대한 언급은 아예 회피한다. 포르텔라의 대표작들에서 여러 차례 되풀이된 관심사도 조망하고 있다. 글쓰기의 위험과 어려움이라든가, 결국은 그녀의 작품 속에 등장하게 되는 비평가, 출판인, 동료 심지어 친구들과 작가의 관계(혹은 긴장 관계) 같은 것이다. 즉 포르텔라는 문학을 전쟁터로 파악하고 있다. 『주나와 다니엘』에서는 미국 작가의 글쓰기 — 주나의 유명한 소설 『나이트우드』가 이야기의 기폭제이다 — 와 그녀의 친구 대니의 구술성 사이의 원초적인 긴장이 존재한다. 첫 번째 장의 제목인 '내 생각에는 모든 사람이 개새끼다'는 앞으로의 전개를 알리는 원칙을 선언한 것이다. 포르텔라의 소설이 쿠바 소설에서 상소리를 가장 줄기차게 늘어놓는 작품 중 하나이기 때문이다. 여러 작가의 이름이(버지니아 울프, 에즈라 파운드, 거트루드 스타인, 폴 볼스, 어니스트 헤밍웨이, 그리고 특히 제임스 조이스) 거론되지만, 주나에게는 그 누구도 친구와의 관계(그리고 친구의 서사)만큼 중요하지 않다.

『주나와 다니엘』은 우정에 대한 소설, 그리고 우정의 종말에 대한 소설이자 환멸의 이야기이다. 또한 글쓰기라는 직업, 모든 문학적 제스처에 내재된 카니발리즘, 문자도시에 감도는 안개(질투, 시샘, 천박함 등등)에 대한 소설이기도 하다. 그 호전적인 측면을 곱씹어보자면, 『주나와 다니엘』은 문학이 지닌 무엇이나 이용할 권리, 도전적이고 불편함을 주어야 할 의무, 문학이 향유하는 자극하고, 소란 피우고, 전복시킬 권력의 선언이다. 이 소설은 또한 최근 쿠바 소설에 두드러지는 개인주의 예찬이며, 작품 고유의 가치 외의 것을 문학에 기대하면 안 된다는 경고이기도 하다.

포르텔라의 소설이 양차 세계 대전 사이 파리의 문학 세계에 초점을 맞추는 동시에 주변 인물들에게 슬쩍 윙크를 보내고 있다면, 알베르토 게라 나랑호(Alberto Guerra Naranjo)의 『시간의 고독』(La soledad del tiempo, 2009)은 유사한 면이 있지만, 명백히 국내를 배경으로 하고 있다. 작품 속의 지시 대상, 인물, 갈등은 알 만한 인물 및 상황들을 거의 숨기지 않는다. 등장 인물 중에서 글을 쓰는 이가 즐비한 가운데, 이들 중 여러 명, 특히 세르히오 나바로가 서사를 점하고 있다. 세르히오는 이야기의 중심 위치를 차지하고 있으며, 마지막에서 두 번째 장에서 예기치 않은 선회가 일어날 때까지 게라 나랑호의 또 다른 자아(alter ego)인 것처럼 보인다. 우리는 쿠바의 가시밭길 문학판에서 공간을 창출하려는 세르히오의 동료들을, 그리고 이들 각자의 문제를 이내 발견해 간다. 이 작가들이 문학 제도와 맺는 모호한 관계가 이목을 끈다. 다른 작가들과 문단 고유의 특정 경향들을 배격하지만, 그러면서도 그러한 문학 제도와 동료들의 인정(認定)을 필요로 하고 갈망한다. 『시간의 고독』의 작가들은 주변부에 머무는 것도 사미즈 다트도[3] 결코 원하지 않는다. 이 소설은 문학의 현상 유지에 대한 독설, 그리고 더 큰 맥락에서 보자면 사회의 현상 유지에 대한 독설이면서, 또 다른 한편으로는 그 상황을 지탱하고 재생산하는 역할을 한다.

이 문제에서 아주 중요한 역할을 수행하는 인물인 외국인 출판인은 1990년대 초반에 문학을 시작한 많은 문인의 삶, 열망, 작품들 속으로 들어갔다. 쿠바에서의 출판 가능성의 봉쇄, 경제의 달러화(그리고 그 결과 일상 생활의 상당 부분에 필요해진 달러를 끊임없이 구해야 하는 일), 해외교류 개방, 인정받고자 하는 욕망은 새롭고 많은 젊은 작가의 등을 떠다민다. 그래서

---

3) 사미즈다트(samizdat). 구 소련에서 자비출판을 뜻하던 말. —옮긴이

새롭고 강렬한 이야기를 갖춘 목소리들을 '발견'하고자 쿠바를 빈번하게 찾는 외국인 출판인들의 꽁무니를 따라다니게 만들었다. 21세기가 상당히 진전된 시점인데도 『시간의 고독』이 문학적 정당성과 문학의 질을 담보하는 방법으로 그런 인물을 내세우는 일은 놀랍기 짝이 없다. 그렇지만 진정한 교훈은(외국인 출판인 일화를 교훈으로 축소할 수 있다면 말이다) 그 출판인들이 늘 제일 뛰어난 작가를 소개하는 것이 아니라, 가장 영악하고 기만적인 이들을 소개한다는 점일 것이다.

갈등, 앙갚음, 기만, 배신의 연속에 초점을 맞추던 이야기는 예기치 않은 반전에서 별안간 일종의 미장아빔으로[4] 변하면서 '낯설게 하기' 효과를 야기한다. 이야기를 끌고 가고 저자의 대변인 역할을 하던 주인공이 갑자기 그 특권적 지위를 상실해 버린다. 주인공 역시 잃어버린 세대의 일원인 것이다. 문학과 우정에 대한 그의 믿음은 원하던 성공을 보장하지 못했다. 그 결과 그의 위치는 과거가 없는 한 등장인물이 차지한다. 마치 저자가 정신분열을 일으켜 자신의 자아와 분리되어 다른 자아로 들어가는 형국이다. 그 정신 기능 이상은 문학적 정당성의 위기를 폭로하고, 더 심층적인 무질서로 향하는 길을 열고 있다.

2008년 알레호 카르펜티에르 상 수상작인 『하얀색 정신병원들에서』(Desde los blancos manicomios)에서 아나 마르가리타 마테오 팔메르(Ana Margarita Mateo Palmer)는 어느 미친 여인과 그녀의 주변 인물들, 특히 어머니, 아들, 자매처럼 제일 가까운 가족들의 이야기를 서술한다. 그 가족들은 주인공과 목소리, 시각, 이야기의 가장 흥미로운 부분을 두고 다툰다. 어머니의 이야기는 8개 장에 걸친 긴 독백인데, 딸의 진짜 혹은 꾸며낸 정신 착란들에 대해서 정신과 의사에게 이야기하면서 그녀를 계속 입원시켜야

---

4) 미장아빔(mise en abyme). 한 이야기 안에 또 다른 이야기를 집어넣는 기법. -옮긴이

한다고 설득한다. 그러나 어머니의 주요 관심사는 어찌할 수 없는 딸의 독서벽이다. 첫째는 "그렇게 많이 알고, 삶을 독서로 보내는 여자는 구애 자들을 쫓아내기" 때문이고, 둘째는 독서가 딸을 미치게 만들었다는 문학 적 계열의 이유 때문이다. 딸이 알론소 키하노이기라도5) 한 것처럼 어머 니는 책들을 그녀에게서 떼어놓고 불태워버릴 것을 제안한다. 사실 어머 니는 오랜 문학 전통에 존재하는 제안을 하는 셈이지만, 또한 독서에 내 포된 위험에 대한 전체주의적 해결책을 간접적으로 암시하고 있다. 어머 니는 희한한 방법을 사용한다. 대체로 유명 작가들의 책으로 구성된 장서 의 소유자이기도 한 어머니는 나름대로의 식견에 따라 수정하고, 삭제하 고, 다듬는 행위를 서슴없이 한다. 어머니의 태도는 나이브한 독자의 태도 로 이해될 수도 있겠지만, 자신의 손을 거치는 텍스트의 수정에 골몰하는 검열관의 태도로 보일 수밖에 없다. 그 점에 있어서는, 자신을 라만차의 돈키호테라고 믿었던 이의 정신건강에 집착했던 전설적인 사제와 이발사 보다 더 멀리 갔다.6)

이 이야기를 푸코가 언급한 기본적인 헤테로토피아7) 중 하나에 대비시 키면 독특한 독해가 가능하다. 정신병원이라는 미시 세계, 광기로부터의 우주의 이해는 '외부'로부터의 해석일 수밖에 없다. 그러나 그 해석은 보 통 눈앞에 두고도 지각하지 못하는 일들을 발견하게 해준다. 문학 속 광 인들은 마치 시각 장애자처럼 '정상적인' 사람이 지각할 수 없는 것들을

---

5) 알론소 키하노(Alonso Quijano). 기사 로망스를 너무 읽어 급기야 현실감각을 상실하 고 기사가 된 돈키호테의 원래 이름. -옮긴이
6) 라만차(La Mancha)는 돈키호테의 고향이고, 사제와 이발사는 『돈키호테』의 등장인물 로 돈키호테가 읽은 책들을 검토하고 평가를 내리면서 광기의 원인을 찾으려고 한다. -옮긴이
7) 헤테로토피아(heterotopia). 미셸 푸코가 고안한 개념으로 '기능이 상이하거나 정반대인 독특한 공간'을 가리킨다. -옮긴이

본다. 많은 독서량이 실제로 주인공의 사고에 영향을 끼쳤는지는 우리로서는 알 수 없다. 그러나 독서가 그녀로 하여금 자신만의 세계를 구축하게 만들었고, 그 세계와 더불어 자신을 둘러싼 관습들과 맞서게 했다는 점은 부정할 수 없다.

레오나르도 파두라는 몇 년 전부터 가장 대중적인 쿠바 작가이다. 블랙소설의 논리를 따라 추리소설 기법으로 쿠바 사회의 뒤안길을 파헤쳤다. 역사적 성격을 띤 주제들도 파고들어서, 블랙소설 장르와 거리를 두기도 한다. 비록 추리소설 기법을 이용하기는 하지만 말이다. 『개들을 사랑한 남자』(El hombre que amaba a los perros, 2009)에서 파두라는 세 가지 이야기를 결합시킨다. 스탈린의 포고령 때문에 망명을 간 순간부터 피살된 순간까지의 레온 트로츠키 이야기, 볼셰비키 지도자 암살을 위해 뽑혔을 때부터 인생 막바지에 이르기까지의 라몬 메르카데르[8] 이야기, 1970년대 유망한 청년 시절부터 21세기 초에 사망할 때까지의 이반의 이야기가 그것이다. 세 등장인물 중 이반만 구체적인 역사적 지시대상이 없는 가공의 인물이다.

소설은 허리케인이 쿠바의 상당 지역을 휩쓸어버릴 듯한 위협을 가할 때인 2004년 9월에 시작된다. 필자가 다른 글에서 지적한 것처럼, 쿠바 소설에는 열대성 폭풍이라는 주제가 되풀이되어 왔다. 제법 명료하게 반복된 메타포이며, 이제야 막 고갈의 징후를 보이기 시작하고 있다. 특이한 점은 열대성 폭풍 자체, 모든 것을 철두철미 파괴하는 그 압도적인 힘을 다루는 것이 아니라는 점이다. 그보다는, 다가온다는 생각만으로도 나라를 동요시키고, 비상사태를 야기하고, 두려움을 불러일으키는 폭풍의 위

---

8) 라몬 메르카데르(Ramón Mercader, 1913~1978). 에스파냐의 공산주의자로 1940년 멕시코에서 트로츠키를 암살했다. 훗날 소련의 사주를 받은 것이었음이 밝혀졌다. -옮긴이

협에 대해 다룬다. 사람들은 아직 도달하지 않은 바람과 비보다 열대성 폭풍이라는 말에 더욱 겁을 낸다. 이반이 오래전 적은 메모(메르카데르와의 관계, 그리고 부수적으로 트로츠키와의 관계에 대한 메모)를 부인에게 읽도록 허락할 때 그와 유사한 일이 일어난다. 부인이 그 이야기를 대체 왜 쓰지 않았는지 묻자, 이반은 "두려움 때문에 쓰지 않았어"라는 대답만 한다.

이야기는 이반과 어느 인물의 불행한 만남에서 탄생한다. 이반은 곧 그가 메르카데르임을 알게 된다. 메르카데르가 쿠바에 거주할 때였다. 그 만남을 비롯한 후속 만남들은 청년 이반의 관심을 촉발한다. 언뜻 보기에는 별 관계 없어 보이지만 그의 삶과 쿠바의 최근 역사에 적잖게 영향을 끼칠 갈등에 대한 관심이었다. 메르카데르와 트로츠키의 삶을 이반의 삶과 엮는 일은 역사에서 의미를 찾는 방법이자 역사에 독해와 해석을 부여하는 방법이다. 독자들과 마찬가지로 파두라는 소련의 계획이 어떻게 귀결되었으며, 이로 인해 소련이 쿠바에 어떤 영향을 끼쳤는지 안다는 이점을 지니고 이 주제에 접근한다. 아니, 이점이라기보다 그러한 글쓰기를 가능하게 만드는 조건이다. 그 주제에 대해 글을 쓰고 출판을 할 수 있는 자유의 정도를 말하는 것도 아니고, 또 서사적 견지(우리가 이야기의 결과를 미리 알고 있고, 따라서 서사 자체가 그 결말에 의거하여 조립될 수 있고 또 조립되어야만 한다는 점에서)에서 보여줄 수 있는 지식을 말하는 것도 아니다. 이 소설이 특정 시대, 특히 1970년대의 결산을 시도한 것은 한 작가 세대 전체의 강박관념이다. 그들은 어느 순간 꿈이 악몽으로 변하기 시작했는지 설명하고자 종종 1970년대로 되돌아간다.

이 네 권의 소설을 통해 쿠바 문학을, 나아가 쿠바 사회를 어떻게 이해할 것인가? 문학이 결정적인 열쇠와 해답을 줄 수 없다는 것은 분명하다 (사실 그럴 수 있는 것은 몇 안 된다). 그러나 의심할 나위 없이 문학은 아주 중요한 문제 제기에 이르는 길들을 우리에게 제공한다. 21세기의 쿠바를 읽는 일은 문학 고유의 역할이자 정치적 실천이다. 이 시대 문학은 패자, 실패자, 미래 없는 사람들의 시각에서 이야기를 서술하려는 경향을 보여준다. 게다가 우리가 살고 있는 어수선한 시기, 예술과 문학 영역에서 경향을 정확히 파악하기 어려운 시기에 특정 주제들 및 서사적 선택들이 그토록 집요하게 반복된다는 사실은 이목을 끈다. 역설적이게도 개별성의 천명이 유파를 형성했다. 앞서 말했듯이, 글쓰기가 소설의 주제가 된 것은 최근 가장 지속적인 경향 중 하나이다. 이 집요함은 전통적인 다른 지배 담론들과 평행선을 달리는 혹은 충돌하는 독자적인 담론을 유통시키고 있다. 이와 동시에 소설들에 등장하는 작가 모두가 커다란 도전에 직면해야 한다는 점이 주목을 끈다. 문단에 대한 도전이든 상황이 강요하는 도전이든 간에 말이다. 이들은 오랜 신화를 높이 치켜든다. 작가는 무지막지한 힘과 대항해 싸워야 하며, 오직 글의 진정성만이 그 힘으로부터 자신을 보호한다는 오랜 신화를 말이다. 글쓰기 과정의 이면이 독서 과정이며, 이 소설들에서는 독서 과정 역시 불편함투성이다. 감춰진 의미들을 찾는 위반하는 독서들이며, 그 의미들이 때로는 죄책감의 메커니즘을 작동시키기도 한다. 독서의 요령이나 관리를 시사하기보다 사악한 방식의 독서에 초대하고, 세계에 대한 지각을 바꿀 수 있는 무엇인가를 텍스트에서 찾기를 권한다. 한마디로 우리더러 미쳐보라고 권하는 것이다.

만일 우리가 이 시기를 이해해야 한다면, 이 시기의 문학이 혼탁하고 불확실한 우리 시대에 '필요한' 것이라는 사실을, 또 작품 속에 광기, 알코올 중독, 부패, 배신이 난무하는 것이 몇몇 등장인물의 슬픈 운명 이상의 것을 표명한다는 사실을 우리가 이해할 수 있다면, 오늘날의 쿠바 소설과 소설가들은 흔히 작가라는 강력하면서도 허약한 인물을 이용하여 우리에

게 부과된 사회 모델의 균열들을 들쑤시는 데 몰두하고 있다는 점을 알
수 있을 것이다.

[우석균 옮김]

5부

쿠바 작품선

Cuba, who lived the history

호세 마르티

호세 마르티(José Martí, 1853~1895)

1853년 쿠바 아바나에서 에스파냐 이민자 부모 사이에서 태어났다. 시, 에세이, 동화, 소설, 희곡 등 여러 분야에 걸쳐 많은 작품을 남겼다. 특히 시에서는 라틴아메리카 문학의 독립을 이룩했다는 평가를 받는 모데르니스모 문학의 주요 시인으로 꼽힌다. 그 대표적 시인 루벤 다리오가 "세상에서 가장 아름다운 산문을 썼다"고 말했을 정도로 탁월한 문체의 작가가 마르티였다. 소박함과 진실을 추구한 대표 시집 『소박한 시집』(Versos sencillos, 1891)에서는 미국 작가 에머슨의 영향도 보인다. 또한 마르티는 조국 쿠바의 자유와 독립을 위해 평생을 바친 독립운동가로 쿠바의 좌파와 우파 공히 국부로 추앙하고 있다. 이미 나이 열여섯 살에 국가전복 기도 혐의로 유죄선고를 받고, 이듬해 에스파냐로 추방되었다. 멕시코, 베네수엘라 등을 떠돌다가 1881년에는 뉴욕에 정착하여 독립 운동의 조직화에 헌신했다. 1892년에는 쿠바혁명당을 창당하고 그 주간지인 ≪조국≫ 편집장을 맡았다. 1895년 독립 전쟁을 일으킨 주역의 한 사람이었으나, 쿠바 진공 작전을 펼친 지 얼마 안 되어 전사하였다. 에세이 「우리 아메리카」(Nuestra América, 1891)를 비롯한 수많은 글을 통해 독자적이면서도 비판적인 라틴아메리카 사상의 토대를 구축했다.

시학

진실은 홀(笏)을 원한다.
나의 시는 온갖 향기와 찬란한 빛을 발하는
화려한 방들을 상냥한 시동(侍童)처럼 다닐 수 있다.
시중드는 고명한 공주에게 사랑에 빠져 몸을 떨면서,
귀부인들에게 상큼한 샤베트를 나누어주면서.
내 시는 예장용 칼, 보라색 조끼,
황금빛 베일, 줄무늬 바지에 대해서 알고 있다.
따뜻한 포도주에 대해서도,1) 사랑에 대해서도
내 투박한 시는 알고 있다.
그러나 내 시는 선호한다.
진실한 사랑의 침묵을, 생명력 넘치는 밀림의 울창함을.
카나리아를 좋아하듯이! 독수리를 좋아하듯이!

— 『자유시』(Versos libres, 1913)2)

---

1) 따뜻한 포도주(vino tibio). 적포도주에 브랜디, 오렌지 주스, 계피, 꿀 등을 섞어 끓인
   음료.
2) 마르티 사후인 1913년에 출판되었지만, 사망 훨씬 전인 1878~1882년 사이에 쓴 시집
   이다. 또 출판될 때, 마르티 자신이 시집 구성을 마친 원고를 토대로 간행되었다.

아주 작은 왕자님

아주 작은 왕자님을 위해
이 파티를 열었네.
금발 머릿결,
부드러운 머릿결을 지녔지.
하얀 어깨 위로
길게 늘어진 머릿결.
왕자님의 두 눈은
검은 별 같지.
초롱초롱 떠오르고,
약동하고, 반짝이네!
내게 왕자님은
왕관, 베개, 박차라네.
망아지와 하이에나의
고삐를 당기던 내 손은
왕자님이 이끄는 대로
고분고분 따르네.
왕자님이 미간을 찌푸리면 걱정이 되고,
왕자님이 치근덕대면
내 얼굴은
백지장처럼 변하네.

왕자님 피가
내 핏줄에 요동치니,
왕자님의 기쁨에 따라
피가 용솟음쳤다 말랐다 하네!
아주 작은 왕자님을 위해
이 파티를 열었네.

나의 기사여
이 길로 오라!
나의 압제자여
이 굴로 들어오라!
내 눈에 왕자님이 어릴 때면
그런 모습이라네.
어두운 동굴의
희미한 별이
오팔의 광채를
담뿍 입고 있는 듯.
왕자님의 걸음걸음에
어둠이 다채로운 색조를 보이네,
햇빛이 검은 구름들을
찢고 나올 때처럼.
나 여기 있네,
싸움에 임해 무장을 하고!
아주 작은 왕자님은

내가 다시 싸우기를 원하네.
내게 왕자님은
왕관, 베개, 박차라네!
검은 구름들을 깨뜨리는
태양처럼,
어둠을 유채색 띠로 바꾸는
태양처럼,
왕자님이 만지기만 해도
내 전투복의
붉은색, 보라색 띠를
짙은 물결 속에 수놓네.
내 주인님이 내가 다시
살기를 원하는 것일까?
나의 기사여
이 길로 오라!
나의 압제자여
이 굴로 들어오라!
내 목숨을
왕자님에게, 왕자님에게 바치게 해다오.
아주 작은 왕자를 위해
이 파티를 열었네.3)

---

3) 「아주 작은 왕자님」은 마르티의 부성애가 절절히 담긴 시이다. 그는 1877년 결혼했고,
   이듬해 아들 호세 프란시스코 마르티가 태어났다. 그러나 마르티는 독립 운동 때문에
   가정을 제대로 돌보지 못했다. 1879년 9월 두 번째로 쿠바에서 홀로 추방되었고, 이듬
   해 1880년 뉴욕에 정착하면서 비로소 가족과 재회할 수 있었다. 부인은 뉴욕의 추위와

—『어린 이스마엘』(Ismaelillo, 1882)

독립 운동에만 신경을 쓰는 남편이 용납이 안 되어 8개월 후 아들을 데리고 다시 쿠바로 돌아갔고, 그곳에서 딸이 태어났다. 『어린 이스마엘』은 마르티가 쿠바에 있는 아들을 생각하며 쓴 시집으로, 대부분의 시는 그가 1881년 베네수엘라 카라카스에 7개월가량 머물 때 쓴 것이다. 시집 제목에 대해 비평가들은 성경의 이스마엘 이야기에 영감을 얻은 것으로 본다. 1882년 12월 마르티의 가족이 다시 뉴욕으로 건너와 2년여를 같이 살았지만, 전혀 달라진 것 없는 남편 때문에 결국 부인은 아무런 상의 없이 아이들을 데리고 귀국해 버렸다. 이후 1891년 가족이 뉴욕에 와서 두 달 정도 같이 살았을 때를 제외하면, 마르티는 늘 혼자였다.

시 I

나는 진실한 사람,
야자나무 자라는 땅에서 온.
죽기 전에 내 영혼의 시를
토해내고 싶네.

나는 모든 곳을 가보았고,
어디든 간다네.
예술들 사이에서 나는 예술이고,
산들 사이에서 나는 산이라네.

나는 풀과 꽃들의
기이한 이름들을 알고,
치명적인 속임수들에 대해서도,
숭고한 고통들에 대해서도 알지.

어두운 밤 나는 보았지,
천상의 아름다움이 빚어낸
지순한 별빛이
내 머리 위에 쏟아지는 것을.

날개가 돋는 것을 보았지,
아름다운 여인들의 어깨에서.
날아오르는 것도 보았지,
잔해 속에서 나비들이.

나는 보았지, 옆구리에 단도가
꽂힌 채 살아가는 사람을.
자신을 죽인 그 여인 이름을
결코 대지 않고서.

두 번 내 영혼이 번뜩이는 것을 보았지.
마치 빛이 반사되듯 두 번을.
불쌍한 아버지가 죽었을 때,
그녀가[4] 내게 이별을 고했을 때…

포도밭 입구 철문에서
나는 언젠가 전율했지.
무지막지한 벌이
나의 소녀 이마를 쏘았을 때.

언젠가 희열을 느꼈지,
그 어느 때보다도 더.
간수가 내 사형선고문을

[4] 마르티가 과테말라에 머물던 시절의 연인을 가리킴.

울면서 읽었을 때.

한숨소리가 들리네.
땅속에서, 바닷속에서.
그러나 한숨이 아니라네.
내 아들이 잠에서 깨어나고 있지.

만일 나더러 보석 장수에게
최고의 보석을 취하라 한다 해도,
나는 사랑은 한쪽에 밀어두고
진실한 친구를 택하려네.

나는 보았지, 상처 입은 독수리가
창공을 나는 것을,
나는 보았지, 독사가 보금자리에서
자신의 독에 죽어가는 것을.

나는 잘 알지, 세계가 흙빛으로
휴식을 취할 때면,
깊은 침묵 속에서
시냇물이 졸졸 속삭이는 것을.

나는 대담무쌍한 손,
두려움과 설렘에 경직된 손을

내 문 앞에 떨어진
별똥별 위에 얹는다.

내 용감한 가슴에
나를 들쑤시는 고통을 감추고 있다네,
노예민족의 아들은 민족을 위해
살고, 침묵하고, 죽는다는.

모든 것이 아름답고 변함없고,
모든 것이 음악이고 이성(理性)이라네.
그리고 모든 것이 마치 다이아몬드처럼
광채 이전에 탄소라네.

나는 알지, 어리석은 자들은
눈물바다 속에서 화려하게 묻힌다는 것을.
나는 알지, 묘지의 과일 만한 것도
이 세상에 없다는 것을.

나는 침묵하고, 깨닫고,
시인의 허세를 벗어던지네.
시든 나뭇가지에
내 박사 휘장을 거네.

— 『소박한 시』(Versos sencillos, 1891)

두 개의 조국

내게는 두 개의 조국이 있다. 쿠바와 밤이라는.
아니, 이 둘이 하나일까?
태양의 장엄함이 사라지자마자,
고요한 쿠바가 슬픈 미망인처럼 내게 출현한다.
긴 베일을 쓰고, 한손에는 카네이션을 들고
나는 안다. 그 손에서 떨리는
그 피투성이 카네이션이 무엇인지.
내 가슴은 텅 비어 있다.
조각조각 나서 심장이 있던 자리가 텅텅.
이제 죽기 시작할 시간이다.
밤은 작별을 고하기 좋을 때,
빛과 인간의 언어를
감추니까.
우주의 언어가
인간의 언어보다 낫다.
전투를 독려하는 깃발처럼
붉은 촛불 불길이
넘실거린다.
나는 창문을 열고
와락 껴안는다.

하늘에 얼룩진 구름 한 조각처럼
쿠바가, 미망인이, 카네이션 꽃잎들을
찢어발기면서 말없이 들어온다…

— 『망명지의 꽃들』(Flores del destierro, 1933)[5]

[우석균 옮김]

<hr />

5) 『망명지의 꽃들』서문에 보면, 이 시집의 출판 준비는 사망 전에 이미 되어 있었던 듯
하다.

니콜라스 기옌

니콜라스 기옌(Nicolás Guillén, 1902~1989)

쿠바의 카마구에이(Camagüey)에서 태어난 시인이다. 어릴 때 정부군이 자유당에서 활동하던 아버지를 살해하면서, 가족 모두가 경제적 어려움을 겪었다. 식자공 등으로 일하며 야학으로 초등학교 과정을 마치고 1920년 쿠바의 수도 아바나로 가서 법률학교에 입학했다. 그러나 중도에 그만두고 1922년에 고향 카마구에이로 낙향, 문학잡지를 발간하고 지방 신문에도 적극적으로 참여했다. 1927년 다시 아바나로 돌아와 신문에 시를 발표하고, 1930년에는 시집 『손의 모티브』를 출판함으로써 문명(文名)을 얻었다. 1936년 독재정권에 맞서다 투옥되기도 했다. 1952년 악명 높은 풀헨시오 바티스타(Fulgencio Batista)가 쿠데타로 정권을 장악하자, 이듬해부터 라틴아메리카 여러 국가를 거쳐 아르헨티나의 부에노스아이레스에서 망명생활을 하게 되었다. 1959년 쿠바혁명이 성공한 직후 조국으로 돌아와 외교관으로서 활동하다가 1989년 영면했다. 기옌의 문학과 삶을 한마디로 대변하는 단어는 물라토(mulato)이다. 기옌 자신이 물라토였으며, 물라토의 문화를 시로 노래했다. 또한 쿠바가 물라토의 국가가 되기를 희망하고, 이를 위해서 투쟁했다. 작품집으로는 물라토의 어법과 어휘를 사용한 『손의 모티브』(Motivos de son, 1930)와 『송고로 코송고』(Sóngoro cosongo, 1931), 정치적 불의와 제국주의에 대한 투쟁의 기치를 높이 든 『서인도제도 유한회사』(West Indies Ltd., 1934), 에스파냐의 파시즘을 비판한 『에스파냐. 네 가지 걱정과 희망 하나』(España: poema en cuatro angustias y una esperanza, 1937), 쿠바 혁명의 기쁨을 노래한 『내가 가진 것』(Tengo, 1964) 등이 있다.

두 할아버지의 발라드

오로지 나만 볼 수 있는 두 그림자,
두 할아버지가 나를 호위한다.

뼈 촉을 장착한 창,
가죽과 나무로 만든 북은
우리 흑인 할아버지.
넓은 주름 깃,
전사의 회색 갑옷은
우리 백인 할아버지.

맨 발에 돌처럼 단단한 가슴은
우리 흑인 할아버지의 것이고,
남극 설원 같은 눈동자는
우리 백인 할아버지 것이거늘!

습기 많은 정글,
귀가 멍멍한 북소리 아프리카…
— 나 죽는구나!
(흑인 할아버지가 말한다.)
우글거리는 악어,

푸른 코코넛 아침
— 피곤하구나!
(백인 할아버지가 말한다)
거친 바람을 맞는 돛,
금빛으로 타오는 갤리선
— 나 죽는구나!
(흑인 할아버지가 말한다.)
아, 처녀의 목덜미 같은 해변
다가가보니 유리구슬.
— 피곤하구나!
(백인 할아버지가 말한다.)
열대의 원환에 붙잡혀
하늘에서 튀어나올 듯한 태양
원숭이의 꿈결 위로 떠오른
밝은 보름달.

저렇게 많고 많은 노예선!
저렇게 많고 많은 흑인들!
저렇게 쑥쑥 자란 사탕수수!
저렇게 휘둘러대는 채찍!
흐느낌의 돌, 피의 돌,
반쯤 벌어진 살점과 눈동자,
텅 빈 아침,
제당공장의 오후,

침묵을 찢어놓는
크고 우렁찬 목소리.
저렇게 많고 많은 노예선!
저렇게 많고 많은 흑인들!

오로지 나만 볼 수 있는 두 그림자,
두 할아버지가 나를 호위한다.

페데리코 할아버지가 네게 소리칠 때
파쿤도 할아버지는 침묵한다.
밤이면 두 분은 꿈을 꾸고
걷고, 또 걷는다.
나는 두 분의 합이다.

— 페데리코!
파쿤도! 두 분은 얼싸안고
탄식한다. 두 분은
고개를 똑바로 쳐든다.
풍채가 똑같은 두 분이
별빛 아래서
풍채가 똑같은 두 분이
검은 열망과 하얀 열망
풍채가 똑같은 두 분이
소리치고, 꿈꾸고, 울고, 노래한다.

꿈꾸고, 울고, 노래한다.
울고, 노래한다.
노래한다!

—『서인도제도 유한회사』(West Indies, Ltd., 1934)

센세마야(뱀 잡는 노래)

마욤베 봄베 마욤베![1]
마욤베 봄베 마욤베!
마욤베 봄베 마욤베!

유리알 눈의 뱀이
다가와 막대기를 감는다.
유리알 눈의 뱀이, 막대기를
유리알 눈의 뱀이.
다리가 없어도 뱀은 돌아다닌다.
풀숲에 숨는다.
풀숲에 숨어 돌아다닌다.
발도 없이 돌아다닌다.

마욤베 봄베 마욤베!
마욤베 봄베 마욤베!
마욤베 봄베 마욤베!

도끼로 때려잡아.

---

1) 리듬감이 돋보이는 의성어이다. 우리 같으면, '쾌지나칭칭나네' 정도에 해당한다.

어서!
밟지 마, 물 거야.
밟지 마, 도망간다니까!

센세마야, 뱀은
센세마야
센세마야, 눈도 있고
센세마야
센세마야, 혀도 있고
센세마야
센세마야, 입도 있고
센세마야

죽은 뱀은 먹지 못하고,
소리 내지 못하고,
돌아다니지 못한고,
도망가지 못한다.
죽은 뱀은 쳐다보지도 못하고,
먹지도 못하고,
숨을 못 쉬고,
물지도 못한다.

마욤베 봄베 마욤베!
센세마야, 뱀은

마윰베 봄베 마윰베!
센세마야, 움직이지 못하고
마윰베 봄베 마윰베!
센세마야, 뱀은
마윰베 봄베 마윰베!
센세마야, 죽었다.

— 『서인도제도 유한회사』(West Indies, Ltd., 1934)

성벽(城壁)

―크리스티나 루스 아고스티에게

성벽을 세우려니
일손을 빌려주게,
흑인은 검은 손을
백인은 하얀 손을.
아!
저기 저 지평선 위
성벽이 솟을 거야,
해변서 산에까지
산에서 해변까지.

— 쿵쿵
— 누구야?
— 장미와 카네이션…
— 성문을 열어줘라.

— 쿵쿵
— 누구야?
— 대령의 칼이란다…
— 성문을 꼭 닫아라.

— 쿵쿵
— 누구야?
— 비둘기와 월계수…
— 성문을 열어줘라.

— 쿵쿵
— 누구야?
— 전갈과 지네란다…
— 성문을 꼭 닫아라.

우리 편 가슴 향해
성문을 열어주고,
독약과 비수라면
성문을 꼭 닫아라.
도금양 박하에게
성문을 열어주고,
입 벌린 뱀이라면
성문을 꼭 닫아라.
꽃나무 앉은 새면
성문을 열어주고.

모두들 합세하여
성벽을 세워보세,
흑인은 검은 팔로

백인은 하얀 팔로.
저기 저 지평선 위
성벽이 드러났네,
해변서 산에까지
산에서 해변까지.

— 『비상하는 민중의 비둘기』(La paloma de vuelo popular, 1958)

[박병규 옮김]

난시 모레혼

난시 모레혼(Nancy Morejón, 1944~)

아프리카계 아버지와 백인 및 중국인 혼혈 조상을 둔 어머니 사이에서 태어났다. 아바나 대학 프랑스어문학과를 졸업했으며, 영어와 프랑스어에 탁월하여 중고등학교 교사 및 번역가로 활동하기도 했다. 아프로쿠바 문학에서 니콜라스 기엔의 후계자로, 이 분야의 1세대 여성 시인이자 최고의 여성 시인으로 널리 인정받고 있다. 또한 쿠바 역사를 여성의 시각에서 재해석한 시인으로도 유명하다. 주요 시집으로『한 시대가 머문 자리들』(Parajes de una época, 1979)과『10월, 그 지나칠 수 없는』(Octubre imprescindible, 1982) 등이 있다. 시선집으로『날개처럼 잠드는 섬이 있는 곳』(Where the Island Sleeps Like a Wing, 영어-에스파냐어, 1985)과『눈과 영혼으로/쿠바의 이미지』(Eyes and Soul/Images of Cuba, 영어, 2004) 등이 있으며, 편저로는『니콜라스 기엔 연구집』(Recopilacion de textos sobre Nicolas Guillen, 1972)이 있다. <아메리카의 집>(Casa de las Américas) 산하 카리브연구센터(Centro de Estudios del Caribe) 소장과 쿠바작가예술가동맹(UNEAC) 회장을 역임하기도 했다. 시 분야의 노벨상이라고 일컫는 스트루가 황금화환상(2006)을 비롯하여 국내외 수많은 문학상을 수상했다.

흑인 여성

아직 물거품 내음이 난다, 그들 때문에 건너야 했던 바다의.
그날 밤은 기억나지 않는다.
그 바다조차 그날 밤을 기억하지 못하리라.
하지만 내가 본 첫 번째 가마우지만은 잊을 수 없다.
구름은 높았지, 마치 천진난만한 목격자처럼.
잃어버린 고향의 바닷가도 조상의 언어도 내 어찌 잊으리오.
하지만 나는 이곳에 팽개쳐졌고, 이곳에서 살아왔다.
개돼지처럼 일한 덕분에, 이곳에서 다시 태어났다.
얼마나 많은 만딩고 서사시에 의지하고자 했던가.

　　나는 저항했다.

주인이 어느 광장에서 나를 샀다.
나는 주인의 연미복을 수놓고, 주인의 사내아이도 낳았다.
내 아들은 이름조차 없었다.
그리고 주인은 영국 귀족의 손에 죽었다.

　　나는 길을 떠났다.

이곳은 내가 땅바닥에 엎드려 채찍질 당한 땅이다.

나는 이 땅의 모든 강에서 노를 저었다.

이 땅의 태양 아래에서 뿌리고 거두었지만, 내 입에 넣을 것은 없었다.

노예막사가 내 집이었다.

직접 돌을 날라 막사를 지었다.

하지만 나는 이 땅의 새들 가락에 맞춰 노래를 불렀다.

　　나는 들고일어났다.

이 땅에서 나는 흥건한 피와 썩은 뼈를 만졌다.

끌려온 사람이든 아니든,

이 땅의 사람들의.

나는 기니로 가는 길을 결코 다시 상상하지 않았다.

기니였던가?

아니면 베냉이나 마다가스카르, 혹은 카보베르데?[1)]

　　나는 더 많이 일했다.

나만의 천년의 노래와 희망의 토대를 쌓았다.

이 땅에서 내 세계를 건설했다.

　　나는 산으로 갔다.

내 진정한 독립은 도망노예 부락이었고,

---

1) 카보베르데(Cabo Verde). 아프리카 대륙 서쪽에 있는 섬나라.

말을 타고 마세오 장군2) 부대와 함께 했다.

겨우 1세기 후,
나는 후손들과 함께
푸르른 산에서 내려왔다.

　나는 시에라마에스트라에서3) 내려왔다.

자본과 고리대금업자,
장군과 부르주아지를 끝장내려고.
이제 내가 존재한다. 오늘 비로소 우리는 소유하고 창조한다.
우리는 더 이상 타자가 아니다.
우리 것이다, 대지가.
우리 것이다, 바다와 하늘이.
우리 것이다, 마법과 키메라가.
나와 동등한 사가들, 나는 그들이 춤추는 것을 보고 있다.
공산주의를 위해 우리가 심어 놓은 나무 둘레에서.
그 풍성한 나무에서 벌써 소리가 울려 퍼지네.

　　　　　　　　　　　― 『한 시대가 머문 자리들』(Parajes de una época, 1979)

---

2) 안토니오 마세오(Antonio Maceo, 1845~1896) 쿠바 독립군 장군.
3) 시에라마에스트라(Sierra Maestra). 쿠바혁명 때 피델 카스트로를 비롯한 초기 게릴라
　들이 은신, 활동하던 산맥.

담배공장 여공

담배공장 여공이 죽음으로 향하는 시를 썼네.
쿠바에서 세상을 보았노라고 적혀 있네,
담배밭의 말라비틀어진 잎사귀와
담배 연기 사이에서도
1999년이었지… 그녀의 시에
적혀 있네, 혁명광장 주위를 나는
마법의 융단을 만든
꽃들을 만졌다고.
그녀의 시에서 여공은
내일을 만져보았네.
그녀의 시에는 어스름 대신 밝은 램프가 있었네.
친구들이여, 그녀의 시에는 마이애미도 없고 요구도 없었네.
동냥도 없고,
사악함도 없고,
노동법 위반도 없고,
주식시장에 대한 관심도, 이윤도 없었네.
그녀의 시에는 투사의 수완과, 나른한 총명함이 있었네.
그녀의 시에는 규율과 총회가 있었네.
그녀의 시에는 과거에서 우러난 끓는 피가 있었네.
그녀의 시에는 간과 심장이 있었네.

그녀의 시는 민중 경제 논문이었네.
그녀의 시에는 모든 열망과 노심초사가 있었네,
그녀와 동시대의 혁명가의 열망과 노심초사가.
담배공장 여공이 자본주의의 임종으로 향하는
시를 썼네. 네, 그랬죠.
그러나 그녀의 형제들도 이웃도 그녀 삶의 정수를
깨닫지 못했네. 그래서 그녀의 시에서 아무것도 못 배웠네.
그녀는 레몬그라스와4) 삼 잎들과 함께
그 시를 천으로 장정된
호세 마르티의 책 속에
고이고이 간직했네.

—『10월, 그 지나칠 수 없는』(Imprescindible octubre, 1982)

---

4) 레몬그라스(caña santa). 벼과 식물.

주인을 사랑하네

나는 주인을 사랑하네.

주인이 매일 불을 지필 수 있게 땔감을 해오네.

주인의 맑은 눈을 사랑하네.

나는 새끼 양처럼 온순하게

주인의 귓가로 방울방울 꿀을 흩뿌리네.

나를 풀침대 위에 눕힌

주인의 손을 사랑하네.

주인이 나를 깨물고 정복하네.

주인이 자신의 비밀 이야기를 해주는 동안,

나는 주인의 칼자국, 총알 자국, 뙤약볕 아래 보낸 나날,

약탈 전쟁의 흔적이 무성한 온몸에 부채질을 해주네.

나는 타향을 해적질하고 전전한

주인의 발을 사랑하네.

어느 날 아침 담배밭에서 나오다 발견한,

섬세하디 섬세한 가루로

주인의 발을 마사지해주네.

주인이 비우엘라를 치고,[5] 낭랑한 민요가 목에서 울려 퍼졌네.

만리케의[6] 목에서 태어난 듯한 민요가.

---

5) 비우엘라(vihuela). 기타와 유사한 형태의 현악기. 15세기와 16세기 포르투갈, 스페인, 이탈리아에서 사용했다.

나는 마림불라[7] 가락을 듣고 싶었네.
주인의 붉고 우아한 입술을 나는 사랑하네.
아직도 무슨 말인지
모를 말이 흘러나오는.
주인을 위한 내 혀는 이제 그의 것이 아니네.

시간의 비단이 갈기갈기 찢어졌네.

늙은 십장들의 이야기를 듣고 나는 알았네,
내 사랑이 제당소 가마솥을
후려갈기는 채찍질임을.
주인이 끊임없이 입에 올리는
그 하느님의 지옥에서 벌어지는 채찍질 같은.

주인이 내게 무슨 말을 할까?
왜 나는 박쥐에게나 딱 좋은 거처에 사는 것일까?
왜 나는 주인을 섬기는 것일까?
나보다 더 행복한 말들이 끄는 멋들어진 마차를 타고
주인은 어디로 가는 것일까?
내 사랑은 노예 오두막을 뒤덮는 덤불과 같네.
아무도 건드리지 않는 내 유일한 소유물을 뒤덮는.

---

6) 호르헤 만리케(Jorge Manrique, 1440?~1479). 15세기 에스파냐의 시인.
7) 마림불라(marímbula). 카리브의 악기.

나는 저주하네

주인이 내게 입혀놓은 이 모슬린 가운을,
주인이 무자비하게 내게 준 이 부질없는 레이스들을,
해바라기 없는 황혼에 내게 시킨 이 일들을,
내가 지껄일 수조차 없는 끔찍하게 적대적인 이 언어를,
주인에게조차 젖을 물릴 수 없을 정도의 이 절벽 가슴을,
주인의 채찍에 살이 갈라진 이 복부를,
이 저주받은 심장을.

나는 주인을 사랑하네. 하지만 매일 밤,
우리가 몰래 사랑을 나누던 사탕수수밭으로 난
꽃길을 가로지를 때마다,
손에 칼을 들고 아무런 죄책감 없이 짐승 다루듯
주인을 도살하는 내 모습을 보네.

귀를 찢을 듯한 북소리가
주인의 비명도 애원도 삼켜버리네.
종소리가 나를 부르네…

— 『윤이 나는 돌』(Piedra pulida, 1986)

[우석균 옮김]

알레호 카르펜티에르

알레호 카르펜티에르(Alejo Carpentier, 1904~1980)

　1904년 아바나에서 태어난 소설가이다. 아버지는 프랑스계 건축가였고, 어머니는 러시아계였다. 증조부는 프랑스인 모험가로서 1840년 황금을 찾아 기아나에서 오리노코 강 상류까지 탐험을 하는데, 이는 훗날 소설 『잃어버린 발자취』의 주요 모티브가 되었다. 프랑스어와 에스파냐어를 능숙하게 구사하던 카르펜티에르는 파리에서 고등학교를 마치고 음악 이론과 건축학을 공부했다. 아바나에 돌아와 기자생활을 하며 ≪포스터≫(Carteles)와 ≪전진≫(Avance)이라는 동인지의 편집인으로 활동했고, 또 당시의 독재자 헤라르도 마차도에 맞서다가 사회주의자라는 혐의를 받고 잠시 투옥되기도 했다. 감옥에서 나온 뒤에는 파리로 탈출하여 1928년부터 1939년까지 머무르면서 초현실주의를 비롯한 전위주의 예술가와 교류했다. 1939년 쿠바로 돌아와 잠시 교육부 산하의 라디오 방송국에서 일하다가 1945년에 베네수엘라로 출국해서 그곳에서 작품 활동을 했으며, 1959년 쿠바혁명이 성공하자 귀국했다. 혁명 이후 카르펜티에르는 적극적으로 혁명사업에 참가한다. 국가위원회 부위원장과 국립출판사 사장 등을 역임했고, 1968년부터 프랑스 주재 대사관의 문화담당 외교관으로 일하며 파리에서 작품 활동을 하다가 1980년 세상을 떴다. 소설로 '주여 축복받으소서'라는 뜻의 『에쿠에-얌바-오』(¡Écue-Yamba-O!, 1933), 「아메리카의 경이로운 현실에 대하여」라는 서문으로 더 유명한 『지상의 왕국』(El reino de este mundo, 1949)을 비롯하여 대표작이라고 할 수 있는 『잃어버린 발자취』(Los pasos perdidos, 1953)와 『계몽의 세기』(El siglo de las luces, 1962)가 있다. 그리고 단편집 『시간 전쟁』(Guerra del tiempo, 1958)에는 「씨앗으로 가는 여행」(Viaje a la semilla), 「산티아고 순례길」(El Camino de Santiago) 등이 수록되어 있다.

산티아고 순례길

I

　병사 후안은 조그마한 자기 북은 왼쪽 옆구리에 차고, 카드판에서 딴 북은 어깨에 맨 채로 스헬데 강변을[1] 걷고 있었다. 문득, 방금 닻을 내린 배 한 척이 눈에 들어왔다. 이제 막 계선주(繫船柱)에 계선줄을 매어놓은 배였다. 그날 오후 내리던 가랑비가 북 판에 부딪혀 소리 없이 얼굴로 튀었기 때문에 모든 게 흐릿하게 보였다. 행상이 파는 맥주와 독주에 취한 탓도 있었다. 행상의 가판대는, 이제 마구간으로 사용하는 구(舊) 루터교회 근처의 골목길에서 술 냄새를 풍기고 있었다.

　그러나 뱃전에는 왠지 모를 서글픈 기운이 서려 있었고, 운하의 안개도 그 배가 내뿜는 불길한 숨결처럼 보였다. 돛을 보니, 오래되어서 누르스름해진 범포(帆布) 여기저기에 수선 자국이 보였다. 밧줄에는 잔털이 일어나 있었고, 돛대에는 이끼가 끼었으며, 보수를 하지 않은 현(舷)에는 마른 해초가 넝마처럼 매달려 있었다. 고동 한 마리가 잔잔하게 출렁이는 차가운 물살에 쫓겨 이리저리 돌아다니며, 썩어서 거무튀튀하게 변한 부착생물

---

1) 스헬데 강(Schelde). 프랑스 북부에서 발원하여 벨기에를 거쳐 네덜란드에서 북해로 들어가는 강으로, 수량이 풍부하여 운하로 이용하며, 유역에는 안트베르펜을 비롯하여 여러 도시가 발달하였다.

위에 별과 회색 장미와 백색 동전을 그리고 있었다.

선원들은 기진맥진한 것 같았다. 볼이 움푹 꺼지고, 눈은 퀭하며, 이는 빠져서 꼭 괴혈병에 걸린 사람들처럼 보였다. 상륙정을 타고 부두에 오른 사람들은 환하게 불을 밝힌 선창가 술집을 보고도 기뻐하는 기색이 없었다. 선박도 선원도 똑같은 잘못을 범해 회한에 휩싸인 것 같았다. 폭풍우가 몰아칠 때, 하느님을 모욕하기라도 한 것일까? 배에 남아 밧줄을 감고 돛을 접는 선원들도 육지에 발을 올려놓지 못하는 처지라 마지못해 그 일을 하고 있는 것 같았다.

그런데 갑자기 갑판 뚜껑이 열리고 어두컴컴한 갑판 아래에서 왜귤(矮橘)나무가 나타났다. 이 안트베르펜의 해거름에 난데없는 태양이 솟아난 듯했다. 화분에 심어놓은 나무마다 과일이 빛을 발하고, 갑판은 이내 향기로운 길거리로 변했다. 화려한 황금색 과일로 옷을 입은 나무들이 나타나자 속절없이 기울어가던 오후도 발걸음을 멈추었고, 과일향, 후추향, 계피향에 취한 후안은 어깨에 멘 북을 땅에 내려놓고, 그 위에 걸터앉았다. 저 왜귤나무는 알바 공작이2) 애호하는 물품이 틀림없었다. 공작부인이 사치도 심하고 선물도 좋아한다는 소문이 돌았다. 공작 가문 사람들은 마음에 드는 물건이 있으면 향신료제도나3) 인디아스나4) 호르무즈 왕국에서5) 실

---

2) 제3대 알바 공작 페르난도 알바레스 데 톨레도(Fernando Álvarez de Toledo, 1507~ 1582)를 가리킨다. 이 공작은 에스파냐의 펠리페 2세 치하에서 유럽을 무대로 활동한 정치가이자 장군으로, 1556년에는 교황 바오로 4세가 프랑스 국왕과 협력하여 에스파냐에 대항하자 정예부대를 이끌고 나폴리 총독으로 부임하여 전쟁을 승리로 이끌었다. 1567년에는 플랑드르(네덜란드) 총독이 되어, 당시 이단으로 여기던 개신교도를 '피의 법정'에 세웠다.

3) 향신료제도. 인도네시아의 몰루카 제도를 가리킨다.

4) 인디아스(Indias). 식민지시대 에스파냐에서 아메리카 식민지를 지칭하던 용어.

5) 호르무즈 왕국. 16세기에서 17세기까지 페르시아 만에서 호르무즈 해협에 걸쳐 존재하던 이슬람 왕국을 가리킨다.

어온다는 얘기도 들렸다. 수고(樹高)가 아주 낮고 열매가 주렁주렁 매달린 저 왜귤나무는 기독교로 개종한 무어인의 과수원에서 재배한 것이 틀림없었다. 관목으로 저토록 놀라운 형태를 만들어내는 재주는 무어인을 따라올 자가 없었다. 운송 도중에 폭풍우를 만나거나 적함(敵艦)과 조우한 것 같지도 않았다. 플랑드르 출신의 공작부인은 레반트 지방의 고운 산호가루로 붉게 화장한다고 하는데, 저 왜귤나무 또한 공작부인이 기거하는 궁전의 거울 방 장식용으로 실어온 것이다.

사실, 항해도 빈번하고 전에 못 보던 신기한 것도 많이 들어오던 그 시절, 선물을 바라는 여자들은 수 세기 동안 선호하던 화장품에 만족하지 않고, 덴마크제 신발명품이나 러시아제 향유나 진기한 향수를 원했다. 새는 상소리를 흉내 내는 아메리카산 앵무새를 원했으며, 개도 귀여운 고스케는6) 싫증이 났는지 털이 많은 애완견을 원했다. 애완견 털을 깎아서 베르베르 말처럼 갈기털을 만들고 거기에 색색의 끈을 매달아 그리핀과 흡사하게 꾸밀 수 있기 때문이었다.

아무튼 병사들 가운데는, 에스파냐 사모라 출신의 행상이 파는 술에 얼큰하게 취하면 앞뒤 없이 생각나는 대로 말하는 사람이 항상 있었다. 공작이 동절기에서 춘절기까지 안트베르펜 병영에서 오래도록 머무는 이유는 류트를 타며 노래하는 여자의 목소리가 고대인이 언급한 사이렌의 목소리 같아서 결코 헤어나지 못하기 때문이라고 수군거렸다.

"뭐, 사이렌?"

유녀(遊女)의 목소리였다. 이 여자는 대단한 술꾼으로, 나폴리에서7) 군대를 따라 여기까지 흘러들어왔다.

---

6) 고스케(gozque). 예민하고 잘 짖는 콜롬비아의 토종 개.
7) 나폴리는 1504년부터 1713년까지 에스파냐의 지배를 받았다.

"사이렌? 웃기고 있네. 여자 젖퉁이라면 사족을 못 쓰는 거야."

후안은 나머지 얘기를 듣지 못했다. 행상의 수레에서 먹고 마시던 병사들이 돈도 안 내고 우르르 흩어지는 바람에 소란스러웠기 때문이다. 우연히 그곳을 지나가던 공작 하인이 그 얘기를 듣고 상전에게 일러바칠까 봐 두려웠던 것이다. 그런데 조금 전 그곳에 도착한 소위의 지휘 아래 땅에 내려놓은 왜귤나무 앞에서 후안은 유녀의 확신에 찬 목소리를 다시 들었다. 그때 관할청 소속의 포장마차 몇 대가 왜귤나무를 실으러 왔다.

허기를 느낀 후안은 문득 내장탕을 먹든지 우족을 뜯든지 해야겠다고 마음먹고 카드판에서 딴 북을 다시 어깨에 멨다. 바로 그때 계선줄을 타고 땅으로 내려오는 큰 쥐가 눈에 띄었다. 피부가 벗겨진 꼬리는 통통 부어올랐고, 종기가 덕지덕지 나 있었다. 후안은 돌멩이를 집어 들고 쥐를 겨냥했다. 부두로 올라온 쥐는, 낯선 도시에 하선하여 길을 묻는 이방인처럼 잠시 머뭇거렸다. 쥐 위로 날아간 돌멩이가 운하에서 물장구를 쳤다. 화들짝 놀란 쥐는 화형당한 루터파 선교사들이 살던 집으로 내달렸다. 이제는 가축 사료 창고로 이용하는 집이었다. 후안은 사모라 출신 행상의 가판대를 향해 발길을 돌렸다. 저쪽에서 중대의 병사들은 유녀를 쫓아내려고 민요를 합창하고 있었다. 가사는 가짜 처녀와 화냥기 있는 여자와 뚜쟁이 이야기였다. 그러나 왜귤나무를 실은 마차가 떠나자 갑자기 사방이 조용해졌다. 오로지 유녀의 투덜거리는 소리와 바알세불의[8] 웃음처럼 루터교회에서 들려오는 나귀 울음소리만이 정적을 깨뜨릴 뿐이었다.

---

8) 바알세불. 문자적 의미는 파리대왕으로, 성서에서는 사탄을 가리킨다. 몸에는 박쥐 날개가 달렸고, 머리에는 검은 뿔이 나 있다고 한다.

II

사타구니에 가래톳이 섰을 때, 처음에는 매독이라고 생각했다. 이탈리아에서 건너온 사람들에게 흔한 병이기 때문이었다. 그러나 열이 나고(3일마다 반복되지는 않았다), 중대 병사 다섯 명이 피를 토하자 후안은 두려웠다. 하루 종일 목덜미를 만져보았다. 매독 기운이 있을 때도 임파선이 부어오르기 때문에 혹시 묵주알 같은 게 잡힐지도 모른다는 생각이었다. 습도가 높기 때문에 플랑드르 지방에서는 오래전에 사라진 병명을 언급하자 의사는 믿을 수 없다는 표정이었다. 그렇지만 후안은 나폴리 왕국에서 생활했기 때문에 페스트나 아니면 그보다 더 지독한 병에 걸렸다고 생각했다.

얼마 후, 왜귤나무를 싣고 온 선원들이 전부 앓고 있다는 소식이 들렸다. 선원들은 라스팔마스에[9) 괜히 들러 바람을 쐤다고 욕을 해댔다. 라스팔마스에서는 알제리에서 포로로 잡혔다가 석방된 사람들이 옮아온 역병 때문에 사람들이, 날벼락을 맞은 듯, 길거리에서 푹푹 쓰러졌기 때문이다.

역병은 별것 아니라는 듯이, 중대가 주둔한 지역에서는 쥐 떼가 득실거렸다. 후안은 꼬리 피부가 벗겨진 그 역겨운 쥐가 원흉인데 돌팔매가 아슬아슬하게 비껴가는 바람에 잡지 못했다는 사실을 떠올리고, 그놈이 바로 이집 저집 돌아다니며 창고 식량을 빼먹고 저쪽 강변의 치즈까지 모두 먹어치운 쥐 떼의 기수(旗手)이자 개신교 목사 같은 놈이라고 생각했다. 병사들이 묵고 있는 숙소의 관리인이자 루터파 같은 낌새가 보이는 어부는 매일 아침 반쯤 뜯어먹은 청어와 꼬리만 남은 가오리와 뼈만 앙상한 장어를 발견했는데, 어느 날인가 지저분한 쥐 한 마리가 장어를 넣어둔 수족관에서 배를 까뒤집고 허우적거리는 모습을 보자 눈앞이 캄캄해졌다. 종

9) 라스팔마스(Las Palmas). 카나리아 제도의 그란카나리아(Gran Canaria) 섬에 위치한 도시. 참고로, 라팔마(La Palma)는 이 제도 북서쪽에 위치한 섬이다.

창에서 고름이 흐르는 저 쥐 떼가 향신료제도의 어떤 섬에서 왔는지는 아무도 모를 일이지만, 걸신들린 듯이 닥치는 대로 먹어치웠다. 먹지 못한 것은 대합과 게뿐이었다. 갑옷 끈이나 말안장 가죽을 갉아먹었으며, 중대의 사제가 미사 때 쓰려고 보관하던 밀떡까지 못 쓰게 만들었다.

지붕 밑 다락방을 숙소로 사용하던 후안은 홍수로 범람한 목초지에서 불어오는 찬바람에 덜덜 떨다가 야전침대에서 굴러떨어졌다. 이제 가슴은 불덩이고, 사타구니 통증이 너무 극심해 훌쩍거리며 울었다. 주님의 영광을 기리는 성가 가르치는 일을 포기하고 고수(鼓手)로 군에 입대했으니 벌을 받아 죽을 것이라고 생각했다. 고수의 일이란 성가를 부르는 예술도 아니요, 고상한 4학도[10] 아니었다. 고향 청년들이 육신의 쾌락을 위해 연주하던 삼봄바, 판도르가, 카스트라푸에르코를 연주하는 게 전부였다. 그러나 북 하나와 소가죽 신발 하나로 회양목 피리꾼이랑 나팔수랑 함께 행진곡을 연주하며 나폴리 왕국에서 플랑드르에 이르기까지 세상을 주유할 수 있었다. 그리고 후안은 사제나 합창단 단장이 될 만한 소질이 없다고 생각했기 때문에 알칼라 지방의 시루엘로 선생 문하에 들어가는 광영을 포기하고, 손에 8레알짜리 은화 세 닢을 쥐어 주며 군대에 들어오면 여자와 술과 카드를 실컷 즐기게 해주겠다는 모병관을 따라나섰다.

그러나 세상 경험을 한 지금, 허욕을 추구함으로써 성녀 같은 어머니의 눈에 눈물 마를 날이 없게 만들었다고 뉘우쳤다. 세 번의 전투에서 적의 포격도 두려워하지 않고 죽어라 북을 쳤건만, 박자도 제대로 못 맞추는 저 어리바리한 플랑드르인의 북소리를 따라 야경꾼의 횃불이 푸른 유리창에 서글프게 너울거리는 다락방에서 죽어가고 있는 이 순간에는 그런 일도 아무 소용이 없었다. 후안이 불덩이 같은 가슴과 부어오른 가래톳을

---

10) 4학(Cuadrivio). 중세 서구에서 가르치던 대수, 기하, 음악, 천문학.

생각하며 훌쩍거린 진짜 이유는 하느님께서 병이 들었다고 생각하는 사람을 긍휼히 여겨 진짜 병을 주지 않기를 바랐기 때문이다. 그러나 갑자기 극심한 오한이 찾아왔다. 후안은 장화도 벗지 않고 야전침대에 누워 담요를 뒤집어쓰고, 그 위에 솜이불까지 덮었다. 그러나 담요 한 장, 이불 한 채로는 어림도 없었다. 오한이 든 몸뚱어리가 그 옛날 솔로몬 왕이 처녀의 몸에서 찾던 온기를 느끼려면 중대원의 담요란 담요는 모두 뒤집어쓰고 안트베르펜의 솜이불이란 솜이불은 모두 덮어야 할 것 같았다.

신음소리를 듣고 다락방으로 올라온 어부는 극심한 오한에 떠는 후안을 보고 놀란 나머지, 쥐가 우글거리는 계단을 내려가면서 집 안에 환자가 생겼다고 소리쳤다. 그리고 이런 일은 성직을 매매하고 면죄부를 파는 천주교인에게 내리는 하느님의 징벌이라고 덧붙였다. 후안은 안개처럼 흐릿한 의식 속에서 의사의 얼굴을 보았다. 의사는 후안의 허리띠를 풀고 바지에 손을 넣어 사타구니를 만져보고 있었다. 그런데 느닷없이 이상한 북소리가 들리고 ―아주 날카로운데도 약음기를 달아놓은 듯했다― 놀랍게도 알바 공작이 찾아왔다.

공작은 수행원도 없이 혼자 왔다. 목을 꼭 죄는 흰색 러프가 달린 검은 옷을 입고 있었다. 그런데 백발이 섞인 수염이 앞으로 튀어나와 마치 방금 단두대에서 잘려나간 머리를 하얀 대리석 분수대 위에 올려놓은 것 같았다. 후안은 침대에서 일어나 병사답게 차렷 자세를 취하려고 안간힘을 썼다. 그러나 공작은 후안이 덮고 있던 솜이불을 훌쩍 뛰어넘어 침대 반대편 골풀 의자에 앉았다. 의자 위에는 사기병이 여럿 놓여 있었는데 의자에서 떨어지거나 깨지지도 않았다. 진(gin) 냄새가 성당의 훈향처럼 방 안에 퍼지기는 했다.

바깥에서는 왁자지껄한 소리와 함께 투박하고 음정이 맞지 않는 트럼

펫 소리 같은 것이 오슬오슬한 추위를 뚫고 아련하게 들려왔다. 이가 딱딱거릴 정도로 추웠다. 루터파를 화형에 처할 때처럼 미간을 잔뜩 찌푸린 알바 공작은 조끼 밑에서 귤 세 개를 꺼냈다. 그리고 곡예사처럼 양손으로 저글링을 했는데, 귤은 로마식 가발 한참 위까지 올라갔으며, 속도 또한 번개처럼 빨랐다. 후안은 난생처음 보는 기예를 능숙하게 펼치는 공작을 칭찬하고 싶어서 '에스파냐의 사자'요, '이탈리아의 헤라클레스'요, '프랑스를 혼쭐낸 채찍'이라고 말하려고 했으나 도무지 입이 떨어지지 않았다. 갑자기 격렬한 빗줄기가 기왓장을 두들겼다. 세찬 바람이 불어와 길가 쪽 창문이 열리며 등잔불이 꺼졌다. 후안은 알바 공작이 바람을 타고 나가는 것을 보았다. 몸이 쭉 늘어져 상인방(上引枋)을 지날 때는 붕대처럼 구불거렸다. 뒤따라가는 귤에서 모자처럼 보이는 깔때기가 생겨났고, 주름진 껍질에서는 개구리 다리가 나왔다. 옷 바깥으로 젖가슴이 삐져나온 어떤 부인이 류트를 타고 안마당에서 다락방을 지나 거리로 날아갔는데, 후프스커트가 펄럭이면서 맨살의 엉덩이가 훤하게 드러났다.

온 집을 뒤흔들던 광풍이 섬뜩한 광경을 쓸어가 버렸다. 그리고 공포 때문에 정신이 반쯤 나간 후안은 신선한 공기를 찾아 창문으로 다가갔다. 하늘은 맑게 개고 고요했다. 지난여름 이래 처음으로 창공에서 은하수가[11] 새하얗게 빛나고 있었다.

---

11) 은하수는 산티아고 순례길의 상징이다. 지명 '산티아고 데 콤포스텔라'에서 콤포스텔라(compostela)는 별 밭(campo estrella), 즉 은하수를 의미하기 때문에, 사람들은 은하수가 콤포스텔라로 가는 길을 가리킨다고 믿는다. 산티아고는 예수 그리스도의 열두 제자 가운데 한 사람으로, 우리말로는 대(大)야고보이다. 서기 44년 예루살렘에서 체포되어 참수당했는데, 어디에 묻혔는지 행방이 묘연했다. 9세기경, 에스파냐의 서북단 갈리시아 지방에 별이 내려와 찾아가 보니 그곳에 대야고보의 무덤이 있었고, 이를 근처로 이장하고 세운 성당이 산티아고 데 콤포스텔라 성당이다. 한편, 산티아고는 에스파냐를 점령한 무어인을 쫓아내기 위해 싸운 기독교군의 수호성인이었으므로 '마타모로스' 즉, '무어인을 죽이는 사람'이라는 뜻의 별명을 지니고 있다. 에스파냐군은

"산티아고 순례길!" 후안은 바닥에 박힌 칼 앞에 털썩 무릎을 꿇으면서 중얼거렸다. 칼자루는 십자가 형상이었다.

III

순례자 후안은 야윈 손에 지팡이를 쥐고 프랑스에서 산티아고 순례길을 간다. 아름다운 가리비 껍질을 매단 성스러운 어깨망토와 시냇물만 담는 호리병박이 햇볕에 반짝거린다. 챙이 늘어진 순례모자 사이로 턱수염이 돋아나고 있다. 실밥이 풀어진 낡은 수도복을 입고, 안타까울 정도로 너덜너덜해진 신발을 신고 있다. 그러나 파리 땅을 밟아도 술집 근처에는 얼씬거리지 않으며, 산티아고 순례길에서 한 발자국도 벗어나지 않는다. 단 한 번, 먼발치에서라도 클뤼니 수도원을 바라보고 싶어서 잠시 순례길에서 벗어날 뿐이다.

어둠이 내리면 후안은 선한 사람들의 초대를 받아 그 집에서 잔다. 물론 가까운 곳에 수도원이 있을 때는 걸음을 재촉하여 삼종기도 시각에 맞춰 도착하고, 수도원 정문에 얼굴을 내민 평수도사에게 하룻밤 묵어가겠다고 청한다. 순례자 후안은 가리비 껍데기에 입을 맞춘 후, 숙소의 아치형 천장 아래 몸을 의탁한다. 플랑드르에서 센강까지 오는 동안 등줄기를 후려치던 때 이른 빗줄기와 지병에 시달린 육신은 딱딱한 돌 침상에서 휴식을 취한다. 다음날에는 새벽같이 길을 떠난다. 어서 바삐 롱스보 계곡까지 가야 된다는 조바심 때문에 걸음을 서두른다. 고향 땅이나 다름없는 그곳에 도착하면 찌뿌둥한 몸도 한결 나아질 것 같다.

프랑스 투르에서 독일 순례자 두 사람을 만나 손짓으로 의사소통한다.

본토는 물론이고 아메리카에서 원주민과 싸울 때도 항상 산티아고를 외쳤다.

푸아티에의 생틸레르 교회에서 순례자 스무 명을 더 만난다. 이제 한 무리가 된 순례자들은 밀 추수가 끝난 논을 뒤로 하고, 원숙한 삶을 찾기 위해 랑드 지방을 향해 걸어간다. 추수가 끝났는데도 불구하고 이곳은 아직 여름이다. 태양은 소나무에 머물러 갈수록 잎이 무성해진다. 포도송이는 발길을 붙들고, 향기로운 풀냄새와 서늘한 그림자 때문에 정오의 휴식시간은 갈수록 길어진다. 순례자들은 열심히 노래를 부른다. 프랑스 사람들은 산티아고에게 서약했으나 지키지 못한 여러 가지 일을 노래하고, 독일 사람들은 독일식 라틴어 몇 마디를 중얼거리는데, "산티아고 성자님, 선한 산티아고 성자님"이라는 끝 구절만 명확하게 들린다. 플랑드르 사람들이 입을 맞춰 성가를 부르자, 후안은 즉석에서 작곡한 대선율(對旋律)로 화음을 넣는다. "그리스도 병사여, 성스러운 기도로, 모두에게 닥쳐오는, 불행을 막아내라!"

이처럼 천천히 걸어가는 동안 팔십 명도 넘는 순례자들이 모이고, 어느덧 바욘에 당도한다. 바욘에는 훌륭한 숙박소가 있어서 벼룩도 구제(驅除)하고, 신발 끈도 교체하고, 서로 이를 잡아주기도 하고, 걸어오는 동안 먼지 때문에 눈곱이 끼고 안질이 생긴 사람들은 치료를 받는다. 숙박소 안마당에는 불쌍한 사람이 들끓는다. 옴을 긁는 사람, 잘려나간 팔다리를 보여주는 사람, 수조의 물로 종양을 씻는 사람들로 가득하다. 어떤 사람은 생루이가[12] 안수해도 낫지 않을 큰 화농성 종양을 달고 있고, 어떤 사람은 의자에 걸터앉아 성기를 꺼내놓고 있는데, 얼마나 부었는지 거인 아다마스토르의[13] 국부처럼 보인다.

---

12) 생 루이(Saint Louis). 프랑스 국왕 루이 9세(재위 1226~1270)의 별칭. 독실한 천주교 신자로 제8차 십자군 원정 때 병사하였다.

13) 아다마스토르(Adamastor). 포르투갈 문인 카몽이스(Luís Vaz de Camões, 1524~1580)의 서사시 『우스 루지아다스』(Os Lusiadas, 1572)에 등장하는 거인.

순례자 후안처럼 치료를 받지 않은 사람은 몇 안 된다. 뜨거운 햇볕 속에서 포도밭 사이로 걸어오면서 수도복이 흥건하도록 땀을 많이 흘렸기 때문에 몸이 가뿐해지고, 게다가 소나무 냄새와 시원한 바람을 들이켜—가끔 바다 냄새도 실려 왔다—폐도 건강해졌기 때문이다. 그리고 수많은 순례자의 목을 축여준 우물에서 두레박으로 물을 길어 목욕을 하니 한결 개운하다. 몇 주 만에 처음으로 머리와 팔을 물에 적시면 한기가 들 위험이 있는 사람에게는 특별한 예외를 두어야 한다는 생각에 포도주를 사려고 아두르 강변으로 나간다.

호리병박에 맑은 물 대신 진한 포도주를 담아 다시 숙소로 돌아온 후안은 회랑 기둥에 기대고 앉아 천천히 음미하면서 마신다. 하늘에는 항상 산티아고 순례길, 다시 말해서 은하수가 그려져 있다. 그러나 술을 마셔 영혼이 가벼워진 후안에게는 이제 은하수가 보이지 않는다. 수많은 죄에 대한 벌로 역병이 닥칠 것이라는 무서운 통지를 받은 날 밤에도 그랬다. 그때 후안은 사도 산티아고가 예루살렘 감방에서 차고 있던 족쇄에 입을 맞추기로 약속했다. 그러나 목욕도 하고 이도 털어내고 술까지 마시면서 쉬고 있는 지금, 그때의 지독한 신열은 역병 때문이었으며, 악몽은 신열 탓이었을지도 모른다는 생각이 든다. 한쪽 얼굴이 퉁퉁 부어오른 노인이 옆에 누워 앓는 소리를 낸다. 그때 후안은 한번 맹세한 일은 지켜야 한다고 생각한다. 수도복에 달린 어깨망토로 머리를 감싸며 자기는 건강한 몸으로 도착할 것이라고 생각하니 기쁘다. 다른 사람들은 종기와 딱지를 지닌 채로 무릎을 꿇고 경배하고, 성령으로 치유되리라는 확신도 없이 산티아고 데 콤포스텔라 성당 '영광의 문'에 들어서리라.

건강을 회복했기 때문일까? 풍만한 안트베르펜 여자들이 떠오른다. 그 여자들은, 산양처럼 털이 많고 야윈 에스파냐 사람들을 좋아했다. 화대도

치르기 전에 무릎에 올라앉아서 아몬드 국숫발 같은 하얀 팔로 갑옷을 벗겨냈다. 이제부터 순례자 후안은 호리병박에 포도주만 담아서 다닐 것이다.

IV

순례자 후안은 '프랑스 길'에서14) 갑자기 시끌벅적한 시장과 마주친다. 부르고스로 들어가는 입구에 길을 막고 장이 들어선 것이다. 부침개를 지지는 냄새, 석쇠에서 고기 굽는 냄새, 파슬리를 넣은 내장탕 냄새, 양념 냄새 때문에 성당으로 직행하려던 결심이 누그러진다. 거대한 아르코 데 산타 마리아 문 옆에 천막을 치고 장사를 하는 이빨 빠진 노파가 한 그릇 먹고 가라며 인심을 쓴다. 음식을 먹고 나니, 당나귀에 싣고 다니면서 파는 술이 눈에 띈다. 술집보다 가격이 더 싸다. 그리고 인파에 떠밀려 거인, 곡예사, 낱장으로 파는 할렐루야 만화,15) 알루세마스에서16) 악마가 수태시킨 여자가 돼지 새끼를 낳은 섬뜩한 사건을 천연색으로 그린 그림을 구경한다. 어떤 사람은 아프지 않게 어금니를 뺄 수 있다고 철석같이 말하고, 환자가 피를 보지 못하도록 붉은 천을 두른다. 옆에 있는 조수는 사람들이 비명을 못 듣게 큰북을 두들긴다. 볼로냐 비누를 파는 사람도 있고, 동상에 바르는 고약이나 몸에 좋은 약초 뿌리나 상처에 바르는 약초를 파

---

14) 프랑스 길(Camino Francés). 산티아고 순례길 가운데 에스파냐 북부 지방을 통과하는 순례길의 명칭. 이 순례길은 피레네 산맥의 롱스보에서 시작하여 팜플로나, 로그로뇨, 부르고스, 레온 등의 도시를 거쳐 산티아고에 이른다.

15) 할렐루야 만화. 한 장의 종이에 49컷의 그림을 그리고 아래에 이야기 개요를 적어놓은 만화. 에스파냐의 카탈루냐 지방과 발렌시아 지방에서 크게 유행했다.

16) 알루세마스(Alhucemas). 모로코의 지중해 해안에 위치한 에스파냐 점령지. 정식 명칭은 '페뇬 데 알루세마스'이다.

는 사람도 있다. 그리고 어딜 가나 음식 튀기는 소리가 타닥거린다. 어설 픈 피리 소리도 들린다. 엉덩이로 다니는 불구자가 조끼에 모자까지 씌운 개를 데리고 다니며 동냥을 달라고 구걸한다.

이렇게 떠밀려가며 구경하는 일에 지친 순례자 후안은, 벤치에 앉은 맹 인들 앞에서 걸음을 멈춘다. 이들은 아메리카 하르피아의[17] 장엄한 이야 기를 노래한다. 하르피아는 넓은 산맥과 복잡한 사막에서 지저분한 둥지 를 틀고 살며, 악어와 사자도 무서워하는 괴물이다.

유럽인이 엄청나는
돈을들여 하르피아
구입하여 유럽으로
돌아올제 말타에서
하선하여 그리스로,
콘스탄티노플 거쳐
트라키아 주유할때
하르피아 주는음식
거부하고 몇주일후
울부짖고 죽었다네.

합창:
섬뜩하게 생긴괴물
하르피아 최후라네.

---

17) 하르피아. 그리스 신화에 등장하는 괴물. 몸통은 새이고 얼굴은 아름다운 여자의 모습 이다. 트라키아의 왕 피네우스의 식사를 낚아채 먹는다.

괴물이란 괴물들은
태어날때 죽었으면.

뒤쪽에서 듣고 있던 사람들은 동냥을 주지 않으려고 서둘러 자리를 뜨
면서 맹인들이 천출의 설움을 털어놓는다고 비아냥거린다. 그러나 그들
뒤에 있던 또 다른 맹인들이 길을 막는다. 무어인들이 양으로 가장하고
쿠엥카로 쳐들어온 사건을 공연하는 꼭두각시극 무대 근처에 있던 맹인들
이다.

아메리카 하르피아 노래가 끝나자 후안은 하우하섬[18] 이야기에 매료된
다. 피사로가 페루 왕국을 점령한 이래, 소문이 난 섬이다. 여기 맹인들
노래는 목청 갈라지는 소리가 덜 난다. 한 사람이 그냥 지나치는 여자들
을 위해 기도하는 동안, 키가 크고 검은 모자를 쓴 우두머리 맹인이 기다
란 손톱으로 비우엘라를 치면서 노래 끝 대목을 부른다.

집집마다 금은으로
애써만든 정원있고
부귀선물 넘치나니
이얼마나 놀라운가.
네귀퉁이 높고높은
삼나무가 우뚝솟아,
첫번째는 메추리를
두번째는 칠면조를

18) 하우하섬(Isla de Jauja). 식민시대 에스파냐 사람들이 상상하던 섬. 이 섬은 페루 인근
에 있으며, 보물이 넘치고 강에 우유가 흐른다고 여겼다.

세번째는 집토끼를
네번째는 닭을치네.
네그루의 삼나무밑
꽃만발한 연못있고
8레알과 4레알짜리
금화가득 차있다네.

우두머리 맹인은 모병관이 건네주는 봉투를 받으려고 잠시 노랫소리를 낮추더니 비우엘라를 깃발처럼 높이 쳐들고 시장 어디에서나 들을 수 있는 큰 목소리로 마무리한다.

기사양반 힘내세요
귀족양반 힘내세요
마음착한 가난뱅이
희소식을 들어보소
놀라웁고 신기한것
보고싶은 사람이여
세비야서 배열척이
한꺼번에 떠난다오

청중들이 우루루 빠져나가고, 노래하던 맹인들은 다시 욕을 해댄다. 골목길 끝으로 떠밀린 후안에게 허풍쟁이 인디아노가[19] 쿠스코에서 가져왔다고 호들갑을 떨며 짚으로 속을 채운 악어 두 마리를 내놓는다. 어깨에

19) 인디아노(indiano). 신대륙(인디아스)에서 살다 돌아온 에스파냐 사람을 가리키는 말.

는 원숭이가 앉아 있고, 왼손에는 앵무새가 앉아 있다. 분홍색 큰 고동을 불자, 빨간색 상자 속에서 성찬극의 사탄 같은 흑인 노예가 나오더니 조악한 진주 목걸이와 두통을 낮게 하는 돌과 비쿠냐 털로 만든 목도리와 싸구려 귀걸이를 비롯해서 포토시에서[20] 가져온 잡동사니를 내놓는다. 흑인 노예는 웃을 때, 끝을 이상하게 갈아놓은 치아와 뺨에 그어진 칼자국이 드러나는데, 탬버린을 잡고 허리를 돌리며 희한한 춤을 춘다. 어찌나 노골적인 동작인지, 내장탕을 파는 노파까지도 하던 일을 멈추고 구경하러 온다. 그러나 그때 비가 내리기 시작한다. 모두들 처마 밑으로 달려가 비를 피한다. 꼭두각시를 망토로 감싼 꼭두각시극 연희자, 지팡이를 든 장님들. 그러나 돼지 새끼를 낳았다는 할렐루야 만화 속의 여자는 비에 젖는다.

후안은 여관에 딸린 술집으로 들어간다. 이곳에서 사람들은 카드판을 벌이고, 코가 비뚤어지도록 술을 마신다. 흑인 노예가 수건으로 원숭이를 닦아주는 동안 앵무새는 술통에 앉아 졸고 있다. 인디아노는 포도주를 시키고 순례자 후안에게 허풍을 늘어놓는다. 그러나 인디아노의 허풍에 경각심을 늦추지 않던 후안은 이제 허풍을 진실이라고 여긴다. 경악할 만한 괴물 아메리카 하르피아는 콘스탄티노플에서 목청껏 울부짖으며 죽었고, 하우하는 론고레스 데 센틀람이라는 운 좋은 대장이 진짜로 발견했는데, 연못에는 금화가 가득 차있었다. 페루의 금이나 포토시의 은도 허풍이 아니었고, 곤살로 피사로가[21] 애마의 말발굽에 금편자를 박았다는 것도 허풍이 아니었다. 갤리선이 보물을 가득 싣고 세비야에 도착했을 때, 왕실선

---

20) 포토시(Potosí). 오늘날의 볼리비아에 위치해 있는 광산 도시. 식민지시대에는 아메리카 최대 규모의 은광이 있었다.
21) 곤살로 피사로(Gonzalo Pizarro, 1510~1548). 잉카의 정복자 프란시스코 피사로(Francisco Pizarro, 1478~1541)의 이복동생. 형을 따라서 잉카 정복에 참여했다.

단의 회계사들이 인디아노를 알아봤다는데 무슨 얘기가 더 필요하겠는가.

술이 거나해진 인디아노는 사람들이 잘 모르는 경이로운 이야기를 들려준다. 기적을 일으키는 샘물이 있는데, 제아무리 등이 많이 굽고 손발조차 제대로 놀리지 못하는 노인이라고 할지라도 그 물에 들어갔다 나오기만 하면 청춘을 되찾아 머리칼이 까맣게 변하고, 주름살이 없어지고, 뼈마디가 건강해지고, 아마조네스 여전사 1개 부대를 임신시킬 정도로 정력이 좋아진다. 플로리다의 호박(琥珀) 이야기도 하고, 프란시스코 피사로가 푸에르토비에호에서[22] 봤다는 거인상 이야기도 들려준다. 인디아스에서 발견된 해골의 치아는 굵기가 손가락 세 개만 하며, 귀는 하나뿐인데 후두부 정중앙에 달렸다. 또 하우하와 유사한 도시가 있는데, 그곳에서는 모든 게 황금이다. 하다못해 이발사의 대야, 국그릇, 냄비, 마차 바퀴, 등잔까지도 황금이다.

"거기 사람들이 연금술사가 아닌데도 그렇다는 말이죠!" 순례자 후안은 감탄한다. 그러나 인디아노는 술을 더 주문하고, 인디아스에서 대업을 이룩하려는 사람들이 궁극적으로 노리는 것은 황금이라고 말한다. 이제 수많은 선박이 금괴, 금잔, 사금, 금광석, 금동상, 보석을 실어오기 때문에 모리에노,[23] 라이문도,[24] 이븐 시나를[25] 공부하던 사람들은 하나같이 수은, 묘약, 태양과 달의 대합일, 능아연광, 황동과 같은 연금술 연구를 포기했다. 연금술이 아니더라도 양질의 금을 얻을 수 있을 뿐만 아니라 보통

---

22) 푸에르토비에호(Puerto Viejo). 프란시스코 피사로 일행이 상륙한 에콰도르 항구.
23) 모리에노(Morieno). 10세기경 알렉산드리아에 거주하던 연금술사. 『국왕 칼리드와 철학자 모리에노의 대화』의 저자이기도 하다.
24) 라이문도 룰(Raimundo Lull, 1232~1315). 흔히 라이문도 룰리오(Raimundo Lulio)라고 불린다. 에스파냐 출신의 신학자이자 프란치스코회 수사로 연금술도 연구했다.
25) 이븐 시나(Ibn Sina, 980~1038). 페르시아의 철학자이자 의학자. 서구에서는 아비첸나라는 이름으로 알려져 있다.

크기의 방에 사람 손이 닿을 정도의 높이까지 채울 수 있는데,26) 무슨 쓸모가 있겠는가.

밤이 되자 인디아노는 혀가 꼬부라질 정도로 거나하게 취해서 숙소로 들어가고, 흑인은 원숭이와 앵무새를 데리고 마구간으로 올라간다. 순례자 후안도 연기 속에서 지팡이를 이리저리 흔들며, 가끔은 휘두르며, 마침내 교외의 골목길로 접어든다. 그곳에서 어떤 여자는 어깨망토에서 곧 떨어질 듯 덜렁거리는 성스러운 가리비 껍데기에 입을 맞추는 조건으로 순례자 후안을 자기 침대에서 재워준다. 이 밤, 도시에 드리운 수많은 구름이 은하수를 덮어버린다.

V

이제 후안은, 누구 들으라는 듯이, 당초 목적지인 산티아고 데 콤포스텔라로 발길을 돌리겠다고 말한다. 그곳에는 사도 산티아고도 있고, 감방에서 채운 족쇄와 참수한 도끼도 있다. 수도원에서 제공하는 숙식과 보리빵을 곁들인 양배추 요리를 먹을 수 있고, 특전도 누릴 수 있기 때문에 후안은 여전히 수도복을 입고 어깨망토를 걸치고 호리병박을 지니고 다닌다. 실상은 호리병박에 술만 들어 있다.

'프랑스 길'은 아직도 까마득하게 멀리 있는데, 시우다드레알에서27) 사흘 동안 에스파냐 왕국에서 가장 유명한 포도주를 실컷 마시는 호사를 누렸다. 거기서부터 사람들이 뭔지 모르게 조금 변한 것 같다. 플랑드르에서 일어나는 일을 이야기하는 사람은 찾아보기 힘들다. 모두들 세비야에서

---

26) 프란시스코 피사로에게 사로잡힌 잉카의 왕 아타우알파는 손을 들어 방 벽에 금을 긋고, 자기를 놓아주면 그 높이까지 금을 채워주겠다고 제안했다.
27) 시우다드레알(Ciudad Real). 에스파냐 중부의 라만차 지방에 위치한 도시.

들리는 소식에 귀를 쫑긋 세우고 살아간다. 집을 떠난 자식들 소식도 듣고, 대장간을 카르타헤나로 옮긴 삼촌 소식도 듣고, 세관 신고를 하지 않아서 은을 압수당한 사람이 있다는 소식도 듣는다. 사람들이 모두 떠나버린 마을도 있다. 석공은 제자들을 데리고, 가난한 양반은 말과 하인들을 데리고 떠나버린 것이다. 이제 광장에서 북소리가 들린다. 티에라피르메[28] 근처의 땅을 정복하고, 그곳에 정착할 사람들을 모집하는 것이다. 여관과 숙박소는 여행객으로 만원이다.

가리비 껍데기를 방위반과[29] 교환한 순례자 후안은 세비야 무역관에[30] 도착한다. 한때 순례자였다는 사실은 이미 까마득한 옛일 같고, 이제는 해체된 극단의 배우처럼 보인다. 돈이 없기 때문에 극단의 의상 궤짝에서 소극(笑劇)의 바보 의상, 비스카야인의 팬티, 빌라도의 갑옷, 이탈리아 연극에서 사랑에 빠진 목동 아르카디오의 모자를 무단으로 꺼내 착용한 것 같다.

차츰 여기저기서 바지와 망토를 마련하고, 어깨망토와 신발을 바꾸고, 헌옷 장수와 흥정하면서 후안의 복장은 말끔해졌다. 이전에 순례자였으며, 그 이전에는 이탈리아로 파견된 보병대의 병사였다는 흔적조차 남지 않았다. 모병관을 찾아갈 마음은 없었다. 까닭인즉, 요즘 세상에 코르테스식의 무력 정복은 그다지 득이 될 게 없다고 인디아노가 일러주었기 때문이다. 이제 인디아스에서 필요한 것은 예리한 감각, 재빠른 상황판단, 날고 기는 재주, 왕의 칙령이나 학자의 비난이나 주교의 질책에도 그다지 신경 쓰지

---

28) 티에라피르메(Tierra Firme). 식민지시대의 지명으로 현재의 파나마 지협과 콜롬비아의 일부를 가리킨다.

29) 방위반은 자침이 없이 방위만 기입된 나침반 모양의 기구.

30) 세비야 무역관(Casa de la Contratación). 식민지시대 에스파냐와 식민지 아메리카 사이의 교역과 이주를 총괄하던 기관.

않는 배짱이었다.

그곳에서는 종교재판도 유화적이었다. 천주교 신앙에 거의 무지한 원주민과 흑인을 상대로 취할 수 있는 조치가 별로 없었기 때문이다. 게다가 엄정하게 법을 집행한다면 참회복을[31] 착용할 사람들은 고해성사하는 신자에게 성관계를 요구한 사제들이었다. 열대지방에서는 우발적인 충동에 대해서 정상을 참작하는 편이 나았기 때문에 아메리카의 종교재판소는 애초부터, 완고하고 부정적이고 사소하고 뉘우침이 없고 거짓으로 맹세하고 횡설수설하는 이단자 색출에 매달리지 않았다. 그럴 장작불이 있으면 초콜릿 잔이나 따뜻하게 데웠다. 아메리카에는 루터교회도 유대교회당도 없기 때문에 종교재판소는 늘어지게 시에스타를 즐겼다.

흑인 노예들은 때때로 악마의 발톱[32] 냄새를 풍기는 목각상 앞에서 북을 두들길 수 있었다. 설령 목각상에 빵을 먹이는 모습을 보았다고 하더라도 사제들은 고개만 갸우뚱하고 말았을 것이다. 성가신 일은 종이, 문서, 책에 붙어서 들어오는 이단이었다. 이처럼 원주민과 흑인 노예들은 성수(聖水) 밑에 엎드렸다가도 돌아서면 우상을 숭배하기 일쑤였으나 광산이나 농장의 일손이 턱없이 부족했기 때문에 4복음서의[33] 가르침은, 마당 한쪽에 쌓아두었다가 필요할 때나 쓰는 불쏘시개 정도로 여겼다.

아무튼 인디아노는 경험이 풍부한 후안에게 호감을 느껴 세비야 밧줄공에게 소개했다. 짚으로 만든 매트리스와 야전침상이 빼꼭한 작업장을 숙소로 사용하고 있었다. 숙소에 있는 다른 사람들도 후안과 마찬가지로

---

31) 종교재판에서 유죄 판결을 받은 사람이 몸 앞뒤로 걸치는 직사각형 천. 흰색 천에 붉은색으로 X자 모양의 성 안드레 십자가를 넣었다.
32) 악마의 발톱(pezuña del diablo). 남아프리카 칼라하리 사막에서 자라는 다년생 초본 식물로, 관절염에 좋은 약초이다.
33) 4복음서는 마태복음, 마가복음, 누가복음, 요한복음을 가리킨다.

누에바에스파냐 선단의[34] 승선 허가증을 기다리고 있었다. 5월이 되면 선단의 범선은 신바람 난 사람들을 가득 태우고 산루카르를[35] 떠날 예정이었다.

후안은 세비야 무역관 승선명부에 '안트베르펜의 후안'으로 이름을 올렸다. 이유는, 약속을 지킨 후에 플랑드르로 돌아가야 한다는 사실을 잊지 않으려는 것이었다. 명단 앞뒤로 타라고나 주교의 노예 호르헤와 자신은 이단으로 화형당한 사람의 손자도 아니고 재입교자의 자식도 아니라고 입버릇처럼 떠벌리고 다니는 사람의 이름이 있었다. 그밖에도 여왕에게 피혁을 공급하는 상인, 하코메 데 카스테욘이라는 제노바 상인, 성가대 지휘자 수 명, 폭죽제조인 두 명, 산타마리아 델 다리엔의[36] 주임사제와 시종 프란시스키요, 접골사, 성직자들, 학자들, 개종한 기독교인 세 명, 피부색을 '구운 배(梨)'로 명기한 루시아라는 여자도 명단에 있었다. 구운 배니, 안 구운 배니 하고 피부색의 색조를 구별하여 신상 특징으로 기록하지 않았더라면 좋았을 것이다. 왜냐하면 후안은 미로 같은 안달루시아를 돌아다니는 동안 깜짝 놀랄 정도로 다양한 피부색을 보았기 때문이다. 출항을 기다리는 사람들 가운데는 담뱃잎 색깔의 흑인들만 있는 것이 아니라 역청처럼 시커먼 흑인도 있었고, 가지 색깔의 흑인도 있었다.

출항 전야에는 파라쿰베를 부르는 모레노[37] 여자, 거무튀튀한 기네아

---

34) 누에바에스파냐 선단(Flota de la Nueva España). 신대륙에 생필품을 공급하던 갤리선의 선단. 에스파냐는 두 개의 선단을 운영했는데, 그중 멕시코(당시의 지명은 누에바에스파냐)의 베라크루스 항으로 가는 선단을 일컬어 누에바에스파냐 선단이라고 불렀다.

35) 산루카르(Sanlúcar). 에스파냐 카디스 북쪽에 있는 항구도시이다. 콜럼버스를 비롯하여 신대륙으로 가는 여행자들은 이곳에서 출발했다.

36) 산티아고 델 다리엔(Santiago del Darién). 1510년 바스코 누녜스 데 발보아가 파나마 지역에 세운 도시. 지금의 다리엔 국립공원 지역에 있었을 것으로 추정한다.

37) 모레노(moreno). 피부색이 약간 거무스름한 사람.

출신 여자, 소팔라38) 출신의 물라토 여자들뿐만 아니라, 에스파냐 왕실과
협의하려고 출장 온 고위 사제나 대장의 수행원이 되어 조국으로 돌아가
는 원주민도 많이 눈에 띄었다. 과테말라 합창단 지휘자도 승선할 것인데,
올리브 색깔의 하인 세 명을 데려왔다. 하인들은 수를 놓은 띠로 이마를
동여매고, 무지개 색깔의 두꺼운 모직 솔을 머리에 이고 있었다. 이 원주
민들은 십자가를 목에 걸고 있었지만 속으로는 어떤 이교를 믿고 있는지
누가 알겠는가. 어쩌면 기독교인다운 생각보다는 말 없는 항의를 꿈꾸고
있을지도 모를 일이었다. 에스파뇰라섬의39) 원주민들도 있었고, 하얀 바
지를 입은 유카탄 반도 사람들도 있었고, 또 둥근 머리, 튀어나온 입술,
숱 많은 머리칼을 사발 모양으로 깎은 티에라피르메 사람들도 있었고, 메
디나 시도니아 공작 저택에서 일하는 멕시코인 여덟 명까지 미사에 나타
났다. 이 멕시코인들은 살라망카에서 거행된 도냐 마리나와 펠리페 왕자
의 결혼식40) 축하연에서 현란한 솜씨로 치리미아를 연주했다. 저 시끄럽
고 희한한 사람들 가운데는 번쩍거리는 옷과 요란한 장신구와 깃털로 장
식한 알제리의 환관과 얼굴에 낙인이 찍힌 무어인 여자 노예들도 눈에 띄
었다.

이런 광경을 본 안트베르펜의 후안은 어마어마한 모험을 떠나는 기분
이 들었다. 염장 식품, 선박수리용 역청, 백포도주를 파는 선술집에 나오
는 정어리, 시도 때도 없이 벌이는 주사위판에다 악마에 들씌운 듯한 사
라반드41) 춤판까지. 사라방드는 승선을 기다리는 사람들이 묵던 집에서도

---

38) 소팔라(Zofalá). 모잠비크의 지방 이름.
39) 에스파뇰라섬(Española). 콜럼버스가 처음 식민지를 세운 카리브해 섬. 현재의 아이티
   와 도미니카공화국이 있는 섬이다.
40) 1543년 에스파냐의 카를로스 5세의 왕자(펠리페 2세)와 포르투갈 주앙 3세의 딸의 결
   혼식.
41) 사라반드(zarabanda). 16~17세기에 에스파냐에서 유행한 춤. 아메리카 대륙의 원주

추었다. 그때 선원들은 습관적으로 거무스름한 잎을 씹었다. 노란 침이 나왔고, 턱수염에서는 감초 같기도 하고 식초 같기도 하고 향신료 같기도 한 복잡한 냄새가 은은하게 풍겼다.

이제 안트베르펜의 후안은 바다 한가운데 있다. 멕시코에 들르지는 않는단다. 인디아스자문회의는[42] 프랑스 해적이 약탈하거나 노동력이 부족하거나 원주민들이 광산에서 수없이 죽어 나가 피폐해진 지역에 사람들을 이주시킬 계획이기 때문이다. 후안은 이런 소식을 듣자 욕설을 뱉으며 발길질을 했다. 산티아고 데 콤포스텔라로 가지 않았기 때문에 하느님이 내린 징벌이라고 여겼다. 그러나 그때 부르고스의 시장에서 만난 인디아노가 선실에 나타나서 대서양만 건너면 가고 싶은 데로 갈 수 있기 때문에 인디아스자문회의 관리들의 말은 무시해도 된다고 달랬다. 예전에도 그랬는데 사람들이 입을 다물었을 뿐이라고 했다.

그 말에 마음이 놓인 후안은 최하층 갑판에서 돼지 경주가 있을 것이라고 북을 치며 갑판을 돌아다닌다. 경주 후에 요리사들은 돼지를 잡아 소금에 절일 것이다. 사람들은 지겹도록 잔잔한 바다가 넌더리가 나고, 또 식수통에서 올라오는 썩은 냄새도 잠시나마 잊고 싶어서 돼지나 송아지를 잡기 전에 경주를 벌인다. 뒤이어 물총에 바닷물을 넣어 싸움도 하고, 이리저리 날뛰는 개꼬리에 몽둥이를 묶어놓아서 한 번 휘두를 때마다 사람들 머리통이 깨지기도 하고, 눈을 가린 채 칼을 들고 송판으로 움직이지 못하게 붙잡아 둔 닭 모가지를 자르는 시합을 벌이기도 한다.

이런 짓도 지겨워지고, 카드판에서 돈을 딴 사람이 골백번도 더 바뀔 때쯤이면 열병환자가 생기고 일사병으로 쓰러지는 사람도 생긴다. 쥐가

<hr />

민 춤에서 유래했다고 한다. 세르반테스는 이 춤을 가리켜 지옥에서 만든 것이라고 평했고, 에스파냐 당국은 여러 차례 금지하기도 했다.
42) 인디아스 자문회의(Consejo de Indias). 에스파냐 국왕 직속의 최고 식민통치기구.

갉아먹은 비스킷을 입안에 넣는 사람도 있고, 송장이 되어 뱃전에서 내던 져지는 사람도 있다. 그런가 하면 시커먼 흑인 여자는 쌍둥이를 낳는다. 여기저기서 구토를 하고, 몸을 긁고, 똥물까지 토해낸다. 벼룩이나 몸의 때나 악취를 더 이상은 못 참겠다 싶은 어느 날 아침 망루 파수꾼이 아바 나의 모로 성이 보인다고 소리친다.

드디어 도착이다. 후안은 며칠 전에 날치를 보고 아메리카 하르피아를 만나거나 하우하 땅을 밟을 좋은 징조라고 여겼음에도 불구하고, 행운을 잡기 위한 힘겨운 항해에서 이미 녹초가 되었다. 겹겹이 쌓인 초가지붕과 기와지붕으로 짐작하건대 시가지가 분명한 곳에 우뚝 솟은 아름다운 종탑 을 보자 마음이 놓인 후안은 북채를 잡는다. 그리고 옛날 안트베르펜의 겨울 병영을 점령하고, 성스러운 종교의[43] 적인 이단자들과 전쟁을 수행 하기 위해 중대가 행진할 때처럼 행진곡 박자로 북을 쿵쿵 울린다.

VI

그러나 털도 없는 검은 돼지들이, 항상 악취가 풍기고 진흙탕인 여덟 거리에서 주둥이로 오물더미를 미친 듯이 파헤치는 그곳에서는 모든 게 험담이고, 악담이고, 말장난이고, 오가는 편지이고, 섬뜩한 증오이고, 끝없 는 질투이다. 누에바에스파냐 선단이 귀환할 때마다 선주들에게 문서를 맡기고, 편지를 맡기고, 헛소문을 맡기고, 모략을 맡긴다. 그리하여 저쪽 에서 지인을 헐뜯는 데 가장 적합한 사람에게 전달한다. 성격을 고약하게 만드는 더위, 모든 것을 썩게 만드는 습기, 모기 떼, 사람 발톱 밑에 알을 낳는 모래벼룩, 하찮은 이문 앞에서도 —저쪽에서는 큰 이문 앞에서만 그

---

43) 천주교를 의미한다.

랬는데— 솟구치는 원망과 질투는 영혼을 갉아먹는다. 글을 아는 사람도, 고대인처럼 육체의 즐거움을 위한 목가를 쓴다는 등 유용하게 사용하지 않고, 오로지 쓸개즙에 적신 펜으로 국왕에게 불평이나 하고 인디아스자 문회의에 쓸데없는 험담이나 전한다.

식민지 총독은 여덟 장짜리 편지로 왕실에서 파견된 관리의 평판을 떨어뜨리려고 안간힘을 쓰고, 주교는 시의회 의원이 불륜을 저질렀다고 고발하고, 감독관은 주교가 추기경의 승인도 안 받고 종교재판관 노릇을 한다고 비판한다. 공증인은 회계사가 세금을 성실하게 납부하지 않았다고 비난하고, 시장의 친구인 회계사는 공증인이 악덕 사기꾼이라고 맞받아친다. 이런 식으로 계속되어, 약자 중의 약자나 이방인 중의 이방인에 이르러서 끝난다. 이방인은 흑인 주술사에게서 애호하는 약초를 구입했다고 고발을 당하고, 결국에는 카르타헤나로 호송되어 매질을 당한다. 광고인은 비리를 저질렀다는 소문 때문에, 농장주는 왕실 토지의 경계를 침범했다는 이유로, 성가대 지휘자는 호색한이라는 이유로, 포병은 술주정꾼이라는 이유로, 교회의 속관(屬官)은 계간(鷄姦)을 했다는 이유로 처벌받는다. 마을 이발사가 —쳐다보기만 해도 해를 끼친다는 사팔뜨기이다— 불명예의 사슬 맨 끝자리를 차지한다. 전임 총독의 부인 도냐 비올란테가 노예와 부정을 저지른 백여우라고 말했기 때문이다.

이처럼 후안은 아바나라는 이 지옥에서 유통기한이 지난 버터 냄새를 풍기는 나보리 원주민과 담비 냄새를 풍기는 흑인들 사이에서 살아간다. 이 지상의 왕국에서 개돼지만도 못한 삶을 영위한다. 아, 인디아스여!

안트베르펜의 후안은 멕시코나 에스파뇰라섬에서 선원들이 도착할 때면 신바람이 난다. 그러면 며칠 동안은 한때 병사였다는 사실을 기억하고, 정육점에서 갈비를 훔쳐 베라크루스에서 가져온 고춧가루를 뿌려서 구워

먹는다. 혹은 여러 사람과 함께 생선가게 문을 부수고 들어가 도미와 담수 거북을 광주리에 훔쳐온다. 그 몇 달 동안 맛있는 음식이 없어서 후안은 토마토, 고구마, 선인장 열매의 맛을 알게 되었다. 코로 담배 연기를 가득 뿜어대고, 궁핍에 시달릴 때는 당밀에 만디오카 가루를 섞어서 먹고, 나중에는 그릇에 붙은 것까지 혀로 핥아먹는다.

선단의 승무원들이 상륙할 때는, 선박수리소 옆에 허름한 침대를 들여놓고 술장사를 하는 시커먼 흑인 여자들과 정신없이 춤을 춘다. 춤 상대로 삼기에는 지독히도 못생긴 얼굴이지만 이곳에서는 여자가 너무 귀하다. 후안은 성체행렬이 눈에 들어와도 선두에 서서 북을 치고 싶은 의욕도 없고, 연중행사 때마다 마라카스를 연주하는 삼보[44] 여자들과 합주하는 것도 내키지 않아서 빵가게 옆, 총독 친척의 포도주 창고에서 세월을 보낸다. 오후가 되면 종종 적포도주가 들어오는데, 맛이 형편없다. 그러나 이곳에서는 시우다드레알의 포도주는 물론이고 리바다비아나 카사야의 포도주 얘기는 꺼낼 수도 없다. 혀를 적시고 목구멍으로 넘어가는 포도주는 신맛이 나는 데다, 이 섬으로 들여온 모든 것이 그렇듯이, 비싸기까지 하다.

후안의 옷은 썩어가고, 무기는 녹이 슬고, 서류는 곰팡이가 낀다. 그리고 까마귀가 길에 떨어지면 머리가 벗겨진 검은 독수리가 5월 십자가 축일 때 십자가에 걸쳐놓은 긴 천 같은 내장을 쪼아 먹는다. 아바나 만에서 바닷물에 빠진 사람은 요나의 고래만큼 거대한 물고기, 입이 목에서 배까지 찢어진 물고기, 여기 사람들이 상어라고 부르는 물고기에게 잡아먹힌다. 칼자루 만한 크기의 거미도 있고, 길이가 여덟 뺨이나 되는 뱀도 있고, 전갈도 있고, 수많은 전염병도 있다.

----

44) 삼보(zambo). 원주민과 흑인 사이에 태어난 혼혈인.

마침내 안트베르펜의 후안은 신 포도주에 취하면 이 추잡한 땅으로 가라고 권한 인디아노를 개자식이라고 욕한다. 황금도 얼마 나지 않을 뿐만 아니라, 있는 것마저도 이미 오래전에 소수의 사람들이 차지해버렸다. 후안은 초라한 자기 신세를 한탄하며 살다 보니 무더위에 몸이 망가지고, 임파선이 부어오르고, 피부는 붉은 모래가루처럼 변했다. 또 행실이 나쁘다고 소문이 나서 걸핏하면 이웃하고 싸운다.

그리고 어느 날 저녁, 싸구려 술에 거나해진 후안은 주사위판 속임수 때문에 제노바 사람 하코메 데 카스테욘과 결투를 한다. 후안이 휘두른 칼에 맞은 하코메는 피범벅이 되어 내장탕 그릇 위로 쓰러진다. 치마를 입으며 방에서 뛰쳐나오는 흑인 여자들의 비명에 놀란 후안은 하코메가 죽었다고 여기고, 나무 말뚝에 매어 있던 말을 타고 조선소 길을 따라 급히 시내를 빠져나간다. 밤새 달려, 날이 새자 야자나무로 뒤덮인 푸르스름한 언덕을 향해 도주한다. 저 너머로 가면 산이 길을 막기 때문에 총독부의 처벌을 피할 수 있을 게 틀림없다.

안트베르펜의 후안은 며칠이고 말을 달린다. 갈수록 길이 험해져 여윈 말의 편자가 빠진다. 이제 사탕수수밭도 멀어지고, 오른편에서는 둥근 언덕으로 이루어진 산맥이 펼쳐진다. 마치 잡초로 만든 담요를 덮고 잠든 큰 개처럼 보인다. 폭포수에서는 씨앗과 썩은 과일이 떠내려오고, 물웅덩이에서는 말랑가가[45] 자라며 검은 눈의 물고기가 물살을 거슬러 헤엄치는 시냇물을 따라서 도망자 후안이 올라간 곳은 보라색 꽃이 만발하고 더러는 가지에서 들끓는 벌레 때문에 몸살을 앓는 나무들이 자생하고 있다. 양파껍질 같은 옷을 입은 관목도 있고, 큰 쥐가 보금자리를 튼 나무도 있다. 후안은 판야나무에 말을 매어두고 커다란 바위산을 기어올라 산맥의

---

45) 말랑가(malanga). 토란의 일종

능선에 이른다. 반대편 사면으로 내려가니 덤불이 사라지고 발밑에 바다 가 펼쳐진다. 파도도, 포말도 죽어버린 바닷물이 해안 동굴을 소리 없이 공격하는지 자갈 구르는 소리만 요란하게 들려온다.

저녁 무렵, 후안은 조개로 뒤덮인 해안에 이른다. 무지개 색깔의 조개 껍데기가 고슴도치 껍질, 황금색 사과, 대형 구아모[46) 사이에서 눈부시게 빛난다. 후안은 미풍에 실려 오는 짭짤한 바다 공기를 한껏 들이마신다. 에스파냐를 떠나던 날 산루카르 항구에서 밀려오던 바다 냄새와 안트베르 펜 다락방 아래에 있던 생선가게 냄새가 떠오른다. 눈에 눈물이 괸다. 야 자나무 뒤에서 개가 짖는다. 도망자 후안이 뒤를 돌아보니, 낯선 털보가 화승총을 겨누고 있다.

"나는 칼뱅파야!" 털보가 도전적인 목소리로 말한다.

"난 살인을 했어!" 도망자 후안은 이렇게 대답하고 방금 흉악한 범죄를 고백한 털보가 있는 곳으로 내려가려고 한다. 털보는 총을 내리고 잠시 후안을 쳐다보더니 골로몬하고 부른다. 얼굴에 칼자국이 난 흑인이 후안 바로 위의 나무에서 내려와 모자를 푹 눌러 씌운다. 어찌나 힘이 센지 모 자 속에서 부러진 나뭇가지가 느껴진다. 펠트 모자가 눈을 가려 아무것도 보이지 않는 후안은 그들을 따라 더듬더듬 걸어간다.

VII

털보는 플로리다에 있을 때, 무자비한 메넨데스 데 아빌레스가[47) 600

---

46) 구아모(guamo). 중미와 남미에서 자라는 콩과 식물의 열매.

47) 페드로 메넨데스 데 아빌레스(Pedro Menéndez de Avilés, 1519~1574). 1565년 플로 리다에 상륙하여 미국에서 가장 오래된 도시 세인트오거스틴을 창건하였고, 1568년 인근에 정착한 위그노(프랑스 칼뱅파)를 대량 학살하였다.

명이나 되는 위그노의[48] 목을 잘랐다는 애기를 하면서 분을 삭이지 못하고 바위 만한 주먹으로 탁자를 내리친다. 그때 골로몬은 저쪽에서 숫돌에 마체테를 갈고 있다. 르네 드 란도니에르의[49] 동료인 털보는 간신히 학살 현장을 빠져나왔다. 그때 함께 도망친 삼십 명은 에스파뇰라섬에 가려고 뿔뿔이 흩어졌다. 털보는 천주교인의 비위를 상하게 하려고 일부러 신성 모독적인 예정설을 간간이 내비치면서 참수 장면을 자세하게 이야기한다. 목을 자를 때 이가 빠진 칼날이 반밖에 안 들어갔기 때문에 나머지는 톱질하듯이 썰어야 했고, 도끼로 척추를 빠갤 때는 정육점에서 소뼈 자르는 소리가 났단다. 안트베르펜의 후안은 머리를 거머쥐고 미간을 찌푸린다. 아무리 하느님과 예수그리스도의 영광을 보이기 위한 일이라고 할지라도 그런 처벌은 조금 과하며, 참수당한 사람들은 그 누구에게도 폐를 끼치지 않은 사람들이어서 더더욱 그렇다고 생각한다. 희생자를 칼로 내려쳐서 끌고 가면 왼쪽 어깨에서 목이 달랑거렸다. "어떤 사람은 목이 잘려나간 몸뚱이로 기어 다녔다고." 격분한 털보는 자기 말에 대들면 골로몬을 시켜 그 자리에서 마체테로 목을 잘라버릴 기세이다.

그러나 안트베르펜의 후안은 시치미를 떼고 그 말을 못 믿겠다는 표정을 짓는다. 사실 플랑드르에 있을 때는 수백 명의 루터파를 화형에 처하거나 여자들을 산 채로 매장하는 광경을 목격했다. 심지어 화형대에 장작을 쌓는 일도 거들었고, 여자들을 구덩이에 떠미는 일까지 도와주었다. 그러나 죽을 뻔했던 그날 저녁에 회심을 하게 되었고, 그 뒤로 이 신세계로 건너와 살았지만 생활은 늘 한심하고 비참했다. 이 세계에서는 쟁기가 참신한 발명품이고, 밀 이삭이 어떤 것인 줄도 모르고, 말이 신기한 동물이

---

48) 위그노(Huguenot). 16, 17세기 프랑스에서 칼뱅파와 루터파를 일컫던 말.
49) 르네 드 란도니에르(René de Landonnière, 1529?~1574). 1562년 장 리보와 함께 플로리다 해안에 식민지를 건설한 인물.

고, 피혁 공장은 난생처음 보며, 올리브 열매와 포도를 보석으로 여긴다. 또한 종교재판소는 성자를 진짜 이름으로 부르지 않는 흑인과 그들이 섬기는 우상을 용인하고, 아직도 아레이토를[50] 부르는 메스티소를 보호하며, 사제들의 거짓말에는 신경도 쓰지 않는다. 사제들은 교리를 가르친다는 핑계로 원주민 여자를 오두막으로 데려가고, 열 달 후에는 나락으로 떨어진다.

저기 구세계에서 신학과 계시와 육화의 문제로 서로 싸운다고 할지라도 후안은 그럴 만하다고 여긴다. 또 이교도들이 펠리페 2세를 '천주교의 수호자', '대낮의 악마' 운운하며 여러 지역에서 봉기를 획책하고 있으므로 알바 공작이 털보 같은 사람들을 화형에 처한다고 할지라도 잘못된 정책이 아니다. 그러나 여기에서는 도망자들과 함께 산다. 아니, 자신이 죄를 저지르고 도망자 신세가 되었다.

털보는 유대인과 함께 도망자 생활을 하고 있다. 이 유대인은 소위 주교라는 사람이 금박을 입힌 성체현시대(聖體顯示臺)를 순금이라고 속이고 대교구에 팔았으며, 설상가상으로 판매대금을 황금으로 받았다고 폭로했기 때문에 아바나에서 도망쳐야 했고, 그 후로는, 유대교에서 천주교로 개종한 사람이다. 이렇게 칼뱅파 털보, 개종 유대인과 함께 사는 후안은 총독의 재판을 받지 않아도 되고, 또 인간의 온기는 물론 여자의 온기까지 느낄 수 있다. 골로몬이 노예들을 이끌고 사탕수수 플랜테이션에서 도망친 덕분이다. 그때 수많은 노예가 개에게 붙잡히고, 뒤이어 노예사냥꾼에게 끝장이 났는데도 여자들은 어떻게든 도망쳐 산에 도착했다. 이리하여 안트베르펜의 후안은 흑인 여자 두 명으로부터 시중을 받고, 몸이 원할 때는 쾌락도 누린다. 몸집이 아주 크고, 젖가슴도 큼직해서 젖꼭지에 골이

---

50) 아레이토(areito). 앤틸리스 제도와 중앙아메리카 원주민의 춤과 노래.

8개나 파인 여자는 이름이 도냐 만딩가이다. 작은 여자는 엉덩이가 합창 대 의자처럼 톡 튀어나왔다. 머리털이 거의 없어서 천주교인이라면 양모 가발을 썼을 것이다. 이름은 도냐 욜로파이다. 도냐 만딩가와 도냐 욜로파 는 언어가 서로 다르기 때문에 물고기 아가미를 나무꼬챙이에 꿸 때도 말 한마디 나누지 않는다. 이렇게 멧돼지나 사슴 고기로 육포를 만들고, 옥수 수를 처마 밑에 말리면서 살아간다. 사시사철 나뭇잎이 무성하고, 그림자 를 보고 시간을 재며, 어제나 내일이나 다를 바가 없어 시간이 멈춰버린 듯한 세월을 살아간다. 해가 떨어지면 적막감이, 도망친 노예공동체의 사 람들을 사로잡는다.

각자는 무언가를 회상하고 아쉬워하고 그리워하는 것 같다. 흑인 여자 들만이, 마을 냄새를 풍기며 잔잔한 바다 위를 떠도는 장작 연기 속에서 노래한다. 안트베르펜의 후안은 죄 사함과 육신의 부활과 영생을 믿는다 는 확신이 설 때, 모자를 벗고 파도를 바라보며 가슴 깊은 곳에서 울리는 목소리로 주기도문을 읊고, 사도신경을 외운다. 칼뱅파는 저쪽에서 조용 히 제네바 성경을 읽고, 개종 유대인은 도냐 욜로파와 도냐 만딩가의 벌 거벗은 육신에 등을 돌리고, "여호와는 은혜로우시며 긍휼이 많으시며 노 하기를 더디 하시며 인자하심이 크시도다"라고[51] 시편을 읊조리는데, 그 어조가 꼭 울음을 참고 있는 듯하다. 달이 높이 솟고, 도망친 노예공동체 의 개들은 해변에 앉아서 합창으로 짖는다. 바다는 해안 동굴에서 자갈을 굴리고 있다. 기도가 끝난 후, 카드판에서 칼뱅파가 속임수를 썼다고 개종 유대인이 폭로했기 때문에 세 사람은 주먹질을 하고 붙잡고 넘어져 뒹굴 면서 서로 칼을 달라고 하지만 아무도 칼을 주는 사람은 없다. 얼마 후, 웃으면서 화해한 세 사람은 귓속에 들어간 모래를 털어낸다. 돈이 없으므

---

51) 「시편」 145장 8절.

로 조개껍데기로 판돈을 건다.

VIII

그러나 몇 달이 흘러, 후안은 무기력증을 앓는다. 도냐 욜로파와 도냐
만딩가는 부채질을 해주면서 근처 맹그로브 숲에서 날아온 작은 파리도
내쫓는다. 원주민들이 해안 동굴에서 횃불로 잡은 싱싱한 생선을 가져온
다. 안트베르펜의 고수(鼓手) 후안은 몇 시간 동안 뼈로 만든 파이프로 담
배를 피우면서 기수(旗手)와 나팔수와 회양목 피리꾼과 함께 도시에 입성
하던 시절을 그리워한다. 그가 걸음을 내디딜 때마다 하트 무늬를 새겨
넣은 덧문과 초록색 창문이 열렸고, 꽃이 만발한 창턱으로 내다보는 여자
들은 슈미즈 레이스 아래의 분홍색 가슴을 내주려는 듯이 보였다. 이탈리
아 여자도, 카스티야 여자도, 플랑드르 여자도 모두 그랬다. 여기서 암컷
으로 취급하던 흑인 여자들의 양가죽 같은 피부는 아니었다. 이 여자들
몸에서는 훈제 냄새가 나고, 살이 어찌나 탱탱한지 꼬집을 수도 없었다.
이 흑인 여자들은 앵무새처럼 귀로 들은 말이나 흉내 내기 바쁜데, 세
상을 주유하면서 보고 배운 수많은 것을 이야기해줄 수 없었다. 그 여자
들이 아는 것이라고는 막대기로 조악한 북을 치면서 기괴하고 반복적인
노래를 부르는 것이 전부였다. 두 여자가 탬버린을 흔들며 응답창[52] 방식
으로 노래를 시작하고 골로몬이 목청을 다듬고 가세하면 '후안 학생'은 싫
은 기색을 내보이며 개를 데리고 산으로 갔다. 왜 학생이냐면 자기는 알
칼라에서 학교에 다녔다고 칼뱅파 털보와 개종 유대인에게 얘기했기 때문
이다. 학교에서는 4학 이외에도 쳄발로, 하프, 비우엘라의 악보 읽는 법,

---

52) 성직자의 독창에 뒤이어 합창대나 신도가 따라 부르는 단성성가.

조바꿈과 박자 변경법을 비롯해서 그레고리안 성가와 오르간 연주까지 배웠다고 말했다. 그 해변에는 쳄발로도 비우엘라도 없었기 때문에 후안은 말과 허밍으로, 분산화음을 이용한 파반느 변주법이라든가, 지금 궁정에서 흔히 들을 수 있는 프랑스식이나 이탈리아식의 장식음과 꾸밈음으로 〈클라로 백작〉이나 〈눈물이 나요〉의 곡조를 아름답게 치장하는 법을 보여주었다.

이러한 지식에 걸맞게 후안의 출생 신분 또한 높아졌다. 비록 가난하다고 할지라도 품위를 지키며 사는 하급귀족 가문의 후손이 되었다. 오래된 본가가 아직도 보존되어 있어서 현관에서 고개를 들면 저쪽에 —저기 나무가 있는 곳쯤이라고 해서 모두들 쳐다봤다— 산 일데폰소 제국대학 건물 정면이 보였다. 후안은 학생 시절의 여러 가지 일과 사건을 자세하게 들려주었고, 날이 갈수록 허풍이 심해졌다. 어느 날 병사가 되었을 때는 집안사람들이 지켜보는 가운데 국왕에 대한 충성을 맹세해야만 했다. 선조는 샤를마뉴 대제가 위업을 이룰 때 활약했다고 말했다. 이처럼 거창한 족보를 들먹이자 지겹도록 조개와 대충 요리한 거북과 칼뱅파 털보가 훈제한 고기만 먹고 사는 그런 생활도 견딜 만했다. 입맛은 포도주가 마시고 싶어 안달이었다. 마음은 이미 포도주 창고에 가 있었으며, 거대한 식탁에 차려진 메추리, 닭, 칠면조, 송아지 앞다리, 큰 구멍이 송송 뚫린 치즈, 튀김 요리, 닭 가슴살 요리, 알카리아산(産) 꿀이 떠올랐다.

그러나 저 도망친 노예공동체에서 무기력해진 사람은 후안만이 아니었다. 노예사냥꾼 손아귀에서 벗어난 흑인들과 원주민들은 끊임없이 애를 낳는 부인들이나 창녀들 속에서 편하게 살고 있었다. 개종 유대인은 톨레도의 유대인 구역을 생각한다. 그곳에서 사람들은 음악 소리 드높은 결혼식에서 흥을 돋우거나 랍비가 읽어 주는 율법을 들으며 오래전부터 평화롭게 살고 있었다. 그런데 어느 날 집집마다 피눈물을 흘리게 만드는 박해가 시작되었다. 개종 유대인은 눈을 감고 좁은 골목길을 떠올린다. 등잔을 파는 가게와 푸줏간이 보이고, 그 옆으로 설탕을 뿌린 자몽과 아몬드를 넣은 로스카빵과 파이를 파는 제과점이 있었다. 겉으로만 천주교로 개종한 부모는 여전히 자녀에게 토라를 공부시키고, 무엇이든 손일을 가르치라는 유대의 율법을 지키고 있었다. 공부와 일의 균형을 맞추지 못하고 어느 한쪽으로 치우친 사람은 사촌 모세처럼 산호를 거래하거나, 이삭 알판다리처럼 트럼프를 만들거나, 사촌 마나엔처럼 유명한 세공사가 되거나, 친척인 랍비 유다처럼 의사가 되었다. 상갓집에서 곡을 해주는 유대인 여자들은 돈을 받고 천주교인 장례식에 불려 가서 곡을 했다. 사무실과 가게에서는 주판알 떨어지는 아름답고 잔잔한 음악이 항상 울렸다.

개종 유대인은 유대인 거리를 그리워하고, 칼뱅파 털보는 파리를 그리워한다. 사람들은 털보가 파리 출신이라고 얘기하지만 사실은 루앙의 교외에서 태어났다. 파리는, 장작을 실어 나르는 바지선 수습 선원으로 일할 때 8일 동안 샤틀레에 머문 게 전부였다. 그러나 8일이면 아름다운 다리 위에서 희극을 공연하는 극단을 보고, 몽포숑의 교수대[53] 발치에서 사람들의 허영을 생각해 보고, 막달레나와 물라의 술집에서 포도주를 맛보는 데 충분했다. 털보는 이 세상에 파리 만한 곳은 없다고 단언하면서 해충이 들끓는 이 척박한 땅을 인정하지 않는다. 사기꾼에게 속아서 잘 익은 밀 이삭조차 보이지 않는 이곳에서 황금을 찾으며 말할 수 없이 비참한 생활을 하고 있다는 것이다. 털보는 금발여자 얘기도 하고, 부글부글 끓어오르는 사이다 얘기도 하고, 포도 덩굴 모닥불 위에서 기름기가 뚝뚝 떨어지는 거위고기 얘기로 후안의 비위를 건드려놓고, 골로몬을 게으르다고

---

53) 13세기에 세워 루이 13세가 재위하던 1629년까지 사용한 교수대.

나무라더니 이제는 벌겋게 달군 낙인으로 육신을 욕되게 만든 혈통에 대해서 뭐라고 중얼거린다. 모두들 뼈대 있는 집안 출신이다. 흑인 골로몬은 고국을 생각한다. 급류로 혼탁해진 아주 넓은 강이 있고, 이 강변에 흙벽 돌집이 있었다. 그리고 깃털 왕관을 쓴 아버지는 백마가 이끄는 마차를 타고 세상을 돌아다녔다는데, 축제 기간에 세비야의 알라메다 거리를 메디나 시도니아 가문 사람들이 다니는 모습과 비슷하다.

모두들 씁쓸하게 회상하면서 마른 야자열매를 굴리는 게 사이를 다니며 반쯤 포도 맛이 나는 해변의 나무에서 보라색 열매를 딴다. 이 열매로 옥수수 술과 만디오카에 질려버린 입맛을 돋우려는 것이다. 입맛 탓일까? 모두들 현실성이 없는 것만 생각한다. 그러나 갑자기 비가 쏟아지고 벌레가 날아들면 현실로 돌아온다. 시커먼 모기떼가 귓전에서 앵앵거리며 몰려들자 후안은 성질을 내고, 발을 구르고, 소리를 지른다. 뺨에 붙은 모기를 손바닥으로 때리니 새빨간 피가 터진다. 어느 날 아침, 잠자리에서 일어나보니 오한이 몰려든다. 얼굴은 밀랍처럼 창백하고 가슴은 불덩이처럼 뜨겁다. 도냐 욜로파와 도냐 만딩가는 약초를 구하러 산으로 간다. 어떤 여자들은 산신령에게 빌기도 하는데, 이 산신령은 법도 기본도 없는 이 땅의 또 다른 악마적 존재가 틀림없다. 그러나 그런 탕약을 먹는 수밖에 다른 도리가 없다.

몸이 가뿐해지기를 바라며 잠이 들었는데, 무서운 꿈을 꾼다. 해먹 앞에서 돌연 하늘 위로 탑이 치솟는다. 산티아고 데 콤포스텔라 성당이다. 꿈속에서 본 탑은 너무 높아서 종탑은 구름 사이로 모습을 감추고, 아득히 높은 곳에서 독수리는 바람을 타고 활공한다. 흉조(凶兆)처럼 창공을 떠다니는 검은 십자가 같다. '영광의 문' 위로 산티아고 순례길이 펼쳐져 있다. 대낮인데도 은하수가 얼마나 새하얀지 천사들의 식탁에 깔아놓은 식탁보 같다. 후안은 마치 다른 사람을 보듯이 산티아고 데 콤포스텔라 성당으로 다가가는 자신을 본다. 혼자다. 순례자들이 모이는 도시에 이상하게도 혼자다. 가리비를 매단 수도복을 입고, 회색 돌 층계참에 지팡이를 짚고 서있다. 그러나 문은 닫혀 있다. 들어가고 싶은데 그럴 수가 없다. 문을 두들겨도 대답하는 사람이 없다. 순례자 후안은 무릎을 꿇고, 기도하고, 흐느끼고, 지팡이를 움켜쥐고, 귀신이 들린 사람처럼 바닥에 나뒹굴며 성당 안으로 들어가게 해달라고 사정한다.

"산티아고!" 순례자 후안은 흐느낀다. "산티아고!" 눈물바람 속에서도 바다를 보고, 정박한 화물용 범선에 자기를 태워달라고 통사정한다. 그러나 다른 사람 눈에는 썩은 통나무밖에 보이지 않는다. 울어도 너무 울어서 골로몬은 어쩔 수 없이 후안을 해먹째 칡넝쿨로 묶어둔다. 저녁 무렵 후안이 눈을 뜨자 도망친 노예공동체가 시끌벅적하다. 버뮤다 해역에서 돛대가 부러진 배 한 척이 앞 해변에서 암초에 걸린 것이다. 도움을 청하는 선원들의 목소리가 미풍에 실려 온다. 골로몬과 칼뱅파 털보는 카누를 바다로 밀고, 개종한 유대인이 노를 젓는다.

IX

그날 아침 동이 틀 무렵, 카나리아 제도의 거대한 테이데 화산이 푸른 안개산처럼 하늘에 드리웠다. 칼뱅파 털보는 국왕의 허락하에 인디아스를 다녀온(목적지에 도착하면 여행허가증을 보여주기로 약속했다) 부르고뉴 출신의 천주교인 행세를 한다. 이제 곧 여정도 끝나리라고 생각한다. 그란카나리아 섬은 영국, 플랑드르와 교역하고, 칼뱅파나 루터파 선장이 화물을 내려도 예정설을 믿는지, 사순절에 금식을 하는지, 거금을 주고 면죄부를 사려는지 캐묻지 않는다. 그리고 도시에서는 몸을 숨기기도 쉽고, 또 섬에서 탈출하여 프랑스로 가는 방법도 알고 있다. 칼뱅파 털보는 후안에게 말 대신 눈짓을 보낸다. 곧 녹두와 찢은 살코기, 치즈와 염장식품에서 너무나 그리워하던 맛을 다시 발견하고 희색이 만연하다. 저 도망친 노예공동체에 있을 때 얼마나 그리던 맛이던가. 도냐 욜로파와 도냐 만딩가는 비탄보다는 실망 때문에 눈시울을 적신다. 이 여자들은 노예공동체에서는 다른 흑인 여자들과 달리 에스파냐 귀부인 대접을 받았다. 명문가 자손의 정부였기 때문이다.

후안은 산루카르에서 닻을 내릴 범선에 승선한 것만으로도 원기가 회복된 느낌이었다. 산루카르에서는 순례자 지팡이와 신발이 주인 돌아올 날을 기다리고 있었다. 지켜야만 하는 약속을 어겼기 때문에 수많은 역경이 우박처럼 쏟아졌다. 그러나 몇 주를 바다에서 보내고, 선하고 진실한 땅을 밟을 날이 멀지 않은 이제, 바욘 숙박소에서 오후에 목욕을 한 일이 생각나서 즐거운 기분이다. 문득 자기는 인디아스에 체류했기 때문에 인디아노가 되었다는 사실을 떠올린다. 배에서 내리면 인디아노 후안이 될 것이다.

그때 선교(船橋)에서 시끄러운 소리가 들린다. 곧 상륙하니까 환호하는 것이라고 생각한 후안은 선원들을 보려고 달려간다. 칼뱅파 털보도 뒤를 따른다. 그러나 사태는 결코 웃을 일이 아니다. 사람들이 개종 유대인을 에워싸고 이리저리 밀치고 있다. 누군가 발을 걸어 바닥에 쓰러뜨린다. 그리고 목덜미를 붙잡아 무릎을 꿇게 만든다.

"주기도문!" 개종 유대인의 얼굴에 대고 소리를 지른다. "주기도문을 외운 다음에 아베마리아를 외워봐."

알고 보니 선원들은 며칠 전부터 개종 유대인을 주시하고 있었다. 주방

장의 말에 따르면 개종한 유대인이 주방보조라고 속이고 밀가루를 훔쳐 효모를 넣지 않은 빵을 구웠다는 것이다. 그리고 토요일인 오늘, 개종한 유대인이 아침 일찍 목욕을 하고 깨끗한 옷을 입는 것을 보았다.

"주기도문을 외워보라고!"

이제 모두들 발길질을 하며 아우성이다. 개종 유대인은 어쩔 줄을 몰라 울면서 하소연하지만 아무도 귀담아 듣지 않는다. 매듭진 밧줄로 때릴 때, 뭐라고 중얼거리기 시작하는데, 주기도문도 아니요, 아베마리아도 아니다. 도망친 노예공동체에서 하루에 세 번씩 읊던 시편이다. "여호와는 은혜로우시며 긍휼이 많으시며 노하기를 더디 하시며 인자하심이 크시도다." 미처 끝나기도 전에 모두들 덤벼들어 발길질을 하고, 누군가는 족쇄를 찾으러 달려간다. 벌써 족쇄를 채우고 몽둥이찜질을 한다. 개종 유대인은 생이빨을 뱉어낸다.

이어 선원들은 칼뱅파 털보에게 몰려가서 뱃전에 몰아붙이고 루터파 해적이라고 욕한다. 칼뱅파 털보는 인디아스자문회의에 항의하겠다고 당당하게 맞선다. 선주는 한발 물러서 이제 진정하라고 하소연한다. 그러나 의심을 풀지 못한 선주는 라스팔마스 법정에 부르고뉴인을 사칭하는 사람을 넘겨주는 것이 가장 현명한 방법이며, 그러면 인디아스 여행허가증 건도 사실인지 아닌지 명확하게 밝혀질 것이라고 말한다. 선원들은 얼굴이 창백해진 털보의 발목에 족쇄를 채우는 한편, 개종 유대인을 끌고 가면서 욕설을 퍼붓고 얼굴에 오물을 끼얹는다. 개종 유대인은 상처가 너무 심해 발걸음마다 핏방울을 흘린다. 선원들은 개종한 유대인을 계단 아래로 집어던지고, 무어라고 하소연하는데도 해치를 닫아버린다. 전에는 무어인과 개종 유대인에게 평화의 섬이며, 루터파 상인과 선원을 모른 척 묵인해주던 그란카나리아였는데, 이제는 '천주교의 수호자' 펠리페 2세가 중시 여기는 망루이며, 라팔마 섬에[54] 크루스 베르데 종교재판소를 설치하고 가혹한 종교재판관을 파견하여 혐의가 있는 승무원은 모조리 체포한다는 사실을 깨닫는다.

종교재판소 감방은 네덜란드 선주와 영국 국교도 선장들로 만원이다. 모두들 체포되어 재판소로 넘겨진 것이다. 돛대 밑에서 붙잡힌 골로몬은 열병에 걸린 사람처럼 벌벌 떤다. 그리고 주인의 아시엔다에서(주인이 찍어놓은 낙인이 몸에 선명하게 남아있다) 우리 주 예수 그리스도에게 기도할 때 '구세주'라고 부르지 않고 아프리카 말로 부른 이유와 그리스도의 목에다 유리구슬을 걸어준 이유를 물을까 봐 두려워한다. 후안은 순한 강아지를 다루듯이 골로몬의 등을 토닥거리며 진정시키려고 한다. 누가 엿들을까 봐 두려워서 후안은 입을 다물고 있지만, 흑인을 화형에 처하느라 장작을 낭비하는 종교재판소는 없다. 화형당하는 사람은 아랍어에 능통한 박사, 귀를 쫑긋 세운 신학자, 개신교인, 이단 서적을 유포하는 사람이다. 특히 네덜란드 선박이 항구에 닻을 내리면 철저하게 조사하여 『우신예찬』, 『광기예찬』, 혹은 이와 유사한 제목이 붙은 책을 색출해 낸다.

벌써 삼위일체 대축일이[55] 다가오고 있다. 이날은 종교재판에서 유죄를 받은 사람들의 형을 집행하기에 안성맞춤이다. 검은색 참회복을 착용한 개종 유대인이 인디아노 후안의 눈에 들어온다. 칼뱅파 털보는 빨간 실로 가장자리를 장식한 성 안드레 십자가를 앞뒤로 그려 넣은 노란 참회복을 걸치고 있다. 두 사람은 종교재판소 깃발 밑에서 축복을 받은 후, 각자 당나귀를 타고, 40일짜리 면죄부를 얻기 위해 멀리서 왔을 사람들의 조소와 비난을 받으며 간다. 도망자라는 이유로, 불 속에 집어넣을 초상화를 높이

---

54) 라팔마(La Palma). 카나리아 제도 북서단에 위치한 섬.
55) 삼위일체 대축일. 천주교의 이동 축일로 5월 말에서 6월 초에 거행된다.

들고 수많은 이단자와 함께 화형장으로 끌려가리라.

X

축제날, 막다른 골목 끝에서 인디아노 후안은 쿠스코에서 가져온 것이라며 짚으로 채운 악어 두 마리를 큰 소리로 광고한다. 틀림없이 톨레도의 고리대금업자에게서 산 물건이다. 어깨에는 원숭이가 앉아 있고, 손등에는 앵무새가 앉아 있다. 분홍색 큰 고동을 불자 빨간색 상자 안에서 골로몬이 나타난다. 성찬극의 사탄처럼 등장해서, 조악한 진주목걸이와 두통을 낫게 하는 돌과 비쿠냐 털로 만든 목도리와 싸구려 귀걸이와 포토시에서 가져온 잡동사니를 내놓는다. 흑인 노예는 웃을 때 뾰쪽하게 간 치아가 드러나고, 뺨에는 자기네 풍습대로 그어놓은 세 가닥 칼자국이 보인다. 그리고 탬버린을 들고 허리를 돌리며 춤을 춘다. 어찌나 움직임이 희한한지 내장탕을 파는 노파까지도 아르코 데 산타마리아 문 옆에 자리 잡은 가게에서 구경하러 온다. 부르고스에서는 이미 사라방드, 기네오, 샤콘느가 유행하고 있어서 사람들은 골로몬을 추켜세우며 신세계에서 배워온 새로운 것이 있으면 또 보여 달라고 요청한다.

그때 비가 내리기 시작하자 모두들 처마 밑으로 달려가 비를 피한다. 인디아노 후안은 후안이라는 이름의 순례자와 함께 여관 현관에서 비를 피하고 있다. 순례자 후안은 가리비 껍데기를 꿰맨 수도복을 입고 시장을 돌아다녔다. 무서운 역병이 돌던 때 산티아고로 순례를 떠나겠다고 한 서약을 지키려고 플랑드르에서 왔다. 산루카르에서 하선한 인디아노 후안은 약속을 지키려고 시우다드레알에서 순례자의 호리병박과 지팡이를 들고 이때까지의 습관을 버렸다. 어느 날, 골로몬은 원숭이와 앵무새까지 데려와 후안이 장돌뱅이에게서 구입한 싸구려 물건을 되팔아주려고 나섰으며, 후안은 인디아스에 온 진기한 물건이라고 광고만 하면 이틀 동안 벌어서 일주일 동안 술과 여자를 맘껏 즐길 수 있다는 것을 증명했다.

골로몬은 건장한 체격에 딱 맞는 백인 여자의 살맛을 느끼고 싶어 안달이다. 반면에, 인디아노는 합창대 의자처럼 툭 튀어나온 말 궁둥이를 가진 까무잡잡한 여자가 눈앞을 지나가자 정신을 못 차린다. 골로몬이 수건으로 원숭이를 닦아주고 있을 때, 앵무새는 술통에 앉아 졸고 있다. 인디아노는 포도주를 시키고 후안이라는 순례자에게 허풍을 늘어놓는다.

기적을 일으키는 샘물이 있는데, 제아무리 등이 많이 굽고 손발조차 제대로 놀리지 못하는 노인이라고 할지라도 그 물에 들어갔다 나오기만 하면 청춘을 되찾아 머리칼이 까맣게 변하고, 주름살이 없어지고, 뼈마디가 건강해지고, 아마존 여전사 1개 부대를 임신시킬 정도로 정력이 좋아진다고 말한다. 플로리다의 호박 이야기도 하고, 푸에르토비에호에서 프란시스코 피사로가 본 거인상도 이야기하고, 해골의 치아는 굵기가 손가락 세 개 만하며, 귀는 하나뿐이며 후두부 정중앙에 달렸다는 이야기도 한다. 그러나 포도주에 얼근히 취한 순례자 후안은 그런 경이로운 이야기는 인디아스에서 건너온 사람들에게 귀에 못이 박히도록 들었으며, 이제는 아무도 믿지 않는다고 대답한다. 영원한 청춘의 샘을 믿는 사람은 이제 아무도 없으며, 맹인들이 이곳에서 낱장으로 팔던 아메리카 하르피아의 이야기가 진실이라고 생각하는 사람도 없었다. 이제 사람들의 관심은 오메구아스 왕국의 마노아로[56] 옮겨갔다. 그곳에는 누에바에스파냐와 페루에서 싣고 온 황금보다 훨씬 더 많은 황금이 있다는 것이다. 이 왕국은, 치료사들의 도시 보고타에서 경이로운 자연이라는 포토시를 거쳐 마라뇬 강의

---

56) 마노아(Manoa). 엘도라도의 다른 이름.

강줄기까지[57] 포함하는데, 익히 알고 있는 경이로운 곳, 즉 진주(眞珠)섬, 하우하, 콜럼버스가 젖꼭지 모양의 산이 있는 곳에서 얼핏 보았다는 저 지상낙원보다도(모두들 콜럼버스가 옛날에 페르난도 왕에게 보낸 편지 내용을 알고 있었다) 더한 경이가 넘치는 곳이다. 어떤 왕국의 비밀을 안고 죽은 독일인[58] 이야기도 떠돌아다녔다. 이 왕국에서는 이발사의 대야, 국그릇, 냄비, 마차 바퀴, 등잔까지도 황금이었다. 새로운 사업을 찾아 떠나는 사람들을 위해 계속 북을 울려대고 있었다.

이쯤에서 인디아노 후안은 순례자 후안의 이야기를 끊고, 피사로처럼 무장하고 정복하는 것은 이제 적당한 방법이 아니라고 일러준다. 지금 인디아스에서 필요한 것은 예리한 감각, 재빠른 상황판단, 날고 기는 재주, 왕의 칙령이나 학자의 비난이나 주교의 질책에도 그다지 신경 쓰지 않는 배짱이다. 그곳에서는 종교재판도 유화적이다. 장작불로 이단자의 육신을 태우느니 차라리 초콜릿 잔이나 따뜻하게 데운다. 여기서 북을 쳐봐야 부자가 되지는 못한다. 이왕 북을 치려거든 저쪽에 가서 쳐야 희망이 있다. 이전처럼 싸우지 않고도 광대한 농장을 얻을 수 있고, 원주민 고유의 약초로 해충에게 물린 상처도 치료하고 부러진 뼈까지도 붙이는 기술을 지닌 의사들을 데리고 다닐 수 있다.

XI

다음날, 순례자 후안은 하룻밤을 같이 지낸 처녀에게 수도복에 달린 가리비 껍데기를 선물로 주고, 세비야로 방향을 잡는다. 산티아고 순례길은

---

57) 마라뇬 강(Marañón). 페루의 안데스 산맥에서 발원하여 아마존으로 흘러드는 강.
58) 엘도라도를 찾아 나선 필립 폰 휴텐(1505~1546)을 가리킨다.

망각한다. 뒤따라가는 인디아노 후안은 연신 기침을 한다. 산에서 불어오는 바람이 춥기 때문이다. 여관 침대에서 덜덜 떨 때는 도냐 욜로파와 도냐 만딩가의 탱탱한 피부에서 감돌던 온기가 그립다. 구름이 잔뜩 낀 하늘을 보고 해가 나오기를 빌지만 회색 돌과 유황석이 깔린 고원에 떨어지는 것은 비뿐이다. 비에 젖은 메리노 양떼는 질퍽거리는 물웅덩이에서 서로 몸을 부딪치며 밀치고 있다. 골로몬은 밀짚모자 하나로 살을 에는 바람을 맞으며 원숭이와 앵무새를 망토에 감싸 안고 맨발로 뒤따라온다.

바야돌리드에 들어서자 역겨운 냄새가 그들을 맞이한다. 황제의 전(前) 고문관 부인을 화형에 처하는 중이다. 루터파들이 그 집에 모여 예배를 드렸다고 한다. 살 타는 냄새, 참회복 타는 냄새, 이단자들 굽는 냄새가 진동한다. 네덜란드에서, 프랑스에서 들려오는 수감자의 고함 소리, 산 채로 파묻히는 이들의 울부짖는 소리, 학살당하는 사람들의 아우성, 어머니 자궁 속에서 쇠꼬챙이에 찔려 죽어가는 태아의 섬뜩한 울음소리. 어떤 사람들은 피와 눈물 속에서 새 시대가 시작되고 있다고 말하고, 어떤 사람들은 여섯째 봉인이 뜯어졌다고 소리 지른다. 해가 머리털로 짠 천같이 검어지고 달은 피처럼 되리니, 땅의 왕족과 귀족과 부자와 장군과 힘 있는 자들, 그리고 모든 종과 자유인은 토굴과 바위틈에 숨으리라.[59]

그러나 시우다드레알을 지나자 뭔지 모르게 사람들이 조금 달라진 것 같다. 플랑드르에서 일어나는 일은 이야기하는 사람은 찾아보기 힘들다. 모두들 세비야에서 들리는 소식에 귀를 쫑긋 세우고 살아간다. 집 떠난 자식 소식도, 대장간을 카르타헤나로 옮긴 삼촌 소식, 리마에 근사한 여관을 지었다는 사람의 소식도 그쪽에서 들려온다. 사람들이 모두 떠난 마을도 있다. 석공은 제자들을 데리고, 가난한 양반은 말과 하인들을 데리고

[59] 「요한계시록」 6장 12~15절.

떠났다. 보라색 가지, 황갈색 멜론, 줄무늬가 선명한 수박밭 사이로 솟아난 오렌지 과수원이 보이자 인디아노 후안과 순례자 후안의 발걸음이 가벼워진다. 백포도주를 파는 술집, 합창대 좌석처럼 엉덩이가 튀어나온, 까무잡잡하거나 구운 배(梨) 색깔의 흑인 여자들이 다시 나타난다. 염장식품 냄새, 선박수리용 역청 냄새, 송진 냄새를 풍기는 항구는 출항 준비로 부산하다. 짐을 진 흑인과 함께 두 후안이 세비야 무역관에 들어설 때 용모가 피카로 같아서 〈항해자의 성모〉도[60] 제단에 무릎을 꿇는 그들을 보고 이맛살을 찌푸린다.

"성모시여, 저들을 그냥 두소서." 세베대와 살로메의 아들 산티아고는 수백 개의 신도시가 저와 유사한 불한당의 덕이라고 생각하면서 이렇게 말한다. "저들을 그냥 두소서. 나와 맺은 약조를 지키려 저쪽으로 가나이다."

뭐든지 아는 체하며 항상 주제넘게 끼어드는 바알세불은 넝마 입은 장님으로 위장하고 뿔을 감추기 위해 검은 모자를 쓴 채, 부르고스에 비가 그친 것을 보고 시장 골목길에서 의자 위로 올라가 긴 손톱으로 비우엘라를 뜯는다.

기사양반 힘내세요
귀족양반 힘내세요
마음착한 가난뱅이
희소식을 들어보소
놀라웁고 신기한것
보고싶은 사람이여

---

60) 세비야 무역관 예배당의 제단화.

세비야서 배열척이
한꺼번에 떠난다오

저 위는 하얀 은하수, 별 밭이다.[61]

[박병규 옮김]

---

61) 이 작품의 원제는 'El camino de Santiago'이며, 출처는 단편집 『시간의 전쟁』(Guerra
del tiempo, 1958)이다. 각 장은 대부분 하나의 문단으로 이루어져 있는데, 가독성을
높이기 위해서 역자가 편의적으로 문단을 나누었다. 각주는 모두 역자가 덧붙였다.

미겔 바르넷

미겔 바르넷(Miguel Barnet, 1940~)

쿠바 출신의 인류학자, 시인 겸 소설가로 라틴아메리카 증언문학의 개척자이자 대가다. 1960 ~1970년대 라틴아메리카 문단에서 환상문학과 마술적 사실주의 작품으로 일컬어지는 소설이 대거 생산되면서 이 지역의 사회 현실의 재현에 한계가 있었는데, 증언문학은 이에 대한 반발로 라틴아메리카 사회 현실에 대한 각성을 중시하는 흐름 중 하나다. 현대 증언소설의 효시로 평가받는 『어느 도망친 노예의 일생』(Biografía de un cimarrón, 1966)이 출간된 것도 이러한 맥락에서다. 이 작품은 증언소설에 대한 관심을 새롭게 환기시키면서 라틴아메리카 소설계에 예술성과 사실성을 효과적으로 배합할 수 있는 방법론을 제시하였다는 평가를 받는다.

바르넷은 라틴 아메리카, 유럽, 아프리카 등을 누비며 활발한 활동을 하면서 쿠바 문화를 알리는 데 크게 공헌했을 뿐만 아니라, 쿠바 역사로 편입되지 못한 하위주체의 유산을 복구하고자 증언소설 『어느 도망친 노예의 일생』, 『라첼의 노래』(Canción de Rachel, 1969), 『갈리시아인』(Gallego, 1983), 『실제의 삶』(La vida real, 1986), 『천사라는 직업』(Oficio de ángel, 1989)을 집필하였다. 그는 쿠바 작가 중 작품이 가장 많이 읽힌 작가로 손꼽히며, 『어느 도망친 노예의 일생』으로 1994년에 쿠바국가문학상을 수상했다. 그의 증언소설은 포스트모더니즘, 탈식민주의, 하위주체 연구의 시발점이 되었다. 1996년부터는 유네스코에서 일하며 쿠바 문화를 세계에 알리는 주력했고, 현재 쿠바작가예술가동맹(UNEAC) 회장으로 재직 중이다.

어느 도망친 노예의 일생

노예막사에서의 삶

노예들은 모두 막사에서 지냈어.[1] 이제 그런 집은 사라져서 아무도 볼 수 없지. 나는 그런 집을 직접 봤는데, 단 한 번도 살기 좋은 곳이라고 생각한 적은 없었어. 주인들은 노예막사를 금 찻잔이라고 불렀지. 노예들은 그런 환경에서 사는 것을 좋아하지 않았어. 갇혀서 사는 것은 숨 막히는 일이었으니까. 몇몇 제당소에는 작은 막사도 있었지만 보통 노예막사는 굉장히 컸어. 일하는 노예 수에 따라 달라졌지. 플로르 데 사구아 농장에는[2] 피부색이 제각각인 노예가 이백 명쯤 살았어. 노예막사 안에는 방들이 양쪽으로 줄지어 마주보고 있었고, 현관문에는 큰 자물통이 달려있어

---

1) 오노라토 베르트랑 샤토살랭(Don Honorato Bertrand Chateausalins)이 1831년 노예막사의 적합한 구조를 처음 권장했던 것으로 추정된다. 그는 『쿠바 농장 안내서』(El vademécum de los hacendados cubanos)에서 노예 숙소를 "문이 하나만 있는 막사(barracón) 형태로 짓고, 밤에는 관리자나 작업반장이 열쇠를 잘 보관하도록 한다. 막사 안의 모든 방에는 작은 문 외에 다른 출입문은 일절 없어야 하며, 문 옆의 작은 창문은 창살로 막아 밤에 노예들끼리 접촉할 수 없도록" 하라고 권하고 있다.

2) 에스파냐 갈리시아 출신인 마누엘 칼보 아기레(Manuel Calvo Aguirre) 소유의 사탕수수 플랜테이션. 그는 사탕수수 산업에 투자해 1856년 쿠바의 사구아 라 그란데(Sagua La Grande)에 있는 플로르 데 사구아 플랜테이션을 취득했다. 1875년 맘비들이 불태웠으나 그 후 다시 재건되었다. ─옮긴이

서 밤에는 노예들이 나가지 못했어. 노예막사는 나무로 만든 것도 있고 돌로 만든 것도 있었는데, 지붕은 기와로 덮여 있었어. 나무로 만들었건 돌로 만들었건 바닥은 흙으로 되어 있어서 무척이나 지저분했지. 환풍기가 있던 것도 아니어서, 사방에 난 작은 구멍이나 창살 박힌 작은 창문이 전부였지. 그래서 벼룩도 많았고 노예들에게 병을 옮기기도 했어. 특히 모래벼룩은 정말로 지독했어. 벼룩을 없애는 유일한 방법은 뜨거운 지방 덩어리뿐이었는데, 가끔은 그것마저도 소용이 없었지. 주인들은 노예막사가 겉보기만이라도 깔끔하기를 원했어. 그래서 겉을 석회로 칠했지. 그 일은 흑인들 몫이었어. 주인들이 "석회를 집어서 골고루 잘 뿌려"라고 시켰거든. 석회는 노예막사 안마당 가운데 양동이에 준비되어 있었지.

말과 양은 막사에 들어오지 못했지만, 먹이를 찾아 헤매는 멍청한 개들이 있었어. 작고 더러운 막사의 방은 사람들로 가득 찼지. 사람들은 방이 진짜 불가마 같다고들 했어. 방문은 도둑이 들지 않도록 열쇠로 잠겨 있었는데 특히 흑인 꼬마 놈들을 조심해야 했어. 타고난 말썽꾼이자 도둑놈들이었거든. 도둑고양이처럼 무언가를 훔치러 불쑥 나타나곤 했지.

노예막사 한 가운데선 여자들이 남편과 아이들 그리고 자기 옷가지들을 빨았어. 빨래통에 넣어 빨았는데 당시 빨래통은 지금 쓰는 그런 것이 아니고 구닥다리였어. 물을 담으려면 커다란 대구 상자로3) 만든 빨래통을 강으로 가져가야 했어.

막사 밖에는 나무 한 그루 없었고, 안도 마찬가지였어. 허허벌판에 덩그러니 서 있는 셈이었지. 흑인들은 이런 환경에 적응할 수 없었어. 흑인들은 나무와 숲을 좋아하니까. 중국인들도 그랬을까. 아프리카는 판야나

---

3) 미국의 뉴잉글랜드는 대구 무역으로 상업의 중심지가 되었는데, 질 좋은 대구는 유럽으로 수출하고 질이 나쁜 대구는 카리브 해의 사탕수수 농장에 팔았다. 사탕수수 농장에서 일하는 흑인 노예들은 이 대구를 먹으며 살았다. ―옮긴이

무, 삼나무, 등나무로 가득 차 있지만, 중국은 그렇지 않아. 중국에는 양귀비, 비름나물, 나팔꽃처럼 키 작은 풀들이 땅을 뒤덮어 수풀을 이루고 있는 곳이 더 많으니까…! 방이 작으니까 노예들은 '에스쿠사도'라고 부르는 막사 구석에서 볼일을 봤어. 모두가 그곳을 이용했는데, 종이가 없어서 돼지풀아재비나 옥수수 속껍질 같은 풀을 뜯어서 뒤를 닦았어.

노예막사 출구 쪽에는 제당소의 종이 매달려 있었는데, 작업반장이 그 종을 쳤어.[4] 새벽 네 시 반이면 '아베 마리아'라는 종을 쳤는데 아홉 번쯤 울렸던 것 같아. 그러면 노예들은 바로 일어나야 했어. 오전 여섯 시에 또한 번 종을 치는데 그건 '힐라'라고 불렀어.[5] 이 소리를 들으면 노예들은 막사 밖에 줄을 서야 했어. 한쪽엔 남자, 다른 쪽엔 여자들이 줄을 섰지. 그 다음 열한 시에 고기조각과 감자, 빵 따위를 먹을 때까지 들판에서 일을 했어. 그리고 해질 때쯤 저녁 기도종이 울리고 여덟 시 반에 취침을 알리는 마지막 종을 쳤어. 그건 '실렌시오'라는[6] 이름이었지(Madden 1964, 142).

작업반장들은 막사 안에서 잠을 자면서 노예들을 감시했고, 제당소 안

---

4) "종소리는 끝없는 일과를 때맞춰 구분해줌으로써 제당소의 종교적이고도 세속적인 상징이 되었다. 종루 없는 성당을 상상할 수 없는 것처럼 종루 없는 제당소나 커피 재배지도 없었다. 제당소의 종치기는 도시적 삶의 다양하고 복잡한 종소리를 배울 필요가 없었고, 대개는 늙어서 생산 작업에 쓸모가 없어진, 심리적으로나 물리적으로나 도망갈 능력 없이 종루 옆에서 죽은 듯이 살아가는 흑인이었다. 트리니다드 부근 들판에는 여전히 마나카스 제당소의 종탑이 전설에 휩싸인 채 서 있다. 종탑 위에는 예전에 종을 매달았던 자리가 텅 빈 둥지마냥 휑하니 남아 있다. 망루이자 요새이면서 종루였던 종탑은 사탕수수밭에서 일하는 노예들의 노동을 상징한다. 종탑은 언제나 그 자리에 우뚝 서서 16시간, 18시간 혹은 20시간의 하루 일을 재촉했다. 또한 넓은 마을 전체의 의사 전달 수단으로 쓰이기도 했다. 소몰이꾼을 부르는 종소리, 관리자를 부르는 종소리, 감독관을 부르는 종소리가 각기 따로 있었고, 때로는 어느 노예를 제당소 안에 있는 묘지로 옮겼다는 것을 알리려고 종을 몇 번 울리기도 했다."(Moreno Fraginals 1964. 163)
5) 힐라(jila). '줄'을 뜻한다. ─옮긴이
6) 실렌시오(silencio). '침묵'을 뜻한다. ─옮긴이

마을에서는 에스파냐 출신 백인 경비원들이 노예들을 감시했어. 모든 것이 채찍과 감시 아래 있었지. 시간이 지나 노예들의 옷인 에스키파시온이 해지면 투박한 천으로 만든 옷을 새로 줬어. 두꺼워서 들판에서 일할 때입기 좋은 옷이었지. '탐보르'라는 큰 주머니가 달린 질긴 바지와 셔츠를 입고 추위를 견디기 위해 양털로 만든 모자를 썼어. 신발은 보통 쇠가죽으로 만들었는데, 두 개의 조임용 끈이 달려있었고 목이 짧은 모양이었어. 노인들은 덧신을 신었는데 밑창에는 엄지발가락에 거는 끈이 달려 있었지. 원래 그건 아프리카에서 신던 신발이었어. 지금 백인들은 슬리퍼나 덧신이라고 부르지만. 흑인 여자들에게는 긴 셔츠와 스커트, 속옷을 주지만, '코누코'라는 조그마한 밭이라도 가진 여자들은 백인 여자들이 입는, 더 예쁘고 멋스러운 속옷을 사기도 했어. 귀에는 금이나 진주 귀걸이를 걸었는데, 그런 장신구들은 이따금 노예막사에 찾아오는 무어인이나 터키인들에게 사는 것이었지. 그 장사꾼들은 아주 두꺼운 가죽끈으로 몇 개의 상자를 어깨에 메고 다니곤 했어.

　노예막사에는 복권을 파는 사람도 드나들었어. 복권을 비싸게 팔면서 흑인들을 속였지. 하지만 누군가 복권에 당첨되면 복권 파는 사람은 나타나지 않았지. 농부들은 훈제고기와 우유를 바꾸러 왔어. 한 병에 4센타보를 받고 팔았는데, 주인이 우유를 주지 않으니까 노예들이 사서 마신 거야. 우유는 감염된 곳을 치료해주고 깨끗하게 해주는 효과가 있어서 마셔야만 했거든.

　하지만 정작 많은 노예의 생명을 구해준 것은 코누코라는 작은 밭이야. 노예들에게 음식다운 음식을 주었으니까. 대부분의 노예들이 그런 경작지를 가지고 있었는데, 씨를 뿌릴 수 있을 만큼의 작은 땅이었지. 노예막사 아주 가까이, 대부분 막사 뒤편에 있었는데 그곳에서 여러 작물을 수확했

어. 고구마, 호박, 킴봄보,7) 옥수수, 완두콩, 잠두 같은 강낭콩, 유카와 땅
콩 모두. 그리고 새끼 돼지도 길렀지. 이렇게 거두어들인 작물 중 일부는
마을의 농부들에게 팔기도 했어. 사실 흑인은 정직한 사람들이야. 여전히
세상물정을 모르니까 그렇게 정직하게 군 거야. 흑인들은 물건을 너무 싸
게 팔았어. 돼지 한 마리를 그 당시 온사 금화 한 개나 온사 금화 한 개와
메디오 온사8) 하나에 팔았으니까. 감자는 팔고 싶어 하지 않았어. 나는
감자가 영양이 풍부하니까 먹어두어야 한다는 것을 노인들로부터 배웠지.
노예 시절 주식은 돼지고기였어. 감자는 돼지를 먹이는 데 쓰였지. 그때
돼지는 지금보다 더 많은 지방분을 가지고 있었는데 당시에는 자연과 더
가깝게 살아서 그랬을 거야. 돼지는 우리에 잘 몰아넣어야 했어. 돼지 지
방은 10킬로그램을 1파운드에 팔았어. 매주 농부들이 자기 몫의 돼지 지
방을 받으러 왔는데, 항상 메디오 은화 몇 개를 냈어. 나중에는 그 반이
반의반으로 줄었는데, 이때는 아직 센타보가 나오기 전이었어. 센타보는
알폰소 13세의9) 대관식 후에 생겼는데, 그때는 즉위하기 전이었거든. 알
폰소 국왕이 화폐를 바꾸고 싶어 해서 쿠바에 동전이 생겼는데 그게 2센
타보짜리였던 것 같아. 은화도 바뀌었는데 모두 알폰소 국왕의 명 때문이
었어.

---

7) 킴봄보(quimbombó). 쿠바 음식에 많이 사용되는 아욱과 식물로 원산지는 아프리카다.
   오크라라는 이름으로도 알려져 있다. -옮긴이
8) 온사(onza). 19세기 쿠바는 페소, 에스쿠도, 도블론, 센테네, 온사, 레알, 페세타 등 다
   양한 화폐가 통용되었고 화폐 개혁도 빈번하게 이루어졌다. 쿠바는 현재 멕시코에 위치
   해 있던 부왕청에 속해 있었기 때문에 멕시코와 에스파냐의 화폐가 혼용되고 있었다.
   에스쿠도, 도블론, 온사는 금화였고 레알, 페세타, 페소는 은화였다. 2페소=1에스쿠도,
   4페소=1도블론, 1온사=530센테네=17페소에 해당한다. 메디오는 '절반'이라는 뜻으로
   메디오 온사는 1온사의 절반의 가치인 0.5온사를 뜻한다. -옮긴이
9) 알폰소 13세(Alfonso XIII, 1886~1941). 1886년부터 1931년까지 에스파냐 왕으로 재
   임했다. -옮긴이

이상해 보일지도 모르지만 흑인들은 노예막사에서 즐겁게 지냈어. 오락
거리와 놀이가 있었거든. 술집에서도 그곳 나름의 놀이가 있었지만, 막사
에서 즐기는 것과는 다른 종류였어. 막사에서 가장 많이 하는 놀이 중의
하나는 테호였어. 옥수수 속대를 반으로 쪼개서 땅 위에 놓고 그 위에 동
전을 올려놓은 다음, 조금 떨어진 곳에 금을 긋는 거야. 그 선에서 돌을
던져서 속대를 맞추는 놀이였지. 돌이 속대에 맞아 동전이 속대 안으로
떨어지면 돌을 던진 사람이 그 동전을 갖는 거야. 돌이 속대 근처에 떨어
지면 동전을 갖지 못하는 거지. 그래서 시비도 붙었어. 그럴 때는 동전이
속대보다 돌을 던진 사람에게 더 가까이에 있는지를 확인하려고 지푸라기
로 길이를 재기도 했어.

테호와 볼링은 안마당에서 했어. 볼링은 거의 하지 않아서, 나는 사람
들이 볼링 하는 모습을 두어 번밖에 보지 못했던 것 같아. 흑인 목수들이
볼링놀이에 쓰는 나무공과 병 모양의 굵은 나무통을 만들었어. 누구나 할
수 있는 놀이여서 모두가 몰려들었는데, 중국인들은 끼지 않고 자기들끼
리만 모여 살았어. 볼링은 나무로 만든 공을 땅에 굴려서 반대쪽에 세워
져 있는 네다섯 개의 나무통을 넘어뜨리는 거였어. 요즘 도시에서 하는
볼링과 같은 것이지만, 차이가 있다면 그때는 판돈 때문에 싸움이 벌어졌
다는 거야. 주인들은 싸움이 붙는 걸 싫어해서 어떤 놀이는 금지시키기도
했어. 그래서 감독관의 눈을 피해서 해야 했지. 감독관은 소식과 소문을
전해주는 사람이었어.

마욤베는10) 종교적인 의식이었어. 감독관들도 득을 보려고 거기에 끼었

---

10) 마욤베(mayombe). 아프리카에 기원을 둔 쿠바인들의 주요 신앙이자 종교의식인 팔
　　로(palo)의 한 갈래다. 팔로는 콩고인의 하위부족인 반투 부족의 신앙으로 자연의 힘
　　에 대한 믿음, 조상의 영혼에 대한 숭배라는 두 가지 중심축을 기반으로 한다. 에스파
　　냐어로 '나무 막대기'라는 뜻의 팔로는 주술 냄비를 놓아두는 제단의 신성한 기둥에서

지. 그 사람들도 주술사를 믿었어. 그래서 요즘 백인들이 주술을 믿어도 전혀 놀랍지 않은 거야. 마욤베 의식을 할 때는 북을 치고 안마당 한가운데 '은강가'라는 큰 솥을 놓았어. 그 솥에는 신비한 힘, 그러니까 성인이 들어 있었어. 그래서 마욤베는 실제로 득이 되는 놀이였던 거지. 성인이 나타나도록 만들어야 했어. 북을 치고 노래하기 시작하면 솥에 넣을 물건을 가지고 와서 흑인들은 자신과 형제들의 안녕과 화합을 기원했지. 무덤의 흙을 가지고 '엥캉구에스'라는 주문을 걸었어. 네 귀퉁이에는 흙을 쌓아올려 우주의 극을 형상화했지. 솥 안에는 암탉의 발과 옥수수 껍질을 넣어 인간을 나타냈지. 주인이 어떤 노예에게 벌을 주면 다른 노예들은 흙 한줌을 집어 솥에 넣었어. 이 흙으로 원하는 것을 이루는 거지. 그러면 주인이 병에 걸리거나 그 가족에게 불행이 닥치는 거야. 이 흙이 솥에 담겨 있는 동안에는 주인도 솥 안에 갇혀 있는 셈이거든. 악마도 거기서 그를 꺼내주지 못하는 거지. 콩고 흑인은 이런 식으로 주인에게 복수를 했어.

제당소 근처에는 술집이 여럿 있었어. 산에 살 때 몰려들었던 벼룩보다도 술집이 더 많았지. 거긴 없는 게 없는 잡화점 같은 곳이었어. 노예들도 이런 술집에서 거래를 했어. 노예막사에 쌓여 있는 말린 고기조각을 팔았지. 낮에도 술집에 갈 수 있었는데, 가끔은 저녁에도 갈 수 있었지. 하지만 모든 제당소에서 다 그랬던 것은 아니야. 노예들에게 외출을 허락하지 않는 주인은 어디에나 있는 법이니까. 흑인들은 독한 술을 찾아 술집으로 갔지. 기력을 찾으려고 술을 많이 마셨거든. 좋은 술 한 잔은 메디오 은화한 개에 팔았어. 술집 주인들도 술을 많이 마셨지. 대화를 나눌 수 없을

유래한 말이며, 어떤 목적을 이루기 위해 냄비 속에 대지를 상징하는 흙, 시신의 유해, 나무막대기 등을 넣고 자연이나 조상의 힘을 빌리려는 신앙이다. 팔로에는 무수한 분파가 있는데 마욤베, 팔로 마욤베, 팔로 몬테 후디오 등이 이에 해당된다. ―옮긴이

정도였지. 어떤 술집은 늙은 에스파냐 사람이 운영했는데, 그들에게는 퇴역한 후 받는 5~6페소의 연금이 수입의 전부였어.

술집은 야자나무로 만들었는데, 오늘날의 창고처럼 돌로 만든 건물은 없었어. 수북이 쌓여있는 마 포대 위에 앉거나 서있어야 했지. 술집에서는 쌀밥, 고기조각, 버터 그리고 콩이란 콩은 모두 팔았어. 흑인들을 속여 바가지를 씌우는 못된 주인도 본 적 있어. 그리고 싸움질 때문에 벌을 받고 다시는 술집에 발붙이지 못하는 흑인도 봤고 장부에 모든 지출 내역을 기록해 놓고 노예가 메디오 은화 한 개를 내면 한 줄을 긋고, 메디오 은화 두 개를 내면 두 줄을 그었어. 다른 것을 살 때도 그런 식으로 했어. 카스텔라, 둥글고 달콤한 쿠키와 짭짤한 쿠키, 콩알 만한 사탕과 밀가루로 만든 여러 가지 색깔의 과자, 물빵과 버터를 살 때도 그랬지. 물빵은 한 덩어리를 메디오 은화 한 개에 팔았어. 오늘날과는 굉장히 다르지. 그때가 좋았어. 카스티야 산 밀가루와 참깨, 땅콩으로 만든 '카프리초'라는 이름의 달콤한 과자를 팔았던 기억도 나는군. 참깨는 중국에서 온 것이었는데 제 당소 주변에 깨를 팔러 다니는 행상들이 있었거든. 이 중국인들은 예전에는 돈을 받고 사탕수수밭에서 일했지만, 더 이상 팔을 쓸 수 없게 되자 물건만 팔기 시작했어.

술집은 악취로 진동했어. 천장에 달려 있는 소시지, 소금에 절인 햄, 붉은 소시지들 때문에 냄새가 심했거든. 하지만 이런 분위기에서 히히덕거렸던 거야. 그런 바보짓으로 세월을 보냈지. 흑인들은 놀이에서 경쟁하는 걸 즐기거든. '비스킷'이라는 놀이가 있었어. 어떻게 하는 거였냐면, 나무판이든 뭐든 거기에 소금으로 만든 딱딱한 비스킷을 네댓 개 올려놓고 누군가 그 비스킷을 내리치는 거야. 그걸 부스러뜨리는 사람이 이기는 거지. 사람들은 돈을 걸기도 하고, 술내기를 하기도 했어. 백인들처럼 흑인들도 즐기던 놀이였어.

또 다른 오락거리는 옹기그릇을 가지고 하는 놀이였어. 구멍이 뚫린 커다란 옹기에 사람을 집어넣는 거야. 옹기 바닥에 닿는 사람이 이기는 거였지. 바닥은 재로 덮여 있었는데, 들어갔던 사람을 꺼냈을 때 바닥에 닿았는지 아닌지를 확인하려고 그런 거였지.

카드 같은 다른 놀이도 있었어. '콘올레아'라는 카드놀이는 허가 받은 놀이라서 가장 많이 했지. 카드놀이에는 여러 종류가 있었어. 어떤 사람들은 '카라'라는 놀이를 좋아했고, 또 다른 사람들은 '미코'놀이를 좋아했어. 거기서 돈을 많이 땄지. 하지만 나는 '몬테'가 더 좋았어. 그건 어떤 집에서 만들어진 놀이인데 나중에 퍼진 거지. 몬테는 노예제 시절, 술집과 주인집에서 하던 놀이였어. 하지만 노예제가 없어진 후에도 하는 것을 봤지. 몬테는 머리를 많이 써야 해. 테이블 위에 두 장의 카드를 놓아두고 그 두 장의 카드 가운데 어느 것이 자신이 가지고 있는 세 장의 카드보다 높은 숫자인지 알아맞혀야 하거든. 언제나 판돈이 걸렸고 그래서 빠져들게 되지. 카드를 돌리는 사람이 있고, 사람들은 돈을 걸어. 판돈도 컸는데, 나는 매일 돈을 땄어. 사실 몬테는 내 인생의 오점이었어. 몬테와 여자들이 그랬지. 그건 사실이지만 나보다 몬테를 더 잘하는 사람을 찾기는 어려웠어. 카드마다 이름이 있었어. 그건 지금도 마찬가지지만, 그때처럼 카드가 다채롭지는 않아. 예전에는 잭, 킹, 에이스, 말 그리고 2부터 7까지 숫자카드가 있었어. 카드에는 왕관을 쓰거나 말을 탄 사람들의 모습이 담겨 있었지. 분명히 에스파냐 사람들을 그려놓은 거야. 왜냐면 쿠바에는 레이스로 목 부분을 장식하거나 가발을 쓴 사람이 없었으니까. 전에는 원주민만 있었잖아.

일요일은 제당소가 가장 시끌벅적한 날이었어. 노예들은 어디서 그런 활기를 얻었는지 모르겠어. 노예제 시절 가장 큰 축제는 일요일에 벌어졌지. 북이 정오나 한 시에 울리는 제당소도 있었는데, 플로르 데 사구아에서는 아주 일찍 북이 울렸어. 동이 트면 떠들썩해지고 놀이판이 벌어지고, 아이들도 들뜨기 시작했어. 노예막사는 이른 시간부터 활기를 띠기 시작했지. 마치 세상이 끝나는 날처럼 시끌벅적했어. 그렇게 일을 하면서도 사람들은 하루해가 뜨는 것을 기쁘게 맞이했지. 제당소 감독관과 작업반장은 노예막사에 와서 흑인 여자들과 히히덕거렸어. 내가 보기에 중국 사람들이 가장 겉돌았어. 그놈들은 북소리에도 아랑곳없이 구석에 처박혀 있었어. 그들은 생각이 많은 것처럼 보였어. 내가 보기에는 중국인이 흑인보다는 생각이 더 많은 것 같았어. 아무도 그들에게는 신경 쓰지 않았어. 그리고 사람들은 자기들끼리 계속 춤을 추었지.

가장 많이 기억나는 건 '유카'야. 유카에서는 세 개의 북을 사용해. 이름은 카하, 물라, 카침보인데, 카침보가 가장 작은 북이야. 뒤에서 막대기 두 개로 속이 빈 삼나무 통 두 개를 두드리지. 노예들은 직접 북을 만들었어. 흑인들은 북을 '카타'라고 불렀던 것 같아. 유카는 둘이서 격렬하게 추는 춤이야. 때로는 새처럼 빙글빙글 돌기도 하고, 아주 빠르게 움직여서 날아갈 듯 보일 때도 있어. 허리에 손을 얹고 뛰기도 하지. 모든 사람이 춤추는 사람들에게 환호하며 노래했지.

더 복잡한 춤도 있었는데 그게 춤이었는지 장난을 친 거였는지는 잘 모르겠어. 주먹질이 심하게 오고 가거든. 그 춤 이름은 '마니'였어. 사오십 명의 남자들이 마니 춤을 추는데, 둥글게 원을 만들고 서로서로 치기 시작해. 맞은 사람은 춤을 추러 나가지. 사람들은 평상복을 입고 이마와 허리에 색색가지 그림이 그려진 띠를 두르고 있었어. 이 띠는 노예들이 옷을 묶어 빨래터로 가져갈 때 쓰던 거야. '바야하'라는 것이었지. 마니에서는 주먹질이 더 격렬해지도록 손목에 주문에 걸기도 했어. 여자들은 춤을 추지 않았지만, 손뼉을 치며 노래를 불렀어. 가끔 남자들이 넘어졌다가 다시 일어나지 않을 때도 있어서, 여자들은 놀라서 소리 지르기도 했지. 마니는 잔인한 놀이였어. 마니를 추는 사람들은 내기를 하지 않았어. 어떤 제당소에서는 주인들이 내기를 했지만 플로르 데 사구아에서 그런 적은 없었던 것 같아. 주인이 하는 일은 흑인들을 싸우지 않게 하는 거였어. 가끔 상처 때문에 일하러 나가지 못했거든. 아이들은 낄 수 없었지만, 따라와서 구경은 할 수 있었어. 나처럼 말이야. 난 그 장면을 결코 잊지 못할 거야.

북소리가 울릴 때마다 흑인들은 목욕을 하러 개천으로 갔어. 어느 제당소 주변에나 늘 작은 개천이 있었거든. 여자들이 한 걸음 늦게 개천에 갔다가 물에 들어가려는 찰나, 남자와 마주치는 경우도 있었어. 그러면 둘은 함께 물속에 들어가서 일을 치르는 거야. 그렇지 않으면 제당소에 필요한 물을 모아두는 둑으로 갔어. 숨바꼭질을 하기도 했는데 남자들은 여자를 어떻게 한번 해보려고 뒤따라가는 거지.

여기에 끼지 않는 여자들은 막사에 남아 빨래통에서 목욕을 했는데, 그런 큰 빨래통은 한두 개밖에 없었어.

면도와 이발도 노예들 스스로 알아서 했어. 큰 면도칼을 잡고 말의 털을 깎듯이 머리를 깎았지. 이발을 해주는 사람이 하나 있었는데, 그 사람이 머리를 가장 잘 깎았어. 요즘 이발해주는 것처럼 머리를 깎았지. 머리카락은 괴상해서 깎아도 아프지 않아. 자라고 있는 것처럼 보여도 죽은 것이나 마찬가지니까. 여자들은 가르마를 내고 머리를 여러 가닥으로 땋아 올렸어. 머리가 카스티야 산 멜론처럼 둥글었지. 여자들은 매일 머리모양을 달리 손질하는 것을 좋아했어. 어떤 날은 가르마를 내고, 어떤 날은 머리핀을 꽂았다가, 다음 날이면 쫙 풀어 늘어뜨리는 거지. 양치는 비누덩굴풀로 했는데, 그러면 이가 아주 새하얘졌어. 이 모든 일이 일요일에 벌어졌던 풍경이야.

일요일에는 자기들이 가지고 있는 특별한 옷을 입었어. 흑인들은 송아지 가죽으로 만든 구두를 샀는데, 이후로 지금까지 그런 구두를 본 적이 없어. 구두는 가까운 가게에서 살 수 있었는데, 주인의 허락을 얻어야만 갈 수 있었지. 흑인들은 목에 붉은색이나 녹색 바야하 띠를 맸어. 마니를 줄 때처럼 허리와 머리에 묶었지. 또 양쪽 귀에 귀걸이를 하고 열손가락에 금반지를 꼈어. 순금반지 말이야. 어떤 사람들은 금 대신 은팔찌를 찼는데 이런 팔찌는 거의 팔꿈치까지 오는 거였어. 그리고 에나멜 구두를 신었지.

프랑스계 사람들은 약간 떨어진 채로 짝을 지어 춤을 췄어. 턴도 천천히 했고 춤을 특별히 잘 추는 사람이 있으면 그 사람 다리에 비단 손수건을 묶어주었어. 가지각색의 손수건을 묶었지. 그게 상이었어. 프랑스 방언으로 노래를 부르고 손으로 큰북 두 개를 두드렸는데 그 춤을 프랑스식 춤이라고 불렀어.

'마림불라'라는 작은 악기도 있었어. 그건 북처럼 깊은 소리를 냈지. 소리가 나는 빈 공간이 있었거든. 마림불라는 콩고 흑인들의 북과 함께 연주했는데 프랑스식 북도 함께 연주했는지는 확실히 모르겠군. 마림불라가 내는 소리는 굉장히 독특해서 많은 사람들, 특히 농부들은 마음에 들어 하지 않았지. 꼭 저 세상에서 나는 소리 같다고 그랬거든.

그때 농부들은 기타만 가지고 음악을 연주했던 것 같아. 나중에 1890년대에는 아코디언, 피리와 함께 오르간에 맞추어 '단소네테'라는 쿠바 춤곡을 연주했지. 하지만 백인의 음악은 흑인 음악과 항상 달랐어. 백인 음악에는 북이 빠져 있었거든. 그래서 민숭민숭했지.

신앙에서도 마찬가지야. 아프리카 신들은 다른 신들, 신부들이 떠받드는 신과 비슷한 것 같지만 다르거든. 아프리카 신은 더 강하고 소탈해. 바로 지금 성당에 가보면 사과, 돌, 닭털 같은 것은 찾아볼 수 없지. 하지만 아프리카의 가정에서는 그런 것들이 가장 먼저 눈에 띄기 마련이야. 아프리카 신은 세상살이와 더 가까이 있는 거지.

나는 노예막사에서 두 가지 신앙을 알게 되었지. 루쿠미족과 콩고족의 토속신앙이었어. 콩고의 것이 가장 중요했지. 플로르 데 사구아에서는 콩고 신앙이 더 인기가 있었는데, 주술사들이 사람을 지배하는 것처럼 보였거든. 점을 치는 것으로 모든 노예들의 신임을 얻었지. 난 노예제가 사라진 후에 늙은 흑인들과 더 가까워졌지.

그런데 플로르 데 사구아에 대해 기억나는 것은 치체레쿠야. 치체레쿠는 아프리카 태생이라서 에스파냐어를 할 줄 몰랐어. 큰 머리에 작은 체구를 가지고 노예막사 안을 쫓아다니면서 사람들 뒤에 폴짝 매달려 넘어뜨리곤 했지. 그러는 걸 여러 번 봤어. 그리고 들쥐처럼 찍찍거리는 소리를 내는 것도 들었고 몇 년 전까지 포르푸에르사 제당공장에서도[11] 그렇게 뛰어다니는 사람이 있었어. 사람들은 그가 악마라고, 아니면 악령이나 죽은 사람에게 씌었다고 그러면서 피해 다녔어. 위험해서 치체레쿠와는 아무도 어울리지 못했어. 사실 그 사람 이야기는 그다지 하고 싶지 않아. 두 번 다시 그 사람을 본 적도 없고, 혹시라도 다시 만나게 된다면... 재수 옴 붙은 거지!

콩고인들은 시체와 동물을 가지고 종교의식을 치렀어. 시체는 '은키세'

---

11) 포르푸에르사 제당공장(Central Porfuerza). 라스비야스(Las Villas) 주에 있는 제당공장.

라 하고 '마하'라는 구렁이는 '엥보바'라고 불렀어. 다리 달린 솥을 준비하는데 여기에 의식의 비밀이 담겨 있는 거야. 솥은 은강가라고 부르는데 콩고인이라면 누구나 마욤베를 위해 자기 솥을 가지고 있지. 이 솥은 태양과 함께 어울려야 하는데, 태양은 언제나 남자의 지성과 힘이 되어주었거든. 달이 여자들에게 그렇듯이 말이야. 하지만 태양이 더 중요해. 달에게 생명을 주는 게 바로 태양이거든. 콩고인들은 거의 매일 태양을 가지고 일을 꾸몄어. 어떤 사람과 문제가 생기면 그 뒤를 쫓아가서 그 사람이 밟은 흙을 담아오는 거야. 그 흙을 솥 안에 집어넣거나 한쪽 구석에 놓아두지. 해가 저물면서 그 사람의 생명도 저물어가고 태양이 지면 그 사람은 죽는다는 거야. 노예제 시절에 이런 것을 하도 많이 봐서 이야기하는 거야.

잘 생각해보면 콩고인들은 살인자야. 하지만 콩고인이 누군가를 죽인다면, 그건 그 사람이 콩고인에게 해를 끼쳤기 때문이야. 나에게는 아무도 주술을 부리려 한 적이 없었어. 왜냐하면 나는 언제나 혼자 지냈고, 다른 사람의 일에 지나치게 간섭하고 싶어 하지 않았으니까.

주술은 루쿠미인들보다 콩고인들에게 더 잘 먹혔어. 루쿠미인들은 성인이나 하느님과 더 가깝게 지내거든. 루쿠미인들은 아침에 일찍 일어나서 하늘을 향해 기도하고 땅에 물을 뿌리곤 했어. 생각해보면 루쿠미인들은 자기네 방식대로 살았던 거야. 자기네 언어로 말하고 점치면서 세 시간 이상을 바닥에 엎드려 있는 흑인 노인들을 본 적이 있어. 콩고인과 루쿠미인의 차이는 콩고인은 직접 행동해서 문제를 풀지만, 루쿠미인은 점을 친다는 거야. 신비로움으로 가득한 '딜로구네스'라는 아프리카산 달팽이로 모든 걸 알 수 있어. 하얗고 자그마한 달팽이지. 그 달팽이가 엘레구아의 눈이야.

늙은 루쿠미인들은 노예막사의 사방에 빗장을 걸어놓고 나쁜 짓을 한 사람을 찾아내어 그가 저지른 사악한 일까지 알아냈어. 여자에게 안달이 난 흑인이 있으면 루쿠미인들이 그를 진정시켜 주었지. '오비'라고12) 부르던 코코넛을 가지고 욕망을 잠재워주었던 것 같은데, 성스럽게 여기던 열매였거든. 지금의 코코넛과 같은 것인데 요즘도 신성하게 여기기 때문에 함부로 건드려서는 안 돼. 누군가 코코넛을 더럽히면 큰 벌을 받게 되지. 나는 일이 잘 풀릴 때마다 그걸 미리 알 수 있었어. 코코넛이 말해주었거든. 코코넛이 점괘로 사람들에게 나쁜 일이 없다는 걸 알려주었지. 모든 성인(聖人)이 코코넛을 통해 말을 전했던 거야. 성인의 우두머리는 오바탈라였는데,13) 내가 들은 바에 따르면 오바탈라는 나이가 많고 항상 흰옷을 입고 있대. 흰옷만 좋아한다더군. 사람들은 오바탈라가 인간을 창조했다고 했는데, 그밖에 얼마나 더 많은 걸 창조했는지는 잘 모르겠어. 사람이 자연에서 유래한 것처럼 오바탈라도 마찬가지야.

루쿠미 노인들은 나무로 만들어진 신상(神像)을 가지고 자기들의 신을 모시고 싶어 했어. 신상은 노예막사 안에다 모셔두었지. 신상은 머리가 컸고 '오체'라고 불렀어. 엘레구아 신은 시멘트로 만들었지만, 창고 신과 예마야 신은14) 목수들이 직접 나무로 만들었지.

---

12) 오비(obi). 코코넛 열매를 뜻하는 말로, 점을 칠 때 사용된다. 사제나 무녀(巫女)가 코코넛 열매를 네 쪽으로 쪼개어 '아체'라고 중얼거리며 땅에 던지면, 우리나라 윷놀이처럼 네 개의 조각이 떨어질 때 흰색과 갈색 조각의 개수를 통해 점을 친다. 윷에 해당하는 모양을 '알라피아'라고 하며 이것은 하늘과 땅이라는 의미로, 좋은 징조를 나타낸다. 모에 해당하는 '이쑤'는 죽음을 상징하며, 도에 해당하는 '에스타게'의 의미는 알려지지 않았다. 개에 해당하는 '모니헤'는 만사의 안정을, 걸에 해당하는 '오카나소르데'는 악마가 나타날 것을 의미한다. ―옮긴이
13) 오바탈라(Obbatalá). 아프리카 서쪽 현재의 나이지리아 지역의 요루바 부족의 신으로 평화와 창조의 신이다. 가톨릭 성인으로 치자면 '성녀 메르세데스'에 해당된다. ―옮긴이
14) 창고(Changó)는 요루바 부족이 모시는 번개와 천둥의 신, 사랑과 남성성의 신, 음악

방의 벽에는 목탄과 하얀 석고로 성스러운 표식을 했어. 긴 선과 원 모양이었지. 각 표식은 성인을 나타내는데 사람들은 그것을 비밀로 했어. 흑인들은 그것을 모두 비밀로 간직했지. 요즘 들어 많은 것이 변했지만, 예전에는 흑인들을 개종시키는 것이 아주 어려웠던 거야.

다른 종교로는 가톨릭이 있었지. 그건 신부들이 가지고 왔는데, 그 사람들은 노예제 시절에는 노예막사 안에 들어오지도 않았어. 신부들은 너무 깨끗했거든. 노예막사와 어울리기에는 너무 진지한 면을 지니고 있었지. 너무 경건한 나머지 그들을 따르는 흑인도 있었어. 그런데 흑인들을 나쁜 방법으로 인도했지. 어떤 노예들은 교리문답을 배워서 다른 노예들에게 교리를 읽어주었지. 온갖 말과 기도로 말이야. 그 흑인들은 집안에서 일하는 노예들이었는데, 들에서 일하는 다른 노예들과 제당소 안 마을에서 모이곤 했지. 그들은 신부들의 심부름꾼으로 오는 거였어. 사실 나는 교리를 한 번도 배운 적이 없어. 전혀 이해할 수 없었거든. 교리를 말하는 노예들도 그걸 이해하지는 못했을 거야. 그들은 좀 더 약삭빨라서 좋은 대우를 받았지만 교인이 되지는 않았거든. 집안에서 일하는 노예들은 주인들의 배려를 받았어. 그런 가내 노예들에게 심한 벌을 주는 것을 본 적은 없어. 그들에게 들에 가서 사탕수수를 베고 돼지를 키우라고 하면 아픈 척하며 일을 빠졌지. 그래서 들에서 일하는 노예들은 그들을 보기도 싫어했어. 그림자도 보기 싫어했지. 그들은 때때로 가족 중 한 명을 만나러 노예막사로 오기도 했는데, 돌아갈 때는 주인집으로 가져가려고 과일과 음식을 들고 가기도 했어. 가내 노예들이 농장 노예들의 밭에서 직접 길러 가져가는 것인지, 그냥 들고 갔던 것인지는 모르겠지만. 노예막사에

의 신인 동시에 가톨릭의 성녀 바르바라를 뜻한다. 성녀 바르바라는 포병, 광부 등 폭약을 다루는 자들의 수호성자다. 예마야(Yemayá)는 요루바 부족이 모시는 바다와 모성의 여신인 동시에 가톨릭의 레글라 성모를 뜻한다. —옮긴이

서 생기는 많은 문제는 그들 때문에 생겼어. 남자들이 와서 여자들과 히 히덕거리고 싶어 했는데 여기서 더 큰 문제가 생겼지. 그때 나는 열두 살 쯤 먹어서 어떤 문제가 생기는지 알 수 있었지.

그것 말고도 말썽은 많았어. 예를 들어 후디오 콩고인과[15] 가톨릭계 콩고인은 사이가 안 좋았어. 한쪽은 선하고 다른 쪽은 나쁘다는 거지. 이건 쿠바에 계속 남아 있는 문제였어. 루쿠미인들과 콩고인들은 서로 이해하지 못했어. 성인이냐 주술이냐에서 나타나는 차이인 거지. 유일하게 아프리카 태생 노인들만 말썽을 일으키지 않았는데, 그들은 특별한 사람들인데다 토속신앙에 대해서도 모든 것을 알고 있었기 때문에 다른 대접을 해 줘야 했어.

주인들이 노예들을 바꿔놓은 덕분에 많은 소동을 피해갈 수 있었어. 도망가는 일이 없도록 하려고 노예들 사이를 갈라놓으려 했거든. 그래서 노예들은 다시 힘을 모으지 못했지. […]

전쟁 동안의 삶

1895년 12월 3일인가 4일, 난 전쟁에 발을 디밀었어. 아리오사 제당소에 있었는데 무슨 일이 벌어졌는지 훤히 알고 있었지. 어느 날 몇몇 동료를 모았는데 제당소에서 연배가 가장 높은 사람들이었어. 그들에게 우리

---

15) 후디오 콩고인(congo judío). '후디오'는 에스파냐어로 '유대인'을 뜻하지만, '후디오 콩고인'은 유대교나 유대인과는 관계없이 "가톨릭을 받아들이지 않는다"는 의미로 사용되었다. 에스파냐의 식민지 정책에 따라 가톨릭으로의 개종을 요구받았으나, 아프리카 토속신앙을 간직하려 했던 콩고인들을 '후디오'라고 불렀다. 이에 비해 '가톨릭 콩고'는 가톨릭으로 개종한 콩고인들을 가리킨다. 그러나 가톨릭으로 개종했다 하더라도, 아프리카 토속신앙은 여전히 남아, 가톨릭 문화와 혼합되었다. ─옮긴이

가 들고일어나야 한다고 말했지. 모두 그 말에 깊이 공감했어. 나와 함께 처음 길을 나선 사람은 후안 파브레가스였어. 잘생기고 결단력 있는 흑인 이었지. 그 친구에게는 길게 이야기할 필요가 없었어. 그는 내가 무슨 생 각으로 왔는지 단번에 알아차렸거든. 우리는 오후에 제당소를 나와서 소 작농 마을에 도착할 때까지 걸었어. 그곳에서 나무에 묶여있던 말을 끌고 갔지. 그건 도둑질이 아니었어. 난 소작농에게 좋게 좋게 말했거든. "안장 을 모두 줬으면 좋겠어요." 그가 안장을 내어주자, 바로 말 등에 얹고 고 삐와 박차도 달았지. 싸울 준비를 다 했던 거야. 총을 가지고 있지는 않았 지만 그 당시에는 마체테면 충분했어. 포장된 길을 따라 힘들게 걸었어. 카마구에이에 거의 도착하게 됐지.

맘비16) 부대를 발견하고 나는 소리를 질렀어. 그랬더니 그쪽에서 나와 내 일행을 바라봤지. 그날부터 난 완전히 전쟁에 몸담게 된 거야. 뜻밖에 도 기분이 묘했고 혼란스러웠어. 사실 모든 사람이 혼란스러워했어. 부대 로 편성이 되었던 것도 아니고, 지휘관도 없었거든. 그런 조건에서도 군사 훈련을 했어. 굼벵이 같은 군인이나 날강도 같은 놈들은 넘쳐났지. 하지만 내가 들은 바에 따르면 1868년에도 마찬가지였다는군.

카마구에이부터 라스비야스까지는 부대와 함께 내려갔어. 그때부터는 달라졌지. 사람들이 뭉치면 자신감이 생기는 법이거든. 사람들과 잘 지내 보려고 친구를 사귄 덕분에 말티엠포에 도착할 무렵, 나를 모르는 사람은 없었어. 적어도 내 얼굴은 알고 있었지. 파브레가스는 친구를 만드는 데

---

16) 맘비(mambí). 19세기 쿠바 및 산토도밍고 출신의 해방군을 지칭하던 말로 산토도밍 고에서 에스파냐 군에 맞서 싸운 지휘자 에우티미오 맘비의 이름에서 유래되었다. 에 스파냐 병사들이 마체테를 들고 공격해오는 쿠바 해방군을 보고 '맘비의 졸개들 (hombres de Mambí)'이라고 부르기 시작한 이후 맘비는 1895~1898년 독립전쟁에서 에스파냐에 대항해 싸운 쿠바 해방군 병사들을 지칭하게 되었다. ─옮긴이

나보다 더 능숙했어. 곧바로 부대 전체를 친구로 만들어버렸거든. 이야기를 해대고 장난을 쳐댔지. 말티엠포 전투 이전에는 난 한 번도 전투에 나가본 적이 없었어.

말티엠포 전투가 내가 처음 본 전쟁이었지. 에스파냐 사람들이 쿠바에서 겪은 최초의 지옥이기도 했어. 그곳에 도착하기 훨씬 전부터 지휘관들은 어떤 일이 일어날지를 알고 있었지. 우리에게 준비하라는 지시를 했거든. 그래서 준비를 했지. 도착할 즈음에는 우리 모두 악마를 품고 있었어. 마체테가 전투무기였지. 지휘관들은 우리에게 이렇게 말했어. "도착하자마자 마체테를 휘둘러라."

마세오가 전투를 지휘했어. 처음부터 선두에 섰지. 막시모 고메스가 그를 거들었는데, 그 두 사람 사이에 이견이 생긴 거야. 고메스는 용감했지만 신중한 사람이었어. 머리에 생각이 너무 많았던 거야. 나는 절대 그를 신뢰하지 않았어. 그 증거가 나중에 나왔지. 그가 쿠바에 충성하지 않았다는 증거 말이야. 하지만 그것은 전혀 다른 문제였어.

말티엠포에서는 하나로 뭉쳐서 소매를 걷어붙이고 마체테를 든 사람을 따라야 했어. 말티엠포 전투는 고작 삼십 분 정도 계속되었지만 지옥에 있는 것보다도 더 많은 죽음을 불러오기 충분했지. 그 이후에 벌어진 어떤 전투보다도 에스파냐 병사들이 가장 많이 쓰러진 곳이었지. 전투는 아침에 시작됐어. 그곳은 평평하고 확 트인 곳, 평원이었지. 산악지대의 전투에 익숙한 사람에게는 어려운 곳이었어. 말티엠포는 작은 농장이었어. 그곳은 시냇물, 사탕수수, 파인애플 나무 울타리로 둘러싸여 있는 곳이었지. 대학살이 끝나고 우리는 에스파냐 병사들의 머리가 겹겹이 나무 담장에 걸려있는 것을 봤어. 그보다 더 충격적인 모습은 거의 본 적이 없어.

말티엠포에 도착하자 마세오는 돌격 명령을 했어. 전투는 그렇게 이루어졌지. 에스파냐 병사들은 우리를 보자 머리부터 발끝까지 얼어붙었어. 우리가 카빈총이나 연발권총으로 무장하고 있다고 생각했으니까. 총은 무슨, 개뿔! 우리는 산에서 과야바 나무를 주워들고 상대를 놀래 주려고 팔 아래에다 끼고 간 게 전부인 걸. 적은 우리를 보고 정신을 못 차리더니 전투를 내팽개치고 도망가 버렸지. 그러나 그런 식으로는 오래가지 못했어. 한 치도 더 나아가지 못했어. 그래서 바로 우리는 머리를 베어버렸어. 정말 베어버렸다구. 에스파냐 병사들은 마체테를 보면 오줌을 찔끔거렸어. 라이플은 겁내지 않았지만 마체테는 무서워했거든. 난 멀리서 마체테를 들어올리고 이렇게 말했어. "이 새끼야, 네 머리를 댕강 잘라내 버릴 거야." 그러자 말쑥하게 차려입은 그 병사는 재빨리 뒤돌아서 줄행랑을 쳤어. 난 죽이겠다는 마음을 먹고 있었던 것이 아니니까 그냥 도망가게 내버려두었지. 그렇지만 머리를 베기는 해야 했어. 상대편 중 하나가 나에게 덤벼들면 그래야 했지. 용감한 놈들도 있었고, 그렇지 못한 놈들도 있었는데 그런 놈들은 죽일 수밖에 없었어. 보통은 연발권총을 내놓으라고 했지. "손들어"라고 말하면 놈들은 이렇게 답했어. "어이 꼬마야, 이게 갖고 싶어서 그러면 가지렴." 내 코앞으로 연발권총을 던져주는 사람들이 많았어. 완전히 겁쟁이들이었던 거지.

순진하고 너무 어려서 그러는 사람들도 있었어. 예를 들면, 징집병들은 열여섯이나 열여덟 살에 불과했거든. 에스파냐에서 막 도착한 데다 싸워 본 적도 없는 녀석들이었지. 궁지에 몰렸다고 느끼면 바지까지 벗어버릴 준비가 되어 있었지. 말티엠포에서는 그런 녀석들을 많이 만났어. 나중에 도 마주쳤는데 그 녀석들이 전쟁에서 싸우기 때문이었어. 에스파냐에는 그런 녀석들이 넘쳐나나 봐. 그러니까 그렇게 전쟁에 내보냈겠지.

말티엠포에서 가장 용감하게 싸웠던 대대는 카나리아 대대였는데, 무장이 굉장히 잘 되어 있었지. 그들 대부분도 마체테에 대한 공포 때문에 쓰러졌어. 자기들 지휘관에게도 복종하지 않았지. 공포에 질려 바닥에 웅크렸고, 총을 내던진 채 나무 뒤로 숨기까지 했어. 전쟁에서 죽어간 사람들 중 대다수가 이렇게 겁을 먹고 있었지. 그들이 사용한 기술은 굉장히 뛰어났지만, 우리가 한번 그것을 무너뜨리고 나자 실패를 거듭했어. 에스파냐 병사들은 바둑판 짜기라고 부르던 전술을 썼어. 바둑판 짜기는 땅에 만들어 놓은 구덩이 속에서 총을 쏠 수 있도록 참호를 만드는 전술이었어. 그 안에 몸을 숨기고 총검으로 대열을 만드는 거지. 어떤 때는 잘 먹히는 전술이었지만, 어떤 때는 성공하지 못했어.

말티엠포는 바둑판 짜기가 실패한 경우였어. 처음에는 뚫기가 힘들었어. 그러더니 참호 속에서 정렬해서 공격하는 대신 총을 마구잡이로 쏘아대기 시작하더군. 적들은 우리 말을 총검으로 찔러대고, 말을 타고 있는 병사들에게 총을 쏘아댔어. 모두 미친 것 같았지. 마구 총을 쏘아대고 있었거든. 끔찍한 아비규환이었어. 공포가 가장 큰 적이었지.

사실 우리 쿠바 사람들은 굉장히 민첩해. 총알 사이로 돌아다니는 듯한 맘비들을 많이 봤거든. 우리한테 총알은 솜뭉치나 마찬가지였어. 중요한 것은 우리들의 이상, 지켜야만 하는 것들, 마세오는 물론이고 막시모 고메스도 이야기했던 것들이었지. 막시모 고메스는 비록 그 말을 지키지는 못했지만 말이야. 말티엠포 전투는 쿠바인들의 피를 끓게 했어. 정신과 용기를 일깨워주었지.

말티엠포 전투에서 나를 죽이려 드는 사람들도 있었어. 어느 갈리시아 놈이 멀리서 나를 보고 조준을 했지. 내가 그놈 목을 잡아챘다가 살려 보내주었어. 몇 분 후에 다른 사람들이 그놈을 죽였지. 난 그놈의 탄약이랑 총을 빼앗은 게 전부야. 옷도 벗겼는지는 기억이 안 나. 아니었던 것 같아.

우리가 입고 있던 옷이 그렇게 나쁘지는 않았으니까. 그 갈리시아 놈이 나를 보고 이렇게 말했지. "이 야만인 놈들." 그리고 뛰어서 도망가기 시작했는데 사람들이 죽여 버렸지. 알아, 그 사람들은 우리를 야만인이라고 생각했다는 것 말이야. 그들은 길들여진 사람들이었으니까. 더구나 그 사람들은 사실 다른 것 때문에 여기에 왔던 거니까. 전쟁이 놀이라는 듯이 굴었어. 그래서 상황이 힘들어지면 뒤로 내뺐던 거지. 우리가 인간이 아니라 짐승이라고 생각하는 지경에 이르렀던 거야. 그래서 우리에게 '맘비'라는 이름을 붙였던 거야. 맘비는 원숭이 새끼나 콘도르 새끼를 뜻하거든. 불쾌한 말이긴 했지만 우리는 그놈들 머리를 자르는 데 그 말을 이용했어. 말티엠포에서 사람들은 그게 무슨 말인지 알아차렸지. 그래서 맘비라는 말의 뜻이 사자로 바뀌었어. 그 어디에서보다 말티엠포에서 그 말의 의미는 확연히 드러났지. 그곳에서 모든 일이 벌어졌어. 전쟁 중 벌어진 가장 큰 학살이 그곳에서 있었거든. 그 이름이 이미 말해주는 것처럼 일이 벌어졌던 거야. 바꿀 수 없는 것들이 있지. 인생이라는 과정은 아주 복잡한 거야.

말티엠포 전투는 쿠바인들에게 용기를 불어넣어 주는 동시에, 혁명에 힘을 실어주기 위해 필요했어. 그곳에서 싸운 사람은 적과 맞설 수 있다는 것을 깨닫게 되었지. 마세오는 길이나 평원에서 그런 이야기를 여러 번 했어. 마세오는 승리를 확신하고 있었어. 언제나 그렇게 생각했지. 그는 흔들리지도 않았고, 맥을 놓고 앉아있지도 않았어. 그는 참나무보다도 더 단단한 사람이었어. 마세오가 그곳에서 싸우지 않았다면 상황은 달라졌을지도 모르지. 우리가 거꾸러졌을지도 몰라.

에스파냐 사람들은 마세오와 그의 형제인 호세가 범죄자라고 말했어. 그건 거짓말이야. 그는 아무나 죽여 버리는 죽음의 사자가 아니었거든. 그는 자기의 이상 때문에 사람을 죽인 적은 있지만, 누구 머리를 잘라버리라고 말하는 것을 들어본 적은 없어. 다른 사람들은 그런 말을 했고, 실제로도 매일 그런 짓을 했거든. 죽음을 피할 수 없다는 것도 사실이었어. 전쟁터에서 팔짱만 끼고 있을 수 있는 사람은 없잖아. 그런 계집애 같은 짓은 할 수 없으니깐 말이야.

마세오는 말티엠포에서 정말이지 남자답게 행동했어. 언제나 제일 선두에 서 있었지. 자기보다도 더 용감한 아라비아산 말을 타고 말이야. 거칠 것이 없어 보였어. 에스파냐 병사들이 총구에서 불을 뿜으며, 장전된 총검을 들고 바닥에 웅크리고 있을 때였지. 그가 내가 있던 부대로 다가온 덕에 얼굴을 잘 볼 수 있었어. 총격은 잦아들었지. 그래도 총성은 간간이 들려왔어. 마세오는 키가 크고 살집이 좀 있었고, 콧수염을 기르고 있었는데 말도 많았어. 그는 명령을 내리고 나서 자기가 제일 먼저 그대로 움직였어. 그가 어떤 병사에게든 폭력을 행사하는 것을 본 적이 없어. 절대로 말이야! 하지만 그는 제멋대로 움직이는 대령들은 매번 산등성이로 잡아들였어. 그래도 병사들은 잘못에 대한 책임이 없다고 말했지.

[…]

사람들은 흑인에 대해서는 그다지 신경 쓰지 않았어. "깜둥이, 깜둥이"라고 부르면서 웃어댔어. 만만해 보이면 계속 따라다니면서 괴롭혀댔고, 만만해 보이지 않으면 그냥 내버려두었지. 아무도 내 일에는 참견하지 않았어. 사실은 난 누가 참견하는 것을 못 참거든. 사람들 틈에 끼지 않았어. 할 수 있을 때마다 몸을 피했어. 전쟁이 끝나자 흑인이 전쟁에서 싸웠는지 아닌지에 대한 논쟁이 시작됐어. 난 흑인 가운데 95퍼센트가 전쟁에 참여했다는 것을 알고 있어. 나중에 75퍼센트만 참여했다는 말이 돌기 시작했지. 그런데, 누구도 그 말을 반박하지 못했어. 그 결과 흑인들은 길거리로 내몰리게 되었지. 야수처럼 용감했던 사람들이 거리로 말이야. 부당한 일이었지만 그렇게 되어버렸어.

경찰 중에 흑인은 단 1퍼센트도 없었어. 흑인이 힘을 얻고 교육을 받으면 백인들을 위협하게 된다는 말을 퍼뜨렸거든. 어쨌든 흑인들은 완전히 떨어져 나왔어. 쿠바의 다른 인종들은 잠자코 있었고 아무것도 하지 않은 채 그렇게 마무리가 되었지. 요즘은 달라. 흑인 여자들과 사는 백인 남자들도 있고, 백인 여자들과 사는 흑인 남자들도 보이니까 말이야. 백인 여자와 사는 건 조금 더 민감하지만, 어쨌든 길거리에서 함께 커피를 마시든 어디서든 함께 있는 모습이 보이잖아.

마르틴 모루아 델가도와 헤네로소 캄포스 마르케티는17) 이런 문제를 해결하려고 애쓰면서 정부에서 일자리 몇 개를 흑인들에게 주었어. 야간 순찰꾼이나 수위 아니면 우체부 같은 일들 말이야. 그렇기는 해도 군대가 해체되자 흑인 해방군들은 도시에 남아있을 수 없었어. 그들은 들판으로, 사탕수수밭으로, 담배밭으로, 사무실이 아닌 어떤 곳으로 돌아갔지. 배신자였던 게릴라들에게 더 많은 기회가 돌아갔어. 그건 논쟁의 여지가 없는 사실이야. 마세오 장군마저도 어떤 명령을 내리려면 산에서 많은 사람들을 목매달아야만 했을 거야.

나중에 많은 사람이 말하기를 가장 썩은 놈들은 미국인들이라고 하더군. 나도 그렇게는 생각해. 가장 썩은 놈들이지. 하지만 백인 크리오요들도 그들만큼이나 잘못을 저질렀다는 점을 명심해야 해. 자기들 땅을 멋대

---

17) 헤네로소 캄포스 마르케티(Generoso Campos Marquetti)는 1912년 자유당 대표. 마르틴 모루아 델가도(Martín Morúa Delgado)가 인종차별 정당 금지법을 입안하고 제정하는 것을 도왔다.

로 간섭하도록 내버려둔 것은 그들이었으니까. 모두들, 대령부터 잡역부까지 모두들 잘못이 있어. 왜 메인 호 사건이[18] 일어났을 때 사람들은 들고 일어나지 않았느냐 말이야? 그냥 하는 말이 아니라, 전쟁을 일으키려고 자기네들끼리 짜고 그 배를 침몰시켜 버렸다는 건 어린아이도 알고 있었어. 그때 사람들이 들고 일어났다면 모든 것이 달라졌을 거야. 그 이후의 수많은 일이 일어나지 않았겠지. 하지만 그 중요한 순간에 아무도 자기 몸을 내던지지 않았고 입도 벙긋하지 않았어. 내 생각에 막시모 고메스는 무언가 알고 있었는데 입을 열지 않았고, 그렇게 비밀을 간직한 채 죽었어. 나는 속으로 그렇게 생각하는데, 내가 거짓말을 한다면 지옥에 떨어질 거라고 말이야.

예전에 나는 역사 속에 드러나지 않았던 일과 계략들을 더 많이 알고 있었어. 친구들하고만 그런 이야기를 했지. 이제는 머릿속에서 모두 뒤죽박죽이 되어 버렸어. 그래도 중요한 것들은 잊지 않고 있는데, 이런 이야기를 누구에게 한 적은 손가락으로 꼽을 정도야. 한번은 산티아고 데 쿠바의 미국인들에 대한 이야기는 거짓말이라고 한 적이 있었는데, 미국인들이 자기들 힘으로 그곳을 손에 넣은 것이 아니었다는 거였지. 그게 아니라고 우기면서 내게 싸움을 건 사람도 있었어. 지금이 좋은 건 이제 모

---

18) 메인 호(Maine) 사건. 1898년 2월 5일 쿠바 내의 정국 불안으로 미국이 자국 시민들의 긴급 대피용으로 아바나 항에 정박시켰던 군함 메인 호가 폭발하여 266명의 선원이 희생된 사건을 가리킨다. 에스파냐는 메인 호 사건이 우발적인 내부의 폭발 때문이라고 주장했다. 그러나 미국의 매킨리 대통령은 1898년 4월 11일 의회에 군사 개입을 요구했다. 그 후 에스파냐는 평화적으로 사태를 수습하고자 했으나 미국은 1898년 4월 15일 선전포고 후 필리핀과 쿠바에서 에스파냐 함대를 쉽게 격파해 승리했다. 에스파냐-미국 전쟁을 통해 에스파냐는 마지막으로 남아 있던 식민지들을 거의 잃게 된다. ―옮긴이

든 것을 말할 수 있다는 거야. 사실 산티아고에서 싸웠던 사람은 칼릭스토 가르시아였어. 미국인들이 바라 델 레이라는 에스파냐 장교가 지키고 있던 곳을 폭격했고, 칼릭스토 가르시아가 지상에서 바라 델 레이의 부대를 공격해서 격파시켰던 거야.

그런데 미국인들이 자기네가 도시를 점령했다는 것을 알리려고 자기들 국기를 게양했던 거야. 혼란의 도가니였어. 바라 델 레이는 오백 명의 부하들과 함께 미국인들 한 무더기를 죽였어. 미군 지휘관이 쿠바인은 단한 사람도 그 도시에 들어오지 못하도록 하라는 명령을 내렸다는 점이 제일 심각한 문제였어. 그러면서 긴장이 극에 달했지. 자기 마을로 들어가지도 못하게 된 쿠바인들이 미국인들에게 잔뜩 분노한 거야. 그때 칼릭스토 가르시아가 미국인들을 향해 험한 말을 내뱉었거든. 진심으로 말하면, 난 미국인들보다는 차라리 에스파냐 사람들이 더 좋아. 하지만 에스파냐 본토에 있는 사람들을 말하는 거야. 에스파냐에 있는 한 명 한 명의 에스파냐 사람들 말이야. 하지만 이제 미국인이라면 자기네 땅에 있어도 싫어졌어.

전쟁에서 에스파냐 병사들은 여자들에게 이렇게 말했지. "아가씨, 당신 아버지는 내게 총을 쏘았지만 그래도 이것 좀 드십시오, 젠장." 에스파냐 병사들은 그렇게 잔인무도한 사람들은 아니었어. 반면 미국인들은 인간이 잔악할 수 있는 만큼 잔악했어. 구덩이를 파고 거기에 먹을 것을 다 쏟아 버렸거든. 모든 사람들이 아는 사실이야. 직접 경험했거든. 우드와 루스벨트,19) 그리고 이제 이름도 기억나지 않는 또 한 사람이 있는데 어쨌든, 그

19) 시어도어 루스벨트(Theodore Roosevelt, 1858~1919)는 1898년 중령으로 에스파냐-미국 전쟁에 참전했고, 1901~1909년 미국 대통령을 역임했다. 레너드 우드(Leonard Wood, 1860~1927)는 루스벨트와 함께 미 의용군을 모집하여 에스파냐-미국 전쟁에 참전했고, 전쟁에서 미국이 승리한 후 1899~1902년 사이 쿠바에서 군정 사령관으로

타락한 인사들이 나타나면서 이 나라를 침몰시켰던 거야.

1899년 시엔푸에고스에서[20] 맘비 한 무리가 망할 미국 군인 놈들 몇몇에게 마체테를 들이댈 수밖에 없었어. 그놈들이 시장의 고깃덩어리인 양 크리오요 여자들에게 추근댔거든. 자기들 어머니도 막 대할 놈들이었어. 집 근처까지 가서는 창문이나 문으로 예쁜 여자를 보면 가까이 다가가서 안에다 대고 이렇게 말했어. "이쁜아, 빽큐, 빽큐!" 시엔푸에고스에서 내가 직접 본 거야. 그런 지저분한 말을 내뱉으면서 자기 물건을 꺼냈지. 우리는 그 일을 알고 경비를 서려고 그곳으로 갔지. 그놈들은 깔끔하게 다림질한 노란색 옷을 입고 있었는데 거의 늘 술에 절어 있었어. 하사관이었던 클라우디오 사리아가 마체테를 들라고 명령했지. 그래서 우리는 성난

복무했다. -옮긴이
20) 사건 내용의 일부는 다음과 같다. "새롭게 수립된 체제하에서 산 후안의 날을 축하하느라 온 도시가 잔뜩 들떠 있던 6월 24일 오후 4시였다. 미군 전경 세 명이 산타클라라 거리의 서쪽 끝에 있는 어느 허름한 집에서 난동을 부리기 시작했다. 경찰이 이 말썽꾼들을 체포하려는 순간 마침 펜톤 대위가 그곳을 지나가고 있었다. 대위는 차를 세우고 경찰의 제지에도 불구하고 그 군인 세 명을 태우고 서둘러 그 자리를 빠져나갔다.
　이때 그 차를 제지하려고 달려든 경찰을 향해 차에 타고 있던 군인 하나가 발포했고 경찰은 그 총알에 맞아 쓰러졌다. 사건이 벌어지고 있는 와중에 기차역에 막 도착한 미군 보초가 호송 중이던 쿠바 군인의 월급을 내팽개치고 기차역 부근의 참호에 들어가 도시를 향해 발포했다. 그 과정에서 자녀 세 명을 태운 자동차로 파세오 데 아랑고를 지나가던 주민 파블로 산타 마리아가 사망했다. 시장(市長)과 지방경비대장인 에스케라 장군이 목숨을 걸고 미군들이 발포하는 곳으로 가서 총을 내려놓으라고 진정시킨 덕분에 잠시 후 다시 평화가 찾아왔다. 일련의 사건은 여러 사람을 다치게 한 후에 일단락되었다.
　이런 사건들은 갈등을 촉발한 원인제공자들을 향해 총체적으로 항의하게 만든 시발점이 되었다."(Rousseau 1920, 269)
　여기에서는 비록 이 사건의 일부만 서술했으나 역사적으로 중요한 사건이기 때문에 수록한다. 우리가 알기로는 이것이 쿠바인과 미국인 간에 일어난 최초의 무장충돌이기 때문이다. 이 무장충돌은 미국인들의 무례하고 파렴치한 행위에 대한 답이었다.

야수처럼 그곳으로 달려갔어.

우리가 경비를 서고 있는데, 정말 부두 근처 길가에서 한 무리가 말썽을 일으키는 거야. 여자들에게 시비를 걸고, 엉덩이를 건드리면서 시시덕거리고 있었지. 전쟁 때도 그날처럼 속에서 열불이 난 적은 없었던 것 같아. 우리가 쫓아가서 마체테를 휘둘러서 말끔하게 내쫓아버렸지. 몇 명은 부두로 도망갔는데 배가 한 척 있어서 그쪽으로 내뺐지. 다른 놈들은 에스캄브라이 언덕 쪽으로 나는 듯이 도망갔어. 그 후에는 누구도 마을 여자를 건드리지 못했어.

그리고 미국인들은 외출할 때 꼭 상사와 함께 다니고 학생들마냥 카페로 들어갔지. 그날 일은 절대 잊혀지지 않아. 그날 함께 있었던 우리들 모두 목숨을 걸었던 거니까 말이야. 혼이 나봐야 정신을 차리나봐.

미국인들은 살살 비위를 맞추고 아양을 떨어가면서 쿠바를 차지했어. 사실 그들에게 모든 잘못을 떠넘길 수는 없어. 그들에게 복종한 사람들이 잘못했던 거지. 진짜로 잘못한 사람들은 쿠바인들이야. 그 부분에 대해서는 조사할 것들이 많아. 은폐되어 있었던 모든 문제들이 드러나는 날, 세상은 분명하게 뒤집힐 거야. 끝장을 내야만 해. 바로 지금도 그놈들이 어디에나 손을 뻗고 있잖아.

전쟁이 끝나자, 쿠바 대령들은 매킨리에게[21] 손을 내밀어서 이 섬을 그가 마음대로 하도록 만들어 주었어. 산타 마르타가 있는 곳은 예전에 산타 루시아 백작의 땅이었어. 내가 알기로, 그 땅은 백작이 해방군들 앞으로 남겨준 것인데도, 메노칼과 미국인들끼리 나눠먹은 거야. 전쟁을 통틀

---

21) 윌리엄 매킨리(William McKinley, 1843~1901). 1897~1901년 미국 대통령을 역임했고 그 기간 동안 메인 호 사건을 계기로 쿠바에 대한 미국 개입이 본격화되었다. 에스파냐미국 전쟁의 승리로 재선에 성공했으나 불의의 사망으로 두 번째 임기는 수행하지 못했다. -옮긴이

어서 가장 더러운 뒷거래였어!

메노칼은 입을 다물고 자기 마음대로 그 땅을 처분했어. 매킨리보다도 더 미국놈 같은 놈이었지. 그래서 아무도 그를 좋아하지 않았어. 그는 쿠바의 애국자가 아니라 거래의 명수였어.

아직도 끝나지 않은 수만 가지의 일들이 있어. 예전에 나는 온갖 생각을 하면서 살았는데, 나중에는 머리를 손으로 받치고 있어야만 했어. 생각을 너무 많이 한 까닭에 머리에서 열이 나기도 했거든. 이제 나는 가끔씩만 생각에 잠길 뿐이야. 그마저도 내가 좋아서 생각하는 것은 아니지만. 그냥 내 머릿속으로 찾아 들어오지. 그런 것들을 머리에서 지워버리려면 지진이라도 일어나야 할 거야.

떠들어대지 않고 조용히 지낸 덕분에 여태껏 목숨을 이어온 거야. 믿을 수 있는 사람이 없거든. 사람을 쉽게 믿는 사람은 자기 혼자 몰락해 가지. 전쟁이 끝나고 모든 군대가 아바나로 모여들었을 때, 난 그 사람들을 살펴보기 시작했어. 많은 사람이 그 도시에서 안락하고 평온한 삶을 꾸리기를 원했지. 그런데 도시에 남은 사람들은 산으로 돌아간 경우보다 더 좋지 않은 상황에 처하게 됐어. 더 나빴지. 총알이 날아다니고, 분노와 속임수, 거짓말이 난무하기 시작했거든. "이봐, 검둥이. 넌 여기서 부자가 될 거야." 천만에! 그때 처음으로 굶어 죽을 뻔했어. 그래서 지휘관들이 "이제 전쟁은 끝났으니 일을 해야 한다"고 말했을 때, 난 짐을 챙겨서 아바나의 성벽 옆에 있는 기차역으로 향했어. 아직도 잊을 수가 없어. 바로 그곳에서 라스비야스행 기차를 탔지. 내가 직접 기차표를 달라고 했어. 라스비야스는 쿠바에서 가장 아름다운 곳이고 내가 태어난 곳이니까…

게릴라들은 사무실에서 일을 하게 되었어. 계산속이 밝은 데다 아첨꾼들이거나 어여쁜 딸이 있거나, 돈이 있었으니까. 나는 주머니에 돈 한 푼

없이 들판으로 돌아왔어. 나는 잠시 군에서 나왔지.

레메디오스에 돌아가서는 아는 사람들을 만나고, 크루세스를 향해 떠난 후 산아구스틴 마과라야 공장에서 일을 시작했지. 똑같은 일이었어. 모든 것이 뒤로 되돌아간 것 같았어. 컨베이어 벨트에서 일을 시작했지. 나중에는 일이 더 편한 혼합기로 옮겨갔고, 한 달에 36페소를 벌었어. 난 야자나무 막사에서 혼자 살았어. 여자랑 함께 살고 싶은 생각이 들 때까지 말이야. 한동안 여자와도 함께 살았는데 역시 잠깐이었어. 줄타기를 하는 것처럼 위태위태했거든. 그리고는 여자를 내보내고 다시 혼자 남게 되었지.

마과라야에서는 친구들을 사귀지 않았어. 잘난 척하는 놈들이나 버릇이 없는 녀석들은 늘 싫었지. 그곳에서는 누구도 나에게 믿음을 주지 않았거든. 내가 사람들과 어울리지 않은 것도 사실이지. 사람들은 각자 자기 광주리를 가지고 광장으로 모이는 거니까.

난 하루 종일 일했고, 밤이 되면 쉬러 가서 벼룩을 잡았어. 벼룩은 세상에서 가장 귀찮아. 라스비야스에 있는 마을이라는 마을은 거의 모든 곳을 돌아다녔어. 과일장사도 해봤고 야간 순찰꾼도 해봤어. 그리고 그게 끝이야! 아무도 나에게 이래라 저래라 하지 못하도록 모든 일을 배웠어.

어느 날 아바나에 갔는데, 이미 막시모 고메스가 죽은 후였어. 사람이 죽으면 사람들은 빨리도 잊어버리지. 그가 킨타 데 로스 몰리노스로 틈날 때마다 갔는데, 그곳에 주술사가 있다는 이야기가 내가 들은 유일한 것이었어.

어느 공원을 지나다가 청동 말을 타고 있는 막시모 고메스의 동상을 본 적이 있지. 반 레구아쯤 계속 내려가다 보니까 똑같은 말을 타고 있는 마세오가 있었어. 둘의 차이라면 고메스는 북쪽을 바라보고 있었고, 마세오는 마을 쪽을 바라보고 있었다는 것이지.

　모두들 그것을 잘 생각해봐야 해. 거기에 모든 것들이 담겨 있거든. 나는 평생 그 이야기를 해왔어. 진실이 침묵되면 안 되는 거니까. 내일 내가 죽게 되더라도 나는 부끄러울 일이 없어. 나에게 이야기를 하게 해준다면, 지금 당장 모든 이야기들을 할 거야. 왜냐하면 예전에, 산에서 지저분하게 알몸으로 지내던 사람들에게는 에스파냐 병사들이 가장 좋은 무기를 가지고 딱딱 줄지어서 정렬하고 있는 것처럼 보였거든. 그래서 침묵해야 했지. 그래서 나는 지금 죽고 싶지 않은 거야. 앞으로 다가올 모든 전투에 뛰어들기 위해서 말이야. 이제 나는 참호 속으로 들어가지도 않고, 최신 무기를 잡지도 않을 거야. 마체테 하나면 충분하거든.22)

[박수경·조혜진 옮김]

22) 이 글은 인천문화재단에서 번역, 출간된 『어느 도망친 노예의 일생』에서 세 부분을 발췌한 것이다(미겔 바르넷 2010, 36-53; 188-194; 230-239).

레오나르도 파두라

레오나르도 파두라 푸엔테스(Leonardo Padura Fuentes, 1955~)

쿠바 아바나 주 출신으로, 동시대 쿠바 출신 작가 중 가장 널리 알려졌으며 형사 마리오 콘데가 주인공으로 등장하는 추리 소설 시리즈로 국제적 명성을 얻었다. 아바나 대학에서 라틴아메리카 문학을 전공했고, 신문기자로서 처음 사회생활을 시작해 소설 외에도 영화 시나리오, 에세이 등을 집필하였다. 2012년 쿠바에서 가장 권위 있는 상으로 여겨지는 쿠바국가문학상(Premio Nacional de Literatura de Cuba)을 수상하는 등 국내외에서 수많은 문학상을 받았다. 주요 장편소설로는 트로츠키 암살범의 정체를 둘러싼 『개를 사랑한 남자』(El hombre que amaba a los perros, 2009)와 마리아 콘데 추리소설 시리즈 네 편이 있다. 그 중 한 편인 『마스카라』(Máscaras)는 한국에도 번역 출판되었다. 레오나르도 파두라는 쿠바를 떠나지 않으면서 쿠바 현실의 민낯을 드러내는 작가로, 수많은 쿠바 출신 망명 작가들과 비교되기도 한다.

사냥꾼

두 뺨을 파우더로 두드리며 안식을 찾는다. 코끝을 자극하는 진한 향에 일순간 아득했고, 하마터면 다크서클과 잡티를 가리는 일도 잊을 뻔했다. 잠을 설쳐 눈 밑이 거뭇하게 내려앉았다. 사춘기가 남기고 간 여드름 자국도 퍼프로 톡톡 두드려야 한다. 거울에 비춰보니 안색이 아직 파리하다. 쥐기도 힘들게 닳은 눈썹연필을 잡고, 꺼칠한 심에 침을 묻혀 아이라인을 그린다. 왼쪽 눈가를 팽팽히 당겨 눈매를 길게 빼니 매력이 배가된다. 오른쪽 눈동자는 마치 시샘하듯 안쪽으로 몰려있다. 이제 눈썹을 그릴 차례다. 왔다 갔다 선을 그려 이마 쪽을 향해 완만하면서도 도발적인 굴곡을 만든다. 거실에서 음악 소리가 들려온다. 하지만 화장하는 동안 입가에 맴돈 노래는 따로 있다. 사이먼 앤드 가펑클의 센트럴파크 콘서트, 그 역사적인 공연곡이다. 중국산 선풍기는 전속력으로 돌아가며 그가 걸친 가운 자락을 흔든다. 반갑지 않은 땀방울이 새어 나와 공들여 완성한 화장에 무자비한 얼룩을 남긴다. 이처럼 짜증나는 일도 없다. 그는 파란색을 사랑한다. 그의 색은 언제나 파랑이다. 눈꺼풀 위에 푸른 하늘빛 새도를 바른다. 거울에 비친 자기 모습을 바라보는 두 눈가가 눈부시게 빛난다. 타는 듯 이글거리는 진홍빛 루주를 입술에 바르다 말고, 섬세한 손길로 광대

앞부분을 터치한다. 얼굴에 생기가 돈다. 다시 입술로 돌아와 정성껏 마무리하고 파우치를 정리한다. 정확하고 자연스러운 동작으로 위아래 입술을 살짝 맞물렸다 뗀다. 입술은 향기롭게 활짝 핀 붉은 장미. 곱고 가는 손가락으로 머리끝의 물기를 턴다. 이마 위로 부드럽고 무심하게 떨어지는 머리칼. 그는 속으로 부르던 노래 〈미시즈 로빈슨〉을[1] 멈추고 거울 앞에 섰다. 거울에 비친 자신의 모습에 오롯이 빠져들 시간이다. 푸른 하늘빛 음영이 드리운 눈꺼풀과 살짝 홍조를 띠며 윤이 나는 두 뺨, 뚜렷한 입술선과 무르익은 입술. 그는 자신의 미모를, 아름다움을 쟁취한 명백한 이 순간을 만끽한다. 그리고 남자를 향한 사랑을 탐한다. 첫키스에서 그의 화장을 다 먹어 버린 안셀모의 입술, 그런 거친 입술과 남자가 내뿜는 열기를 마음껏 욕망한다.

눈물이 터져 버리기 전에 크림을 적신 솜으로 화장을 지운다. 억눌린 욕망을 표출한 20분 사이, 숙련된 기술로 완성한 작품이었다. 눈과 입술, 두 뺨의 민낯이 드러나는 동안 도대체 인생은 왜 그에게 원치 않은 것을 주었는지 물어본다.

그는 청명하고 상쾌해 걷기에 딱 좋은 4월, 아바나의 밤거리를 사랑한다. 기분 좋은 기운으로 가득하다. 바지를 입고 벨트를 채운 뒤, 어디로 갈지 생각하며 주머니에 돈과 열쇠를 챙긴다. 결정은 언제나 어렵다. 더구나 지금은, 왜인지는 모르겠으나, 오늘 밤이 아주 특별한 날이 되리란 예감이 드는 것이다. 행여나 잘못된 결정으로 온 우주와 운명이 마련해둔 만남을 망쳐버리진 않을까, 더럭 겁이 난다. 우울감이 깊어지지 않는 한, 밤마다 무슨 일이든 생길 거라 기대하는 편이다. 그 끝에 오는 최악의 상태는 아무 일도 없이 그냥 돌아오는 것, 그래서 누군가와 침대를 나누지

1) 〈미시즈 로빈슨〉(Mrs. Robinson). 사이먼 앤드 가펑클의 노래.

못하는 고독감이다. 옷을 다 입고 나서 아파트에 딸린 작은 주방으로 간다. 참고로 말하자면, 그는 바지 안에 셔츠를 넣어 입는 것을 좋아한다. 냉장고에서 우유를 꺼내 고양이 밥그릇에 부어준다. 이 악당은 어디 숨은 걸까? 개수대 주변에 남은 우유병의 물기를 행주로 깨끗이 훔쳐낸다. 주방은 다시 그가 좋아하는 말끔한 상태로 돌아온다.

베다도? 아니면 아바나 비에하?2) 모르겠다. 만약 운명이라면, 운명이 알려주겠지. 나가기 전에 거울을 다시 한 번 보고 목덜미에 향수를 뿌린다. 거리로 나와 천천히 걷는다. 보도의 흰 선을 밟지 않고 구아구아3) 정류장으로 향한다. 온몸에 긴장감이 돈다. 베다도로 갈지 아바나 비에하로 갈지 이제 그의 미래는 운명을 결정할 첫 번째 구아구아에 달려있다. 만일 선택권이 있다면 그는 베다도의 분위기를 더 선호한다. 따뜻했던 추억과 무뎌지지 않는 그리움이 사무치는 곳이다. 거기서 퍽 멋진 사람들도 많이 만났다. 하기야 이제는 길도 많이 바뀌었고, 허다한 미친년들4) 사이에서 품위 비슷한 것을 찾기도 여간 어려운 게 아니지만 말이다. 한편 아바나 비에하에서는 카피톨리오나5) 프라테르니다드 공원 주변을 무기력하게 배회하는 자들 때문에 마음이 영 불편하다. 그들은 절망에 젖어 공격적으로 굴기도 하고 천박하게 욕을 지껄일 때도 있다. 6분 후 운명은 그에게 텅 빈 것이나 다름없는 구아구아를 보내주었다. 사실 구아구아 상태가 어떻든 그게 그의 운명이다. 종착지는 엘 프라도 거리. 아바나에서는 최적의 사냥터다.

---

2) 베다도(El Vedado)와 아바나 비에하(La Habana Vieja)는 아바나 구 이름이다.
3) 구아구아(guagua). 쿠바에서 시내버스, 트럭을 개조한 운송수단 등을 일컫는 말.
4) 미친년(loca). 게이를 폄하하는 말. 이 작품에는 유사한 단어가 계속 등장한다. 앞으로 이동장할 마리콘(maricón), 발레광(balletomana) 등도 게이를 이르는 속어다.
5) 카피톨리오(Capitolio). 쿠바혁명 전 국회의사당으로 사용하던 곳으로, 현재는 국립과학기술도서관으로 사용 중이다.

밤은 사냥을 위해 존재한다. 도시는 먹잇감들이 소요하는 야생이다. 어떤 것이든 먹잇감이 될 수 있다. 그렇다고 모두가 그물에 걸리는 것은 아니다. 따라서 사냥꾼은 민감한 후각을 지니고 총부리를 제대로 겨눌 줄 알아야 한다. 소란을 일으키는 실수, 누구에게도 도움이 안 되는 소동의 여지는 피해야 한다. 에버와 함께 익힌 교훈들이다. 에버를 통해 처음으로 사랑의 우아한 매력과 사냥이라는 신비로움에 입문했다. 하지만 에버는 그가 갖지 못한, 그리고 앞으로도 영영 갖지 못할 특별한 기품의 소유자였다.

엘 프라도 거리의 누르스름한 불빛, 차들이 내는 소음, 달러와 외국인이라면 무턱대고 찾아 헤매는 암환전상들, 이런 것들이 이 공간 특유의 매력을 송두리째 앗아가고 있다. 이제 여기는 희망을 상실한 인간들로 굴러간다. 그들은 무슨 일이든 그냥 받아들이다가 급기야 구걸을 아예 업으로 삼는 최악의 사태까지 불사한다.

어쨌든 중앙공원을 향해 천천히 걷는다. 사람들의 시선 하나하나를 품평하고, 몸짓 하나하나를 저울질한다. 모든 가능성을 주의 깊게 살핀다. 그는 아직 기대에 차 있다. 이제 막 9시를 알리는 포성이 들려왔다. 앞으로 많은 시간이 남아 있다. 연애 사업은 11시부터가 시작이니까. 후각에 온 신경을 집중하며 걷는 동안, 앞일을 헤아려본다. 그는 가볍게 만났다 헤어지는 덧없는 관계들에 피로감을 느낀다. 많은 경우 환멸로 끝났고, 어떤 만남은 시작도 하기 전에 끝이 나서 트라우마로 남았다. 향긋한 찻잔을 든 익숙한 친구들과 클래식 음악 공연, 뻔하디뻔한 뒷담화와 예의 그 회고 취미. 이런 것들은 그를 온전히 채워주지 못한다. 다시 한 번 안셀모 같은 남자를 만나야 한다. 안셀모는 머리부터 발끝까지 남자였다. 왜 누군가가 자신에게 사랑에 빠지는지 그 이유를 아는 남자였다. 또 사랑을 줄

줄도 알았다. 안셀모와 함께 살았던 다시 올 수 없는 몇 달의 기간이 그의 삶에 영원히 지울 수 없는 흔적을 남겼다. 헤어진 지 삼 년이 지났지만 그는 아직 그대로 느낀다. 슬픈 짐승의 눈이나 풍성한 콧수염, 밀 빛 얼굴을 보면, 인생에서 가장 사랑했던 사람이 생각나 예전처럼 그대로 온몸이 서늘해지고 심장이 쿵쾅거린다. 아니, 이별 후 그 끔찍했던 날들을 다시 떠올리고 싶지는 않다. 안셀모는, 한 여자를 알게 되었고 그녀를 사랑하게 된 것 같다고 말했다. 그 순간 그는 침대에 고독이 돌아온 것을 깨달았다. 제어할 수 없었던, 순수한 사랑을 나누던 밤들도 이젠 끝났다. 해질 녘 해변의 은밀한 구석에서 보낸 잊지 못할 시간들도 끝이 났다. 옷을 다 벗고 물놀이를 즐겼다. 차가운 바닷물 속에서 자기 손에 흘러내리는 안셀모의 미지근한 액체를 느낄 때도 있었다. 물론 자신처럼 아무런 생식 능력이 없는 파도 속으로 녹아 들어갔지만. 제길, 어떻게 그를 사랑했던 거지. 이별 한 번 했다고 어떻게 그토록 좌절한 거지. 정신줄을 놓아버리겠다고 코펠리아의[6] 미친 창녀들과[7] 벌인 멍청한 짓들은 또 어떻고 그 애들은 변덕이 심한 떠돌이에다 맹목적인 쾌락주의자들이었다. 공중변소에서의 돌발 상황, 어두침침한 계단에서의 위험 인자, 거친 초지에서의 전율과 긴장을 그 무엇보다 좋아했다. 깨끗하고 정리가 잘 된 침대의 완전함보다, 출근 전 함께 먹는 아침보다, 커피와 남자의 향기를 머금은 뜨거운 키스보다 더, 더, 더. 그건 그렇고 엘 프라도 거리에서 이 시각이라니 너무 이르군 하고 거리가 끝날 때쯤 생각했다. 좀 더 있다가 다시 와야겠다고, 아마도 그와 같은 염소 자리에게는 꽤나 인색한 행운의 여신이 이번엔 그를 도울 것 같다고 중얼거렸다. 비어 있는 벤치가 있는지 찾아보려고 넵투노

---

6) 코펠리아(Coppelia). 아바나에 있는 유명한 아이스크림 가게.

7) 미친 창녀(fletera). 쿠바에서 매춘 여성을 지칭하는 속어로 사용된다. 게이 남자를 이르는 말이기도 하다.

길을 건너 중앙공원에 진입했다. 정면에 보이는 길가에 줄이 두 개 늘어
서 있다. 한 곳은 피자집 앞에서 순서를 기다리는 줄이고, 다른 줄은 관광
객을 기다리는 택시들이다. 아직 그의 관심을 끄는 사람은 만나지 못했다.
공원의 중앙로에 비어 있는 벤치가 있어 부리나케 앉았다. 아름다운 밤이
다, 정말로. 그는 기다리고, 바라보고, 관찰할 준비가 되어있다.

공원 구석에 20명쯤 되는 사내 무리가 있다. 모두가 동시에 떠들어 대
면서 공놀이를 하고 있다. 막말과 헛소리가 뒤섞인 고성이 그에게까지 들
려왔다. 길 건너에 있는 극장 입구는 한산하다. 이미 8시 30분에 발레 공
연이 시작된 것이다. 하늘하늘하고 호리호리한, 쏟아지는 갈채에 익숙한
호세피나와 아우로라. 그녀들을 직접 만나보기를, 그녀들처럼 되기를 열
망하는 발레광들—나는 그년들을 참을 수 없다—의 도취된 모습이 눈에
선하다. 뻔하다. 그들은 가지고 있는 옷 중에 가장 좋은 옷을 입고 왔을
것이다. 그리고는 그들의 발레 신들이 경이로운 몸짓을 선보일 때마다, 깃
털을 공중에 날려가며 동작을 펼칠 때마다 열에 들떠, 손에는 땀을 쥐고,
마리콘처럼 꽥꽥 소리를 질러댈 것이다.—내가 말했지, 나는 그년들을 참
을 수가 없다고.

그가 만약 덜 소심했다면 서른두 살이 되었을 때 그가 나눈 사랑의 역
사를 세기 위해서는 양손을 펼쳐야 했을 것이다. 하지만 실제로는 손가락
몇 개로 충분하다. 안셀모가 그를 버린 이후에 저지른 미친 짓들은 계산
에 넣고 싶지 않다. 하지만 진짜 셀 수 없는 것은 소심해서 시작도 못해
보고 끝난 플라토닉 러브랄까. 직장에서 그는 세 명의 동료를 눈물이 날
만큼 좋아했다. 하지만 그들은, 이건 확실한데, 결코 그 마음을 상상도 못
했을 것이다. 그중 최악은 보급 간부인 윌프레도를 사랑한 것이다. 그 창
백하고 마른, 게다가 강박적인 인간에게서 무엇을 발견하고 좋아했는지는

그도 잘 모른다. 아직도 시골 사람 같은 눈빛에다가 아무리 잘 쳐줘도 1970년대에나 입었을 촌스러운 옷차림의 그를. 아마도 그가 풍기는 고립무원의 분위기와 나른함이 그 구제 불능의 소심함 때문에 결코 드러난 적 없는—그는 그렇게 확신한다— 사랑의 기원이었을 것이다. 그는 윌프레도에게 카르보나라 스파게티를 두 번이나 대접했고, 공연을 두 번이나 보여줬으며, 그를 사냥할 뻔했지만, 직장 동료에게 그럴 수는 없었다. 그 이유는 모른다. 그는 속으로도 겉으로도 남들이 진실을 알든 말든 관심이 없었다. 심지어 몇몇은 진실을 알고 있기도 했다. 어쩌면 직장 내 불이익에 대한 두려움으로 자중하는 면이 있는 유전자가 그를 거리의 은밀한 사냥꾼으로 만들었다고도 볼 수 있다. 그는 오직 밤에만 도시로 나갔다. 어딘가에서, 즉 공원, 극장, 어쩌면 구아구아에서라도 안셀모와 꼭 닮은 꿈의 남자가 나타나리라 생각하면서.

그가 그렇게 소심하지만 않았다면, 참고로 그는 자신의 소심함을 알고 있다, 언젠가 화장을 제대로 하고 거리로 나섰을 텐데. 그가 느끼고 싶은 것들을 소리쳐 외쳤을 텐데, 아름다웠을 텐데, 그리고 제일 미친년보다 더한 미친년이 되었을 텐데 —하지만 나는 그년들을 참을 수 없다.

커플들이 중앙공원을 산책한다. 여자끼리 혹은 남자끼리 지나가기도 한다. 알록달록한 색감의 오션 애틀랜틱 티셔츠, 리바이스 청바지, 빛나는 아디다스 운동화, 심지어는 이국 취향의 위스키 병으로도 변할 수 있는 희구의 대상, 마술 같은 달러를 위해서라면 뭐라도 할 수 있는 개들 중 가장 대담한 암환전상들도 여기에 있다. 노인들과 경찰들이 걸어간다. 때 지난 신문을 파는 사람들도, 아직 교복을 입고 있는 학생들도. 이들 중 일부는 그가 기다리는 사람일 수도 있다. 모든 가능성을 열어두고 신중한 눈빛을 보낸다. 이성으로는 절대 알아챌 수 없는 작은 움직임에도 의미를 부여한다.

아무 일도 일어나지 않았다. 그렇다고 조바심이 난 것은 아니다. 파이렛 극장까지 걸어가기로 했다. 먹잇감들은, 에버가 자주 되풀이한 말처럼, 찾아 나서야 한다. 이 생의 모든 일이 그러하듯. 극장 현관 차양 위에서 빛나는 글씨가 밤 12시 영화 상영을 알렸다. 때는 10시를 조금 넘긴 시각이었고, 극장 주변에는 몽유병자들이 느긋하게 12시 영화를 기다리고 있었다. 여자랑 같이 온 사람들은 제외했다. 너무 늙거나 외모가 별로인 사람도 제외했다. 나머지 사람들을 하나하나 평가하기 시작했다. 넋 나간 사람처럼 그들 사이를 걷고 바라보았다. 한 사람에게 성냥을 빌리며 영화는 어땠냐, 시간이 몇 시냐, 내 시계가 늦어서 그런다, 하고 물었다. 제 것도 그래요, 젊은이는 유감을 표했다.

스물여덟 살 정도 됐을 것이다. 옷을 잘 차려입었다. 옆구리에 서류철을 끼고 있었다. 조만간 머리가 벗겨질 걸 예견하듯 빛나는 이마와 푸른 눈. 그는 심장이 크게 뛰는 것을 느꼈다. 하지만 아니라고, 일은 반복되지 않는다고 애써 침착했다. 그 젊은이는 후안 카를로스와 똑 닮았다. 후안 카를로스를 만난 바로 그곳에서 그를 만났다. 후안 카를로스에게 물었던 똑같은 것을 그에게 물었다. 그런 행운은 두 번 다시 없을 거란 걸 알고 있다. 안셀모 이전에 만났던 후안 카를로스는 그와 가장 가깝고 없어서는 안 될 관계였다. 막 스물한 살이 되었을 때 후안 카를로스를 만났다. 그는 둘의 사랑에서 스승 노릇을 하면서 우위를 점했다. 이전엔 그가 에버의 제자였던 것과 마찬가지다. 하지만 후안 카를로스와의 관계는 일찍 끝났다. 후안은 다른 친구들을 알게 되면서 그 패거리들과 어울리는 또 한 명의 그렇고 그런, 맹렬한 미친년으로 전락했다. 관계 본래의 순수함은 영원히 사라졌다. 순결이란 것도 그렇듯이.

젊은이의 서류철을 바라보았다. 지금 공부하다 오는 길이냐고 물었다. 외국어 공부라고 대답했다. 만사나 데 고메스에[8] 있는 거기서요? 영어? 아니요. 젊은이가 웃는다. 독일어요. 저는 생화학자라 독일어로 된 참고문헌이 많거든요. 그 언어를 좋아해요? 좋아하는 것과는 다른 문제예요. 어쨌든 저는 이걸 머릿속에 집어넣어야 하죠. 뭔지 잘 알잖아요. 왜 이렇게 늦은 시각에 영화를 보러 왔어요? 별수 있나요. 저는 낮에 일하고 밤에는 공부하러 다니는데 주말은 늘 복잡하니까요. 재밌네요, 그가 말하며 담배를 권했다. 고맙지만 안 피워요. 심장이 뛰었다. 후안 카를로스 역시 담배를 태우지 않았다. 영화는 후안이 세상에서 제일 좋아하는 것이기도 했다. 그가 만났던 시절의 후안 카를로스처럼, 이 청년 역시 아름답고, 평범한데다가 그처럼 꽤 소심해 보였고 정면으로 바라볼 때는 푸른 눈빛으로 사람을 녹였다. 그를 집에 데려간다고 상상해 보았다. 카세트를 듣자 하고, 크로켓을 나눠 먹는다. 사실 이제는 그 맛을 내는 크로켓을 아무도 만들지 못하지만. 지친 몸을 소파에 잠시 기대고 대화를 하고 또 대화를 하고 또 대화. 마리아 베타니아가[9] 부르는 〈꿀〉을 들으며, 오늘밤 집에 머무르라 하고, 허벅지 위에는 고요한 손. 봐요, 지금은 너무 늦어서 구아구아가… 함께 자게 될까? 저 푸른 눈과 소심한 눈빛을 한 청년이 키스해 줄까? 애무해 줄까? 숨이 막힐 때까지 꽉 껴안아 줄까? 끝내 내 위에 올라타 저 깊은 곳에 박혀있는 아득한 달콤함을 느끼게 해줄까?

미안하지만, 그때 젊은이가 말했다. 전화 좀 해야 할 것 같아요. 제 아내가 10시에 여기서 기다리기로 했거든요. 아 네, 괜찮아요, 그는 대답했다. 속으로는 젊은이를 한 대 치고 싶었다.

---

8) 만사나 데 고메스(Manzana de Gómez). 20세기 초반에 지어진 쿠바 최초의 복합 쇼핑몰.
9) 마리아 베타니아(Maria Bethânia Viana Telles Veloso 1946~). 브라질 대중 가수.

중앙공원으로 돌아왔다. 풍경은 여전했다. 비록 공놀이는 끝나고 차들의 소음만이 남았지만. 11시가 다 되어간다. 더 많은 벤치가 비어 있다. 하지만 이제는 앉고 싶지도 않다. 그는 격분했고 싫증이 났다. 이 밤을 또다시 고독 속에 보내고 싶지는 않았다. 엘 프라도 거리로 들어갔다. 정숙하지 못하게 키스하는 커플들—나는 질투에 죽어버릴 것 같다—과 몇몇 이탈리아 사람들 뒤를 좇는 끈질긴 암환전상들이 바로 보였다.

안셀모를 마지막으로 본 것은 그가 아내와 함께 있을 때였다. 그는 돌지난 아기를 안고 있었다. 그들은 G/23가(街)에서 내렸다. 한 블록 더 가서 그들을 보자마자 알아볼 수 있었다. 예전처럼 심장이 포효하지 않았다. 피부가 서늘해지지도 않았다. 이번에는 진짜 안셀모였다. 그리고 저 가족이라는 인장은 너무 강력해서 그 자리에서 바로 쓰러져버릴 것 같았다. 말을 할 수도 움직일 수도 없었다. 안셀모는 깔끔하게 면도했고 그녀는 상상했던 것보다 훨씬 더 금발의 미녀였다. 풍만한 엉덩이. 가까이 갈수록 얼굴은 더 예뻐 보였다. 그의 마음에는 질투, 사랑, 추억, 향수, 버림받은 사람들이 겪는 다시 샘솟는 증오의 폭풍이 몰아쳤다. 결국 안셀모가 그를 알아보기 전에 뒤돌아갔다.

루브르 길로 돌아왔다. 피자집은 이미 문을 닫았지만 택시들은 여전히 질서 있게 줄지어 대기하며 서비스 태세를 갖추고 있다. 극장은 상영이 끝났고 한 무리의 발레광 그 미친년들이 입구에 서서 공연에 대한 장광설을 늘어놓고 있다. '푸에테'처럼 발끝으로 서는 발레 동작도 취해가며 탄성을 지른다. 또다시 한 대 치고 싶은 욕구가 차오른다. 저 마리콘들. 상처를 주고 비참하게 만들고 싶다. 중앙공원을 향해 길을 건넜다.

벤치 쪽을 보려고 멈추지 않고 걸었다. 술레타 길을 건넜다. 아스투리아노 센터의 출입 금지 구역까지 들어갔다. 수년간 켜켜이 쌓인, 마른 오줌 지린내가 코를 찔렀다. 하지만 플로리디타가[10] 나타날 때까지 잘 참아 냈다. 오른쪽으로 돌아, 누군가 금방 오줌을 깔겨놓은 웅덩이를 건너 다시 오른쪽으로 돌았을 때였다. 어둠 속에서, 기둥을 향해 서 있는 거대한 흑인이 나타났다. 환희, 혹은 고통에 찬 울부짖음을 억누르며 십자가에 못 박힌 소녀의 키에 맞춰 다리를 벌리고 있었다.

파이렛은 다시 가고 싶지 않았다. 공허함을 느끼는 동시에 증오, 색욕, 절망이 그를 휘감았다. 몇 주, 몇 달간 지속될 고독을 더 이상 견디고 싶지 않았다. 행복한 사람들이 있다는 사실이 그를 괴롭게 했다. 미친년들처럼 되고 싶었다. 남자가 필요해! 남자! 라고 외치고 싶었다. 젠장.

그리고 싶진 않았지만 카피톨리오 끝까지 걸어갔다. 그리고 짧은 계단에 자리를 잡고 앉았다. 때를 기다려 사냥할 준비가 되어있었다. 12시가 넘었다. 그 시각엔 언제나 먹잇감이 있게 마련이다. 물론 질은 떨어진다. 안셀모, 후안 카를로스, 에버 같은 사람, 혹은 안토니오처럼 자기중심적이고 변덕쟁이인 사람을 사냥하진 않을 것이다. 두 커플이 지나갔다. 군인도, 값싼 창녀같이 생긴 소녀들도 그에게 추파를 던지며 지나갔다. 두 명의 젊은이도 지나갔다. 한 명은 백인이고 한 명은 흑인이다. 그들은 오래된 건물의 동굴 같은 데 숨어서 담배를 피운다. 너무 가볍고 빈약한, 축축하고 고약한 냄새가 나는 저질 담배다. 그러던 중 다가오는 먹잇감을 보았다. 18세일 것이다. 수염이 없다. 가슴을 쓰다듬으며 걷고 있다. 저런 애들은 무리 동물처럼 떼 지어 다니는 흔한 존재인데 지금은 이상하게도 혼자 걷고 있다. 아마 나처럼 낙오된 것 같다고 생각했다. 그렇게 생각했기 때문에 그를 부르지 않겠다고 다짐했다. 무너져가는 건물과 계단에서

---

10) 플로리디타(Floridita). 아바나 비에하에 위치한 칵테일바. 헤밍웨이가 자주 찾은 작은 술집으로 유명하다.

급습하는 짓거리는 반복하고 싶지 않다고, 성마른 동성애 성향을 문장(紋章)처럼 드러내고 다니는 오만불손하고 도착적인 저 애송이는 볼일이 없다고.

그렇다고 계속 이렇게 매일 밤 성과 없는 사냥을 하고, 자위하고, 침 냄새나 맡으며 사랑의 기적을 기다릴 수도 없다. 누군가에게 몸을 주거나 누군가의 몸을 느껴야만 했다.

—저기, 학생. 부탁이 좀 있는데 —소년에게 말을 걸었다.

문을 닫았다. 빗장을 걸었다. 거실 소파 위에 셔츠를 벗어 던지고 끈도 풀지 않은 채 신발을 벗는다. 욕실로 향한다. 쓰라린 손을 씻기 전에 거울을 한 번 본다. 다크서클이 계속 커지고 있다. 입안이 아리게 쓴맛을 내뱉으려다 구토를 했다. 놀라웠다. 대단한 구역질이었다. 창자에서부터 올라와 입술을 벌렸다. 구토가 끝나자 다크서클이 더욱 짙어졌다. 거울에 비친 그의 모습이 싫었다. 수치심도 없이 그에게 모든 것을 바친 저 소년을 돌발적으로 구타했던 그의 손도 증오했다. 무의식적이면서도 필연적인 충동이었다. 단순하게 찾아와 이제는 뜻대로 멈출 수 없는 구토 같은 것이었다. 사랑을 나누었던 그 축축한 계단 밑에서 아까 그 젊은이는 비명조차 지르지 않고 얼굴을 감싼 채 유산된 태아처럼 남아 있다.

옷을 벗고 변기에 앉았다. 오줌을 누는 동안 울기 시작했다. 눈물은 거의 나오지 않았다. 하지만 깊은 곳에서 올라온 가래 섞인 숨에 고통스레 쌕쌕거렸다. 누구인지 알지 못했고 무슨 짓을 한 건지 인정하고 싶지가 않았다. 방에 들어가고 싶지 않았고 다시, 결국 또다시 혼자 잠을 청해야만 하는 텅 빈 침대를 보고 싶지 않았다. 그때, 모든 것은 끝나야 한다고 생각했다.

그에게 자살 충동이 인 지는 꽤 오래되었다. 아플 때나 고독감에 두려위 몸서리칠 때 그런 충동이 찾아왔다. 기분이 좋을 때나 누군가와 쾌락을 나눌 때 혹은 그러지 못할 때도 찾아왔다. 사냥을 나갈 때와 빈 자루로 돌아올 때도 그랬다. 언젠가 충동이 극에 달하면 자살을 실행할 것을 알고 있었다. 그리고 다가올 새벽이 그날이란 예감이 들었다.

몸에서 나는 악취를 끌고 알몸으로 주방까지 걸어갔다. 서랍장에서 가장 예리한 칼을 찾았다. 건드리지도 않은 우유 그릇이 보였다. 대체 어디 있는 거지? 생각하면서 창문 밖을 내다보며 고양이의 자취를 찾아보려 했다. 우유를 좋아하던 고양이. 그는 사랑에 빠져 사냥을 하면서 돌아다니지, 혼잣말을 한다. 혈관을 끊을 칼끝을 바라본다. 영원한 안식이 될 거야. 안셀모에 대한 기억, 소심함, 성과가 있기도 없기도 했던 사냥, 그리고 고독, 활력과 즐거움도 씨가 마른 지긋지긋한 이중생활도 다 끝나겠지.

텅 빈, 그야말로 텅 빈 침대 끝에 앉아 물끄러미 팔을 바라보았다. 주먹을 쥐니 푸른 혈관이 부풀어 오른다. 그가 제일 좋아하는 색이다. 피는 멈추지 않고 흘러 침대와 벽, 바닥과 천장을 물들일 것이다. 모든 것은 메스꺼움으로 변할 것이다. 그가 죽어도 안셀모는 아마 모를 것이라고 생각했다. 그의 아버지는 이제 이런 아들은 없다며 즐거워하시겠지. 그러니 이별 편지를 보낼 누구도 없다. 오열이 그를 위로하는 동안 쌕쌕거리는 숨소리는 잦아들었다. 이 모든 것이 운명의 작품이란 생각이 들었다. 더러운 입술, 퀭한 눈가를 맴도는 파리와 함께 동이 틀 것이다. 너무나도 역겨울 것이다. 그는 자조했다. 다시 한 번 그의 푸른 혈관을 바라보았다. 오른손을 폈다. 칼이 바닥에 떨어지며 둔탁한 종소리를 냈다. 아, 안셀모. 탄식을 내뱉고 침대 위로 쓰러졌다.[11]

[최사라 옮김]

---

11) 이 단편은 레오나르도 파두라의 1990년 작품으로 원제는 'El cazador'이다.

참고 문헌

게오르그 루카치(1985), 『소설의 이론』, (반성완 옮김), 심설당.

김기현(2014), 『쿠바: 경제적·사회적 변화와 사회주의의 미래』, 한울.

김용옥(1989), 『노자철학 이것이다』, 통나무.

_____(1992), 『기철학 산조』, 통나무.

난시 모레혼(2009), 「쿠바와 쿠바 문화에 뿌리 깊게 자리한 아프리카적 특성」, (강문순 옮김), 『제1회 인천AALA문학포럼 자료집』, pp. 25-35.

로버트 J. C. 영(2005), 『포스트식민주의 또는 트리컨티넨탈리즘』, (김택현 옮김), 박종철 출판사.

로베르토 페르난데스 레타마르(2017), 『칼리반』, (김현균 옮김), 그린비.

루벤 다리오(2013), 「칼리반의 승리」, (김현균 옮김), 《지구적 세계문학》 1호, pp. 404-412.

머레이 북친(1997), 『사회 생태론의 철학』, (문순홍 옮김), 솔.

미겔 바르넷(2010), 『어느 도망친 노예의 일생』, (박수경·조혜진 옮김), 인천문화재단.

바트 무어-길버트(2001), 『탈식민주의! 저항에서 유희로』, (이경원 옮김), 한길사.

베네딕트 앤더슨(2009), 『세 깃발 아래에서: 아나키즘과 반식민주의적 상상력』, (서지원 옮김), 도서출판 길.

베르너 하이젠베르크(1982), 『부분과 전체』, (유영미 옮김), 지식산업사.

서성철(1996), 「쿠바, 두 세계의 만남」, 《외국문학》 46호, pp. 6-17.

_____(2013), 「삼각무역: 아카풀코 갤리언 무역의 탄생과 몰락」, 《라틴아메리카연구》 26권 2호, pp. 131-157.

설준규(1994), 『셰익스피어의 말기극에 나타난 정치의식: Cymberline, The Winter's Tale, The Tempest를 중심으로』, 서울대학교 박사학위논문.

손관수(1993), 『중남미 에세이: 정체성 추구』, 송산출판사.

송상기(1999), 「콜럼버스와 코르테스: 정복자들」, 이성형 편, 『라틴아메리카의 역사와 사상』, 까치.

신정환(1996), 「중남미소설의 네오바로크 미학과 기예르모 까브레라 인판떼」, 《외국문학》 46호, pp. 91-122.

심미현(1995), 『Shakespeare 희극에 나타난 Metamorphoses 연구』, 고려대학교 박사학위논문.

아바바 촘스키(2014), 『쿠바혁명사: 자유를 향한 끝없는 여정』, (정진상 옮김), 삼천리.

에드워드 사이드(1995), 『문화와 제국주의』, (김성곤·정정호 옮김), 창.

우석균(2002), 「라틴아메리카의 문화이론들: 통문화, 혼종문화, 이종혼형성」, ≪라틴아메리카연구≫ 15권 2호, pp. 283-294.

_____(2002), 「페르난도 오르띠스의 통문화론과 탈식민주의」, ≪이베로아메리카연구≫ 13호, pp. 181-197.

월터 D. 미뇰로(2010), 『라틴아메리카, 만들어진 대륙: 식민적 상처와 탈식민적 전환』, (김은중 옮김), 그린비.

윌리엄 블레이크(1996), 『천국과 지옥의 결혼』, (김종철 옮김), 민음사.

이경원(1998), 「저항인가, 유희인가?: 탈식민주의의 반성과 전망」, ≪문학과 사회≫ 42호, pp. 746-781.

조지프 L. 스카파시·아르만도 H. 포르텔라(2017), 『쿠바의 경관: 전통유산과 기억, 그리고 장소』, (이영민·김수정·조영지 옮김), 푸른길.

존 크라니어스커스(2001), 「번역과 문화횡단 작업」, (강소영·강내희 옮김), ≪흔적≫ 1호, pp. 315-332.

프란츠 파농(1995), 『검은 피부, 하얀 가면』(이석호 옮김), 인간사랑.

피터 H. 스미스(2010), 『라틴아메리카, 미국, 세계』, (이성형·홍욱헌 옮김), 까치.

테리 이글턴(1996), 『셰익스피어 다시 읽기』(김창호 옮김), 민음사.

토머스 E. 스키드모어, 피터 H. 스미스, 제임스 N. 그린(2014), 『현대 라틴아메리카』, (우석균·김동환 외 옮김), 그린비.

Aceituno, Luis(1999), "Rigoberta Menchú: libro y vida. Arturo Taracena rompe el silencio", *Casa de las Américas*, No. 214, pp. 129-135.

Acosta, Leonardo(1984), *El Barroco de Indias y otros ensayos*, La Habana: Casa de las Américas.

Aguirre, Mirta, Isabel Monal y Denia García(1980), *El Leninismo en La Historia me absolverá*, La Habana: Editorial de Ciencias Sociales.

Álvarez Bravo, Armando(1987), "Órbita de Lezama Lima", (entrevista), Eugenio Suárez-Galbán(ed.), *Lezama Lima*, Madrid: Taurus, pp. 48-76.

Amrith, Sunil S.(2008), "Gazing at the Starts", *History of Workshop Journal*, No. 66, pp. 227-236.

Anderson, Benedict(1983), *Imagined Communities: Reflections on the Origin and Spread of Nationalism*, London & New York: Verso.

_____(2005), *Under Three Flags: Anarchism and the Anti-colonial Imagination*, London & New York: Verso.

Antón Carrillo, Elvira(2005), *Arqueología del discurso de las élites cubanas sobre raza durante el siglo XX: editoriales y artículos de opinión*, tesis doctoral, Granada: Universidad de Granada.

Arguedas, José María(1969), "No soy un aculturado", *Cultura y Pueblo*, No. 15-16, p. 3.

Baker Jr., Houston A.(1986), "Caliban's Triple Play", Henry Louis Gates Jr.(ed.), *Race, Writing, and Difference*, Chicago: The University of Chicago Press, pp. 381-396.

Barnet, Miguel(1968), "Función del mito en la cultura cubana", *Unión*, Año VI, No. 1, pp. 39-45.

_____(1985), *Canción de Rachel*, La Habana: Editorial Letras Cubanas.

_____(1998), "La novela-testimonio: socio-literatura", *La fuente viva*, La Habana: Editorial Letras Cubanas, pp. 9-40.

_____(2001), *Biografía de un cimarrón*, La Habana: Editorial Letras Cubanas.

Barthes, Roland(1976), "Sarduy: La faz barroca", Julián Ríos(ed.), *Severo Sarduy*, Madrid: Fundamentos, pp. 109-112.

Bellini, Giuseppe(1992), "Albores del problema de la identidad americana: Garcilaso, Sor Juana, Caviedes", *Ínsula*, No. 549-550, pp. 4-5.

Bernard Chateausalins, Honorato(1854), *El vademécum de los hacendados cubanos*, La Habana: Manuel Soler.

Beverley, John(1989), "Nuevas vacilaciones sobre el barroco", *Revista de Crítica Literaria Latinoamericana*, No. 28, pp. 215-227.

Beverley, John, José Oviedo and Michael Aronna(eds.)(1995), *The Postmodernism Debate in Latin America*, Durham: Duke University Press.

Blanco, John D.(2004), "Bastards of the Unfinished Revolution: Bolívar's Ismael and Rizal's Martí at the Turn of the Twenties Century", *Radical History Review*, No. 89, pp. 92 - 114.

Brown, Paul(1985), "The Thing of Darkness I Acknowledge Mine", Jonathan Dollimore and Alan Sinfield(eds.), *Political Shakespeare: New Essays in Cultural Materialism*, Manchester: Manchester University Press.

Bueno, Salvador(1979), "Aproximaciones a la vida y la obra de Fernando Ortiz", *Casa de las Américas*, No. 113, pp. 119-128.

Calabrese, Omar(1989), *La era neobarroca*, Madrid: Cátedra.

Carpentier, Alejo(1966), *Tientos y diferencias*, La Habana: Editorial Unión.

_____(1976), *Razón de ser*, Caracas: Ediciones del Rectorado.

_____(1979), *El arpa y la sombra*, México, D. F.: Siglo XXI.

_____(1981), "La cultura de los pueblos que habitan en las tierras del Mar Caribe", *Anales del Caribe, No. 1*, http://www.casa.cult.cu/publicaciones/analescaribe/1981/carpentier.htm.

_____(1984), *Ensayos*, La Habana: Editorial Letras Cubanas.

_____(1985), *Entrevistas*, La Habana: Editorial Letras Cubanas.

_____(1987), *Conferencias*, La Habana: Editorial Letras Cubanas.

Carpentier, Alejo et al.(1966), "Cimarrón. Un libro sin precedentes en la literatura cubana", *Bohemia*, No. 16, pp. 32-34.

Castro, Fidel(1973), *La Historia me absolverá*, La Habana: Comisión de Orientación Revolucionaria del Comité Central del Partido Comunista de Cuba.

César Gandarilla, Julio(1973), *Contra el yanqui*, La Habana: Editorial de Ciencias Sociales.

Colás, Santiago(1995), "Of Creole Symptoms, Cuban Fantasies, and Other Latin American Postcolonial Ideologies", *PMLA*, Vol. 110, No. 2, pp. 382-396.

Cornejo Polar, Antonio(1996), "Una heterogeneidad no dialéctica: sujeto y discurso migrantes en el Perú moderno", *Revista Iberoamericana*, Vol. LXII, No. 176-177, pp. 837-841.

Coronil, Fernando(1993), "Challenging Colonial Histories: Cuban Counterpoint/Ortiz's Counterfetishism", Steven M. Bell, Albert H. LeMay and Leonard Orr(eds.), *Critical Theory, Cultural Politics and Latin American Narrative*, Notre Dame: University of Notre Dame Press, pp. 61-80.

Dash, J. Michael(1974), "Marvellous Realism: The Way out of Negritude", *Caribbean Studies*, Vol. XIII, No. 4, pp. 57-70.

De la Campa, Román(1994), "Hibridez posmoderna y transculturación: políticas de montaje en torno a Latinoamérica", *Hispanoamérica*, No. 69, pp. 3-22.

De la Fuente, Alejandro(2001), "La "raza" y los silencios de la cubanidad", *Encuentro de la Cultura Cubana*, No. 20, pp. 107-118.

Deleuze, Gilles and Féliz Guattari(1990), *Anti-Oedipus*, Robert Herly, Mark Seem and Hele R. Lane(trans.), Minneapolis: Minnesota University Press.

Delmendo, Sharon(1998), "The American Factor in José Rizal's Nationalism", *AMERASIA* Special Issue: "100 Years of Philippine-American History", Vol. 24, No. 2, pp. 35-63.

Deschamps Chapeaux, Pedro(1976), *Rafael Serra y Montalvo*, La Habana: Editorial Unión.

Díaz-Quiñones, Arcadio(1997), "Fernando Ortiz y Allan Kardec: transmigración y transculturación", *Latin American Literary Review*, Vol. XXV, No. 50, pp. 69-85.

Dussel, Enrique(1992), *1492. El encubrimiento del otro: El origen del mito de la modernidad*, Bogotá: Edición Antropos.

Eltis, David and David Richardson(2010), *Atlas of the Transatlantic Slave Trade*, New Haven & London: Yale University Press.

Fernández Férrer, Antonio(1995), "La olla prodigiosa: sobre el concepto de *transculturación* en Fernando Ortiz y Ángel Rama como aportación para el estudio de la dicotomía universalismo-localismo en la literatura hispanoamericana", Carmen de Mora(ed.), *Diversidad sociocultural en la literatura hispanoamericana(siglo XX)*, Sevilla: Universidad de Sevilla, pp. 115-127.

Fernández Retamar, Roberto(1978), "El 26 de julio y los compañeros desconocidos de José Martí", Roberto Fernández Retamar, *Introducción a José Martí*, La Habana: Centro de Estudios Martianos y Casa de las Américas.

_____(1987), "Naturalidad y novedad en la literatura martiana", Luis Íñigo Madrigal (ed.), *Historia de la literatura hispanoamericana: Del neoclasicismo al modernismo*, Madrid: Cátedra, pp. 563-575.

_____(1989), *Caliban. Caliban and Other Essays*, Edward Baker(trans.), Foreword by Fredric Jameson, Minneapolis: University of Minnesota Press.

_____(1997), "Caliban Speaks Five Hundred Years Later", McClintock, Anne, Aamir Mulfi and Ella Shoahat(eds.), *Dangerous Liaisons: Gender, Nation & Postcolonial Perspectives*, Minneapolis: University of Minnesota Press.

_____(2000), *Todo Caliban*, La Habana: Editorial Letras Cubanas.

_____(2003), *Todo Caliban*, San Juan: Ediciones Callejón.

Fornet, Jorge(1995a), "Aproximaciones a Severo Sarduy", *La Gaceta de Cuba*, No. 5, pp. 43-45.

_____(1995b), "La Casa de las Américas y la 'creación' del género testimonio", *Casa de las Américas*, No. 200, pp. 120-125.

Franco, Jean(1997), "The Nation as Imagined Community", McClintock, Anne, Aamir Mulfi and Ella Shoahat(eds.), *Dangerous Liaisons: Gender, Nation & Postcolonial Perspectives*, Minneapolis: University of Minnesota Press.

García Canclini, Néstor(1990), *Culturas híbridas: Estrategias para entrar y salir de la modernidad*, México: Grijalbo.

Glissant, Édouard(1981), *Le discours antillais*, Paris: Seuil.

_____(1989), *Caribbean Discourse: Selected Essays*, Michael Dash(trans.), Charlottesville: University Press of Virginia.

Gómez, Juan Gualberto(1974), *Por Cuba Libre*, La Habana: Editorial de Ciencias Sociales.

González Echevarría, Roberto(1978), "An Interview with Roberto Fernández Retamar", *Diacritics*, Winter, pp. 76-88.

_____(1989), *The Voice of the Masters: Writing and Authority in Modern Latin American Narrative*, Austin: University of Texas Press.

_____(1990), *Alejo Carpentier: The Pilgrim at Home*, Austin: University of Texas Press.

_____(1993), "Severo Sarduy(1937~1993)", *Revista Iberoamericana*, No. 164-165, pp. 755-760.

Gracián, Baltasar(1969), *Agudeza y arte de ingenio I*, Madrid: Castalia.

Groussac, Paul(2009), *Del Plata al Niágara*, Buenos Aires: BiblioBazaar.

Guerrero, León Ma.(2012), *The First Filipino*, BookBaby(Kindle edition).

Guibert, Rita(1974), *Siete voces*, México: Novaro.

Guillén, Nicolás(1964), *Antología mayor*, La Habana: Editorial Unión.

_____(1976), *Prosa de prisa(1929-1972)*, tomo III, La Habana: Editorial Arte y Literatura.

Gutiérrez Girardot, Rafael(1992), "La identidad hispanoamericana", *Ínsula*, No. 549-550, pp. 1-3.

Hagimoto, Koichi(2013), *Between the Empires: Martí, Rizal, and the Idea of Global Resistance*, New York: Palgrave Macmillan.

Hatzfeld, Helmut(1966), *Estudios sobre el barroco*, Madrid: Gredos.

Hofmann, Sabine(1997), "Transculturation and Creolization: Concepts of Caribbean Cultural Theory", Richard A. Young(ed.), *Latin American Postmodernisms*, Amsterdam: Rodopi, pp. 73-86.

Hutcheon, Linda(1988), *A Poetics of Postmodernism: History, Theory, Fiction*, New York & London: Boutledie.

Kadir, Djelal(1993), *The Other Writing: Postcolonial Essays in Latin America's Writing Culture*, West Lafayette: Purdue University Press.

Kim, David Haekwon(2004), "Empire's Entrails and The Imperial Geography of 'Amerasia'", *City*, Vol. 8, No. 1, pp. 57-88.

Kramer, Paul A.(2006), *The Blood of Government: Race, Empire, the United States, & the Philippines*, Chapel Hill: University of North Carolina Press.

Lambert, Jean-Clarence(1994), "Imaginar es ver", *Vuelta*, No. 206, pp. 19-23.

Lamming, Jorge(1990), *The Pleasured of Exile*, Ann Arbor: University of Michigan Press.

Leante, César(1977), "Confesiones sencillas de un escritor barroco", *Recopilación de textos sobre Alejo Carpentier*, La Habana: Casa de las Américas.

Le Riverend, Julio(1966), *La República. Dependencia y Revolución*, La Habana: Editora Universitaria.

Lezama Lima, José(1981), *Imagen y posibilidad* (introducción y selección de Ciro Bianchi Ross), La Habana: Editorial Letras Cubanas.

_____(1985), "Ceremonial de lo invisible", *Vuelta*, No. 9, pp. 50-52.

_____(1988), *Confluencias*, La Habana: Editorial Letras Cubanas.

_____(1993), *La expresión americana*, La Habana: Editorial Letras Cubanas.

Lifshey, Adam(2008), "The Literary Alterities of Philippine Nationalism in José Rizal's *El filibusterismo*", *PMLA*, Vol. 123, No. 5, pp. 1434‑1447.

_____(2012), *The Magellan Fallacy: Globalization and the Emergence of Asian and African Literature in Spanish*, Ann Arbor: University of Michigan Press.

López, Alfred J.(2006), *José Martí and the Future of Cuban Nationalism*, Gainesville: University Press of Florida.

López Civeira, Francisco(2005), "La República(1898-1959)", Oscar Loyola Vega y Arnaldo Silva León, *Cuba y su Historia* (segunda edición revisada y aumentada), La Habana: Editorial Gente Nueva.

Ludmer, Josefina(1996), "The Gaucho Genre", Roberto González Echevarría and Enrique Pupo Walker(eds.), *The Cambridge History of Latin American Literature*, Vol. 1, pp. 608-631.

Madden, Richard R.(1964), *La isla de Cuba*, La Habana: Consejo Nacional de Cultura.

Mannoni, Octave(1990), *Prospero and Caliban: The Psychology of Colonization*, Ann Arbor: University of Michigan Press.

Mañach, Jorge(1939), "El problema negro", *Pasado vigente*, La Habana: Trópico, pp. 116-133.

Marinello, Juan(1937), *Literatura hispanoamericana. Hombres. Meditaciones*, México: Ediciones de la Universidad de México.

Márquez Rodríguez, Alexis(1990), "Alejo Carpentier: teorías del barroco y de lo real maravilloso", *Nuevo Texto Crítico*, No. 5, pp. 95-121.

Martí, José(1891), "Con todos y para el bien de todos", http://damisela.com/literatura/pais/cuba/autores/marti/discursos/1891_11_26.htm.

_____(1968), "Mi raza", *Prosa y poesía*, 4a ed., Buenos Aires: Kapelusz, pp. 146-148.

_____(1974), *Páginas escogidas*, Col. 1, 3a ed., La Habana: Editorial de Ciencias Sociales.

_____(1982), *Martí por Martí*, Habana: Editorial Letras Cubanas.

_____(1991), *Obras completas*, La Habana: Editorial de Ciencias Sociales.

_____(2001), *Obras Completas de José Martí*, Jorge González Alonso, José Luis Prado Ramírez, Asela Hernández Lugo, and Alain Crehuet Martínez(eds.), CD-ROM, La Habana: Centro de Estudios Martianos.

Martí, Oscar R.(1998), "José Martí and the Heroic Image", Jeffrey Belnap and Raúl Fernández(eds.), *José Martí's "Our America": From National to Hemispheric Cultural Studies*, Durham & London: Duke University Press, pp. 317-338.

Martínez Estrada, Ezequiel(1967), *La poesía afrocubana de Nicolás Guillén*, La Habana: Editorial Unión.

Martínez Furé, Rogelio(1997), "Patakín: literatura sagrada de Cuba", *Diálogos imaginarios*, La Habana: Editorial Letras Cubanas, pp. 204-242.

McHale, Brian(1987), *Postmodernist Fiction*, London & New York: Routledge.

Mignolo, Walter(2000), *Local Histories/Global Designs: Coloniality, Subaltern Knowledges, and Border Thinking*, Princeton: Princeton University Press.

Montaigne, Michel de(1580), *Essays*, Book I, Chapter XXX.

Montero, Oscar(1991), "El 'compromiso' del escritor cubano en el 1959 y la 'corona de las frutas' de Lezama", *Revista Iberoamericana*, Proyección Internacional de las Letras Cubanas, No. 154, pp. 33-42.

Morales, Salvador(1984), *Ideología y luchas revolucionarias de José Martí*, La Habana: Editorial de Ciencias Sociales.

Moraña, Mabel(1988), "Barroco y conciencia criolla en Hispanoamérica", *Revista de Crítica Literaria Latinoamericana*, No. 28, pp. 229-251.

_____(1989), "Para una relectura del barroco hispanoamericano: problemas críticos e historiográficos", *Revista de Crítica Literaria Latinoamericana*, No. 29, pp. 219-231.

_____(1995), "Documentalismo y ficción: testimonio y narrativa testimonial hispanoamericana en el siglo XX", Ana Pizarro(ed.), *América Latina: Palavra, Literatura e Cultura*, Vol. 3, São Paulo: Fundação Memorial da América Latina, pp. 479-515.

Morejón, Nancy(1988), *Fundación de la imagen*, La Habana: Editorial Letras Cubans.

Moreno Fraginals, Manuel(1964), *El ingenio. El complejo económico social cubano del azúcar*, tomo I(1760~1860), La Habana: Comisión Nacional Cubana de la UNESCO.

Muñoz, Silverio(1987), *José María Arguedas y el mito de la salvación por la cultura*, Lima: Editorial Horizonte.

O'Sullivan, John(1845), "Annexation", *United States Magazine and Democratic Review*, Vol. 17, No. 1, https://pdcrodas.webs.ull.es/anglo/OSullivanAnnexation.pdf.

Ocampo, Ambeth R.(2001), *Meaning and History: The Rizal Lecture*, Manila: Anvil.

Ortiz, Fernando(1963), *Contrapunteo cubano del tabaco y el azúcar*, La Habana: Consejo Nacional de Cultura.

_____(1983), *Contrapunteo cubano del tabaco y el azúcar*, La Habana: Editorial de Ciencias Sociales.

_____(1985), *Los bailes y el teatro de los negros en el folklore de Cuba*, 1a reimpresión, La Habana: Editorial Letras Cubanas.

Paz, Octavio(1972), *El arco y la lira*, México: Fondo de Cultura Económica.

_____(1973), *El signo y el garabato*, México: Joaquín Mortiz.

_____(1974), *Los hijos del limo*, Barcelona: Seix Barral.

_____(1985), *Los hijos del limo/Vuelta*, Bogotá, Editorial Oveja Negra.

_____(1994), *El laberinto de la soledad. Posdata. Vuelta a El laberinto de la soledad*, México: Fondo de Cultura Económica.

Poniatowska, Elena(2011), *La noche de Tlatelolco. Testimonios de historia oral*, México: Era.

Rama, Ángel(1970), *Rubén Darío y el Modernismo*, Caracas: Universidad Central de Venezuela.

_____(1984), *La ciudad letrada*, Hanover: Ediciones del Norte.

_____(1987), *Transculturación narrativa en América Latina*, 3a ed., México, D. F.: Siglo XXI.

Ricarte, Artemio(1963), *Memoirs of General Artemio Ricarte*, Manila: National Historical Institute.

Rincón, Carlos(1975), "Sobre Alejo Carpentier y la poética de lo real maravilloso americano", *Casa de las Américas*, No. 89, pp. 40-65.

Rizal, José(1967), "Filipinas dentro de cien años", *La Solidaridad*, Quezon City: University of the Philippines Press. The four sections of the article can be found in the following pages: I (vol. 1, 582 - 584), II (vol. 1, 658 - 670), III (vol. 1, 768 - 782), and IV (vol. 2, 40 - 50).

_____(1995), *Noli me tangere*, Manila: Instituto Nacional de Historia.

_____(2011), *Antología*, World Classcis(Kindle edition).

Rodó, José Enrique(1988), *Ariel*, Margaret Sayers Peden(trans.), Prologue by Carlos Fuentes, Austin: University of Texas Press.

_____(1990), *Ariel*, Raimundo Lazo(ed.), México: Porrúa.

Rodríguez Monegal, Emir(1967), "Los nuevos novelistas", *Mundo Nuevo*, No. 17, pp. 19-24.

_____(1977), *El arte de narrar*, Caracas: Monte Ávila.

_____(1980), "La utopía modernista: El mito del Nuevo y Viejo Mundo en Darío y Rodó", *Revista Iberoamericana*, pp. 427-442.

Rojas, Marta(1973), *La Generación del Centenario en el juicio del Moncada*, La Habana: Editorial de Ciencias Sociales.

_____(1986), "Enero de 1953: Manifestación de las antorchas por el Centenario de Martí", Aldo Isidrón del Valle y otros, *Antes del Moncada*, La Habana: Editorial Pablo de la Torriente.

Rousseau, Pablo L. y Díaz de Villegas(1920), *Memoria descriptiva, histórica y biográfica de Cienfuegos y las fiestas del primer centenario de la fundación de esta ciudad*, La Havana: Siglo XX.

Saldívar, José David(1991), *The Dialectics of Our America: Genealogy, Cultural Critique, and Literary History*, Durham: Duke University Press.

Sánchez, Luis Alberto(2002), "¿Nos están 'descubriendo' en Norteamérica?", *Revista Iberoamericana*, No. 200, pp. 563-565.

Sánchez Otero, Germán(1973), "La Historia me absolverá: programa inicial de la Revolución", *Granma*, 15 de octubre de 1973.

Sarduy, Severo(1972), "El barroco y el neobarroco", César Fernández Moreno(coord.), *América Latina en su literatura*, México: Siglo XXI, pp. 167-184.

_____(1974), *Barroco*, Buenos Aires: Sudamericana.

_____(1976), "Severo Sarduy: Cronología", Julián Ríos(ed.), *Severo Sarduy*, Madrid: Fundamentos, pp. 5-11.

_____(1987), *Ensayos generales sobre el barroco*, México: Fondo de Cultura Económica.

Sarkisyanz, Manuel(1995), *Rizal and Republican Spain and Other Rizalist Essays*, Manila: National Historical Institute.

Schumacher, John N.(1991), *The Making of a Nation: Essays on Nineteenth-Century*

Filipino Nationalism, Manila: Ateneo de Manila University Press.

Schumm, Petra(ed.)(1998), *Barrocos y modernos: Nuevos caminos en la investigación del Barroco Iberoamericano*, Frankfurt: Vervuert.

Sección de Historia, Dirección Política de las FAR(1972), *Moncada: antecedentes y preparativos*, La Habana: Editora Política.

Sucre, Guillermo(coord.)(1993), *Antología de la poesía hispanoamericana modena II*, Caracas: Monte Ávila.

Thomas, Brook(1998), "Frederick Jackson Turner, José Martí, and Finding a Home on the Range", Jeffrey Belnap and Raúl Fernández(eds.), *José Martí's "Our America": From National to Hemispheric Cultural Studies*, Durham & London: Duke University Press, pp. 275-292.

Triana, José(1966), "*Biografía de un cimarrón*: ¿un relato etnográfico como confiesa su autor o una novela?", *La Gaceta de Cuba*, Vol. 52, ago.-sep., p. 12.

Ulacia, Manuel(1994), "En búsqueda de Severo Sarduy", *Paradiso*, No. 5, p. 14.

Unamuno, Miguel de(1974), "Carta a Nicolás Guillén", Nancy Morejón(ed.), *Recopilación de textos sobre Nicolás Guillén*, La Habana: Casa de las Américas.

Vitier, Medardo(1960), "Doctrina social", *Valoraciones*, Santa Clara: Universidad Central de Las Villas, Departamento de Relaciones Culturales, pp. 416-427.

Ward, Thomas(2007), "Martí y Blaine: entre la colonialidad tenebrosa y la emancipación inalcanzable", *Cuban Studies*, No. 38, Pittsburgh: University of Pittsburgh Press, pp. 100-124.

Wheelwright, Phillip(1962), *Metaphor and Reality*, Bloomington & London: Indiana University Press.

William Foster, David(1983), *Para una lectura semiótica del ensayo latinoamericano*, Madrid: Porrúa.

Wood, Michael(1976), "Cobra", Julián Ríos(ed.), *Severo Sarduy*, Madrid: Fundamentos, pp. 149-152.

Yúdice, George(2002), "Contrapunteo estadounidense/latinoamericano de los estudios culturales", http://biblioteca.clacso.edu.ar/clacso/gt/20100916032054/31yudice.pdf.

Yúdice, George, Jean Franco y Juan Flores(eds.)(1992), *On Edge: The Crisis of Contemporary Latin American Culture*, Minneapolis: University of Minnesota Press.

Zamora, Margarita(1993), *Reading Columbus*, Berkeley: California University Press.

Zea, Leopoldo(1981), *Latinoamérica en la encrucijada de la historia*, México: Universidad Nacional Autónoma de México.

호세 마르티(José Martí)

쿠바의 국부로 추앙되는 19세기의 문인, 독립운동가, 사상가, 언론인. 라틴아메리카 전체적으로 보아도 문학과 사상에서 커다란 족적을 남긴 인물이기도 하다. 모데르니스모 문학의 대표적인 시인으로 시집 『소박한 시』(1891)를 남겼으며, 「우리 아메리카」(1891)를 비롯한 수많은 에세이는 라틴아메리카의 독자적이고 비판적 사유의 토대를 구축했다.

우석균

서울대학교 서어서문학과를 졸업하고, 에스파냐 마드리드 대학에서 라틴아메리카 문학으로 박사학위를 취득하였으며, 현재 서울대학교 라틴아메리카연구소 HK교수로 재직 중이다. 주요 저서로 『잉카 in 안데스』(랜덤하우스코리아, 2008)와 『쓰다 만 편지』(글누림, 2017), 주요 역서로 안토니오 스카르메타의 『네루다의 우편 배달부』(민음사, 2004)와 로베르토 볼라뇨의 『야만스러운 탐정들』(열린책들, 2012) 등이 있다.

고이치 하지모토(Koichi Hagimoto)

미국 웰슬리 대학 에스파냐어과 부교수. 트랜스퍼시픽 연구와 라틴아메리카 문화연구에 매진하고 있다. 저서로 『제국들의 사이에서: 마르티, 리살, 식민지끼리의 연대』(Between Empires: Martí, Rizal, and the Intercolonial Alliance, 2013), 편저로 『태평양을 가로지른 만남들』(Trans-Pacific Encounters, 2016)이 있다.

이브라임 이달고(Ibrahim Hidalgo)

1980년부터 마르티연구센터(Centro de Estudios Martianos)에 재직 중인 역사학 박사. 1989년에 발간한 『호세 마르티 연표: 1853-1895』(José Martí. Cronología: 1853-1895)는 마르티 연구의 기본서로 널리 인정받고 있다. 쿠바역사상(2009)과 펠릭스바렐라상(2017) 등 여러 학술상을 수상했다.

서성철

한국외국어대학교 스페인어과를 졸업하고 멕시코 국립대학에서 문학박사 학위를 취득하였으며, 현재 부산외국어대학교 중남미지역원 HK연구교수로 재직한 바 있다. 저서로 『마닐라 갤리온 무역』 (산지니, 2017)과 『여러 겹의 시간을 만나다』(공저, 산지니, 2015), 역서로 『라틴아메리카의 역사』 (까치, 1997)가 있다.

페르난도 오르티스(Fernando Ortiz)

쿠바 민족지학자, 인류학자, 아프로쿠바문화 연구자, 민족음악학자, 범죄학자, 수필가. 쿠바 문화에서 아프리카를 발견했다는 평가를 받는다. 쿠바 토착문화의 다양한 측면을 탐구, 기록, 이해하는 데 전념했다. 쿠바 문화를 연구하는 기관을 다수 설립하였고, 잡지를 여럿 창간하면서 쿠바의 토착 문화를 발굴하고 알리는 데 힘썼다. 대표적 저술로 문화횡단 문화론이 담긴 『쿠바: 담배와 설탕의 대위법』(Contrapunteo cubano del tabaco y el azúcar, 1940)이 있다.

난시 모레혼(Nancy Morejón)

아프로쿠바 문학과 페미니즘 문학에서 굵직한 자취를 남긴 여성 시인. 특히 아프로쿠바 문학에서 니콜라스 기옌의 후계자이자 최초의 여성 시인으로 인정받고 있다. 주요 시집으로 『한 시대가 머문 자리들』(Parajes de una época, Nancy Morejón, 1979), 『10월, 그 지나칠 수 없는』(Octubre imprescindible, 1982) 등이 있다. 시 분야의 노벨상이라고 일컫는 스트루가 황금화환상(2006)을 비롯하여 국내외 수많은 문학상을 수상했다.

알레호 카르펜티에르(Alejo Carpentier)

쿠바뿐만 아니라 라틴아메리카를 대표하는 소설가. 부친은 프랑스인, 모친은 러시아인(오늘날의 아제르바이잔 출신)이었지만 아바나에서 태어나 성장했다. 프랑스 망명 시절 초현실주의 운동에 참여하기도 했으나, 라틴아메리카 소설다운 소설의 창작과 이론화 작업에 주력했다. 대표작으로 『지상의 왕국』(El reino de este mundo, 1949), 『잃어버린 발자취』(Los pasos perdidos, 1953), 『계몽의 세기』(El siglo de las luces, 1962) 등이 있다.

세르히오 차플레(Sergio Chaple)

쿠바 아바나 대학 에스파냐어문학과를 졸업하고, 구 체코슬로바키아 카렐 대학에서 박사과정 수료 후 아바나 대학 문헌학과에서 박사학위를 취득했다. 1977년부터 1980년까지 쿠바 문화부 문학 국장을 역임하였으며, 1994년 쿠바학술연구상을 수상한 『쿠바문학사』(Historia de la literatura cubana)의 공동저자이다. 현재 아바나 대학 문헌학과 교수로 재직 중이다.

호세 레사마 리마(José Lezama Lima)

쿠바의 시인, 소설가, 수필가. 20세기 라틴아메리카의 가장 위대한 작가 중 한 사람으로 여겨진다. 많은 작가의 문학적 대부 역할을 했으며 특히 그가 창간한 ≪기원≫(Orígenes)은 혁명 이전의 쿠바 문학을 이끄는 문학지였다. 시집으로 『반목적 소문』(Enemigo rumor, 1941), 『증여자』(Dador, 1960), 소설로 『파라다이스』(Paradiso, 1966) 등이 있다. 에세이 『아메리카의 표현』(La expresión americana, 1957)은 라틴아메리카 바로크 논의에서 가장 중요한 책 중 하나이다.

김은중

멕시코 국립대학 문학 박사이고, 현재 서울대학교 라틴아메리카연구소 HK교수로 있다. 최근에는 라틴아메리카 탈식민성과 사회운동을 연구하고 있다. 저서로 『라틴아메리카의 전환-변화와 갈등』(공저, 한울, 2012), 『포퓰리즘과 민주주의』(소명출판, 2017, 공저), 『탈서구중심주의는 가능한가 ─비서구적 성찰과 대응』(2016, 아카넷, 공저), 역서로 『라틴아메리카, 만들어진 대륙─식민적 상처와 탈식민적 전환』(그린비, 2010), 『활과 리라』(공역, 솔, 1998) 등이 있다.

신정환

한국외국어대학교 스페인어과를 졸업하고 마드리드 대학에서 라틴아메리카 문학으로 박사학위를 취득하였으며, 현재 한국외국어대학교 스페인어통번역학과 교수로 재직 중이다. 저서로 『두개의 스페인』(공저, 한국외국어대학교 지식출판원, 2016), 『메세나와 상상력』(공저, 서울대학교 출판문화원, 2017) 등이 있고, 역서로는 오르테가 이 가세트의 『돈키호테 성찰』(을유문화사, 2017), 『돈키호테의 지혜』(오늘의책, 1998) 등이 있다.

송병선

한국외국어대학교 스페인어과를 졸업했다. 콜롬비아 카로이쿠에르보 연구소에서 석사, 하베리아나 대학에서 문학 박사 학위를 취득하고 전임 교수로 재직했다. 현재 울산대학교 스페인중남미학과 교수로 재직 중이다. 저서로『보르헤스의 미로에 빠지기』(책이있는마을, 2002), 역서로『콜레라 시대의 사랑』(민음사, 2004),『나는 여기에 연설하러 오지 않았다』(민음사, 2016),『픽션들』(민음사, 2011),『알레프』(민음사, 2012),『거미여인의 키스』(민음사, 2000),『판탈레온과 특별봉사대』(문학동네, 2009) 등 다수가 있다. 제11회 한국문학번역상을 수상했다.

루이스 두노-고트버그(Luis Duno-Gottberg)

베네수엘라 센트랄 대학을 졸업하고, 피츠버그 대학에서 박사학위를 취득했으며, 현재 라이스 대학 에스파냐·포르투갈·라틴아메리카연구학과 부교수로 재직 중이다. 카리브 지역 문화와 영화가 주요 관심사이다. 주요 저서로『차이 해결하기: 쿠바의 혼혈 이데올로기』(Solventado las diferencias: La ideología del mestizaje en Cuba, 2003)가 있다.

미겔 바르넷(Miguel Barnet)

쿠바의 작가이자 인류학자, 시인이다. '증언문학'이라는 용어를 만든 장본인으로 증언문학을 개척한 선구자로 평가받는다. 페르난도 오르티스 재단을 창립하였고, 유네스코에서 일하며 쿠바 문화를 세계에 알리는 데 주력하는 한편, 쿠바 역사로 편입되지 못한 하위주체의 유산을 복구하고자 증언소설『어느 도망친 노예의 일생』(Biografía de un cimarrón, 1966),『라첼의 노래』(Canción de Rachel, 1969),『갈리시아인』(Gallego, 1983) 등을 집필하였다. 현재 쿠바작가예술가동맹(UNEAC) 회장으로 재직 중이다.

박수경

고려대학교 사회학과를 졸업하고 멕시코 메트로폴리탄자치대학에서 사회과학 박사 학위를 받았다. 현재 서울대학교 라틴아메리카연구소 HK연구교수로 재직 중이다. 역서로『어느 도망친 노예의 일생』(공역, 인천문화재단, 2010),『멕시코 민주주의를 다시 묻다』(공역, 한울아카데미, 2016) 등이 있다. 라틴아메리카 원주민 사회에 대한 관심을 출발점으로 삼아 라틴 아메리카 역사, 사회, 정치 등에 대해 폭넓은 관심을 가지고 연구와 저술활동을 하고 있다.

송상기

고려대학교 서어서문학과를 졸업하고 예일 대학에서 라틴아메리카 문학으로 박사학위를 취득하였으며, 현재 고려대학교 서어서문학과 교수로 재직 중이다. 저서로 『멕시코의 바로크와 근대성』(고려대학교 출판부, 2002), 역서로는 카베사 데 바카의 『조난일기』(고려대학교 출판부, 2004), 카를로스 푸엔테스의 『아우라』(민음사, 2009), 미겔 앙헬 아스투리아스의 『대통령 각하』(열린책들, 2012) 등이 있다.

호르헤 포르넷(Jorge Fornet)

아바나 대학을 졸업하고, 멕시코대학원 대학(Colegio de México)에서 박사학위를 취득했다. 에스파냐어권 전역에서 사상적, 문학적 권위를 인정받는 <아메리카의 집> 문학 국장이며, 동명의 기관지 공동 편집위원장이다. 주요 저서로 『새로운 패러다임. 21세기 소설 서론』(Los nuevos paradigmas. Prólogo narrativo al siglo XXI, 2006), 『1971년, 위기의 해부』(El 71: anatomía de una crisis, 2013) 등이 있다.

번역자 소개(원고 게재순)

박은영

한국외국어대학교 스페인어과를 졸업하고, 서울대학교 서어서문학과에서 라틴아메리카 문학으로 석사 및 박사학위를 취득하였으며, 현재 서울대학교, 서울여자대학교 등에서 외래교수로 활동하고 있다. 주요 역서로『마술적 사실주의』(공역, 한국문화사, 2001),『침실로 올라오세요, 창문을 통해』(공역, 문학동네, 2008),『일백 개의 산을 넘어』(글누림, 2014) 등이 있다.

정수현

덕성여자대학교와 서울대학교 서어서문학과를 졸업하고 미국 텍사스 오스틴 대학에서 에스파냐 문학으로 박사학위를 취득하였다. 현재 서울대학교, 덕성여자대학교, 고려대학교 서어서문학과 외래교수이다. 역서로 마누엘 곤살레스 프라다의『투쟁의 시간』(동명사, 2018)이 있다.

우석균

서울대학교 서어서문학과를 졸업하고, 에스파냐 마드리드 대학에서 라틴아메리카 문학으로 박사학위를 취득하였으며, 현재 서울대학교 라틴아메리카연구소 HK교수로 재직 중이다. 주요 저서로『잉카 in 안데스』(랜덤하우스코리아, 2008)와『쓰다 만 편지』(글누림, 2017), 주요 역서로 안토니오 스카르메타의『네루다의 우편 배달부』(민음사, 2004)와 로베르토 볼라뇨의『야만스러운 탐정들』(열린책들, 2012) 등이 있다.

620

조혜진

고려대학교에서 라틴아메리카 현대문학(아르헨티나 군부독재문학)으로 박사학위를 받고, 동 대학 스페인·라틴아메리카연구소 연구교수로 재직하고 있다. 국가 테러리즘, 과거 청산과 트라우마 극복을 여성의 관점에서 조명하는 연구에 집중하였고, 망명과 디아스포라로 관심주제를 넓혀가는 중이다. 저서로『새로운 세계문학 속으로』(공저, 보고사, 2017), 역서로『어느 도망친 노예의 일생』(공역, 인천문화재단, 2010),『침대에서 바라본 아르헨티나』(공역, 소명출판, 2010),『세계 아닌 세계』(천권의책, 2014) 등이 있다.

강문순

서강대학교 영문학과와 동 대학 대학원을 졸업하고, 미국 케이스웨스턴리저브 대학에서 영문학 박사학위를 취득했다. 현재 한남대학교 영어교육과에 재직 중이다. 주요 역서로『젠더란 무엇인가』(공역, 한울아카데미, 2015),『셰익스피어를 둘러싼 오해와 진실』(공역, 한울아카데미, 2016) 등이 있다.

박병규

고려대학교 서어서문학과를 졸업하고 멕시코 국립대학(UNAM)에서 문학 박사 학위를 받았다. 현재 서울대학교 라틴아메리카연구소 HK교수로 재직 중이다. 옮긴 책으로『영원성의 역사』(공역, 민음사, 2018),『항해와 정복』(공역, 동명사, 2017),『드러누운 밤』(창비, 2014),『파블로 네루다 자서전』(민음사, 2008) 등이 있다.

박도란

조선대학교 스페인어과를 졸업하고 서울대학교 서어서문학과에서 석사학위를 취득하였으며, 현재 멕시코국립대학 라틴아메리카 지역학과에서 카리브 문학 전공으로 박사과정에 재학 중이다. 논문으로「후안 까를로스 오네띠의 산따 마리아 사가(saga)에 나타난 실존적 인식과 문학적 형상화」(2013)가 있다.

서은희

서울대학교 서어서문학과를 졸업하고 마드리드 대학에서 에스파냐 현대문학으로 박사학위를 취득하였으며, 현재 한양대학교 강의전담교수로 재직 중이다. 저서로 『스페인어권 명작의 이해』(공역, 서울대학교출판문화원, 2018), 역서로 『미국 라티노의 역사』(공역, 그린비, 2014) 등이 있다.

박수경

고려대학교 사회학과를 졸업하고 멕시코 메트로폴리탄자치대학에서 사회과학 박사 학위를 받았다. 현재 서울대학교 라틴아메리카연구소 HK연구교수로 재직 중이다. 역서로 『어느 도망친 노예의 일생』(공역, 인천문화재단, 2010), 『멕시코, 민주주의를 다시 묻다』(공역, 한울아카데미, 2016) 등이 있다. 라틴아메리카 원주민 사회에 대한 관심을 출발점으로 삼아 라틴아메리카 역사, 사회, 정치 등에 대해 폭넓은 관심을 가지고 연구와 저술활동을 하고 있다.

최사라

서울대학교 소비자학과를 졸업하고 동 대학 서어서문학과에서 박사과정을 수료했다. 석사학위 논문으로 "Una reconstrucción del sentido en *Crónica de una muerte anunciada* : género, ironía e historia"(『예고된 죽음의 연대기』의 의미 재구축: 장르, 아이러니, 역사)를 썼고, 현재 카리브 지역 문학을 전공으로 박사 논문 집필중이다.

622

지구적 세계문학 총서 5

역사를 살았던 쿠바

초판 1쇄 인쇄 2018년 6월 8일
초판 1쇄 발행 2018년 6월 15일

엮은이 우석균·조혜진·호르헤 포르넷
지은이 호세 마르티·우석균·고이치 하지모토·이브라임 이달고·서성철·페르난도 오르
티스·난시 모레혼·알레호 카르펜티에르·세르히오 차플레·호세 레사마 리마·김
은중·신정환·송병선·루이스 두노-고트버그·미겔 바르넷·박수경·송상기·호르
헤 포르넷·니콜라스 기옌·레오나르도 파두라
옮긴이 박은영·정수현·우석균·조혜진·강문순·박병규·박도란·서은희·박수경·최사라
펴낸이 최종숙

책임편집 이태곤 | **편집** 권분옥 홍혜정 박윤정
디자인 안혜진 홍성권 | **마케팅** 박태훈 안현진 이승혜
펴낸곳 글누림출판사 | **등록** 2005년 10월 5일 제303-2005-000038호
주소 서울시 서초구 동광로46길 6-6(반포4동 577-25) 문창빌딩 2층
전화 02-3409-2055(편집부), 2058(영업부) | **팩시밀리** 02-3409-2059
홈페이지 http://www.geulnurim.co.kr
블로그 http://blog.naver.com/geulnurim
북트레블러 http://post.naver.com/geulnurim
이메일 nurim3888@hanmail.net

ISBN 978-89-6327-514-7 94800
　　　978-89-6327-217-7(세트)

정가 45,000원

*이 도서의 국립중앙도서관 출판시도서목록(CIP)은 서지정보유통지원시스템 홈페이지(http://seoji.nl.go.kr)와
국가자료공동목록시스템(http://www.nl.go.kr/kolisnet)에서 이용하실 수 있습니다.(CIP제어번호: CIP2018016675)